아담 비드 ②
Adam Bede

한국어판 (c) 현대문화센타, 2007, printed in Seoul, Korea

아담 비드 2
ADAM BEDE

조지 엘리엇 지음 유종인 옮김

목차

3부

25. 즐거운 경기와 시합들 … 7
26. 무도회 … 20

4부

27. 위기 … 39
28. 진퇴양난의 궁지 … 56
29. 다음날 아침 … 69
30. 편지를 전달하다 … 81
31. 헤티의 침실 … 104
32. 포이저 부인의 야무진 발언 … 120
33. 또 다른 연결 … 135
34. 약혼식 … 146
35. 남모르는 두려움 … 154

5부

36. 희망으로의 여행 … 167
37. 절망 속의 여행 … 181
38. 탐색 … 201
39. 비통한 소식 … 224
40. 커져가는 고통의 물결 … 235
41. 재판이 열리기 전날 밤 … 250

42. 재판이 열리는 날 아침 … 259
43. 평결 … 267
44. 아서의 귀향 … 277
45. 감옥 안에서 … 289
46. 긴박한 순간들 … 307
47. 마지막 순간 … 318
48. 또다시 숲 속에서 만나다 … 320

6부
49. 홀 팜에서 … 337
50. 오두막집에서 … 352
51. 일요일 아침 … 370
52. 아담과 다이나 … 390
53. 추수감사절 만찬 … 405
54. 언덕 위에서 아담과 다이나가 만나다 … 427
55. 결혼식 종소리 … 436

에필로그 … 440
역자 후기 … 447
조지 엘리엇의 생애와 연보 … 450

25
즐거운 경기와 시합들

그날, 무도회는 저녁 8시에 시작하기로 예정되어 있었다. 하지만 그전에라도 춤추고 싶어하는 신사 숙녀를 위해서 그늘진 풀밭에는 언제라도 음악을 연주할 준비가 되어 있었다. '베네핏 클럽 악단'이 지그곡, 릴곡, 혼파이프곡을 훌륭히 연주할 수는 없기 때문인가? 풀밭에는 베네핏 클럽 악단 외에도, 볼이 터져라 불어 대는 멋진 취주악기를 연주하는, 로세터에서 고용한 대규모의 굉장한 악단이 있었다. 어린 소년소녀들에게는 이런 악단 자체가 흥거운 볼거리였다. 특히 조슈아 랜의 바이올린이 가장 인기 있었다. 조슈아는 음악을 감상하기보다는 음악에 맞춰 춤추는 것을 훨씬 좋아하는 사람들을 위해서, 미리 바이올린을 준비하고는 인심 좋게 대기하고 있었다.

무도회를 기다리는 동안 태양은 집 앞의 대광장을 벗어났고 이내 게임이 시작됐다. 젊은이들은 미끄러운 기둥을 오르내리는 경기를 했고, 나이 든 여자들은 달리기 경주를 했고, 부댓자루 경주(부댓자루 속에 두 발을 넣고 뛰어가는 경주)도 있었으며, 튼튼한 남자들은 무거운 짐을 들고 달리는 경주를 했다. 또 외발 달리기와 같이 야심 찬 도전 종목도 끼어 있었다. 외발 달리기에서는 마을에서 가장 민첩하게 잘 뛰는 와이어리 벤이 틀림없이 탁월한 솜씨를 발휘할 것이라고 사람들은 이구동성으로 말했다. 하지만 이 모든 종목 중에서 가장 압권은 바로 당나귀 경주였다. 이것은 모든 게임 중 절정을 이루는 것으로 가장 느리게 달린 당나귀가 이기는 경기였다. 그리고 이 시합에서는 사람들이 자기 소유가 아닌 남의 당나귀를 응원해야 한다는 규칙이 있었다. 이것은 참으로 위대한 사회주의적인 착상이었다.

4시가 지나자마자, 아서가 다마스크 새틴 옷과 보석과 검정 레이스로 멋지게 장식한 어윈 마님을 모시고 나왔다. 그리고 그 뒤로 온 가족이 따라나와, 줄무늬 천막 아래에 마련된 단상으로 갔다. 이 자리에서 어윈 마님은 우승자들에게 상을 주기로 되어 있었다. 침착하고 격식을 차리는 리디아 양이 어윈의 모친께 여왕의 역할을 해달라고 청했기 때문이다.

아서는 그의 대모인 어윈의 어머니가 늘 바라던 대로 그녀의 품격 높은 취향을 만족시켜 드릴 기회를 마련하게 돼서 기뻤다. 우아하고, 깔끔하고, 기품 있는 향수를 뿌린, 하지만 쇠약해 보이는 도니손 경이 엄격한 격식을 갖추고 어윈 양을 대동하여 자리에 나왔다. 가웨인은 우아한 복숭아꽃 무늬가 있는 실크 옷을 입은 어정쩡하고 뻣뻣해 보이는 리디아 양을 데리고 나왔고, 마지막으로 어윈은 창백한 그의 여동생 앤 양을 데리고 등장했다. 도니손 가족은 오늘 가웨인 외에는 다른 친구들을 초대하지 않았다. 바로 내일 아침에 이웃 귀족들을 위한 성대한 만찬이 준비되어 있었기 때문이다. 오늘 하루는 오로지 소작인과 그 가족들을 즐겁게 하는데 온갖 정성을 기울이기로 하였던 것이다.

공원과 잔디밭을 분리시키는 경계선이 되는 은장[172]이 대형 천막 앞에 자리 잡고 있었다. 폭 파여 있는 도랑 위에는 승리자들의 통로가 될 임시 다리도 놓여졌다. 하얀 대형 천막에서 낮은 도랑까지 펼쳐져 있는 확 트인 광장의 양옆으로 긴 의자가 줄지어 놓여 있었다. 사람

---

172) 경계선을 나타내는 도랑을 은장이라고 부른다. 이 은장은 정원의 경관을 해치지 않도록 경계선을 나타내기 위하여 도랑을 파서 표시했다.

들은 떼 지어 서 있거나, 긴 의자에 여기저기 앉아 있었다.
 어윈 마님은 자리에 앉은 후 짙은 초록빛 배경을 한 화사한 장면을 훑어보면서 굵은 목소리로 말했다.
 "아, 아름답구나. 아서, 네가 빨리 결혼하지 않으면 나한테는 이 축제가 마지막 축제가 될 것 같다. 그렇다고 너무 서둘러서는 안 된다. 참한 숙녀를 맞도록 신경 써야 해. 그런 신부가 아니라면 차라리 결혼식을 안 보고 죽는 게 더 나을 테니."
 아서가 말했다.
 "대모님은 너무 까다로우세요. 제가 어떤 숙녀를 선택해도 대모님 눈에는 안 찰 것 같은데요."
 "글쎄, 네 신부라면 일단 얼굴이 예뻐야겠지. 사람들은 보통 상냥하니까 괜찮다고 평계를 대지만, 그 말 하나 때문에 예쁜 여자를 포기할 수는 없지. 하지만 아서, 너무 예쁜 여자는 어리석은 여자임에 틀림없어. 절대로 어리석은 여자는 안 된다. 너는 뭐든 네 멋대로 하려고 하잖니. 그런데 어리석은 여자는 네가 그럴 때 올바르게 이끌어 주지 못하거든. 더핀! 우윳빛 얼굴의 저 키 큰 젊은이는 누구지? 저기, 모자도 쓰지 않고, 자기 옆에 있는 나이 든 키 큰 여자를 시중들고 있는 사람 말이야. 아마 어머니겠지……. 저 사람을 한번 만나 보고 싶구나."
 어윈이 물었다.
 "어머니, 저 사람을 모르세요? 아담의 동생 세스 비드잖아요. 감리교도지만 아주 좋은 사내지요. 세스가 요즘에는 좀 우울해 보여요. 아마 아버지가 비참하게 돌아가셔서 그런가 봐요. 또 조슈아 랜이 말하기를 한 달 전쯤 이 마을에 잠깐 머물다 떠난 그 예쁜 감리교 설교자를 마음에 두었다고 하더군요. 그런데 그 여자한테 거절당한 모양이에요."
 "아, 그 여자 이야기는 들었던 것 같다. 내가 모르는 사람들이 엄청나게 많구나. 예전에는 나도 마을 사람들하고 어울리던 시절이 있었는데, 세월 참 빠르구나. 너무 빨라. 나하고 어울리던 사람들은 다 늙어버리고, 모두 변해 버렸어."

눈에 쌍안경을 대고 보던 도니손 경이 말했다.

"부인께서는 아직도 눈이 좋으시군요. 저렇게 멀리 있는 젊은이의 얼굴 표정까지 볼 수 있다니. 나는 저 창백한 얼굴이 흐릿한 점 하나로밖에 보이지 않는데 말입니다. 그래도 가까운 데 있는 건 부인보다는 제가 더 잘 볼걸요? 가까운 것은 안경 없이도 작은 글씨까지 읽을 수 있으니까요."

"네, 어르신은 지독한 근시가 시작된 모양입니다. 근시는 아주 좋은 안경을 써야 해요. 저도 글을 읽을 때는 도수가 높은 안경을 쓰고 싶더니만, 언제인지 모르게 제 눈에 멀리 있는 것들이 점점 더 잘 보이더군요. 제가 앞으로 50년을 더 산다면 다른 사람 눈에 다 보이는 것을 나만 못 보는 장님이 될 겁니다. 마치 우물 속에 빠진 사람처럼 아무것도 못 보고 그저 별이나 쳐다보고 살아야 할지도 모르죠."

아서가 말했다.

"저기 보세요. 나이 든 부인들이 지금 달리기 경주를 하려나 봐요. 가웨인! 자네는 누구한테 승부를 걸 텐가?"

"저 사람들이 딱 한 번만 달린다면, 당연히 저 다리 긴 사람이 이기겠지. 하지만 몇 차례 달린다면, 작지만 강단 있는 사람이 이길 것 같은데."

어윈 양이 말했다.

"어머니, 오른쪽 가까이에 포이저 가족이 있네요. 포이저 부인이 어머니를 쳐다보고 있는데, 그 부인에게 인사하시지요."

포이저 부인에게 정중한 인사를 하면서 어윈 마님은 말했다.

"물론 그래야지. 아주 훌륭한 크림치즈를 보내주는 부인을 소홀히 대접해서는 안 되지. 오! 저 부인 무릎에 앉아 있는 통통하고 귀여운 아이 좀 봐! 그런데…… 그 옆에 있는 새까만 눈동자의 예쁜 처자는 누구지?"

리디아 도니손이 말했다.

"헤티 소렐이에요. 마틴 포이저의 질녀인데, 젊고 아주 예쁘죠. 제 하녀가 헤티에게 자수 놓는 법을 가르쳐 주고 있어요. 헤티가 한 번은 제 레이스를 손질했는데, 진짜 멋지더라구요."

어윈 양이 말했다.

"헤티는 포이저 가족과 6~7년째 함께 살고 있어요. 어머니도 헤티를 보셨을 텐데요?"

헤티를 계속 보면서 어윈 마님이 말했다.

"아냐, 한 번도 본 적이 없어. 혹 봤더라도 지금의 저 모습은 아니었겠지. 정말 예뻐! 완벽한 미인이야! 내 어린 시절 이후로 저렇게 예쁜 아가씨는 본 적이 없구나. 농부들 사이에 저런 미인이 버려져 있다니, 정말 안됐어! 가문은 좋지만 재산은 없는 그런 집안이라면 저런 여자를 신붓감으로 데려가길 원할 텐데……. 만약 어떤 남자가 동그란 눈에 붉은 머리카락의 미인 못지않게 저 애를 예쁘게 봐준다면, 저 애는 아마 그 남자하고 결혼하게 될 거야."

어윈 마님이 헤티를 보고 말할 때, 아서는 감히 헤티 쪽으로 눈을 돌릴 수가 없었다. 그는 듣지 않은 척하려고 건너편의 있는 무언가에 집중하는 척했다. 그러나 그는 헤티를 쳐다보지 않으면서도 분명 그녀를 보고 있었다. 지금 아서에게는 아름다움을 칭찬받고 있는 그녀의 미모가 한층 더 돋보이게 보였다. 아서의 감정은 남들의 의견에 영향을 많이 받았다. 사람들의 말은 그에게 신선한 산들바람과도 같았다. 자신이 이미 믿고 있던 내용을 남들이 다시 한 번 확인시켜 줄 때 아서의 생각은 더욱더 확고해졌다. 그렇지! 헤티는 어떤 남자라도 매혹 당할 만큼 충분히 아름답지. 아서는 자기와 같은 위치에 있는 사람이라면, 어느 누구라도 자기와 똑같이 그녀에게 관심을 가질 것이고 그녀의 매력에 빠졌을 거라고 생각했다. 하지만 자신이 결심한 대로, 결국 헤티를 포기하는 것만이 훗날 자신의 행동을 되돌아보았을 때 자랑스럽게 여기게 될 것이다.
 모친의 마지막 말에 대답하면서 어윈이 말했다.
 "아니에요, 어머니. 저는 그런 의견에 동의할 수 없어요. 보통사람들은 어머님이 상상하시는 것처럼 그렇게 어리석지는 않아요. 어느 정도의 상식과 감정이 있는 평범한 남자라면 사랑스럽고 우아한 여자와 천박한 여자의 차이점은 잘 알고 있거든요. 하다못해 개들도 여자들 앞에서 그런 차이점을 느낀다니까요. 자기가 좋아하는 여자가 예쁘면 예쁠수록 남자는 더 많은 영향을 받죠. 그 영향에 대해 설명하라면 개보다도 설명을 못 하겠지만요."
 "저런, 더핀. 너처럼 늙은 독신 남자가 어떻게 그렇게 잘 알지?"
 "오, 그런 일은 결혼한 남자보다는 나이 많고 현명한 독신남자가 더 잘 알죠. 아무래도 혼자서 좀더 깊이 생각할 시간이 많으니까요. 어머님이 아무리 훌륭한 비평가시더라도 여자 문제에 있어서는 남자의 판단을 믿으셔야 해요. 한 여자를 자신의 아내로 선택할 남자의 판단을요. 예를 한번 들어볼까요? 제가 아까 말했던 그 예쁜 감리교 설교자 말이에요. 그녀가 아주 거친 광부들 앞에서 설교했을 때, 광부들은 그녀에게 최고의 존경심과 호의를 가지고 대접했대요. 그 이유가 뭘까요? 그녀 자신은 모르겠지만, 그녀의 분위기가 아주 부드럽고, 고상하고, 청초해서 그랬을 겁니다. 아무리 거친 녀석들이라도 그런 여자를 보면 '하늘에서 내려온 천사'[173]같다고 느끼거든요."
 가웨인이 말했다.
 "부인인지 아가씨인지 아무튼 그런 여자 한 사람이 상을 받으려고 여기로 올라오네요. 아마 부댓자루 경주를 한 여자들 중의 한 사람일 거예요. 우리들이 오기 전에 이미 그 경주가 시작됐었나 봐요."

---

173) 셰익스피어의 『햄릿』에 나오는 말.

이 '대단한 여성'은 채드네 딸, 베시 크래네지였다. 추레해 보이는 이 아가씨의 빨갛고 넓적한 뺨은 경주를 한 탓인지 더욱 빨개 보였다. 만일 그녀가 천사 같은 사람이었다면 더욱 숭고한 사람으로 보였을 것이다. 좀 안타까운 말이지만 다이나가 떠나간 후로 베시는 귀걸이나, 자신이 수집해 놓은 자그마한 장식품을 다시 달고 다녔다. 가련한 베시의 마음을 들여다 볼 수 있는 사람이라면, 누구라도 베시와 헤티가 품고 있는 작은 희망과 열망이 놀랄 만큼 닮았다는 것을 알 수 있을 것이다. 감정적인 면에서는 아마도 베시가 헤티보다 더 우위에 있을지도 모른다. 하지만 그들은 겉보기에는 아주 다르다! 베시를 보면 그녀의 따귀를 때리고 싶고, 헤티를 보면 그녀에게 간절히 키스하고 싶을 정도로 그 두 여자는 외모가 완전히 달랐다.

베시는 멍청한 말괄량이같이 쾌활했고, 상을 타고 싶어서 경주가 아무리 힘들어도 열심히 달렸다. 상품들로 망토와 그 외에 좋은 옷감들이 마련되었을 거라고 누군가가 말하는 걸 들었기 때문이다. 손수건으로 부채질을 하며 천막으로 다가오는 그녀의 크고 동그란 눈은 신이 난 듯 반짝반짝 빛났다.

베시가 올라오기 전에 리디아 양이 상품이 놓인 테이블에서 커다란 꾸러미를 가져와 어윈 마님에게 건네주면서 말했다.

"여기 부댓자루 경주의 일등상이에요. 아주 좋은 모직물 가운과 플란넬 천 한 필이에요."

아서가 말했다.

"우승자가 저렇게 젊을 줄은 몰랐나 봐요. 칙칙한 가운은 좀 나이든 여성한테 어울리잖아요. 이 소녀에게 어울리는 다른 적당한 상품을 찾아줄 순 없나요?"

레이스를 만지작거리며 리디아 양이 말했다.

"나는 실용적인 것만 샀는데······. 저런 신분의 젊은 여자는 화려한 옷을 좋아해서는 안 된다고 생각해. 주홍색 망토가 있긴 한데, 나이 든 여성이 우승하면 차지하겠지, 뭐."
　리디아 양이 하는 말을 듣고 아서를 쳐다본 어윈 모친의 얼굴에는 살짝 비웃는 표정이 떠올랐다. 한편, 베시는 올라와서 연거푸 절을 해댔다.
　어윈이 친절하게 설명했다.
　"이 사람이 베시 크래네지에요, 어머니. 채드 크래네지의 딸이죠. 대장장이인 채드 크래네지를 기억하세요?"
　어윈 마님이 말했다.
　"그럼, 물론이지. 자, 크래네지 양. 여기 상품이에요. 따뜻하고 훌륭한 겨울용 옷이에요. 이렇게 더운 날에 우승하느라 고생했어요."
　베시는 보기 싫고 묵직한 가운을 보자 입술이 뾰로통해졌다. 가운은 이렇게 무더운 7월 날씨에는 너무 덥고 불쾌하게 느껴졌고, 들고 가기에도 보기 흉한 물건이었다. 그녀는 가운은 쳐다보지도 않고 다시 절을 하고는 입술을 부르르 떨며 되돌아가 버렸다.
　아서가 말했다.
　"어휴, 불쌍해라. 몹시 실망한 모양이군. 좀더 저 아가씨 취향에 맞는 물건이었으면 좋았을 텐데."
　리디아가 지켜보며 말했다.
　"젊은 애치고는 꽤 당돌하네. 나는 위로해 주고 싶은 마음이 전혀 없는걸."
　아서는 마음속으로 오늘이 다 가기 전에 베시에게 우승 선물로 돈을 좀 주고, 마음에 드는 물건을 사라고 해야겠다고 결심했다. 베시는, 자기를 위로하는 다른 선물이 마련되고 있다는 것을 알지 못한 채, 천막에서도 보이는 넓은 곳으로 가서 나무 아래에다가 보기 싫은 꾸러미를 내던지고 울기 시작했다. 그러자 꼬맹이들이 그녀를 보고 재미있어 하며 킥킥 웃어댔다. 사려 깊고 나이 지긋한 사촌이 그녀를 알아보고, 남편에게 아기를 맡기고 서둘러 그녀에게 다가왔다.

보기 싫은 꾸러미를 집어들고 찬찬히 훑어보며 티모시네 베스가 말했다.
"왜 그래? 무슨 일 있어? 바보같이 뭐 하러 그딴 경주는 해가지고……. 아유, 땀 좀 봐. 더위에 지친 모양이구나. 어머, 이건 뭐야? 이렇게 좋은 모직물과 플란넬 천을 꽤 많이 주셨네. 저분들은 우리를 생각해서 그랬을 거야. 워낙 분별력이 있는 분들이시지. 봐, 우리한테 꼭 필요한 물건이잖아. 이 모직 천 나한테 조금만 줄 수 있어? 우리 아이들 옷을 만들어 주려고. 베시, 너는 착한 아이잖아. 그리고 내가 너한테 뭘 달라고 말한 건 이번이 처음이고 말이야."
눈물을 닦고 정신을 차린 젊은 베시가 토라진 표정으로 말했다.
"나는 상관없으니까 다 가져가세요."
"그래, 네가 싫다면 내가 가져갈게."
무심한 사촌은 베시가 행여나 마음이 변할까 봐 얼른 꾸러미를 집어들고 걸어가 버렸다.
그러나 뺨이 통통한 이 아가씨는 눈물까지 흘렸던 서러움에서 벗어나 금방 쾌활해졌다. 오늘 경주의 성대한 절정을 이루는 당나귀 경주가 시작되었을 때, 그녀는 언제 그랬냐는 듯 경주를 구경하느라 정신이 없었다. 그녀는 마지막으로 달려오는 당나귀를 응원하며 쉿쉿 휘파람을 불어댔고, 흥분해서 어쩔 줄 몰라 했다. 한편, 당나귀를 탄 기수들은 막대기로 당나귀를 몰고 있었다. 하지만 당나귀들은 마음이 내키지 않으면 막대기가 지시하는 방향과 정반대로 달려가기 십상이어서, 제대로 달리게 하려면 굉장히 머리를 써야 했다. 가령 달리던 당나귀를 도가 지나치다 싶을 만큼 너무 세게 때리면, 당나귀는 그 자리에 꼼짝 않고 멈춰 서버렸다. 그렇게 함으로써 당나귀는 자신이 최고로 똑똑한 머리를 가졌다는 걸 자랑했다. 군중의 환호성이 요란했다. 드디어 최고로 훌륭한 당나귀를 타고 온 행운의 우승자가 가려졌다. 승리는 의기양양한 미소를 짓고 있는 석수장이 빌 다운스의 것이었다. 승리를 가져온 그 당나귀는 승리에 도취된 듯이 다리를 뻣뻣이 세우고 말없이 서 있었다. 참으로 멋진 순간이었다.

당나귀를 탔던 기수들에게는 아서가 직접 상을 주었다. 상품은 무인도에서도 편리하게 지낼 수 있을 만한 칼날과 나사송곳이 달린 멋진 주머니칼이었다.

상품을 받고 좋아서 어쩔 줄 몰라 하던 빌은, 천막에 되돌아오자마자 와이어리 벤이 한 가지 제안을 했다는 사실을 알았다. 귀족들이 만찬을 하러 가기 전에, 그 자리에 모인 사람들을 즐겁게 해주자는 것이었다. 다시 말해 즉흥적인 구경거리로 봉사를 하자고 한 것이다. 즉, 호른 파이프 무용을 보여주자는 것이었다. 본래 이 생각은 벤의 생각은 아니었다. 그러나 춤을 출 벤이 그 제안을 정말 특이하고 복잡하게 전개시켜, 결국 어느 누구도 이 무용수의 기발하고 독창적인 제안을 부인하지 못하게 했다.

춤이라면 어디에서도 빠지지 않는 와이어리 벤은 매년 열리는 웨이크 축제(어떤 지역 교구에 속한 교회의 수호성인을 위한 축제)에서 성공적인 춤 솜씨를 보여준 적이 있었다.

벤의 춤에 대한 자부심을 추켜 세워주려면 좋은 맥주 몇 잔이면 충분하기도 했지만, 귀족들이 그의 호른 파이프 무용을 보고 아주 감동할 것이라고 자신감을 심어 주면 그만이었다. 더구나 벤은 조슈아 랜이 내놓은 아이디어로 꽤 상기되어 있었다. 랜은 아서가 그들에게 베풀었던 것에 대한 답례로 아서를 즐겁게 해주자고 벤에게 제안했던 것이다.

독자들은 진중한 성격의 벤이 이번만큼은 랜에게 바이올린으로 반주해달라고 청했을 때 별로 놀라지 않을 것이다. 그리고 랜은 비록 춤이 별것 아니라 하더라도, 자신의 음악이 그 부족함을 메워 줄 거라고 생각했다. 그때 아담은 대형 천막들 중 한 천막에 와 있었다.

아담 비드는 이 천막에서 그러한 계획이 논의되고 있는 것을 듣고 벤에게 사람들 앞에서 웃음거리가 되지 말라고 충고했다. 그 말을 듣고 벤은 무엇이든지 혼자서는 하지 않겠다는 결심을 했다. 벤은 아담이 자기를 얕본 줄로 오해했기 때문이었다.

도니손 경이 물었다.

"아니, 이게 대체 뭐지? 아서, 네가 꾸민 일이냐? 저 교회서기는 바이올린을 들고, 멋진 친구는 단추 구멍에 작은 꽃다발을 꽂고서 이리로 오고 있구나."

아서가 말했다.

"아닙니다, 저는 전혀 모르는 일이에요. 춤을 출 모양인데요? 저 사람도 목수일 하는 사람인데, 아, 저 사람 이름이 뭐더라, 지금은 잘 생각나지 않네요."

어윈이 대답했다.

"벤 크래네지에요. 사람들이 저 사람을 와이어리 벤이라고 부르지요. 좀 난봉꾼 같은 사람이지만 말이에요. 앤! 네가 저 바이올린 연주를 다 들으려면 힘들고 피곤할 거야. 내가 안으로 데려다 줄 테니 너는 거기서 저녁때까지 쉬고 있는 게 낫겠다."

어윈의 말에 앤이 자리에서 일어났고, 어윈은 그녀를 데리고 나갔다. 한편 죠슈아 랜이 사전준비로 '화이트 콕케이드'(스코틀랜드의 자코바이트 군대가 불렀던 노래)를 연습했다. 실제로 랜은 그 곡을 자기의 예민한 귀를 만족시킬 만큼 충분한 솜씨를 부려 연습했었다. 그리고 나서 그는 곡에 따라 다양한 가락으로 변화무쌍하게 '화이트 콕케이드'를 연주했다. 그러나 사람들의 관심은 모두 벤의 춤에 쏠려 있었다. 만약에 그가 한 사람도 자신의 음악에 별로 귀를 기울이지 않았다는 사실을 알아챘다면 분통 터지는 일이었을 것이다.

독자들이여! 진짜 영국 시골농부가 추는 독무(한 사람이 단독으로 추는 춤)를 본 적이 있는가? 여러분은 유쾌한 시골사람처럼 웃는 얼굴에,

엉덩이를 우아하게 돌리며 머리를 넌지시 흔드는 시골농부의 발레 춤을 항아리에 그려진 그림에서만 보았을 것이다. 그 춤은 '버드 왈츠'(새의 왈츠)란 노래가 새들의 노래와 비슷한 것처럼 진짜로 새가 춤추는 발레와 비슷하였다. 와이어리 벤은 절대로 웃지 않았다. 오히려 그는 춤추는 원숭이처럼 진지하게 춤을 추었다. 그는 인간의 팔 다리가 얼마나 괴상한 모습으로 흔들릴 수 있는지 자기 몸의 움직임을 통해 시험해보는 경험 철학자같이 심각한 표정으로 춤을 추었다.

줄무늬가 있는 천막에서 웃음소리가 크게 터져 나오자, 아서는 보상이라도 하듯이 계속 "브라보!"를 외치며 박수를 쳤다. 그러나 벤을 진심으로 찬탄하는 사람이 딱 한 사람 있었다. 그 사람의 눈은 젊은 시절의 자신 못지않게 열정적이고 진지하게 춤추는 벤을 열심히 쳐다보고 있었다. 바로 자기의 두 다리 사이에 토미를 안고 벤치에 앉아 있는 마틴 포이저였다.

포이저가 자기 부인에게 물었다.

"저건 마치 뭐처럼 보이지? 발을 정확한 리듬에 맞춰 사뿐 사뿐 가볍게 땅바닥을 두드리고 있잖아. 꼭 시계 같군! 나도 날씬했을 때는 춤에 꽤 소질이 있었는데……. 이제는 아무리 노력해도 저렇게 정확하게 추지는 못하겠어."

포이저 부인이 대답했다.

"내 생각에는 저 사람에게는 팔다리란 게 도무지 아무 상관없어 보이는데요. 상체가 아주 텅텅 비어 있는 것 같아요. 그렇지 않고서야 아무리 귀족들이 자기를 바라보고 있다고 해도, 미친 메뚜기처럼 지그 춤과 발 구르기 춤을 저렇게 현란하게 출 수가 있겠냐구요. 저거 봐요. 사람들은 숨이 넘어갈 정도로 웃고 있어요."

어떤 일이든 쉽게 화를 내지 않는 포이저가 말했다.

"그래, 그래. 그럴수록 더 좋지. 그게 저 사람들을 즐겁게 하나 봐.

그런데 저분들은 저녁식사를 하시려는 건가? 자리를 뜨고 계시네. 우리도 슬슬 움직여 볼까? 저기 아담 비드가 뭘 하는지 좀 봐봐. 술을 마시는 것 같군. 근데 별로 재미가 없어 보이네? 좀 이상하구먼."

26
무도회

 아서가 무도회장으로 현관 홀을 고른 것은 아주 현명한 선택이었다. 이곳만큼 바람이 잘 통하고 탁 트여 있는 장소가 없었다. 현관 홀은 다른 방들로 곧장 들어갈 수 있을 뿐만 아니라 정원과 바로 통하는 넓은 문들이 있었다. 돌 타일이 깔린 마룻바닥에서 춤을 추기는 좀 마땅치 않았지만 춤추는 사람은 대부분이 돌 바닥에서 크리스마스 무도회를 즐기는 것이 어떤 것인지 잘 알고 있었다.
 대부분의 영국식 현관 홀은 치장 회반죽으로 된 높은 천장에 그림이 새겨져 있었다. 그림은 꽃 화환으로 둘러싸여 나팔을 불고 있는 천사들의 모습이었다. 벽에는 원형의 양각으로 온갖 영웅들의 모습과 벽감 속의 조각상이 번갈아 늘어서 있었는데, 이곳이 여러 개의 현관 홀 중에서 유일하게 주변 방들이 벽장처럼 보이는 곳이었다. 현관 홀은 푸른 나뭇가지로 장식하기에 딱 어울리는 그런 장소였고, 이번 기회에 크레이그는 이 홀을 온실 화초로 꾸며서 자신의 취향을 실컷 뽐낼 수 있었다. 아이들은 9시 반 무렵까지 하녀들과 함께 머무르면서 무도회를 구경하기로 되어 있었다. 넓은 돌계단에는 아이들이 앉을 수 있도록 쿠션을 깔아 놓았다. 이 무도회는 소작인들 중 유지들만 참여하는 것이어서 공간은 충분했다. 색종이 등잔은 푸른 나뭇가지 사이로 높이 치솟아 근사하게 잘 배열되어 있었다.

농부들의 아내와 딸들은 홀 안을 들여다보면서, 어떤 광경도 이 무도회장보다 휘황찬란하게 빛나 보일 수 없을 거라고 생각할 정도였다. 이곳을 구경하고서 그들은 왕과 여왕의 거처가 어떤 곳인지를 이제야 알게 되었다고 하면서, 이곳에 오지 못한 사촌과 친지들을 안타깝게 생각했다. 세상에 이렇게 황홀한 광경을 그들이 보지 못하는 것이 못내 아쉬웠던 것이다. 해가 저문 지 얼마 되지 않았지만, 등잔에는 이미 다 불이 밝혀져 있었다. 하지만 바깥은 완전히 어두워지지 않고 잔잔한 햇빛의 여운이 남아 있어서, 환한 대낮보다 사물을 더 분명히 식별할 수 있을 것 같았다.

저택 밖의 광경도 아름다웠다. 농부들과 그 가족들은 꽃이 만발하고 관목이 우거져 있는 잔디밭을 산책하거나, 동쪽으로부터 곧게 나있는 넓은 길을 따라 걷고 있었다. 길 양옆에는 이끼 낀 풀밭이 융단처럼 펼쳐져 있었다. 가지들이 납작하게 얽혀 햇빛을 가려주는 다갈색의 삼나무와 가지가 땅에 스칠 정도로 거대한 전나무가 여기저기 서 있었다. 모든 나무들의 가지 끝에는 옅은 초록빛 술 장식이 달려 있었다. 오두막집에 사는 사람들의 무리가 넓은 정원에서 점점 사라져 갔다. 젊은이들은 이제 무도회장으로 뒤바뀔 대저택의 회랑 창문에서 불빛이 새어나오자 그 빛에 매료되었다. 몇몇 점잖은 어른들은 소리 없이 귀가할 때가 되었다고 생각하였다. 리즈베스 비드 역시 집에 돌아가려 했고, 세스가 어머니와 동행하였다. 세스는 단순히 효심 때문에 어머니와 함께 돌아가려는 것이 아니었다. 그저 기독교인으로서 양심상 무도회에 참석하는 게 내키지 않았을 뿐이다.[174] 세스에게 이날은 좀 우울한 날이었다. 지금 이 모든 것들은 전혀 다이나와 어울리지 않았지만, 세스에게는 오히려 절실히 다이나가 생각났다. 화려한 색상의 옷을 입은 아무 생각 없는 얼굴의 젊은 여인네들과 대

---

174) 신심이 깊은 감리교인들은 무도회와 같은 세속적인 오락을 거부했다. 왜냐하면 진정한 기독교인으로서의 정의와 진지한 믿음에 방해가 된다고 생각했기 때문이다.

조되어 다이나의 모습이 더 눈에 선했다. 이는 턱밑에 끈이 있는 모자를 쓴 촌스런 여자들이 우리의 시선을 가리는 순간, 그림 속 성모 마리아의 아름다움과 위대함이 더욱 뚜렷해지는 경우와 마찬가지였다. 마음속에 다이나의 모습이 떠오르자, 세스는 시간이 흐를수록 점점 짜증을 부리는 어머니를 더 잘 참고 극진히 모실 수 있었다.

불쌍한 리즈베스는 이상하게 기분이 상해서 심기가 몹시 불편했다. 금지옥엽으로 기른 아들 아담이 명예로운 대접을 받게 된 것에 아주 흐뭇하고 자부심을 느끼면서도, 아담이 와서 도니손 대위가 무도회에 참석해 달라고 했다는 이야기를 하자 그녀는 자기도 모르게 마음속 깊이 질투와 심술이 끓어올랐다. 아담은 점점 성장해서 이제는 더 이상 품 안의 자식이 아니었다. 그러나 그녀는 옛날에 아담이 자신을 성가시게 했던 날들이 오히려 더 그리워졌다. 그때만 해도 아담은 어머니가 하라는 대로 잘 따르고 말도 잘 들었었다. 어머니가 말했다.

"아! 무도회라니, 말도 안 돼. 너희 아버지가 돌아가신 지 아직 한 달 반도 채 지나지 않았어. 남아 있는 우리가 이렇게 신나서 떠들어 대는 사람들과 벌써부터 어울리느니 나는 차라리 네 아버지의 무덤 속에 들어가 버리고 싶구나."

오늘은 어머니를 더욱 지극히 모셔야겠다고 마음먹으면서 아담이 말했다.

"그렇게 생각하지 마세요, 어머니. 저는 춤추지 않을 거예요. 그냥 구경만 할 거예요. 대위님께서 제가 무도회에 참석하기를 바라서요. 무도회에 참석하지 않겠다고 말하면 제가 잘난 척하면서 거절하는 것처럼 보일 수도 있거든요. 어머니도 그분이 오늘 저한테 얼마나 잘해 주셨는지 잘 아시잖아요."

"아, 너 좋을 대로 하렴. 이 늙은 어미가 무슨 권리로 너를 막겠니. 나야 이제 아무짝에도 쓸모없는 늙은이니까. 막말로 빈껍데기 아니냐. 그리고 너는 무르익은 땅콩 알맹이처럼 이 어미한테서 기를 쓰고 빠져나가려고만 하는구나."
 아담이 말했다.
 "저…… 어머니, 제가 무도회에 참석하는 게 정 싫으시다면 대위님께 말씀드릴게요. 차라리 집에 가는 게 더 낫겠어요. 그렇게 하더라도 대위님은 그다지 서운하게 생각하시진 않을 거예요. 가서 말할게요. 그것 하나 말 못 하겠어요."
 말은 그렇게 했지만, 사실 아담은 그날 저녁 헤티 가까이에 있고 싶었기 때문에 이렇게 말하기가 몹시 어려웠다.
 "아니다, 그럴 거 없어. 무도회에 가렴. 대위님이 화내실지도 모르잖니. 가서 그분이 이른 대로 해라. 나는 세스하고 집으로 가마. 나도 네가 이렇게 주목받는다는 것이 얼마나 영광스러운 일인지 잘 알고 있다. 이렇게 잘난 자식을 두었으니 이 어미가 얼마나 자랑스럽겠니. 지금까지 너를 정성껏 키워왔고, 너를 위한 일이면 어떤 것도 마다하지 않았는데, 이제 와서 너한테 방해가 되어서야 쓰겠니?"
 "그러면 조심히 들어가세요, 어머니. 세스, 어머니 잘 모시고, 집에 가면 짚 좀 꼭 챙겨 줘."
 아담은 이렇게 말하고는 무도회장의 입구를 향해 돌아섰다. 그쪽으로 가면 포이저네 가족과 합류할 수도 있을 거라고 기대하면서 말이다. 아담은 오후 내내 다른 일에 너무 신경 쓰느라 헤티에게 말을 걸 시간조차 없었다. 그는 곧 저 멀리 서 있는 사람들을 발견했고, 그들이 포이저 가족이라는 것을 알았다. 그들은 넓은 자갈길을 따라 무도회장으로 가고 있었다. 아담은 서둘러 그들에게 다가갔다. 톳티를 팔에 안고 있던 포이저가 말했다.
 "아니, 아담. 또 만났네. 일도 다 끝마쳤으니, 이제 재미있게 놀 일만 남았군. 그런데 어쩌지, 벌써부터 헤티에게 춤을 청한 파트너가 줄을 섰다네. 내가 방금 이 애에게 자네하고 춤추기로 약속했냐고 물어봤더니, 아니라고 하더군."

"저는 오늘 밤 춤출 생각이 없습니다."

아담은 이렇게 대답했지만 헤티를 보자 금세 춤추고 싶은 마음이 들었다. 포이저가 말했다.

"말도 안 돼! 아담, 자네같이 젊고 잘생긴 사람이 왜 마다하는 거야. 다른 사람들 못지않게 춤도 잘 출 텐데. 오늘 밤에는 지주 어르신과 어윈 마님을 제외하고는 모두가 다 춤을 출 텐데. 베스트 부인 말이, 리디아 양과 어윈 양까지도 춤을 춘다더군. 그리고 오늘 무도회에서 도니손 대위님이 내 아내와 첫 번째로 춤을 추고 싶다고 말씀하셨어. 그래서 우리 집사람도 어쩔 수 없이 춤출 거라네. 막내가 태어나기 전 크리스마스 이후로 춤춰본 적이 없는데 말이야. 춤도 안 추고 가만히 있으면 창피하지."

포이저 부인이 손사래를 쳤다.

"아니에요, 아니에요. 아유, 참 남세스러워서. 춤을 추다니, 말도 안 돼요. 그렇게 말도 안 되는 일에 집착하다니, 그러지 말아요. 다 뻑뻑해진 죽을 그냥 삼키든지, 내버려두든지 그건 당신 마음이겠지만, 암튼 나는 그냥 내버려두라구요."

아담은 포이저 부인의 잔소리나 그 밖의 다른 얘기에 귀를 기울이면서도 얼른 이렇게 말했다.

"그러면 헤티가 저와 춤을 출까요? 만약 특별히 춤출 사람이 없으면 제가 어떤 춤이라도 기꺼이 헤티와 같이 출 수 있는데요."

헤티가 대답했다.

"네 번째 곡의 상대가 없어요. 좋으시다면 그때 함께 춤춰요."

포이저가 말했다.

"아, 아담. 자네가 춤을 추기로 결심했다면 맨 처음 곡에서 앞장서야 하네. 그렇지 않으면 이상해 보일 거야. 아가씨들이 아주 많으니 파트너를 마음대로 고를 수 있잖아. 숙녀들에게 춤을 청하지 않고 그냥 서 있으면 그것도 실례야."

아담은 포이저의 말이 옳다고 여겼다. 헤티 이외에 아무와도 춤추지 않겠다는 것은 스스로를 위해서도 좋을 것이 없었다. 그리고 조나단 버즈가 오늘 언짢은 일이 있었다는 것을 기억해내고는, 제일 첫 곡은 메리에게 춤을 추자고 부탁해야겠다고 결심했다.

포이저가 말했다.

"큰 시계를 보니 벌써 8시군. 서둘러야겠어. 그렇지 않으면 지주님과 귀부인들이 우리보다 먼저 들어오시겠는걸. 그건 썩 보기 좋은 일이 아니지."

그들이 무도회장인 현관 홀에 들어섰을 때, 몰리가 보살피던 세 아이들은 계단에 앉아 있었고, 응접실의 미닫이문은 활짝 열려 있었다. 장교복을 입은 아서가 온실 화초들로 장식된 카펫 깔린 연단에 어윈 마님을 모시고 들어왔다. 마님과 앤 양은 도니손 지주와 동석하여, 마치 연극에 등장하는 왕과 왕비처럼 그 연단에 앉아 다른 사람들의 춤을 구경하기로 되어 있었다. 아서는 농장 사람들을 기쁘게 해주기 위하여 제복을 갖춰 입은 것이라고 말했다. 그러나 농장 사람들은 군인으로서 위엄을 갖춘 아서를 마치 높은 벼슬아치나 되는 것처럼 대단하게 여겼다. 그는 사람들에게 그런 대접을 받는 게 기뻤고, 제복은 확실히 그의 인물을 훨씬 더 준수해 보이도록 해주었다.

지주 어른은 자리에 앉기 전에, 소작농들과 인사를 나누고 그들의 아내들에게 공손한 인사말을 건네며 홀을 돌아다녔다. 그는 항상 공손한 척했다. 하지만 꽤 오랜 기간 그를 겪어본 농부들은 그럴듯해 보이는 노지주의 예절이 사실 냉정함의 또 다른 표시라는 것을 파악하고 있었다. 오늘 밤 노지주는 특히 포이저 부인에게 눈에 띄게 정성을 다해 예의를 갖춰 대접했다. 그는 부인의 건강에 대해 묻더니, 자기가 쓰는 비법대로 하면 몸이 건강해진다고 말했다. 그는 냉수마찰을 권하면서 약은 일절 피하는 것이 좋을 거라는 조언까지 해주었다. 포이저 부인은 고개 숙여 답례하고, 자존심을 꾹 억누르면서 그에게 감사하다고 말했다. 하지만 그가 지나가자마자, 그녀는 남편에게 속삭였다.

"내 목숨을 걸고 하는 말인데요. 지주님은 틀림없이 뭔가 우리의 뒤통수를 칠 만한 비열한 음모를 꾸미고 있어요. 늙어빠진 악마 해리도 괜히 꼬리를 흔들지 않잖아요."

하지만 포이저는 대답할 여유가 없었다. 아서가 바로 말을 걸었기 때문이다.

"포이저 부인, 맨 처음 춤을 저와 함께 춰주십시오. 포이저 씨는 저의 고모님께 모셔다 드리지요. 고모님께서 포이저 씨와 춤을 추고 싶다고 하셨답니다."

아서가 포이저 부인을 무도회장의 맨 앞자리로 데려갔다. 뜻밖의 영광스러운 대접을 받는 포이저 부인은 흥분한 나머지 그 창백한 뺨이 발그레해지고 말았다. 포이저는 술을 한 잔 더 마시더니 자신이 젊은이처럼 잘생기고 춤도 잘 춘다는 자신감이 생겼다. 그는 리디아 양에게 당당히 걸어가서, 자신만큼 춤을 현란하게 잘 추는 상대는 일평생 한 번도 만나 본 적이 없었을 거라고 은근히 자랑하기 시작했다.

두 교구민들의 체면을 적절히 세워주기 위해서 어윈 양은 브록스톤의 가장 뚱뚱한 농부인 루크 브리튼과 춤을 추었고, 가웨인은 브리튼 부인과 춤을 추었다. 어윈은 여동생인 앤을 자리에 앉히고 나서, 사전에 아서와 약속한 대로, 소작농들의 흥이 얼마나 고조되는지 보려고 회랑으로 나갔다. 그러는 동안 별로 할 일이 없는 사람들은 모두 자리를 잡고 앉았다. 헤티의 파트너는 예상했던 대로 크레이그가 되었고, 메리 버즈의 파트너는 아담이 되었다. 이제 음악이 울려 퍼지자 사람들은 모든 춤 중에서도 최고의 춤이라는 컨트리 댄스(남녀가 마주 보고 두 줄로 서서 추는 춤)를 추기 시작하였다.

이곳이 춤추기에 아주 불편한 마룻바닥이라는 게 참 안타까웠다! 그럼에도 불구하고 무거운 구둣발로 장단을 맞추는 발소리는 그 어떤 북소리보다도 듣기 좋았다. 이렇게 흥겹게 발을 구르고, 박자에 맞춰 즐겁게 고개를 끄덕거리며, 손을 흔드는 모습을 지금 이곳 말고 과연 어디서 볼 수 있단 말인가? 옷을 근사하게 차려입은 부인들은 춤추는 동안만큼은 온갖 집안일이나 목장 일을 깡그리 잊어버렸다.

부인들은 젊은 아가씨들 옆에서 춤을 추면서, 그녀들을 방해하지도 시기하지도 않았으며, 오히려 그녀들을 자랑스럽게 생각했다. 뚱뚱한 남편들은 휴일을 맞아서 기분이 좋은 모양이었다. 마치 자신들이 여자들에게 구애하던 시절로 되돌아간 것처럼 자기 아내에게는 눈길도 보내지 않았다. 그러나 젊은 남녀들은 자신의 파트너가 어색해서 쩔쩔맨 나머지 아무런 말도 못 했다. 길고 풍성한 드레스 자락, 옷차림을 훑어보는 듯한 눈길, 피곤해 보이는 남자들이 광이 날 정도로 깨끗이 닦은 신발을 신고 애매한 미소를 짓고 있는 모습들, 이런 멋진 광경을 한꺼번에 다 볼 수 있는 기회가 때때로 마련된다면 얼마나 즐겁고 다채로운 변화가 될 것인가.

무도회에서 마틴 포이저의 유쾌한 기분을 망치는 것이 딱 한 가지 있다면 바로 게으른 농부 루크 브리튼과 계속 마주친다는 것이었다. 그는 춤을 추는 동안 손이 서로 엇갈릴 때마다 그에게 희미하게나마 차가운 시선을 보내야겠다고 생각했다. 하지만 무례한 루크 대신 어윈 양이 포이저 맞은편으로 다가와서, 포이저는 하마터면 엉뚱한 사람을 얼어버리게 만들 뻔했다. 그는 이제 도덕적 비판 따위는 훌훌 털어버리고 고개를 높이 쳐들며 들뜬 기분을 만끽하기로 했다. 오늘의 주인공인 아서가 다가오자 헤티의 가슴은 걷잡을 수 없이 쿵쾅거리고 두근거렸다. 아서는 오늘 헤티를 거의 쳐다보지도 않았다. 하지만 지금 이 순간, 아서는 그녀의 손을 넘겨받아야만 했다. 과연 그가 자신의 손을 꽉 잡아줄까? 그가 나를 바라봐줄까? 그가 자신에게 아무런 감정도 보여주지 않는다면 헤티는 울음을 터뜨릴 것만 같았다.

 이제 아서가 다가왔다. 그는 그녀의 손을 잡았다. 그렇다, 아서는 헤티의 손을 꽉 잡았고 헤티는 아서를 바라보았다. 그러나 눈이 마주친 순간, 헤티의 얼굴은 그만 백짓장처럼 하얘졌다. 아서는 계속 춤을 추면서 곧장 헤티로부터 멀어졌다. 음울한 고통이 시작된 것처럼 아서에게서도 창백한 표정이 떠올랐다. 아서는 줄곧 그 표정을 떨쳐버리지 못하고, 춤을 추면서 한결같이 억지 미소를 지으며 농담을 건넸다. 아서가 헤티에게 격식만 차린 인사말을 했을 때, 헤티도 그를 똑같이 대했다. 그러나 아서는 자신이 헤티에게 그런 말조차 건넸다는 게 참을 수 없었다. 그는 또 한 번 자신이 바보가 되어버렸다고 후회했다.

 헤티의 표정은 그가 예상했던 것만큼 심각한 것은 아니었다. 그녀의 얼굴에는 아서가 자신을 바라봐 주기를 바라는 마음과 그 마음을 다른 사람들이 눈치 채지는 않을까 하는 두려운 마음을 숨기려고 애쓰는 표정이 역력했다. 하지만 헤티의 얼굴에는 그녀 자신의 감정을 초월하는 어떤 말이 쓰여 있었다. 사람들의 얼굴 표정에는 자신도 억누르지 못하는 어떤 목적과 감정들이 자연스럽게 묻어난다. 그런 표정은 비단 헤티 한 사람만의 표정이 아니다. 우리보다 앞선 시대에 살았던 사람들의 모든 기쁨과 슬픔들이 내포된 표정인 것이다. 예를 들면, 깊은 애정을 말해주는 눈빛은 예전에도 있었고 지금도 어디엔가는 있을 수 있다. 하지만 헤티의 눈빛은 애정 어린 눈빛과는 달랐고, 오히려 하고 싶은 말을 하지 못하는 창백한 눈빛에 가까웠다. 그 모습은 모국어도 알아듣지 못하는 사람이 직관적으로 내뱉는 시와 같았다.

 아서는 헤티의 표정에서 그녀가 자신을 몹시 사랑하고 있다는 걸 깨달았고, 은밀한 기쁨을 느끼는 동시에 커다란 두려움에 휩싸였다.

그는 해결해야 할 힘겨운 과제가 있었음에도 불구하고, 헤티를 향한 열정에 자신을 내맡기고 말았다. 그는 3년 동안의 청춘을 포기해도 후회하지 않을 정도로 충만한 행복에 젖어 있었다. 아서는 포이저 부인을 무도회장으로 이끌 때, 그의 마음속에는 이런 모순적인 생각이 자리 잡고 있었다. 포이저 부인은 춤추는 것이 힘들었던지 숨이 찼다. 그녀는 춤을 청하는 사람이 재판관이나 배심원이라 할지라도 더 이상 절대로 춤을 추지 않겠노라고 다짐했다. 그녀는 식당으로 가서 조용히 휴식을 취해야겠다고 마음먹었다. 식당에는 손님들이 마음대로 골라 먹을 수 있도록 간단한 저녁식사가 차려져 있었다. 포이저 부인이 선하고 순수한 의도로 말했다.

"대위님이 예전에 약속한 대로 헤티와 춤추는 것이 더 좋겠는데요. 그 아이는 워낙 생각이 없어서, 모든 춤마다 다 선약을 만들어 놓으려고 하더라고요. 그래서 제가 너무 많은 사람과 약속해 놓지 말라고 일러두었답니다."

아서는 가슴이 뜨끔해졌다.

"감사합니다, 포이저 부인. 자, 이 안락의자에 앉으시지요. 부인이 좋아하실 만한 것을 밀스가 갖다 드릴 겁니다."

그는 또 다른 파트너로 서둘러 유부녀를 찾았다. 젊은 여자들보다 기혼녀들에게 먼저 춤을 청하는 것이 당연한 예의였기 때문이다. 사교춤이 점점 진행되어 가면서 발장단 소리, 우아한 고갯짓과 부드러운 손짓이 연달아 즐겁게 이어졌다. 이윽고 헤티가 네 번째 파트너와 춤을 출 시간이 다가왔다. 건장하고 의젓한 아담은 고운 손을 가진 열여덟 살 소년처럼 이 순간을 기다렸다. 이 감정은 다른 사람들도 첫사랑을 경험했을 때 똑같이 겪어 봤으리라. 이때까지 아담은 헤티와 슬쩍 지나치며 인사만 나눴을 뿐, 그녀의 손목조차도 잡아보지 못했다. 아담은 예전에 언젠가 그녀와 한 번 춤춰보긴 했지만 그 이후론 한 번도 없었다.

오늘 밤 그는 자기도 모르게 아주 열렬히 헤티만을 바라보고 있었고, 보다 더 깊은 사랑을 들이마시고 있었다. 헤티는 하는 짓마다 굉장히 예뻐 보였고, 아주 얌전해 보였다. 그녀는 다른 이들과 전혀 시시덕거리지도 않는 것처럼 보였으며, 평상시만큼 웃음을 흘리고 다니지도 않았다. 그녀에게서는 슬픈 기색이 엿보였는데 이 모습이 정말 사랑스러워 보였다. 그는 마음속으로 이렇게 다짐했다.
 '신이여, 그녀를 축복하소서! 내가 평생토록 그녀를 행복하게 해줄 거야. 이 튼튼한 팔로 그녀를 위해 일하고, 온 마음으로 그녀를 사랑할 거야. 반드시 그렇게 할 거야.'
 그러고 나서 그는 일을 끝내고 집으로 돌아와 헤티를 옆으로 끌어당겨 부드럽게 그녀와 뺨을 부비는 달콤한 상상에 젖어들었다. 그는 지금 자신이 어디에 있는지조차 잊어버릴 정도로 상상 속에 푹 파묻혀 있었는데, 흐르는 음악과 발장단 소리가 마치 귀에 익숙한 빗소리나 바람소리처럼 들리기까지 했다. 드디어 헤티가 세 번째 파트너와 춤을 마쳤다.
 아담은 일어나서 헤티에게 다가가 손을 넘겨받으려 했지만, 그녀는 무도회장 저쪽 끝, 계단 근처에서 몰리와 무언가를 속삭이고 있었다. 몰리는 곤히 자는 톳티를 헤티의 팔에 안겨 주고 층계참에 놓여 있는 숄과 모자를 가지러 갔다. 할아버지와 함께 마차를 타고 집에 돌아가기 전에, 포이저 부인은 두 사내아이에게 케이크를 먹이려고 식당으로 데려가고 있었다. 몰리는 그 뒤를 허겁지겁 따르려던 참이었다. 위층으로 올라가는 계단을 향해 몰리가 돌아섰을 때 아담이 다가가 말했다.
 "제가 톳티를 안을게요. 아이들은 잠들면 꽤 무겁잖아요."
 헤티는 자기가 톳티를 안지 않아도 된다는 안도감에 아담을 반겼다. 왜냐하면 톳티를 안고 서 있는 것은 그녀에게 전혀 유쾌한 일이 아니었기 때문이다. 톳티는 다른 사람에게로 옮겨지자, 금방 잠에서 깨버렸다. 톳티는 잘 자다가 갑자기 잠이 깨었을 때, 또래의 다른 어떤 아이들 못지않게 투정을 부리는 아이였다. 헤티가 아담의 팔에 톳티를 안겨주면서 미처 팔을 빼내기도 전에, 톳티가 번쩍 눈을 떴다. 녀석은 갑자기 왼손 주먹으로 아담의 팔을 때리고 오른쪽 손으로는 헤티의 목에 걸려 있는 갈색 구슬 목걸이를 홱 잡아당겼다. 그러자 헤티의 드레스 속에 감춰져 있던 목걸이의 로켓이 밖으로 튀어나왔고, 그 순간 목걸이의 줄이 끊어져 버렸다.

  헤티는 어쩔 줄 몰라 하며 바닥에 떨어져 흩어지는 구슬과 로켓을 바라볼 수밖에 없었다. 소스라치게 놀란 그녀는 제법 크게 소리쳤다.

  "로켓, 내 로켓! 목걸이는 상관없어요."

  아담은 로켓이 떨어진 곳을 이미 알고 있었다. 로켓이 그녀의 옷깃 사이에서 튀어나왔을 때, 유난히 눈에 띄었기 때문이었다. 그것은 돌 바닥에 떨어지지 않고, 악단이 앉아 있는 나무 연단에 떨어졌다. 아담은 로켓을 집어들 때, 그 속에 들어 있는 검은 머리카락과 금발 머리카락, 그리고 거울을 보았다. 로켓은 거울이 달린 면이 위로 향하게 떨어졌기에, 다행히 깨지지는 않았다. 그가 손바닥 위에 로켓을 올려놓고 뒤집어 보니, 에나멜을 칠한 금박이 입혀져 있었다. 아담은 헤티를 향해 그것을 내보이며 말했다.

  "부서지지는 않았어요."

  헤티는 두 팔에 톳티를 안고 있어서 바로 건네받을 수 없었다.

  "괜찮아요, 아무것도 아니에요."

  헤티는 창백해진 얼굴을 붉히고 이렇게 말했다. 아담은 진지하게 물어보았다.

  "괜찮아요? 많이 놀라는 것 같던데. 톳티를 내려놓을 때까지 제가 이것을 들고 있을게요."

  아담은 자신이 로켓을 다시 한 번 보는 것을 헤티가 탐탁지 않게 여길지도 몰라서, 손으로 로켓을 가만히 감싸 쥐면서 덧붙여 말했다. 이때, 몰리가 모자와 숄을 가지고 왔고, 헤티는 몰리에게 톳티를 넘겨주었다. 아담은 곧바로 헤티의 손에 로켓을 쥐여주었다. 그녀는 무심한 척 그것을 받아서 주머니에 넣었다. 그러나 그녀는 이미 아담이 로켓을 봐 버렸기 때문에 속으로 몹시 신경질이 나고 화가 났다. 하지만 더 이상 화난 기색을 보이지 않기로 마음먹었고, 아담에게 말했다.

"이봐요, 사람들이 다들 춤출 준비를 했네요. 우리도 가요."

아담은 말없이 그녀를 따랐다. 당혹스러운 불안감이 그에게 엄습해 왔다. 헤티에게 그가 모르는 다른 연인이 있는 걸까? 아무리 생각해도 그녀의 친척들 중 그런 로켓을 선물할 만한 사람은 없었다. 또 아담은 그녀를 흠모하는 사람들이 어떤 사람들인지 잘 알고 있는데, 그들 중 헤티가 로켓을 선물로 받아줄 정도로 그녀에게 인정받은 사람은 아직까지 없었다. 아담은 헤티에게 로켓을 준 사람이 누구인지 도무지 짐작이 되지를 않아 불안해졌다. 그는 헤티의 삶에 자신이 모르는 뭔가가 있다는 것이 굉장히 고통스러웠다.

그녀가 자신을 사랑하게 될 것이라는 희망에 부풀어 있는 동안, 그녀는 이미 다른 누군가를 사랑하고 있었던 것이다. 헤티와 춤을 춘다는 기쁨은 순식간에 사라져 버렸다. 그녀를 바라보는 아담의 눈빛은 무언가를 초조하게 탐색하는 표정이 역력했다. 그는 그녀에게 말을 건넬 생각조차 할 수 없었다. 헤티도 짜증이 나서 별로 말할 기분이 나지 않았다. 춤이 끝나자 두 사람은 안도의 한숨을 내쉬었다.

아담은 더 이상 무도회에 머물고 싶지 않았다. 그를 원하는 사람도 없었거니와, 그가 이 무도회에서 슬그머니 빠져나간다 해도 신경 쓸 사람도 없었다. 그는 문을 나서자마자 평상시처럼 빨리 걷기 시작했다. 이유를 알 수 없는 두 가지 생각이 떠올랐다. 오늘이 자신에게는 정말 명예롭고, 밝은 미래를 비추어 주는 날이기도 했지만, 한편으로는 마음속에서 영원히 지워지지 않을 쓰라린 상처를 받은 날이기도 했다. 이런 생각을 하며 그는 서둘러 집으로 향했다. 체이스 장원을 지나 꽤 멀리까지 갔을 때, 그는 갑자기 걸음을 멈추었다. 아담은 마음속에 섬광처럼 다시 살아나는 희망을 느끼면서, 자신이 바보 같다고 생각되었다. 아무것도 아닌 사소한 일로 엄청나게 비참함을 느꼈으니 말이다.

헤티는 본래 장신구를 좋아한다. 그러니 그녀 스스로 로켓을 샀을 수도 있는 것이다. 그것은 로세터의 큰 보석 가게에서나 볼 수 있는 물건이었다. 가게 안에서도 하얀색 공단 케이스에 담겨 있을 법한 물건으로 꽤 비싸 보였다. 하지만 아담은 그것이 얼마나 비싼 것인지 잘 알지 못했고, 어쨌든 1기니를 넘지는 않을 거라고 생각했다. 어쩌면 헤티가 그 정도는 크리스마스 선물 상자 속에 가지고 있었을 테고, 헤티는 그런 데에 돈을 쓰는 어린아이 같은 사람일지도 모른다.

그래, 그녀는 어린아이 같은 사람이니, 충분히 그런 장신구를 좋아할 만하지 않은가! 그런데 그렇다면 왜 그렇게 허둥대고 얼굴빛까지 달라졌던 걸까? 그 뒤에는 왜 또 아무렇지 않은 척했던 거지? 아, 그건 헤티가 예쁘긴 하지만 그렇게 사치스러운 것을 가지고 있다는 사실을 아담에게 들켜서 부끄러웠기 때문일 것이다. 그녀는 그런 데에 돈을 쓰는 것이 잘못이라는 걸 잘 알고 있을 뿐만 아니라, 아담이 장신구를 별로 좋아하지 않는다는 것도 잘 알고 있었다. 바로 이것이야말로 아담이 무엇을 좋아하고 싫어하는지에 대해 그녀가 상당히 신경을 쓰고 있다는 증거였다. 로켓을 보고 나서 자신이 입을 다물고 무뚝뚝하게 굴었으니, 헤티는 아담이 자기를 매우 못마땅하게 여기고 있으며, 그가 자신의 약점에 대해 너무 심하게 굴었다고 생각했음에 틀림없다.

아담은 새로운 희망에 들떠 차분히 걸었다. 이제 오직 하나 마음에 걸리는 것이 있다면 자신에 대한 헤티의 마음을 자기 스스로가 얼어붙게 만들었다는 점이다. 그것이야말로 진실임에 틀림없었다. 어떻게 헤티가 아담도 모르게 애인을 둘 수 있단 말인가?

그녀는 외숙부 집에서 단 하루도 떠나 본 적이 없었다. 헤티는 그 집에 오지 않은 사람은 그 누구도 알지 못했고, 외숙부와 외숙모가 모르는 그 누구와도 친하게 지내는 법이 없었다. 그녀의 연인이 로켓을 주었을 거라고 생각하는 것은 어리석은 짓이다. 거울 속에 동글게 말려 있던 검은 머리칼은 분명히 그녀의 머리카락이었으리라. 그 안에 들어 있던 금발 머리카락은 확실히 보지 못했기 때문에, 그것에 대해서는 아무런 추측도 할 수 없었다. 어쩌면 그녀의 아버지나 어머니의 머리카락일 수도 있으리라. 그분들은 그녀가 아이였을 때 돌아가셨으니, 그녀가 자신의 머리칼과 함께 간직하는 것도 당연하다.

아담은 로켓에 대한 온갖 궁금증을 혼자서 이리저리 짜 맞추었다. 머릿속으로 자신이 생각할 수 있는 모든 가능성을 총동원해 상황을 정리한 다음에야 편안한 마음으로 잠자리에 들었다. 어떤 현자가 아담과 진실 사이에 매우 정교하고 개연성 있는 이야기를 확실하게 구축해 놓은 것만 같았다. 잠들기 전 아담의 머릿속에 마지막으로 떠오른 생각은, 홀 팜에 가서 다시 헤티를 만나, 자신이 너무 냉담하게 굴었으며 아무 말도 하지 않았던 걸 용서해달라고 청해야겠다는 것이었다. 아담의 생각은 잠이 들면서 꿈속으로 녹아들었다.

아담이 꿈을 꾸고 있는 시각, 무도회장에서는 아서가 헤티를 이끌어 함께 춤을 추면서 낮은 목소리로 급히 말하였다.

"모레 7시에 숲에서 기다릴 테니, 일이 끝나는 대로 그곳으로 나와 줄래?"

잠시 전에 아무것도 아닌 일에 지레 겁 먹고 날아가 버렸던 헤티의 어리석은 기쁨과 희망은 이제 다시 팔딱거리며 되살아나서 진짜 위험을 깜빡 잊고 말았다. 그녀는 하루종일 지루하고 힘들었지만, 이제야 처음으로 행복을 느꼈고, 무도회가 몇 시간이고 계속되었으면

하고 바랐다. 아서 역시 그러기를 바랐다. 이런 유혹을 떨쳐버리지 못하는 것이 아서의 약점이었다.
 남자가 여자를 보고 열정을 느낄 때는, 달콤한 감정에 휩싸여 자신이 한없이 무기력해진다는 걸 알면서도 순간의 감정을 속이지 못하는 법이었다. 차라리 다음날 아침, 어젯밤 그 열정을 억눌러야 했다고 후회하는 한이 있어도 말이다. 반면 포이저 부인의 소망은 헤티와 정반대였다. 이렇게 늦은 시각까지 무도회에서 춤추고 놀다 보면, 내일 아침 치즈 만드는 일이 늦어질 텐데……. 포이저 부인의 마음은 불안하기 짝이 없었다. 하지만 헤티가 새로 지주가 될 사람과 춤을 추는 것으로 자신의 할 도리를 다하고 있었기에 딱히 어쩔 수도 없는 상황이었다.
 10시 반이 되자 포이저는 무도회장을 나가서, 식구들을 태우고 집에 돌아갈 마차가 왔는지 살펴보았다. 포이저는 아내에게 무도회장을 제일 먼저 떠나는 것은 예의가 아니라고 점잖게 말했다. 하지만 포이저 부인은 예의가 있든 없든 간에 이제는 집에 가야 한다고 단호하게 말했다. 포이저 부인이 다가와 그만 돌아가겠다고 절을 하자 도니손 경이 말했다.
 "아니, 포이저 부인! 벌써 가시려고요? 11시까지는 손님들이 아무도 가지 않으실 거라고 생각했는데……. 어윈 부인과 저같이 나이 든 늙은이들도 그때까지는 무도회를 지켜보려고 하는데요."
 "지주 어르신, 촛불을 켤 때까지 머물러 있는 것은 지체 높으신 분들에게나 합당하지요. 그분들은 치즈 걱정 따위는 하지 않으니까요. 우리네 농사꾼들은 이미 많이 늦었어요. 매일 아침 일찍 일어나 제시간에 우유를 짜고 싶어하는 사람은 아무도 없다는 것을 소들이 이해해줄 리가 없으니까요.(젖소는 제시간에 우유를 짜주지 않으면 젖이 말라버린다고 한다.) 그러니 저희는 이만 물러가겠습니다. 너그럽게 이해해 주십시오."

포이저 가족들은 마차에 올랐고, 그제야 포이저 부인은 남편에게 말했다.

"여보! 오늘은 다른 명절들처럼 재미있던 날이었다기보다는, 차라리 술이나 빚고 빨래나 하는 편이 더 나을 뻔했어요. 당신이 다음번에는 뭘 할지 정확히 알지도 못한 채 계속 당신을 따라다니고 사람들을 지켜보면서 같이 어울리려고 일일이 신경 썼더니 너무 피곤하네요. 아니, 그런데 당신은 사람들이 당신을 다정한 사람으로 보지 않을까 봐 걱정돼서 그렇게 장날 식료품 상인처럼 계속 웃고 다녔던 거예요? 오늘 하루가 다 지나고 보니 꼭 음식을 억지로 먹은 사람처럼 얼굴이 노랗게 질려서 춤추던 당신 얼굴만 빼고는 볼만한 거라고는 하나도 없던데요."

한껏 흥이 올라서 참으로 즐거운 하루를 보냈다고 생각하던 포이저가 말하였다.

"아냐, 아냐. 당신한테도 제법 즐거운 날이었을 텐데? 당신도 다른 사람들 못지않게 춤을 잘 췄잖아. 가볍게 스텝을 밟으며 춤을 추는 당신의 모습은 어떤 숙녀들에게도 뒤지지 않던걸? 암, 내가 장담하지. 그리고 대위님이 당신한테 맨 처음 춤을 추자고 권했던 것도 굉장히 영광스러운 일이잖아. 내 생각에 그건 내가 파티 테이블 상석에 앉아서 연설을 했기 때문인 것 같아. 그리고 헤티, 너도 무도회 때 즐거웠지? 네가 그렇게 멋진 상대와 춤을 춰본 적은 한 번도 없었잖니. 제복을 입은 잘생긴 젊은 귀족과 춤을 추다니. 헤티, 네가 늙으면, 대위님이 성년이 되던 날, 너와 어떻게 춤췄는가를 늘 이야기하게 될 거다."

4부

27
위기

 때는 8월 중순을 넘어가고 있었다. 생일잔치를 치른 지 3주 가까이 흘렀다. 롬셔 주의 중북부지방에서는 이미 밀 수확이 시작되었지만, 이곳 농촌 지역에는 홍수가 날 만큼 큰 비가 내려서 추수가 늦어질 것 같았다. 그러나 브록스톤과 헤이슬롭의 농부들은 쾌적한 고원과 시냇물이 흐르는 계곡에 살고 있는 탓에 마지막 악천후로 고생하지는 않았다. 이 지역 농부들도 다른 지역 농부들과 마찬가지로 타인에게 선행을 더 베푸는 것보다는 자신의 이익을 더 중요하게 생각했다. 때문에 빵 값이 훌쩍 오르면 이 지역 농부들도 속으로는 은근히 좋아할 것이라고 독자들은 추측할 것이다. 물론 그들에게는 농사가 잘돼서 농작물을 제대로 수확할 수 있을 거라는 희망이 있었다. 맑은 날씨인데다 곡식을 말려주는 바람까지 간간이 불어와 그들의 희망을 한층 북돋아주었고, 희망이 있는 한 그들은 우울하지 않았다.
 8월 18일도 그런 날이었다. 잔뜩 흐렸던 날이 지나고 햇살은 모든 이의 눈에 한층 더 눈부시게 빛났다. 저 멀리 파란 하늘 위에 무리지어 있던 구름은 빠르게 흘러갔다. 체이스 장원 뒤에 있는 크고 둥근 뒷동산은 구름이 지나가면서 생긴 그림자로 마치 살아 있는 것처럼 보였다. 태양은 구름 뒤에 잠깐 숨었다가 다시 환희를 되찾은 듯 세상을 따스하게 내리쬐고 있었다. 이런 날씨지만 산울타리 나무에서는 여전히 푸른 잎사귀들이 바람에 날려 떨어졌고, 농가 주변에서는 바람 때문에 문이 쾅쾅 닫히는 소리가 났다. 과수원에는 사과가 떨어져 있었고, 푸른 길과 목초지를 돌아다니고 있는 말들의 얼굴 위로 갈기가 휘날렸다. 태양이 비치고 있어서 때때로 부는 바람이 반갑게 느껴졌다. 바람보다도 더 큰소리를 낼 수 있는지 시험하는 듯 소리를 지르며 이리저리 뛰어다니는 아이들에게는 나가 놀기 딱 좋은 날이었다. 다 큰 어른들조차 활기찬 모습이었고, 바람만 잠잠해지면 앞으로 날씨가 훨씬 좋아질 거라고 믿는 것 같았다. 만약에 밀이 설익은 씨앗처럼 껍질이 벗겨져 날리고 흩뿌려질 정도로 충분히 익지 않는다면 어찌할 뻔했던가!

어쩌면, 이런 초목들을 순식간에 시들게 하는 마름 병 같은 슬픔이 한 남자에게 찾아올지도 모르겠다. 자연의 법칙은 어느 순간, 한 사람의 운명을 미리 예감할 수 있게 해준다. 그렇다면 반대로 그 법칙이 사람의 운명에 전혀 개입하지 않고 의식하지 않는다는 것 또한 사실이지 않겠는가? 기쁨과 절망은 매순간 존재하는 법. 매일 아침 해가 뜨는 것처럼, 어떤 시련이 닥쳐와도 그것을 헤쳐나갈 힘과 사랑이 있다면 새로운 힘이 생기고, 절망만 하고 있다면 병이 생기기 마련이다. 같은 처지에 있는 사람들은 참으로 많지만, 그들의 운명 중 같은 것이라고는 하나도 없고 제각기 다 다르다. 살아가는 동안 우리가 중대한 위기에 부딪히면, 자연은 이런 위기와 대조되는 분위기로 가끔씩 가혹한 심술을 부린다 할지라도 무엇이 이상하랴? 우리는 자연이라는 거대한 가족에 속해 있는 아이들이다. 그 때문에 우리가 어린아이들처럼 너무 많은 기대를 하는 것은 어리석다. 작은 상처에도 응석부리며 받아주기를 기대하지 말고, 자연이 아주 성의 없게 보살펴 주거나 어루만져 주어도 만족할 줄 알아야 하며, 우리는 서로 더 많이 도와야 한다.

최근 들어 거의 두 배로 일하는 아담에게 오늘은 무척 바쁜 하루였다. 그는 자기의 후임으로 일할 만족스러운 사람을 구할 때까지 조나단 버즈의 감독관 일을 계속하고 있던 중이었다. 조나단이 일부러 꾀를 부리는지 아직까지 적임자를 찾고 있지 않기 때문이다. 하지만 아담은 다시 헤티에 대한 희망에 부풀어 올라서, 많은 일을 즐겁게 해내고 있었다. 아서의 생일잔치 이후로 헤티는 아담을 볼 때마다 항상 그에게 더욱 친절히 대하려고 노력하는 것처럼 보였다. 마치 춤을 추는 동안 그가 아무 말도 안 하고 냉정하게 굴었던 것을 용서한다는 듯이 말이다. 그는 그 후로 그녀에게 로켓에 대한 말은 한마디도 꺼내지 않았다. 그녀가 자신에게 미소 짓는다는 것만으로 몹시 행복할 뿐이었다. 헤티의 한결 부드러워진 태도를 보고 아담은 그녀가 여성적으로 성숙해서 더욱 다정해지고 진지해졌다고 해석하고 훨씬 더 행복해 하였다. 그는 계속 되풀이해서 생각했다. '아! 헤티는 이제 겨우 열일곱이지? 그래, 좀더 나이가 차면 충분히 사려 깊은 사람이 될 거야. 포이저 부인도 헤티가 일을 얼마나 솜씨 있게 잘하고 있는지 항상 칭찬했었어. 결국 헤티는 어머니가 투덜거리지 않을 정도로 훌륭한 아내가 될 거야. 확실해.' 그는 아서의 생일날 이후 그녀를 홀 팜에서 딱 두 번만 봤을 뿐이었다. 한 번은 아담이 교회에서 홀 팜으로 가겠다고 작정한 어느 일요일이었다. 그날 헤티는 체이스 가의 높은 직책에 있는 하인들이 여는 파티에 참석했다가 그들과 함께 집에 돌아왔다. 그때 그녀는 자기에게 구애하는 크레이그를 거부하지 않고 마치 격려해주는 것처럼 보였다. 포이저 부인이 말했다.

"가정부 방에 있는 사람들은 헤티가 몹시 마음에 들었던 모양이야. 나는 귀족들 집에서 일하는 하인들은 영 마음에 들지 않는데……. 그들은 대개 귀부인들이 기르는 애완견 같은 사람들이지. 애완견은 살만 쪘지, 집도 지키지 못하고 푸줏간 고기로도 적당하지 않는데 말이야. 그냥 겉보기에만 그럴싸하다니까."

그리고 또 한 번은 그녀가 트레들스톤에 물건을 사러 나갔다가 집으로 돌아오고 있던 저녁이었다. 그날 저녁, 헤티는 마침 트레들스톤에서 돌아오는 길에서 꽤 떨어져 있는 들판의 계단을 넘어 어디론가 가고 있었고, 멀리서 그 모습을 본 아담은 깜짝 놀랐다. 헤티는 서둘러 자신에게 다가온 아담을 매우 친절하게 대해주었고, 그가 그녀를 농장 입구까지 바래다주자 아담에게 함께 집으로 들어가자고 졸랐던 것이다. 그녀는 트레들스톤에서 돌아온 후 곧장 집으로 들어가고 싶지 않아서 좀더 멀리 들판으로 나갔던 것이라고 하면서, 자기는 이렇게 집 밖을 돌아다니는 것을 너무 좋아한다고 했다. 그렇지만 그녀의 외숙모는 자신이 집 밖에 나가려고만 하면 항상 야단법석을 떤다고 말했다.

"저랑 같이 들어가요!"

아담이 입구에서 악수를 하려 하자, 그녀가 이렇게 요청했고, 그는 거절할 수 없었다. 그래서 할 수 없이 그는 따라 들어갔다. 덕분에 포이저 부인은 헤티가 생각보다 많이 늦은 것에 대해 잔소리를 조금밖에 하지 못했다. 반면 아담을 만났을 때에는 생기를 잃은 것처럼 보였던 헤티는 평상시와 달리 웃고 이야기하며 민첩하게 모든 식구들의 시중을 잘 들어주었다.

아담이 그녀를 마지막으로 본 것이 그때였다. 그는 내일은 일을 쉬고 홀 팜 농장으로 가기로 마음먹었다. 오늘은 헤티가 하녀들과 함께 바느질을 배우려고 체이스 장원에 가는 날이기 때문이었다. 내일 홀 팜에 가서 헤티를 보려면 가능한 오늘 밤 많은 일을 해놓아야 했다. 그래야 내일 쉬더라도 일에 지장이 없기 때문이었다.

아담이 감독하고 있는 일 가운데 하나는 체이스 농장의 사소한 부분을 보수하는 일이었다. 지금까지는 토지 관리인이었던 세첼이 해 왔었지만, 지주 어른이 어느 날인가 승마화를 신고 말을 타고 지나는 어떤 영리한 남자를 보고, 그에게 토지 관리 일을 넘겨주려 한다는 소문이 요새 나돌고 있었다. 소작인을 두려고 지주 어른이 농장을 수리하기 시작했다고 해석할 수 있다. 토요일 저녁, 카슨의 집에서 열린 파티에서는 체이스 농장의 경작지가 조금이라도 늘지 않는 한 지주 어른은 그 누구에게도 체이스 농장을 맡길 수 없는 형편이라고 했고, 그 의견에 모두들 파이프를 문 채 동의했었다. 어쨌든 농장 수리를 가급적 신속히 처리하라는 지주 어른의 명령이 떨어졌고, 아담이 버즈를 대신하여 농장을 맡아서 평소처럼 일하고 있었다. 그러나 오늘은, 다른 곳에 일이 생겨서 아담이 오후 늦게까지 체이스 농장에 도착할 수 없는 상황이었다. 그리고 또 아담은 문제가 없을 것으로 생각했던 낡은 지붕이 상당 부분 망가져 있는 것을 발견하였다. 그 지붕을 전부 다 끌어내리지 않고서 건물의 다른 쪽 부분을 보수한다는 것은 말도 안 되는 일이었다.

아담은 곧바로 머릿속으로 건물을 새로 세울 계획을 구상해 보았다. 외양간과 송아지 축사로 가장 편리하게 활용할 수 있게 하면서 그곳에 농기구를 보관할 창고도 하나 덧붙이고, 기자재 구입비용도 그다지 많이 들이지 않는 계획이었다. 일꾼들이 가고 나자, 그는 수첩을 꺼내 들고 앉아서 생각한 구도를 바삐 그려 넣으면서, 비용 명세서를 만들었다. 아담은 이 메모를 다음날 버즈 씨에게 보여주고, 지주 어른을 설득하여 허락을 받아달라고 할 참이었다. 아무리 작은 일이라도 최선을 다해 잘하는 것이 항상 아담의 즐거움이었다. 아담은 나무토막에 걸터앉아서, 도면 작업용 널빤지 위에 수첩을 올려놓고 이따금씩 낮게 휘파람을 불었다. 그리고 가볍게 머리를 움직이며 흐뭇한 마음에 기분 좋게 싱글벙글 웃었다. 그 미소는 자신감에서 비롯된 것이기도 했다.

아담은 조금이나마 일이 잘되어 가는 것이 기분 좋기도 하지만 역시 '내가 해냈어!' 라는 생각을 아주 좋아했다.

작가인 나는 약점이 없는 유일한 사람은 자기 스스로 어떤 일도 해본 적이 없는 사람이라고 생각한다. 거의 7시가 되어서야 그는 일을 끝냈고 윗옷을 걸쳤다. 마지막으로 훑어보다가, 그는 오늘 세스가 이곳에서 일을 하다가 연장바구니를 잊어버리고 놓고 간 것을 발견했다. 아담은 생각했다. '아니, 이 녀석이 연장 챙기는 것을 잊었나 보군. 내일은 작업장에 가서 일을 해야 하는데. 저렇게 얼빠진 녀석은 없을 거야. 그냥 내버려두면, 자기 창자까지도 빼놓고 다닐 놈이라니까. 뭐 어쨌든 내가 봤으니 다행이지. 집으로 가져가면 되니까.'

체이스 농장의 건물들은 농장의 끝자락에 몰려 있었고 대저택으로부터 그곳까지는 걸어서 10여 분은 걸린다. 아담은 자신이 여기까지 타고 온 조랑말을 매어두려고 마구간으로 갔다. 마구간에서 그는 내일모레 대위가 타고 나갈 새 말을 돌보기 위해 온 크레이그와 우연히 마주쳤다. 크레이그는 아담을 못 가게 붙들고 대위님이 말을 타고 나갈 때면 그를 배웅하기 위해 모든 하인들이 어떻게 안뜰 대문까지 전부 집합하는지 자세히 이야기해 주었다.

아담이 체이스 농장으로 들어가 어깨에 연장바구니를 짊어지고 성큼성큼 걸어갈 때는, 벌써 해가 뉘엿뉘엿 지고 있는 황혼 무렵이었다. 주홍빛 햇살이 크고 오래된 떡갈나무들 사이로 맨땅에까지 비스듬히 내리비추며 신성하고 영광스러운 빛으로 세상을 어루만지고 있었다. 마치 보석이 풀밭 위로 뿌려지는 것과 같은 광경이었다. 이제 바람은 잠잠해졌고, 미풍이 산들산들 불어와 나무에 매달려 있는 가냘픈 나뭇잎들을 흔들고 있었다. 이런 때라면 하루종일 집에 있었던 어느 누구라도 기꺼이 산책 나가고 싶을 것이다. 하지만 아담은 너무 오래 밖에 나와 있었기 때문에 지름길을 통해서 빨리 집에 돌아가고 싶은 마음뿐이었다. 아담은 체이스 농장을 가로질러서 몇 년 동안 발걸음을 하지 않았던 그로브 농장을 지나 얼른 집으로 가야겠다고 마음먹었다. 그의 뒤꽁무니를 쫓아다니는 짚과 함께 양치식물들 사이의 좁은 오솔길을 따라 빠르고 활기차게 걸었다. 아담은 장엄한 햇빛이 시시각각 변하는 것을 느긋하게 감상하지도 않았다. 잠시도 한눈팔지 않고 서둘러 체이스 농장을 가로질러 갔던 것이다. 하지만 자신의 바쁜 일상에 대해 생각하는 은연중에 평온하고 행복한 경외심을 느끼며 저물어 가는 햇살을 만끽하고 있었다. 어떻게 이 아름다운 햇살을 느끼지 않을 수 있겠는가? 아주 겁이 많은 사슴조차도 느끼고 있는데 말이다.

잠시 후, 아담은 크레이그가 도니손 대위에 대해 말했던 이야기를 떠올렸다. 도니손이 출타하는 광경과 그가 이곳으로 돌아오기 전까지 아서에게 일어났던 변화를 그려보았다. 아담은 소년 시절에 아서와 친구로 지냈던 옛 장면들을 애정을 갖고 되돌아보았고, 모두가 높은 사람의 미덕에 대해서 자랑스러워하는 것처럼 아담도 자랑스럽게 생각하는 아서의 장점들을 곰곰이 생각해보았다. 아담처럼 사랑과 존경을 간절히 원하는 성격의 사람들은, 다른 이들을 얼마나 믿을 수 있고 그들에게서 무엇을 느끼느냐에 따라 행복감이 크게 좌우된다. 그에게는 옛 영웅들이 꿈꾸었던 이상적인 세계는 존재하지 않는다. 그는 과거에 살았던 사람들의 삶에 대해서는 거의 아는 바가 없다. 그는 자신과 같은 세계에 살면서 함께 이야기를 나누고 사랑하는 마음으로 가까이 다가갈 수 있는 사람들을 찾아야 했다. 아서에 대한 기분 좋은 생각이 떠오르니, 아담의 예리하고 거친 얼굴은 평소보다 훨씬 온화한 표정이 되었다. 그런 즐거운 생각들 때문이었을까? 아담은 그로브 농장으로 가는 낡고 푸른 색 대문을 열 때, 잠시 멈춰 서서 짚을 쓰다듬으며 상냥한 말을 건넸다.

아담은 잠시 멈춰 섰다가 그로브 농장을 가로지르는 넓고 구불구불한 길을 성큼성큼 걸어갔다. 거대한 너도밤나무가 위풍당당하게 서 있었다. 아담은 세상 그 무엇보다도 아름다운 나무에서 기쁨을 느끼는 사람이었다. 어부의 눈이 바다를 가장 주의 깊게 볼 수 있는 것처럼 아담은 타고난 직관력으로 다른 어떤 것들보다도 나무를 훨씬 더 잘 알아보았다. 그는 마치 화가처럼 나무껍질의 얼룩과 마디마디, 가지의 구부러진 굴곡과 각도를 모두 아울러서 머릿속에 꼼꼼히 새겨놓았다. 그리고 멈춰 서서 나무를 자세히 살펴보며 높이와 둘레를 정확하게 계산해 보고는 하였다.

그는 가던 길을 멈추고 길모퉁이에 우뚝 서 있는 기이하고 거대한 너도밤나무를 살펴보았다. 두 그루의 나무를 접붙인 것이 아니라 그냥 한 그루 나무라는 걸 확인하기 위해 멈춰 섰던 것이다. 사람들이 마지막으로 잠시 바라본 유년시절의 고향집을 평생 잊지 못하듯이, 아담도 이 순간 길모퉁이에 서 있던 너도밤나무를 침착하고 자세히 관찰했던 때를 평생 잊지 못했다. 이날 이후로 아담은 그 나무를 한 번도 보지 못했다. 동쪽에서 비치는 햇살을 받으며 나뭇가지들이 아치를 이루는 곳이 그로브 숲이 끝나는 길이었다. 바로 그곳으로 가는 마지막 길모퉁이에 이 너도밤나무가 서 있었다. 가던 길을 계속 가기 위해 아담이 나무에서 막 떨어졌을 때였다. 약 20야드 앞에 있는 어떤 두 사람의 모습에 아담의 시선이 멈췄다. 순간 그는 석상처럼 몸이 굳어 버렸고, 얼굴빛이 창백해졌다. 앞에 있는 그 두 사람은 서로 손을 맞잡은 채 마주보고 서서 막 헤어지려는 참이었다. 그들이 입맞추려 몸을 움직이는 동안, 덤불숲 사이를 뛰어다니던 짚이 갑자기 달려나와 그들을 발견하고는 맹렬히 짖어댔다. 그들은 깜짝 놀라 서로 떨어졌다. 한 명은 그로브 숲의 입구를 지나 서둘러 도망가 버렸고, 다른 한 명은 뒤돌아 천천히 걸으며 어슬렁어슬렁 아담에게 다가왔다. 아담은 여전히 창백한 얼굴로 못 박힌 듯 그 자리에 서서 어깨에 걸머진 연장바구니에 달린 막대기를 힘주어 꽉 쥐었다. 처음의 놀라움은 이내 분노로 바뀌었고, 아담은 이글거리는 눈빛으로 다가오는 사람을 주시하고 있었다.

아서 도니손은 얼굴이 붉게 달아올라 흥분한 것처럼 보였다. 아서는 오늘 저녁식사 때 평소보다 포도주를 더 많이 마셨다. 거나하게 취해 있던 아서는 불쾌한 기분을 잘 견디며, 달갑지 않은 아담과의 우연한 만남을 두려워하기는커녕 대수롭지 않게 여기고 있었다. 자신과 헤티가 함께 있는 것을 결국 누군가에게 들킬 거라면 차라리 아담에게 들키는 게 나을지도 몰랐다. 아담은 분별력 있는 사람이었고, 그 일을 다른 사람에게 떠벌리지 않을 자신의 친구였기 때문이다. 아서는 웃어넘기면서 그 일을 해명할 수 있을 거라고 확신했다.

그는 일부러 무심한 척 느릿느릿 앞으로 걸어나왔다. 붉어진 얼굴에, 멋진 천과 부드러운 리넨으로 만든 야회복을 입고, 보석 반지를 낀 하얀 손을 조끼 주머니 속에 반쯤 찔러 넣은 그의 모습은 오묘한 저녁 빛을 받아 반짝이는 것처럼 보였다. 저녁 햇살은 밝은 구름에 반사되어 하늘 끝까지 닿았다가 지금은 가장 높이 뻗어 있는 나뭇가지들 사이를 통해 아서의 머리 위에 내리비추고 있었다. 아서가 다가오자 아담은 그를 바라보며 꼼짝도 하지 않고 가만히 있었다. 이제야 아담은 모든 것을 다 알 수 있었다. 로켓, 그리고 계속 미심쩍어했던 그 밖의 모든 것들을 다 알게 되었다. 혹독하리만치 밝게 작열하는 어떤 빛이 과거의 의미가 뒤바뀌는 은밀한 속사정을 그에게 환히 보여주고 있었다. 만약 아담이 힘을 쓰려고 했다면 마치 호랑이처럼 아서에게 달려들 것이 틀림없었다. 그렇게 한참 동안 마음속으로 갈등하면서 그는 울분을 터뜨리지 않겠노라고, 그리고 정당한 것만을 말하겠노라고 스스로에게 다짐했다. 그는 보이지 않는 어떤 힘에 눌려 옴짝달싹 못 하고 서 있었지만 그 힘은 바로 자기 자신의 강인한 의지였다. 아서가 말했다.

"이보게, 아담. 근사한 늙은 너도밤나무를 보고 있었던 게로군. 이 나무에 도끼질을 할 사람은 아무도 없을걸? 여기는 성스러운 숲이니까 말이야. 이곳에 허미티지라고 나만의 별장이 있는데, 그곳으로 가는 길에 어여쁜 헤티 소렐을 만났지. 너무 늦은 시간에 이런 숲길로 귀가해서는 안 되는데 말이야. 그래서 헤티를 저 입구까지 바래다주고는 고맙다는 표시로 입맞춤해 달라고 청하던 참이었어. 그럼 나는 이만 돌아가 봐야겠네. 길이 참 지독하게 질퍽질퍽 하구만. 자, 그럼 아담. 내일 보세. 잘 가게."

아서는 자기의 처신을 조심하는 데에 너무 몰입한 나머지 아담의 얼굴 표정은 전혀 읽어내지 못했다. 그는 아담을 똑바로 바라보지 못하고, 나무 주변으로 무심한 척 시선을 보내고 나서는 신발 밑창을 살펴보려고 한쪽 발을 들어 올렸다. 더 이상 아무 말도 하고 싶지 않았다. 그는 정직한 아담의 눈을 충분히 잘 속였다고 여기고, 그 마지막 말들을 내뱉으며 걸음을 옮겼다. 아담은 뒤돌아보지도 않은 채 아주 단호한 목소리로 말했다.

"도련님! 잠깐만요. 할 말이 있습니다."

아서는 놀라 멈춰 섰다. 예민한 사람들은 예기치 못한 말의 내용보다는 목소리의 변화에 더 큰 영향을 받는 법이다. 아서는 천성이 다정다감하고 자애로웠지만 반면 허영심이 강했다. 그는 아담이 움직이지도 않고 오히려 그에게 되돌아오라고 명령을 내리듯이 등을 돌리고 서 있는 것을 보며 놀라움을 금치 못했다. 아담은 어쩔 셈이란 말인가? 이 아무것도 아닌 일을 심각한 사건으로 만들 참인가? 망할 녀석 같으니! 아서는 화가 나기 시작했다. 선심을 쓰고자 하는 기질에는 항상 더 초라한 면이 있게 마련이다. 짜증과 놀라움으로 뒤범벅이 된 아서의 마음속에는, 자신이 지금까지 아담에게 대단한 호의를 베풀어주었으니 당연히 그가 자기 행동을 비판하지 않으리란 확신이 있었다. 하지만 항상 자기가 잘못을 저지르기만 한다고 여기는 사람처럼 아서는 자신에게 보다 좋은 의견을 제시해 주는 사람에게 압도당했다. 자존심이 고개를 쳐들고, 신경질이 났음에도 불구하고 그의 목소리에는 애원하는 마음이 분노만큼이나 듬뿍 담겨 있었다.

"무슨 말이지, 아담?"

아담이 여전히 뒤돌아서지 않은 채 좀 전과 똑같이 냉정한 목소리로 대답했다.

"도련님, 저는 도련님이 경박한 말로 저를 기만하지 않았으면 합니다. 이 숲에서 헤티 소렐을 만난 것이 이번이 처음은 아니잖아요. 그리고 그녀에게 입맞춤한 것도 처음은 아닐 텐데요."

아서는 아담이 어디까지 알고 있고 어디서부터 단순한 추측으로 이야기하는 것인지 놀라면서도 반신반의하였다. 아서가 신중한 대답을 생각해 내지 못하고 우물쭈물 둘러대자 아담의 분노는 더욱 치솟았다. 아서는 아주 높고 날카로운 목소리로 대꾸했다.

"이봐, 그래서 자네, 지금 도대체 무슨 말이 하고 싶은 거야?"

"글쎄요, 우리는 정말 도련님이 올바르고 명예로운 사람이라고 믿었어요. 그런데 이제 보니 경솔하고 난봉꾼 같은 행동을 해왔군요. 도련님 같은 신사가 헤티처럼 젊은 처녀에게 입맞추며 치근덕거리고, 그녀가 다른 사람한테 들킬까 봐 노심초사하게 하는 그런 물건들을 선물하다니요. 도련님은 자신이 한 행동들이 어떤 결과를 가져올지 저만큼이나 잘 알고 있을 거 아닙니까! 이렇게 말하는 제 가슴은 정말 너무 고통스러워서 차라리 오른손이 잘려나가는 게 낫겠다는 생각마저 드는군요. 다시 한 번 말하지만 도련님은 이기적이고 경솔한 난봉꾼처럼 행동하고 있단 말입니다. 아무리 부인해도 이건 분명한 사실입니다."

아서는 점점 더 화가 나는 것을 간신히 억누르고, 조금 전의 무심한 듯한 목소리를 다시 내려고 애쓰며 입을 열었다.

"다시 한 번 말해보지? 아담, 자네는 건방지고 무례하게 굴고 있을 뿐만 아니라, 헛소리를 지껄이고 있어. 자네는 어떤 신사가 여자의 미모에 이끌려 작은 관심을 기울인다고 해서, 그 신사가 그녀에게 특별한 의미를 가지고 있다고 생각하는 모양인데, 예쁜 여자들이 모두 자네 같은 바보는 아니야. 모든 남자들은 예쁜 여자와 시시덕거리는 것을 좋아하지. 그리고 또 예쁜 여자들은 남자들이 모두 자기에게 관심을 보여주기를 원하거든. 뭐, 남자와 여자 사이가 멀어질수록 위험한 일은 그만큼 줄어들겠지. 그래야 여자들이 오해할 일이 없을 테니까 말일세."

아담이 말했다.

"저는 도련님이 말한 시시덕거린다는 것이 무슨 뜻인지 모르겠는데요? 사랑하지도 않는 여자를 마치 사랑하는 척 대한다는 뜻인가요? 그렇다면 그건 정직한 남자의 행동이 아닙니다. 결국 위험에 처하게 될 거라구요. 제가 바보가 아니듯, 도련님도 바보가 아니죠. 도련님은 자신이 한 말을 더 잘 알고 있을 겁니다. 헤티의 인격에 먹칠하지 않고, 그녀와 그녀의 친지들에게 수치와 고통을 가져다주지 않았다면, 왜 헤티에게 한 행동들을 쉬쉬했습니까? 그 이유는 도련님이 잘 알고 있을 텐데요. 헤티한테 입맞추고 선물을 준 것이 별것 아니라고 한다면 도대체 그것들은 무엇을 의미합니까? 사람들은 도련님이 별것 아니라고 말한다고 해도 그대로 믿지 않을 겁니다. 그녀가 오해하고 있지 않다는 식으로 함부로 말하지 마세요. 충고 한마디 하겠는데요. 헤티의 마음이 도련님 생각으로 가득 차 있다면 그건 어쩌면 그녀의 인생을 완전히 망치는 독이 될지도 모릅니다. 그녀는 자기의 좋은 남편이 될 수 있는 다른 남자를 결코 사랑하지 못할 테니까요."

아담이 말하는 동안 아서는 갑자기 안도감을 느꼈다. 아담이 자기들의 과거를 잘 알지 못하고 있는 것 같았기 때문이다. 아서는 오늘 밤 재수 없게 아담에게 들키긴 했지만 그렇다고 해서 해결방법이 아주 없는 것은 아니라는 것을 깨달았다. 아담을 계속 속일 수 있을 것 같았다. 솔직한 척하던 아서는 거짓말을 성공적으로 잘해내면 희망이 있을 거라는 생각을 했다. 아담의 분노를 조금만 누그러뜨리면 무마시킬 수 있을 것 같은 기분이 들었다. 그는 친근하고 누그러진 목소리로 말했다.
 "이봐, 아담. 자네가 옳을지도 몰라. 내가 귀엽고 예쁜 여자에게 관심을 가지고 호시탐탐 키스하려고 하면서 다소 지나치게 행동한 점이 있긴 하네. 자네는 정말 진지하고 믿을 만한 사람이야. 하지만 그렇게 시시한 일인데도 그 유혹이 얼마나 대단한지 자네는 이해하지 못할 거야. 나는 절대로 헤티와 선량한 포이저 가족에게 어떠한 불행이나 걱정을 끼치지는 않을 걸세. 그래, 맹세할 수 있어. 다만 아무것도 아닌 일을 자네가 좀 너무 심각하게 생각하는군. 이제 내가 곧장 가버리면, 자네도 더 이상 나한테 실수하지 않으리란 걸 잘 알잖아. 자, 그럼 이만. 잘 가게나."
 아서는 이쪽에서 돌아서서 계속 가려 했다.
 "이 일에 대해서는 그만하세. 모든 일은 금방 잊혀질 거야."
 "안 돼! 절대로!"
 아담은 더 이상 분노를 억누르지 못해 버럭 외치고 말았다. 그리고 연장바구니를 내동댕이치고 아서 앞으로 쿵쿵 걸어갔다. 이제까지 참으려고 애써 왔던 질투심과 상처받았다는 생각이 모두 되살아나서 그 자신을 제압했다. 처음으로 쓰라린 고통을 맛보는 순간, 자신을 괴롭게 만든 장본인이, 결코 상처 줄 의도는 없었다고 말한다면 자신은 어떤 기분을 느끼겠는가? 고통을 당했을 때 본능적으로 느끼는 저항심으로 우리는 다시 어린아이가 되어 복수를 하고야 말겠다는 적극적인 의욕을 가지게 된다. 이 순간 아담은 아서에게 헤티를 빼앗겼다는 생각만 들 뿐이었다. 그것도 자신이 철저히 신뢰했던 남자가 배신자가 되어 그녀를 빼앗아 간 것이다. 그는 아서에게 바짝 다가가서 분노로 이글거리는 눈빛으로 쏘아보았다. 입술은 창백해졌고 주먹은 꼭 쥔 채, 정당한 분노임에도 애써 겉으로 드러내지 않으려고 목소리를 억눌렀지만, 자신의 온몸이 벌벌 떨릴 정도로 몹시 격앙된 어조로 말을 내뱉었다.

"아냐, 그렇게 쉽게 잊힐 일이 아니야. 당신은 헤티가 나한테 점점 마음을 열려고 할 때 그녀와 나 사이에 끼어들었어. 나는 당신을 위해서 일하는 게 자랑스러웠지. 나의 가장 친한 벗이며 고매한 성품을 가진 사람이라고 믿었던 당신이, 내 행복을 빼앗아 버렸는데 어떻게 쉽게 잊혀지겠냐구. 게다가 키스가 별거 아니라구? 나는 아직까지 그녀에게 키스해본 적이 없었어. 정당하게 그녀와 키스하기 위해 나는 수년간 성실하게 일해 왔는데, 당신은 그런 것을 아무것도 아닌 양 어떻게 그렇게 가볍게 말할 수 있지? 아무 생각 없이 던진 돌에 개구리가 맞아 죽는다는 걸 모르는 모양이군. 그러니 별것 아니라는 말이 쉽게 나오지. 당신은 내가 생각했던 그런 훌륭한 사람이 아니야. 당신이 나한테 준 호의는 다시 되돌려 주겠어. 더 이상 당신을 친구로 생각하지 않겠다구! 자, 당장 이 자리에서 나와 한번 겨뤄 보자구. 그것이 바로 당신이 나에게 보상할 수 있는 최상의 방법이니까!"

　불쌍한 아담은 분노를 이기지 못하고 외투와 모자를 내동댕이쳤다. 그는 너무 화가 나는 나머지 자신이 말하는 동안 아서에게 어떤 변화가 일어나는지 알아채지 못하였다. 아서의 입술은 이제 아담의 입술만큼이나 창백하게 변했고, 그의 심장은 격렬하게 요동쳤다. 아담이 헤티를 사랑하고 있었다는 사실을 알게 되자, 그는 분노하는 아담의 입장에서 자신을 바라보게 되었고 순간적으로 충격을 받았다. 아담의 고통은 중대한 결과이기도 하지만 자신이 본의 아니게 또 하나의 커다란 과실을 저질렀기 때문이었다. 생전 처음 들어보는 격렬한 증오와 경멸에 가득한 말들은 탄환처럼 그의 가슴에 박혀 지울 수 없는 상처를 주었다. 다른 사람이 자신에게 경의를 표하는 동안에는 항상 그럴듯하게 잘도 둘러대던 모든 자기변명도, 지금 이 순간에는 아무 소용없었다. 그리고 그는 처음으로 자신이 돌이킬 수 없는 엄청난 잘못을 저질렀다는 사실을 깨달았다.

그는 겨우 스물한 살이었다. 석 달 전까지만 하더라도, 아니 그보다 훨씬 후에도, 그는 어느 누구도 자기를 정당하게 비난할 수 없을 만큼 자신은 정의로운 사람이라고 의기양양했었다. 그리고 만약 자신이 정의롭지 못한 일을 한다면 맨 처음 그의 입에서 본능적으로 튀어나올 말은 속죄[175]의 말일 것이라고 굳게 믿고 있었다. 아담은 외투와 모자를 내던지고 나서야 아서가 여전히 조끼 주머니에 손을 꽂은 채 창백해진 얼굴로 꼼짝 않고 서 있다는 것을 알아차렸다. 아담은 소리쳤다.

"뭐야! 사나이답게 나와 싸우지 않겠다는 거야? 당신이 그렇게 서 있다고 해서 내가 못 때릴 줄 알아?"

아서가 대꾸했다.

"저리 비키게. 아담, 나는 자네와 싸우기 싫어."

아담이 씁쓸하게 응수했다.

"싫다고? 나와 싸우기 싫다고? 당신은 대꾸도 안 하고 나한테 상처를 입힐 만큼 나를 시시하게 여긴단 말이오!"

아서가 다시 화가 나서 소리쳤다.

"나는 자네에게 상처 줄 생각은 전혀 없었어. 나는 자네가 헤티를 사랑할 거라고는 꿈에도 몰랐단 말이야!"

아담이 말했다.

"하지만 헤티 마음을 흔들어 놓았잖아. 당신은 이중적인 인간이야. 나는 당신 입에서 나오는 말은 단 한 마디도 못 믿겠어."

아서가 화난 목소리로 말했다.

"비키라니까, 해명할게. 아니면 우리 둘 다 후회하게 될 거야."

아담은 부들부들 떨리는 목소리로 대답했다.

"그렇게는 안 되겠는데? 나는 기필코 당신하고 결판을 내고야 말

---

175) 로마서, 3:23~4. 모든 사람이 죄를 지어 하느님의 영광에 이를 수 없게 되었습니다. 그런 사람이 그리스도 예수께서 주시는 속죄를 통해, 하느님의 은혜로 의롭다는 판단을 받습니다. 그것은 하느님께서 거저 주시는 선물입니다.

겠어. 그러기 전에는 절대로 물러서지 않을 거야. 더 약 올려줄까? 당신은 겁쟁이에다가 불한당이야. 그리고 나는 당신을 경멸해."

아서의 얼굴이 갑자기 확 달아올랐다. 순식간에 아서가 자신의 하얀 오른손을 꽉 쥐더니 번개처럼 주먹을 날려 덤벼들었고, 정통으로 맞은 아담은 몇 발짝 뒤로 비틀거렸다. 이제 아서도 아담만큼이나 피가 거꾸로 솟아올라 두 남자는 예전의 감정 따위는 모두 잊은 채, 야수처럼 맹렬히 격투를 벌였다. 그 모습은 땅거미가 깊어진 저녁 무렵에 숲 근처에서 표범들이 싸우는 모습 같았다. 하지만 상대가 될 수 없었다. 고운 손을 가진 신사가 가진 것이라고는 힘밖에 없는 일꾼을 상대로 싸우고 있는 것이었다. 아서는 서툰 싸움 실력 때문에 한참이나 발버둥칠 수밖에 없었다. 바보가 아닌 다음에야 자기보다 약한 사람에게 지는 사람은 없을 것이다. 맨 주먹뿐인 두 남자의 격투는 강한 팔을 가진 아담의 일방적인 승리였다.

아서는 가느다란 강철 막대기가 쇠 지렛대에 맞아 힘없이 부러지듯이 아담의 주먹 한 방에 맥없이 주저앉고 말았다. 곧이어 아담의 일격이 가해지자 아서는 수북한 양치식물 속에 고꾸라졌다. 아담은 아서의 몸이 진흙으로 뒤범벅되었다는 것만 알 뿐이었다. 아담은 희미한 불빛 아래서 아서가 일어나기를 기다리며 꼼짝 않고 서 있었다. 그는 조금 전 온 신경과 근육의 힘을 다해 일격을 가했다. 그런데 이게 다 무슨 소용이 있단 말인가? 이렇게 싸워봤자 별 볼일 없지 않은가? 싸움은 그저 자신의 분풀이에 불과할 뿐이고, 복수심만 터뜨린 꼴이지 않은가? 이렇게 해서 헤티를 구해낸 것도 아니고, 저질러진 일을 다시 원상태로 되돌려 놓을 수도 없고, 지나간 과거는 그냥 그대로 흘러갔을 뿐이다. 그는 허무한 자신의 분노가 역겹게 느껴졌다. 그런데 아서는 왜 일어나지 않는 거지? 아서는 완전히 뻗어버렸고, 이 시간이 아담에게는 길게만 느껴졌다. 오, 세상에! 너무 심하게 때렸던가? 아담은 자신이 너무 세게 때렸다는 생각에 몸이 떨렸다. 아담은 겁이 나서 아서에게 다가가 무릎을 꿇고 양치식물 더미 속에 곤두박질해 있는 그의 머리를 들어 올렸다. 아서는 죽은 것처럼 눈이 감겨 있었고 이는 꽉 다물어져 있었다.

  갑자기 아담은 공포에 휩싸여 기겁을 했다. 아서는 죽은 것 같았다. 그는 아서의 얼굴에서 죽음의 그림자를 느꼈고, 죽음 앞에서 망연자실해지고 말았다. 그는 주검을 응시하는 절망의 조각상이 되어서, 무릎을 꿇은 채 꼼짝도 하지 않았다.

28

진퇴양난의 궁지

 시계로 따지면 그리 오랜 시간은 아니었건만, 아담에게는 그 시간이 엄청나게 길게만 느껴졌다. 아담은 아서의 얼굴에 어렴풋이 핏기가 돌아오고 몸이 미동하는 것을 보았다. 아담은 너무 반가운 나머지 아서와의 오랜 우정으로 다시 되돌아갔다. 아담은 아서의 넥타이를 느슨하게 풀어주면서 부드러운 목소리로 물어보았다.
 "도련님, 많이 아프세요?"
 아서는 초점 없는 멍한 눈으로 아담을 쳐다보다가 좀 전의 일을 상기하고는 깜짝 놀라 약간 움찔했다. 그는 다시 몸을 부르르 떨더니 아무 말도 하지 않았다. 아담이 떨리는 목소리로 다시 물어보았다.
 "어디 다친 데는 없어요? 도련님."
 아서는 손을 들어 조끼 단추를 만지려 했고, 아담이 도와서 단추를 풀러주자 크게 숨을 내쉬었다. 그가 실낱같은 목소리로 말했다.
 "머리를 아래로 좀 내려 줘. 그리고 물 좀 갖다 줘."
 아담은 수북한 양치식물 더미 위에 아서의 머리를 조심스럽게 내려놓고 부들로 만든 바구니에서 연장들을 꺼내놓았다. 그는 그 바구니를 들고서 나무들 사이로 급하게 내달려 그로브 숲의 가장자리이자 체이스 농장의 경계선을 이루는 둑 아래로 흐르는 시내까지 단숨에 달려갔다.

물이 줄줄 새기는 했지만 반쯤 채운 바구니를 들고 되돌아왔을 때, 아서는 아까보다 훨씬 더 의식이 회복된 상태로 아담을 바라보았다. 아담이 아서의 머리를 다시 들어 올리려 무릎을 꿇으며 물었다.

"손으로 떠 마실 수 있겠어요, 도련님?"

"아니, 내 넥타이를 적셔서 머리에 물을 끼얹어주게."

아서가 말했다. 물을 적시자 그는 한결 나아진 듯 보였다. 그가 이윽고 아담의 팔에 기대어 약간 일어났다. 아담이 다시 물어보았다.

"몸에 어디 아픈 데는 없어요?"

아서가 여전히 가냘픈 목소리로 대답했다.

"아니, 괜찮네. 좀 녹초가 된 것뿐이야."

잠시 후 그는 말했다.

"자네가 나를 때려 눕혔을 때 잠깐 기절했나 봐."

"그랬군요, 하느님 감사합니다. 나는 도련님이 그것보다 훨씬 더 심하게 다친 줄 알았어요."

"뭐야, 자네는 내가 완전히 나가 떨어졌다고 생각했나 보지? 와서 나를 좀 일으켜주게나."

아서가 아담의 부축을 받아 일어나면서 말했다.

"굉장히 후들거리고 어지러운걸. 자네 주먹이 어찌나 센지 꼭 성벽을 부수는 무기 같더군. 나 혼자서는 못 걸어갈 것 같아."

"저한테 기대세요. 바래다 드릴게요. 아니면 여기 제 외투를 바닥에 깔아드릴 테니 좀더 앉아서 쉬시겠어요? 제가 받쳐 드릴게요. 좀 있으면 한결 나아질 거예요."

"아니야, 허미티지로 갈 거야. 거기 가서 브랜디를 좀 마셔야겠어. 저 성문 근처로 조금만 더 가면 허미티지로 가는 지름길이 있어. 나를 좀 도와주게."

그들은 가다 쉬다 하기를 자주 반복했지만 서로 한마디 말도 나누지 않은 채 천천히 걸어갔다. 둘 다 처음에는 아서가 정신을 차린 것에만 온갖 신경을 쓰고 집중했지만, 시간이 지날수록 그전 상황이 다시 생생히 머릿속에 떠올랐다. 숲 사이로 난 좁은 길에는 이미 어둠이 깔리고 있었다.

허미티지 주변에는 마당이 있었고, 그 마당을 둥그렇게 둘러싼 전나무 숲 속에는 충분한 공간이 있어서 점점 밝아지는 달빛이 유리창으로 환하게 흘러들어와 집 안을 서서히 밝혀주고 있었다. 그들의 발걸음은 땅에 양탄자같이 잔뜩 깔려 있는 전나무 잎사귀를 소리 없이 밟고 지나갔다. 주변이 너무 조용해서 그들은 자신의 마음속 깊이 떠오른 생각에 더욱 집중되었다. 그때 아서가 주머니에서 열쇠를 꺼내 아담의 손에 건네주어 문을 열게 하였다. 아담은 아서가 오래된 허미티지에 가구를 갖춰놓고 그곳을 자기 자신만의 은둔처로 삼았다는 사실을 이제까지 알지 못했었다. 문을 열었을 때 사람이 자주 기거했던 흔적이 모두 고스란히 남아 있는 아늑한 방을 보고 그는 적잖이 놀랐다.

아서는 아담의 팔을 내려놓고, 오토만 의자[176)]에 풀썩 주저앉았다. 아서가 말했다.

"어딘가에 내 사냥용 술병이 있을 테니 찾아보게. 가죽 주머니에 술병과 잔이 있지."

아담은 금세 가죽 주머니를 찾아냈다. 그는 창문 앞으로 가져가서 잔 위로 술병을 기울이며 말했다.

"브랜디가 아주 조금 있는데요. 한 잔도 채 안 되겠군요."

몸 상태가 안 좋아 짜증이 나는 듯 아서가 말했다.

"어디 이리 줘봐."

그가 몇 모금 마시자 아담이 말했다.

"저택으로 뛰어가서 브랜디를 좀더 가져올까요? 금방 다녀올 수

---

176) 쿠션을 넣은 의자인데 발받침·등·팔걸이가 없는 낮은 의자이다. 오토만은 터키의 오스만 왕조를 일컫는 말이다. 빅토리아시대 소설에서는 여성에 대한 남성의 지배적인 태도를 나타내는 말로 이 단어가 많이 언급되고 있다.

있는데요. 뭔가 기운 차리게 할 만한 걸 먹지 않으면, 집으로 돌아가는 길이 꽤나 힘들 겁니다."

"좋아, 갔다 와. 하지만 내가 아프다고는 말하지 말게. 내 시종 핌에게 말해서 밀스에게 술을 좀 내어 달라고 하면 될 거야. 내가 허미티지에 있다고는 말하지 말고. 물도 좀 가져오게."

아담은 할 일이 생겨서 마음이 놓였다. 두 사람 모두 잠깐이라도 서로 떨어지게 되자 안심이 되었다. 하지만 아담은 아무리 빨리 달려도 자꾸만 떠오르는 뼈아픈 고통을 진정시키지 못하였다. 고통은 마지막 비참했던 그 순간의 강렬한 통증을 새록새록 되살아나게 했다. 더구나 그 고통이 자기의 앞날에 지금까지와는 전혀 다른 슬픈 미래를 가져다줄 것만 같았다.

아서는 아담이 가버리고 난 뒤 몇 분 동안은 가만히 누워 있었다. 하지만 얼마 안 있어 그는 힘없이 오토만 의자에서 일어났다. 그리고 분가루처럼 쏟아져 내리는 달빛 아래에서 무엇인가를 찾는 것처럼 천천히 방 안을 살펴보았다. 그는 수표를 작성하거나 어음을 발행하는 종이들이 뒤죽박죽 섞여 있는 가운데에 우뚝 서 있는 다 닳아진 짧은 양초를 찾아냈다. 아서는 양초에 불을 밝힐 만한 도구를 찾더니 촛불을 켰다. 그리고 또 뭔가를 더 찾아보면서 마치 그것이 있는지 없는지를 스스로 확인하려는 것처럼 방 안을 배회하면서 이리저리 조심스럽게 찾고 있었다. 마침내 그는 별것 아닌 어떤 것을 찾아내어, 곧장 그것을 주머니에 넣더니 다음 순간, 한 번 더 생각해 보더니, 그것을 다시 꺼내어 휴지통 속에 깊숙이 쑤셔 넣었다. 그것은 작은 분홍빛 여성용 비단 네커치프였다. 그는 탁자 위에 촛불을 고정시키고, 그것을 찾느라고 지쳤는지 다시 의자에 풀썩 몸을 내던져 누워버렸다.

아담이 필요한 것들을 가지고 다시 돌아왔을 때, 그가 들어오는 소리에 아서는 졸음에서 깨어났다. 아서가 말했다.

"잘됐어, 나는 브랜디를 엄청 마시고 싶었거든. 기운 좀 차리려고."

아담이 말했다.

"불을 켤 수 있어서 다행이에요. 등잔을 빌려올 걸 그랬다고 생각하면서 뛰어왔거든요."

"아니야, 아니야. 이 양초는 꽤 오래 갈 것 같은데. 그리고 나도 곧 일어나서 집에 가야지."

아담이 머뭇거리며 말했다.

"도련님이 안전하게 집으로 돌아가는 것을 봐야 저도 집에 갈 수 있을 것 같아요."

"일단 자네도 좀 앉아서 쉬는 것이 낫겠어. 자, 앉게나."

아담은 앉았다. 그리고 그들이 어색하게 침묵을 지키며 서로 마주 앉아 있는 동안, 아서는 천천히 브랜디와 물을 마시며 눈에 띄게 기력을 회복해갔다. 그는 몸싸움으로 기력이 쇠해서 다시 훨씬 더 편한 자세로 누우려고 하였다. 예민한 아담은 아서의 상태를 알아차렸다. 아서가 심각하게 다쳤을까 봐 걱정하던 마음이 이제 어느 정도 진정되기 시작하자 그는 더욱더 초조해졌다. 자신이 단죄해야 할 사람의 몸에 큰 상처를 주었다는 이유로 어쩔 수 없이 분노를 삭여야 했던 경험이 있는 사람이라면 누구나 겪었을 법한 심정이었다. 아서에게 다시 이러쿵저러쿵 따지기 전에 한 가지 해야 할 일이 마음속에 떠올랐다. 그것은 자신의 말 속의 무엇인가 공정하지 못했던 부분을 고백하는 일이었다. 어쩌면 그는 이 고백을 해야 그만큼 자신의 분노가 더 수그러질 것 같았다. 아서의 몸 상태는 점점 회복되는 기미를 보였다.

아담은 마음속으로 생각했던 고백의 말들이 자꾸만 입가에서 맴돌다가, 내일로 모든 일을 미루는 편이 더 낫겠다는 생각이 들자, 도로 목구멍으로 쑥 들어가 버렸다. 두 사람 사이에 침묵이 흐르는 동안 그들은 서로를 쳐다보지 않았다. 아담은 정신을 차리고 서로를 쳐다 보며 과거를 회상하듯 이야기를 시작한다면 분명 다시 싸우게 될 것이라는 예감이 들었다. 그래서 그들은 양초가 작아져 초꽂이 안에서 깜박거릴 무렵까지 조용히 앉아만 있었다. 침묵의 시간이 길어질수록 아담은 점점 더 안달이 났다. 아서는 브랜디와 물을 더 따라 놓고서 한쪽 팔을 머리 뒤로 괴고는 이제 안정을 회복한 듯한 자세로 한쪽 다리를 쭉 뻗었다. 그런 편안한 자세를 보자 아담은 자기 마음속의 생각들을 말하고 싶다는 충동을 걷잡을 수 없었다.

"도련님, 이제 훨씬 더 정신이 드나 봐요."

촛불이 꺼지자 아담이 말했다. 어렴풋한 달빛 속에서는 그들의 모습이 희미하게 보일 뿐이었다.

"그래, 그래도 썩 나아진 것 같지는 않군. 아주 조금씩 나아지고 있는데 아직은 움직이기가 힘들어. 하지만 이거 한 잔만 마시고 나면 집으로 돌아가야지."

잠시 침묵이 흐르고, 아담이 다시 입을 열었다.

"저도 모르게 피가 솟구쳐서, 진심이 아닌 말들을 했습니다. 저는 도련님이 모든 걸 알고 있으면서도 일부러 제게 상처주려고 그런 행동을 했다는 것처럼 말할 권리가 없었습니다. 도련님이 그런 걸 다 알고 있어야 한다는 법은 없으니까요. 저는 헤티에 대한 마음을 항상 비밀로 해왔었거든요."

그는 말을 잇기 전에 다시 한 번 뜸을 들였다.

"제가 도련님을 너무 가혹하게 비난했던 것 같아요. 저한테는 매정한 면이 있거든요. 진실되고 양심적인 남자도 예쁜 여자 앞에서는 가끔씩 무너진다는 걸 이해했어야 했는데……. 그래도 도련님이 너무 분별없이 행동했다는 생각에는 변함이 없어요. 우리가 모두 똑같지는 않죠. 서로를 오해할 수도 있구요. 지금은 도련님을 최대한 좋게 생각하는 것만이 저 자신한테도 이롭다는 걸 하느님은 아시겠지요."

 아서는 더 이상 아무 말도 하지 않고 집으로 돌아가고만 싶었다. 그는 정신적으로 너무나 괴롭고 혼란스러웠다. 더구나 몸 상태도 너무 안 좋아서, 오늘 밤은 더 이상 구구절절이 어떤 해명도 하고 싶지 않았다. 하지만 그가 쉽게 대답할 수 있도록 아담이 이야기를 꺼냈기에 한시름 놓을 수 있었다. 아서는 솔직하고 관대한 사람이지만, 결국 자신이 저지른 실수로 불가피하게 남을 기만해버린 어처구니없는 입장에 놓이게 되었다. 진실은 진실로 보답해야 하고 솔직한 고백은 신뢰로 받아들여야 한다는 자연스러운 충동이 솟구쳤으나, 그런 의무감은 이제 전술상의 문제가 되어버렸다. 자신의 행동이 그대로 자기 자신에게 역습하고 있었다.

 헤티에게 보여주었던 행동은 이미 그를 완전히 압도해버렸고 평소에 가지고 있던 그의 자존심이나 감정은 너무 많이 상해서 속이 뒤집히는 것 같았다. 이제 아서가 취할 수 있는 목표는 오직 하나, 아담을 끝까지 속여서 아담이 아서 자신을 실제보다 훨씬 더 좋은 사람으로 생각하도록 만드는 것뿐이었다. 한풀 꺾인 아담의 거짓 없는 말을 전해 들었을 때, 말끝에 슬픔이 깃들어 있는 그 말 속에서 아서는 아담이 아직도 어떤 중대한 사실을 모르고 있다는 것을 감지하고는 솔직히 기뻐하지 않을 수 없었다. 그는 곧바로 대답하지 않았다. 왜냐하면 그는 심사숙고해서 그럴듯한 결정을 내리되 반드시 정직하게 말할 필요는 없었기 때문이었다.

 "아담, 우리가 싸웠던 일에 대해서는 더 이상 말하지 않기로 하지."

 마침내 그는 마음이 내키지 않는다는 투로 겨우 말문을 열었다. 지금 그에게는 대화를 나누는 것조차도 달갑지 않았다.

 "자네가 한순간 불손하게 굴었던 것쯤은 용서하겠네. 자네가 실제보다 상황을 너무 과장해서 상상했으니 충분히 그럴 만도 해. 이미 한 차례 싸웠으니, 우리 사이가 이제 더 이상 나빠질 리는 없겠지. 자네에게는 그것이 최선책이었을 테니까. 당연히 그랬어야 할 일이지. 자네보다는 내 잘못이 훨씬 컸다고 생각하니까. 이봐, 아담. 악수나 하세."

아서가 손을 내밀었지만 아담은 꼼짝 않고 앉아만 있다가 말했다.

"저는 그 말에 '네.' 라고 대답하고 싶지 않습니다. 그렇게 해야 할 명확한 대답을 들을 때까지는 악수하지 않겠습니다. 도련님이 뻔히 다 알면서도 저한테 상처를 주었다고 비난했던 건 저의 잘못이지요. 하지만 그전에, 도련님이 헤티에게 한 행동에 대한 비난은 전혀 잘못되지 않았어요. 그러니 이제는 도련님을 옛날과 다름없이 가장 좋은 친구로 여길 수는 없지요. 헤티한테 앞으로 어떻게 해줄 것인지 확실하게 말할 때까지는 저는 도련님하고 악수는 못 하겠어요."

아서는 내밀었던 손을 다시 거두면서 자존심과 분노를 삼켜야만 했다. 그는 잠시 말이 없었다가 가능한 한 아무렇지도 않은 듯이 입을 열었다.

"나는 확실하게 하자는 자네 말이 무슨 뜻인지 도무지 알 수 없군. 아담, 그저 단순한 희롱에 불과한 일을 자네가 너무 심각하게 받아들인 것 같다고 이미 말했잖은가. 하지만 자네 말처럼 내 행동이 위험한 상황으로 몰고 갈 것 같다면, 도요일에 떠나주겠네. 그러면 그걸로 끝나는 거 아닌가? 자네가 겪은 고통에 대해서는 진심으로 미안할 따름이네. 더 이상은 할 말이 없어."

아담은 아무 말도 하지 않았다. 대신 그는 자리에서 일어나 창가로 얼굴을 향한 채 달빛이 비치고 있는 전나무의 캄캄한 그림자를 응시하는 듯 서 있었다. 그러나 실제로 그는 자기 내면에서 일어나고 있는 갈등에만 신경 쓸 뿐이었다. 자기가 내일까지 입 밖에 꺼내지 않겠다고 결심한다면 아무리 갈등해봐야 현재로서는 아무 소용없는 일이다. 그는 지금 즉시 말해야만 했다. 몇 분이 지나자 아담은 몸을 돌려 아서에게 더 가까이 다가갔다. 그는 누워 있는 아서를 내려다보며 서 있었다. 아담이 눈에 띌 정도로 애써 노력하면서 말했다.

"탁 터놓고 이야기하는 편이 더 낫겠어요. 이런 말을 한다는 게 참 힘든 일이긴 하지만요……. 도련님한테는 어떨지 몰라도 저한테는 중요한 일이거든요. 저는 이 여자 저 여자 다 만나보고 연애한 다음에 그 중 한 사람을 선택하는 것이 당연하다고 생각하는 그따위 남자가 절대로 아닙니다. 저는 헤티를 아주 특별한 감정으로 사랑했어요……. 이런 감정은 직접 느껴보지 않은 사람은 절대로 모를 겁니다. 저한테 그런 감정을 느끼게 해주신 신이나 아실까? 저한테 헤티는 저의 양심과 명예를 빼고 세상 그 어떤 것보다도 중요한 존재입니다. 도련님이 지금까지 말한 것처럼, 별거 아닌 시시한 희롱이라니요? 다시 말해 도련님이 이곳을 떠난다고 해서 정말 모든 것이 원점으로 되돌아온다면, 만일 그렇다면 저는 헤티의 마음이 저한테 다시 돌아올 수 있도록 기도하며 기다려 볼 생각입니다. 도련님이 거짓말을 했다고 생각하기는 정말 싫거든요. 어떻게 해서 여기까지 왔는지는 모르겠지만 어쨌든 도련님 말을 믿고 싶으니까요."

"내 말을 믿지 않는다면 자네는 나보다 헤티한테 더 잘못하는 꼴이야."

아서는 의자에서 벌떡 일어나더니 자세를 바꾸면서 강조하듯 말했다. 하지만 곧바로 의자에 주저앉았고 다소 힘없는 목소리로 말했다.

"자네는 나를 의심하면서 이미 그녀의 명예를 훼손시키고 있다는 걸 잊어버린 것 같군."

"아니에요."

아담은 어느 정도 진정된 듯 차분한 목소리로 말했다. 그는 너무 정직했기 때문에 직접적인 거짓말과 간접적인 거짓말의 차이를 분간해내지 못했다.

"아닙니다. 모든 상황에서 헤티와 도련님을 똑같이 대할 수는 없지요. 도련님이 헤티한테 무슨 짓을 했는지는 잘 모르겠지만, 어쨌든 두 눈 똑바로 뜨고 그런 행동을 하셨겠죠. 하지만 그녀는 무슨 생각을 하고 있는지 아세요? 알 리가 없겠죠. 헤티는 아직 어린아이에 불과하니까요. 양심 있는 남자라면 그녀를 보호해주고 싶은 생각이 들어야죠. 도련님 생각이야 어찌 됐건 저는 헤티의 마음을 도련님이 혼란스럽게 만들었다는 걸 알아요. 그녀는 오로지 도련님한테만 마음을 쏟고 있으니까요. 예전에는 이해하지 못했던 많은 일들을 이제야 분명히 알게 됐어요. 그런데도 도련님은 헤티의 감정을 너무 가볍게 얕보는 것 같아요. 그녀가 속으로 뭘 느끼고 있는지도 모르는 것 같으니까요. 사실 그런 생각조차 해본 적 없죠?"

아서가 격렬하게 소리쳤다.

"맙소사, 아담. 나를 좀 내버려두게! 자네가 걱정하지 않아도 나는 이미 충분히 알고 있어."

말을 내뱉자마자 아서는 자신이 신중하지 못했다는 것을 깨달았다.

"그런가요? 도련님이 알고 계시다면야……."

아담은 간절한 마음으로 다시 말을 이었다.

"도련님은 헤티에게 그릇된 환상을 불어넣고, 아무런 의미도 없는 말을 툭툭 던졌어요. 그러는 동안 헤티는 자신이 도련님한테 사랑받고 있다고 착각하고 있을 거구요. 도련님이 이 모든 걸 다 알고 있다고 해도 이거 하나만은 지켜주세요. 이건 저를 위해서가 아니라 그녀를 위해서이니까요. 떠나기 전까지는 더 이상 그녀를 속이지 말아주세요. 비록 영원히 떠나는 것은 아니지만요. 자기가 생각하는 것처럼 도련님도 똑같이 자신을 사랑하고 있다고 그녀가 착각하도록 내버려 둔 채 떠나버리면, 그녀는 계속해서 도련님을 그리워할 것이고 불행은 점점 깊어질 겁니다. 그러니 제 말씀대로 하세요. 헤티도 지금 당장은 견디기 힘들고 괴롭겠지만 결국은 고통에서 벗어나게 될 겁니다. 그러니 편지를 한 장 쓰세요. 제가 전해줄게요. 분명히 말씀드리지만 헤티한테 진실만을 말해주세요. 도련님과 신분이 다른 여자에게 아무 권한도 없이 그런 행동을 했다면서 그 잘못에 대한 책임을 지겠다고 하세요. 다른 방법으로는 어떻게 표현할 도리가 없네요. 이런 일에는 저 외에 아무도 헤티를 돌봐줄 수 없어요."

비통한 마음과 당혹스러운 기분이 뒤섞여 점점 더 짜증을 부리며 아서가 말했다.

"자네한테 약속 같은 거 안 해도 꼭 해야겠다는 생각이 들면, 나는 그렇게 할 걸세. 어떤 방법이 좋을지 생각해보고 내가 알아서 하겠네."

아담이 돌연 결의에 찬 목소리로 말했다.

"안 돼요, 그렇게는 안 돼요. 저는 이 일이 어떻게 된 건지 꼭 알아야겠어요. 도련님이 시작한 일이니 도련님이 마무리해야 돼요. 그래야 안심이 될 것 같아요. 저보다 신분이 높은 도련님한테 신세진 건 잊지 않겠지만, 이번 일만큼은 우리는 똑같은 남자 대 남자예요. 저는 포기할 수 없다구요."

한동안 아무 대답이 없었다. 이윽고 아서가 말했다.

"내일 만나세. 지금은 몸이 아파서 견딜 수가 없어. 너무 아프다구."

그는 이렇게 말하면서 이곳을 나가려는 듯 일어나서 모자를 집어들었다. 아담은 순간적으로 다시 화가 치밀고 의심이 들어 몸으로 문을 막아서며 소리쳤다.

"다시는 헤티를 만나지 마세요! 그녀를 결코 도련님의 아내로 맞이할 수 없다고, 도련님이 거짓말을 했다고 지금 저한테 말해 주던지, 그렇지 않으면 제가 부탁한 대로 그녀에게 편지를 쓰겠다고 약속을 하든지 해요."

양자택일하라는 말을 내뱉으며 아담은 아서 앞에 무서운 운명의 신처럼 떡 버티고 서 있었다. 아서는 한두 발짝 정도 걸어가려다가 그냥 멈춰 서더니, 얼굴이 창백해지고, 참기 어려울 만큼 심신이 부들부들 떨렸다. 아담과 아서, 두 사람 모두가 아주 오랜 시간이 흘렀다고 느꼈을 즈음, 속으로 몹시 고민하던 아서가 힘 빠진 목소리로 대답했다.

"약속하겠네. 그러니 이제 나를 좀 가게 해주게."

아담이 비켜서서 문을 열어주었다. 아서는 계단에 다다랐을 때, 다시 멈춰서 문기둥에 몸을 기댔다. 아담이 말했다.

"도련님, 힘들어 보여요. 혼자서는 못 걸을 것 같은데요. 제 팔에 기대세요."

아서는 아무 대답도 하지 않고 계속 걸어나갔고 그 뒤를 아담이 따라갔다. 아서는 몇 발짝 걷고 나서 다시 멈춰 서더니 차갑게 말했다.

"내가 자네를 괴롭힌 것 같군. 지금은 시간이 너무 늦었어. 집에서 사람들이 놀라 나를 찾으러 나왔을지도 모르지."

아담은 자기 팔에 아서를 기대게 했고, 연장바구니가 있던 곳에 다다를 때까지 두 사람은 말없이 걸었다. 이윽고 아담이 말했다.

"도련님, 제 연장 좀 챙길게요. 세스 것인데 저대로 두면 녹슬지도 모르거든요. 잠깐만요."

아서는 말없이 서서 기다렸다. 그들을 서로 한마디 말도 나누지 않았고, 이윽고 집에 들어가는 쪽문에 다다르게 되었다. 아서는 누구의 눈에도 띄지 않게 조용히 들어가고 싶었다. 그래서 아담에게 작별인사를 했다.

"고맙네, 이제 더 이상 자네를 귀찮게 할 일은 없을 거야."

아담이 말했다.

"도련님, 내일 몇 시에 올까요?"

아서가 말했다.

"5시에 와서 나를 찾아왔다고 말하게. 더 이르게는 안 돼."

"푹 쉬세요, 도련님."
아담이 말했다. 하지만 아무 대답이 없었다. 아서는 집 안으로 들어가 버렸다.

29

다음날 아침

 그날 밤 아서는 잠을 설치지 않았다. 오히려 아주 오랫동안 깊이 잤다. 사람이 고민을 많이 하게 되면, 유난히 피곤해지고, 그래서 잠을 더 곤히 자게 되는 모양이다. 아서는 7시에 일어나서 종을 쳤고, 그 소리에 핌은 깜짝 놀랐다. 아서는 핌에게 이제 일어날 것이니 8시에 아침식사를 가져오라고 말했다.
 "그리고 8시 반까지 내 말에 안장을 채워 놓게. 할아버지가 내려오시면 내가 오늘 아침 어느 때보다 아주 기분이 좋아서 승마하러 나갔다고 말해주고."
 아서가 잠에서 깨어난 지 한 시간가량이 지나고 있었다. 그는 더 이상 침대에 누워 있을 수만은 없었다. 보통, 침대 속에 있으면 어제 일들이 자꾸만 자신을 짓누르기 마련이다. 하다못해 휘파람을 불거나 담배를 피우기 위해서라도 일어날 수만 있다면, 어제 벌어졌던 일을 조금이나마 극복할 수 있는 힘이 생긴 것이다. 자리를 털고 일어날 때의 기분은 자신을 짓누르는 가혹한 기억에서 벗어나는 기분일 것이다. 만약 감정의 무게들을 평균을 낼 수 있다면, 아마 시골 신사들은 실망감, 자책, 무너진 자존심이라는 감정을 늦봄이나 여름보다는 수렵과 사냥하는 계절에 훨씬 가볍게 느낀다는 것을 확실히 알 수 있을 것이다.

아서는 말을 타기만 하면 자신이 사나이 중의 사나이가 된 듯한 기분을 느낀다. 그리고 어제 일어난 사건으로 기가 푹 죽은 자신에게 평소와 다름없이 예의를 갖추어 주인으로 떠받드는 낌이 있다는 사실에 아서는 그나마 위로를 받았고 다시금 자신감을 되찾았다. 아담의 존경심을 잃었다는 것은 평판에 유난히 예민한 아서의 자만심에 큰 타격이 되었던 것이다. 그 타격으로 인해 아서의 머릿속은 이제 자신이 모든 사람들의 눈 밖에 났다는 생각으로 가득 차 있었다. 마치 위험해 처한 여자가 공포에 휩싸인 채, 잔뜩 긴장해서 벌벌 떨며 단 한 발자국도 내딛지 못하는 것만큼이나 충격적이었다.

독자들도 알다시피, 아서는 인정이 많은 사람이었다. 나쁜 습관은 아주 쉽게 길들여지는 법. 친절을 베푸는 것이 아서에게는 나쁜 습관만큼이나 쉬운 일이었다. 아서는 사람들에게 친절을 베풀면서 자신의 약점과 장점, 이기심과 동정심을 동시에 보여주었다. 그는 남들이 고통스러워하는 것을 차마 보지 못했고, 그러면서 자신이 다른 사람들에게 기쁨을 가져다주는 사람으로 인식되기를 바랐다. 그리고 사람들이 자신을 보며 고마워하고 존경어린 눈빛을 보내는 것을 좋아했다. 그가 일곱 살이었을 무렵, 한 번은 늙은 정원사의 국그릇을 발로 차버린 적이 있었다. 아무런 이유도 없었고, 심지어는 그것이 그 사람의 저녁식사라는 것은 생각조차 못 하고 그저 단지 아무거나 발로 차버리고 싶다는 충동에 한 짓이었다. 그러나 그것이 그의 저녁밥이라는 애처로운 사실을 알게 되자마자, 아서는 자신이 아끼던 필기구통과 은 손잡이가 달린 칼을 주머니에서 꺼내 선뜻 그에게 주면서 자신의 잘못된 행위를 보상했다. 그 후에도 아서는 자신의 모든 잘못을 또 다른 선행으로 무마시키려는 버릇을 그대로 유지하면서 살아왔다. 그의 성품에 삐뚤어진 부분이 있다면, 자기가 설득할 수 없다고 생각되는 사람에게는 그의 본성이 저절로 드러난다는 것이다. 지금 이 순간 어쩌면 그의 삐뚤어진 성격 일부가 드러날 때가 왔는지도 모르겠다.

 처음에 아서는 아담의 행복이 헤티와의 관계에 달렸었다는 사실을 알고는 순수하게 고통과 자책감만을 느꼈다. 만약 자신이 아담의 고통을 열 배로 보상해 줄 수만 있다면 얼마나 좋을까. 아담에게 은혜를 베풀고 다른 어떤 선심을 써서 그를 만족시키고, 그가 예전처럼 자기를 은인으로 존경해주기만 한다면, 아서는 주저하지 않고 그렇게 했을 것이다. 그리고 아담과 더 친해져서 앙갚음 따위의 골치 아픈 일들이 생기지 않도록 했을 것이다. 하지만 아담은 아서가 어떤 보상을 한다 해도 인정하지 않을 것이다. 그의 고통은 사라질 수 없는 것이니까. 아서에 대한 그의 존경심과 애정은 지금 당장 그 어떤 속죄를 한다 해도 회복될 수 없었다.

 아담은 어떤 압력에도 꿈쩍하지 않는 장애물처럼 부동의 자세로 맞서고 있었다. 아서가 가장 믿고 싶지 않은 사실이 구체적인 현실로 드러난 것이다. 스스로가 저지른 잘못이 돌이킬 수 없는 결과가 되고 말았다. 경멸의 말들, 거절당한 악수, 허미티지에서의 마지막 대화를 나누던 중 아담에게 압도당하고 말았던 자신의 무력한 모습이 생생히 떠올랐다. 무엇보다도 아서는 아담이 자기와 화해하지 않으려고 폭력을 휘두르는 극단적인 상황까지 몰고 갔다는 사실이 기가 막혔다. 이 모든 사실이 아서에게 회한보다는 강렬한 분노로 다가와 자신을 괴롭히고 있었다. 지금까지 아서는 자기는 누구에게도 피해를 주지 않았다며 즐거운 마음으로 스스로를 위로하며 살아왔다. 그리고 지금 이 순간에도 자신 때문에 피해를 입었다고 말하는 사람이 한 명도 없다면, 그는 지금껏 스스로 위로하며 살았던 것보다 더 많이 자신을 다독거릴 수도 있을 것이다. 하지만 자기가 초래한 잘못으로 아무리 양심의 가책을 느낀다 해도, 스스로 자초한 고통으로 자기가 고통을 당한다고 해도, 복수의 여신(그리스 신화에 나오는 네메시스는 인과·응보·복수의 여신)조차 자기 자신에게 겨눌 칼을 갈

지는 않는다. 그리고 이런 칼은 실제로 위력을 발휘할 무기가 될 만큼 진짜 쇠붙이로 만든 건 없다.

도덕의식이라는 것은 사회를 위하여 올바른 예절을 습득하게 하고, 다른 사람들이 웃을 때 함께 웃도록 하는 마음이다. 하지만 어떤 무례한 사람이 우리의 행동을 보고 거칠게 욕설을 퍼부으면, 우리는 그 사람을 우리들의 반대편이라고 여기기 쉽다. 아서가 바로 지금 그런 상태다. 자신에 대한 아담의 평가, 신경에 거슬리는 아담의 비판의 말들은 스스로를 달래고 싶은 아서에게 구차한 변명조차 할 수 없게 만들었다.

아담이 모든 사실을 알기 전에도 아서의 마음이 아주 편안했던 것만은 아니다. 갈등과 결심이 회한과 걱정으로 전환되었다. 아서가 헤티를 남겨두고 떠나야 한다는 것은 헤티에게도 괴로운 일이었고, 자기 자신에게 괴로운 일이다. 그는 항상 결심을 했다가 무너뜨리기를 반복하다가, 결국은 정열에 못 이겨 한계선을 넘어버린 것을 알았다. 그러면서도 막상 헤어지기만 하면 그녀와의 관계는 금방 끝나 버릴 것이라고 생각했다. 하지만 그의 본성은 열정적이면서 연약해서 본인도 이별의 고통을 이겨낼 자신이 없었다. 헤티 때문에 그는 종종 불안했다. 그는 항상 비단과 새틴으로 휘감은 귀부인이 되고 싶어하는 그녀의 꿈을 알고 있었다. 아서가 헤티에게 처음으로 자신은 떠나야 한다고 말했을 때, 헤티는 함께 떠나서 결혼하자고 벌벌 떨며 간절히 애원했었다.

아담의 비난에서 가장 화가 나는 것은 바로 아서 자신이 스스로 알면서도 이런 일들을 저질렀다는 뼈아픈 사실이었다. 그는 헤티를 속이는 말은 단 한 마디도 한 적이 없었고, 그녀의 환상은 오직 그녀 혼자만의 유치한 공상으로 짜여진 것이었다. 그렇더라도 그녀가 그런 환상을 갖게 된 데에는 자신도 절반쯤은 책임이 있다고 인정하지 않을 수 없었다. 아서는 자신의 죄가 점점 커져 가고 있는데도, 지난 마지막 밤에 헤티에게 조금도 진실을 알려주지 못했다. 오히려 그는 자신 때문에 헤티가 자포자기에 빠지지 않도록 따뜻하고 희망찬 말로 그녀를 달래주어야만 했다.

그는 당시 상황을 아주 가슴 아프게 받아들여, 사랑스런 그녀가 현재 당하고 있는 슬픔을 절실히 느꼈고, 그녀의 앞날에도 이 슬픔이 계속 지속될 것이라고 침통하게 근심했던 것이다. 이런 헤티의 처지가 날카로운 칼날처럼 그를 짓눌렀다. 아서는 헤티 외의 다른 모든 것들에 대해서는 낙관적인 자기 암시로 모두 회피할 수 있었다. 그리고 헤티와의 일은 전부 비밀에 붙여졌기에, 포이저 가 사람들은 조금도 걱정하지 않았다. 아담만 빼고는 어느 누구도 자신과 헤티 사이에 무슨 일이 벌어졌는지를 전혀 알지 못했다. 정말 아무도 모르고 있는 것 같았다. 왜냐하면 아서가 헤티에게 자신과의 관계에 대해 입을 열거나 어떤 눈치라도 보이게 되면 치명적인 결과를 낳게 될 것이며, 우리들의 관계도 끝장난다고 누누이 강조해왔기 때문이다.

이제 그들의 비밀을 어느 정도 알고 있는 아담은 비밀을 발설하기보다는 오히려 그들을 도우려고 입을 다물어 줄 것이었다. 그 일은 모두에게 불행한 일이었다. 하지만 과장된 상상으로 앞날에 일어나지도 않을 불길한 일을 미리 예상하며, 더 악화시켜봐야 소용없는 일이다. 헤티에게 순간적으로 동정심을 느꼈던 것이 가장 나쁜 결말이었다. 아서는 나쁜 결과에 대해서는 단호하게 외면하여 겉으로는 피하는 척하기로 결심했다. 그러나 이 일이 아니라도 어쨌든 헤티는 피할 수 없는 고통을 겪을 것이다. 아서는 차후에라도 헤티에게 많은 도움을 줄 수 있고 그녀가 흘렸던 눈물에 못지않을 만큼 흡족한 보상을 해줄 수 있을 것이다. 그녀는 지금 자신이 자초한 슬픔의 대가로, 훗날 아서의 보살핌을 받는다면, 그게 어쩌면 그녀에게는 이득이 될지도 모르는 일이다. 다시 말해 그녀는 불행한 일로 고생한 보람을 충분히 받게 되는 셈이다. 그렇게만 된다면 모든 일들이 얼마나 멋지게 해결되는가!

두 달 전만 해도, 아서는 다른 사람의 사소한 감정도 상하게 하지 않고, 가능한 한 호의적으로 대하며 타인에게 조그만 불쾌감이라도 주지 않으려고 심사숙고하는, 이른바 섬세한 명예를 가졌다고 새삼스럽게 자부했었다.

독자들이여, 그때의 아서와 지금의 아서가 변함없는 모습인지 묻고 싶은가? 하지만 다른 사람의 의견보다 그의 자존심이 훨씬 더 공정한 심판을 내린다고 어느 누가 생각하겠는가? 그저 상황만 달라졌을 뿐, 아서의 모습은 예전과 달라지지 않았다. 우리 스스로가 행실을 결정하는 것처럼, 행실은 우리의 운명을 결정짓는다. 어떤 사람이 왜 그런 행동을 했으며 앞으로 어떻게 될 것인지 정확하게 파악하려면, 그 사람의 행동과 속마음을 모두 알고 판단해야 할 것이다. 그래야 그 사람의 인격을 제대로 파악할 수 있기 때문이다. 우리는 강제적인 분위기에 못 이겨 어떤 행동을 하게 되는 경우가 있다.

강제성은 처음에는 정직한 사람을 사기꾼으로 몰아가지만, 그 다음부터는 그 사람을 좋지 않게 변한 자기 자신과 화해시킨다. 그 이유는 두 번째로 저지른 잘못은 자신이 어쩔 수 없었다는 정당성으로 위장되기 때문이다. 실제로 잘못을 저지르기 전에는 상식과 영혼의 건강한 눈이라 할 수 있는 때 묻지 않은 신선한 느낌으로 자신의 행동을 바라볼 수 있다. 그러나 잘못을 하고 난 뒤에는 그 행동이 사죄라는 정밀한 렌즈로 관찰된다. 인간이 아름답다고 하는 것과 추하다고 하는 모든 것들이 똑같은 질감으로 짜여 있다는 사실을 정밀렌즈를 통해 알 수 있다.

유럽에서는 이미 정해진 사실에 스스로를 적응시킨다. 심지어 개개인의 성격도 발생한 사실에 적응시킨다. 평온하게 받아들이면 해결될 일을 그렇게 하지 않고 발작하듯이 보복행위로 대응하면 모든 것이 혼란스럽게 되어 버린다.

어떤 사람이라도 자기의 정당성을 공격당하면 명예 훼손이라고 여길 것이다. 게다가 아서는 그 무엇보다도 자기를 방어해주는 자존심을 굉장히 중요하게 생각하는 사람이었다. 스스로 양심의 가책을 느끼지 않는 한 아서는 자신의 정당성을 굳게 믿을 것이다. 그런데 이런 그에게 있어서 자아비판이란 도저히 감당할 수 없는 고통이었다. 그렇기에 아서는 자신이 그렇게 비난받을 만한 일은 하지 않았다고 스스로를 계속 설득했다. 어느덧 그는 아담을 속일 수밖에 없었던 자신의 처지를 동정하기 시작했다. 물론 이것은 정직한 그의 본성과는 정반대되는 행동이다. 그렇다 해도, 그는 이렇게 할 수밖에 없었다.

자신이 잘못했던 일이 무엇이든 간에, 결과적으로 그는 비참할 대로 비참해졌다. 헤티 때문에도 비참해졌다. 그리고 아담과의 약속대로 편지를 써야 한다는 것도 비참하기 짝이 없는 일이었다. 편지를 쓴다는 건 어찌 보면 그가 헤티에게 아주 가혹한 일을 저지르는 것일 수도 있지만, 한편으로는 그가 베풀 수 있는 가장 큰 친절일 수도 있었다. 이런저런 생각을 하는 동안 아서는 이미 결정된 결과에 완강히 저항하고픈 급작스러운 충동이 생기고는 하였다. 아서는 헤티를 떠나보내야 하고 다른 모든 일도 고려해 보아야 한다…….

이런 마음 상태에서는 사방이 벽으로 둘러싸인 방이 그에게 견딜 수 없는 감옥이 돼버리고 말았다. 벽이 그를 에워싸더니 이런저런 온갖 모순적인 생각과 이에 상충하는 감정들까지 모두 합하여 자신을 압박하는 것처럼 보였다. 수많은 자신의 갈등 중에서 하나라도 탁 트인 허공으로 훨훨 날려 버리면 좋으련만, 주위의 벽들이 가로막고 있어서 더욱 짓눌리는 것 같았다. 그에게 결심을 내릴 수 있는 시간은 고작 한두 시간뿐이었다. 그는 정신을 똑바로 차리고 평정을 되찾아야 했다. 오늘같이 맑은 날 아침, 일단은 멕의 등에 올라타 달리면서 상쾌한 공기를 마시며 그 상황을 훌훌 털어버리고 싶었다.

아주 잘생긴 아서의 애마인 멕은 햇빛 아래에서, 적갈색의 목덜미를 숙이고 앞발로 자갈길을 차고 있었다. 멕은 주인이 콧잔등을 어루만지며 토닥거려주고 평소보다 더 다정한 목소리로 이야기를 건네주자 좋아서 몸을 푸르르 떨었다. 아서는 이 녀석이 자신의 비밀을 전혀 알지 못해서 더 사랑스러웠다. 여자들이 젊고 잘생긴 신사를 보면, 기대에 차서 설레는 마음으로 멋진 신사의 기분을 금방 잘 알아채듯이, 멕도 주인의 기분을 아주 잘 알아차렸다.

아서는 체이스 장원을 지나 5마일 정도 천천히 말을 달려 산기슭에 다다랐다. 그곳은 길가를 에워싸고 있는 산울타리 나무들이 더 이상 자라지 않는 곳이었다. 아서는 멕의 고삐를 내던지고 마음을 가다듬기로 마음먹었다.

헤티는 어제의 만남이 아서가 떠나기 전에 마지막 만남이라는 것을 눈치 채고 있었다. 때문에 또다시 그를 만난다는 것은 불가능하다는 걸 의심할 여지없이 믿고 있었다. 그녀는 놀란 아이처럼, 아무 생각도 하지 못한 채, 이별의 말에 그저 울기만 했었다. 아서가 그녀의 얼굴을 들어 입맞춤을 하자 그녀는 비로소 눈물을 그쳤다. 아서는 헤티를 안심시키고 계속 기대를 하도록 희망에 찬 달콤한 말로 달래는 것 외에는 아무것도 할 수가 없었다. 편지를 보면 너무 갑작스러워서 그녀가 놀랄 텐데! 오랫동안 지속해왔던 착각에서 그녀를 벗어나게 해주라는 아담의 말에는 진실이 담겨 있었다. 착각은 오히려 잠깐 겪는 심한 고통보다 훨씬 더 나쁜 일이 될지도 모른다. 그리고 이 방법만이 아담을 만족시킬 수 있는 유일한 길이었다. 이 방법에 대해 아담은 여러 가지 이유에서 틀림없이 만족할 것이다. 헤티를 다시 만날 수만 있다면! 그러나 불가능하다. 아서와 헤티 사이에는 가시덤불과 같은 장애물이 놓여 있고, 경솔하게 행동했다가는 큰일 난다. 설령, 그가 그녀를 다시 만난다 해도 무슨 소용이 있겠는가? 그녀의 슬퍼하는 모습을 보고 자꾸 그 모습만 떠올리게 된다면 더욱더 괴로워질 것이 뻔했다. 그리고 혹시 아서만 없다면, 그녀는 주변의 모든 것들로부터 힘을 얻고, 슬픔을 극복할지도 모를 일이다.

복잡한 생각을 하던 아서의 머릿속에 갑자기 불길한 예감이 어두운 그림자처럼 엄습해왔다. 혹시 그녀가 슬픔에 못 이겨 어떤 극단적인 행동이라도 하지는 않을까라는 불안감이었다. 불안한 마음은 꼬리에 꼬리를 물고 더 짙어졌다. 하지만 그는 청춘과 희망의 기운으로 불안감을 털어냈다. 무슨 근거로 미래를 그렇게 암울하게 그리는가? 어쩌면 반대의 상황으로 전개될지도 모른다. 아서는 모든 상황이 그렇게 나쁘게만 진행되지는 않을 것이라고 스스로에게 되뇌었다. 예전에 그는 양심이 허락하지 않는 일은 어떠한 것도 하지 않으려고 했었다. 이번에는 다만 어쩔 수 없는 상황에 이끌렸을 뿐이다. 아서는 자신이 정말로 본래 성품은 좋은 사람이라고 암암리에 믿고 있었다. 신이 선량한 자기를 가혹하게 다루지는 않을 것이다.

어쨌든 그는 이제 자기에게 닥친 일을 더 이상 어찌해 볼 도리가 없다. 그가 할 수 있는 일이라고는 지금으로서 가장 최선이라고 생각되는 일을 해야 한다는 것뿐이다. 그가 취한 최선의 행동은 아담과 헤티를 이어줄 것이다. 아서는 자신이 아담과 헤티를 위해 길을 열어 준다고 스스로를 달랬다. 그녀의 마음은 아담의 말처럼, 시간이 조금만 지나면 분명 아담에게로 향할 것이다. 그렇게만 되면 어느 누구도 피해를 입지 않을 것이다. 아담은 여전히 그녀와 결혼하기를 간절히 소망하고 있기 때문이다. 분명히 아담은 속았다. 만약 자기가 그런 일을 당했다면, 상대방이 엄청난 잘못을 저지른 것처럼 화를 냈을 것이다. 하지만 아담은 기만당하고 있었다. 스스로를 위로하던 아서는 이런 생각으로 다시 우울해졌고, 그의 두 뺨은 수치심과 분노로 뜨겁게 달아올랐다. 하지만 진퇴양난에 빠진 남자가 도대체 무엇을 할 수 있단 말인가?

그는 명예를 걸고, 헤티에게 피해가 되는 말은 단 한 마디도 해서는 안 된다. 그의 첫 번째 의무는 헤티를 지켜주는 것이다. 그러나 그는 자신을 변명하기 위해서는 그 어떤 말도 그 어떤 거짓된 행위도 해서는 안 됐었다. 맙소사! 바보같이 스스로를 진퇴양난에 빠뜨리고 말았으니, 이 얼마나 불쌍한 사람인가! 그는 할 수만 있다면 변명을 했을 것이다.(그러나 체면을 유지하려면 변명이 아닌 행동으로 보여주어야 하니 참으로 딱하다.)

어찌 됐든 편지는 꼭 써야 했다. 그것이 이 난국을 타개할 수 있는 유일한 방법이다. 편지를 읽을 헤티의 모습을 떠올리니 아서의 눈에는 눈물이 고였다. 편지를 쓴다는 것은 그에게 굉장히 어려운 일이었다. 결코 쉬운 일이 아니었다. 마지막으로 이런 생각이 들자 그는 결론을 내릴 수 있었다. 혼자서만 편하려고 일부러 다른 사람을 괴롭히는 일은 절대로 할 수 없다는 결론이었다. 헤티를 아담에게 양보해야 한다는 생각에 질투를 느끼는 이 순간, 아서는 자신은 희생을 감수하고 있는 것이라 확신하고 있었다.

일단, 이런 결론에 도달하자 그는 멕의 말머리를 돌려 천천히 집으로 되돌아왔다. 집에 도착하자마자 맨 먼저 편지를 쓰고 나서, 그 다음에 오늘 해야 할 일들을 하겠다고 마음먹었다. 그는 뒤돌아 볼 여유가 없었다. 다행히 어윈과 가웨인이 저녁식사를 하러 올 예정이었고, 내일 12시 정각이면 그는 체이스 저택을 뒤로 한 채, 몇 마일이나 떨어진 곳으로 멀리 떠나가 버릴 것이다. 이렇게 끊임없이 생각하고 굳은 결심을 하고 나서야 비로소 헤티에게 가고 싶다는 충동을 억누를 수 있었다. 사실 그는 헤티에게 달려가 그녀의 손을 붙잡고 모든 일을 없던 걸로 하자고 미친 듯이 말하고 싶었던 것이다. 영리한 멕은 자기 등에 올라탄 주인의 심경의 변화를 낱낱이 알아차렸는지, 발걸음을 점점 빨리 하더니 곧 매우 빠른 속도로 내달렸다.

하인들의 방에서 저녁식사를 할 때 심술궂은 늙은 마부 존이 말했다.

"사람들 말이 어젯밤에 대위님께서 아프셨다고 하던데. 오늘 오후에 말이 두 동강이 날 정도로 전속력으로 달렸던 것도 아마 아파서 그런 모양이지."

익살스런 마부 달튼이 말했다.

"존, 그건 심상치 않은 일이 생겼다는 징조지."

존이 으스스하게 말했다.

"그러면 아픈 피라도 좀 뽑아내면 치료가 되셨을 텐데."

아담은 어제의 후유증으로 혹시 아서가 몹시 아프지 않을까 걱정되어 아침 일찍 체이스 장원을 찾아갔다. 그리고 아서가 승마 하러 나갔다는 말을 듣고서야 한시름 놓았다. 그는 정확히 5시에 다시 저택으로 가서 약속한 대로 자신이 찾아왔다는 말을 전했다. 몇 분 후 핌이 편지 한 장을 들고 내려와 아담에게 건네주며, 대위는 너무 바빠 아담을 만나 줄 수 없으며, 해야 할 이야기는 모두 편지 안에 쓰여 있다고 전해주었다. 편지는 아담에게 보낸 것이었으나, 아담은 그것을 열어보지 않은 채 집 밖으로 나갔다. 봉투 안에는 헤티 앞으로 보내는 봉인된 편지가 또 한 통 동봉되어 있었다. 그리고 아담에게 보내는 편지에는 다음과 같이 적혀 있었다.

동봉한 편지 속에 자네가 원하는 말을 모두 다 적었네. 편지를 자네에게 맡길 테니, 헤티에게 전하든 내게 다시 보내든 자네가 최선이라고 생각하는 대로 하게. 아무런 조치를 취하지 않고 가만히 내버려두는 것보다 오히려 이게 그녀를 더 괴롭게 만드는 건 아닌지 스스로에게 한 번 더 물어보게.

그리고 우리는 더 이상 만날 필요가 없을 것 같네. 몇 달쯤 지나 서로의 감정이 좀 풀리면 그때 만나는 게 좋겠네.

—아서 도니손—

'차라리 아서 도니손이 나와 절대 마주치지 않는 게 더 나을지도 모르겠어.' 아담은 생각했다. '만나 봐야 더 고약한 말만 할지도 몰라. 둘이 악수하면서 다시 친구라고 말할 필요도 없고. 하기는 이제 서로를 친구라고 생각하지 않으니, 괜히 다시 친구인 척하는 게 더 이상하겠지. 용서가 인간의 의무라는 걸 알고 있긴 하지만, 나는 용서란 단지 복수할 생각을 완전히 접었다는 뜻이라고 생각해. 용서한다고 해서 반드시 예전의 좋았던 감정을 되살려야 한다는 건 아닐 거야. 그럼, 예전처럼 된다는 것은 불가능하지. 나도 그를 더 이상 옛날처럼 생각하지 않을 것이고, 그 역시 나한테서 예전과 같은 감정을 느끼지는 못할 테니까. 신이여! 저를 도와주십시오. 제가 사람들에게 처음 느꼈던 마음이 변하게 될지, 그렇지 않을지 솔직히 저는 잘 모르겠습니다. 제가 했던 행동은 잘못된 판단에서 비롯된 것 같아요. 아무래도 이 모든 걸 완전히 뒤집어서 다시 생각해봐야겠어요.'

아담의 머릿속은 헤티에게 편지를 전해야 할지 말아야 할지 온통 그 생각으로 가득 찼다.

아서는 아담에게 경고하는 듯한 당부의 말과 함께 모든 결정을 그에게 맡겨버려서인지 다시 마음이 편안해졌다. 전혀 우유부단하지 않은 아담조차도 지금 이 시점에서는 망설이고 있었다. 그는 자기의 마음이 시키는 대로 하겠다고 마음먹었다. 그리고 결정을 내리기 전에 헤티의 마음이 어떤지 제대로 확인해 보기로 했다.

30

편지를 전달하다

그 다음주 일요일이었다. 교회에서 돌아오는 길에 아담은 포이저 가족과 함께 걸으면서, 그들이 자기를 집으로 초대해 주기를 은근히 바랐다. 아담은 아서의 편지를 호주머니에 넣고 헤티와 단둘이 얘기할 기회가 오기를 간절히 바랐다. 교회 안에서는 헤티가 자리를 바꿔 앉아서 그녀의 얼굴을 보지 못했다. 그녀에게 악수를 하려고 다가가자 그녀가 미심쩍은 듯 어색한 행동을 보여주었다. 아담은 헤티가 이렇게 나올 거라 예상하고 있었다. 왜냐하면 그로브 숲 속에서 아서와 함께 있는 것을 들킨 이후 처음으로 만나는 자리이기 때문이었다.

"아담, 이리 와요. 우리랑 같이 갑시다."

모퉁이에 다다랐을 즈음 포이저가 말했다. 식구들이 들판에 들어서자마자 아담은 과감히 헤티에게 팔을 내밀었다. 어린아이들은 금방 앞장서서 가버렸다. 그들과 조금 뒤떨어져서 천천히 걸을 수 있게 되자, 아담이 입을 열었다.

"헤티, 계속 이렇게 날씨가 좋다면, 오늘 저녁 나와 함께 정원에서 산책하지 않을래요? 특별히 할 말이 있어요."

"좋아요."

헤티가 대답했다. 그녀도 아담 못지않게 그와 단둘이 이야기를 나누고 싶었다. 그녀는 아담이 자기와 아서를 어떻게 생각하고 있는지 궁금했다. 아담이 틀림없이 키스하는 장면을 봤을 거라고 짐작은 됐지만, 아담과 아서 사이에 무슨 일이 있었을 거라고는 그녀는 전혀 상상도 하지 못했다.

헤티의 머리에 맨 먼저 떠오른 것은 아담이 자기에게 너무 화가 나서 외숙모와 외숙부에게 고자질해 버릴 거라는 생각이었다. 아담이 도니손 대위에게 감히 무슨 말을 했으리라고는 꿈에도 생각할 수 없었다. 그런데 뜻밖에도 아담이 오늘 친절하게 행동하며 단둘이서만 이야기하고 싶다고 말하자 안도감을 느꼈다.

헤티는 아담이 포이저 가족과 함께 집으로 가는 광경을 보았을 때, 혹시 자기의 '비밀을 일러바치지는 않을까' 몹시 조마조마했다. 그런데 그가 자기한테 시간을 내달라고 한 것이다. 그녀는 아담이 무슨 생각을 하고 또 뭘 하려고 그러는지 대충 눈치를 챘다. 헤티는 자기가 원하지 않는다면 그 어떤 일도 아담이 못 하게 만들 자신이 생겼다. 심지어 자신이 아서를 좋아하지 않는다고 말해도 아담은 믿을 것 같았다. 자기가 그의 마음을 받아줄 거라는 희망을 심어 주기만 하면 아담은 무엇이든 자기가 원하는 대로 다 들어줄 거라고 생각했다. 그녀는 그런 식으로 아담을 부추겨서 외숙부와 외숙모가 화를 내지 않도록 하고, 그분들이 혹 자신에게 몰래 만나는 애인이 있지는 않은지 의심하지 않도록 해야 했다.

헤티는 아담의 팔짱을 끼고 가면서 이런 궁리로 작은 머리를 바쁘게 굴렸다. 그리고 아침까지 보이지 않던 낮게 뜬 구름이나, 다가오는 겨울에 새들의 먹이가 될 많은 산사나무 열매를 한 번씩 쳐다보면서 아담이 묻는 말에 겨우 '예.' 혹은 '아니요.' 로만 대답했다.

그들이 다시 헤티의 외숙모, 외숙부와 합류했을 때에도, 그녀는 아무런 방해도 받지 않고 계속해서 제멋대로 생각하고 있었다. 왜냐하면 외숙부가 아담에게 계속 말을 걸었기 때문이다. 포이저의 생각으로는, 젊은 남자가 결혼하고 싶은 여자와 팔짱을 끼고 걸어가고 있다고 해도, 사업에 관한 이야기라면 언제든지 나누고 싶어할 거라는 것이었다. 포이저의 입장에서는 체이스 농장에 관한 가장 최근의 소식을 듣고 싶었다. 그래서 끝까지 걸어갈 때까지 내내, 아담하고만 대화하기를 원했다. 그 사이 헤티는 자기만의 상상 속에서 우아한 옷을 입고 살롱에 홀로 서 있는 요염한 여자가 되어 있었다. 믿음직한 아담과 팔짱을 끼고 산울타리 옆을 걸어가면서, 그녀는 귀엽고 은밀한 계획을 이리저리 짜보고, 간사하게 달콤한 말을 하는 자신의 귀여운 모습을 상상하고 있었다.

  헤티 같은 시골 미인은 보잘것없는 구두를 신고 있고, 사교계에 드나드는 귀부인은 고급스런 크리놀린을 입고 있다 해도, 천박하게 머리를 굴리는 사고방식은 둘 다 아주 비슷했다. 헤티는 아담에게 자신의 비밀을 들켰기 때문에 그동안 내내 마음이 매우 불안해서 불행하기 짝이 없었다. 이런 헤티와 마찬가지로 그 귀부인도 자신의 경솔한 언동으로 문제가 생기면, 체면이 깎일까 봐 두려워하고 자신의 모든 세련된 지식을 총동원하여 그 문제를 수습하려 하기 때문에, 그들은 닮은 점이 많다고 할 수 있다. 아서와 헤어진다는 건 그녀에게 이중의 고통이었다. 하나는 걷잡을 수 없는 열정과 허영심의 소용돌이 속에서 괴로워해야 한다는 것이고, 또 하나는 그녀의 미래가 자신이 꿈꾸는 모습과는 전혀 다르게 펼쳐질지도 모른다는 막연하고 희미한 두려움으로 인한 고통이었다. 헤티가 아서를 마지막으로 만났을 때, 아서는 헤티를 위로하려고 희망적인 말을 해주었다.

  "헤티, 크리스마스 때 다시 올게. 혹시 그때쯤에는 우리가 무얼 해야 될지 알게 될 거야."

  헤티는 이런 막연한 약속의 말에 집착했다. 그녀는 아서가 자신을 정말 많이 사랑해서 자기 없이는 결코 행복하지 못할 것이라고 믿고 있었다. 그녀는 훌륭한 신사가 자신을 사랑한다는 비밀을 가슴에 품고 있어서, 모든 소녀들보다 자신이 더 우월하다는 자긍심을 갖고 있었다. 하지만 그녀는 자신의 미래가 깜깜하다는 사실에 너무 답답하기만 했고, 미래가 어떻게 바뀔지 모른다는 불안감은 보이지 않는 대기의 압력처럼 헤티를 짓누르고 있었다.

  그녀는 자신만의 꿈속에서 그리고 있는 환상의 섬에서 언제나 혼자 살고 있었다. 그녀의 섬 주변은 온통 알 수 없는 시커먼 물이 흐르고 있었다. 그곳에서 아서는 사라져 버렸다. 미래를 생각하던 그녀는 눈앞이 깜깜해져서 지난날을 뒤돌아보았다. 아서와 나누었던 이야기들, 자신을 애무하던 그의 손길, 헤티는 그 추억에 의지하며 지내는 수밖에 달리 방법이 없었다. 그러나 목요일 저녁 이후로 헤티는 때때로 아담이 자기의 비밀을 외숙부, 외숙모에게 말해버릴지도 모른다는 두려움 때문에 다른 막연한 걱정들은 다 잊어버릴 지경이었다. 그러던 차에 아담이 둘이서만 얘기를 좀 하자고 먼저 말을 건넨 것이다. 그제야 헤티는 지금까지의 걱정을 다 털어버리고 새로운 방향으로 생각을 바꾸었다. 그녀는 오늘 저녁 아담이 제안한 좋은 기회를 결코 놓치지 않으리라 마음먹었다. 모든 가족들이 차를 마시고 난 후였다. 남자 아이들이 뜰로 나가는걸 보고, 톳티는 오빠들과 함께 나가겠다고 졸라댔다. 헤티는 포이저 부인이 깜짝 놀랄 정도로 재빠르게 말했다.

  "제가 톳티하고 함께 갈게요, 외숙모."

  아담도 그녀를 따라가겠다고 말하고, 곧장 개암나무가 있는 길로 나왔다. 아담이 헤티와 단둘이 그 길을 걷는 모습은 그리 놀라운 일이 아니었다. 남자아이들은 다른 데로 가서 개암나무 열매 던지기 놀이(개암나무 열매에 구멍을 뚫고 실로 연결시켜 서로 열매를 때려서 상대방의 열매를 깨뜨리는 놀이)를 하기 위해 아직 익지 않은 큰 열매를 주워 모으느라고 바빴다.

  톳티는 남자아이들이 놀고 있는 모습을 강아지같이 귀여운 자세로 멍하니 바라보고 있었다. 바로 이 정원의 뜰 안에서 아담이 헤티 옆에 서서 달콤한 희망에 부풀었던 때가 불과 얼마 전의 일이었다. 근 두 달도 안 되는 짧은 시간이 흘렀었다. 사과나무 가지 사이로 비추던 햇빛, 빨간 까치밥나무 열매 다발, 헤티의 귀엽고도 발그레한 얼굴을 보았던 그 목요일 저녁 이후로, 아담은 종종 그때의 장면을 회상하고는 했다. 오늘같이 구름들이 낮게 드리워진 서러운 저녁에도 그 추억은 유난히 끈질기게 떠올랐다. 그 추억 때문에 감정이 북받쳐서 필요 이상의 말이 터져 나오려는 걸 아담은 꾹 참았다. 헤티를 위해서 참아야 했기에 그는 옛날 일은 생각하지 않으려고 무진 애를 썼다. 아담은 드디어 입을 열었다.

"헤티, 목요일 밤이었죠? 내가 당신과 도니손 대위를 본 것이……. 당신은 그 후에 내가 돌아다니며 마을 사람들에게 당신이 내게 들켰던 그 일을 말할까 봐 걱정했겠죠. 그렇게 내가 멋대로 지껄이고 다닐 거라고는 생각하지 말아요. 만약 그 사람이 다른 어떤 사람이었더라면, 그가 당신과 결혼하고 싶어 청혼을 하고 당신도 그 사람이 좋아서 언제나 함께 있고 싶어한다는 걸, 내가 진즉 알았더라면 좋았을 걸 그랬어요. 물론 그걸로 내가 당신한테 왈가왈부할 수 있는 권리는 없어요. 하지만 이 일은 달라요. 절대로 당신과 결혼할 수 없고, 그럴 생각조차 없는 신사가 당신한테 집적대는 걸 내 눈으로 보았단 말이죠. 그걸 보고 나니 당신을 위해서 그냥 이대로 두어서는 안 되겠다는 생각이 들어서 관여하게 됐어요. 하지만 나는 당신의 부모님이나 마찬가지인 포이저 부부에게 차마 말씀드릴 수는 없었어요. 그러면 그분들은 필요 이상으로 근심하시고 괴로워하실 게 뻔하니까요."

아담의 마지막 말은 헤티가 두려워했던 한 가지 걱정을 덜어 주었다. 그러나 이 말 속에는 헤티의 애간장을 녹이는 더욱 불길하고 무서운 의미도 들어 있었다. 헤티의 얼굴이 창백해지고 온몸이 부들부들 떨렸다. 그녀가 과감하게 자신의 감정을 터뜨리려고 했다면, 그녀는 화를 내며 아담에게 반박했을지도 모른다. 그러나 그녀는 입을 다물었다. 아담은 아주 상냥하게 계속 말을 이어갔다.

"헤티, 당신도 알잖아요. 당신은 아직 너무 어려요. 당신은 세상이 어떻게 돌아가는지 제대로 알지 못하고 있어요. 당신이 어디로 가는지도 모르고 끌려만 다니다가 뜻밖의 곤란한 문제에 부딪치지 않도록 내가 도울 수 있다면, 그게 무슨 일이든지 나는 반드시 하고야 말 겁니다. 그게 도리니까요. 당신이 어떤 신사를 만나고 멋진 선물을 받았다는 걸 만약 내 주위 사람이 알았다면 아마 당신을 얕보고 나쁜 소문을 퍼뜨려 당신의 평판을 깎아내렸을 거예요. 헤티, 만약 당신이 절대로 결혼할 수 없는 남자를 사랑하고 있다면 그건 자신을 고통스럽게 할뿐이에요. 왜냐하면 그 사람이 당신을 평생 보살펴 줄 리가 없으니까요."

아담은 잠깐 말을 멈추고 헤티를 바라보았다. 헤티는 개암나무에서 잎사귀를 잡아 뜯어 손바닥 안에서 짓이기듯 주무르고 있었다. 아담의 말을 듣자 헤티의 마음은 엄청난 소용돌이에 휘말리고 말았다. 기가 막히기도 하고, 머릿속이 텅 비어 버려서 자신이 세워둔 작은 계획과 미리 마음속으로 생각해뒀던 말들이 그녀의 의지대로 나오지 않았다. 아담의 말은 조용하지만 확신에 차 있었고, 그래서 더 잔인하게 느껴졌다. 마치 그녀의 실낱같은 희망과 환상을 완전히 뭉개버리고 말겠다고 위협하는 것 같았다.

헤티는 아담의 말에 저항하고 싶었다. 화를 내고 반박하면서 자신의 솔직한 마음을 내뱉어 버리고 싶었다. 그러나 속마음을 감춰야 한다는 강한 의지가 여전히 그녀를 압박하고 있어서 하고 싶은 말을 마음껏 쏟아내지 못했다. 그녀는 자기의 속내를 말해버리면 어떤 결과가 초래될지 계산할 능력이 없었다. 그래서 꾹 참아야 했다. 그렇지 않으면 앞뒤를 분간하지 못하는 사람이 되어버리기 때문이다.

"당신은 내가 그분을 사랑하고 있다고 말할 이유가 없어요."

기어들어가는 목소리로, 거칠거칠한 나뭇잎을 뜯어 신경질적으로 찢으면서, 그녀는 반박했다. 까만 눈을 어린아이같이 크게 뜨고, 평소보다 숨을 가쁘게 내몰아쉬고 있는 헤티. 얼굴이 창백해지고 흥분해 있어도 그녀는 매우 아름다웠다. 이렇게 아름다운 헤티를 바라보자, 아담은 그녀가 더욱 안쓰럽게 느껴졌다. 아! 만약 그녀를 조금이라도 위로해 줄 수 있다면, 그녀를 진정시킬 수만 있다면, 이 고통에서 그녀를 구할 수만 있다면 얼마나 좋겠는가!

아담은 힘이 센 사람이었기에 헤티가 위험에 처해 있을 때는 어떤 위험을 무릅쓰고라도 그녀를 구해냈을 것이다. 그러나 지금은 그런 강한 힘으로도 그녀의 가엾고 고통스런 마음을 달래줄 수 없었다. 아담은 헤티의 말에 다시 부드럽게 말했다.

"헤티, 내가 그런 말을 할 이유가 없다구요? 만약 당신이 그 사람을 사랑하지 않았다면 왜 그가 키스하도록 가만히 내버려두었죠? 그 사람의 머리카락이 들어 있는 로켓은 왜 받았나요? 도금된 로켓 말이에요. 그리고 그와 함께 그로브 숲에서 왜 산책했어요? 나는 당신을 비난하려는 게 아니에요. 그런 일들이 조금씩 조금씩 쌓이다 보니, 결국 당신은 그 사람에게서 헤어나지 못할 지경까지 와버렸잖아요. 나는 다 알고 있어요. 하지만 내가 비난하고 싶은 사람은 당신이 아니라 아서 도니손이에요. 그는 자신이 당신한테 제대로 보상할 수 없다는 걸 뻔히 알면서도 당신의 마음을 훔쳐간 사람이니까요. 그는 당신을 하찮게 여기고, 무시하고, 희롱했어요. 적어도 남자라면 당신의 앞날을 소중히 여겼어야죠. 하지만 그는 당신의 미래가 어떻게 되든 아무런 상관도 하지 않고 자기 기분대로 놀아난 사람이죠."

헤티는 갑자기 말문이 터졌다. 그녀는 아담의 말에 극심한 고통과 분노만 느껴져서 다른 일은 모두 깡그리 잊어버린 것 같았다.

"아니에요, 그 사람은 정말로 나를 사랑해요. 당신보다는 내가 더 잘 알아요!"

아담이 응수했다.

"헤티, 아니에요. 만약 그가 당신을 정말로 사랑했다면, 그런 행동은 결코 하지 않았을 거요. 당신에게 키스하고 선물한 것은 별다른 의미가 없었다고 그 사람이 나한테 직접 말했어요. 그리고 헤티 역시 그게 별것 아니라고 생각한다며 나에게 믿어 달라고 부탁하다시피 말했지요. 나는 그 이상 아는 것이 없어요. 헤티, 당신은 그 사람이 신사였기 때문에 의심하지 않았던 거죠? 결혼을 생각할 정도로 그가 당신을 사랑한다고 믿었겠죠. 하지만 그는 당신과 결혼할 거라고는 단 한 번도 생각해본 적이 없는 사람이에요. 이건 당신이 스스로를 속이고 있는 것 같아서 하는 말이에요."

"당신이 그걸 어떻게 알아요? 왜 그런 말을 함부로 하는 거죠?"

걸음을 잠깐 멈추고 몸을 부들부들 떨면서 헤티가 대들었다. 아담의 말에 결정적인 내용이 들어 있는 것 같아서 그녀는 겁을 잔뜩 먹고 벌벌 떨었다. 아서가 아담에게 진실을 말하지 않은 건 나름대로 이유가 있을 거라고는 꿈에도 생각하지 못하고 헤티의 마음은 이미 평정을 잃어버렸다. 헤티가 반발하고 흥분하자 아담은 편지를 전해야겠다고 확실히 결심했다.

"헤티, 당신은 아마 나를 믿지 못할 거요. 그를 너무 사랑하고 있으니까요. 그래서 그가 당신을 많이 사랑한다고 착각하고 있는 거죠? 헤티, 내 주머니 속에 뭐가 들어 있는지 알아요? 당신한테 전해 달라고 그가 준 친필 편지가 들어 있어요. 나는 편지를 읽진 않았지만, 그는 편지에 당신에게 진실을 다 토로했다고 말했어요. 헤티, 그러니 이 편지를 받기 전에 잘 생각해봐요. 아서에게 너무 집착하지 말아요. 만약 그가 당신과 결혼하겠다고 생각했다면, 당연히 그건 미친 짓이겠지만, 설령 그렇게 되더라도 그건 당신에게는 별로 좋지 않은 일이에요. 그 결혼은 두 사람을 결코 행복하게 만들지 못할 테니까요."
 헤티는 아무 말이 없었다. 그렇지만 아담이 아직 편지를 읽어보지 않았다고 말하자 그녀는 다시금 희망을 가졌다. 편지에는 아담이 생각하는 것과는 정반대의 내용이 쓰여 있을 것이다.
 아담은 편지를 꺼냈다. 하지만 여전히 편지를 손에 들고 부드럽게 간청하는 어조로 말했다.
 "헤티, 내가 이런 고통을 안겨주었다고 나를 나쁘게 생각하지는 말아요. 당신을 고통에서 벗어나게 해주려고 내가 궂은일을 아주 많이 했다는 것을 신은 알고 계실 겁니다. 잘 생각해봐요. 이 사실은 아무도 몰라요. 오직 나만 아는 일이에요. 나는 오빠처럼 당신을 돌봐주고 싶어요. 나는 그 어떤 잘못도 당신이 고의로 했다고는 믿지 않아요. 당신은 나한테 전과 다름없이 영원히 변함없이 똑같은 헤티일 뿐이에요."
 헤티가 손을 편지 위에 놓았지만, 아담은 자신의 말이 다 끝날 때까지 편지를 놓아주지 않았다. 아담이 무슨 말을 하는지 그녀는 전혀 주의 깊게 듣고 있지 않았다. 그녀에게는 어떤 말도 들리지 않았다. 드디어 그가 편지를 놔주었을 때, 그녀는 편지를 뜯어보지도 않고 바로 주머니에 집어넣었다. 그리고 헤티는 어서 빨리 집에 들어가자고 하는 것처럼 걸음을 재촉해서 걷기 시작했다.
 아담이 말했다.
 "지금 편지를 읽지 않는 건 잘하는 일이에요. 혼자 있을 때 읽어요. 하지만 여기서 좀더 있다가 아이들을 찾아서 집에 가자구요. 헤티, 얼굴빛이 창백하고 좀 아픈 것같이 보여요. 당신의 외숙모가 눈치 챌까 걱정되는군요."
 헤티는 걱정하는 아담의 말만큼은 귀담아들었다. 그 말을 듣는 순간, 그녀는 본능적으로 어떻게 해서든 비밀을 감추어야 한다는 걸 되새겼다. 아담의 말이 굉장히 충격적이어서 비밀로 해야 한다는 걸 잠시 깜빡하고 있었을 뿐이었다. 헤티는 호주머니 속 더 깊숙이 편지를 찔러 넣었다. 그녀는 아담이 가슴 아픈 사실을 말해 주었음에도 불구하고 편지에 반드시 어떤 위안이 들어 있을 거라고 확신했다. 헤티는 톳티를 찾으러 뛰어갔다. 그리고 금방 톳티를 데리고 다시 나타났을 때 그녀의 안색은 이미 되살아나 있었다. 톳티는 작은 이빨로 덜 익은 사과를 베어 먹다가 멀리 던져버렸다. 시디신 사과 때문에 톳티는 얼굴을 찡그렸다.

아담이 말했다.

"톳티, 내가 목말 태워줄까? 이리 온. 나무 꼭대기에도 닿을 수 있게 아주 높이 태워줄게."

아담은 강한 팔뚝으로 톳티를 번쩍 들어 올려 흔들어 주었다. 이렇게 신나는 장난을 어떤 꼬마가 싫다고 하겠는가? 독수리가 가니메데스를 등에 태우고 멀리 날아가서, 제우스의 어깨에 올려놓았을 때,[177] 가니메데스는 큰소리로 울지 않았을 것이다. 톳티는 높은 아담의 어깨 위에 목말을 타고 앉아서 아래쪽을 내려다보며 만족스러운 듯 미소를 지었다. 그 광경은 집 앞 대문에 서서 딸을 바라보고 있는 엄마의 눈을 즐겁게 해주었다.

"아이구, 귀여운 내 새끼."

톳티가 몸을 앞쪽으로 기울여 엄마에게 팔을 내밀었다. 예리한 포이저 부인의 눈은 어머니의 지극한 사랑으로 가득 찬 온화한 눈빛이 되어 있었다. 톳티만을 바라보는 포이저 부인은 헤티에게는 눈길도 돌리지 않은 채 심부름을 시켰다.

"헤티, 어서 에일 맥주 좀 가져오너라. 다른 아이들은 모두 치즈를 만드는 중이라 엄청 바쁘거든."

헤티는 에일 맥주를 갖다 놓고, 외숙부의 파이프에 불을 붙여준 후

---

[177] 제우스신이 납치한 미소년이다. 제우스신의 명령으로 청춘의 여신 헤베를 대신해서 독수리가 신들에게 술잔을 따르는 사람이 되었다. 이 아름다운 소년을 제우스는 독수리 등에 태워 데려왔다고 한다.

톳티를 재우려고 침대로 데려갔다. 그런데 톳티가 잠을 자지 않고 울어대서 하는 수 없이 잠옷 바람의 톳티를 데리고 다시 내려왔다. 그때, 아래층에서는 저녁식사를 준비하느라고 모두가 분주했고, 헤티는 계속 그들을 도와야 했다. 아담은 헤티의 마음이 편안해지도록 가능한 한 시간을 많이 끌었다. 포이저 부부에게 계속 말을 걸었고, 급기야 포이저 부인이 이제 그만 가줬으면 싶은 눈치를 보일 때까지 머물렀다. 아담은 이날 밤 헤티가 정말 괜찮은지 계속 보고 싶어서 일부러 시간을 질질 끌며 오래 머물렀던 것이다. 잘 견디고 있는 헤티의 모습을 보며 그는 속으로 참 다행이라고 생각했다. 아담은 그녀가 저녁 내내 편지를 읽을 시간이 없었다는 것을 알고 있었다. 하지만 헤티가 편지에 아담이 말한 것과 반대되는 내용이 쓰여 있을지 모른다는 희망으로 내심 붕 떠 있다는 것은 알지 못했다.

 아담은 헤티를 그대로 두고 떠나려니 안심이 되지 않아 도저히 발걸음이 떨어지지 않았다. 그는 고통을 이겨내야 할 헤티를 며칠 동안이나 모른 체해야 한다는 것이 안타깝게만 느껴졌다. 하지만 결국 그는 집으로 가야 했다. 아담은 "잘 있어요."라고 말하면서 헤티의 손을 꼬옥 잡았다. 자신의 사랑이 그녀에게 피난처가 될 수 있다면, 자기는 예전처럼 항상 헤티를 사랑하고 있다는 표시로 단단히 손을 잡아 주었던 것이다. 아담이 할 수 있는 일이라고는 헤티가 자신의 마음을 알아주기를 간절히 바라며 손을 잡아주는 것이 전부였다. 아담은 집으로 돌아가면서 헤티의 어리석은 행동을 가엾게 생각했다. 헤티가 나약한 것은 천성적으로 인정이 많기 때문이라는 생각도 해 보고, 아서의 행동은 변명할 여지없이 잘못됐다면서 점점 더 아서 탓도 해보았다. 헤티를 변명해줄 핑계거리를 궁리하느라 아담의 머릿속은 분주했다. 그는 헤티의 고통을 생각하기만 하면 분노가 치밀었다. 자신의 힘으로는 도저히 붙잡을 수 없을 만큼 그녀가 멀어져 버렸다는 생각이 들었다.

이런 분노에 휩싸이자 아담은 나쁜 친구인 아서를 위한 변명은 그 어떤 것도 듣지 않으려고 귀를 막아버렸다. 아담은 도덕적으로나 신체적으로 정말로 결점이라고는 하나 없는 바른 눈과 정정한 마음을 가진 좋은 친구였다. 하지만 공명정대한 철학자 아리스토텔레스라도 사랑과 질투에 사로잡힌다면, 그 순간 아량을 완전히 잃을 것이다. 나는 아담이 부당하게 고통스런 나날을 보내면서 오로지 정의감에 불타서 분노를 터뜨리고, 순수하게 인정에서 비롯된 연민의 정만을 느꼈다고는 말할 수 없다. 사실 아담은 지독한 질투심에 사로잡혀 있었고, 헤티를 맹목적으로 사랑해서 그녀의 잘못은 전혀 헤아리지 못했던 것이다. 자신의 맹목적인 사랑만큼이나 그의 가슴이 지독하게 쓰려왔다. 아담은 이 심정을 견디지 못해 모든 고통을 아서의 탓으로 돌리고 격분했다.

'하얀 손에 멋있는 옷을 입은 신사가 근사한 태도로 접근하니까, 헤티도 어쩔 수 없이 흔들렸겠지. 지체 높은 귀족같이 말하고, 그녀와 비슷한 신분의 남자라면 차마 생각도 할 수 없는 대담한 방법으로 그녀의 환심을 사려고 했을 테지. 그랬으니 헤티가 항상 그 신사만을 생각하는 것도 당연해. 만약 헤티가 보통 신분의 사람을 좋아하게 된다면 그건 정말 대단한 일이 될 거야.'

그는 호주머니에서 슬그머니 자신의 손을 꺼내 쳐다보았다. 하얗기는커녕, 딱딱한 손바닥에 부러진 손톱들만 보였다.

'어쨌든 나는 좀 거친 남자야. 이제야 그걸 깨닫다니……. 여태까지 나한테 여자들이 호감을 가질 만한 구석이 하나도 없다는 걸 나는 몰랐어. 그래도 내가 헤티를 좋아하지 않았다면 나는 얼마든지 다른 여자와 결혼했을지도 몰라. 헤티가 나를 사랑할 수 없다면 다른 여자들이 나를 어떻게 생각하느냐는 별로 문제 될 게 없지. 혹시 그녀가 아서가 아닌 다른 남자를 좋아했다면, 어쩌면 그게 나였을지도 몰라. 아서가 헤티와 나 사이에 끼어들지만 않았다면, 이 부근에서 내가 두려워할 만한 사람은 아무도 없었을 테니까. 내가 아서와 아주 다른 사람이라서 그녀는 필시 나를 싫어할지도 모르지. 하지만 아서가 그동안 자기를 죽 업신여기고 장난쳤다는 걸 알게 되면 아서보다는 다른 사람한테 마음이 돌아서지 않을까. 아직은 아무것도 판단할 수 없어. 그러나 헤티도 한 남자와 평생을 함께 살아가게 된 것을 감사하게 여기며 그 남자의 가치를 알게 될 날이 올 거야. 어쨌든 나는 그녀의 마음이 그 누구를 향하더라도 견뎌내야만 해. 상황이 이보다 더 나쁘지 않은 것만도 감사해야지. 세상을 살아가는 모든 사람들 가운데 나 혼자만 불행한 사람은 아닐 거야. 그들 중에는 슬픔을 견디지 못해 올바르지 못한 일을 저지르는 사람도 있을 것이고. 모든 것은 다 신의 뜻이야. 우리에게는 그것만으로도 충분해. 세상을 살다가 당황하는 일이 생겨도 하느님이 다 알아서 해주시겠지. 세상의 일들이 어떻게 돌아가는지 하느님보다 잘 아는 이는 없을 테니까. 근데 혹시 내가 늘 자랑스럽게 여기던 아서 때문에 헤티가 치욕스러워하고 슬퍼한다면 어떻게 해야 할까. 내가 공들여 쌓은 탑이 무너지는 꼴이 될 텐데……. 그래도 아직은 그런 일이 생기지 않았으니 불평하고 걱정할 필요 없지, 뭐. 누구든 사지육신만 멀쩡하다면 한두 번의 쓰라린 상처쯤은 참아낼 수 있을 거야.'

이런 생각을 하면서 들판의 계단을 넘어가고 있을 때, 아담은 누군가 들판을 따라 앞서 걸어가는 걸 보았다. 저녁 설교를 듣고 집으로 돌아가는 세스였다. 아담은 세스를 따라잡기 위해 걸음을 재촉했다. 세스가 돌아서서 자신을 기다리는 걸 보고서 아담이 말했다.

"나는 네가 이 시간이면 당연히 집에 있을 거라고 생각했어. 오늘은 평소보다 내가 늦었거든."

"음, 나도 좀 늦었어. 모임이 끝난 후에 존 바네스와 이야기를 나눴거든. 그는 최근에 죄를 벗어버린 원숙한 경지[178]에 완전히 도달했

---

178) 감리교 창시자인 존 웨슬리의 주장으로, 완전무결하게 죄가 없는 상태를 말한다.

다고 고백을 했어. 나는 그에게 어떻게 그걸 경험했는지 물어봤지. 그 사람하고 이야기하다가 형이 생각지도 못할 깊은 주제로 빠져들었지. 그 사람들은 정직해서 절대 거짓말을 하지 않거든."

두 형제는 2~3분 동안 아무 말 없이 함께 걸었다. 아담은 종교적 경험같이 미묘한 일에는 관여하고 싶지 않았다. 그러나 형으로서 동생을 감싸주며 속 깊은 얘기를 한두 마디 더 주고받았다. 아담은 형제간의 사이가 좋을수록 더욱더 동생을 아껴주는 귀중한 마음을 지니고 있었다. 그들은 개인적인 얘기는 하지 않았지만 가족들의 고통에 대해서는 몇 마디 말을 나누었다.

아담은 감정이 개입되는 모든 문제에 있어서는 천성적으로 말을 아꼈다. 이렇듯 자신보다 훨씬 냉정하고 절제력 있는 형을 볼 때마다 세스는 소심해지고는 했다.

아담은 동생의 어깨 위에 팔을 올리며 물었다.

"세스, 다이나 모리스한테선 무슨 소식이 없었니?"

세스가 말했다.

"안 그래도, 그녀가 시간이 좀 지나면 우리가 어떻게 지내는지, 어머니께서는 잘 견뎌내고 계시는지 편지 좀 써달라고 말했었어. 그래서 내가 2주 전에 그녀에게 편지를 보냈지. 형이 새로운 일을 맡게 되었고 그래서 어머니가 아주 좋아하셨다는 뭐 그런 내용을 썼지. 그리고 지난 수요일에 트레들스톤에 있는 우체국에 들러서 그녀가 보낸 편지를 가져왔어. 형도 그 편지를 읽고 싶어할 거라고 생각은 했지만, 형이 너무 바쁜 것 같아서 아직 말을 못 했던 거야. 그녀의 편지는 아주 읽기 쉬워. 다이나는 여자치고는 글씨를 참 잘 쓰거든."

세스는 호주머니에서 편지를 꺼내어 아담에게 내밀었다. 아담은 편지를 받으면서 말했다.

"세스, 지금 나에게 감당하기 힘든 일이 좀 생겼거든. 그래서 내가 평소보다 말도 안 하고, 까다롭게 굴더라도 이해해주길 바란다. 너무 힘이 드니까 내가 너한테 제대로 신경을 써줄 수가 없구나. 우리는 언제나 사이좋은 형제라는 걸 알면서도 말이야."

"아니야, 형. 나는 전혀 서운하지 않아. 형이 나한테 무뚝뚝하게 대한다면 그만한 이유가 있겠지. 그쯤은 잘 알아."

동생과 함께 비탈길을 올라오면서, 아담이 말했다.

"어머니가 문 밖에 나와 계시네. 캄캄한데 앉아서 우리를 기다리고 계셨나 봐. 어? 짚! 그래, 너도 나를 보니까 반갑니?"

리즈베스는 재빨리 집 안으로 들어가서 양초에 불을 붙였다. 그녀는 짚이 반가워서 짖어대기도 전에, 풀밭 위로 바스락거리는 반가운 발걸음 소리를 들었기 때문이다.

"자, 우리 아이들이 왔구나! 축복받은 일요일 밤을 보낸 적이 많았지만, 너희들을 기다리는 시간이 내 생전 오늘처럼 지루했던 적이 없구나. 도대체 둘 다 이렇게 늦게까지 뭘 하다 이제야 집에 돌아온 거야?"

아담이 말했다.

"어머니, 깜깜한데서 그렇게 오래 앉아 계시지 마세요. 그러니 시간이 더 느리게 가는 것같이 느껴지시는 거예요."

"일요일이면 언제나 나 혼자 집에 있잖니. 촛불을 켜놓고 뜨개질 좀 하고 나면 달리 뭐 할 게 있어야지. 낮이 길다면 글씨가 안 보일 만큼 어두워질 때까지 책이라도 읽겠지만 말이야. 쓸데없이 아까운 초를 낭비하느니 차라리 너희들을 기다리는 게 훨씬 덜 지루하거든. 저녁은 먹었니? 지금 시간을 보니, 먹고 왔을 수도 있겠네."

불이 밝혀지자 음식을 차려놓은 작은 식탁에 앉으면서 세스가 말했다.

"어머니, 저는 좀 배가 고파요."

"저는 저녁 먹었어요."

아담이 말했다. 그는 식탁에서 식은 감자를 조금 집어들고는, 자기를 쳐다보고 있는 짚의 거친 회색 머리털을 쓰다듬으며 말했다.
"자, 먹어. 짚!"
아담이 짚에게 감자를 주려 하자 리즈베스가 말했다.
"짚한테는 더 줄 필요 없어. 이미 내가 많이 줬거든. 나는 저 개를 볼 때마다 꼭 너희들과 똑같은 자식 같단 느낌이 들어. 그래서 먹을 건 절대로 잊지 않고 꼬박꼬박 챙겨주고 있단다."
아담이 말했다.
"자, 이리 와. 짚, 어서. 그만 들어가 자야겠어요. 어머니, 안녕히 주무세요. 제가 좀 피곤해서요."
아담이 위층으로 올라가자 리즈베스가 세스에게 물었다.
"네 형 어디 아픈 거 아니냐? 하루 이틀 사이에 너무 축 처져 있는 것 같아. 기분이 왜 저렇게 가라앉았는지……. 오늘 아침에는 네가 나가고 나서 작업장에 가봤더니 네 형이 멍 하니 앉아 있지 뭐냐. 바로 앞에 책이 있었는데 그걸 읽는 것 같지도 않았고."
세스가 말했다.
"형은 고단한 일을 많이 하고 왔나 봐요. 제 생각인데요. 형한테 말 못 할 고민이 생긴 것 같아요. 어머니, 혹시라도 형한테 아는 체하지 마세요. 어머니가 눈치 챈 걸 알면 기분이 안 좋을 거예요. 그러니까 될 수 있으면 형한테 잘해 주시고, 자꾸 귀찮게 이런저런 얘기는 하지 마세요."
"엉? 내가 무슨 말로 네 형을 괴롭힌다는 거냐? 내가 이만큼 잘해 주었으면 됐지, 이 이상 어쩌라구? 쩝……. 내일 아침에는 네 형 먹으라고 팬케이크나 만들어 줘야겠구나."
한편 아담은 코트와 조끼를 벗어 놓고, 촛농 속에 초심지가 쑥 들어간 촛불 옆에서 다이나의 편지를 읽고 있었다.

그리운 세스 형제님.

편지가 온 줄 몰랐기 때문에, 사흘 동안이나 당신의 편지가 그대로 우체국에 놓여 있었답니다. 사실 저는 돈이 별로 없어서 마음대로 마차를 타고 다닐 수가 없거든요. 이곳은 하늘이 구멍이라도 난 것처럼[179] 억수 같은 비가 계속 쏟아졌습니다. 그 때문에 모두가 극심한 생활고와 병마에 시달리고 있어요. 지금은 도움의 손길이 필요한 사람들이 너무 많아서 이럴 때에 자기 주머니에 하루하루 돈을 모은다는 건 믿음이 부족한 것과 같습니다. 하느님께서 내려주신 만나를 쌓아놓기만 하는 것처럼요.[180] 제가 이런 말을 하는 것은 답장이 너무 늦었다고 언짢아하지 말라는 뜻이었어요. 형님에게 좋은 일이 생겨 기뻤다는 말을 듣고 저도 얼마나 좋았는지 몰라요. 당신이 형을 사랑하고 훌륭하게 생각하는 건 당연해요. 신은 당신의 형님에게 뛰어난 재능을 주셨으니까요. 하느님께서 족장 요셉에게 권력과 믿음이 있는 자리를 내려주셨을 때, 요셉은 부모와 어린 형제들을 애타게 그리워하면서도,[181] 신이 주신 천부적인 재능으로 그 자리를 지켰지요. 아담 비드도 족장 요셉처럼 그 뛰어난 재능을 사용하고 있는 것입니다.

저는 온통 당신 어머님 생각뿐이랍니다. 제 마음이 연로하신 어머니와 하나로 엮어진 모양입니다. 어머니께서 슬픔에 겨워 힘들어하실 때 옆에 있었으니, 이런 마음이 드는 건 당연한 거

---

179) 창세기, 7:11. 하늘의 창문이 활짝 열렸다.
180) 출애굽기, 16장. 이스라엘 백성이 황야에서 헤맬 때 이들을 위해서 하느님께서 안식일을 제외하고 매일 내려주셨던 천국의 음식이다. 아침마다 꼭 하루를 지낼 수 있는 분량만 내렸으며, 그때마다 이 음식을 모아두었고, 안식일 전날에는 두 배로 내려주었다고 한다. 안식일 전날만 제외하고 만나를 쌓아두면 상하게 되었다고 한다. 이와 같이 하루만 준다는 건 하느님께서 그 다음날에도 어김없이 만나를 내려준다는 믿음을 보여주기 위해서라고 한다.
181) 창세기, 43:30. 그 말을 마치고 요셉은 서둘러 자리를 떠났습니다. 요셉은 자기 동생 베냐민을 보니 눈물을 참을 수가 없었습니다. 그래서 요셉은 자기 방으로 가서 울었습니다.

지요. 어머니께 제 안부를 전해주세요. 제가 어머니 옆에 앉아서 손을 잡고, 마음속에 떠오르는 말로 위로를 해드렸던 그때처럼, 저도 황혼이 지는 저녁때가 되면 종종 어머니를 떠올린다고 전해주세요. 집 밖에서는 석양이 저물어가고, 하루종일 일에 시달린 몸이 지쳐 있을 때, 그때가 바로 축복의 시간이지요. 안 그래요, 세스? 마음의 빛이 밝게 빛날수록 우리는 신성한 주의 능력 안에서 더더욱 깊고 포근하게 쉴 수 있지요. 어두운 방 안에서 의자에 앉아 눈을 감으면, 저는 제가 육체의 욕망을 완전히 벗어나, 그 어떤 것도 부족함이 없는 사람처럼 느껴져요. 그럴 때 저는 사람들의 고난, 슬픔, 무지, 죄악이 느껴져서 눈물이 쏟아질 것 같아요. 게다가 가끔 인간의 자손들의 모든 고뇌가 급작스런 어둠같이 나를 에워싸기도 해요. 이러한 모든 고뇌와 고난, 슬픔, 무지, 죄악들을 저는 아무리 힘들어도 즐거운 마음으로 참아 낼 수 있습니다. 왜냐하면 제가 구세주의 십자가를 함께 짊어지고 있는 걸 느끼거든요. 저는 주님의 십자가에서 무한한 사랑을 느낍니다. 무한한 사랑은 참으로 괴로운 것이라는 걸 저는 이미 알고 있어요. 무한한 사랑은 고통이고, 무한한 사랑은 갈망하고, 무한한 사랑은 슬퍼한다는 것을 저는 충분히 알고 있답니다. <u>세상의 모든 피조물들은 슬픔에 못 이겨 신음하고 고뇌합니다.</u>[182] 그런데 혼자만 그 슬픔에서 벗어나려 한다는 건 맹목적인 이기주의에 불과합니다. 세상에는 분명히 불행과 죄악이 존재하고 있어요. 그 속에서 혼자만 슬픔을 벗어난다는 건 진정한 은총이 아니에요. 슬픔은 사랑의 일부랍니다. 사랑은 슬픔을 내던져 버리려고 애쓰지 않아요. 제게 이런 사랑을 가르쳐준 건 성경만이 아니었어요. 복음서의 모든 말씀과 실천에도 그런 사

---

182) 로마서, 8:22. 우리는 모든 피조물이 이제까지 신음하고 해산의 고통을 겪고 있다는 것을 압니다.

랑이 깃들어 있어요. 하늘에 매달려 간구해보는 건 어떨까요? 저기 십자가에 못 박힌 몸으로 하늘에 오르셨던 예수님이 바로 수난의 구세주 아니겠어요? 우리의 사랑이 슬픔과 하나가 된 것같이 수난의 구세주이신 예수님은 무한한 사랑과 하나가 되시지 않으셨나요.

요즈음 저는 이런 생각들을 마음속 깊이 아로새기고 있습니다. 그리고 만약 어떤 사람이 나를 진정으로 사랑한다면, 그 사람도 나와 함께 십자가를 지게 해야 한다.[183]는 말씀의 의미를 새삼 분명히 알게 되었지요. 저는 처음에 이 말씀을 확대해석해서, 예수님께 신앙을 고백하면 우리에게 시련과 박해가 따를 것으로 생각했지요. 그건 정말로 속 좁은 생각이었어요. 우리의 구세주이신 예수님의 진정한 사랑을 조금이나마 받고 싶다면, 이 세상의 죄악과 슬픔이 바로 구세주의 진정한 십자가라는 걸 알아야 합니다. 예수님의 마음을 무겁게 억누르는 짐이기도 했던 죄악과 슬픔, 이것은 우리가 예수님과 함께 지고 가야 할 십자가이고, 그분과 함께 마셔야 할 쓰디 쓴 잔이지요.[184]

세스!

당신은 편지에서 제가 경제적으로 어떤 상황인지 궁금해 하셨죠? 걱정 마세요. 필요한 건 다 가지고 있고 또 넉넉해요.[185] 제가 방앗간에서 일할 때 몇몇 일꾼들은 그만두기도 했지만 저는 변함없이 일했답니다. 덕분에 몸이 아주 튼튼해졌어요. 오랫동

---

183) 마태복음, 10:37~38. 누구든지 나를 사랑하는 것보다 자기 부모를 더 사랑하면, 나의 제자가 될 자격이 없다. 누구든지 나를 사랑하는 것보다 자기 아들과 딸을 더 사랑하면, 나의 제자가 될 자격이 없다. 자기 십자가를 지고 나를 따르지 않는 사람은 내 제자가 될 자격이 없다.
184) 마태복음 20:22. 그러자 예수님께서 말씀하셨습니다. "너희가 무엇을 요구하는지 깨닫지 못하고 있다. 내가 마실 잔을 너희도 마실 수 있느냐?" 그들이 대답했습니다. "예, 마실 수 있습니다!"
185) 빌립보서, 4:18. 이제 나는 모든 것이 풍족합니다. 여러분이 에바브로디도 편에 보내 준 선물 때문에 부족한 것이 없습니다. 여러분의 선물은 하느님께 드려질 향기로운 제물입니다. 하느님께서는 그 제물을 기쁘게 받으실 것입니다.

안 걸으며 설교를 하러 다녀도 별로 피곤한 줄 모른답니다. 당신이 어머니와 형님과 함께 그곳에서 그대로 지내겠다고 하니 당신한테 진정한 안내자가 있었던 모양이에요. 안내자는 당신의 운명이 그곳에 있음을 저한테 분명히 보여줬어요. 당신이 그곳을 떠나 다른 곳에서 더 큰 은혜를 찾는다는 건 부정한 제물을 제단 위에 올려놓고, 하늘에서 불을 붙여주길 기대하는 것과 같은 겁니다.[186] 저는 산악지대에서 일하지만 아주 기쁘답니다. 이곳 주민들과 너무 정이 들어서 가끔은 여기를 떠나서는 살 수 없을 것 같은 생각까지 들어요. 혹시나도 제가 주님의 부름을 받고 이곳을 떠난다면 사람들은 제가 자기들을 배신했다고 말할 겁니다.

홀 땀 농장에 있는 그리운 친구들의 소식을 전해줘서 고마워요. 제가 농장 식구들과 함께 지내고 돌아온 뒤에, 이모님이 원하시기도 해서, 그곳으로 편지를 보냈었는데 아무런 소식이 없었어요. 저희 이모는 몸이 약해요. 그리고 하루종일 집안일을 하다 보면[187] 편지 쓸 시간도[188] 없을 겁니다. 이모와 조카들이 잘 지내는지 모르겠어요. 저한테 혈육[189]이라고는 그 사람들뿐이 거든요. 또 홀 땀 농장의 모든 분들도 잘 계시는지 궁금하구요. 아직까지 아무 소식이 없어서 그런지 잠을 자면 끊임없이 그분들에게 달려가는 꿈을 꿉니다. 혹시나도 힘든 일을 겪고 계신

---

186) 열왕기, 18:17~40. 엘리야가 바알과 여호와 사이에서 머뭇거리는 백성들에게, 여호와가 참하느님이심을 증명하겠다고 하였다. 소를 잡아서 장작에 올려놓은 후 바알의 예언자들은 그들의 신에게 미친 듯이 날뛰며 기도했지만, 제단에는 불이 붙지 않았다. 그러나 엘리야가 제단 둘레에 도랑을 파고, 그 도랑이 넘쳐흐를 만큼 물을 가득 채운 후, 주님이 이스라엘의 하느님이심을 증명해 주십사 기도했다. 그러자 여호와의 불이 하늘에서 떨어졌다.
187) 마태복음, 6:34. 그러므로 내일 일을 위하여 염려하지 말라. 내일 일은 내일 염려할 것이요, 한 날 괴로움은 그날에 족하니라.
188) 시편, 45:1. 내 마음에서 좋은 말이 넘쳐 왕에 대하여 지은 것을 말하리니 내 혀는 필객의 붓과 같도다.
189) 성경에 나오는 흔한 어구이다. 기독교인으로서의, 특히 다이나 같은 사람에게는, 교우로서의 형제자매가 아니라, 혈육으로서의 친척관계를 의미한다.

건 아닌지 마음이 놓이지를 않아서, 일을 할 때에도, 설교하는 중간에도 자꾸만 떠오릅니다. 이렇게 지내다 보면 주님이 저를 인도해 주시겠지요. 저는 그저 주님이 가르쳐 주실 때까지 기다리고 있답니다. 세스, 그분들이 모두 잘 지내고 있다고 하셨죠? 전 당신을 만날 날이 머지않아 곧 다시 올 거라고[190] 믿어요. 제가 다시 스노필드를 떠나더라도 리즈에 있는 형제자매들은 제가 잠깐이라도 그들과 함께 머물러 주기를 바라고 있거든요.[191]

잘 지내요, 세스 형제님. 참, 아직 작별할 때는 아니군요. 하느님의 자녀들은 서로 떨어져 살아도 얼굴을 마주보며 말하듯 의사소통을 할 수 있고, 양쪽 모두에게 성령이 똑같이 작용한다는 걸 당연하게 믿고 있잖아요. 아마 높은 산이 가로막고 있다고 해도 하느님의 자녀들을 갈라놓을 수는 없을 거예요. 그들의 영혼은 영원히 결합함으로서 확장이 되지요. 그리고 그것은 새로운 힘이 되어 서로를 걱정해 준답니다.

그리스도 안에서 당신의 충실한 자매이자 동료 사역자인
다이나 모리스.

추신 : 저는 당신처럼 편지를 짧게 쓸 줄 몰라요. 게다가 답장도 늦게 보내게 되었네요. 제 마음이 여유가 없어서[192] 하고 싶은 말을 조금밖에 쓰지 못하겠어요. 어머니께 저 대신 입맞춤해주시고 제 안부 전해주세요. 마지막으로 헤어질 무렵 어머니

---

190) 신약성서에서 나오는 구절로 영적인 만남이 아니라, 실제로 직접 만나는 것을 의미한다.
191) 고린도전서, 16:9. 나를 대적하는 자들이 많기는 하지만 많은 일을 할 수 있는 큰 문이 내게 열려 있기 때문이다. 고린도후서, 2:12. 내가 그리스도의 복음을 전하기 위하여 드로아에 갔을 때, 주님께서 내게 복음을 전하는 길을 열어 주셨습니다.
192) '난처하여', '어찌할 바를 몰라서' 라는 의미의 성경식 표현이다. 누가복음, 12:50. 그러나 나는 받아야 할 세례가 있다. 이것이 이루어 질 때까지, 내가 얼마나 괴로움을 당하겠느냐!

께서 저에게 입맞춤을 두 번 해달라고 말씀하셨거든요.

아담은 편지를 다시 접고, 침대 머리맡에 팔베개를 하고 머리를 기대어 조용히 생각에 잠겨 있었다. 이때, 세스가 이층으로 올라왔다.
세스가 물었다.
"편지는 다 읽어 봤어?"
아담이 대답했다.
"응, 내가 다이나를 본 적이 없었다면, 그녀와 이 편지를 어떻게 연결해서 생각해야 할지 잘 몰랐을 거야. 아마 나는 설교하는 여자는 보기 싫다고 생각했겠지. 근데 다이나는 그녀가 하는 말과 행동은 무엇이든 다 올바르다고 생각하게 만드는 여자 같아. 편지를 읽을 때는 다이나의 음성을 직접 듣는 것 같더라. 내 기억에 그녀의 얼굴과 목소리는 눈부시게 아름다웠어. 그녀는 너를 행복하게 해줄 수 있는 보기 드문 사람이야. 세스 너하고 아주 잘 어울려."
세스가 비관적으로 말을 했다.
"그렇게 생각해봤자 무슨 소용이 있겠어. 다이나는 아주 확실하게 말했어. 그녀는 여기서 이런 말을 하고 저기서 다른 말을 하는 그런 여자가 아니야."
"그래, 하지만 그녀의 마음이 어떻게 변할지는 모르는 거야. 여자는 조금씩 사랑에 빠지게 되거든. 가장 큰 불은 순식간에 확 타오르지 않는 법이야. 내가 너를 다이나에게 보내 줄 테니, 가서 만나 봐. 한 사나흘 멀리 떠나 있어도 별일 없도록 내가 도와줄게. 네 걸음으로는 얼마 안 걸릴 것 같은데? 2~30마일만 가면 되잖아."
세스가 말했다.
"내가 찾아가는 걸 다이나가 별로 좋아하지 않는데도, 어쨌든 그녀를 다시 보고 싶긴 해."
아담은 일어나서 웃옷을 벗어 던지면서 강조하듯이 말했다.

"그렇게 생각하지 마. 조금도 불쾌하게 생각하지 않을 거야. 만약 그녀가 네 마음을 받아준다면, 우리 가족에게는 큰 행복이 될 거야. 어머니는 다이나가 아주 마음에 드셨던 모양이야. 그녀와 함께 있는 걸 정말 좋아하셨거든."

 다소 자신 없는 듯 세스가 말했다.

 "물론이지, 그리고 다이나는 헤티도 좋아해. 헤티를 무척 생각해 주더라구."

 아담은 그 말에 아무런 대답을 하지 않았다. 그리고 그들 사이에는 "잘 자."라는 말 외에는 더 이상 아무 말도 오가지 않았다.

31

헤티의 침실

일찍 잠자리에 드는 포이저 가족도, 날이 어두워지자 촛불을 켰다. 헤티는 아담이 대문을 나서기가 바쁘게 빗장을 걸어 잠그고 촛불을 켜들고, 자신의 침실로 올라왔다.

'이제야 편지를 읽게 되는구나. 틀림없이, 분명 틀림없이 나를 위로해주는 말이 쓰여 있을 거야. 그런데 아담은 어떻게 그 사실을 알았을까?'

헤티는 아담이 쓸데없는 말은 하지 않고, 늘 꼭 필요한 말만 하는 사람이라고 생각했었던 것이다.

헤티는 촛불을 내려놓고 편지를 꺼냈다. 편지에서는 희미하게 장미향이 풍겼다. 장미 향내를 맡으니 꼭 아서가 가까이 있는 것처럼 느껴졌다. 헤티는 편지를 입술에 대 보았다. 그러자 갑자기 지난 감회들이 떠올랐고, 잠깐이지만 그녀에게서 두려움이 말끔히 씻겨 나갔다. 그러나 편지의 봉인을 뜯을 때는 이상하게도 그녀의 가슴이 두근거리기 시작했고, 두 손도 떨렸다. 헤티는 천천히 읽어 내려갔다.

그러나 아서가 편지를 아무리 읽기 쉽게 썼다 해도, 귀족이 쓴 필체라서 그런지 헤티에게는 좀 읽기가 어려웠다.

사랑하는 나의 헤터

내가 당신을 사랑한다고, 그리고 결코 잊지 않겠다고 한 말은 진심이었습니다. 나는 죽을 때까지 당신의 진정한 친구가 될 겁니다. 이 말이 사실이란 걸 어떻게든 증명할 수 있다면 좋으련만. 혹시 당신에게 고통을 안겨주는 말이 이 편지에 담겨 있다 해도, 그건 절대 당신에 대한 사랑이나 애정이 부족해서가 아닙니다. 당신의 진정한 행복을 위해서 꼭 해야 되는 말이기 때문입니다. 믿어주세요. 이 편지를 읽고 사랑하는 당신이 눈물을 흘릴 것을 생각하니 견딜 수가 없군요. 당신과 함께 있다면 키스라도 당신의 눈물을 닦아줄 수 있었을 텐데……. 내 속직한 마음은 편지를 쓰는 지금 이 순간에도 모든 걸 팽개치고 당신한테 달려가고 싶답니다. 헤터, 헤어지자는 말을 어떻게 꺼내야 할지 모르겠군요. 진심에서 우러나온 말이지만 당신이 내게 야속하다며 원망할 것 같아서 더더욱 입이 떨어지지 않습니다.
내 온 마음을 다 바쳐 사랑하는 헤터!
서로를 아끼고 사랑해주던 달콤했던 우리의 사랑. 차라리 그런 행복을 몰랐더라면 더 좋았을 걸 그랬어요. 하지만 당신이 더 이상 나에게 미련을 갖지 않도록 하는 것이 나의 도리인 것 같습니다. 모두가 다 내 잘못이에요. 나는 정말 간절히 그대와 함께 있고 싶었습니다. 그래서 그 마음을 참지 못했지요. 나는 그렇게 절제하지 못하면서도, 그동안 내내 나를 향한 당신의 마음이 당신을 비참하게 만들 것 같은 기분이었답니다. 내가 지금보다 당신을 조금만 더 생각했더라면, 내 사랑을 참아야 했어요. 꼭 그래야만 했어요. 하지만 이제 와서 과거를 되돌릴 수는 없겠지요. 이제부터라도 나는 당신에게 더 이상 불행한 일이 생기지 않도록 힘닿는 데까지 노력할 겁니다. 이렇게까지 이야기했는데도, 나보다 훨씬 당신을 행복하게 해줄 수 있는 다른 사람은 안중에도 없이 나에 대한 사랑을 거두지 않는다면, 그리고 앞으로도 절대 이루어질 수 없는 일을 계속 기대한다면, 내가 당신에게 엄청난 잘못을 저지르는 꼴이 되고 말 겁니다.

사랑하는 헤터, 당신은 언젠가 나의 아내가 되고 싶다고 말했었죠? 만약 그게 현실로 나타난다면 나는 당신이 기대한 것처럼 당신을 행복하게 해주기는커녕, 오히려 당신을 더 비참하게 만들지도 모릅니다. 당신은 당신과 비슷한 처지의 사람과 결혼해야 진정 행복하다는 걸 나는 누구보다 잘 알고 있어요. 내가 그대와 결혼을 하게 되면 지금까지 내가 저질렀던 잘못보다 더 큰 잘못을 저지르는 결과밖에는 되지 않아요. 게다가 나에 대한 다른 친척들의 기대를 저버리는 일이지요.

아름다운 헤터, 당신은 내가 평생 살아가야 할 우리 집안에 대해서 아무것도 모르고 있어요. 우리의 취향이나 수준이 절대로 같아질 순 없을 거예요. 그러니 우리가 함께 살게 된다 하더라도 당신은 금방 나를 원망하고 미워하게 될 겁니다.

이렇듯 내가 당신과 결혼할 수 없는 입장이니 우리는 그만 헤어지는 게 좋겠습니다. 우리는 더 이상 연인이라는 감정이 생기지 않도록 노력해야 합니다. 이런 말을 해야 하는 내 가슴은 찢어지는 것만 같습니다. 그렇지만 달리 무슨 방법이 있겠어요. 차라리 나한테 화를 내세요. 아, 내 사랑, 헤터! 그대가 화를 내도 나는 할 말이 없는 사람입니다. 하지만 앞으로 내 마음이 변해서 당신을 전혀 염두에 두지 않을 거라고는 생각하지 마세요. 나는 항상 당신을 기억할 것이고 늘 고마워할 겁니다. 어떤 고난이 우리 앞에 닥쳐올지 지금으로서는 알 수 없지만, 내가 할 수 있는 한 당신을 위해 뭐든지 다하겠어요. 그러니 나를 멀어주세요.

예전에 당신이 내게 편지를 보내고 싶을 때는 어디로 보내면 되느냐고 물은 적이 있었죠? 그때, 내가 주소를 하나 가르쳐준 것 같은데, 혹시 당신이 잊어버렸지 못해서 아래에 그 주소를 적어 놓았습니다. 당신이 내게 꼭 원하는 게 없다면 편지는 보내지 마세요. 왜냐하면, 우리는 하루빨리 서로를 잊어야 하기 때문이에요. 사랑하는 헤티, 나를 용서해주세요. 나와 관련된 건 모두 잊어주십시오. 하지만 내가 살아 있는 동안 그대의 좋은 친구가 되어 줄 것이라는 것만은 잊지 말아주길…….

—아서 도니손—

천천히 편지를 읽고 난 후 헤티가 고개를 들자, 침실에 걸려 있는 낡고 희뿌연 거울에 백지장같이 창백한 얼굴이 비쳤다. 하얀 대리석 조각 같은 얼굴은 포동포동한 아이의 얼굴처럼 보였지만, 천진한 어린아이가 당하는 고통보다 더 슬픈 무언가가 어려 있었다. 헤티는 거울 속의 얼굴을 쳐다보지 않았다. 아니, 아무것도 눈에 보이지 않았다. 다만 몸이 으슬으슬 춥고 발발 떨리고 어딘가 몹시 아픈 것만 같았다. 손에 든 편지가 부들부들 떨렸고, 바삭바삭 소리까지 났다. 편지를 내려놓았지만, 충격은 너무 컸다. 이렇게도 으스스하니 춥고 떨릴 수가 없었다. 머릿속에 있는 모든 생각이 한꺼번에 휩쓸려나가 텅 비어 버린 것 같았다.

헤티는 옷장에서 따뜻한 망토를 꺼내 몸에 둘렀다. 그리고 몸이 따뜻해지기만을 바라고 있는 듯 멍하니 앉아 있었다. 이윽고 그녀는 편지를 꽉 집어들고 한 번 더 처음부터 끝까지 다시 읽어 보았다. 이번에는 눈물이 나왔다. 왈칵 쏟아진 눈물은 그녀의 눈앞을 가리고 편지도 얼룩지게 하였다. 이보다 더 잔인할 수는 없었다. 이따위 편지를 쓰다니, 결혼할 수 없다니 정말 잔인했다. 아서가 자신과 결혼할 수 없다는 이유들이 헤티에게는 하나도 납득이 되지 않았다. 내가 그토록 바라고 꿈꾸어 오던 일이 정녕 실현될 수 없단 말인가! 어떻게 그 꿈들이 나를 이렇게 비참하게 만들 수 있단 말인가! 헤티는 비참하게 된다는 것이 무엇인지 전혀 알 수 없었다.

헤티는 편지를 내동댕이치고, 거울에 비친 자신의 얼굴을 보았다. 거울 속에 비친 얼굴은 이제는 혈색이 좀 돌아오고 눈물로 젖어 있었다. 그 얼굴은 그녀가 서러움을 하소연해도 좋을 친구 같은 모습이었다. 애처로워서 차마 그녀를 못 보겠다고 생각하는 듯했다. 몸을 앞으로 숙여 양 팔꿈치에 얼굴을 기대고, 까만 눈에서 하염없이 흐르는 눈물과 바들바들 떠는 입술을 쳐다보았다. 눈물은 더욱 주체할 수 없이 흘러내렸고, 입은 흐느낌으로 경련을 일으켰다. 헤티는 이런 자신의 모습을 바라보았다.

헤티가 늘 바라왔던 소박한 꿈은 통째로 산산조각 나버렸고, 처음으로 가진 열정에 결정적인 타격을 입었다. 그녀는 엄청난 고통에 못 이겨 본래 갖고 있던 쾌락을 갈망하는 마음도, 저항하고 싶다는 충동도, 심지어 분노까지도 느낄 수 없었다. 촛불이 다 타도록 헤티는 흐느껴 울며 앉아 있었다. 시간이 얼마나 흘렀을까. 그녀는 지치고, 쓰라리고, 너무 울어 멍해진 상태에서 옷도 벗지 않은 채 그대로 침대에 쓰러져 잠이 들어 버렸다.

새벽 4시가 지나자 여명이 밝아왔고, 헤티는 잠에서 깨어났다. 멍하고 비참한 기분이 아른아른 남아 있었다. 어둑어둑한 새벽녘, 주변의 물건들을 알아보기 시작하자, 자신을 그토록 비참하게 만들었던 이유가 명백히 떠올랐다. 이내 슬픔에 잠겨 살아가야 할 날이 밝아왔고, 헤티는 깜짝 놀랐다. 다른 사람들에게 자신의 불행을 들켜서는 안 될 것이며 또 견뎌내야 한다는 생각 때문이었다. 계속 이렇게 누워 있을 수는 없었다. 벌떡 일어나 책상으로 가 보니 아직도 편지가 놓여 있었다. 그녀는 서랍을 열었다. 귀걸이와 로켓이 들어 있었다. 한순간의 짧은 행복을 연상케 했던 장신구들은 이제 평생 쓸모없이 내버려질 자질구레한 소장품이 되어버렸다. 한때는 이것들을 눈독 들여 바라보며 이것보다 훨씬 더 아름다운 장식품에 둘러싸인 천국 같은 앞날을 보증하는 증표[193]같이 여기고 손으로 만지작거리며 그렇게도 애지중지했었다. 감회 깊은 장신구를 보자 헤티는 잠시 옛날로 돌아가 다정했던 손길과, 신비하게 들렸던 아름다운 대화, 황홀했던 눈빛들을 떠올렸다. 추억은 어찌할 바를 모를 정도로 너무 달콤하게 살아나서 그녀를 놀라게 했다. 생각하지도 못할 만큼 그 어떤 것보다 달콤하였다. 그렇게도 달콤한 말을 건네주고, 다정한 눈빛으로 바라봐주고, 자신을 껴안아주던 아서가 꼭 지금도 곁에 있는 것처럼 느껴졌다. 자신의 얼굴에 볼을 비비던 아서가 바로 눈앞에서 숨을 쉬고 있는 듯 아직도 생생하기만 한데, 이따위 편지를 쓰다니!

헤티는 아서가 아주 잔인하게 느껴졌다. 헤티는 편지를 움켜쥐었다. 그러고 나서 다시 읽어보려고 편지를 펼쳤다. 간밤에는 하도 격렬하게 울어서 머리가 반쯤 얼얼해졌었다. 헤티는 다시 한 번 편지를 읽어보고 자신이 정말로 버림받은 게 맞는지, 편지가 정말 그렇게 잔인했는지 확인하고 싶었다. 헤티는 편지를 들고 창문 가까이 가져갔다. 어둑어둑한 새벽이라서 편지의 글자들이 잘 보이지 않았기 때문이다. 그렇다! 편지는 지난밤에 읽었을 때보다 더 좋지 않게 느껴졌다. 훨씬 지독했다. 헤티는 화가 나서 편지를 마구 구겨버렸다. 편지를 쓴 사람이 진짜로 미웠다. 모든 사랑을 그에게 걸었고, 소녀다운 모든 열정과 허영으로 똘똘 뭉쳐진 사랑을 다 주었기 때문에 더욱더 그가 미웠다.

오늘 아침에 헤티는 울지 않았다. 간밤에 이미 다 울어서 눈물은 말라버렸다. 눈물이 나오지 않는 아침, 이 순간이 더 비참하게 느껴

---

[193] 에베소서, 1:14. 신약성서에서는 하느님은 기독교인들에게 미래, 즉 천국을 약속하는 증표로 성령을 내려주었다. 조지 엘리엇은 이 문구를 아서의 의도에 대한 헤티의 근사한 환상에 대하여 은유로 사용하고 있다.

졌다. 그건 처음에 당했던 충격보다 더 불행한 일이었다. 현재뿐만 아니라 앞으로도 계속 비참해질 테니까 말이다. 날마다 아침이 되어 일어나도 그날의 즐거움이라고는 전혀 찾을 수 없을 것 같았다. 이런 날들은 상상할 수 없을 만큼 오랜 세월 계속될 것이다. 우리가 슬픔을 겪을 때는 처음 그 순간이 가장 절망적으로 느껴지는 법이다. 처음이라는 것은 고통을 겪고, 치유되고, 절망하고 난 뒤 다시 희망을 찾는 것이 무엇인지 모르기 때문에, 어느 때보다도 더 크게 절망이 느껴지는 것이다.

헤티는 기운이 쭉 빠진 몸으로 전날 밤 입고 잠들었던 옷을 벗었고 몸을 씻고 머리를 빗었다. 이제부터 재미라고는 눈곱만큼도 없이 그저 살아가야 할 인생이 역겹기만 했다. 앞으로는 아무런 흥미도 없이 일을 해야 하고, 아침에 일어날 때마다 지금까지 해왔던 일을 또다시 반복해서 시작해야 할 것이다. 전혀 관심 없는 사람도 마주쳐야 하고, 교회에 나가거나, 트레들스톤에 나가거나, 베스트 부인과 차를 마셔도, 재미라고는 전혀 찾지 못하면서 살아갈 것이다.

그녀는 짧았지만 금지된 즐거움을 맛보았었다. 그렇기 때문에 소소한 것에 기쁨을 느끼던 예전의 일들, 트레들스톤 축제일인 장날에 가려고 장만한 새 드레스, 브록스톤의 철야 때 브리톤 씨 집에서 열리던 파티, 한동안 "싫어요." 하며 거절했던 멋쟁이 남자들, 아서와 결혼하게 되면 실크 가운이나 훌륭한 옷들을 한꺼번에 많이 살 수 있으리라는 기대감 등등이 이제는 영원히 모두 다 무너지고 말았다. 이제 헤티에게 남은 건 맥 빠지고 따분한 일뿐이었다. 모든 일들이 지루해지고, 그녀가 애타게 갈망하던 일들과 그것이 꼭 이루어질 거라는 희망도 영원히 사라져 버렸다.

맥이 다 빠진 헤티는 옷을 벗다 말고 어두컴컴한 옷장에 몸을 기댔다. 옷을 걸치지 않은 그녀의 목덜미, 양쪽 어깨, 그 위로 물결치듯 내려온 곱슬곱슬한 머리카락은 두 달 전 어느 날 밤처럼 여전히 아름다웠다. 두 달 전 그날 밤 헤티는 희망과 허영에 들떠서 환한 모습으로 침실을 왔다갔다 거닐었었다. 그러나 지금은 이 아름다운 목덜미나 어깨를 전혀 의식하지 않았다. 이제 자신의 미모는 안중에도 없었다. 그녀는 흐리멍덩한 눈빛으로 낡은 방 안을 슬프게 둘러보다가 밝아오는 새벽빛을 멍하니 바라보았다.

 이 순간, 헤티는 다이나에 대한 기억이 떠올랐을까? 자신을 화나게 했던 다이나의 예언 같은 말들이 생각났을까? 고통을 당할 때는 자기를 생각해 달라던 다이나의 애정 어린 간청들이 생각났을까? 아니다. 다이나에 대한 기억은 희미해서 전혀 떠오르지 않았다. 오늘 아침에는 단지 자신의 열정이 상처받은 데 대한 실망만 있을 뿐이었다. 세상 모든 것이 그녀 자신과는 상관없는 일이 되었고 다이나가 헤티에게 보여준 애정과 위로도 다른 것과 마찬가지로 관심 밖의 일이 되었다. 헤티는 그저 이 집에 살면서 늘 하던 일을 계속 이어갈 수는 없으니, 차라리 뭔가 새로운 일을 찾아 떠나는 것이 좋겠다고 생각할 뿐이었다. 지금처럼 날마다 똑같은 삶을 다시 살 수는 없을 것 같았다. 지금 바로 도망쳐서 자신이 아는 사람이라고는 아무도 없는 곳으로 사라지고 싶었다. 그러나 헤티는 어려운 난관에 부딪혔을 때 그것을 헤쳐나갈 수 있는 성격이 아니었다. 익숙한 환경에서 과감히 벗어나, 전혀 모르는 곳으로 맹목적으로 뛰어들지도 못한다. 그녀는 사치와 허영에 들떠 있을 뿐, 정열적인 성격도 못 되었다. 만약 큰 결단을 내려야 할 상황이 되면 절망이나 공포만 느끼며 당황하는 말만 내뱉을 뿐이었다. 좁디좁은 그녀의 상상력은 한계가 있어서 자기 생각을 펼칠 줄도 몰랐다. 그녀는 지금까지 살아왔던 생활 영역에서 벗어나야겠다는 생각에만 집중했다. 그리고 그러기 위해서 외숙부에게 어느 귀부인의 하녀로 일하러 가겠다고 말하리라 생각했다. 만약 외숙부의 허락이 떨어진다면 리디아의 하녀가 그런 자리를 마련해 줄 수 있을 것이다.

헤티는 이렇게 생각하고는 곧 머리를 질끈 동여매고 세수하기 시작했다. 이제는 아래층에 내려가 아무 일도 없었다는 듯 평상시랑 똑같이 행동할 수 있을 것 같았다. 그녀는 한창 피어나는 젊고 건강한 나이라서 그토록 극심한 정신적 고통을 당했어도 겉모습은 아무렇지도 않아 보였다.

　그녀는 여느 때와 같이 일할 때 입는 옷으로 깨끗이 차려입고, 귀여운 모자 속으로 머리카락을 다 집어넣었다. 이런 그녀의 모습을 어느 무관심한 사람이 본다면, 헤티의 뺨과 목덜미, 까만 눈동자와 속눈썹에 어려 있는 슬픈 기색보다는 젊고 통통하고 건강한 모습만 보일 것이고 깊은 인상을 받을 것이다. 헤티는 꼬깃꼬깃해진 편지를 눈에 띄지 않도록 서랍에 넣어 열쇠로 잠가버렸다. 또다시 눈물이 왈칵 쏟아지려고 했다. 어젯밤에는 뚝뚝 흘리는 굵은 눈물방울이 위안이 되었지만, 지금 흘리는 눈물은 위안이 되기는커녕 오히려 가슴만 아프게 했다. 눈물이 흐르자 헤티는 얼른 눈물을 닦았다. 낮에는 절대로 울지 않기로 했다. 자기가 얼마나 비참한지 아무도 눈치 채지 못하도록 해야 하고, 무슨 일 때문에 그토록 비참한 표정을 하고 있는지 절대 누구도 모르게 해야 한다고 마음먹었다. 외숙부와 외숙모의 시선을 헤티는 언제나 굉장히 두려워했다. 하지만 그 덕분에 어느 정도 그녀의 극기심이 길러진 건 사실이다. 이미 병들고 지친 죄인들은 어쩌면 자기들이 지금보다 더 고통스러운 형틀을 메게 될지 모른다고 걱정한다. 그것처럼 헤티는 자기의 비참한 상태를 아무리 감추려고 해도 결국은 사람들에게 들킬지도 모른다고 염려했다. 그분들이 알게 되면 자신의 행동을 창피하게 생각하실 테고, 그것으로 인해 매우 고통스러워하실 것이다. 이런 생각들이 그나마 헤티가 미비하게나마 느낀 양심의 가책이었다.

　헤티는 서랍을 잠그고 아침 일찍 일하러 나갔다.

　저녁때가 되었다. 담배 파이프를 피우며 성품이 온화한 외숙부가 아주 기분 좋아하는 것을 보고 헤티는 외숙모가 그 자리에 없는 틈을 타서 외숙부에게 졸랐다.
"외숙부, 저는 귀부인의 하녀로 일하러 가고 싶어요. 허락해 주세요."
포이저는 파이프를 입에서 떼고 잠시 어리둥절한 표정으로 헤티를 바라보았다. 헤티는 부지런히 손을 놀리며 계속 바느질을 하고 있었다.
"아니, 갑자기 왜 그러냐?"
포이저는 조심스럽게 담배연기를 한번 훅 내뿜고 나서 물었다.
"그냥 그런 일이 하고 싶어요. 농장 일보다는 그런 일이 훨씬 더 좋아요."
"안 돼, 안 되고말고. 너는 아직 그게 어떤 일인지 몰라서 그런 모양인데, 그건 건강에도 안 좋고 네 인생에도 별 도움이 안 될 거야. 나는 네가 좋은 남편을 만날 때까지 우리랑 같이 살았으면 좋겠구나. 나의 귀한 질녀한테 그렇게 천한 일은 절대로 시킬 수 없다. 일하러 갈 집이 아무리 대단한 귀족 집이라고 해도 안 돼. 내 집에서 너 하나쯤 충분히 먹여 살릴 수 있는데."
포이저는 잠시 말을 멈추고 파이프 담배연기만 뿜어댔다.
헤티가 말했다.
"저는 수 놓는 걸 좋아해요. 그리고 품삯도 많이 받을 거구요."
포이저는 헤티가 더 할 말이 있는 것을 눈치 채지 못하고 단순하게 말했다.
"아마 외숙모가 좀 서운하게 했나 보구나. 그래도 너무 마음에 두지 마라. 외숙모가 다 너 위해서 한 말일 거야. 너 잘되기만을 바라고 있거든. 친척 중에서 네 외숙모만큼 너한테 잘해주는 사람도 없을 거다."
헤티가 대답했다.

"아녜요, 외숙모 때문이 아니에요. 저는 그냥 다른 일보다 그 일이 하고 싶어서 그래요."

"네가 자수 같은 걸 배워두면 좋기야 하겠지. 게다가 폼프렛 부인이 너를 가르치고 싶어하니까 네가 하겠다고 하면 기꺼이 가르쳐 줄 거야. 나중에 무슨 일이 생길지 모르니까 그런 것도 알아두면 좋긴 할 거다. 하지만 헤티, 나는 네가 남의 집 하녀 일 같은 건 하지 않았으면 좋겠다. 우리 집안은 옛날부터 내 손으로 벌어 빵과 치즈를 먹으며 누가 봐도 떳떳하게 살아왔어. 안 그래요, 아버님? 아버님도 손녀딸이 남의 집 하녀로 일하면서 품삯이나 받고 사는 건 싫으시죠?"

"아…… 무…… 렴, 싫지."

말을 길게 빼면서 마틴 노인이 대답했다. 하녀 일이 마음에 들지 않는다는 걸 강조하고 싶어서였다. 마틴 노인은 앞으로 몸을 구부려 마룻바닥을 내려다보며 말했다.

"저 아이는 제 어미를 닮았어. 쟤 어미 때문에 나는 꽤나 애를 먹었지. 아무리 말려도 제 고집대로 시집을 가버렸으니까. 농사짓는 사람이면 보통 가축 열 마리 정도는 가지고 있는데 아, 글쎄 신랑이라는 자가 가축이라고는 겨우 두 마리 밖에 없는 사람이었다니까. 그리고 나서 우리 딸은 폐렴으로 죽고 말았지. 그때 나이가 아마 서른 살쯤 됐었나?"

마틴 노인이 이렇게 길게 말을 한 적은 별로 없었다. 아들 포이저가 물어본 말 때문에 죽은 딸에 대한 오랫동안 서운하고 노여웠던 감정이 다시금 생각났기 때문이다. 사그라진 줄 알았던 불씨가 다시 살아난 것처럼 딸에 대한 감정이 앙금처럼 아직도 사라지지 않았던 것이다. 이런 연유로 할아버지는 아들의 자식들보다는 헤티에게 더 무관심했었다. 헤티 엄마의 재산은 아무 능력도 없는 소렐이라는 헤티의 아버지 때문에 다 없어져 버렸다. 그리고 헤티의 몸 안에는 그 소렐의 피가 흐르고 있었다.

아버지의 노여웠던 기억을 되살리게 한 것 같아서 마틴 포이저는 미안해하며 말했다.

"에휴…… 불쌍한 헤티, 참 불쌍하기도 하지. 헤티 엄마는 참 운이 안 좋았어요. 그렇지만 헤티는 운이 좋으니까 이 나라에 사는 어느 처녀애 못지않게 힘세고 착한 좋은 신랑을 만날 거예요."

포이저는 이렇게 의미심장한 말을 던지고는 다시 담배를 피우며 침묵했다. 포이저는 헤티의 철없는 부탁을 거절하고서, 헤티를 지켜보았다. 그녀가 자기가 한 부탁을 포기했는지 안 했는지 궁금해서였다. 헤티는 저도 모르게 갑자기 울기 시작했다. 반쯤은 자기 요구가 거절당해서, 그리고 반쯤은 그날 내내 참았던 슬픔 탓이었다.

포이저는 혀를 차면서 헤티의 울음을 그치게 하려고 농담을 했다.

"쯧쯧! 그만 울어라. 응? 살 집이 없어야 우는 거지, 집을 나가고 싶어서 우는 건 말이 안 되지. 안 그래, 여보?"

포이저는 지금 막 거실로 들어서는 자신의 아내에게 물어보았다. 포이저 부인은 잽싼 손놀림으로 뜨개질을 하고 있었다. 마치 기어다니는 게가 더듬이를 이리저리 흔드는 것처럼 빨리 빨리 바늘을 움직이고 있었다.

"무슨 말이에요? 아유, 저 계집애는 하녀 주제에 한밤중이 되어도 닭장 잠그는 걸 잊어버리니, 우리는 더 늦기도 전에 닭들을 다 잃어버리겠어요. 그런데 헤티, 무슨 일이야? 왜 울고 있어?"

포이저가 대신 대답했다.

"실은, 저 애가 어느 귀족 집 하녀로 일하고 싶다고 하는데, 우리가 그보다는 더 잘해 줄 수 있다고 내가 말했거든."

"내 보기에 저 애는 부질없는 망상 속에서 사는 것 같아요. 하루종일 입을 꽉 다물고 있더라니까. 체이스 장원에 사는 하녀들이 모두 다 그 모양이거든요. 저 애한테 자기 하고 싶은 대로 하라고 다 허락해주면 우리는 바보가 될 거예요. 글쎄, 저 애는 우리 아들 마티보다 더 어릴 때부터 자기를 길러준 친척하고 함께 사는 것보다 남의 집 하녀로 일하는 게 더 낫다고 생각하는 것 같다니까요. 내 장담하건대, 저 애는 귀부인의 하녀가 되어도 돈 한 푼 벌지 못할 거예요. 자기보다 못한 처지인 사람보다 더 멋진 옷을 입고 살기만 하면 아무 소원도 없다고 생각할걸요? 아침부터 밤까지 저 애가 생각하는 거라고는 고작 무슨 옷을 걸칠까 하는 것뿐이죠. 나는 가끔 헤티한테 논에 서 있는 허수아비가 되면 좋겠냐고 물어보죠. 허수아비가 되면 속이나 겉이나 원 없이 누더기 같은 옷을 실컷 입을 수 있을 테니까 말이죠. 나는 헤티를 절대 하녀로 보내지는 않을 거예요. 돌봐줄 가족도 있고 친구도 있는데 좋은 사람한테 시집가기 전까지는 우리랑 같이 살아야죠. 신랑감은 당연히 귀족 집 하인보다는 더 나은 사람이어야 하구요. 물론 아주 호화롭게 사는 신사도 안 되고, 웃옷 뒷자락에 손을 떠억 집어넣고 마누라가 벌어다 주는 돈으로 먹고살려는 무능력한 사람도 안 돼요."

포이저가 맞장구쳤다.

"암, 그래야지. 그런 사람보다는 훨씬 훌륭한 신랑감이 있을 거야. 바로 가까이에 있으면 더 좋고. 헤티, 이제 그만 울고 자거라. 너를 하녀로 보내는 것보다 더 잘해 줄 테니까. 이제는 고집 그만 부리고 말 좀 들어."

결국 헤티가 위층으로 올라가자 포이저가 말했다.

"저 애가 원한다고 해서 내보낼 수는 없잖아. 내가 보기에는 저 애가 아담한테 마음을 둔 것 같아. 요즘 눈치를 보니까 꼭 그런 것 같아."

"참, 저 애가 뭘 좋아하는지 도통 알 길이 있어야지. 꼭 바싹 마른 콩 같은 애여서 아마 쟤 마음을 붙들고 있는 건 하나도 없을걸요? 몰리 같은 계집애라면 또 모르겠지만요. 몰리가 좀 사람을 짜증 나게 만들긴 하지만 어쨌든, 몰리는 성 미카엘 축일 때 우리 집에 왔으니 아직 1년밖에 되지 않았는데도, 적어도 귀족 집 하녀가 되려고 우리 집을 나가겠다는 말은 안 하잖아요. 헤티보다는 몰리가 우리 가족이나 아이들한테 더 정을 붙이고 사는 게 틀림없어요. 헤티는 귀족 집 하녀들과 자주 어울리더니 저도 그런 집 하녀가 되겠다고 마음먹었나 봐요. 헤티가 자수 같은 걸 배우겠다고 나다닐 때부터 알아봤어야 했는데……. 아무튼 그따위 생각은 당장 집어치우라고 해야 해요."

포이저가 말했다.

"하녀가 되고 싶다는 헤티의 생각이 하나 좋을 게 없다고 말했어도 막상 저 애와 헤어진다고 생각하면 당신도 서운할 거야. 저 앤 당신이 하는 집안일에 쓸모가 많으니까."

"서운하다구요? 당연히 그렇지요. 내가 얼마나 헤티를 예뻐해 줬는데요. 그런 줄도 모르고 집을 나가겠다고 하다니, 참 야속한 계집애 같으니라구. 아니, 아무리 생각해봐도 괘씸하네. 7년 동안이나 데리고 살면서 해줄 것 다해주고 불쌍한 그 애 처지를 생각해서 쓸 만한 모든 걸 다 가르쳐줬는데, 어떻게 이럴 수가 있어요? 그리고 걔가 시집갈 때 주려고 리넨 천도 마련해놓고, 그걸로 식탁보나 이불 홑청 같은 걸 만들어 줘야겠다고 늘 생각하고 있었는데……. 나는 쟤가 결혼하고 나서도 이 마을 가까이서 살 줄 알았어요. 항상 우리 눈 밖을 벗어나는 곳에는 가지 않을 거라고 철석같이 믿었다구요. 버찌보다도 못한 애한테 그렇게까지 잘해준 내가 바보지, 뭐. 버찌는 단단한 씨라도 있지, 나 원 참."

포이저가 달래듯이 말했다.

"그래, 그렇게 여러모로 자잘한 것들까지 신경 쓰느라 고생 많았어요. 헤티도 틀림없이 우리를 좋아하기는 할 거야. 다만 그 애가 아직 어리니까 뭘 몰라서 그런 거야. 철부지 여자아이들은 뭣도 모르고 그저 집만 나가겠다고 하니까 말이야."

외숙부의 대답은 헤티에게 위로는커녕, 오히려 실망만 안겨주고 울음까지 터뜨리게 했다. 헤티는 외숙부가 결혼 얘기를 할 때 튼튼하고 건전한 신랑감이란 누구를 염두에 두고 하는 말인지 아주 잘 알고 있었다. 헤티는 다시 침실로 돌아와서 아담과 결혼할지도 모른다는 가능성에 새로운 희망을 가지게 되었다. 연민을 느껴보지 못한 사람은 마음속으로 무엇이 가장 올바른 것인지 전혀 알지 못한다. 올바른 생각을 가진 사람이라면 흥분을 하더라도 그 마음을 참고 스스로를 안정시킬 수 있지만, 그렇지 않은 사람은 슬픔을 처음으로 맞닥뜨리게 되었을 때, 절망에 빠져 어떻게든 현재의 비참한 상황만을 바꾸려고 별짓을 다하려고 한다.

헤티의 답답한 머리는 즐거운 일과 고통스러운 일이 가능한지 안 한지 막연하게 계산해 보기만 할 뿐 그 이상을 결코 하지 못한다. 따라서 지금은 그저 고통스럽고 앞뒤 분간이 안 될 정도로 짜증 나는 일만 가득하다는 결과만 붙들고 있다. 어떤 사람들은 이런 비참한 상황을 견디다 못해 일시적인 슬픔에 내몰려, 충동적이고 아무런 동기도 없는 일을 불쑥 저질러 평생 불행하게 되는 경우가 많다. 그런 사람들처럼 헤티도 갑자기 아무 생각 없이 무슨 일이든 저질러 버리려고 했다.

'왜 나는 아담과 결혼하면 안 되는 거지?'

헤티는 자신이 무슨 짓을 하는지 개의치 않았다. 다만 현재의 생활에서 벗어나기만 하면 그만이었다. 헤티는 아담이 아직도 자신과 결혼하고 싶어한다고 믿었다. 결혼하면 아담이 행복하게 될 것인지는 헤티로서는 전혀 상관할 바가 아니었다. 아마 독자들은 이렇게 말할지도 모른다.

"참 이상하기도 하다! 지금의 마음 상태로 보아서 헤티는 이렇게 충동적으로 덤벼선 안 될 텐데. 될 대로 되라는 식으로 행동하면 결국 가장 역겹고, 비탄에 빠지는 괴로운 밤을 두 번씩이나 맛보게 될

텐데!'

 그렇다. 인간은 심각하고도 슬픈 운명 속에서 힘겹게 하루하루를 살아가고 있다는 것을 생각해보면 헤티같이 시시한 사람이 취하고 있는 행동은 참 이상하게 느껴질 것이다. 그런 짓은 폭풍우가 몰아치는 바다에서 작은 배가 부력을 조절하는 모래주머니가 없어 요동치는 것과 다름없는 일이었다. 그 작은 배가 고요한 항만에 정박한 채 햇빛을 받으며 형형색색의 돛을 펄럭이고 있다면 그 모습은 얼마나 아름답게 보이는가!

 '배가 선착장에서 떠내려가 버리면, 그 손해는 주인이 감당해야 하는데 얼마나 기가 막힐 노릇인가!'

 그러나 떠내려간 배를 아무리 아쉬워 해봤자 잃어버린 배를 도로 찾아올 수 없을 것이다. 그 예쁜 배가 아마도 평생 즐거움이 될 수도 있었을망정······.

32

포이저 부인의 야무진 발언

한 주가 지나고 다시 토요일이 왔다. 그날 저녁, 도니손 암스 여관에서는 바로 그날에 일어났던 사건에 대해 열띤 토론이 벌어지고 있었다. 몇몇 사람들은 두 번씩이나 나타난 승마화를 신은 그 말쑥한 남자가 체이스 농장에 계약을 맺기 위해 온 농부임이 틀림없다고 말했고, 다른 사람들은 앞으로 집사가 될 사람이라고 말했다. 낯선 사람의 방문을 직접 목격한 카슨은 이전의 세첼 같은 토지 관리인일 뿐이라고 경멸하듯이 말했다. 카슨이 낯선 사람을 보았다는 사실 때문에 어느 누구도 카슨의 말을 부인하지는 못했다. 더구나 그는 여러 가지 확증적인 상황까지도 제시했다. 카슨이 말했다.

"내가 직접 그 사람을 봤다니까요. 얼굴에 흰 반점이 있는 말을 타고 야생 사과나무 목장을 따라 오는 걸 봤어요. 내가 우유 1파인트를 짜려고 목장에 다녀올 때였는데, 그때가 오전 10시 반이었지요. 나는 시계처럼 딱 정확한 시간에 우유 1파인트를 짜거든요. 나는 노울즈가 몰고 온 마차를 타고 가면서 말했죠. '노울즈, 자네 주변을 둘러보니, 오늘은 보리를 많이 수확하겠는걸?' 이렇게요. 그리고 나서 건초 마당가를 돌아가서 트레들스톤으로 가는 길을 향해 가다가 큰 물푸레나무에 다다랐을 때였어요. 얼굴에 흰 점이 있는 말을 타고 승마화를 신은 그 남자가 오더라구요. 내가 그 남자를 보지 않았다면 흥분할 일이 없었겠죠.

 나는 그 사람이 다가올 때까지 잠자코 서 있다가, 그의 말씨를 듣고 이 고장 사람인지 아닌지 알아보려고 먼저 인사를 했어요. '안녕하세요. 오늘 아침은 보리 수확하기에 참 좋은 날씨입니다그려. 운 좋으면 조금은 거둘 수 있을 거요.' 그러니까 그 사람이 대답하더라구요. '예, 그쪽에서 한 말이 맞겠지만 그래도 누가 알간뇨, 뭐.' 나는 그 사람의 심한 사투리를 듣고 알았지요."

 여기서 카슨은 눈을 찡긋했다.

 "그 사람은 여기서 100마일도 떨어지지 않은 곳에서 왔어요. 그 사람은 오히려 내가 이상한 말씨를 쓴다고 생각했을걸요? 롬셔 주에 사는 사람들한테는 표준말이 오히려 사투리처럼 들릴 테니까요."

 경멸하듯이 바틀 메이시가 말했다.

 "표준말이라구? 당신이 표준말을 쓴다고 말하는 건, 돼지가 꽥꽥거리는 소리를 건반 나팔로 연주하는 악기 소리와 비슷하다고 말하는 거나 다름없어."

 화가 났지만 억지로 미소를 지으며 카슨이 말했다.

 "글쎄요, 귀족들과 오랜 세월 같이 살아온 사람은 표준말이 무엇인지 학교 선생님만큼이나 잘 안다고 믿는데요."

 바틀이 빈정대는 투로 위로하듯이 말했다.

 "아, 그러서? 자네는 표준말을 한다고 하겠지. 마이크 홀즈워즈의 염소가 '메에에' 하고 소리 낼 때, 그 염소는 제대로 말을 한 거지. 염소가 다른 소리를 내면 얼마나 우습겠어."

 거기에 있던 나머지 사람들은 모두 롬셔 주의 사람들이었기 때문에 바틀이 빈정대는 말을 듣고 큰소리로 호탕하게 웃었다. 그리고 카슨은 현명하게도 얼른 좀 전에 던진 질문으로 다시 화제를 돌렸다. 이 질문은 단 하룻저녁 동안 다 얘기하기에는 부족했다. 그래서 다음날 예배가 시작되기 전에 교회 마당에 모인 사람들은, 이 문제에 대한 이야기를 처음 듣는 사람이 있으면 다시 새로운 관심을 가지고 모든 소식을 들먹이며 그 문제를 논의하였다. 이 이야기를 처음 듣는 사람은 바로 포이저였다. 왜 포이저가 이제껏 이 소식을 몰랐는지는, 포이저 부인의 말을 빌려 대답하면 이러했다.

"카슨 씨 댁에 모인 패거리들은, 고주망태가 되도록 술을 마셔서 대구떼처럼 얼굴이 빨갛게 달아올라도, 현명한 척하는 사람들이라구요. 점잖은 우리 집 양반은 카슨 집에 모이는 족속들과는 절대 함께 술을 마시지도 않고 상대하지도 않죠."

그로부터 하루인가 이틀이 지났다. 문간에 서서 뜨개질을 하고 있을 때, 포이저 부인은 갑자기 그 낯선 사람을 떠올렸다. 얼마 전 교회에서 집으로 돌아오는 길에 남편과 얘기했던 문제의 낯선 이에 대한 대화가 생각났기 때문이다. 포이저 부인은 주로 오후 청소가 끝났을 무렵에 뜨개질을 하고는 했는데, 그때 도니손 지주가 검은 망아지를 타고 마부 존을 데리고 마당에 들어섰다. 막 그녀의 눈에 지주가 보인 그 순간에 포이저 부인은 혼잣말을 했다.

'흥, 저 영감이 낯선 사람한테 체이스 농장을 맡기려고 한다더니, 바로 그 문제 때문에 오시는구먼. 틀림없이 자기를 위해서 무언가를 하라고, 돈 한 푼 안 내고 우리를 부려 먹으려고 할 거야. 물론 우리 바깥양반은 바보가 아니니 그렇게 당하고만 있진 않겠지만 말이야.'

이 말을 가지고 나중에 포이저 부인은 두고두고 선견지명이라고 말했었다. 포이저 부인은 자신에게 놀라운 직관력 이상의 뭔가가 있었다고 말하고는 했다.

이것은 분명 이례적인 일이었다. 왜냐하면 지주가 소작인을 몸소 찾아오는 일은 매우 드문 일이었기 때문이다. 언젠가는 그냥 주고받는 인사말 이상으로 깊은 사연이 있는 말을 하려고 포이저 부인은 지난 열두 달 동안 상상 속에서 여러 번 연설을 연습했다. 그것은 지주가 홀 팜의 대문 안으로 들어오기만 하면 꼭 말해야겠다고 결심했던 말들이었다. 허나 결국은 상상 속의 연설로 막을 내리기 했지만 말이다.

포이저 부인의 말에 의하면, 지주 어른은 항상 자신을 화나게 만드는 눈빛으로 바라본다는 것이다. 그 어른과 마주하는 사람이 곤충이라면 그 곤충을 손톱으로 문질러 죽여 버릴 것 같은 시선이라고도 했다. 지주 어른은 포이저 부인이 언급했던 바로 그 시선으로 지금 그녀를 쳐다보며 인사했다.

"안녕하시오, 포이저 부인."

그러자 부인은 대답했다.

"네, 어르신. 어서 오십시오."

포이저 부인은 지주 어른을 향해 걸어가며 정중하게 절을 했다. 그 모습은 나무랄 데 없이 예의 바른 태도였다. 그녀는 자기보다 지체 높은 사람을 보면 결코 실수할 여자가 아니어서 화가 난 마음을 잘 숨기고서 교리문답식의 인사법[194]으로 지주의 질문에 대답했다.

"남편은 집에 있소?"

"네, 지주 어르신. 남편은 건초 마당에 있습니다. 지금 곧 사람을 시켜 불러오겠습니다. 누추하지만 잠깐 들어오시지요."

"고맙구려, 그렇게 하지요. 사소한 문제이긴 하나 포이저 그 사람과 상의하고 싶소. 부인과도 관련이 있으니, 뭐, 그리 많은 건 아니지만, 어쨌든 부인의 의견도 들어봐야 할 것 같고."

"헤티, 얼른 뛰어가서 외숙부보고 들어오시라고 해라."

포이저 부인은 집으로 들어가면서 헤티에게 말했다. 지주 어른은 헤티의 절에 대답하며 낮게 몸을 굽혔다. 톳티는 구즈베리 잼으로

---

[194] 영국 국교회의 기도서에서 교리문답은 영국 국교회를 믿는 모든 사람들이면 암송해야 한다고 한다. 여기에 나온 말은, 주교가 "당신의 이웃을 위하여 당신이 해야 할 의무는 무엇이뇨?" 하고 물으면, "나의 모든 손윗사람을 공경하고 나 자신을 낮추도록 명하는 것이지요." 라는 대답 일부이다.

얼룩진 에이프런 드레스가 꺼림칙했던지 얼굴을 시계 뒤에 감추고서 몰래 주변을 내다보고 있었다.

　도니손 지주가 감탄하듯 부엌을 둘러보며 말했다. 그 말이 사탕발림이든지, 가시 돋친 말이었던지 간에, 그는 항상 똑같이 의도적이고 잘 다듬어진 정중한 태도로 말했다.

　"음…… 오래됐어도 아주 훌륭한 부엌이로구만! 부엌이 아주 멋지고 깨끗하군요, 포이저 부인. 그래서 나는 어떤 영지보다도 여기가 제일 마음에 들어요. 그건 부인도 알지요?"

　"글쎄요…… 지주 어르신. 이 집이 마음에 드신다면 수리를 좀 해주실 수는 없을까요? 집을 좀 보세요. 꼭 쥐새끼들하고 함께 밥 먹으면서 사는 것 같잖아요. 지하실은 또 어떻구요. 물이 무릎까지 잠긴다니까요. 제 말이 못 미더우시면 직접 내려가 보시면 알 거예요. 그나저나 이쪽으로 좀 앉으시지요. 지주 어르신."

　"아니오, 우선 여기 낙농장을 보고 싶구려. 몇 년간 통 보질 못해서……. 부인이 치즈와 버터를 그렇게 잘 만든다면서요? 소문이 자자해요."

　지주는 포이저 부인이 그의 생각에 찬성하지 않고 당돌하게 질문할 어떤 말이 있을 것이라고는 꿈에도 모른 채 말했다.

　"문이 열려 있나 보구먼. 부인이 만든 크림과 버터를 욕심내도 그리 놀라지 마소. 세첼 부인이 만든 것하고는 아마 비교도 안 될 거라 생각되는군요."

　"그럴 리가 있겠습니까, 지주 어르신. 저는 다른 사람의 버터에는 별로 관심이 없어요. 사실 꼭 볼 필요도 없지요. 냄새만 맡아봐도 다 알거든요."

　도니손 지주가 청결하고 축축한 방을 둘러보며 문 가까이 서서 말했다.

　"음…… 역시 이곳이 마음에 드는군. 내가 먹는 버터와 크림을 여기서 만든 것인 줄 알았다면, 틀림없이 나는 훨씬 더 즐겁게 아침식사를 했을 텐데, 아쉽구려. 구경 잘 시켜줘서 고맙소. 내가 관절염 증세가 좀 있어서 습한 곳은 안 좋아요. 그냥 부엌에 앉아 있어야겠소. 거기가 더 편하거든. 아, 포이저, 잘 지냈는가? 언제 봐도 부지런하구먼. 부인이 낙농장을 어찌나 정갈하게 해놨는지 구경 한번 잘했네. 이 교구 안에서 관리가 제일 잘되고 있는 것 같군. 안 그런가?"

포이저는 셔츠 바람에 조끼를 열어 놓은 채, 열심히 건초 다발을 던져놓느라 평소보다 더 붉어진 얼굴로 막 들어왔다. 포이저가 벌겋고 통통하고 빛나는 얼굴로, 조그맣고 삐쩍 마른 냉정한 지주가 앞에 다가섰을 때 그의 얼굴은 시들어빠진 야생 사과와 비교되는 잘 익은 훌륭한 사과처럼 보였다.

포이저가 부친의 팔걸이의자를 앞으로 약간 앞으로 내밀면서 말했다.

"지주 어르신, 이 의자에 앉으세요. 편안하실 겁니다."

"나는 안락의자에는 안 앉는 사람이라서……. 아무튼 고맙네."

늙은 신사인 지주가 문 옆의 작은 의자에 앉으며 말했다.

"거기 그렇게 서 있지 말고 두 사람 다 앉아요. 사실 나는 세첼 부인의 낙농장 관리가 별로 마음에 들지 않아. 세첼 부인은 포이저 부인만큼 훌륭하게 관리할 줄 모르는 것 같아서 말이야."

"지주 어르신, 글쎄…… 그 말에는 제가 뭐라고 말씀드릴 수가 없네요."

포이저 부인이 딱딱한 목소리로 뜨개질 거리를 감았다 풀었다 하면서 창밖을 내다보며 냉정하게 말했다. 그녀는 계속 지주의 맞은편에 서 있었다. 앉고 싶으면 포이저나 앉으라는 식이었다. 그녀는 입에 발린 소리에 응하기 싫어서 앉으려 하지 않았다. 포이저는 자기 부인의 쌀쌀한 분위기를 눈치 채지 못한 채 세 발 의자에 앉았다.

"그런데 말이지, 포이저. 세첼이 더 이상 일을 못 하게 돼서, 나는 체이스 농장을 괜찮은 소작인에게 맡길 생각이라네. 내 손으로 농장을 관리하는 데에는 완전히 지쳤어. 아무리 생각해보아도 내가 농장을 관리한다는 건 무리야. 그렇다고 마음에 쏙 드는 토지 관리인을 찾기도 어렵고 말이야. 그래서 말인데, 자네 부부하고 내가 잘 협의하면 모두한테 좋은 일이 되지 않을까 생각하는데…… 어떤가?"

"네에……."

포이저는 이런 협상에 숨겨진 이면에 대해서는 상상도 못 해본 사람이라 그저 좋게만 생각했다.

포이저 부인은 남편의 무른 성격을 아는지라 그를 안쓰럽게 쳐다보고는 대신 말을 했다.

"저, 지주 어르신. 제가 한 말씀드려도 될까요? 저보다는 주인어른이 더 잘 아시겠지만요……. 저는 체이스 농장이 우리하고 무슨 상관이 있다고 그런 말씀을 하시는지 잘 모르겠네요. 우리는 이 농장만으로도 벅차거든요. 우리 교구에 존경할 만한 분이 새로 오신다면서요? 저는 그 소식을 듣고 반가웠어요. 지금까지 오신 분들 중에서는 그렇게 훌륭한 인물이 못 되는 분도 있긴 했지만 말이에요."

"포이저, 자네는 썰을 꽤 좋게 생각하나 보지? 나는 자네가 내 계획대로만 따라 준다면 자네도 충분히 편해질 거라 생각하네. 그리고 그 계획으로 썰 못지않게 자네도 상당한 이익을 봤으면 좋겠구먼."

"지주 어르신, 그것이 우리에게 이득이 된다고 말씀하시려는 모양인데 저는 그런 제안은 처음 들어봐요. 제가 생각하기에 이익이란 얻을 수만 있다면 일부러라도 가져야 하죠. 사람들은 이득을 저절로 얻을 줄 알고 그저 앉아서 입 안에 떨어지기만 기다리는데 그러면 이득을 얻을 리가 없지요."

지주는 포이저 부인이 말하는, 이득을 얻는 세속적인 이론을 무시하며 말했다.

"포이저, 사실은 말이지, 체이스 농장에는 낙농장이 너무 많고, 경작할 토지는 너무 적어서 썰의 목적에 적합지 않아. 그래서 썰이 농장을 변화시킨다는 조건으로 농장을 맡으려고 하고 있어. 하지만 그의 아내는 자네 부인처럼 똑똑한 낙농가가 아닌 것 같아. 그래서 나는 약간만 변화를 시도해 볼까 하네. 자네가 할로우 목장을 맡아준다면 자네가 낙농장을 얼마든지 늘려도 상관하지 않겠네. 자네 부인이 관리하면 이윤이 아주 많이 날 거 같은데, 안 그런가? 그리고 포이저 부인, 우유와 크림, 버터를 시장에 내는 가격으로 우리 집에도 대주시오. 그리고 포이저 자네는 썰에게 위쪽과 아래쪽 산마루를 맡겨도 좋네. 그렇게 되면, 장마철처럼 습한 계절에는 위아래 산마루 같은 귀찮은 데에 신경 쓰지 않아도 되니까 자네도 한결 편할 것 아닌가? 농사지을 땅을 맡는 것보다는 낙농장을 맡는 것이 위험요소가 적을 테니 훨씬 더 낫지 않겠는가?"

　포이저는 무릎에 팔꿈치를 얹고 머리를 한쪽으로 기울이고, 입은 꽉 오므린 채, 정확하게 말하면 둥근 배 모양으로 손가락 끝을 마주치는 장난에 몰두하고 있었다. 그는 아주 예리한 사람이라서, 일의 전반을 꿰뚫어 보았고, 이 제안에 대해 아내가 어떤 생각을 가질지 훤히 알고 있었지만, 지주에게 기분 나쁜 대답을 하기는 싫었다. 그는 실무적인 농사일에 관한 것이 아니라면, 언제고 간에 늘 언쟁하는 것보다는 차라리 자신이 양보하는 편이 낫다고 생각했다. 하지만 이 일은 자신보다는 결국 아내와 더 관련이 있는 중요한 문제였다. 그래서 잠깐 침묵을 지킨 후 그는 아내를 올려다보며 부드러운 말씨로 물었다.

　"어떻게 할 거요?"

　포이저 부인은 남편이 침묵을 지키는 동안 차갑게 남편을 응시하다가 고개를 홱 돌리고는 맞은편에 있는 젖소 축사 지붕을 냉랭하게 바라보았다. 그리고 뜨개질감을 붙잡고 있는 두 손을 꽉 쥔 채로 뜨개질 코가 끼어 있지 않은 바늘대를 코에 끼워가면서 뜨개질해갔다.

"어떻게 할 거냐구요? 글쎄요, 다음번 성 미카엘 축일이 되어야 1년이 되잖아요. 아직은 1년이 채 안 됐기 때문에 임대 계약도 안 끝났다구요. 뭐 그렇더라도 당신 마음대로 농경지를 포기할 수는 있겠죠. 하지만 나는 자비심 때문이든 돈 때문이든 간에 더 많은 낙농장 일을 하고 싶지는 않아요. 그러나 이런 경우는 자비심도 돈도 다 필요 없겠죠. 어떤 사람들은 자기 자신들만 소중한 줄 아나 봐요. 그러니 돈이 그런 사람들의 호주머니로 들어가죠. 어떤 사람들은 땅이 많아서 그냥 놀고먹을 팔자로 태어났고, 또 어떤 사람들은 그 땅에서 죽도록 땀 흘리며 고생만 할 팔자로 태어났다는 정도는 나도 다 알아요."

포이저 부인은 숨이 막히는지 잠깐 말을 멈추었다.

"그리고 자기 몸이 견딜 수 있을 때까지 그들은 상전에게 복종해야 하죠. 그것이 세례받은 사람들의 의무이니까요. 하지만 나는 영국에 사는 지주라면, 그가 어떤 사람이든 간에 그를 위해서 뼈 빠지게 일하지는 않을 작정이에요. 설령 그가 국왕 조지라고 해도 나는 버터를 만드는 교유기처럼 일하는 순교자가 되지 않을 거라구요."

지주는 이런 힐난을 듣고도 아직도 자신이 포이저 부인을 설득할 수 있다고 자신하며 말했다.

"아니오, 포이저 부인. 그런 뜻은 절대 아니오. 물론 부인을 과로하게 해서는 안 되죠. 하지만 잘 생각해봐요. 내 말대로 하면 부인이 해야 될 일이 오히려 줄어들 거란 생각은 안 드나요? 우유를 아주 많이 필요로 하는 대수도원 같은 곳에 우유를 공급하면 낙농장을 늘리더라도 부인은 치즈와 버터는 더 많이 만들 필요가 없잖아요. 낙농품을 팔아서 이윤을 남기려면 우유로 파는 것이 제일 이득이지, 안 그런가?"

포이저는 영농의 이윤 문제에 대한 의견을 말하고 싶어서, 한순간 이런 질문은 굉장히 현실적인 유도질문이라는 것을 잊어버리고 대꾸했다.

"그렇긴 하지요."

포이저 부인은 남편을 향해 고개를 반쯤 돌린 채 아무도 앉아 있지 않은 안락의자를 바라보며 말했다.

"제가 말씀드리죠. 그것은 벽난로 구석에 앉아, 모든 걸 안과 밖으로 나눈 후, 밖에 있는 것에 모든 걸 짜 맞추는 남자들한테나 맞는 소리라고 여겨지겠지요. 지주 어른께서 푸딩을 만들려고 반죽할 일을 생각했다면 만찬을 얻기가 쉽겠죠. 하지만 대수도원에 우유가 계속 필요하게 될지 어떨지 제가 어떻게 알겠어요? 몇 개월도 안 돼서 그곳 기숙사생들이 숙식비를 내지 않으면 저희는 어떻게 합니까? 아마 저는 20갤런의 우유를 어떻게 처리해야 할지 걱정하느라고 밤마다 잠을 설치게 되겠죠. 그리고 딩올이란 작자는 버터 값은 고사하고 더 이상 버터도 가져가지 않을 거구요. 그럼 남은 수입원이라고는 돼지밖에 없을 거고, 그러면 애써 돼지를 살찌운 다음 푸주한에게 제발 우리 돼지 좀 사달라고 무릎 꿇고 애원해야 할지도 모른다구요. 또 돼지 중 절반은 홍역으로 죽을게 뻔하구요. 마부와 말은 반나절씩이나 걸려서 운반해오고 운반해가는 일을 해야겠지요. 제 생각에 이런 것들을 이익에서 제외해야 할 것 같은데요? 이게 바로 밑 빠진 독에 물 붓는 격이 아니고 뭐겠어요."

지주는 세부 사항까지 들먹이는 포이저 부인과는 협상이 어렵다고 생각했지만 다시 말했다.

"운반해갔다 다시 운반해오는 그런 어려움은 없을 거요, 포이저 부인. 베쎌이 수레와 망아지를 데리고 그 일을 꼬박꼬박 맡아서 해줄 거요."

"지주 어르신, 죄송하지만요. 저는 귀족 댁 하인들이 저의 집 뒤뜰로 들락거리는 건 좋아하지 않아요. 양다리 걸치며 계집아이들과 연애하는 것도 그렇고, 열심히 쓸고 닦고 청소해야 할 때 뒷짐이나 지고 서서 온갖 소문에만 귀 기울이는 꼴도 못 보겠어요. 차라리 우리가 망하는 한이 있더라도 우리 집 부엌을 귀족 댁 하인 나부랭이들의 술집으로 만들지는 않을 거예요."

지주는 갑자기 전략을 바꿨다. 포이저 부인이 말을 하다가 갑자기 방을 나갔다고 생각하는 것처럼 그녀를 싹 무시하고서 포이저에게로 몸을 돌렸다.

"자, 포이저. 자네는 할로우 농장을 목초지로 바꾸어도 괜찮네. 우리 집에 조달하는 문제와는 달리 조정하기 쉬운 일이니까. 자네가 준비를 잘해서 이웃뿐 아니라 지주의 편의를 도모할 용의가 있다는 걸 잊지 않겠네. 현재의 임대 계약이 끝날 때 기간을 3년으로 더 길게 갱신하면 자네한테도 좋을 거 아닌가. 하지만 그게 어렵다면 나는 썰한테 이 두 농장을 맡길까 해. 썰은 상당한 자본가라서 아마도 반가워하겠지. 썰에게는 두 농장을 함께 운영하면 더 많은 이익이 날 테니까 말이야. 그래도 말일세, 나는 자네같이 오랜 소작인을 물리치고 싶지 않아."

포이저 부인은, 지주가 마지막에 언급한 협박이 없었다 하더라도, 이렇게 어이없게 토론에서 제외당하다 보니 머리끝까지 격분했다. 그러나 그녀의 남편은, 지주의 협박을 진지하게 받아들여 자신이 태어나고 자라왔던 오랜 터전을 빼앗길지도 모른다고 생각했다. 말하자면 포이저는 지주가 고약한 심술을 부리면 정말로 어떤 일을 저지를 수도 있다고 믿었다. 그래서 가축들을 더 많이 사고팔아야 할 때 생기는 불편함에 대해 미약하나마 항의하려고 했다.

"글쎄요, 어르신. 그건 좀 어려운 일이라고 생각됩니다만……."

그때 포이저 부인은 필사적인 결단력을 발휘했다. 비록 자기들에게 떠나라는 통첩장이 빗발치듯 날아오고, 설령 빈민 구호소가 자신들의 유일한 거처가 될지라도, 그 순간만큼은 격분해서, 다른 사람이 말하고 있는 것을 가로채고 일단 자기주장을 폭발시켰다.

"그렇다면, 어르신 제가 한 말씀드려도 괜찮을까요? 저는 여자입니다. 어떤 사람들은 무릇 여자란 자기 남편이 마누라의 영혼을 팔아버리겠다고 서명해도 아무 소리 못 하고 옆에 서서 방관만 하고 있는 바보라고 한다지요? 하지만 저도 말할 권리가 있답니다. 왜냐하면 저는 집세의 4분의 1을 벌고 있고 또 나머지 4분의 1은 저축하며 살고 있으니까요. 만약 썰이라는 그분이 어르신 밑에서 농장을 맡는다면 이 집까지 맡게 될 테니 참 안됐군요. 그분이 이 집에 대해 아시나 모르겠네요. 이집트에서나 전염되는 온갖 역병이 들끓고 있고, 지하실은 물이 차고, 개구리와 두꺼비가 수십 마리씩 계단을 뛰어올라 다니고요. 그것뿐이게요? 마룻바닥은 썩어 문드러졌고, 치즈 조각마다 쥐와 쥐새끼들이 갉아먹고, 침대에 누우면 쥐들이 우리를 산 채로 잡아먹을 것같이 머리 위로 뛰어다니죠.

우리 아이들이 아직까지 쥐한테 잡혀 먹히지 않은 게 용할 정도라니까요. 그런데도 그분이 이따위 집에서 살고 싶을까요? 수리라고는 전혀 안 해주시니 집이 다 무너지게 생겼는데, 제 남편이 아닌 다른 소작인이었더라면 정말 못 참았을 거예요. 수리해 달라고 애걸하고 기도하고, 결국 우리 돈으로 수리하느라고 모아놓은 돈도 절반이나 써버렸잖아요. 또 자기 돈을 필요 이상으로 투자해서 경지를 죄다 정리했는데 그런 땅에서 소작료도 뽑아내지 못했으니 얼마나 노심초사했겠어요. 어떤 사람이 이런 집에서 그런 생활을 견뎌내는지 어디 두고 보자구요. 아마 썩은 치즈에서 나온 구더기 같은 사람이라면 어쩜 이런 집도 좋아할지 모르죠. 지주 어르신이 제 말이 듣기 싫어 도망을 치셔도 상관없어요."

포이저 부인은 문 밖으로 도망치다시피 나가버리는 지주를 따라가며 계속 지껄였다. 지주는 그녀의 말에 난생처음 크게 경악하고 놀랐다. 그리고 벌떡 일어나서 그녀를 향해 미소를 띠고 손을 흔들면서 망아지를 향해 도망치다시피 황급히 걸어나갔다. 하지만 그는 바로 떠날 수가 없었다. 지주가 손짓으로 존을 불렀을 때 그는 통로에서 좀 멀리 떨어져 마당의 위아래를 왔다갔다하며 망아지를 걷게 하고 있었기 때문이다.

"제가 하는 말이 듣기 싫어서 도망가시는 거죠? 어르신은 어떻게 하면 우리를 불행하게 만들지 그 방법만 찾아 계속 머리를 쓰고 계시죠? 지주 어르신의 친구라고는 늙은 악마 해리밖에 없잖아요. 다시 한 번 말씀드리지요. 우리는 채찍을 손에 들고 달려드는 사람들이 무서워서 돈을 벌거나, 학대받고도 대항할 줄 몰라서 아무 말 못하는 짐승이 아니라고요. 이 교구나 이웃 교구에는 저와 똑같은 생각을 하는 사람들이 많지만, 저 혼자만이 본심을 말하는 유일한 사람이라는 사실을 아셔야 합니다. 사람들은 어르신 이름을 듣기만 해도 코앞에서 확 켜지는 유황성냥불보다 더 치가 떨린대요. 어르신은 사람들한테 플란넬 천 한 조각이나 죽 한 그릇 정도만 던져주시고는 어르신의 영혼이 구제되는 줄로 알고 계신 모양인데, 어림 반 푼어치도 안 되는 소리라고 말하는 사람이 한둘이 아니라구요. 어르신은 사람들한테 아주 쬐끔 베푼 걸 가지고 자기 영혼을 구할 수 있다고 철석같이 믿고 계실지도 모르겠네요. 그러나 어르신이 자기영혼을 위해 자선을 아무리 쌓아봤자 얼마 되겠어요? 몇 푼어치나 될까 말까 할 겁니다. 어르신은 소문난 자린고비니까요."

이렇게 톡톡히 창피를 당하는 상황에서는 두 명의 하녀와 마부 한 사람도 대단한 청중이 되는 셈이다. 지주가 검은 망아지를 타고 도망치다시피 떠났을 때에 근시인 지주 본인의 눈으로도 몰리와 낸시, 팀이 멀지 않은 곳에서 자기 모습을 구경하며 비웃고 있다는 게 보였다. 그는 심술궂은 늙은 마부 존도 뒤에서 자기를 비웃고 있지 않을까 의심했는데, 그 역시 사실이었다. 불도그, 검은색과 황갈색의 테리어, 망아지 발뒤꿈치에 있는 앨릭의 양치기 개, 멀찍이 떨어져 있으면서 쉿쉿 소리를 내는 수컷 거위가 모두 함께 4중주로 노래를 하며, 포이저 부인의 독설로 가득한 독창을 더욱 인상 깊게 반주해 주었다.

포이저 부인은 지주를 태운 망아지가 떠나는 걸 보자마자 돌아서서, 들떠 있는 두 처녀들을 잔뜩 째려보며 부엌으로 몰아넣었다. 그리고 대바늘을 빼어 평상시 속도로 다시 뜨개질을 하며 도로 집으로 들어갔다.

포이저는 약간 놀라고 불안했지만 아내가 노발대발하며 퍼부은 사나운 언변에 조금이나마 통쾌함을 느끼고 기뻐하며 말했다.

"당신이 멋지게 한방 먹였구만."

포이저 부인이 말했다.

"나도 알아요, 내가 일을 저질러 버렸다구요. 하지만 평소에 하고 싶었던 속엣 말을 다 쏟아버리고 나니, 이렇게 속이 시원하기는 내 평생 처음이네요. 코르크 마개로 속마음에서 하고 싶은 말들을 꼭 누르면서도, 물이 새는 통처럼 딴 데에서 속내를 비열하게 살살 드러내고 산다면, 사는 재미가 뭐가 있겠어요. 내가 앞으로 지주 어른만큼 오래 산다 해도 지금 이렇게 퍼부었던 것을 절대로 후회하지는 않을 거예요. 물론 그렇게 오래 살 가능성은 없을 테지만요. 사실, 여기서 환영받지 못하면 다른 데 가서도 환영받지 못하며 살게 된다구요."

포이저가 말했다.

"하지만 딱 1년이 되는 이번 성 미카엘 축일에 당신이 살아온 오랜 터전에서 떠나고 싶지는 않겠지? 아는 사람이 아무도 없는 낯선 교구로 이사 가게 된다면 그건 꽤 힘든 일일 거야. 아버님도 견디지 못하실 거고."

"너무 걱정할 필요 없어요. 이번 성 미카엘 축일까지는 아직 열두 달이나 남았어요. 그 안에 많은 일이 생길 거예요. 그때쯤이면 우리가 기대하고 있는 아서 대위님이 주인이 되어 있을지 누가 알아요?"

다른 사람의 잘못 때문이 아니라 부인 자신의 장점 때문에 난처한 상황에 빠졌는데도, 그녀는 유달리 희망에 부풀어 있는 듯이 말했다.

포이저가 세 발 의자에서 일어나 천천히 문 쪽으로 걸어가며 말했다.

"나는 전혀 걱정 안 해. 하지만 오랫동안 살던 터전을 떠나기는 싫구만. 내가 태어나서 자라고, 나보다 먼저 살아오셨던 부친이 태어났던 바로 이 교구 말이야. 우리의 뿌리나 다름없는 이런 고장을 버리고 떠나면, 다시는 잘될 것 같지 않단 말이야."

33

또 다른 연결

 마침내 보리를 모두 집으로 실어 날랐고, 참담하게 짓이겨진 콩은 수확도 하지 않은 채 추수감사절 만찬이 지나갔다. 사과와 호두는 모두 거둬들여 저장했고, 농가에서는 유장의 향이 사라진 대신 맥주 향기가 났다. 어둡고 낮게 드리운 하늘 아래, 체이스 농장 뒤에 있는 숲과 모든 산울타리 나무들은 엄숙하고 찬란한 빛을 띠었다. 바구니에 가득 담긴 보랏빛 서양 자두에서는 그윽한 향기가 피어났고, 연보랏빛 데이지 꽃들은 만발해 있었다.
 총각과 처녀들이 팔에 보따리를 걸고 노란 산울타리 사이를 굽이굽이 돌아서 일자리를 찾아 떠나가는 성 미카엘 축일이 되었다. 성 미카엘 축일이 다가왔는데도 지주가 집사로 원했던 썰이라는 사람은 농장에 오지 않았다. 그래서 지주는 결국 다른 새로운 사람을 집사로 채용해야만 했다. 지주의 속임수에 포이저 부부가 속아 넘어가지 않아서 지주가 계획했던 모든 일들이 수포로 돌아갔다는 소문은 양쪽 교구 전체에 퍼졌다. 포이저 부인이 지주에게 대들었던 사연은 속 시원하다고 모든 농가에서 회자되었고, 그 말은 자주 반복되면서 더더욱 재미가 더해졌다. 나폴레옹이 이집트에서 돌아오고 말았다는 소식은 비교적 김빠지고, 이탈리아에서 프랑스인들이 패했다는 소식[195]은 싱거운 이야깃거리가 될 정도로, 포이저 부부가 지주를 격퇴한 사건을 마을 사람들은 훨씬 더 재미있어 했다.

어윈은 체이스 농장만 제외하고 모든 교구민들의 집에서 그런 이야기를 듣고 또 들었다. 그러나 그는 항상 아주 절묘하게 도니손 지주와의 말다툼을 피해야 했기 때문에 지주의 패배를 즐거워하는 사람에게 맞장구를 치며 함께 웃을 수가 없었다. 그러나 어윈의 어머니는 달랐다. 그녀는 자기가 돈이 많은 부자라면 포이저 부인에게 평생 연금을 주고 싶다고 선포했다. 또 포이저 부인의 입으로 그날의 일을 직접 듣고 싶어서 포이저 부인을 목사관에 초대하고 싶어할 정도로 재미있어 했다. 어윈이 만류했다.

"안 돼요, 어머니. 물론 포이저 부인의 요구는 파격적이지만 정당한 면도 있었어요. 그렇다고 저 같은 성직자가 그런 이례적인 주장을 지지해서는 안 돼요. 제가 목사가 돼가지고 지주와 포이저 부인과의 말다툼에 관심을 가졌다고 소문이라도 나면 큰일 나요. 도니손 지주가 제 말에 크게 무게를 두지 않지만, 만약 그런 소문이 나돌면 도니손 지주는 이제 아예 제 말은 듣지도 않을 거라구요."

어윈 어머니가 말했다.

"글쎄다, 나는 포이저 부인이 만든 크림치즈보다 그 부인이 더 좋구나. 그 여자는 얼굴은 창백해도 정신적으로는 남자 세 사람의 기개를 가졌다고 볼 수 있지. 근데 정말 포이저 부인이 그렇게 예리하게 말을 잘한단 말이냐."

"그럼요, 예리하고말고요! 그 부인의 혀는 아주 잘 드는 면도날 같아요. 하는 말 모두가 누구도 감히 생각지 못하는 아주 독창적인 말

---

195) 1798년 5월, 나폴레옹 보나파르트는 5만여 명의 병력을 이끌고 이집트를 원정하여 결국 카이로에 입성하였다. 그러나 그 해 7월에 해군이 아부키르 만(灣)에서 영국함대에 패하여 본국과의 연락이 끊기자 혼자서 이집트를 탈출, 10월에 프랑스로 귀국하였다. 그리고 곧 나폴레옹이 총독이 된 총독정부를 타도하려는 셰이에스 탈레랑 등의 음모에 말려들었다. 1799년 11월 9일 군대를 동원, 500인회를 해산시켜 원로원으로부터 제1통령으로 임명되고, 이때부터 나폴레옹의 군사독재가 시작되었다. 이때 영국 · 오스트리아 · 러시아 연합군은 이탈리아에서 프랑스 군대를 물리쳤다.

이지요. 배운 것도 없는데 그런 기지를 발휘하다니 참 대단해요. 그 부인의 기지는 하나도 버릴 게 없어요. 우리나라의 금언으로 기록된다고 해도 손색이 없을 정도니까요. 언젠가 그 부인이 크레이그에 대해 아주 멋진 말을 한 적이 있다고 어머니께 전해 드렸잖아요. 크레이그는 수탉 같아서 자기가 꼬끼오 하고 울어야 태양이 떠오른다고 생각하는 사람이라고요. 그것은 정말 한 문장으로 요약한 이솝우화라고 할 만하죠."

어윈 어머니가 말했다.

"하지만 다음 성 미카엘 축일 때, 진짜로 도니손 지주가 포이저 부부를 농장에서 몰아내면 큰일이잖니. 안 그래?"

"아뇨, 그렇게 되지는 않을 겁니다. 포이저는 아주 훌륭한 소작인이에요. 도니손 지주도 그걸 잘 알고 있구요. 그러니 다시 한 번 생각해보고 나서, 자신의 울화를 삭일망정 그들을 내쫓지는 않을 거예요. 하지만 도니손 지주가 포이저 부부에게 성모 영보 축일 때 미리 나가라는 통지를 보낸다면, 아서와 제가 도니손 지주를 달래려고 백방으로 노력해야 할 겁니다. 포이저 부부처럼 오랜 교구민을 이곳에서 쫓아내서는 안 될 일이지요."

어윈 어머니가 말했다.

"아…… 성모 영보 대축일 전까지는 정말 무슨 일이 일어날지 알 수가 없겠구나. 나는 아서의 생일 때 그 영감 마음이 약간 흔들린다는 생각이 들어 놀랐었지. 너도 알다시피 그 영감 나이는 여든셋이야. 정말 터무니없는 나이잖니. 여자들이나 그만큼 오래 살지. 남자들은 아니거든."

어윈이 어머니의 손에 입맞추며 웃으면서 말했다.

"어머니는 노총각 아들이라도 데리고 살고 계시지만, 그 노총각 아들은 어머니가 돌아가시면 쓸쓸할 텐데요."

포이저 부인은 가끔씩 남편이 자기 집과 농장을 떠나라는 통지를 받을 것 같다는 예감을 말할 때마다 이에 맞서 이렇게 대꾸하고는 했다.

"무슨 일이 일어나더라도 성모 영보 축일 전까지는 일단 잠자코 있는 게 좋을 것 같아요."

이런 대꾸는 보통 거부할 수 없는 제안을 들었을 때 하는 말로서, 한 마디로 그 제안을 부인하고 싶다는 특별한 의미를 전달하고자 하는 말이다. 그러나 사람의 나이 83세라면 누구라도 심지어 국왕이라 할지라도 죽음이 다가왔다는 걸 상상할 수 있다. 그렇다고 다른 사람들이 감히 그걸 상상한다고 해서 무엄한 죄라고는 할 수 없는 노릇이다. 미련한 영국인들을 제외하고, 어느 누구도 그렇게 가혹한 상황에서는 착한 백성이 될 수가 없다.

걱정스러운 예상과는 달리, 포이저 집안에서는 평소처럼 모든 일이 순조롭게 진행되고 있었다. 포이저 부인은 헤티가 놀랄 만큼 달라졌다고 생각했다. '확실히 헤티는 마음을 더 굳게 닫아버린 것 같아. 때로는 손수레의 강한 줄로 그 애의 목구멍에 있는 이야기를 끄집어내려 한들 한 마디도 안 나올 것처럼 보이거든.'

그리고 그녀는 옷에 대해 별로 신경 쓰지도 않고 대신 묵묵히 일만 열심히 했다. 그리고 어찌 된 일인지 일이 끝나도 밖에 나가려고 애쓰지 않는 게 신기했다. 실은 바깥바람 좀 쏘이고 오라고 등을 떠밀어도 말을 듣지 않을 정도였다. 외숙모가 레이스 뜨기를 배우기 위해 매주 나가는 것도 그만두라고 했을 때도, 헤티는 통통거리지도, 입을 삐죽거리지도 않고, 잘 참아냈다. 결국 헤티는 아담에게 마음을 주기로 결정했음이 틀림없는 것처럼 보였다.

아담과 헤티, 두 사람 사이에 약간의 껄끄러운 일이 있어서 오해가 생겼고, 그로 인해 헤티가 귀족 집의 하녀로 가고 싶다고 변덕을 부렸는지는 몰라도 그 일은 그럭저럭 해결되었다. 아담이 홀 팜에 올 때마다 헤티는 기분이 좋은지 다른 때보다 말을 많이 했다. 그러나 헤티라면 사족을 못 쓰는 크레이그나 다른 구애자들은 홀 팜을 오랜만에 한 번씩 방문할 때에도 시무룩해지고는 했다.

 아담은 처음에는 이렇게 변한 헤티를 걱정스런 마음으로 지켜봤지만, 이제는 놀라움과 달콤한 희망으로 변했다. 아서의 편지를 전한 지 닷새 만에 아담은 다시 홀 팜에 갔다. 자기를 보면 헤티가 더 고통스럽지는 않을까 싶은 걱정에도 불구하고 말이다. 집에 들어갔을 때 헤티가 보이지 않아 아담은 걱정스러운 마음으로 포이저 부부와 잠깐 얘기를 했었다. 혹시 부부가 헤티가 아프다는 말을 곧 전할까 봐 아담은 속으로 몹시 걱정했었다. 그러나 얼마 안 있어 가벼운 발걸음 소리가 들리고, 포이저 부인이 묻는 소리가 들렸다.

 "헤티, 너, 어디 다녀왔니?"

 헤티의 얼굴 표정이 어떻게 달라졌을지 두려웠지만 아담은 뒤를 돌아다 볼 수밖에 없었다. 그리고 자기를 보고 반갑다는 듯 미소를 짓고 서 있는 헤티를 보고 아담은 깜짝 놀랐다. 얼핏 보기에 헤티의 얼굴은 처음부터 보아온 그 얼굴과 다름없어 보였고, 단지 모자를 쓰고 있는 것만이 달랐다. 아담이 지금까지 저녁에 올 때마다 헤티는 한 번도 모자를 쓴 적이 없었다. 그녀가 이리저리 왔다갔다하고 혹은 일하려고 앉아 있을 때 아담은 계속 관찰하였고 그녀에게는 변화된 점들이 있었다. 헤티의 뺨은 여전히 분홍빛이었고, 최근에 아담에게 보여주었던 그 미소를 지어 보였다. 그러나 눈과 얼굴의 표정과 모든 동작에서 뭔가 확실히 달라진 게 있었다. 아담이 생각하기에, 헤티는 뭔지 모르게 딱딱하게 구는 것 같았고, 나이를 먹어 철든 사람처럼 보였다. 예전의 어린아이 같은 모습이 없어진 것 같았다. 아담은 생각했다.

 '가여운 헤티…… 그럴 수도 있는 일이었어. 헤티는 생전 처음 마음에 깊은 상처를 받은 모양이야. 하지만 그런 일쯤은 스스로 이겨낼 거야. 하느님께 감사할 따름이야.'

몇 주가 지나도, 헤티는 아담을 보면 항상 반가워했다. 마치 아담이 와주어서 자신이 기쁘다는 걸 아담도 알아줬으면 하는 듯 그를 향해 아름다운 얼굴을 보여주었다. 그녀는 한결같이 똑같은 태도로 일을 하고, 전혀 슬픈 내색은 하지 않았다. 처음에 아담은 아서의 편지가 헤티에게는 격분하고 놀랄 만한 일이라고 상상했었는데, 담담해진 헤티의 모습을 본 뒤에는 그녀가 마음속으로 아서를 그리 깊이 생각지 않았던 게 틀림없다고 믿게 되었다. 그리고 또 헤티가 아서와 결혼하겠다는 소녀다운 환상을 가질 수도 있었겠지만, 때가 되면 저절로 그런 환상에서 벗어나 자신의 어리석음을 뉘우칠 사람이었구나 하고 믿기 시작했다. 아담은 기분이 좋아질 때면, 헤티의 마음이 자신의 간절한 희망대로 바뀔 것이라고 생각했다. 다시 말해 헤티는 진정으로 자신을 사랑하는 남자에게 마음을 열 것이라고 기대했던 것이다.

독자들은 아담이 이런 식으로 헤티의 태도를 해석하는 게 전혀 그답지 않고 현명하지 못한 일이라고 생각할 것이다. 헤티가 사랑받을 만한 이유는 아름답다는 것 외에는 아무것도 없었다. 그런 소녀와 사랑에 빠지고 그녀에게 있지도 않은 미덕을 억지로 짜 맞추고, 심지어 다른 남자와 사랑에 빠졌던 여자에게 집착하는 아담. 개가 주인의 눈길을 한번 받고 싶어서 참고 기다리며 벌벌 기는 것처럼, 헤티가 다정한 눈빛으로 자신을 바라봐주길 간절히 기다리는 아담.

아담같이 분별력 있는 남자가 이런 행동을 한다는 건 절대로 그에게 어울리지 않는다고 독자들은 생각할 것이다. 그러나 인간의 본성처럼 복잡한 일에서는 어떤 규칙이건 예외가 없는 경우는 매우 드물기 때문에 그럴 수도 있다는 걸 우리는 알아야 한다. 물론 나도 잘 알고 있지만, 원칙적으로 분별력이 있는 남자들은 자기가 아는 여자들 중에서 가장 분별력이 뛰어난 여자를 좋아한다. 그런 남자는 아무리 아름다운 여자가 교태를 부리며 속임수를 써도 모두 꿰뚫어 볼 수 있다. 상대가 자신에게 관심이 없다고 생각되면 아주 적절한 때에 포기할 줄도 알고, 모든 면에서 자신과 가장 잘 맞는 여자, 이웃에서 사는 모든 여자들도 인정해줄 만한 그런 여자와 결혼을 한다. 그러나 수백 년이 흐르면서 이런 원칙에는 이따금씩 예외가 생겼으며, 아담도 그 중의 한 사람이었다.

그러나 내 입장에서는 여전히 그를 존경할 수밖에 없다. 헤티의 속마음은 전혀 모르면서, 그저 귀엽고, 포동포동하고, 꽃같이 아름답고, 검은 눈동자를 가진 헤티를 깊이 사랑한 것은 아담의 일관성 없는 어떠한 약점에서 나온 것이 아니라, 그가 원래부터 갖고 있던 본성이 착했기 때문이다. 아니, 절묘한 음악에 감동하는 것이 무슨 약점이 된단 말인가? 어떤 추억도 관여할 수 없는 삶의 오묘한 본질을, 즉 영혼 속의 심금을 울리는 음악에서 신비로운 조화를 느끼는 것이 무슨 약점이겠는가?

과거부터 지금까지 살아온 당신의 온 인생을 무어라 말할 수 없는 하나의 설렘 속으로 고스란히 다 바쳐 울리는 음악에서 신비로운 조화를 느끼는 것이 무슨 약점이겠는가? 긴 세월 힘겹게 살아온 일생에 느껴 본 모든 사랑을 다 합쳐서, 또는 모든 애정을 다해서, 이 한 순간에 당신을 뜨겁게 녹여버리는 음악에서 신비로운 조화를 느끼는 것이 무슨 약점이겠는가?

영웅적인 용기를 내거나 혹은 체념을 통하여 오로지 자기를 포기하는 공감이라는 어려운 교훈을 모두 배우려고 온 힘을 기울여 울리는 음악에서 신비로운 조화를 느끼는 것이 무슨 약점이겠는가?

현재 느끼고 있는 당신의 즐거움과 지나간 과거의 슬픔을 섞어버리기도 하고, 지금 당신이 겪고 있는 슬픔과 당신의 과거의 모든 기쁨을 섞어 울리는 음악에서 이 신비로운 조화를 느끼는 것이 무슨 약점이겠는가?

만약 그게 약점이 아니라면, 여자의 **뺨**과 목과 팔의 정교한 곡선,

그리고 간절히 원하는 듯 촉촉이 젖어 있는 여자의 깊은 눈, 귀여운 어린아이처럼 입술을 삐죽 내미는 여자의 모습을 보고 감동하는 것을 무슨 약점이라고 할 수 있겠는가?

왜냐하면 귀여운 여자의 아름다움은 음악의 아름다움과 같기 때문이다. 더 이상 누가 무슨 말을 할 수 있겠는가? 천재의 입에서 나온 말은 그 말을 잉태한 생각보다 더 넓은 의미를 가지는 것처럼, 아름다운 여자의 표정은 아름다움으로 둘러싸인 한 여자의 영혼을 초월하고 훨씬 능가하는 의미를 갖는다. 여자의 눈을 보고 우리가 감동하는 것은 그 여자의 사랑보다 더 많은 의미 때문이다. 아득하게만 느껴졌던 강인한 사랑이 우리에게 다가와 바로 사랑 그 자체를 위하여 웅변하는 것같이 느껴진다. 둥근 목, 포동포동한 팔은 아름다움 그 이상의 뜻으로 우리를 감동시킨다. 이처럼 미(美)란 우리가 알고 있는 모든 애정과 평화를 느끼게 하는 다른 모든 것들과 아주 밀접한 관계를 가지고 있다. 가장 고매한 본성을 가진 사람도 미인을 바라볼 때에는 대부분 인격이 아닌 아름다운 얼굴 그 자체만을 본다.(구레나룻을 염색한 신사이건 그렇지 않은 신사이건 간에 안목이 없는 사람은 그 표정이 무엇인지 알지 못하고 얼굴만 보는 것처럼 말이다.) 그래서 고매한 본성을 지닌 사람도 아름다움으로 감싸고 있는 여성이 어떤 성격을 갖추고 있는지 전혀 모르는 경우가 종종 있다. 정신적인 철학자들이 그런 종류의 실수를 피하게 해주는 최고의 비법을 남겼음에도 불구하고 우리 인생에는 앞으로도 오랫동안 비극이 지속될 것 같아 나는 두렵다.

착한 아담은 헤티에 대한 자신의 감정을 멋진 말로 표현할 줄 모른다. 그는 신비한 일을 지식이라는 겉포장으로 감싸버릴 줄 모른다. 독자들도 들었을 것이다. 아담이 자신의 사랑을 '신비'라고 칭한 것을 말이다.

아담은 그녀의 모습과 그녀와 연관된 기억만이 자신을 깊이 감동시키고, 자기 안에 있는 모든 사랑, 애정, 믿음과 용기를 북돋아주었다는 걸 알고 있었다. 이런 그가 어떻게 자신이 사랑하는 그녀가 편협함, 이기심, 무정함을 가지고 있다고 상상이나 할 수 있었겠는가? 그는 세상 사람들도 모두 자기처럼 마음이 넓고, 이타적이고, 부드러운 마음을 가졌다고 생각했고 당연히 그렇게 믿어왔다.

그는 헤티에 대한 희망 때문에 아서를 향한 분노의 감정이 약간 수그러들었다. 확실히 아서는 가벼운 마음으로 헤티에 대한 것이 틀림없었다. 그래도 아서의 행동은 당연히 잘못된 것이었고, 그 지위에 있는 사람이 누구이던 간에 아담은 절대 용납하지 않았을 것이다. 그 관심은 분명 희롱에 불과할 테니, 그런 장난으로 어떤 위험을 초래할지 그들은 전혀 알지 못할 것이라고 아담은 생각했다. 그래서 아서가 헤티의 마음을 완전히 사로잡지 못하도록 미연에 방지해야만 했었다. 이제 아담은 자신이 행복해질 수 있다는 새로운 희망을 갖게 되자, 아서에 대한 분노와 질투도 사라졌다. 헤티가 불행하게 되어서는 안 된다. 아담은 헤티가 자기를 가장 좋아한다고 거의 믿고 있었다. 전에는 영원히 사라진 것처럼 보였던 아서와의 우정이 미래에는 혹시 되살아날지 모르겠다는 생각이 가끔씩 그의 마음에 스쳐갔다.

아담은 아서의 소유물이라는 이유로 드넓은 숲과 작별할 필요는 없을 것이며, 어쩌면 예전보다 이 숲을 더 좋아할지도 모른다. 고통스런 충격을 받자마자 곧바로 이어지는 행복에 대한 기대감이, 평생을 고생하며 소박한 희망을 품어왔던 아담의 마음을 차분히 가라앉혀주었다. 그는 정말로 편안하고 행복한 운명을 맞게 될 것인가? 그럴 것 같아 보였다. 11월 초에 조나단 버즈는 아담이 없으면 안 된다는 걸 깨닫고 마침내 동업을 제안했기 때문이다. 아담이 다른 사업은 생각하지 않고, 자신의 사업에만 계속 매진해야만 된다는 것 외에는 다른 어떠한 조건도 없었다. 사위가 되든지 안 되든지 간에 아담은 이미 버즈에게 너무 절실한 존재여서 버즈는 아담과 헤어진다는 건 상상도 할 수 없었다. 손재주보다는 머리가 좋은 아담이었기에, 숲을 관리하면서 사업을 해도 그가 해내는 일의 가치를 따져보면 별 지장이 없었다. 지주의 목재 흥정을 위해서는 제 3자를 부르는 게 쉬울 것이다. 이렇게 해서 청년이 된 이후로 아담이 계속 꿈꿔왔던 사업의 길이 마침내 활짝 열리게 되었다.

 그는 교각이나 시청, 공장을 짓게 될지도 모른다. 도토리가 거대한 나무의 모태가 되는 것처럼, 조나단 버즈의 건축 사업이 큰 사업의 토대가 될 것이라고 아담은 항상 혼잣말을 해 왔기 때문이다. 아담은 버즈와 굳은 계약을 맺고 자신의 미래는 행복할 것이라며 꿈에 부풀어 집으로 돌아갔고, 그 꿈속에는 헤티가 맴돌고 있었다. 아마도 세련된 독자라면 내 말에 충격을 받을 것이다. 아담이 싼값에 목재를 건조시킬 계획을 세우고, 수상 수송으로 벽돌을 천 개씩 운반하면 운임이 얼마나 할인될지 계산을 해보고, 또 철 대들보의 특이한 틀을 가지고 지붕과 벽을 마음에 들게 강화시키려고 생각하는, 바로 그 꿈속에서 헤티는 아담에게 미소를 짓고 있었다. 그 다음에는 무엇을 할까? 아담은 모든 일에 열정을 쏟고 싶었다. 오묘한 존재가 어떤 힘을 불어넣어 전기[196]와 공기를 잘 섞이게 하듯이 우리의 사랑과 우리의 열정을 잘 섞이게 해주었다.

 아담은 이제 분가하여 따로 집을 가질 수 있게 되고, 어머니는 옛 집에서 그대로 살게 해드릴 수 있을 것이다. 그렇게 된다면 아담은 지금 결혼해도 괜찮을 것이다. 만약 다이나가 세스와 결혼해준다면, 어머니는 아담과 떨어져 살아도 만족하실 것이다. 하지만 그는 서두르지 않고, 헤티의 마음이 자신에게 확고하게 돌아설 때까지는 그녀에게 강요하지 않겠다고 다짐했다. 어찌 됐든, 내일 교회가 끝나면,

---

196) 이 작품의 배경이 되는 시대보다 100년 전에, 이미 영국에서는 전기라는 용어가 쓰이고 있었다.

홀 팜에 가서 그 소식을 전할 것이다. 포이저는 그 소식을 5파운드 짜리 지폐보다 더 좋아할 것임을 그는 알고 있었다. 그리고 헤티의 눈은 그 소식을 듣고 반짝반짝 빛날 것이다.

  그의 마음을 가득 채우고 있는 계획을 다 이루려면 몇 개월도 짧을 것이다. 그는 최근에 자신에게 찾아온 어리석은 열정 때문에, 너무 앞서가는 말이 튀어나오지 않도록 조심해야 했다. 아담이 집에 돌아와 어머니에게 이런 희소식을 전하고 저녁을 먹을 때, 옆에 앉은 어머니는 너무 기뻐 눈물을 글썽였다. 그리고 이런 행운이 어디 있느냐며 자꾸만 더 먹으라고 평소보다 두 배는 많은 식사를 권했다. 이때, 그는 지금 살고 있는 집이 모든 식구가 계속 모여 살기에는 너무 작다고 말씀드렸다. 어머니가 앞으로 다가올 변화를 온건하게 받아들이도록 하기 위해 미리 한 말이었다.

34

약혼식

 그날은 날씨가 건조하기는 했지만 11월의 둘째 날치고는 매우 쾌청한 일요일이었다. 햇볕이 쨍쨍 내리쬐지는 않았지만 구름은 하늘 높이 걸려 있었고 바람 또한 잔잔했다. 산울타리를 이루고 있는 느릅나무에서는 노랗게 물든 낙엽들이 나부끼며 떨어지고 있었다. 이런 화창한 날에 포이저 부인은 지독한 감기에 걸려서 교회에 나가지 못했다. 2년 전 겨울에도 그녀는 감기에 걸려 몇 주 동안 앓아누웠던 적이 있었다.
 포이저는 부인이 교회에 갈 수 없게 되자, 자신도 집안에 머물며 부인 곁에 있는 것이 좋겠다고 생각했다. 포이저는 정확한 영문도 모른 채 이런 결론을 내렸다. 이미 모든 경험자들은 알고 있을 것이다. 우리의 굳은 신념들은 종종 말로 표현할 수 없는 미묘한 감정에 의지한다는 것을 말이다. 어찌 됐든 그날 오후, 포이저 가족 중에서는 헤티와 사내아이들만 교회에 갔다. 예배가 끝난 후 아담은 용기를 내어 그들과 함께 홀 팜으로 가겠다고 말했다. 마을을 지나 집으로 돌아가는 길에 아담은 주로 마티와 토미에게 관심을 보였고, 빈 튼 코피스에 살고 있는 다람쥐들에 대한 이야기를 나누며, 언젠가 그곳에 마티와 토미를 데려가 주겠다고 약속하면서 걸어갔다. 마을을 지나 들판에 다다랐을 때, 아담은 아이들에게 말했다.

"자, 너희들 중 누구의 다리가 가장 튼튼한지 한번 내기 해볼까? 대문에 맨 먼저 도착하는 사람이 당나귀를 타고 나와 함께 빈튼 코피스에 제일 먼저 가게 될 거야. 근데 토미가 더 어리고 키도 작으니까, 저 너머에 있는 들판의 계단에서 출발하도록 하자."

아담은 여태까지 단 한 번도 헤티의 확정된 연인처럼 행동한 적이 없었다. 아이들이 대문을 향해 달려가자, 아담은 헤티를 내려다보며 말했다.

"헤티, 나랑 팔짱을 끼지 않을래요?"

마치 예전에 헤티에게 이런 말을 했다가 거절당한 적이 있었던 것처럼 그는 간청하듯이 물었다. 헤티는 미소 지으며 아담을 올려다보고 포동포동한 팔을 아담의 팔에 끼었다. 팔짱을 끼는 것쯤이야 헤티에게는 아무렇지도 않았다. 하지만 그녀는 자기가 팔짱을 끼어주는 것을 아담이 얼마나 의미 있게 받아들이는지 잘 알고 있었다. 그녀는 아담이 그렇게 자기를 좋아해 주길 바랐지만 가슴이 별로 두근거리지는 않았다. 그녀는 반쯤 헐벗은 산울타리와 쟁기질이 잘된 들판을 예전처럼 답답하고 울적한 심정으로 바라보았다. 반면, 아담은 자신이 걷고 있는지조차 느끼지 못할 정도로 붕 뜬 기분이었다. 그는 자신이 헤티의 팔을 아주 살짝 누르고 있다는 것을 헤티도 속으로 알 것이라 생각했다. 이전에는 감히 입 밖에 낼 수도 없었던 말들이 아담의 입술 사이로 쏟아질 듯 나오려 했다. 하지만 이런 말을 하기에는 아직 시기상조라 여기고, 아무런 말도 하지 않으려고 그는 오히려 들판 위에서 꽤 오랫동안 침묵을 지키며 걸었다. 한때 아담은 말없이 인내하며 헤티의 사랑을 기다리려고만 했었다. 그녀가 옆에 있다는 사실만으로, 그리고 그녀와 함께 미래를 보낼 생각을 하는 것만으로 만족하였던 것이다. 하지만 3개월 전의 그 끔찍했던 충격 때문에 더 이상 조용히 참고 지낼 수만은 없었다. 아담은 질투심에 사로잡혀 더 이상 자신의 정열을 억누르지 못하고 참을 수 없을 만큼 두려워하고 불안해했다. 비록 헤티에게 사랑한다는 말을 직접적으로 하지는 않았지만, 아담은 먼저 자신의 새로운 계획들을 그녀에게 말하고, 그 계획이 그녀의 마음에 드는지 알아보려고 했다. 아담은 자신의 감정을 추스르고, 하고 싶은 말을 할 수 있다는 자신감이 생기자 이렇게 말했다.

"지금 홀 팜으로 가서, 포이저 씨가 들으면 놀랄 만한 새로운 소식을 전해 주려고 해요. 아마 외숙부님께서는 이 소식을 들으면 매우 기뻐할 거예요."

헤티는 아무런 관심도 없이 물었다.

"무슨 얘기인데요?"

"그동안 버즈 씨는 나한테 동업을 하지 않겠냐고 계속 제안했었어요. 그리고 나는 이제 그 제안을 받아들일 생각이에요."

헤티의 안색이 약간 변했다. 아담이 전하겠다는 소식이 그녀에게는 달갑지 않은 것이 틀림없었다. 사실 그녀는 잠시 놀라기도 하고 약이 오르기도 했다. 외숙부는 아담만 좋다고 하면 버즈와 함께 사업을 하게 될 것이고, 또 메리 버즈와 아담이 결혼할지도 모른다고 자주 말씀하시고는 했었다. 헤티는 외숙부의 말을 들었기 때문에 그 두 가지 일을 연관시켜 생각할 수밖에 없었다.

헤티에게 떠오른 생각은 '아담이 최근에 일어난 일 때문에 나를 포기하고 메리 버즈에게 돌아섰나?' 였다. 사실이 아닐 수도 있었지만, 헤티는 이유를 알아보기도 전에 그렇게 믿어버리고 새삼 버림받은 기분에 실망감을 느꼈다. 오래도록 지루한 권태에 빠져 있는 동안 마음의 위안이 되었던 유일한 사람마저 슬그머니 자기를 버리고 떠날 것 같았다. 헤티는 은근히 비참함을 느끼고 화가 나서 두 눈에 눈물이 가득 고이고 말았다. 헤티는 땅을 내려다보고 있었지만 아담은 그녀의 얼굴을 보고 있었기에 두 눈에 고인 눈물도 보았다. 아담은 자신의 말을 끝마치기도 전에 물어보았다.

"헤티, 사랑스런 그대가 왜 눈물을 흘리는지 모르겠네요."

헤티가 눈물을 흘리는 이유를 알아내려는 간절한 마음으로 아담은 재빠르게 이유가 됨직한 모든 것들을 생각해보았다. 그리고 마침내 헤티가 울음을 터트린 이유를 짐작하게 되었다. 헤티는 내가 메리 버즈와 결혼할 것이라고 생각한 모양이다. 즉, 헤티는 내가 메리와 결혼하길 원치 않는 것이다. 헤티는 내가 그녀 외에 어느 누구와도 결혼하는 것을 원치 않는 걸까? 이렇게 생각하자 그 동안의 모든 의심과 근심거리들이 다 날아가 버렸다. 아담은 온몸에 전율을 느끼며 기뻐했다. 그는 헤티에게 몸을 기대며 그녀의 손을 잡고 말했다.

"헤티, 나도 드디어 결혼할 만큼 여유가 생긴 것 같아요. 이제야 아내를 편안하게 해줄 자신이 생겼어요. 하지만 당신이 아니면 나는 누구와도 평생 결혼이란 걸 하고 싶지 않을 거요."

헤티는 아담을 올려다보며 흐르는 눈물 사이로 미소 지었다. 숲 속에서 처음으로 아서를 만나던 날 밤, 아서가 숲 속에 나타나지 않을 거란 생각에 눈물짓다가 그가 눈앞에 나타나자 눈물 속에서 미소 짓던 바로 그 모습 그대로였다. 헤티는 그때보다는 조금이나마 안도감과 승리감을 느끼고 있었지만, 칠흑같이 까만 두 눈과 달콤한 입술은 여전히 아름다웠다. 근래 헤티가 조금 더 성숙하고 여성스러워져서 오히려 그때보다 더욱 아름다워졌을지도 모르겠다. 아담은 지금 이 순간 자신이 느끼고 있는 행복을 믿기 힘들었다. 그는 자신의 몸을 그녀에게 기대어 오른손으로 그녀의 왼손을 붙들고 헤티의 팔을 자신의 심장에 끌어당겨 그녀를 안았다.

"헤티, 나를 진심으로 사랑하나요? 내가 평생 사랑하고 또 나의 보살핌을 받는 내 아내가 되어 주겠소?"

헤티는 아무런 말도 하지 않았다. 아담은 자신의 얼굴을 그녀의 얼굴에 대고, 그녀의 생기 있는 볼을 자신의 얼굴에 아기 고양이처럼 대고 있었다. 그녀는 그가 자기를 부드럽게 애무해 주기를 바라면서 아서와 함께 있을 때의 그 기분을 다시 한 번 느끼고 싶어했다.
 아담은 어떤 말도 하고 싶지 않을 정도로 믿기지 않는 기분이었다. 그들은 헤티의 집으로 가는 내내 별 다른 말없이 조용히 걸어갔다. 단지 아담이 이렇게 말했을 뿐이었다.
 "외숙부와 숙모에게 사업 얘기를 해야겠어요. 헤티, 그래도 괜찮죠?"
 헤티는 대답했다.
 "그러세요."
 홀 팜의 난로에서 피어오르는 빨간 불빛은 그날 저녁 행복에 겨운 얼굴들을 환하게 비춰주고 있었다. 헤티가 위층으로 올라가자 아담은 이 기회를 놓치지 않고 포이저 부부와 마틴 노인에게 새로운 사업 구상을 말했다. 또 이제는 자신에게 결혼해서 아내와 함께 살아갈 수 있는 여유가 생겼으며, 헤티도 청혼을 승낙했다는 기쁜 소식을 전했다. 아담이 말했다.
 "여러분께서 제가 헤티의 남편감으로 모자란다고 반대하시는 일은 없었으면 합니다. 저는 아직 가난한 목수에 불과하지만 열심히 일해서 헤티에게 무엇 하나 부족함이 없도록 하겠습니다."
 마틴 노인이 앞으로 몸을 숙여 한 마디를 길게 말했다.
 "아니야, 절대 아…… 니…… 지."
 포이저가 반문했다.
 "반대라니? 우리가 반대를 하다니 그게 무슨 말인가, 이 사람아? 자네가 아직 가난하다는 것쯤은 신경 쓰지 말게나. 씨를 뿌린 땅에서 돈이 생기는 것같이, 자네는 머리가 부자잖아. 물론 시간은 좀 걸리겠지만 말이야. 자네는 결혼을 해도 될 만큼 충분히 여유 있어. 그리고 가구 같은 건 우리가 사주려고 생각하고 있었구. 또 집에는 깃털 솜과 리넨 천도 충분하고. 그렇지, 여보?"
 이 질문은 감기 때문에 너무 목이 쉬어 평소처럼 유창하게 말하지 못하고 단지 따뜻한 숄을 두르고 있는 포이저 부인에게 던진 말이었다. 포이저 부인은 처음에는 강조하듯이 고개만 끄덕이더니, 곧이어 더 명확하게 말하고픈 유혹을 이겨내지 못했다. 그녀는 쉰 목소리로 말했다.

"만약 나한테 깃털 솜하고 리넨 천이 없었다면 정말 초라하기 짝이 없었겠죠. 일주일 내내 매일 마차에 실어서 왔다갔다하며 닭을 팔 때, 내가 깃털을 다 뽑아 놓고 팔길 잘했지 뭐예요."

헤티가 위층에서 내려오자 포이저가 말했다.

"헤티, 이리 온. 와서 우리한테 키스해 주렴. 우리는 너한테 행운을 빌어줄 거야."

헤티는 덩치 크고 사람 좋은 포이저에게 아주 조용히 다가가 입맞춤 했다. 포이저는 헤티의 등을 쓰다듬으며 말했다.

"됐다! 자, 이제는 저쪽으로 가서 네 외숙모와 할아버지께 키스하려무나. 나는 너를 친딸 이상으로 생각했어. 아담과 결혼하여 행복하게 살길 바란다. 네 외숙모도 나와 같은 마음이야. 네 외숙모는 7년 동안이나 헤티 너를 친딸처럼 돌봐주었지. 그건 내가 보증하지. 자, 어서."

헤티가 외숙모와 연로하신 노인에게 키스를 하자 포이저는 익살맞게 굴며 계속해서 헤티를 부추겼다.

"아담도 네 키스를 받고 싶어하는구나. 아담은 분명 네 키스를 받을 자격이 있지. 암 그렇고말고."

헤티는 몸을 돌려 미소를 지으며 자기가 앉을 빈 의자를 향해 걸어갔다. 하지만 포이저는 끝까지 고집을 부리며 말했다.

"아담, 자네도 이쪽으로 와. 헤티의 키스를 받아야지. 헤티의 키스를 받지 못하면 자네는 남자도 아니야."

아담은 몸을 일으켜 마치 조그마한 소녀처럼 얼굴을 붉혔다. 키 크고 건장한 아담이 말이다. 그는 팔로 헤티를 감싸며 몸을 구부리고 그녀의 입술에 부드럽게 키스했다.

아담이 헤티에게 키스를 하는 이 장면은 양초 하나 없는 붉은 난로 불빛 아래 매우 아름답게 비춰졌다. 양초가 거기 있어야 할 필요는 전혀 없었다. 난롯불이 아주 환하게 타고 있었고, 주석 그릇과 반짝반짝 광이 나는 참나무도 난롯불에 반사되어 주변을 환하게 비추고 있었다. 일요일 저녁에 일하고 싶어하는 사람은 아무도 없다. 헤티도 이 모든 사랑을 받으니 뭔지 모르지만 뿌듯하고 만족스러운 것 같았다. 아담의 사랑과 애무는 그녀에게 아무런 열정도 불러일으키지 못했고, 그녀의 허영심을 충족시켜주기에는 역부족이었다. 하지만 이 사랑과 애무는 그녀의 인생에 있어 최고의 것들이었다. 헤티를 향한 아담의 사랑은 앞으로 헤티에게 다가올 변화를 약속해 주었다.

집을 나서기 전, 아담은 자신과 헤티 둘만의 보금자리를 꾸밀 집을 찾을 수 있을지에 대해 많은 토론을 나누었다. 이 마을에서는 유일하게 윌 매스커리의 옆집만 비어 있었다. 딱 하나 비어 있는 그 집은 아담에게는 너무 비좁았다. 포이저는 아담에게 세스와 어머니를 윌 매스커리의 옆집으로 이사하게 하고, 지금 살고 있는 집을 신혼집으로 쓰는 것밖에는 방법이 없다고 말했다. 그 집은 목재 하치장과 정원이 있어서 공간이 넉넉하니 살던 집을 크게 늘릴 수 있을 것이라고 덧붙였다. 하지만 아담은 오랫동안 살아온 집에서 어머니를 내보낼 수 없어 반대했다. 포이저가 마침내 입을 열었다.

"자, 자. 꼭 오늘 밤에 다 정할 필요는 없잖나. 아직 생각할 시간도 충분히 있고 말이야. 부활절 이전에 결혼하지는 않을 것 아닌가. 연애 기간이 길면 별로 좋진 않겠지만 모든 일을 결정하려면 시간이 조금 필요할 것 같네."

포이저 부인이 쉰 목소리로 속삭이듯 말했다.

"맞아요, 좀더 시간을 갖자구요. 기독교인들이 뻐꾸기처럼 아무렇게나 결혼식을 올릴 수는 없잖아요."

포이저가 말했다.

"그나저나 내가 더 걱정이야. 혹시 이곳을 떠나라는 통지를 받고 20마일이나 먼 곳에 있는 농장을 맡아야 된다고 생각하면 말이야."

마틴 노인은 바닥을 내려다보며 양팔을 의자 손잡이 위에 올려놓고, 양손을 아래위로 올렸다 내렸다 하며 말했다.

"에잇! 내가 살던 곳을 떠나서 낯선 곳에 묻히게 된다는 건 말도 안 돼. 그럼 비용이 두 배나 더 들게 될 거야."

그는 자신의 아들을 올려다보며 덧붙여 말했다.

아들 마틴이 대답했다.

"글쎄요, 아버님이 벌써부터 고민할 일은 아니에요. 도니손 대위가 고향에 돌아오면 지주 어른이랑 잘 타협해서 우리 가정에 평화를 되찾아 줄 겁니다. 아마 제 생각에, 도니손 대위는 그걸 시작으로 해서 앞으로 마을 사람들이 잘살도록 보살펴 줄 겁니다."

35

남모르는 두려움

11월 초순부터 2월 초순까지는 아담에게 무척 바쁜 시기였다. 그래서 교회를 가는 일요일 말고는 헤티를 거의 만날 수가 없었다. 그래도 결혼이 예정된 3월이 가까워지자 아담은 들뜬 마음을 가라앉히기가 힘들었다. 간절히 원하던 결혼식을 치룰 날짜가 점점 다가오자 신접살림에 필요한 소소한 세간들이 거의 다 갖추어졌다. 아담이 살던 집에는 새로운 방들이 두 개나 생겨났다. 그들은 결국 모친과 세스와 함께 살게 된 것이다. 아담과 떨어져 살아야 한다는 생각에 리즈베스는 몹시 서글프게 울었다. 아담은 헤티에게 자신을 정말로 사랑한다면 어머니를 모시고 살아줄 수 있느냐고 물어보러 갔다. 아주 기쁘게도 헤티는 긍정적인 대답을 해주었다.

"물론이죠, 한시라도 빨리 어머니랑 같이 살고 싶어요."

그때 헤티는 가여운 리즈베스의 슬픔보다 훨씬 더 힘든 상황에 짓눌려 있었다. 그래서 건성으로 듣고 대답했을 뿐이었다. 세스는 스노필드에서 돌아와 아담에게 말했다.

"소용없었어. 형, 다이나는 결혼할 생각이 전혀 없는 것 같아."

아담은 이 말을 듣고 의기소침해 있었는데, 헤티가 어머니를 모시겠다고 말해주자 큰 위안을 받았다. 아담은 어머니에게 헤티의 생각을 전했고 그래서 그들은 서로 떨어져 살 필요가 없게 된 것이다. 아담이 헤티와 결혼하겠다고 말한 다음부터 시종일관 격앙된 어조로 말하던 리즈베스는 그제야 다소 편안해진 말투로 얘기했다.

"그래, 얘. 나는 늙은 얼룩고양이처럼 잔소리도 안 하고 조용히 있으마. 그 애가 싫다고 하면, 쓰레기만 치우고 아무것도 하지 않을 거야. 우리가 함께 살게 됐으니 큰 접시나 물건들을 나눌 필요가 없겠구나. 그 그릇들은 네가 태어나기 전부터 선반 위에 올려놓고 간직해오던 그대로 놔두면 되겠구나."

그러나 아담의 행복한 햇빛을 가리는 듯한 불길한 구름이 가끔씩 나타나고는 했다. 헤티가 이따금씩 행복해 보이지 않았다. 아담은 헤티의 표정이 걱정되어 왜 그러느냐고 상냥하게 물어보았지만, 그녀는 모든 것이 만족스럽고 더 이상 바랄 것이 없다고만 대답했다. 그 후로 아담이 헤티를 만날 때면, 그녀는 평소보다 더 발랄해 보였다. 크리스마스가 지나기가 무섭게 포이저 부인은 또다시 감기에 걸리고 말았다. 감기는 폐렴으로 악화되었고, 1월 한 달 내내 포이저 부인은 방 안에서 꼼짝 않고 누워 지내야만 했다. 포이저 부인의 폐렴 때문에 헤티가 너무 신경 쓰고 과로를 해서 가끔씩 행복해 보이지 않았던 모양이다. 헤티는 아래층의 모든 일들을 관리했고, 몰리가 포이저 부인의 시중을 드는 동안, 몰리의 일도 반쯤 거들었다.

헤티는 새롭게 맡은 일까지 온몸을 바쳐 열심히 했다. 예전과는 다르게 침착하고 안정된 부지런한 모습이었다. 그런 헤티를 보면서 포이저는 아담에게 말하고는 했다. 얼마나 능력 있고 괜찮은 가정주부와 결혼하게 되는지 아담에게 보여주려고 헤티가 저렇게 일을 많이 하는 것이라고 말이다. 그러나 포이저도 한편으로는 자신의 질녀가 예사롭지 않게 갑자기 너무 많은 일을 한다고 의심스러워했다. 외숙모 역시 다시 아래층으로 내려 왔을 때, 조금 쉬어도 될 것 같은데도, 계속 일만 하는 헤티가 이상하다고 생각했다.

아담의 희망대로 포이저 부인은 2월 초 즈음에는 건강이 회복되어 아래층으로 내려오게 되었다. 이때는 날씨가 따뜻해져서 빈톤 힐스 언덕에 쌓여 있던 마지막 눈덩이들이 녹아내리고 있었다. 포이저 부인이 감기가 나아, 아래층으로 내려온 바로 다음날부터 이런 날씨는 계속되었다. 그러던 어느 날 헤티는 결혼식에 필요한 물건들을 구입하러 트레들스톤으로 갔다. 혼수로 준비한 물건 중에 빠진 게 있다고 포이저 부인이 꾸짖었기 때문이었다. 포이저 부인은 지레짐작으로 말했다.

"남한테 보여주는 물건이 아니라고 사지 않았나 보구나. 그래도 너무 성의가 없으면 못 써. 하기는…… 네가 사람들 이목을 생각했다면 진작 샀겠지."

헤티가 출발한 시간은 10시가 다 되어서였다. 이른 아침에 서리가 조금 내려 산울타리를 하얗게 뒤덮고 있었다. 구름 한 점 없는 하늘 위로 태양이 떠오르니 서리는 어느새 사라져 버렸다. 쾌청한 2월은 일 년 열두 달 중 다른 어떤 날보다. 뭔가를 기대하게 만드는 매력적인 달이었다. 사람들은 온화한 태양빛을 받으며 가만히 서서 대문 너머로 저 멀리 고랑 끝까지 갔다가 돌아오는 쟁기 가는 말들을 오랫동안 바라보기를 좋아한다. 그러면서 아름다운 한 해가 자기 눈앞에 펼쳐져 있다고 생각한다. 새들도 사람처럼 한해를 희망적으로 생각한 모양이었다. 청아한 울음소리가 아침 공기만큼이나 상쾌하고 맑게 들려온 걸 보면 말이다. 산울타리의 관목들과 나무에서 아직 잎이 돋아나진 않았지만 풀밭의 초록빛은 얼마나 선명한가! 말이 쟁기질을 하고 있는 짙은 적보랏빛 땅이나 잎사귀가 돋지 않은 헐벗은 나뭇가지들 역시 매우 아름답다. 계곡을 따라 언덕을 넘어 말을 타고 달려가며, 이런 광경을 구경할 수 있다니 이 얼마나 기쁜 세상인가!

다른 지방에 가 있을 때에도 이런 기분이 들었었다. 그곳에서 나는 종종 잔디밭과 숲들을 보고, 영국의 롬셔 주에 있다고 착각할 만큼 비슷한 인상을 받았다. 롬셔 주처럼 그곳에서도 풍요로운 옥토가 정성들여 경작되어 있었고, 우거진 숲들이 완만한 경사를 따라 내려가 초록빛의 목초지까지 쭈욱 늘어서 있었다. 그러다가 나는 길가에 서 있는 뭔가와 맞닥뜨리고 난 후에야 내가 롬셔 주에 있지 않다는 사실을 깨닫게 되었다. 그것은 바로 엄청난 고통의 형상인 십자가의 고뇌였다. 마치 무리지어 피어 있는 사과 꽃송이 곁에 서 있었던 것 같기도 하고, 혹은 햇볕이 사방으로 내리 쬐고 있는 옥수수 밭 옆에 서 있었던 것도 같았다. 그것도 아니라면 깨끗한 시냇물이 저 아래로 콸콸 흘러내리는 숲의 모퉁이에 서 있었던 것 같았다. 이 십자가 상에 못 박힌 사람의 사연을 전혀 알지 못하는 어떤 나그네가 이 평화로운 장소에 도착해서, 아름다운 자연풍경과 전혀 어울리지 않게 이런 고통의 형상이 존재하는 장면을 보았다면 이상하게 여겼을 것이다. 나그네는 사과 꽃송이들 뒤에, 황금빛 옥수수 사이에, 혹은 숲을 뒤덮고 있는 나뭇가지들 아래에 어떤 이가 지독한 고통에 못 이겨 심하게 고동치는 심장을 부여안고 숨어 있을 거라고는 전혀 상상도 못 할 것이다.

그곳에는 막 피어나는 어린 소녀가 숨어 있었다. 그 소녀는 점점 엄습해 오는 수치심에서 벗어나려면 어디로 가서 피난처를 찾아야 힐지 모른 채, 쓸쓸한 황무지에서 캄캄한 어둠 속을 헤매며 방향하는 길 잃은 어린 양보다도 더 자기의 앞날을 어떻게 헤쳐가야 될지 알지 못한 채, 인생의 가장 쓰디 쓴 고통을 맛보고 있으리라는 것도 나그네는 모를 것이다.

이런 일들은 종종 해가 비치는 들판이나 꽃망울이 피어난 과수원에 숨어 있고는 한다. 만약 당신이 작은 덤불 뒤로 다가간다면, 시냇물이 콸콸 넘쳐흐르는 소리와 함께 어떤 인간이 절망적으로 흐느끼는 소리를 들을 수 있을 것이다. 사람의 신앙생활에는 무수한 슬픔이 내재되어 있다. 그러니 그에게 고난을 어루만져주실 하느님이 필요하다는 것도 당연한 것이다.
 빨간 외투를 입고 따뜻한 보닛 모자를 쓰고 팔에는 바구니를 낀 헤티는 트레들스톤으로 가는 길옆에 있는 문 쪽을 향하여 돌아가고 있었다. 헤티에게는 더 이상 머뭇거리면서 햇살을 즐길 만한 여유가 없었다. 그녀는 암담하기 짝이 없는 앞날에 대해 아무런 희망도 기대할 수 없었다. 헤티는 햇살이 비추든지 말든지 관심이 없었다. 다만 지난 몇 주 동안 계속 그녀가 바라는 게 있었다. 그녀에게는 생각만 해도 부르르 떨리는 어떤 비밀이 있었던 것이다. 헤티가 비참했던 일을 곰곰이 생각하느라 자신의 표정이 남에게 어떻게 보일지는 전혀 망각한 채, 천천히 걸으며 대로에서 벗어나려고 애썼다.
 헤티는 이 문을 통과하여 넓고 빽빽한 산울타리의 관목들 뒤에 있는 들판 길로 들어서게 되자, 크고 까만 두 눈은 초점이 없이 멍하게 들판을 바라다보고 있었다. 그녀의 두 눈은 용감하고 자상한 남자와 결혼을 약속한 신부의 눈이 아니었다. 매우 절망적이고 집도 없고 사랑도 받아보지 못한 그런 사람의 눈이었다. 헤티의 두 눈에는 눈물이 고여 있지 않았다. 너무 처절하게 괴로웠던 그날 밤, 잠들기 전에 모든 눈물을 다 흘려버려서 이제는 눈물이 완전히 말라버린 상태였다. 좁은 샛길들로 갈라지게 되는 들판의 계단에 다다르자, 두 갈래 길이 그녀 앞에 놓여 있었다. 하나는 산울타리 관목을 따라 난 길로 그쪽으로 가면 지금까지 왔던 도로와 다시 만나는 길이었다. 또 다른 하나는 헤티가 가려는 길과는 상당히 먼 길로, 들판을 가로질러 스캔트랜즈로 향하는 길이었다. 그곳은 나지막하게 내려앉은 목초지여서 아무도 그녀를 찾아볼 수 없는 곳이었다.
 헤티는 갑자기 목적지까지 서둘러 가야 할 이유라도 생각난 듯 들판을 가로지르는 길로 빠르게 걷기 시작했다. 얼마 되지 않아 그녀는 스캔트랜즈에 도착했다. 그곳은 풀밭으로 덮인 비탈길이 완만한 경사를 이루며 아래로 향하고 있었다. 헤티는 평평한 땅에서부터 발걸음을 옮기기 시작하여 비탈길을 따라 내려갔다. 조금 더 먼 곳에 평지보다 나지막한 땅 위에 나무 덤불 같은 것이 보였다. 헤티는 이 나무 덤불 쪽으로 향했다. 하지만 그것은 나무 덤불이 아니었고 시커먼 저수지였다. 이 저수지에는 겨울에 내린 차가운 빗물이 가득 차 있었고 딱총나무의 나뭇가지가 아래로 축 늘어져 물속에 눕다시피 잠겨 있었다. 헤티는 시커먼 저수지 위로 가지가 뻗어 있는 커다란 참나무의 구부러진 나무줄기에 기대어 풀로 뒤덮여 있는 둑 위에 앉았다. 이미 지나간 몇 달 동안 밤마다 헤티는 이 저수지에 대해 생각해왔었다. 그리고 드디어 지금, 그녀는 저수지를 보러 온 것이었다. 헤티는 양손으로 무릎을 감싸 쥐고 몸을 앞쪽으로 기울여 진지하게 저수지 속을 들여다보았다. 이 물에 몸을 담그면 자신의 젊고 오동포동한 팔다리를 눕히게 될 이 수면이 어떤 종류의 침대가 되어줄지 짐작해 보려는 듯해 보였다.

물론, 그녀는 차디 찬 물속에 풍덩 뛰어들 만한 용기가 없었다. 설령 그녀가 이 저수지 속에 몸을 내던진다 해도 사람들은 아마 그녀를 찾아 건져낼 것이다. 그리고 그녀가 왜 자살하려 했는지 그 이유도 알게 될 것이다. 그렇다면 방법은 하나밖에 없다. 이곳을 멀리 떠나 그들이 자신을 찾을 수 없는 머나먼 곳으로 가버리는 것이었다.

아담과 약혼을 한 지 몇 주 후, 헤티는 처음으로 엄청난 두려움에 직면했다. 그 후로 그녀는 어떤 사건이 터져서 이 공포에서 벗어날 수 있기만을 맹목적으로 기대하면서, 제발 무슨 사건이 터지기만 기다리고 또 기다렸었다. 하지만 무작정 기다리고 있을 수만은 없었다. 그녀는 오로지 자신의 임신 사실을 숨기기 위해 온갖 노력을 기울이고 있었다. 헤티는 끔찍한 비밀이 점점 탄로 날 지경에 이르자 피할 수 없는 공포로 온몸이 움츠러들었다. 아서에게 편지를 보내야 겠다고 생각할 때마다 고개를 내저으며 포기하고는 했다. 아서는 그녀를 위해 아무것도 해줄 수 없었다. 그리고 아무리 생각해봐도 자신의 전부라 할 수 있는 친척과 이웃들은 임신사실을 알고 나면 분명히 자신을 무척 경멸할 것이다. 그런 일을 당하지 않도록 아서가 은신처를 마련해 준다는 건 꿈도 꿀 수 없는 일이었다.

　이제 그녀의 허무했던 꿈은 사라져갔다. 헤티는 아서가 자신을 위로해주고 만족하게 해줄 수 없다는 걸 깨닫자, 그와 함께 있어도 결코 행복할 수 없다는 걸 알게 되었다. 아니다. 뭔가 다른 일이 일어날 것이다. 그녀를 이 고통과 두려움에서 벗어나게 해줄 어떤 일이 꼭 일어나야 한다. 젊고, 어린아이 같고, 아무런 경험도 없는 사람들은 막연히 어떤 기회가 오리라고 맹목적으로 한없이 믿는다. 소년소녀들이 큰 괴로움이 실제 현실로 다가온다고 믿는다는 건, 언젠가 그들도 삶이 다해 죽게 된다는 걸 믿는 것만큼 어려운 일이다.

　지금은 어쩔 수 없는 현실이 헤티를 무겁게 짓누르며 조여오고 있었다. 바로 코앞으로 다가온 결혼식이 지금의 현실이었다. 주위 사람들을 무작정 속이며 마음 편하게 지낼 상황이 아니었던 것이다. 헤티는 멀리 도망쳐야 했다. 자기를 아는 사람들이 아무도 없는 곳에 몸을 숨겨야 했다. 하지만 그녀는 세상물정을 전혀 몰랐기 때문에, 세상 밖으로 나와 방황하는 걸 아주 두려워했다. 차라리 아서를 찾아가는 것이 더 나을 것 같았다. 이렇게 생각하자 마음이 편안해졌다. 하지만 곧바로 무력감이 찾아들었다. 미래를 생각할 수도 없이 무력해져서 자존심 따위는 아예 버린 지 오래였다. 아서에게 달려가 자신의 몸을 그에게 내던지고 위로받고 편안해지고 싶은 욕구가 너무 강했다. 그녀는 깜깜하고 차가운 저수지 곁에 앉아 덜덜 떨었다. 아서라면 따뜻하게 자신을 받아주고 보살펴주고, 많은 배려를 해줄 것 같았다. 이런 희망이 생기자 마음이 따뜻해지고 진정되는 것 같았다. 헤티는 그 희망으로 잠시 동안 모든 일에 무관심해졌다. 헤티는 머릿속으로 오로지 이곳을 벗어나 아서를 찾아가겠다는 계획만 세우고 있었다.

며칠 전에 헤티는 다이나로부터 편지 한 통을 받았었다. 다이나는 세스에게서 이미 들었다면서 곧 다가오는 헤티의 결혼을 축하한다는 친절하고 상냥한 말들이 가득한 편지를 써 보냈다. 헤티가 그 편지를 외숙부에게 큰소리로 읽어주자 외숙부가 말했다.

"다이나가 우리 집에 다시 왔으면 좋겠구나. 다이나가 여기 있으면 네가 떠난 뒤에 누군가를 아쉬워하는 네 외숙모를 위로해주고 보살펴 줄 텐데 말이야. 헤티, 너는 어떻게 생각하느냐? 좀 시간이 나면 네가 다이나한테 찾아가서 이곳 홀 팜으로 오는 것이 어떻겠냐고 한번 설득해보렴. 이모가 너무 보고 싶어한다면 혹시 올지도 모르잖아. 다이나는 여기 올 생각이 전혀 없지만 말이다."

헤티는 스노필드로 간다는 건 생각조차 하기 싫었다. 게다가 다이나를 보고 싶지도 않았다. 헤티는 외숙부에게 말했다.

"다이나가 있는 스노필드는 여기서 너무 멀어요, 외숙부."

하지만 지금 생각해보니, 외숙부가 스노필드에 다녀오라고 말했던 그 제안이 바로 자신이 먼 곳으로 떠날 수 있는 그럴싸한 핑계다 싶었다. 헤티는 다시 집으로 돌아가서, 외숙모에게 다이나를 만나러 스노필드에 일주일이나 열흘 정도 다녀오겠다고 말하리라 마음먹었다. 그렇게 돼서 스토니톤에 도착하게 되면 거기서는 자기를 알아보는 사람이 아무도 없을 테니, 지나가는 이를 붙들고 윈저로 가는 길을 물어보고, 마차를 좀 태워다 달라 부탁해도 될 것이다. 자신은 아서가 있는 윈저로 갈 것이다.

이런 계획을 세우고 나자 헤티는 풀로 뒤덮인 저수지의 둑 위에서 몸을 일으켜 바구니를 주워들었다. 우선은 사람들이 자기가 아서를 찾아 윈저로 도망갔을 거라는 괜한 의구심을 갖지 않도록 조심해야 한다. 그러기 위해서라도, 헤티는 꼭 사야 할 필요성을 전혀 느끼지 못했지만 결혼식에 필요한 물품들을 사기 위해 트레들스톤을 향해 길을 재촉했다.

포이저 부인은 헤티가 다이나를 데려와서 결혼식이 끝날 때까지 집에 머물게 하겠다는 말을 듣고 깜짝 놀라면서도 한편으로는 반가웠다. 날씨가 맑으니 빨리 출발할수록 더 좋을 것이다. 저녁 때 홀 팜으로 온 아담은 내일 시간을 내서 헤티를 트레들스톤까지 바래다주고, 스토니톤행 마차에 오르는 것을 보려고 마중 나가겠다고 했다.

다음날 아침, 아담은 마차의 문에 기대어 이렇게 말했다.

"헤티, 당신을 바래다주면서 보살펴 주고 싶어요. 일주일 이상 거기 있진 않을 거죠? 일주일이란 시간도 나한테는 너무 길어요."

그는 사랑스러운 눈빛으로 그녀를 쳐다보며 강인한 손으로 그녀의 두 손을 꼭 잡아주었다. 헤티는 아담이 옆에 있기만 해도 그의 보호를 받고 있는 기분이 들었다. 이제 그녀는 그런 것에 너무 익숙해져 있었다. 만약 그녀가 과거를 돌이킬 수만 있다면, 그리고 아담을 얌전히 사랑하는 마음 이외에 다른 사랑은 전혀 몰랐더라면 얼마나 좋았을까! 아담을 마지막으로 한 번 더 바라보자 헤티는 눈물이 왈칵 맺히고 말았다.

"신이여, 나를 사랑하는 헤티에게 축복을 내려주소서."

아담은 이렇게 말하며 일터로 돌아갔다. 짚은 아담의 발뒤꿈치에서 그를 뒤쫓아 가고 있었다.

하지만 헤티의 눈물은 아담을 위한 것이 아니었다. 나중에 아담이 자신이 그로부터 영원히 도망쳤다는 사실을 알고 괴로워할 것을 생각해서 흘린 눈물도 아니었다. 그저 자신의 비참하고 저주받은 운명을 한탄하며 흘린 눈물이었다. 헤티는 모든 인생을 다 바쳐 자신을 사랑해주는 이 용맹하고 자상한 남자를 받아들이지 못했다. 불쌍하고 속수무책인데다 애원하는 것밖에 모르는 헤티. 헤티는 그녀가 자기에게 매달리는 걸 불운이라고 생각하는 그런 남자에게 스스로를 내던지려 했던 것이다.

그날 오후 3시, 헤티는 함께 마차를 탔던 사람들이 일러준 대로 레스터로 가는 마차에 몸을 실었다. 레스터는 윈저로 가는 기나긴 여정 중 일부분에 불과했다. 헤티는 새로운 고난이 펼쳐질, 지루한 여정이 시작되겠구나 하고 막연히 생각했다.

　아서는 아직도 윈저에 있을 것이다. 그러니 그녀가 찾아간다 해도 그는 분명히 화내지는 않을 것이다. 왜냐하면 아서는 예전에 그녀에게 이런 약속을 했기 때문이다. 그녀를 자기 마음속에 두고 있는 한, 신사답게 잘 대해 줄 것이라고…….

5부

36

희망으로의 여행

 마음속 깊이 슬픔을 간직한 채, 정들었던 세계를 떠나 미지의 세계로 향하는 길고 외로운 여행, 아무리 부유한 사람이라고 해도, 아무리 강한 사람이라 해도, 아무리 지적인 사람이라 해도 이런 여행은 험난하고 무서운 일이었다. 설사 두려움에 쫓겨 떠나는 것이 아니라 의무적으로 떠나야 하는 경우일지라도 힘든 여행이다.
 하물며 헤티에게는 이 여행이 어떻겠는가? 보잘것없는 속 좁은 생각만 하는 헤티는 더 이상 막연한 희망을 품지는 않았으나 몸서리치는 두려움에 짓눌려 있었다. 헤티는 똑같은 추억을 자꾸만 반복해서 떠올리고, 어린아이같이 앞날이 어떻게 될지 몰라서 자꾸만 불안해하고, 이 넓은 세상에서 자신이 느꼈던 기쁨과 고통으로 엮어진 짧은 이야기 이외에는 아무 일도 없는 줄 알며 살았었다. 그녀는 주머니의 돈이 점점 떨어져 가는, 아주 멀고 힘든 이 여행이 무척 겁이 났다. 헤티는 항상 마차를 타고 갈 수는 없었다. 스토니톤으로 가는 비용이 예상했던 것보다 훨씬 비쌌기 때문에 그녀는 마차를 탈 수 없다는 것을 잘 알고 있었다. 짐마차나 느린 수레만 타야 했다. 그러니 헤티가 이 여행을 끝내려면 얼마나 많은 시간이 걸리겠는가! 오크본 출신의 퉁명스러운 늙은 마부는, 외지에서 온 승객들 사이에 있는 젊고 예쁜 여자를 보고는 자기 옆자리에 앉게 했다. 그는 남자로서,

마부로서 농담하면서 대화를 시작하는 것이 자신에게 어울리는 행동이라고 느낀 모양이었다. 거친 돌길을 지나 잘 다듬어진 길로 들어서자마자 아주 적절한 상황이라고 여겼는지 그는 헤티에게 말을 걸기 시작했다. 그는 채찍으로 말을 내리치면서도 곁눈질로 힐끗 헤티를 응시했다. 마부는 그의 담배 끝 위로 입술을 올리며 말했다.
"틀림없이 그 사람 키는 족히 6피트는 될걸? 안 그렇수?"
"네? 누구요?"
헤티가 약간 놀라 대답했다.
"거 왜, 당신이 버린 애인 말이오. 그게 아니라면 당신이 찾아가는 그 애인 말이오. 어느 쪽이오?"
헤티는 자기의 얼굴이 붉어졌다가 다시 창백하게 변하고 있음을 느꼈다. 헤티는 마부가 자기에 대해 뭔가를 알고 있는 건 아닐까 하고 생각했다. 마부는 확실히 키가 큰 아담을 알고 있을지도 모르고, 또 그녀가 어디로 가는지 아담에게 말할지도 모른다. 시골 사람들은 자기 마을에서는 유명한 인사이지만 다른 지역 사람들은 그 사람을 모른다는 사실을 잘 알지 못한다. 그러니 마부가 그녀의 처지와 비슷하게 말을 했다고 해도 우연히 지껄인 것이라는 걸 헤티가 알 리가 없었다. 헤티는 너무 놀라 한마디도 하지 못했다.
마부는 자신의 농담이 기대했던 것만큼 만족스럽지 않다는 것을 눈치 챘는지 이렇게 말했다.
"워, 워! 내 말을 너무 심각하게 받아들이시는구만. 그 사람이 좀 서운하게 한 모양인데 일찌감치 딴 사람이나 찾아보슈. 아, 그 얼굴에 뭐가 아쉬워서……. 마음만 먹으면 남자들이 얼마든지 줄을 서겠구만."
마부가 자신의 사생활을 모른다는 것을 알자 놀랐던 헤티의 마음은 금방 진정되었다. 그래도 여전히 불안함은 남아 있어서, 헤티는 윈저로 가는 길에는 어떤 마을들을 지나게 되는지 물어보려다 그만

두었다. 헤티는 마부에게 자기는 스토니톤에서 조금 떨어진 곳으로 가야 한다고 말했다. 그녀는 마차가 여관 앞에서 멈추자마자 내렸고, 자기가 말한 마을과는 다른 방향으로 서둘러 떠났다. 윈저로 가겠다고 마음먹었을 때, 여행을 떠난다는 것 외에 다른 어려움이 있으리라고는 헤티는 미처 예상하지 못했었다. 다이나에게 가겠다고 말했기 때문에 일단은 쉽게 집을 나설 수 있었다. 그리고 그 후로는 아서를 만날 생각, 또 아서가 자신을 어떻게 대해줄지 그것만 생각하느라 여행 도중에 생길 문제들에 대해서는 전혀 예상하지 못했다.

헤티는 여행이 어떤 것인지 전혀 몰랐기 때문에 다른 귀찮은 일들이 생길 거라고는 눈곱만큼도 상상하지 못했다. 그녀는 자신의 전 재산인 3기니를 호주머니에 넣고, 그 돈이면 충분히 목적지까지 갈 수 있을 거라고 생각했었다. 그러나 스토니톤에 도착하려면 얼마나 많은 돈을 지불해야 하는지 알고 난 뒤에야 그녀는 비로소 무작정 떠난다는 것이 정말 어려운 일이라는 걸 실감하고 경악했다. 또 자신이 앞으로 거쳐 가야 할 지역들에 대해서 아무것도 모른다는 사실을 깨달았다. 전혀 예상치 못했던 새로운 일들이 생기자 깜짝 놀란 헤티는 중압감에 짓눌린 채 냉혹하게 보이는 스토니톤 거리를 따라 걸었다. 마침내 헤티는 하룻밤을 값싸게 묵을 수 있을 것 같은 허름하고 작은 여관에 도착했다. 이곳에서 헤티는 윈저에 가려면 어느 마을들을 거쳐야 하느냐고 여관 주인에게 물어보았다. 여관 주인이 대답했다.

"글쎄올시다, 나도 정확히는 모르겠는데……. 윈저는 왕이 사는 곳이니 런던과 아주 가까운 건 틀림없어요. 어쨌든 일단은 애쉬비로 가는 것이 어떨까 싶네요. 애쉬비는 남쪽으로 가면 있어요. 하지만 내 짐작으로는 여기에서 런던까지 가려면 스토니톤에 있는 집들의 숫자만큼이나 많은 지역을 거쳐야 할 거요. 나는 이 지역을 떠나본 적이 없어서 잘 모른다오. 근데 어째 이렇게 젊은 처자가 혼자서 그

먼 데까지 갈 생각을 했을까?'
 헤티는 여관 주인의 무엇인가를 묻는 듯한 눈빛에 깜짝 놀라 말했다.
 "아, 예······. 오빠한테 가려구요. 오빠가 윈저에 주둔하고 있는 군인이거든요. 저······. 마차를 타고 갈 만한 형편이 안 되는데, 내일 아침에 애쉬비로 가는 짐마차가 있을까요?"
 "아마 있을 거요. 거 참, 어디서 짐마차가 출발하는지 누가 알겠소. 우선 이 마을을 지나가면서 짐마차를 찾아보아야 할 거요. 빨리 출발해서 걸어가 보시오. 그러면 틀림없이 지나가는 짐마차가 있을 테니까 말이오."
 여관 주인의 모든 말이 헤티의 마음에 납덩이처럼 무겁게 가라앉았다. 자신이 앞으로 가야 할 여행길은 조금씩 더 늘어나고 있었고, 애쉬비까지 가는 것도 힘들 것 같았다. 그녀가 알아보니 애쉬비까지는 꼬박 하루가 걸렸다. 하지만 그곳까지의 힘든 여정은 앞으로 가야 할 길에 비하면 아무것도 아닐 성싶었다. 그래도 헤티는 아서에게 가기 위해 반드시 애쉬비까지 가야 했다. 그녀는 자신을 사랑해 줄 누군가와 함께 있기를 얼마나 갈망했던가! 그녀는 매일 아침 눈을 뜰 때마다 항상 낯익은 얼굴들을 보았었다. 친숙한 그들과 함께 지낸다는 것은 그녀의 당연한 권리였다. 여태껏 헤티가 가장 멀리 해본 여행이라고는 외숙부와 함께 마차 뒷좌석에 앉아 로세터까지 다녀온 것이 고작이었다. 그녀는 자신만을 위해 일상적인 일을 하며 살아왔기에 늘 즐거운 꿈속에서 휴일을 즐기는 생각만 해왔었다. 몇 달 전까지만 해도 헤티는 메리 버즈가 가지고 있는 새 리본을 부러워하거나, 혹은 톳티를 소홀히 한다고 숙모에게 야단맞는 것 외에는 어떤 서러운 일도 당해 본 적 없는 새끼 고양이같이 귀여운 아가씨였다. 이런 아가씨가 안락하게 살아왔던 집을 영원히 뒤로 하고, 아주 먼 곳에 피난처가 있을 거란 막연한 기대를 하면서 외롭고 힘든 여행을 떠나야만 했던 것이다.
 오늘 밤 그녀는 처음으로 낯설고 딱딱한 침대에 누워, 자신이 살았던 고향집이 얼마나 행복한 곳이었는지, 외숙부가 그녀에게 얼마나 다정했는지를 알게 되었다. 또 자신이 헤이슬롭에서 살고 있는 사람들과 말없이 부대끼며 살면서 얼마나 정이 들었는지를 알게 되었고, 자기가 지녔던 제일 좋은 모자와 옷에 대해서 작은 자긍심까지 느꼈고, 어느 누구에게도 숨길 것이라고는 아무것도 없었다는 사실을 느꼈다. 이제야 헤티는 그런 사실들이 자신이 처했었던 현실이었음을 깨닫고 무척이나 아쉬워했다. 그 외에 자신을 안절부절못하게 했던 모든 것들은 순식간에 지나가버릴 악몽에 불과했다는 것도 깨닫게 되었다. 그녀는 자기 혼자만을 위해 고향을 떠났지만, 지금은 후회하면서 그곳에 두고 온 모든 것을 간절히 그리워했다. 그녀의 마음은 온통 자신의 고통만 생각할 뿐, 자기 때문에 다른 사람이 당할 슬픔까지 생각할 여유가 전혀 없었다. 하지만 그렇게 야속한 편지를 보내기 전까지는 아서도 매우 상냥하고 사랑스런 사람이었다. 아서와의 추억은 지금 그녀가 겪고 있는 고통을 견딜 수 있게 해주는 한 줌 위안에 불과했지만, 그 추억은 아직까지도 매력적으로 기억되고 있었다. 이제 헤티는 앞으로 어떻게 살아가더라도 사람들의 눈을 피해서 살아야 할 신세가 되었건만 정작 자신은 그걸 알지 못했다. 사랑하는 이와 함께 산다 해도 숨어서 사는 인생은 즐겁지 않을 것이고, 부끄러움으로 뒤섞인 인생은 더욱 그럴 것이었지만 그녀는 그런 걸 알지 못했다. 헤티는 연애가 무엇인지 몰랐고, 연애를 느끼는 감정만 희미하게 남아 있는 상태였다. 책을 많이 읽어서 연애에 대해 통달한 여자라 할지라도 그녀의 마음을 이해하지 못할지도 모른다.
 헤티는 단순하게 생각하며 살아왔기 때문에 다른 것들에 대해서는 너무나 무지했다. 자신의 미래가 어떻게 될지 정확하게 인식하지도 못한 채, 아서가 그럭저럭 자신을 돌봐주고 주위의 노여움이나 조소로부터 보호해 줄 것이라고 막연하게 믿고 있었다. 아서는 그녀와 결혼하지 않을 수도, 그녀를 숙녀로 만들어 주지 않을 수도 있다. 또 헤티가 동경하고 열망하며 기대했던 어떤 것도 전혀 이루게 해줄 의향이 없을지도 모르는 일이었다.

다음날 그녀는 일찍 일어나서 약간의 우유와 빵으로 요기를 하고, 애쉬비를 향해 걷기 시작했다. 하늘은 푸르스름한 잿빛으로 물들어 있었다. 마치 희망을 안고 출발하라고 응원하는 것처럼 수평선 너머로 황금빛 아침 햇살이 가느다란 줄무늬 모양으로 비추고 있었다. 헤티는 앞으로 꽤 많은 고생을 해야 한다는 것과 아직도 머나먼 여정이 자신을 기다리고 있다는 사실에 질려버렸다. 무엇보다도 얼마 남지 않은 돈마저 홀랑 다 써버리면 사람들에게 동냥을 해야 할 궁핍한 처지에 놓이게 될 것이 큰 걱정거리였고, 창피했다.

헤티는 자존심이 강하고 자기 가문에 대한 자부심을 가지고 있었다. 자신의 집안은 가장 많은 구빈세(가난한 사람을 구호하기 위해 걷는 세금)를 냈고, 그 구빈세로 이익을 본다는 생각을 가장 부끄러워하는 사회적 계급에 속하였기 때문이다. 아직까지 헤티는 갖고 있는 로켓과 귀걸이를 팔아 돈을 구해야 할 처지는 아니었다. 그녀는 남은 2기니로 몇 끼나 먹을 수 있고, 마차를 몇 번이나 탈 수 있을지 자신의 빈약한 수학능력을 모두 동원하여 계산해보았다. 그렇게 해서 남은 돈을 헤아려보니 활활 불타버린 주화의 재에 불과하게 느껴져 헤티의 마음은 암담해졌다.

그녀는 도로에서 가장 먼 지점에 있는 나무나 성문, 또는 툭 튀어나온 덤불을 목표로 삼아 걷고 그 목표점에 도달했을 때는 작은 보람마저 느끼면서, 스토니톤을 떠나 처음 몇 마일은 용감하게 걸어갔다. 하지만 네 번째 이정표에 도달했을 때, 그녀는 길가의 긴 풀들에 둘러싸인 이정표를 우연히 쳐다봤다. 그리고 스토니톤을 떠나 지금까지 걸어온 길이 겨우 4마일밖에 되지 않았다는 걸 알고 용기를 잃어버렸다. 이렇게 조금밖에 걷지 않았는데도 벌써 피곤이 밀려왔다. 살을 에는 듯한 아침 공기를 마시며 걸어가노라니 다시 배고파졌다. 헤티는 집안의 힘든 일과 노동은 많이 해 봤지만, 이렇게 먼 길을 걸어본 적은 없었다. 그래서인지 가사를 돌보면서 느꼈던 것과는 전혀 다른 피곤함을 느꼈다.

이정표를 보고 서 있을 때 그녀의 얼굴로 무언가가 뚝뚝 떨어졌다. 비가 내리기 시작한 것이다. 이전에도 여러 가지 슬픈 생각을 많이 했었지만 비는 생각지도 못한 새로운 걱정거리였다. 그렇지 않아도 슬픔과 근심으로 힘들었던 헤티는 비까지 맞아야 하는 신세가 되자 더 이상 견디지 못하고, 들판의 계단에 주저앉아서 발작적으로 흐느끼기 시작했다. 생전 처음 고통을 당하면, 처음으로 쓰디쓴 음식을 맛볼 때처럼, 단 한 순간도 견뎌내지 못하는 법이다. 하지만 배고픔을 달래줄 만한 다른 음식이 없다면, 우리는 쓴 음식이라도 한입 더 먹어야 앞으로 계속 걸어갈 수 있다는 걸 알게 된다.

헤티는 실컷 울고 나니 조금이나마 기분이 나아져 용기가 생겼다. 비가 내리고 있기 때문에 그녀는 쉴 수 있을 만한 집을 찾기 위해 가능한 한 빨리 마을에 도착해야만 했다. 이윽고 지친 걸음을 계속 재촉하고 있을 때, 헤티는 뒤에서 묵직한 마차 바퀴가 덜커덩거리는 소리를 들었다. 구부정하게 앉아 있는 마부가 말 옆으로 채찍을 휘두르며 덮개를 씌운 포장마차를 천천히 몰아왔다. 헤티는 마차꾼이 아주 심술궂어 보이는 사람이 아니라면, 좀 태워달라고 부탁해야겠다고 생각하면서 포장마차를 기다렸다. 마차가 헤티가 있는 곳에 가까이 다가오자, 마부는 마차의 속력을 늦췄다. 커다란 마차 앞에 있는 무엇인가를 보고 그녀는 용기를 냈다. 헤티는 지금까지 살아오는 동안 무엇인가에 관심을 가져본 적이 없었다. 하지만 지금은, 너무 많은 고통을 당한 나머지 그녀는 남의 고통을 알아주는 새로운 감수성을 지니게 되었다. 이러한 감수성 때문에 지금 헤티는 어떤 동물에 대해 강한 인상을 받았다. 그것은 하얀색과 적갈색이 섞인 작은 스패니얼이었다. 독자들이 보았을지도 모를 다른 작은 생명들과 같이 이 개는 겁을 먹은 듯 큰 눈을 뜨고 마차 앞 문턱에 앉아서 쉴 새 없이 몸을 떨고 있었다. 독자들도 알다시피 헤티는 동물들을 별로 좋아하지 않았다. 하지만 지금 이 순간 그녀는 의지할 데 없는 이 작은 동물이 마치 자신의 신세와 같은 처량한 처지에 빠진 것처럼 보여 어떤 유대감마저 느껴졌다. 어깨에 스카프나 망토를 쓰는 식으로 자루를 들쳐 메고 있는 몸짓이 크고 건장한 마부가 몸을 앞으로 내밀자, 그녀는 마차를 태워 달라고 부탁하는 것이 뚜렷한 이유도 없이 별로 두렵지 않았다.

  헤티가 물었다.

  "아저씨, 혹시 애쉬비로 가는 길이면 저 좀 태워줄 수 있어요? 돈은 드릴게요."

  덩치 큰 남자가 흐리멍덩한 얼굴에 슬며시 미소를 띠며 대답했다.

  "저런, 쯧쯧……. 양모 꾸러미 맨 위쪽이 좀 답답한 자리이긴 하지만 아가씨만 좋다면 타요. 아, 그리고 돈은 무슨 돈……. 돈은 됐으니 걱정 마슈. 좀 멀더라도 아가씨가 가려는 데가 어딘지나 말해주면 내 거기까지 태워 주리다. 어디서 왔수? 그리고 애쉬비는 뭣 땜에 가는 거요?"

  "저는 스토니톤에서 왔어요. 윈저까지 먼 길을 가는 중이에요."

  "아니? 윈저에는 뭔 일로 가려고요?"

  "오빠한테 가는 거예요. 오빠가 윈저에 있는 군인이거든요."

  "음…… 나는 레스터보다 더 멀리는 못 갈 거요. 그곳도 여기서는 꽤 먼 곳이라우. 이 마차를 타고 가면 좀 오래 걸릴 텐데, 그래도 좋다면 태워 주리다. 2주일 전에 길에서 저 강아지를 주웠는데 말들은 저렇게 작은 강아지의 무게는 전혀 못 느껴요. 아마 아가씨도 마찬가지일 것 같구려. 강아지가 길을 잃은 것 같아요. 그러니 마차에 탈

때부터 계속 떨고 있는 거 아니겠수? 자, 뭐 어쨌든 바구니나 이리 주고 뒤쪽으로 올라타구려."

 차양 커튼 사이로 갈라진 틈이 있어 바람이 통하는 포장마차 속에서 양모 꾸러미들 위에 누울 수 있다는 것만도 지금의 헤티에게는 사치였다. 그녀가 선잠으로 몇 시간을 자고 나자, 마부가 그녀에게 다가와서 여기 선술집에서 저녁을 먹을 참이라고 말하면서 헤티에게 마차에서 내려 뭘 좀 먹겠느냐고 물었다. 저녁 늦게 그들은 레스터에 도착했다. 그렇게 헤티의 여정 중 두 번째 날이 지나갔다. 헤티는 음식값 외에는 별로 돈을 쓰지 않았다. 하지만 그 다음날도 이렇게 더디게 가야 된다면 그녀는 도저히 견딜 수 없을 것 같았다.

 다음날 아침, 헤티는 윈저로 가는 길을 알아보기 위해 마차 대합실로 갔다. 그리고 마차를 타고서는 조금만 가려 해도 너무 많은 비용이 든다는 걸 알게 되었다. 그랬다. 앞으로 가야 할 길은 너무나 멀었고, 마차 삯은 너무 비쌌던 것이다. 이런 이유로 헤티는 더 이상 마차를 탈 수가 없었다. 하지만 대합실에 있던 나이 지긋한 점원이 헤티의 예쁘고 걱정스런 얼굴이 안쓰러웠던지, 그녀가 꼭 거쳐야 할 중요한 지방들의 이름을 써 주었다. 이것이 헤티가 레스터에서 느낀 유일한 위안이었다.

 헤티는 길을 따라 걸으면서 그 점원이 자신을 뚫어지게 쳐다보고 있다는 것을 눈치 챘다. 그녀는 난생처음으로 아무도 자신을 쳐다보지 않았으면 좋겠다고 생각했다. 그녀는 다시 걷기 시작했다. 오늘은 운이 좋았는지 마차로 힌크리까지 태워주겠다는 한 우편 배달원을 만났다. 이 배달원은 헤티 때문에 들떠서 꼭 님시의 아들 예후[197]처럼 난폭하게 말을 몰았고, 안장 위에서 등을 비비꼬고 야단법석을 떨며 그녀에게 소리를 질러댔다. 일을 마치고 돌아가는 술 취한 마

---

197) 열왕기 하, 9:20. "전차를 몰고 있는 사람은 님시의 아들 예후인 것 같습니다. 마치 미친 사람처럼 전차를 몰고 있습니다."

부가 이끄는 마차 덕분으로 그녀는 비록 공포에 떨긴 했지만 밤이 되기 전에 수목이 우거진 워릭셔 주(영국 중부의 주)의 중심지에 도착했다. 하지만 윈저까지는 아직도 거의 100마일 정도 남았다고 그 지방 사람들이 헤티에게 말해 주었다.

세상은 참으로 넓고도 넓은 곳이었다. 헤티는 이렇게 넓은 세상에서 험난한 길을 물어물어 찾아가야 했으니 얼마나 힘이 들었겠는가! 헤티는 자신이 가야 할 지방들이 적힌 목록에서 스트랫포드를 스트랫포드—온—아본으로 잘못 알고서 가야 할 길에서 아주 멀리 벗어나 다른 엉뚱한 지방으로 와버렸다는 걸 알게 되었다. 헤티는 닷새가 지나서야 겨우 스토니 스트랫포드에 도착했다.

독자들이 지도상으로 보거나, 혹은 아본에 있는 풀로 뒤덮인 제방으로 왕복했던 즐거운 여행들을 떠올려보면, 그것은 짧은 여정처럼 보일 것이다. 하지만 그 길은 헤티에게 얼마나 멀게 느껴지고 그녀를 지치게 만들었던가! 평평한 들과 산울타리, 띄엄띄엄 늘어선 집들, 마을들, 시장이 열리는 소도시들, 그녀의 무관심한 눈에는 이 모든 것이 다 똑같은 광경으로 보였고, 그래서인지 이 나라는 가도 가도 끝이 없어 보였다. 헤티는 짐마차가 올 때까지 통관문에서 눈이 빠지게 기다렸지만, 모처럼 짐마차를 타게 되면 바로 코앞까지밖에 가지 않아서, 말하자면, 아주 짧은 거리 즉 겨우 방앗간까지 1마일이나 될까 말까 한 데까지만 갔다. 헤티는 선술집에 들어가는 것이 싫었다. 물론 선술집에서는 먹을 것을 구할 수 있고, 꼭 알고 싶은 것을 물어 볼 수도 있었지만, 그곳에서는 남자들이 항상 어슬렁거리며 그녀에게 무례하게 농담을 걸고 자꾸 빤히 그녀를 쳐다보고는 하기 때문이다.

며칠 사이에 생각지도 못했던 걱정거리가 자꾸 생기고, 심신의 피로가 누적되어 헤티의 몸은 지칠 대로 지쳐버렸다. 이렇게 고생을 했던 탓인지 고향집에서 내내 걱정거리를 숨기려고 고민했을 때보다도 헤티의 모습은 더욱 창백하고 수척해졌다. 마침내 헤티는 스토니 스트랫포드에 도착했다. 그녀는 돈을 아끼려는 생각보다 초조함과 피로감에 쫓겨 아주 절박해진 심정이 되어, 남은 돈 전부를 마차 삯으로 지불하더라도 앞으로 남은 여행을 마차로 가야겠다고 결심했다. 그녀는 단지 아서를 찾기 위해 윈저에 갈 뿐이었다. 마지막으로 마차 요금을 지불하고 나자, 헤티에게는 달랑 1실링이 남아 있었다. 굶주림에 시달려 쇠약해진 몸으로 여행을 한 지 7일째 되는 날 점심때쯤, 그녀가 윈저에 있는 그린 맨이라고 쓰인 여관의 간판 앞에 내린 시각은 정오였다. 그때 마부가 그녀에게 다가와서 자기에게 돈을 달라고 요구했다. 헤티는 주머니에 남아 있던 1실링을 꺼내 보았다. 몸은 지칠 대로 지쳐버렸는데, 허기진 배를 채우려고 남겨 놓았던 마지막 돈마저 마부에게 줘야 한다고 생각하자 헤티는 눈물이 핑 돌았다. 그 1실링은 그녀에게 정말 절실한 돈이었다. 그녀는 마지막 1실링을 꺼내서 눈물이 고인 까만 눈으로 마부의 얼굴을 쳐다보며 애원했다.

"6펜스만 남겨주시면 안 될까요?"

마부가 걸걸한 목소리로 응수했다.

"아니오, 아니…… 괜찮아요. 돈은 다시 집어넣어요."

그린 맨의 여관 주인은 헤티와 마부의 이런 모습을 아주 가까운 거리에서 지켜보고 있었다. 그는 형편이 넉넉한 사람이었고 남을 배려할 줄 아는 착한 심성의 남자였다. 게다가 눈물이 어려 있는 헤티의 아름다운 얼굴은 대부분의 남자들의 심금을 울릴만 했다. 여관 주인이 말했다.

"아가씨, 이리 들어오세요. 뭐 좀 드시겠어요? 정말 완전히 녹초가 돼버렸군요. 많이 피곤하죠?"

여관 주인은 안으로 헤티를 데리고 들어와 자기 부인에게 부탁했다.

"여보, 이 젊은 아가씨 좀 객실로 데리고 가요. 피곤하고 많이 지친 것 같구려."

 그때 헤티의 얼굴에서는 눈물이 뚝뚝 떨어지고 있었다. 하지만 그 눈물은 불만과 짜증이 섞인 눈물에 불과했다. 그녀는 지금 자기가 눈물을 흘릴 이유가 없다고 생각했고, 너무 피곤하고 쇠약해져서 자신의 의지대로 눈물이 멈추지 않자 짜증이 났다. 드디어 그녀는 윈저에 입성했다. 이곳은 아서로부터 별로 멀지 않은 곳이다.

 헤티는 너무 배가 고팠다. 그래서 무엇이든지 간절히 먹고 싶다는 눈으로 여관 안주인이 가지고 온 빵과 고기, 맥주를 쳐다보았다. 그렇게 얼마의 시간이 흐르니 피곤이 조금 가시는 듯했다. 허기진 배가 적당히 채워지자, 헤티는 만족감만 느낄 뿐 아무 생각도 나지 않았다. 여관의 안주인은 헤티가 식사하는 동안 맞은편에 앉아서 진지하게 그녀를 응시했다. 정말 그건 당연한 일이었다. 헤티가 모자를 벗자 곱슬머리가 늘어뜨려졌고, 몹시 지쳐 있어서인지 그녀의 젊고 아름다운 얼굴은 한눈에 반할 만큼 매우 매혹적으로 보였다. 착한 여관 안주인은 헤티를 이리저리 살폈다. 헤티는 급하게 옷을 차려입고 떠나왔기 때문에 아무것도 숨길 수가 없었다. 아무런 의심 없이 친근한 눈으로 보면 무심코 지나버릴 일도 낯선 사람의 눈에는 세세하게 다 보이는 모양이다. 여관 안주인은 그녀의 반지를 끼지 않은 손을 힐끗 보면서 물었다.

 "아유…… 아가씨, 옷을 보니 어디 멀리 가는 사람의 옷차림은 아닌데……. 아주 멀리서 왔나 보네요?"

 "네."

 배가 부르자 기분이 더 좋아진 걸 느끼고 있던 헤티는 여관 안주인이 이렇게 묻자 다시 정신을 차리고 좀더 침착해지려고 애쓰면서 대답했다.

 "저는 아주 멀리서 왔어요. 집을 떠나온 지 꽤 되었거든요. 좀 전까지는 아주 피곤했는데 지금은 한결 나아졌어요. 저기……. 이곳으로 가려고 하는데 어느 길로 가야 되죠?"

헤티는 주머니에서 종이 한 장을 꺼내 보이며 말했다. 그것은 주소가 적힌 아서의 편지 끝 부분이었다.

헤티가 말하는 사이 여관 주인이 들어왔다. 그리고 그의 부인이 그랬듯이 여관 주인도 진지하게 헤티를 쳐다보았다. 여관 주인은 식탁 너머로 헤티가 건네주는 종잇조각을 받아들었고 바로 그 주소를 읽었다. 여관 주인이 말했다.

"아니, 뭣 때문에 이 집에 가려는 거요?"

별로 바쁘지 않은 여관 주인이나 모든 남자들은 어떤 정보를 말해 주기 전에 이처럼 가능한 많은 질문을 했다.

헤티가 대답했다.

"그 편지에 적혀 있는 신사를 만나려고요."

여관 주인이 대꾸했다.

"음…… 하지만 그곳에는 아무도 없어요. 폐쇄됐거든요. 한 2주일 전에 폐쇄됐어요. 누굴 찾는데요? 누군지 말해주면 그 사람이 어디 있는지는 알려 줄 수 있을 거요."

헤티는 부들부들 떨면서 말했다.

"도니손 대위님이에요."

당장 아서를 찾을 수 있을 거라는 희망이 깨어지는 순간, 그녀의 심장이 고통스럽게 요동치기 시작했다.

여관 주인이 천천히 말했다.

"도니손 대위라고? 잠깐만……. 그 사람 롬셔 주 부대에 있던 사람 아니오? 살결이 하얗고 불그스름한 구레나룻에 키가 큰 젊은 장교 맞죠? 핌이라는 하인을 데리고 다니는 사람 말이에요."

"네, 맞아요."

헤티가 다급하게 대답했다.

"그분을 아세요? 지금 어디 계세요?"

"여기서 몇 마일이더라. 하여튼 꽤 멀리 떨어져 있어요. 롬서 주의 부대는 아일랜드로 옮겨버렸구요. 떠난 지 2주일도 넘었거든요."
"아이구, 이런! 아가씨가 기절해 버렸네!"
여관 안주인이 급히 헤티를 떠받치며 말했다. 헤티는 비참하게도 의식을 잃어버렸고 그 모습은 아름다운 송장처럼 보였다. 그들은 그녀를 소파에 누이고 옷을 느슨하게 풀어 주었다. 여관 주인이 물을 가져오며 말했다.
"이거 정말 안 좋은 일이 생길 것 같아요. 보나마나 뻔하다구요."
부인이 말을 계속 이어갔다.
"이건 분명 보통 일이 아닌 것 같아요. 이 아가씨는 허세부리는 평범한 촌뜨기는 아닌 것 같아요. 내 눈은 못 속인다구요. 분명 시골의 꽤 좋은 집안 소녀라구요. 말투로 봐서는 상당히 먼 데서 온 것 같구…… 이 아가씨 말투가 북부 지방 출신인 그 마부하고 똑같잖아요. 그 마부도 우리가 아는 가문의 혈통을 이어받은 사람들처럼 아주 정직한 사람이잖아요. 북쪽 지방에서는 그 집안사람들이 아주 정직한 사람들이라고 하더라구요."
여관 주인이 말했다.
"내 생애 이렇게 젊고 예쁜 여자는 본 적이 없어. 꼭 가게 진열창 너머에 걸려 있는 그림 같아. 쳐다보기만 해도 마음이 두근두근 거리니 원……."
"차라리 이 아가씨 얼굴이 조금 더 못생긴 대신에, 품행은 조금이라도 더 단정했더라면 훨씬 더 좋았을 걸 그랬어요."
여관 안주인이 말했다. 무엇이나 자비롭게 받아들이는 안주인은 아름다움보다는 '바른 품행'을 가지는 것이 더 바람직하다고 생각하고 있었다.
"하여튼 이 아가씨 의식이 다시 돌아온 것 같군. 물 좀 더 가져와 봐요."

37

절망 속의 여행

여관집 부부가 이것저것 물어보았던 그날 이후로 헤티는 줄곧 몸이 심하게 아팠다. 너무 아파서 이제는 자신에게 어떤 불행한 일이 닥쳐올지 제대로 인식할 수도 없었다. 그녀는 모든 희망이 산산이 부서졌다고 느꼈다. 결국 안식처를 찾기는커녕 아무런 목적도 없이 새로운 황야에 들어서는 꼴이 되고 말았다. 헤티는 아픈 몸으로 편안한 침대에 누워 있다가 착한 여주인의 간호를 받고 나자 잠깐 안정을 찾았다. 이렇게 짧은 안정을 취하는 기분은, 마치 어떤 사람이 뜨겁게 타오르는 태양 아래서 죽을 고생을 하다가 온몸에 힘이 풀리고 지쳐버리자, 자포자기하는 심정으로 모래 위에 몸을 던질 때 느끼는 그런 휴식과 같았다.

충분히 자면서 휴식을 취하고 나니 칼로 찌르는 듯한 마음의 고통을 견뎌낼 힘이 조금은 생겨났다. 다음날 아침, 헤티는 점점 밝아오는 태양을 바라보면서 누워 있었다. 잔인한 감독관이 지긋지긋하게 싫고 희망도 없는 일을 다시 자기에게 새롭게 반복시키려고 돌아온 것처럼 그렇게 태양은 떠오르고 있었다. 이렇게 누운 채로 헤티는 앞으로 어떻게 해야 할지 생각하면서, 수중에 있던 돈도 다 떨어졌다는 것을 기억해내고, 여기 윈저까지의 온 경험을 토대로 새로운 각오를 하고 훨씬 멀리 낯선 사람들 사이에서 방황하고 있는 자신의 모습을 그려보기도 하였다.
 헤티는 지금 어떤 길을 택해야 하는가? 어느 집안의 허드렛일자리를 구한다 하더라도 지금 자신의 처지로 그런 일을 한다는 것은 생각도 못 할 일이었다. 헤티는 사람들에게 구걸하는 일밖에는 별 도리가 없었다. 이렇게 생각하자, 어느 일요일 아침 헤이슬롭의 교회 벽에 기대어 추위와 굶주림으로 죽어가던 한 젊은 여자가 생각났다. 그 여자의 품에는 갓난아기가 있었고 구빈원에서 그 여자를 데려가 살려준 적이 있었다.
 독자들은 갑자기 웬 구빈원인가 하며 의아해 할 것이다. 헤티 같은 사람에게 구빈원이란 단어가 어떤 영향을 주었는지 독자들은 이해할 수 없을 것이다. 헤티는 가난한 사람들에게 무정하게 별 관심을 주지 않는 동네 사람들 틈에서 자라왔다. 동네 사람들은 들판에 나아가 힘들게 일하며 살아가고 있었고, 누더기를 걸친 곤궁한 사람들은 가끔씩 도시에서나 본 적이 있었다. 그런 사람들을 보면 어쩔 수 없는 팔자소관 탓으로 그러려니 하면서도, 한편으로는 나태함과 악덕의 특징을 여실히 보여주고 있다고 생각해서 마을 사람들은 그들에게 거의 동정심을 보여주지 않았다. 그 나태하고 악덕한 사람들은 구빈원에 부담을 안겨주었다. 그러므로 헤티에게 '구빈원'이라는 말은 감옥이라는 말처럼 치욕스럽게 들렸다. 낯선 이들에게 뭔가를 간곡히 요청하고 구걸하는 일은 참을 수 없는 치욕이고 소름이 끼칠만큼 혐오스런 일이라고 여겨왔던 터라, 자기 평생에 이런 짓을 하게 될 줄은 꿈에도 생각지 못했다. 헤티는 교회에서 우연히 보았던 그 불쌍한 여자가 자꾸만 머릿속에 엄습해왔다. 조슈아 랜의 집으로 옮겨졌던 그 불쌍한 여자의 운명이 현재 자신의 운명과 조금도 다를 게 없다는 생각이 떠올라 새삼 치가 떨렸다. 더군다나 헤티는 오동포동하고 부드러운 털이 있는 애완동물같이 귀염만 받으며 호사스럽게 살려는 성향을 가졌다. 때문에 구걸을 하게 될 경우에 겪게 될 육체적인 고통과 수치심이 무섭고 싫었다.

지금까지 늘 그랬던 것처럼 사랑받고, 보살펴 줄 사람이 있는 아늑한 집으로 다시 돌아가기를 헤티는 얼마나 간절히 바랐던가! 사소한 일로 꾸중 들었던 외숙모의 잔소리가 지금은 감미로운 음악처럼 느껴졌다. 헤티는 그 잔소리가 몹시 그리웠다. 이제 와 생각해보니 자신이 하찮은 일을 숨기려고 할 때에만 외숙모한테 잔소리를 들었던 것 같다. 그러나 지금은 다시 돌아간다 해도 그 어떤 친구들도 절대로 문을 열어주지 않을 도망자 신세가 되어 버렸다.

그녀는 낯선 곳까지 왔고 침대에 누워서 가만히 생각해보니 이제 자기는 숙식비를 지불할 돈 한 푼이 없어서 바구니 속에 있는 옷으로 대신 지불해야 할 처지가 되어버렸다. 이제 다시는 창문 밖으로 불두화나무가 보이는 농장에서 버터를 만들던 그 옛날의 헤티로 돌아갈 수가 없는 걸까? 그때 갑자기 로켓과 귀걸이가 생각났다. 그녀는 가까운 곳에 놓여 있던 주머니를 가져와 안에 든 물건들을 침대에 펼쳐 놓았다. 벨벳으로 안감을 댄 작은 상자 속에 로켓과 귀걸이가 있었고, 가장 자리의 장식에 '날 기억해 줘요.' 라는 말이 새겨진 아름다운 은제 골무가 있었다. 골무는 아담이 사준 물건이었다. 그리고 헤티가 가진 유일한 돈 1실링이 들어 있는 철제 돈지갑, 끈으로 묶는 작은 **빨간** 가죽 수첩이 있었다. 우아한 진주와 석류석으로 장식한 아름답고 작은 귀걸이는 헤티가 7월 30일 빛나는 햇살 속에서 그렇게 간절히 귀에 걸고 싶었던 것이었다. 그러나 지금은 이 귀걸이를 절대 하고 싶지 않았다. 그녀는 까만 머리칼이 곱슬곱슬한 머리를 힘없이 베개 위에 기대었다. 이미 지나간 일에 대한 후회로 이마와 눈 주위에 깃들어 있는 슬픔을 이겨내기가 너무나 힘들었기 때문이었다.

펼쳐진 물건들 중에서 돈이 될 만한 서너 개의 가느다란 금반지들을 발견하고는 반가워서 헤티는 귀 높이까지 두 손을 번쩍 올렸다.

그렇다. 틀림없이 이 장신구들을 팔면 조금이라도 돈이 생길 것이다. 아서가 선물한 이 물건들은 상당히 많은 돈을 주고 산 것이 틀림없어 보였다. 여관 주인 내외는 아주 친절하니까 아마도 이 장신구를 팔아 돈을 마련할 수 있도록 도와줄 것이다.

 그러나 이 돈만으로는 오래 버티지 못할 것이다. 이 돈마저 다 써버리고 나면 그때는 어떻게 될까? 또 어디로 가야 할까? 수중에 돈 한 푼 남아 있지 않게 되면 빈궁한 거지생활을 해야 할지도 모른다는 끔찍한 생각이 들자, 헤티는 외숙부와 외숙모에게 돌아가서 용서를 구하고 자기를 불쌍히 여겨달라고 말해볼까 하는 생각을 다시 한번 해보았다. 하지만 그런 생각이 떠오르자마자 불에 달구어진 쇠를 건드린 것처럼 헤티는 움찔했다.

 그녀는 외숙부와 외숙모, 메리 버즈, 체이스 장원의 하인들, 브록스톤의 사람들, 그리고 자기가 알고 있는 모든 사람들 앞에서 망신당하는 자기 신세를 절대로 참을 수 없었다. 자기가 어떤 일을 당했는지 그 사람들이 알아서는 절대 안 된다. 헤티가 무엇을 할 수 있겠는가? 그녀는 윈저를 떠나면, 지난주까지 그랬던 것처럼 또다시 여행을 해야 한다. 아무도 자신을 만난 적이 없거나 자기를 알지 못하는 곳, 주변에 높은 산울타리가 있는 평평한 푸른 초원을 지나가야 할 것이다. 그리고 더 이상 자신이 할 수 있는 일이 아무것도 없을 때는, 스캔트랜드즈에 있는 것과 같은 연못에 몸을 던질 용기라도 있어야 했다. 그렇다. 가능한 한 빨리 윈저를 떠나야 한다. 여관에 있는 사람들이 자신에 대하여 알게 되는 것도 싫었고, 도니손 대위를 찾으러 왔다는 것을 안다는 것도 싫었다. 자기가 왜 그 대위를 찾아왔는지 이 사람들에게 말해 줄 그럴듯한 이유를 생각해내야 한다.

 이런 생각을 하면서 헤티는 여관의 안주인이 올라오기 전에 자리를 털고 일어나 옷을 입을 작정으로, 주머니에 다시 소지품들을 집어넣기 시작했다. 헤티는 여태까지 잊어버리고 있었던 빨간 가죽 수첩에 뭔가 팔 만한 것이 있지 않을까 싶어 끈을 풀어 수첩 안을 손으로 넘기며 뒤져보았다. 앞으로 인생을 어떻게 살아가야 할지 모르므로, 어떻게든 오랫동안 버틸 수 있는 수단을 찾아야만 했다. 우리는 진지하게 무엇을 찾으려고 애쓰면, 전혀 가망이 없다고 포기했던 곳에서 뭔가를 찾는 경우가 종종 있다. 그렇지만 빨간 가죽 수첩에는 흔한 바늘과 핀, 얼마 안 되는 돈을 계산한 내용을 적어둔 수첩 종이들 사이로 마른 튤립 꽃잎들이 끼어 있었다. 그런데 수첩종이 한 장에 눈에 익은 어떤 이름이 쓰여 있었다. 헤티의 마음에 그 이름은 새로운 소식처럼 번쩍 떠올랐다. 그 이름은 스노 필드에 있는 다이나 모리스였다. 어느 날 밤 헤티와 다이나가 함께 앉아 있을 때, 헤티는 빨간 가죽 수첩을 펼쳐둔 채로 우연히 다이나 앞에 놓아둔 적이 있었다. 그때 다이나가 자기 이름과 성경 한 구절을 종이에 써 두었던 것이다.

  헤티는 그 이름에 사로 잡혀서 성경구절은 눈에 들어오지도 않았다. 지금 이 순간 처음으로 자신에게 베풀어 주었던 다이나의 애정 어린 친절과 힘들 때는 자신을 친구로 생각해 달라고 했던 말에 관심이 갔다. 만일 헤티가 다이나를 찾아가 도와달라고 부탁한다면 어떻게 될까? 다이나는 다른 사람들처럼 이것저것을 따져가며 물어보지 않을 사람이었다. 헤티에게 다이나는 불가사의한 인물이었지만, 그래도 그녀가 항상 친절했다는 건 헤티도 잘 알고 있었다. 다이나는 헤티가 심한 꾸지람을 듣거나 모욕을 당할 때 외면하여 얼굴을 돌리는 적이 없었고, 헤티를 의도적으로 나쁘게 말하거나, 혹은 그녀가 벌을 받아 속상해 하는 것을 고소해 하지도 않았다. 헤티는 세상 사람들이 자신을 바라보는 눈길이 뜨거운 불처럼 무섭게만 느껴졌다. 그러나 다이나는 세상 사람들과 전혀 다르게 보였다. 하지만 헤티는 그런 다이나에게조차 어떤 고백이나 간청을 해 볼 엄두가 나지 않았다. 만약 헤티가 죽을 용기조차 없다면, 최후에는 다이나에게 도움을 청할 수밖에 없을 것이다. 하지만 헤티는 "다이나한테 가야겠어."라는 말로 지금 자신을 설득하지도 못했다.
 착한 여관 안주인은 헤티가 말쑥하게 차려입고, 아주 침착한 모습으로 계단을 내려오는 것을 보고 깜짝 놀랐다. 헤티는 그녀에게 자기는 오늘 아침에는 아주 건강을 되찾은 것 같다고 말하고, 그저 먼 길을 여행하느라 힘들고 피곤했던 것뿐이라고 말했다. 그리고 도망간 남동생을 찾으러 왔다고 말했다. 사람들이 말하기를 자신의 동생은 군인이 되어 떠나버렸을 거라고 했고, 도니손 대위가 평소 동생에게 잘해주었기 때문에 혹시 그가 동생 소식을 알고 있을지도 모른다고 말했다. 헤티의 핑계가 너무 서툴렀기에, 안주인은 그녀의 말을 믿을 수 없다는 듯이 쳐다보았다. 하지만 오늘 아침 헤티는 어딘지 모르게 자신감에 가득 차 있어 보였다. 어찌할 바를 몰라 좌절에 빠져 있던 어제의 모습과는 완전히 딴판이어서 안주인은 다른 사람의 일에 상관하는 것 같아서 말 한마디 못 붙이고 어리둥절해했다. 다만 헤티를 초대해 자기 부부와 함께 아침식사를 할 뿐이었다. 식사 중에 헤티는 귀걸이와 로켓을 꺼내 보이면서 주인에게 이 장신구들을 팔아서 돈을 구해 줄 수 있겠냐고 물었다. 여행을 하는 데에는 예상했던 것보다 훨씬 많은 돈이 들었고 자기는 잘 아는 친구에게 지금 당장 돌아가고 싶은데 거기까지 갈 여비가 없다고 말했다.
 안주인은 헤티의 장신구를 처음 본 게 아니었다. 이미 어젯밤 헤티의 주머니 속에 있는 내용물을 뒤져 보았기 때문이다. 그들은 시골처녀가 이렇게 아름다운 장신구를 가진 것을 보고, 가엾게도 젊고 멋진 장교에게 현혹된 것이 틀림없다고 확신하면서, 헤티의 일을 의논했었다.
 눈앞에 펼쳐 놓은 값비싼 헤티의 소지품을 보면서 여관 주인이 말했다.
 "글쎄요, 멀지 않은 곳에 보석상이 하나 있으니 이 보석들을 우리가 그 보석상에 가져가 보여도 상관은 없는데……. 오, 하지만 보석상들은 이 보석들이 별로 값어치가 없다면서 원래 가격의 4분의 1도 안 줄지도 몰라요. 그리고 아가씨는 이 보석들을 처분하기 싫을 것 같은데……. 그렇지 않나요?"

여관 주인이 헤티를 호기심 어린 눈으로 바라보며 덧붙여 물었다.

그러자 헤티가 서둘러 말했다.

"아니에요, 저는 아무래도 상관없어요. 제가 돌아갈 여비만 마련할 수 있으면 돼요."

여관 주인은 계속 말을 이었다.

"아가씨가 급하게 팔고 싶어하니까, 보석 상인들은 이것을 훔친 거라고 오해할지도 몰라요. 아가씨같이 젊은 여자가 이렇게 좋은 보석을 가지기란 흔치 않은 일이거든."

그 말을 들은 헤티는 얼굴이 노여움으로 확 붉어지며 발끈했다.

"이래봬도 저는 상당한 좋은 가문 출신이라구요. 도둑이 아니란 말이에요."

화가 나서 남편을 쳐다보며 안주인이 말했다.

"아유, 누가 아가씨한테 도둑이라고 말했어요? 아가씨가 도둑이 아니란 건 다 알아요. 그러니 그렇게 소리치지 않아도 돼요. 여보, 보석을 이 아가씨한테 돌려주세요. 딱 보기만 해도 별것도 아닌 물건인 걸 알겠구만. 왜 쓸데없이 그런 말을 하고 그래요."

남편이 변명하는 듯 말했다.

"나는 이 아가씨가 도둑이라고 생각해서 그렇게 말한 게 아니오. 다만 보석상 주인들이 어떻게 생각할지 말해줬을 뿐이라구. 보석상 주인들은 도둑이라고 생각하면 저런 물건에 제값을 쳐주지도 않을 거란 말이야."

"음…… 그럼 당신이 직접 저 보석 값을 얼마나 받아야 될지 생각해봐요. 우리가 저 보석을 받고 돈을 빌려준다면, 저 아가씨가 나중에 집에 돌아간 후에라도 이걸 되찾고 싶으면 다시 그 돈을 들고 와서 찾아갈 수 있잖아요. 만약 한두 달 후에도 저 아가씨한테서 아무 기별이 없으면 그때는 우리 마음대로 보석들을 처리하면 되구요."

안주인은 이렇게 헤티에게 편의를 봐주겠다는 식의 제안을 했다. 그 순간 나는 이 로켓과 귀걸이가 결국 안주인의 차지가 될 것이라 생각했다. 안주인은 이 물건들을 갖게 되면 자신의 착한 성품에 대한 보상으로 얼마를 받게 되는 셈인지 충분히 계산했을 것이다. 사실 여관의 식료품 담당 부인은 마음속으로 이 장신구들을 가지면 얼마나 좋을까 하고 기가 막힐 정도로 재빨리 그 결과를 상상하고 있었던 것이다. 여관 주인은 장신구들을 집어들고 입술을 내민 채 심사숙고하고 있었다. 물론 주인은 당연히 헤티가 잘되기를 바라는 사람이었다. 하지만 아무리 호의적인 사람이라 해도 만약 당신 때문에 약간이라도 돈을 벌게 된다면 거절할 사람이 몇이나 되겠는가! 안주인이 당신과 헤어질 때 진정 서운해 하고, 당신을 높이 존경하고, 남이 당신에게 관대하게 대하는 것을 보고 진심으로 기뻐했다 할지라도, 그와 동시에 안주인은 여관비를 1퍼센트라도 더 비싸게 받아내려는 청구서를 당신에게 내밀 것이다.

드디어 호의적인 여관 주인이 물었다.

"아가씨, 집에 가는데 돈이 얼마나 필요해요?"

"3기니요."

헤티는 너무 많이 요구한 건 아닌지 두려웠지만 다른 기준이 없어서, 자신이 제시한 금액에 집착했다.

"글쎄…… 아가씨한테 3기니쯤은 빌려줄 수 있어요. 또 그 돈을 갖고 와서 이 물건들을 다시 돌려 달라고 해도 돌려 줄 거구요. 뭐 당연한 말이지만 이 그린 맨 여관이 어디로 도망가는 건 아니잖소."

여관 주인이 말했다.

"네, 그렇게만 해주신다면 저는 더 바랄 게 없어요."

헤티는 자신이 보석상에게 가지 않아도 되고, 남의 시선을 받지 않고, 의심받지도 않게 됐다는 생각에 안도감을 느꼈다.
안주인이 말했다.
"하지만 아가씨, 이걸 다시 돌려받고 싶으면 미리 편지를 보내세요. 만일 두 달이 다 지나도록 아무 소식이 없으면, 이 보석을 찾을 의향이 없는 걸로 알고 우리 마음대로 처분할 겁니다."
헤티는 아무 관심 없는 듯 대답했다.
"네."
주인 내외는 똑같이 이 합의에 만족했다. 남편은 헤티가 이 장신구를 찾아가지 않으면 런던으로 가져가서 좋은 값에 팔게 될 거라고 생각했다. 부인은 착한 남편을 잘 구슬려 보석을 자기가 가질 생각이었다. 이런 이유로 그들은 헤티에게 많은 편의를 도모해 주었다. 예쁘고, 신분이 높아 보이는 젊은 아가씨가 보기에도 애처로운 처지에 놓여 있었으니, 이 얼마나 불쌍한 일인가! 그들은 헤티에게 음식과 잠자리 비용으로 그 어떤 대가도 받지 않았다. 헤티에게는 아주 잘된 일이었다. 오전 11시에 헤티는 아침 내내 유지했던 조용하고 단호한 말투로 여관 주인 내외에게 인사했다.
"안녕히 계세요."
그리고 왔던 길을 되돌아 다시 20마일을 가기 위해 마차에 올라탔다.
마지막 희망마저 사라지면 오기가 나서 오히려 냉정해진다. 더할 나위 없이 행복하면 누군가에게 전혀 의지할 필요가 없는 것과 마찬가지로 절망에 빠지면 어떤 사람한테도 절대로 의지하지 않으려고 한다. 절망에 빠지면 누구라도 어떻게든지 자존심을 지키려고 할 뿐 남에게 의지할 생각은 추호도 하지 않는다.
헤티는 자신의 삶을 견딜 수 없이 싫어하게 만든 온갖 사악한 불행으로부터 자신을 구해[198]줄 사람이 아무도 없다는 것을 느꼈다. 그녀는 어느 누구도 자기가 지금까지 경험한 고통과 굴욕을 눈치 채게 해서는 안 된다고 혼잣말을 했다. 그렇다, 헤티는 심지어 다이나에게조차 고백하지 않을 것이다. 헤티는 아무도 보이지 않는 곳에 가서 방황하다가 자기의 시신을 결코 찾을 수 없는 곳, 어느 누구도 자신의 종적을 전혀 알지 못하는 곳에서 스스로 물에 빠져 죽으리라 마음먹었다.

헤티는 마차에서 내려서, 다시 걸어가다가, 값싼 짐마차를 타기도 하고, 값싼 음식을 먹기도 하며, 일정한 목적지도 없이 계속 걸어가고 또 걸어갔다. 그런데 이상하게도, 고향으로 돌아가겠다고 마음먹지 않았음에도 불구하고, 어떤 마력이 있어서인지 헤티는 이미 지나왔던 길을 되돌아가고 있었다. 그건 헤티가 나무 잎사귀가 다 떨어져 버린 계절에도 숨을 만한 곳이 있는 장소를 마음속으로 정해 놓았기 때문이었다. 그곳은 덤불이 우거지고, 나무가 산재하고, 관목이 죽 늘어선 산울타리가 있는 초원의 워릭셔 들판이었다.

헤티는 가끔 들판의 계단을 넘기도 하고, 관목이 줄지어 서 있는 산울타리 아래서 몇 시간이나 앉아 쉬기도 했다. 또 여태까지보다는 더 천천히 걸어가면서 아름다운 눈으로 멍하니 앞쪽을 바라보며 스캔트랜즈에 있는 것같이 땅이 나지막하게 꺼져 있는 곳에 숨어 있는 연못의 가장자리에 앉아 있는 자신을 상상하기도 했다. 혹시 물에 빠져 죽게 되면 아주 고통스럽지 않을까, 공포에 떨면서 살아가는 것보다 죽은 다음에 더 나쁜 일이 생기면 어떡하나 하는 생각에 걱정이 앞섰다. 헤티는 종교적인 교리를 알고 있었지만 그것이 그녀의 마음을 잡아주지는 못했다.

헤티는 대부와 대모를 가졌던 수많은 사람들 중 한 사람이었고, 교리 문답을 배웠고, 견진성사도 받았고, 주일마다 교회에 다녔다. 하

---

198) 마태복음, 6:9~13에 나오는 주기도문에 속하는 기도이다. "우리를 악으로부터 구원해 주소서." 하고 간청하는 기도이다.

지만 인생을 살아가는 실질적인 굳센 용기를 얻는다거나, 죽고 나서 구원받는다는 믿음에 어울리는 기독교적인 개념이나 감동은 결코 한 번도 받아본 적이 없었다. 만약 기독교가 헤티에게 종교적인 불안감이나 혹은 희망을 주었다고 상상했다면, 당신은 비참하게 하루하루를 보내며 헤티가 생각했던 것들을 잘못 해석한 것이다.

헤티는 지난번에 실수로 들렀던 스트랫포드—온—아본 쪽으로 다시 갔다. 지난번에 그곳으로 가던 도중에 푸른 풀이 무성한 들판들이 있었다는 것이 기억났다. 그 들판 중에 어느 들판에선가 그녀의 마음에 꼭 드는 연못을 발견했던 것 같았기 때문이었다. 하지만 그러면서도 그녀는 여전히 바구니를 가지고 다니며 돈에 대해 걱정해야 했다. 그녀에게 있어서 죽음은 아직 먼일같이 막연하게 보였고, 당장 살길을 찾아야 한다는 삶에 대한 애착심은 얼마나 강했던가!

헤티는 먹을 것과 쉴 곳이 필요했다. 들판 쪽으로 급하게 서둘러 가던 순간, 헤티는 강둑에서 죽음을 향해 뛰어드는 자신의 모습을 마음속으로 그려보았다. 윈저를 떠난 지 벌써 닷새가 지났다. 그동안 누군가 말을 걸려고 하거나, 질문을 하려는 듯한 눈치가 보이면 그녀 쪽에서 먼저 그런 사람들을 피해버렸다. 또 누군가 자기에게 이목을 집중하면 언제나 당당하고 자신 있는 듯한 태도를 취했다. 밤이면 적당한 여관을 찾았고, 아침이면 말쑥하게 옷을 차려입고 쉬지 않고 길을 재촉했다. 마치 그녀는 행복한 삶이 소중한 것처럼 비가 오면 적당한 곳에서 비를 피하기도 했었다.

그럼에도 불구하고, 예전에 헤티가 얼룩지고 해묵은 거울에 비춰진 자신의 얼굴을 보며 미소 짓기도 했었던, 혹은 사람들이 탄복하면서 자기 얼굴을 쳐다볼 때 미소로 화답하기도 했었던 그 얼굴 표정은, 슬프게도 그녀가 의식적으로 정신을 똑바로 차리고 있는 지금 이 순간의 얼굴 표정과는 전혀 달랐다. 그녀의 속눈썹은 예전처럼 길고 검은 눈동자는 아주 진한 광채를 띠었지만, 지금은 오히려 그 눈빛이 무정하고 험악하게까지 변했다. 이제 그녀의 뺨에는 미소 지을 때 짓는 보조개가 전혀 생기지 않았다. 헤티의 얼굴은 여전히 오동포동하고 삐죽 내민 입술은 아이처럼 귀여웠지만, 지금 그 얼굴에서는 사랑에 대한 믿음이 모두 사라져 버렸다. 정열적이면서도 차가운 입술을 가진 불가사의한 메두사[199]의 얼굴처럼 그녀의 얼굴은 아름다웠기에 훨씬 더 슬퍼 보였다.

마침내 헤티는 숲 속으로 들어가는 길고 좁은 오솔길에서 자신이 꿈꿔왔던 들판에 이르게 되었다. 만약 이 숲 속에 그 연못이 있기만 한다면! 그리고 그 연못이 롬셔의 들판에 있는 연못보다 더 으슥한 곳에 있다면 얼마나 좋을까! 하지만 그곳은 숲이 아니었고, 풀이 멋대로 자라고 있었다. 이곳은 한때 자갈구덩이였으나, 지금은 흙들과 구덩이들만 남아 있어 덤불과 작은 나무들이 여기저기에 흩어져 자라고 있었다. 헤티는 여기까지 오면서 보이는 모든 구덩이마다 자신이 생각하는 연못이 있을까 기대하면서 팔다리가 지치도록 오르락내리락 배회했었기 때문에 너무 지쳐 털썩 주저앉아 몸을 쉬었다.

그날 오후 시간이 꽤 지나자, 태양이 하늘 뒤로 숨어 버린 것처럼 잿빛 하늘이 어두워져만 갔다. 잠시 후 헤티는 곧 어둠이 닥쳐올 것 같아서 다시 길을 떠났다. 연못을 찾는 건 내일로 미뤄야 했고, 우선 당장은 그날 밤 쉬어 갈 장소를 찾아야만 했다. 헤티는 들판에서 완전히 길을 잃어버렸다. 그녀는 잘은 모르겠지만 아무렇게나 가는 것보다는 한 방향으로 계속 가는 것이 더 나을 것 같다고 생각했다. 헤티는 걸어서 들판을 지나고 또 지났지만, 마을도, 집도 보이지 않았

---

[199] 메두사는 그리스 신화에 나오는 괴물들인 세 자매 중의 하나이다. 메두사는 머리카락 한 올 한 올이 전부 뱀으로 되어 있고, 축 늘어뜨린 혀에, 커다란 이빨을 가지고 있다. 메두사의 머리를 쳐다본 사람은 그 즉시 돌로 변해버렸다고 한다. 제우스신의 아들인 영웅 페르세우스가 이 메두사를 퇴치했다. 그러나 후기의 예술가는 메두사의 얼굴을 미인으로 조각했다. 특히 뮌헨에 있는 론다니니의 메두사는 이런 아름다운 메두사의 조각상으로 유명해졌다. 그리고 조지 엘리엇은 이 소설을 쓰고 있을 무렵에, 뮌헨의 그리포택크 박물관에서 론다니니의 미인 메두사 조각상을 보았다. 엘리엇은 "메두사의 얼굴은 분명히 '서너 개의 귀중한 조각 작품들' 중의 하나로써 뮌헨을 방문해야 할 만한 값어치를 가지고 있다."고 쓰고 있다.

다. 하지만 목초지 한 귀퉁이에 있는 산울타리에서 어떤 틈새가 보였다. 땅은 조금 밑으로 가라앉은 듯했고 두 그루의 나무가 서로를 향해 기대어 서 있었다. 틀림없이 그곳에 연못이 있을 거란 생각이 들자 헤티의 가슴은 심하게 두근거렸다. 헤티는 입술이 창백해졌고 떨리는 마음으로, 무성하게 자란 풀밭 위로 무거운 발걸음을 옮겼다. 자신이 여태 이곳을 찾아 헤맨 것이 아니라 그곳이 그녀를 몰래 찾아온 것 같았다.

 어두워지는 하늘 아래 날은 캄캄하게 저물고, 근처에서는 어떤 움직임도 느껴지지 않고 어떤 소리도 들리지 않았다. 헤티는 바구니를 내려놓고 덜덜 떨리는 몸으로 풀밭에 푹 주저앉았다. 지금 연못은 겨울처럼 차갑고 깊었다. 헤티는 헤이슬롭에 있는 연못들이 여름이 되면 얕아졌다는 걸 기억하고 있었다. 그러나 이곳 연못물이 얕아질 무렵에는 여기서 발견된 시신이 헤티라는 걸 누구도 알아보지 못할 것이다. 하지만 그때도 바구니는 남아 있을 테니 헤티는 바구니도 숨겨야 했다. 그녀는 바구니를 물속에 던져야 했다. 먼저 바구니에 돌을 넣어 무겁게 만들어서 물속에 던져야 한다. 헤티는 일어나서 이리저리 돌을 찾아다녔고, 곧 대여섯 개의 돌을 가져와서 바구니 옆에 놓고는 다시 주저앉았다. 서두를 필요가 없었다. 물에 빠져 죽기 위한 시간은 밤새도록 있었다. 헤티는 바구니에 팔꿈치를 기대고 앉았다. 지치고 배가 고팠다. 바구니 안에는 세 개의 롤빵이 있었다. 그 롤빵은 저녁을 먹었던 곳에서 받았던 것이었다. 헤티는 롤빵을 바구니에서 꺼내서 열심히 먹었다. 그러고 나서 연못을 응시하면서 계속 풀밭에 꼼짝하지 않고 앉아 있었다. 허기가 채워지자 마음이 편안해지고, 정신이 몽롱해지면서, 졸음이 몰려왔다. 헤티는 뻣뻣하게 앉은 자세에서 얼마 안 되어 금방 머리가 무릎으로 떨어졌다. 곧 잠이 들었다.

 헤티가 잠에서 깨어났을 때는 깊은 한밤중이었고, 한기가 느껴졌다. 너무 깜깜해서 겁이 났다. 그녀는 이 깊은 밤이 한없이 오래갈 것 같아 깜짝 놀랐다. 헤티는 과연 물속에 빠져 죽을 수 있을까! 아니, 아직은 아니다. 헤티는 죽기 전에 아직 정리해야 할 일이 많이 남아 있는 것처럼, 다시 몸에 온기가 되살아나도록 사방을 걸어다니기 시작했다.

오, 어둠 속에 갇혀 있었던 시간이 얼마나 길었던가! 밝은 불빛을 비추는 벽난로와 온기, 안전하게 눕기도 하고 일어나기도 할 수 있는 집안에서 들리던 말소리들, 낯익은 들판들, 친밀한 사람들, 예복을 입고 잔치를 차려 소박한 기쁨을 즐기던 주일들과 휴일들, 헤티가 어리고 젊은 시절에 맛보았던 이런 달콤한 모든 것들이 금방이라도 그녀 앞에 몰려올 것 같았다. 그녀는 팔을 뻗어 커다란 심연 너머에 있는 그 행복했던 시절을 잡으려고 안간힘을 쓰는 것 같았다. 헤티는 아서를 생각하고 이를 악물었다. 자기의 저주로 인해 어떤 일이 일어날지도 모르지만 이 순간만큼은 아서를 저주했다. 그녀는 아서도 자기처럼 비참하고 냉혹한 이 세상에서 끔찍하게 고생하고, 죽어서도 끝나지 않을 치욕스러운 인생을 살아간다면 속이 후련하겠다고 생각했다.

모든 인간의 힘으로는 어쩔 수 없는 추위와 어둠, 고독에 대한 공포가 1분씩 지나갈 때마다 더욱더 커져만 갔다. 그녀는 이미 죽어버린 것 같은 느낌이었다. 그녀는 자기가 죽은 줄 알고 다시 생명을 되찾고 싶을 정도였다. 그러나 아니었다. 헤티는 여전히 살아 있었다. 그녀는 무시무시한 연못에 아직 뛰어들지 않았다. 헤티는 이상하게도 서로 상반되는 비참함과 환희의 감정을 동시에 느꼈다. 비참한 감정은 자기가 아직도 죽지 않고 살아 있다는 실망감이었고, 환희의 감정은 다행히 자신이 죽지 않고 여전히 빛과 온기를 느끼며 살아 있다는 것이었다.

다시 말해 살아 있다는 것이 너무 기뻐서 환희를 느낀 것이다. 헤티는 몸을 따뜻하게 하려고 앞으로 갔다 뒤로 갔다 하면서 걸었다. 그 녀의 눈은 밤의 어둠에 점점 익숙해져서 자기 주변의 물체들을 식별하기 시작했다. 더 컴컴한 산울타리의 윤곽, 아마 들쥐일지도 모를 재빠르게 움직이는 생명체들이 풀밭을 가로질러 돌진하고 있었다.

헤티는 더 이상 어둠에 갇혀 있다는 기분이 들지 않았다. 자신은 들판을 지나 되돌아갈 수 있고, 들판의 계단도 넘어갈 수 있다고 생각했다. 바로 다음 들판에 들어서자 헤티는 양 우리 근처에 가시금작화 덤불이 있는 오두막집이 있었다는 것을 기억해냈다. 만약 그 오두막집에 들어갈 수 있다면 그녀는 몸을 따뜻하게 녹일 수 있을 것이다. 헤이슬롭에서 양이 새끼를 낳는 시기가 되면 알릭이 오두막집에서 밤을 지새웠던 걸 그녀는 기억해내고, 거기서 밤을 보낼 수 있을 것이라고 생각했다. 오두막집을 생각하자 그녀는 새로운 희망이 솟아나 바구니를 집어들고 들판을 가로질러 걸었다. 들판의 계단까지 곧장 걸어가는데도 시간이 제법 걸렸다. 그 계단을 찾기도 하고 걸어다니기도 하는 움직임이 헤티에게는 자극이 되어 어둠과 고독으로 인한 공포심을[200] 덜어 주었다. 다음 들판에는 양들이 있었다. 헤티가 들판의 계단을 넘어가 바구니를 내려놓자, 한 무리의 양들이 그녀를 보고 깜짝 놀라 도망치며 메에에 소리를 냈고, 그 소리가 헤티에게는 위안이 되었다. 양들이 내는 소리는 헤티의 짐작이 맞았다는 것이고 그 사실이 그녀를 안심시켜주었기 때문이다.

바로 이곳이 헤티가 오두막집을 보았던, 양들이 있던 그 들판이었다. 오솔길을 따라 똑바로 걸어가니 오두막집 앞에 다다랐다. 헤티는 반대쪽 문에 도착했고, 오두막집 울타리와 양 울타리를 따라 더듬더듬 길을 찾아갔다. 그렇게 따라 가다가 벽을 뒤덮고 있는 가시금작화에 손을 찔리기도 했다. 가시에 찔린 그 촉감이 어찌나 반가

---

200) 저녁 기도를 위한 기도서의 성가에 나온 제3본 기도. "모든 위험에서 나를 도와주소서."를 참조. "우리의 밝혀주소서, 오 하느님, 우리가 간구하나이다. 하느님의 커다란 자비심으로 이 밤의 위협과 온갖 위험에서 우리를 지켜주소서."

운지! 드디어 헤티는 쉴 곳을 찾은 것이다. 그녀는 손으로 더듬어 가다가 가시금작화에 찔리면서도, 오두막집 문을 찾아, 문을 밀었다. 오두막집은 악취가 진동하고 답답했지만 따뜻했다. 바닥에는 밀짚이 깔려 있었다. 그녀는 밀짚 위에 풀썩 주저앉았다. 추위와 어둠의 공포에서 벗어났다는 것만으로도 안도감을 느꼈다. 저절로 눈물이 흘러내렸다. 그녀는 윈저를 떠난 이후 지금까지 한 번도 눈물을 흘린 적이 없었다. 아직은 낯익은 땅 위에 머물고 있었고, 바로 옆에는 양이 노닐고 있으니 이 얼마나 기쁜 일인가! 헤티는 아직 자신이 살아 있다는 기쁨에 눈물을 흘렸다. 살아 있어서 팔다리에 느껴지는 감각이 그녀에게는 기쁨이었던 것이다. 헤티는 소매를 걷어올리고 생명에 대한 열정적인 사랑으로 자신의 팔에 키스했다. 한참을 흐느끼고 나자 몸에 온기가 돌면서 피곤했던 탓인지 계속 잠이 쏟아졌다. 그녀는 꾸벅꾸벅 졸다가 금방 꿈속으로 빠져들었다. 헤티는 꿈결에서 다시 연못가에 있는 자신의 모습을 보았다. 자신이 물속으로 뛰어든 줄 알고 깜짝 놀라 깨어났고 지금 자신이 어디에 있는지 어리둥절해졌다. 그러다 이윽고 꿈도 꾸지 않을 정도로 깊은 잠에 빠져들었다. 모자를 쓴 헤티는 가시금작화가 무성한 벽에 기대어 모자를 베개로 삼았다. 삶과 죽음의 공포 사이에서 이리저리 쫓기던 불쌍한 영혼은 꿈에서야 무의식적인 안도감을 느끼며 어떤 구원을 찾으려고 했다.

 아! 구원을 받았다고 안도하는 순간 바로 모든 것이 끝나버릴 것 같았다. 헤티는 꾸벅꾸벅 졸면서 꿈을 꾸었고, 그 꿈은 곧 또 다른 꿈으로 바뀌었다. 오두막집에 있는 그녀를 외숙모님이 손에 촛불을 들고 선 채 내려다보고 있는 꿈이었다. 그녀는 외숙모의 시선이 무서워 벌벌 떨다가 눈을 떴다. 촛불도 없는데 오두막집 안에 불빛이 비치고 있었다. 열린 문을 통해 집 안으로 들어온 이른 아침의 햇살이었다. 그리고 자신을 내려다보고 있는 어떤 얼굴이 있었다. 그건 낯선 이의 얼굴이었고, 작업복을 입은 나이 지긋한 한 남자의 얼굴이었다. 그는 퉁명스럽게 말했다.

"이봐요, 젊은 아가씨. 여기서 뭐 하는 거요?"

그녀는 외숙모의 시선을 느낀 허망한 꿈을 꿨을 때보다 돌연히 나타난 낯선 남자에 대한 현실의 무서움 때문에 두렵고 창피해서 벌벌 떨었다. 그녀는 자신이 남의 집에 함부로 들어와 자고 있다가 발각된 거지가 된 것같이 느껴졌다. 그래서 몹시 떨리는데도 불구하고 그녀는 당장 할 말을 찾아 남자에게 자신이 여기에 있게 된 상황을 아주 열심히 설명했다.

"북쪽으로 여행하던 중에 길을 잃었어요. 큰길을 벗어나 들판을 한참 걸어가다가 날이 저물어 버렸거든요. 제일 가까운 마을로 가는 길을 가르쳐 주시겠어요?"

헤티는 말하면서 일어났다. 그리고 손을 얹어서 모자를 바로 쓰고 바구니를 들었다.

남자는 아무 대답 없이 느릿느릿한 소같이 미련한 시선으로 잠시 동안 헤티를 쳐다보았다. 그리고는 몸을 돌려 문을 향해 걸어갔다. 문 앞에 이르자 가만히 서더니, 그녀를 향해 어깨를 절반쯤 돌리며 말했다.

"아가씨가 원하면 놀튼으로 가는 길을 가르쳐 줄 수 있소. 근데 큰길을 벗어나서 그 다음에는 어떻게 할 거요?"

책망 조의 거친 목소리로 그가 덧붙였다.

"조심하지 않으면 안 좋은 일을 당할 텐데……."

헤티는 대답했다.

"그럴 수도 있겠네요. 하지만 저는 다시 길을 잃지는 않을 거예요. 아저씨가 그 길로 가는 방법을 친절하게 가르쳐 주신다면 꼭 그대로 갈게요."

"왜 표지판(손가락 모양으로 방향을 가리키는 표지판)이나 길을 물어볼

만한 사람들이 있는 길로 계속 가지 않소? 누구든지 아가씨를 떠돌이 여인이라고 여기고 쳐다볼 게 뻔한데."
 그 남자가 훨씬 더 거친 목소리로 말했다.
 헤티는 이렇게 거칠고 나이 지긋한 남자가 무서워졌다. 게다가 떠돌이처럼 보인다는 마지막 말에 충격을 받았다. 헤티가 그 남자를 따라 오두막집 밖으로 나갈 때, 그 사람에게 길을 가르쳐 준 대가로 6펜스를 주기로 마음먹었다. 그러면 자신을 떠돌이로 생각하지 않을 것이다. 남자가 멈춰 서서 헤티에게 길을 가르쳐 주자, 헤티는 주머니에 손을 넣고 준비한 6펜스를 꺼내들었다. 그러나 그가 인사도 없이 돌아서서 가려고 하자, 그녀는 돈을 내밀며 직접 말했다.
 "고맙습니다, 길을 가르쳐 주신 데 대한 감사의 뜻으로 드리는 거니 받아주시겠어요?"
 그는 6펜스를 보더니 천천히 말했다.
 "나는 돈 따위는 필요 없소. 그리고 아가씨가 계속 미친 여자처럼 들판을 마구 쏘다니면, 누군가가 당신 돈을 훔칠지도 모르잖소. 그러니 잘 간수하시오."
 그는 더 이상 아무 말도 하지 않고 그 자리를 떠났다. 헤티는 계속 길을 갔다. 또 하루가 밝았고, 그녀는 정처 없이 돌아다녀야 했다. 물에 빠져 죽을 생각을 해봤자 아무 소용없는 일이었다. 적어도 먹을 것을 사 먹을 돈이 남아 있고, 여행을 계속할 힘이 남아 있는 한 그녀는 죽을 수 없었다. 하지만 오늘 아침에 일어났을 때 당한 뜻밖의 일로 자신이 돈을 다 써 버렸을 경우에 생길 무서운 고통을 더욱 절실히 실감하게 되었다. 그때에는 바구니와 옷을 팔아야 할 테고 그 남자의 말처럼 정말로 거지나 떠돌이 신세가 될 것이 분명했다. 지난밤 깜깜하고 추운 연못 속에 빠져 죽지 않고 살아 있다고 깨달았을 때 느낀 뛸 듯이 기뻐했던 마음은 이제는 다 사라져 버렸다. 아침 햇살이 비치자, 그녀는 현재 자신의 삶이 선명하게 보였다. 자기를 이상하게 쳐다보던 그 남자의 무서운 인상 때문에 그녀는 자신의 삶이 온통 공포로 가득 차 있는 것 같아 죽을 것만 같았다. 상황은 더욱 나빠진 것이다. 깜깜한 연못에서는 무서울 때 벌벌 떨며 뒷걸음이라도 쳤었지만, 지금은 그 공포에서 벗어날 방법을 찾을 수도 없었다. 그녀는 자기가 공포에 포박된 채 세상으로부터 쫓겨 다니는 신세처럼 느껴졌다.

헤티는 지갑에 있는 돈을 다 꺼내 보았다. 여전히 22실링뿐이었다. 며칠을 지내기에는 빠듯한 돈이었다. 그러므로 하루라도 빨리 다이나가 있는 스토니셔에 더 일찍 도착하기 위해서 그 돈을 써야 했다. 지난 밤 연못에서 몸서리치는 공포의 환영으로부터 달아났던 경험이 있어서인지 다이나 생각이 훨씬 더 간절하게 몰려왔다. 만약 이 길로 다이나에게 갈 수만 있다면, 그리고 그곳에서는 다이나 외에 아무도 자신을 모른다면, 헤티는 다이나에게 가겠다고 마음먹었을 것이다.

다이나의 부드러운 목소리, 애처로운 듯 바라보던 시선이 헤티에게 어서 자기에게로 오라고 부르는 것만 같았다. 결국 나중에는 다른 사람들도 헤티의 처지에 대해 알게 될 것이다. 하지만 사람들이 지금 이 사실을 알게 된다는 건 헤티의 자존심이 용납하지 않았다. 자존심 때문에 헤티는 죽음까지도 생각하지 않았던가!

헤티는 계속 헤매고 다니면서, 점점 더 깊은 절망의 구렁텅이에 빠져 용기를 잃어갔다. 그녀는 날이 갈수록 더욱더 피곤에 지치고 기운이 빠져서 걸을 힘도 없었다. 이러다간 꼭 죽을 것만 같았다. 그렇지만 헤티는 놀톤에서 다시 출발했다. 우리의 영혼은 속으로는 죽고 싶다고 생각했다가도 막상 죽음에 직면하면 두려움에 치를 떠는 이상한 현상을 보인다. 그녀는 스토니셔로 가는 가장 빠른 길을 물어보고 온종일 그 길을 따라 북쪽으로 걸었다.

오동포동한 아이 같은 얼굴을 가졌지만 무정하고 사랑이 부족한 헤티는 다른 사람의 슬픔을 돌아볼 마음의 여유도 없이 속 좁고 편협하게 자기 자신만 챙기면서 살아왔다. 그러나 이제 그녀는 자신이 그동안 모른 척했던 남들의 슬픔을 얼마나 쓰라린 가슴으로 절실하게 당하고 있는가! 그녀는 무거운 발걸음으로 터벅터벅 걷기도 하고, 피로에 지쳐버린 몸을 짐차에 맡기기도 하면서 멍하니 앞만 쳐다보았다. 어디로 가는지, 혹은 어디로 실려 가는지도 모르고 정처 없이 떠돌아다녔다. 배가 고프면 어디 가까운 마을이 없나 두리번거리며 불쌍하게 고생하는 모습은 차마 눈뜨고 볼 수 없을 정도로 내 마음을 무척 아프게 했다.

　헤티가 가려는 곳의 종착역은 어디인가? 그녀는 오로지 자존심을 지키기 위해 자기에게 관심을 보여주고 사랑해주던 모든 사람들을 멀리한 채, 마치 상처 입은 채 쫓기고 있는 짐승이 죽지 않으려고 발버둥치는 것처럼 목숨을 지키려고 몸부림치며 목적지도 없이 헤매고 있었다. 과연 헤티의 방랑은 어디에서야 끝이 나게 될까?

　신이시여! 나를 보호하시어 이런 고통을 당하는 사람이 되지 않게 하소서!

38

탐색

헤티가 집을 떠난 지 열흘이 지났을 무렵, 이때까지만 해도 홀 팜의 가족들과 아담은 모두들 여느 때처럼 하루하루의 일과를 보내며 아무 걱정 없이 평안하게 지냈다. 가족들은 헤티가 최소한 1주일 혹은 열흘 정도 집을 떠나 있을 거라고 예상했었고, 다이나가 헤티와 함께 돌아온다면 아마 조금 더 오래 머물러 있다가 오려니 생각하고 아무 걱정하지 않고 잘 지내고 있었다. 스노필드에서 헤티와 다이나가 둘이서 함께 해야 할 어떤 일이 있는 모양이라고 믿었다. 하지만 열흘이 지나고 또 2주일이 지나도 헤티가 집으로 돌아오지 않자 가족들은 좀 이상하게 생각하기 시작했다. 하지만 헤티가 다른 사람하고 같이 있는 것보다 다이나와 함께 있는 것이 훨씬 더 좋았나 보다 하고 생각했을 따름이었다.

그러나 아담의 입장에서는 헤티가 너무 보고 싶어 애가 탔다. 그래서 아담은 만약 헤티가 내일 토요일에도 돌아오지 않는다면, 일요일에는 직접 그녀를 데리러 가기로 결심했다. 일요일에 출발하는 역마차는 없었다. 하지만 날이 밝기 전에 출발하여 걸어가다가 도중에 짐마차라도 얻어 타게 된다면 예상보다 일찍 스노필드에 도착할 것이고, 그 다음날에는 헤티를 데리고 올 수 있을 것이다. 헤티가 홀 팜으로 온다고 하면 다이나도 함께 데려올 수 있을 것이다. 지금쯤 헤티는 꼭 집에 돌아와 있어야 했다. 그렇지 않으면 아담은 헤티를 데려오기 위해 월요일에 일을 쉬어야 한다.

 토요일 저녁, 아담이 홀 팜 농장에 가서 자신의 계획을 포이저 부부에게 말하자, 그들은 그의 계획이 좋다고 찬성했다. 특히 포이저 부인은 아담에게 반드시 헤티와 함께 돌아오라고 했다. 왜냐하면 3월 중순까지 준비해야 할 일들은 계속 쌓여 가는데, 헤티가 너무 오랫동안 집을 비웠고, 좋아서 놀러 다니는 사람이라고 해도 1주일이면 분명 충분하기 때문이었다. 또 포이저 부인은 그들이 꼭 다이나를 데려왔으면 좋겠다고 했다. 하지만 헤이슬롭의 사람들이 스노필드의 사람들보다 갑절은 더 비참하다고 다이나를 설득하지 못한다면 그녀를 집으로 데려오기 힘들 거라고 포이저 가족은 짐작하고 있었다. 포이저 부인이 결론적으로 말했다.

 "다이나한테 세상에서 하나뿐인 이모가 피골이 상접할 정도로 말라버렸다고 말해 봐요. 그리고 우리 가족이 다음 성 미카엘 축일 때면 20마일 이상 먼 곳으로 쫓겨나 낯선 사람들 사이에서 살다가 비통한 심정으로 죽게 될지도 모른다고 말해도 좋구요. 그러면 우리 아이들은 아빠도 없고 엄마도 없는 신세가 될 거라고 하세요."

 정말로 착실하고 진실한 태도만 보이는 포이저가 말했다.

 "아니지, 그건 아니야. 그렇게 나쁘지는 않잖아. 요즘 당신은 참 보기 좋다구. 매일 살도 오르고 있는 것 같은데 뭘……. 뭐 어쨌든 다이나가 오면 기쁠 거야. 다이나가 당신을 도와서 아이들을 돌봐 줄 테고, 아이들도 다이나라면 끔찍이 좋아하잖아."

 일요일 새벽 일찍 아담은 출발했다. 세스는 스노필드를 생각하며 1~2마일 정도를 아담과 함께 걸었다. 어쩌면 다이나가 다시 돌아올지도 모른다는 생각에 세스의 마음은 들떠 있었다. 일요일 아침이라서 두 형제는 가장 좋은 옷을 입은 채 차가운 아침 공기를 마시며 함께 걸어갔다. 세스는 걸어가면서 평온함을 느꼈다. 그날은 2월의 마지막 날 아침이었고, 길가의 초록빛 경계선 위에, 그리고 멀리 검은 산울타리 위에 하얀 서리가 살짝 내려 앉아 있었고, 하늘은 우울한 회색빛으로 낮게 드리워져 있었다. 그들은 경사면을 따라 언덕 아래로 넘칠 듯이 급히 내려가는 실개천의 콸콸 흐르는 소리와 희미하게 지저귀는 아기 새들의 울음소리를 들었다. 그들은 비록 말없이 걸어갔지만 서로의 다정함을 충분히 느끼고 있었다. 그들이 막 헤어지려고 할 때였다. 아담은 세스를 애정 어린 눈길로 바라보면서 어깨에 손을 얹었다.

"잘 있어, 세스. 너도 나와 함께 이 길 끝까지 가서 행복을 맛보았으면 좋겠구나."

세스가 명랑하게 말했다.

"나는 괜찮아, 형. 나는 이대로도 좋다구. 이러다가 어쩜 늙은 독신자가 될지도 모르겠어. 그럼 나중에 형의 아이들하고나 재미있게 웃고 떠들며 놀아주지, 뭐."

아담과 세스는 서로 반대편으로 돌아서서 멀어져 갔다. 세스는 그가 제일 좋아하는 찬송가 중 하나를 마음속으로 부르며 느긋하게 집으로 걸어갔다.

주님과 함께 가지 않는다면
아침이 되어도 어둡고 쓸쓸하리라.
주님께서는 내가 은총의 빛을 볼 때까지
내 마음속에 등불을 환히 비춰주시고
나의 눈을 기쁘게 하시고, 나의 마음을 따뜻하게 해주시리라
그때까지는 하루하루가 다시 돌아와도 즐겁지 아니하리라.

주님, 때가 되면 나의 영혼을 찾아오소서.
죄와 고뇌로 둘러싸인 어둠을 뚫고

주님의 찬란한 빛으로 나를 채워서
나의 모든 불신을 깨뜨려 주소서.
주님을 더욱더 많이 나타내시어
온종일 즐거운 날이 되도록 밝게 빛나소서."[201]

아담은 더욱 빠르게 걸었다. 그날 아침 해 뜰 무렵에 우연히 어떤 사람이 오크본으로 향하는 길을 따라서 걸어가는 키가 크고 가슴이 떡 벌어진 아담을 보았다면 참 기분 좋았을 것이다. 아담은 걸어가는 길에 하나둘씩 사람들이 눈에 띄기 시작하자, 기쁨에 넘치는 총명한 눈빛으로 짙은 푸른색의 언덕을 바라보면서, 군인처럼 단호하고 똑바른 자세로 마차만큼 빠르게 성큼성큼 걸어가고 있었다. 오늘 아침처럼 아담의 얼굴에 모든 근심 걱정의 그늘이 없고 홀가분한 표정을 보였던 적은 평생 거의 없었다. 건설적이고 실용적인 정신을 가진 사람답게 근심 걱정을 털어버려서인지 아담은 의욕이 넘쳐 주변의 모든 사물들을 더욱 세심하게 관찰하였다. 이 사물들에서 느낀 것을 잘 기억해 둔다면, 자신의 마음에 드는 계획을 세우고 고안하는데 훨씬 더 많은 준비를 미리 해 놓은 셈이 될 것 같았다. 머지않아 아내가 될 헤티에게 한 걸음 한 걸음 더 가까이 다가가고 있다고 느낄수록 아담은 오늘 아침 공기가 유난히 상쾌한 것 같아 행복했다.

아담은 지금 사랑으로 인해 행복에 푹 빠져 무슨 일이든 신나게 해낼 수 있을 것만 같았다. 때로는 헤티를 향한 강렬한 사랑이 엄습해서 그녀 외에는 아무 생각도 나지 않았다. 아담은 이런 모든 행복한 감정을 자기 혼자만 누리는 것 같아 어쩔 줄 몰라 했다. 자신의 삶에 이처럼 감미로운 일이 있다는 것이 참으로 고마울 따름이었다. 우리의 친구 아담은 비록 경건한 말은 별로 듣고 싶어하지 않았지만, 원래 헌신적인 마음을 가지고 있었다. 그의 애정은 존경심과 밀접한

---

201) 찰스 웨슬리의 찬송가 〈예수님, 예수님의 영광이 천국을 가득 채우시도다〉의 2절이다.

관계를 가지고 있어서, 애정이나 존경심 중 만일 어느 하나가 없어진다면 다른 것도 거의 느끼지 못할 것이다.

그는 사랑으로 넘쳐나는 행복에 감사하며 빨리 무슨 일이라도 하고 싶은 마음이 강렬해졌다. 오늘 아침에 그는 사람들에게 어떤 일을 해줄지 계획을 세우느라 골똘히 생각에 잠겼다. 이 지방은 전체적으로 길이 너무 형편없었다. 그래서 아담은 이렇게 험한 길을 한 번 제대로 고쳐 보자는 계획을 세워보았다. 자신이 살고 있는 지역의 불편한 길을 자기 혼자 도맡아서 좋은 도로로 만들어 놓는다면, 시골 신사 단 한 사람의 노력으로 사람들이 얼마나 많은 혜택을 누리게 될지 머릿속으로 계산하느라 바빠졌다. 오크본까지 10마일밖에 남지 않았다. 이제는 남은 길이 매우 짧은 것 같았다. 푸른 언덕이 보이는 멋진 마을 오크본에서 아담은 아침을 먹었다. 이 마을을 지나자, 주변 풍경이 점점 더 삭막해졌다. 더 이상 잎사귀들이 너울거리는 숲도 없었고, 드문드문 서 있는 농가 근처에는 가지를 넓게 뻗은 나무들도 없었다. 관목이 무성한 산울타리도 없었다. 대신 회색 돌담과 초라한 목초지가 번갈아가면서 나타났고, 음산한 석조 건물들이 울퉁불퉁한 땅 위에 널따란 자리를 차지하며 멀리 뚝 뚝 떨어져 흩어져 있었다. 그곳은 예전에는 광산이 있었지만 지금은 없어진 곳이었다. '헐벗은 땅이군.' 아담은 혼잣말을 했다.

'이런 데서 사는 것보다는 땅이 식탁처럼 평평하다고 사람들이 말하는 남쪽에서 사는 게 훨씬 낫겠어. 하지만 다이나는 사람들에게 가장 많은 위안을 베풀 수 있는 이런 시골에서 사는 것을 좋아하겠지. 아마 이곳 사람들에게는 다이나가 하늘에서 막 내려온 사람처럼 보일 거야. 아무것도 먹지 못한 사람들을 배부르게 먹이는 사막의 천사처럼[202] 말이지. 맞아. 그녀에게라면 이런 곳에 사는 것이 옳은 일

---

[202] 마태복음, 4:11. 그러자 마귀가 예수님에게서 떠나가고, 천사들이 예수님께 와서 시중을 들었습니다. 이와 같이 예수님이 황야에서 시험당한 후, 예수님을 찾아와 모셨던 천사를 빗대어 하는 말이다.

일지도 몰라.'

마침내 아담은 스노필드에 거의 다다른 것 같았다. 그러나 이곳은 커다란 물방앗간이 서 있는 계곡을 지나서 시냇물이 흐르고 있었고 그 주변의 낮은 들판은 초록빛으로 빛나고 있었다. 이런 풍경을 보고 아담은 스노필드가 아니라 그곳과 가까운 고장일 것이라고 생각했다. 왜냐하면 스노필드는 가파른 언덕 비탈길 위에 있어 으스스한 느낌이 들었고, 온통 바위투성이어서 삭막하기 그지없는 곳이기 때문이다. 세스가 이미 다이나가 있는 장소를 말해 주었기에 아담은 곧바로 이곳으로 들어가지 않았다.

다이나는 이 물방앗간에서 약간 떨어진 곳, 그러니까 외곽지역에 있는 짚으로 지붕을 덮은 시골집에서 나이가 지긋한 어느 노부부와 함께 살고 있었다. 낡은 시골집은 길옆에 있었고, 그 집 앞에는 조그만 감자밭이 있었다. 혹시 다이나와 헤티가 외출했다 하더라도, 아담은 그들이 어디에 갔는지 언제 다시 집으로 돌아올지 물어볼 수 있을 것이다. 아마 다이나는 몇몇 사람들에게 전도하기 위해 외출하고, 헤티는 집에 있으리라고 아담은 생각했다. 길가 옆에 있는 오두막집이 바로 눈앞에 보이자, 아담은 이제 곧 헤티를 만날 수 있다는 기쁨에 자기도 모르게 미소가 떠올라 얼굴빛이 환해졌다.

아담은 좁은 둑길을 따라 발걸음을 서둘렀다. 그리고 문을 두드렸다. 가벼운 중풍으로 머리를 흔들거리는 노파가 문을 열어 주었다.

아담이 물었다.

"혹시 여기 다이나 모리스가 있나요?"

"예? 아니 지금 집에 없는데……."

노파는 평소보다 더 느릿느릿하게 말을 하며 의아하다는 듯이 키가 크고 낯선 사람을 쳐다보며 대답했다.

"안으로 좀 들어와요."

노파는 막 생각이 났다는 듯 문에서 물러나며 덧붙였다.

"젊은이는 전에 왔었던 그 청년의 형인가 보군. 맞죠?"
 아담은 안으로 들어가면서 말했다.
 "네, 그 청년은 세스 비드입니다. 저는 그의 형 아담이구요. 세스가 아주머니와 마음씨 좋은 남편 분께 안부를 전해 달라고 하더군요."
 "아, 세스한테도 안부 전해 줘요. 참 상냥한 청년이더군요. 그러고 보니 젊은이도 그 청년이랑 닮았네요. 피부색이 좀더 거무스름한 것만 빼고요. 저 안락의자에 앉아요. 우리 집 양반은 집회(신교도들이 신성한 예배를 보기 위한 모임) 때문에 아직 집에 돌아오지 않았어요."
 아담은 머리를 떠는 노파에게 급하게 이런저런 질문을 하고 싶지 않아서 차분히 자리에 앉았다. 하지만 내심 헤티가 자신의 목소리를 듣고, 아래층으로 내려올지도 모른다는 생각에 구석에 있는 폭이 좁은 나선형 계단을 열심히 쳐다보았다.
 노파는 아담의 맞은편에 서서 물었다.
 "그래…… 다이나 모리스를 만나려고 왔어요? 음…… 다이나가 이 집을 떠나 멀리 갔다는 걸 몰랐나 보군요."
 아담이 대답했다.
 "그래요? 미처 몰랐습니다. 저는 그냥 오늘이 일요일이니까 다이나는 집에 없을 수도 있다고 생각했어요. 그런데 다른 젊은 여자는 집에 없나요? 혹시 다이나와 함께 갔나요?"
 노부인은 어리둥절한 표정으로 아담을 보았다. 노파가 되물었다.
 "다이나랑 함께 갔냐고요? 다이나는 하느님의 백성들이(신앙심 깊은 개신교인들이 스스로를 일컫는 말) 많이 살고 있는 리즈라는 곳에 갔어요. 좀 큰 도시죠. 혹시 젊은이도 소문으로 그곳을 들어본 적이 있을지도 모르겠네요. 금요일이면 다이나가 떠난 지 꼭 2주가 돼요. 그곳 교인들이 여행에 필요한 경비를 다이나에게 보내주었거든요. 원한다면 다이나의 방을 보여주리다."
 노파는 자신의 말에 아담이 어떤 충격을 받고 있는지 전혀 모른 채 방문을 열어주며 말을 계속했다. 아담은 일어나서 노파를 뒤따라갔다. 좁은 침대와 벽에 걸린 웨슬리의 초상화, 그리고 큰 성경책 위에 다른 몇 권의 책이 놓여 있었다. 아담은 이 작은 방을 갈구하는 눈빛으로 들여다보았다. 헤티가 그 방에 있을지도 모른다는 어처구니없는 희망을 가지고 있다가 방이 텅 비어 있는 걸 확인하고는 처음 몇 초 동안은 말문이 턱 막혀버렸다. 그러다 아담은 헤티가 이곳으로 오던 중에 무슨 일을 당했을지도 모른다는 두려움에 사로잡혔다. 노파는 말과 행동이 너무 느려서 어쩌면 헤티가 스노필드에 있다는 것을 모를 수도 있다는 생각이 들었다.
 노파가 말했다.
 "그 여자가 여기 없다는 걸 몰랐다니 안됐네요. 혹시 그녀를 만나려고 일부러 고향집을 떠나 여기 멀리까지 온 거예요?"
 갑자기 아담이 물었다.
 "그런데…… 헤티, 헤티 소렐은…… 어디 있죠?"
 이상하다는 듯이 노파가 말했다.
 "나는 그런 사람은 몰라요. 이름도 처음 듣는걸? 혹시 스노필드에서 소문으로 들은 이름인가요?"
 "어떤 젊은 여자가 이곳에 오지 않았나요? 다이나 모리스를 만나려고요. 아주 젊고 예쁜 여자예요. 한 보름 전 금요일쯤 오지 않았어요?"
 "아뇨, 나는 젊은 여자라고는 본 적이 없어요."
 "잘 좀 생각해보세요. 확실해요? 검은 눈, 곱슬곱슬한 검은 머리카락에 붉은 망토를 입고 팔에는 바구니를 낀 18살의 소녀예요. 혹시 부인께서 그 소녀를 보셨다면 틀림없이 기억할 텐데요."
 "보름 전 금요일이라면 다이나가 떠난 바로 그날인데, 아무도 오지 않았어요. 그리고 방금 당신이 올 때까지 이제껏 다이나를 찾아온 사람은 아무도 없었어요. 이 근처에 있는 사람들은 다이나가 떠난 것을 다들 알고 있거든요. 이봐요, 젊은이. 무슨 문제라도 생겼소?"

노파는 아담의 얼굴이 두려움으로 새파랗게 질리는 것을 보았다. 그래도 아담은 어리둥절해 하거나 당황하지 않았다. 아담은 어디로 가야 헤티에 대해 물어볼 수 있을지 골똘히 생각하고 있었다.

"보름 전 금요일에 젊은 여자가 다이나를 만나러 가겠다고 우리 고향을 떠났습니다. 저는 그녀를 다시 데려가려고 찾아온 거구요. 혹시 그녀에게 무슨 일이 생긴 건 아닌지 걱정이 되네요. 제가 이러고 있을 때가 아닌 것 같습니다. 안녕히 계세요."

아담은 서둘러서 시골집 밖으로 나갔고, 노파는 문 앞까지 따라나와 읍내를 향해 뛰다시피 걸어가는 아담을 흔들거리는 머리로 슬픈 듯이 지켜보았다. 아담은 오크본 역마차 정거장에서 헤티의 행방을 알아보려고 했다.

정말로 헤티 같아 보이는 젊은 여자는 그곳에 나타난 적이 없다고 했다. 보름 전 역마차에서 어떤 사고라도 있었던 것일까? 아담은 그날 오크본으로 가는 마차가 없어서 되돌아갈 수 없었다. 그렇지만 아담은 걸어서라도 갈 참이었나. 너무 막막해서 아무것도 할 수 없었다. 마냥 이곳에 머물러 있을 수는 없는 노릇이었다. 아담은 굉장히 불안해하며 바지 주머니에 손을 넣은 채 휑한 길을 고집스럽게 쳐다보고 있었다. 제발 아무 일 없기를 바라는 간절한 마음으로 이러지도 저러지도 못한 채 많은 시간을 허비하고 있었다. 그러자 이런 아담의 모습을 보고 안타깝게 여겼던지 여인숙 주인이 자기와 상관없는 일이지만 오늘 밤 자기의 전세 짐마차로[203] 아담을 오크본까지 데려다 주겠다고 제안했다. 그러나 시간은 아직 오후 5시도 채 되지 않았다. 저녁을 먹고 10시 전에 오크본에 도착하려면 아직도 시간이 너무 많이 남아 있었다. 여인숙 주인은 그를 오크본에 데려다 주고 싶어했고 그러려면 오늘 밤에 출발해야 한다고 말했다. 그래도 걸어가거나 다른 마차를 얻어 타는 것보다는 월요일 하루를 벌게 된 셈이라는 것이다.

  아담은 마지못해 저녁을 먹으려고 했지만, 결국 아무것도 먹지 못하고 주머니 속에 음식을 넣었다. 그리고 맥주 한 모금을 마시고 나서 떠날 준비가 되었다고 말했다. 여인숙 주인과 함께 작은 시골집에 도착했을 때, 아담은 노파에게 리즈의 어느 곳에서 다이나를 찾을 수 있는지 알아봐야겠다고 생각했다. 만약 홀 팜에 어떤 걱정거리가 생겼다면, 아담은 혹시 홀 팜에 어떤 걱정거리가 생겼을지 모른다는 예감을 조금이나마 인정하고, 포이저 부부가 다이나를 불러오려고 할 경우에 대비해서 다이나는 자기가 어디로 갔는지 노파에게 말했을지도 모른다고 생각했다. 그렇지만 다이나는 어떤 주소도 남겨두지 않았다. 노파는 이름에 대한 기억력이 약해서, 리즈에 살고 있는 다이나의 제일 친한 친구이며 그들의 교파에 소속된 '축복 받은 여자' 의 이름을 기억해내지 못했다.

  전세 마차를 타고 긴 여행을 하는 동안, 아담은 집요한 두려움과 간절한 희망으로 별의별 억측을 다 해 보았다. 헤티가 스노필드에 없다는 사실을 알고 충격을 받은 순간, 아담의 마음속에는 맨 처음 아서에 대한 의심이 들었고, 고통이 날카로운 화살처럼 휙 스쳐 지나갔다.

  아담은 이런 생각을 참을 수 없었다. 그래서 그는 이런 생각 말고 다른 이유로 이 놀라운 사실을 해명해보려고 발버둥 쳤다. 그래야만 그런 고통스런 생각이 되살아나지 않을 것 같았다. 무슨 사고가 생

---

203) 바퀴가 두개이고 덮개가 없는 이륜 짐마차로 한 마리 말이 끌고 다닌다. 1795년, 법에 따라 해마다 10실링이라는 세금을 냈으나 후에는 면세되어 농・상업용으로 사용했다. 이 차는 '전세 짐마차' 라는 간판과 소유자의 성함과 주소를 붙이게 했다. 택시와는 전혀 다른 개념의 짐마차이다.

겼을지도 모른다. 헤티에게 우연히 어떤 일이 생겨 그녀가 오크본에서 마차를 잘못 탔을지도 모른다. 헤티가 혹시 병에 걸렸다면 가족들에게 알려서 놀라게 하고 싶지 않았을 것이다. 그러나 이렇게 막연하고 불가능한 일로 헤티의 행방을 변명해 봤지만 덧없는 일이었고, 오히려 아담의 마음을 분명하고 고통스런 두려움으로 급격히 휩싸이게 만들 뿐이었다.

 헤티는 사랑하지도 않는 아담을 사랑한다고, 결혼할 수 있다고 스스로 속여 온 것이다. 하지만 헤티는 역시 아서를 내내 사랑하고 있었던 것이다. 그래서 아담과의 결혼이 닥쳐오자 절망에 빠져서 도망을 쳤을지도 모른다. 그렇다면 혹시 헤티는 아서에게 간 것이 아닐까? 아담은 해묵은 분노와 질투심을 다시 한 번 느꼈다. 혹시 아서가 나를 속인 것은 아닐까? 헤티가 다른 남자의 아내가 되는 걸 참을 수 없었던 아서가 그녀에게 편지를 보내서 자기한테 오라고 유혹하지 않았나 하는 의심이 번쩍 들었다. 모든 일은 아서가 꾸민 것이다. 아담은 아서가 헤티에게 아일랜드로 자신을 찾아오는 방법을 가르쳐 줬을 것이라고 의심했다. 그는 아서가 3주 전에 아일랜드로 떠났다는 것을 체이스 장원에서 들어서 이미 알고 있었다. 자신과 약혼한 후, 헤티가 항상 슬퍼하던 모습을 아담은 아주 괴로운 추억으로 과장해서 회상했다. 어리석게도 자신은 활기차고 자신만만했구나. 가엾은 헤티는 오랫동안 스스로의 마음도 알지 못했었는데……. 자기가 옆에서 지켜주고, 성실한 사랑을 보여주니까 순간적으로 자신한테 마음이 끌려서 그녀는 아서를 잊었다고 생각했던 모양이었다. 그러니 헤티를 비난한다는 것은 아담에게는 있을 수 없는 일이었다.

 헤티는 자기에게 이처럼 지독한 고통을 안겨주려는 의도는 결코 없었을 것이다. 비난해야 한다면 오로지 이기적으로 헤티의 마음을 희롱하고 일부러 그녀를 유혹해서 고향을 등지게 만든 아서를 비난해야 마땅하다.

오크본에서 만난, 로얄 오크에 사는 마부는 아담이 설명한 젊은 여자가 약 보름 전에 트레들스톤 역마차에서 내렸다는 사실을 기억해 냈다. 예쁜 여자가 뭔가 급한 듯이 서두르는 모습은 쉽게 잊히지 않으니까 말이다. 마부는 젊은 여자가 스노필드를 통과하는 벅스톤 마차를 타지 않은 걸 확실히 기억해 냈다. 하지만 마부는 계속 말을 몰고 가는 바람에 헤티의 모습을 놓쳤고, 다시는 그녀를 보지 못했다고 말했다. 아담은 스토니톤행 역마차가 출발했던 역으로 곧장 갔다. 헤티의 목적지가 어디였던 간에 분명히 맨 처음에 찾아간 장소가 스토니톤이었던 것은 확실했다. 왜냐하면 그녀는 마차가 다니는 큰 길 외에는 다른 어떤 길로도 가려고 하지 않았을 것이다. 이곳 사람들 또한 헤티를 보았고, 마부 옆에 상자 같은 자리에 앉았던 것도 기억해냈다. 하지만 그 마부는 찾을 수 없었고, 마부를 대신해서 다른 사람이 지난 사나흘 동안 큰 길에서 역마차를 몰고 있었다. 스토니톤에서 역마차가 머무는 여인숙에 가서 물어보면 아마 그 마부를 찾을 수 있을 것 같았다. 아담은 몹시 걱정하면서 비탄에 잠긴 채 아침까지 휴식을 취하면서 기다릴 수밖에 없었다. 아니, 마차가 출발하는 11시까지 기다려야만 했다.

헤티를 마차로 태워다 준 늙은 마부는 그날 밤까지 마을에 나타나지 않았다. 때문에 아담은 또다시 하루를 스토니톤에서 지체하게 되었다. 드디어 그 마부가 나타났고 그는 헤티를 잘 기억해냈다. 마부는 그때 자기가 헤티에게 건넸던 농담까지 인용해가며 아담에게 여러 번 말해주었다. 마부는 자기가 농담을 했을 때, 헤티가 웃지 않아서 뭔가 심상치 않은 일이 있을 거라 예상했다며 똑같은 어조로 되풀이해서 들려주었다. 그러나 여인숙 사람들이 그랬던 것처럼, 마부도 헤티가 마차에서 내린 후에는 그녀를 보지 못했다는 점을 강조했다.

다음날 아침 아담은 마차가 출발하는 곳에서 마을로 들어가며 집집마다 들러서 헤티의 행방을 물어보았다.(하지만 아무 소용없는 일이라는 걸 독자들도 알 것이다. 헤티는 마차를 타고 스토니톤에서 출발한 게 아니라 날씨가 흐린 날 아침에 직접 걸어서 떠났기 때문이다.)

 아담은 길이 갈라지는 첫 번째 통관문을 지나 걸어가면서, 거기에서도 헤티의 흔적을 찾을지도 모른다는 희망으로 집집마다 물어보았다. 그것도 소용없었다. 헤티는 더 이상 어떤 흔적도 남겨두지 않았기 때문이다. 이제 아담이 해야 할 일은 집으로 돌아가 홀 팜에 있는 가족들에게 헤티가 사라졌다는 비참한 소식을 전하는 힘든 일뿐이었다. 그리고 소식을 전달하는 일보다 우선 해야 될 일은 두 가지 결심을 분명히 하는 것이었다. 그것은 그가 헤티를 찾아 이리저리 헤매는 동안 자신의 마음을 계속 어지럽혔던 생각과 감정의 소용돌이 속에서 내린 결심이었다.

 하나는 헤티에 대한 아서 도니손의 행동을 꼭 말해야 할 필요가 있을 때까지는 아무 말도 하지 않겠다는 것이었다. 혹시 헤티가 지금이라도 돌아올지도 모르는데, 자신이 그걸 밝혀버리면 그녀는 상처와 모욕을 받을 것이 뻔하기 때문이었다. 그리고 또 하나는 집에 돌아오자마자 아일랜드로 떠날 준비를 해야 하는 것이다. 아일랜드로 떠나려면 오랫동안 집을 비워야 한다. 집을 비우게 될 동안을 대비해 필요한 일들을 미리 처리해 두어야 했다.

 아담은 만약 그곳으로 가는 도중이라도 길에서 헤티의 흔적을 찾지 못하면, 곧장 아서 도니손을 찾아가 헤티의 행방에 대해 얼마나 알고 있는지 직접 확인해야겠다고 결심했다. 그는 이런 계획에 대해 어윈과 상의해 볼까 하는 생각을 몇 번이나 했다. 그러나 어윈에게 모든 것, 즉 아서의 비밀을 발설하지 않는다면 이것은 다 쓸데없는 이야기가 될 것이다. 이상하게도 아담은 끊임없이 헤티의 행방에 대해 생각하면서도, 그녀가 아서가 윈저에 없다는 사실을 모른 채 그곳으로 갔을 거라는 생각은 꿈에도 하지 못했다. 왜냐하면 아서가 부르지 않았는데도 헤티가 그를 찾아가려 했을 것이라고는 전혀 생각조차 못했기 때문이다. 더더구나 지난 8월에 받은 편지 때문에 헤티가 이렇게 되어버렸다는 건 아담은 상상도 하지 못했다. 아담은 마음속으로 헤티가 사라진 두 가지 이유를 생각해보았다. 아서가 또다시 편지를 써서 그녀를 꾀어냈거나, 아니면 단순히 헤티가 아담과의 결혼을 피해 도망친 것이라고 생각했다. 왜냐하면 그녀는 자기를 진심으로 사랑하지 않았고, 만약 약혼을 취소하면 가까운 친지들이 몹시 화를 낼 것이 두려웠기 때문이리라.

　아담은 아서에게 곧장 가야겠다고 마지막으로 결심한 뒤, 다시 한번 헤티를 찾아보려고 사방으로 물어봤지만 소용이 없었다. 그는 아무런 성과도 없이 이틀을 보내버렸다는 생각에 괴로워했다. 아담은 헤티가 어디로 갔는지 확신이 드는 장소로 그녀를 뒤따라가겠다는 결심을 포이저 부부에게 말하지 않은 채, 가능한 한 멀리까지 가서 그녀를 찾아보겠다는 말밖에 할 수 없을 것이다.

　아담이 트레들스톤에 도착했을 때는 화요일 밤 12시가 지나서였다. 아담은 어머니와 세스를 깨우고 싶지 않았고, 또 그 시간에 그들이 묻는 말들도 피하고 싶어서, '웨깅 오버스로우' 선술집으로 가서 옷도 벗지 않은 채 침대에 누워버렸다. 그리고 너무 피곤해서 깊이 잠들었다. 하지만 4시간도 채 자지 못하고, 희미한 여명이 비추는 5시 이전에 일어나 다시 집을 향해 출발했다. 아담은 항상 주머니 안에 작업실 문 열쇠를 가지고 다니기 때문에 언제든지 작업실 안으로 들어갈 수 있었다. 아담은 어머니가 잠에서 깨지 않도록 조심스럽게 들어가려 했다. 어머니에게 새로운 걱정거리를 전하고 싶지 않았기 때문에, 먼저 세스를 만나 적당한 때에 어머니께 말씀드리라고 당부할 생각이었다.

　아담은 뜰을 따라 조용히 걸어가서 문에 열쇠를 꽂고 천천히 돌렸다. 그러나 그의 예측대로 작업실에 누워 있던 짚이 요란하게 짖어댔다. 짚이 짖지 않게 하려고 아담이 손가락을 들어 입에 갖다 댔다.

그러자 짖지도 못하고 꼬리를 흔들지도 못하면서 기뻐서 어쩔 줄 모르겠다는 듯 주인의 다리에 기대어 몸을 비벼댔다.

비탄에 잠긴 아담은 자신을 반기는 애완견 짚에게 아무런 관심도 보여주지 못했다. 아담은 의자에 몸을 던지고 나서 쌓여 있는 나무와 주변의 일거리들을 멍청하게 바라보았다. 다시는 일을 하면서 즐거움을 느끼지 못하리란 생각이 들었다. 짚은 주인에게 뭔가 좋지 않은 일이 생겼다는 걸 어렴풋이 알아차린 듯 아담의 무릎에 텁수룩한 회색빛 머리를 기대며 눈썹을 찡그리고 아담을 올려다보았다. 일요일 오후 이후부터 지금까지 아담은 자신의 일상생활과 아무런 관계도 없는 낯선 장소로 가서 낯선 사람들 사이에서 계속 지냈었다. 마침내 오늘 아침 새로운 해가 뜰 무렵, 아담은 자기 집으로 돌아왔지만 주변에 있는 낯익은 물건들은 예전의 매력을 영원히 상실한 것 같아 쳐다보기도 싫어졌다.

이제 고되고, 피할 길 없는 고통이 된 현실은 새로운 부담이 되어 아담을 짓눌렀다. 아담의 오른쪽 앞에는 그가 틈틈이 만든 아직 완성되지 않은 서랍장이 있었다. 이건 헤티와 함께 이 집에 살게 되었을 때 그녀가 사용할 수 있도록 만들고 있었던 물건이었다.

세스는 아담이 들어오는 소리는 듣지 못했지만 짚이 짖는 소리를 듣고 눈을 떴다. 아담은 세스가 윗방에서 옷을 입으며 부스럭거리는 소리를 들었다. 세스가 일어나자 맨 처음 생각한 것은 자신의 형 아담이었다. 마음이 편치 않겠지만 형은 내일까지 끝내야 할 일이 있어서 오늘은 반드시 집에 돌아올 것이다. 하지만 이번만큼은 예상했던 것보다 더 오래 형이 휴가를 즐기고 왔으면 좋겠다고 세스는 생각했었다. 혹시 형이 다이나와 함께 돌아왔을까? 오직 그것만이 세스가 기대할 수 있는 가장 큰 행복이었다. 세스는 다이나가 결혼을 생각할 정도로 자신을 진정 사랑한다는 희망은 전혀 갖지 않았다. 다만 세스는 자신이 다른 여자의 남편이 되기보다는 다이나의 친구나 오빠가 되는 것이 차라리 낫겠다고 종종 말해 왔었다. 그렇게 바라는 대로만 된다면, 자신은 다이나와 항상 가까이 살게 되니 얼마나 좋겠는가!

세스는 아래층으로 내려가 짚을 들어오게 하려고 작업실로 통하는 안쪽 문을 열었다. 그러나 뜻밖에도 아담이 술이 깨지 않은 주정뱅이처럼 움푹 들어간 멍한 눈으로 씻지도 않은 채 힘없이 의자에 앉아 있는 것이 아닌가!

세스는 형의 창백한 모습을 보고 커다란 충격을 받아 꼼짝 못 하고 출입문에 그대로 멈춰버렸다. 세스는 아담이 왜 그런 모습으로 있는지 금방 눈치 챘다. 아담은 술에 취한 것이 아니라 어떤 큰 불행한 일을 당한 것이다. 아담은 말없이 세스를 올려다보았고 세스는 선뜻 말이 나오지 않아, 그저 떨면서 의자 앞쪽으로 다가갔다. 세스가 낮은 목소리로 아담의 옆에 있는 의자에 앉으면서 말했다.

"하느님, 자비를 베풀어 주소서. 에디, 무슨 일이 생긴 거야?"

아담은 아무 말도 할 수가 없었다. 슬픔을 잘 억누르던 이 강인한 남자는 자기를 동정하는 사람과 처음으로 마주하게 되자, 어린아이처럼 가슴속에서 서러움이 북받쳐 오르는 것을 느꼈다. 아담은 세스의 목에 기대어 흐느껴 울었다.

어렸을 때부터 지금까지 지내온 일을 쭈욱 돌이켜 봐도, 아담이 흐느껴 운 적은 한 번도 없었다. 세스는 최악의 사태를 맞이할 각오를 했다. 아담이 머리를 들고 정신을 차리자 세스가 낮은 어조로 물었다.

"형, 혹시⋯⋯ 죽은 거야? 헤티가 죽었어?"

"아니야, 세스. 어디론가 사라져 버렸어. 헤티가 우리에게서 멀리 떠나가 버렸다구. 그녀는 스노필드에는 온 적이 없다는 거야. 헤티가 떠난 바로 그날, 보름전인 지난 금요일 이후로 다이나는 계속 리즈에 가 있었대. 헤티가 스토니톤에 도착한 후로 갔을 만한 곳을 도저히 찾을 수가 없었어."
 세스는 놀라 말문이 막혔다. 헤티가 사라진 이유를 알 수 없었기에 그는 형에게 무슨 말을 해줘야 할지 갈피를 잡지 못했다. 마침내 세스가 물었다.
 "헤티가 왜 그랬는지는 알아?"
 "아마 나를 사랑할 수 없었나 봐. 시시각각 결혼식이 다가오자 참을 수가 없었겠지. 틀림없이 그랬을 거야."
 아담이 말했다. 그는 그 이상은 말하지 않기로 결심했다.
 세스가 말했다.
 "소리가 나는 걸 보니 어머니께서 일어나셨나 봐. 어머니한테 말씀드려야 할까?"
 "아냐, 아직은 안 돼."
 아담은 정신을 차리려는 듯이 얼굴에 흘러내린 머리카락을 쓸어 올리고 의자에서 일어났다.
 "아직은 어머니께 말씀드릴 수 없어. 먼저 홀 팜과 마을에 다녀온 다음 곧바로 떠나야 해. 내가 어디로 가는지는 너한테도 말할 수 없어. 그러니 어머니께는 내가 무슨 일인지는 잘 모르지만 아무튼 사업 때문에 떠났다고 말씀드려. 일단 좀 씻고 바로 떠나야겠다."
 아담은 작업장 문 쪽으로 한두 걸음 걷다가 되돌아보았다. 아담의 눈이 고요하고 슬픈 세스의 눈과 마주쳤다. 아담이 말했다.
 "양철 저금통에 모아두었던 돈을 모두 꺼내 가겠지만, 세스, 혹시 나한테 무슨 일이 생기면 남은 것은 모두 네 것으로 알고 어머니를 잘 보살펴주기 바란다."
 세스는 얼굴이 창백해지더니 몸을 부들부들 떨었다. 세스는 이 모든 상황으로 봐서 어떤 끔찍한 비밀이 있다는 걸 간파했다. 세스가 힘없이 말했다.
 "형님!"

그는 사태가 긴박한 순간이 아니면 절대 아담을 '형님' 이라고 부른 적이 없었다.

"나는 형님이 신의 은총을 구하지 못할 정도로 무슨 일을 저질렀을 리가 없다고 믿어요." [204]

아담이 말했다.

"아냐, 세스. 걱정하지 마. 그냥 남자로서 당연히 해야 할 일을 하는 것뿐이니까. 아무 일도 아냐."

만약 세스가 어머니에게 아담의 걱정거리를 말씀드리면, 어머니는 분명 자기가 늘 말해온 대로 헤티가 아담의 아내로 어울리지 않는 게 증명되었다고 할 것이다. 그리고 절반은 억누를 수 없는 기쁨으로, 또 절반은 섣부른 애정으로 잔소리를 해가며 아담을 괴롭힐 것이 불을 보듯 뻔했다. 이런 이유로 아담은 항상 그랬듯이 자신을 자제하고 단호한 결심을 했던 것이다. 어머니가 아래층으로 내려오자, 아담은 집으로 돌아오는 도중에 몸이 아파서 트레들스톤에서 밤새도록 앓았다고 말했다. 그리고 어제 심하게 아팠던 두통이 오늘 아침까지 이어져서 얼굴이 창백하고 눈이 무겁게 보이는 것이라고 설명했다.

아담은 일단 마을로 가서 자신이 해야 할 일을 한 시간 정도 살펴보고, 버즈에게 어쩔 수 없이 다시 여행을 떠나야 하니, 다른 사람에게는 일체 말하지 말라고 부탁해야겠다고 결심했다. 아담은 되도록이면 아침식사 시간은 피해서 홀 팜에 들르고 싶었다. 왜냐하면 아이들과 하인들이 모두 집 안에 있을 시간에, 헤티와 함께 돌아오지 못한 이유를 들으면 식구들 모두가 틀림없이 놀랄 것이기 때문이었다.

아담은 마을에 있는 일터에서 9시가 될 때까지 머물렀다. 그러고 나서 들판을 가로질러, 홀 팜 농장을 향해 출발했다. 그는 홈 클로즈

---

204) 아담이 자살할 거라 생각하고 그 일을 신의 은총을 구하지 못할 일을 저지를 리가 없다는 추측의 말.

농장에 가까이 다가갔을 때 포이저가 자신에게 다가오는 것을 보고 안도했다. 이렇게 되면 홀 팜으로 가지 않아도 되기 때문이다. 3월의 아침, 포이저는 마음속으로 이 봄에 할 일들을 생각하면서 활기차게 걸어오고 있었다. 포이저는 짐마차를 끄는 새로운 말과 함께 길을 걷고 있었다. 스퍼드(날의 폭이 좁은 기구로 땅을 파는데 쓰인다.)를 메고 친구처럼 동행해주는 이 쓸모 많은 말이 대견스럽다는 눈빛으로 포이저는 편자를 박은 말발굽을 쳐다보면서 걸어오고 있었다. 포이저는 아담을 보고 굉장히 놀랐다. 하지만 그는 어떤 불길한 일을 미리 예견할 만한 사람은 아니었다.

"아니, 아담 아닌가? 근데 왜 혼자인가? 아이들이랑 같이 온 거 아냐? 모두 어디 갔나?"

아담은 포이저와 함께 다시 되돌아가기를 바라는 듯 돌아서며 말했다.

"저는 헤티와 다이나를 데려오지 못했어요."

포이저가 아담을 날카롭게 쳐다보면서 물었다.

"자네, 안색이 안 좋아 보여. 거기서 무슨 일이 있었나?"

"네."

아담이 무겁게 말했다.

"슬픈 일이 생겼어요. 헤티는 스노필드에 없었어요."

이 놀라운 소식을 듣자 선량한 포이저의 얼굴에는 불안한 기색이 역력했다.

"뭐? 헤티를 못 찾았어? 그 애한테 무슨 일이 생긴 거야?"

포이저는 헤티가 어떤 사고를 당했나 하는 생각이 퍼뜩 들었다.

"글쎄요, 헤티한테 무슨 일이 일어났는지 모르겠어요. 스노필드에는 온 적도 없었대요. 스토니톤행 역마차를 탔다고 해서 제가 거기까지 가봤어요. 그런데 역마차에서 내린 이후의 행적에 대해서는 아무것도 알아낼 수 없었어요."

"자네 혹시…… 헤티가 도망갔다고 생각하나?"

포이저는 너무 놀랍고 당혹스러웠다. 지금 이 사실이 얼마나 심각한 일인지 전혀 실감이 나지 않는 듯 그는 그 자리에 꼼짝 않고 서서 물었다.

아담이 말했다.

"헤티한테는 그 방법밖에 없었나 봐요. 저와의 결혼이 내키지 않는데 결혼식은 가까워오고…… 맞아요. 그럴 수밖에 없었을 거예요. 아마도 그녀는 그동안 자기의 감정을 착각한 것 같아요."

마틴 포이저는 자신이 무엇을 하고 있는지도 모르는 채 멍하니 땅을 보고 스퍼드로 풀뿌리를 뽑으면서 1~2분 동안 침묵하고 있었다. 평상시에도 그의 언행은 느린 편이었지만 고통스러운 이야기를 나눌 때는 세 배는 더 느려졌다. 마침내 포이저는 아담의 얼굴을 똑바로 쳐다보며 말을 꺼냈다.

"그렇다고 헤티가 자네한테 이럴 자격은 없어. 헤티는 내 질녀니까 잘못은 다 나한테 있네. 항상 그 애한테 자네와 결혼하라고 성화였거든. 자네한테는 정말 무어라 할 말이 없군. 더 애써봤자 속만 상할 거야. 이 일로 자네가 당혹스럽고 무척 속상할 것 같아 걱정이 되는군."

아담은 아무 말도 할 수가 없었다. 얼마 동안 걷다가, 포이저는 계속 말했다.

"나는 헤티가 귀족 집 하녀가 되려고 떠난 건 아닐까 하는 생각이 드는군. 6개월 전부터 그 애는 계속 그 생각만 하면서 내가 허락해주기를 바랐거든. 나는 그 애가 잘 지내기를 바라는 마음에서 반대했던 건데……."

포이저는 천천히 그리고 애처롭게 머리를 흔들면서 덧붙였다.

"나는 다 그 애를 위해서 그랬던 건데…… 일이 이렇게 되리라고는 생각지도 못했어. 자네와 결혼을 약속한 다음부터는 모든 걸 잘 준비해 왔었거든."

아담은 포이저의 이런 억측에 맞장구라도 치고 싶은 심정이었다. 그랬다. 그는 포이저의 말이 맞다고 믿고 싶었던 것이다. 게다가 헤티가 아서에게 갔을 거라는 확실한 증거도 없었으니까.

아담은 가능한 한 조용한 어조로 말했다.

"차라리 이렇게 된 게 더 나을지도 몰라요. 만약 헤티가 저를 남편으로 받아들이지 못한다면 말입니다. 나중에 후회하는 것보다는 지금 도망치는 게 더 잘한 일인지도 모르죠. 그리고 혹시 집을 떠나 있는 게 너무 힘들다 싶으면 다시 돌아올지도 모르잖아요. 만약 헤티가 돌아오면 너무 심하게 야단치지는 마세요."

"아마 옛날처럼 야단치지는 못할 거야."

포이저가 분명하게 말했다.

"아무리 그래도 헤티가 자네한테 이러면 안 되지. 우리한테도 마찬가지고. 이 일은 분명 그 애가 잘못한 거야. 하지만 나는 그래도 그 애에게서 등을 돌릴 수는 없어. 아직 어려서 그랬을 거야. 그러고 보니 내가 알기로 그 애가 남에게 해를 끼친 건 이번이 처음이군. 집사람한테 이 일을 어떻게 말해야 할지, 참…… 근데 다이나는 왜 함께 오지 않았나? 다이나라도 있으면 집사람을 진정시키는데 조금이라도 도움이 될 텐데……."

"다이나도 스노필드에 없었어요. 2주 전에 리즈로 떠났더라구요. 또 다이나가 머물던 집의 노파는 아무것도 모른다고 하니, 리즈에 가본다고 한들 다이나가 어디에 있는지 알 수도 없구요. 그러니 그냥 돌아올 수밖에요. 안 그랬다면 꼭 다이나를 데려왔을 거예요."

"낯선 사람들 앞에서 설교하며 지내는 것보다는 친척들하고 함께 있는 게 더 나을 텐데…… 왜 그러는지 원……."

포이저가 서운한 듯이 말을 흐렸다.

"저는 일이 많아서 이만 가야겠어요."

"그래, 자네는 일에서만큼은 최고니까. 그나저나 이제는 내가 걱정이구먼. 집에 가서 뭐라고 말해야 할지…… 참 막막하군."
 아담이 말했다.
 "아저씨, 부탁 하나 드릴게요. 한 보름 동안은 헤티의 일을 말하지 말아주세요. 저도 아직 어머니한테 말씀드리지 않았어요. 일이 어떻게 진행될지 아직 모르잖아요."
 "그래, 맞아. 여러 사람 다 알아서 좋을 게 뭐 있겠어. 일을 빨리 해결하려면 오히려 조용히 있는 게 나을지도 몰라. 결혼이 왜 깨졌는지 말할 필요도 없고. 얼마 안 있으면 헤티 소식도 들려오겠지. 자, 나랑 악수나 한번 하세. 자네를 어떻게 위로해야 할지 모르겠군."
 마틴 포이저는 그 순간 목이 메는지 더듬거리며 몇 마디 말을 겨우 했다. 그러나 아담은 그 말의 의미를 오히려 더 잘 알고 있었다. 두 명의 정직한 남자들은 서로의 마음을 이해하면서 상대방의 거친 손을 꽉 잡았다.
 이제 떠날 준비는 모두 끝났다. 아담은 세스에게 체이스 장원으로 간다고 말했고, 지주에게도 자신이 갑자기 여행을 떠날 수밖에 없다는 메시지를 남겼다. 지주에게 말해 놓았으니 아담에 대해 궁금하게 여기는 다른 사람들에게도 자연스럽게 알려질 것이다. 포이저 부부는 이 사실을 알게 되면 그가 헤티를 찾으러 갔다고 추측할 것이다.
 아담은 홀 팜에서 돌아오는 도중에 곧바로 떠날 작정을 했었다. 그러나 떠나기 전에 지금 곧장 어윈 목사를 찾아가 속마음을 털어놓을까 하는 충동이 자꾸 생겼다. 이번이 어윈에게 말할 수 있는 마지막 기회일지도 모른다고 생각하자 새로운 용기가 생겨났다.
 아담은 이제 아주 고생스러운 기나긴 여행을 떠날 것이다. 그가 바다로 가는지 어디로 가는지 아무도 모를 것이다. 아담은 만약 자신에게 무슨 일이 일어나거나 또는 헤티에 대한 문제로 절대적인 도움이 필요하다면 믿을 만한 사람은 어윈뿐이라고 생각했다. 어느 누구에게도 헤티의 비밀을 말하고 싶지는 않았지만, 헤티가 최악의 상황에 처하게 됐을 때를 생각하고 마음을 바꾼 것이다.

아담은 헤티를 변호하려면 자신 말고도 다른 누군가가 있어야 한다고 생각했고, 그래서 어윈에게 비밀을 털어놓기로 마음먹었다. 설령 아서가 편지를 써서 헤티를 부르지 않았다 한들 헤티의 입장을 생각한다면 아서 본인이 모든 사실을 밝혀주어야 한다고 생각했다.

슬픈 여행을 하는 동안에는, 아담의 마음속에서 이런 생각들이 파도처럼 천천히 밀려왔었다. 그러나 지금은 눈 깜짝할 사이에 엄습해왔다. 아담은 결심했다.

"어윈 목사님께 말해야겠어. 그게 옳아. 더 이상 나 혼자서 이런 식으로 버틸 수는 없어."

39

비통한 소식

아담은 브록스톤을 향해 뛰다시피 서둘러 걸어갔다. 그는 어윈이 외출하거나 혹은 사냥을 떠나버렸으면 어쩌나 하고 걱정이 되어 중간 중간 시계를 들여다보며 갔다. 그는 걱정도 되고 마음도 조급해져서 목사관 대문에 도착할 때까지는 흥분을 가라앉히지 못했다. 목사관 대문 밖에는 방금 생긴 듯한 말발굽 자국이 자갈길 위에 깊이 패어 있었다.

그러나 밖으로 나가는 자국이 아니라 대문 안으로 들어간 것이었다. 마구간 문에는 말 한 필이 있었는데 어윈의 말은 아니었다. 말은 오늘 아침에 달려온 게 분명했고, 틀림없이 용무가 있어 찾아온 사람의 말이었다. 어윈은 집에 있었다. 아담은 차분하게 숨을 고를 틈도 없이 캐롤에게 자신이 목사님께 드릴 말씀이 있다고 전해 달라고 했다. 아직 확인하지 않은 슬픔과 이미 확실해진 슬픔으로 이중적인 고통을 당한 탓에 강인한 아담조차도 떨리기 시작했다. 아담은 통로에 있는 긴 의자에 몸을 던지듯 앉았고 맞은편 벽에 걸린 시계를 멍하니 응시했다. 그 모습을 본 어윈의 집사는 의아하다는 듯 아담을 바라보았다. 집사는 어윈 목사님은 손님이 오셔서 함께 계신다고 말했다. 그때 서재의 문이 열리는 소리가 들렸고 손님이 밖으로 나왔다. 아담이 뭔가 급한 사정이 있음을 눈치 챈 집사는 즉시 어윈에게 아담이 찾아왔다고 알렸다.
　아담은 시계를 바라보며 앉아 있었다. 분침은 10시 5분 전부터 시끄럽고, 딱딱하고, 무심하게 째깍째깍 소리를 내며 부지런히 움직이고 있었다.
　아담은 바늘의 움직임을 바라보며 시계 소리에 귀를 기울이다가 무슨 이유에서였는지 깜박 잠들었다. 마치 아담이 그렇게 해야 할 어떠한 이유라도 있는 것처럼 말이다. 우리는 쓰라리고 견딜 수 없는 고통이 밀려와 한참 시달리다 보면 의식이 정지되어 모든 것이 마비되고 희미한 지각과 감각만 남아 있게 되는 경우가 항상 생긴다. 그렇게 반 백치상태가 되면, 잠을 이루지 못할 만큼 우리를 괴롭히던 기억과 두려움이 사라지고 그 순간은 마치 휴식처럼 느껴진다.
　캐롤이 돌아와서 아담을 깨우자, 아담은 자신이 이곳에 찾아온 용무를 다시 떠올렸다. 아담은 곧바로 서재로 들어가려 했고, 집사가 앞서서 아담을 안내했다. 그리고 띄엄띄엄 말을 했다.
　"대체 무슨 일로 오신 손님이지? 아까 그분이 식당으로 나가시자, 주인님은 이해할 수 없고 무척 놀라신 표정이던데……."
　아담은 그 말을 들은 체도 하지 않았다. 다른 사람의 일에 신경 쓸 겨를이 없었다. 그가 서재에 들어섰을 때 어윈의 표정은 심상치 않았다. 항상 따뜻하고 다정했던 모습은 온데간데없고 낯설고 이상한 표정을 짓고 있었다. 편지 한 장이 탁자 위에 펼쳐져 있었고, 어윈의 손이 그 편지 위에 놓여 있었다. 어윈이 예전과 다른 시선으로 아담을 바라본 건 아담에게 못마땅한 일이 있어서가 아니었다. 오히려 자신을 찾아온 아담이 무척 걱정스럽다는 듯 유심히 지켜보고 있었다. 그는 흥분을 자제하려고 목소리를 낮춘 듯이 조용한 어조로 말했다.
　"자네, 나한테 할 말이 있나 보군. 아담, 여기 앉게나."
　그는 자기 자리에서 1야드도 떨어져 있지 않은 바로 맞은편 의자를 가리켰다. 아담은 어윈이 뜻밖에 냉정한 태도를 보이자 어떻게 말을 꺼내야 할지 난감해하며 의자에 앉았다. 하지만 아담은 한 번 결심한 일은 아주 긴박한 이유가 아니면 결코 포기하지 않는 남자였다. 그는 말했다.

"제가 찾아온 이유는…… 저는 어느 누구보다도 목사님을 가장 존경할 만한 신사라고 생각해서 이렇게 찾아왔습니다. 정말 고통스런 이야기를 해야 할 것 같아요. 저도 괴롭지만, 들으시면 목사님도 고통스러울 이야깁니다. 저는 다른 사람이 저질렀던 잘못을 말씀드리려고 합니다. 물론 제가 왜 이렇게까지 해야 하는지 그 이유가 분명해지기 전까지는, 이런 말씀을 드리지 않으려고 저도 무척 애썼다는 걸 목사님께서도 알아주셨으면 합니다."

어윈은 천천히 고개를 끄덕였고, 아담은 약간 떨면서 말을 이어 갔다.

"목사님! 이달 15일에 저와 헤티 소렐의 결혼식을 맡아 주례를 서주시기로 하셨죠? 저는 그녀가 저를 사랑한다고 생각했고, 그래서 우리 교구에서 제가 제일 행복한 남자라고 생각했습니다. 그런데…… 뜻밖에 엄청난 일을 당했습니다."

어윈은 자기도 모르게 의자에서 벌떡 일어섰지만, 다음 순간 자제하기로 결심하고 창가로 걸어가 밖을 내다봤다.

"목사님, 헤티가 떠나버렸는데 어디로 갔는지를 모르겠습니다. 2주일 전 금요일에 그녀는 스노필드로 가겠다고 말했어요. 그리고 지난 일요일에 저는 그녀를 데려오려고 스노필드로 갔었지만, 그녀는 거기에 온 적이 없답니다. 마차를 타고 스토니톤으로 갔다는데, 그 이상은 행방을 알 수가 없어요. 그래서 저는 지금 그녀를 찾아 먼 여행을 떠나려고 합니다. 제가 어디로 가는지는 목사님 외에는 누구에게도 말할 수가 없습니다."

어윈은 창가에서 돌아와 자리에 앉았다. 어윈이 물었다.

"그녀가 떠난 이유를 정말 모르겠나?"
 아담이 말했다.
 "저와 결혼하기 싫어서겠죠. 분명해요. 결혼이 코앞으로 다가오자 도저히 저와 결혼할 엄두가 나지 않았을 겁니다. 하지만 그게 전부가 아닐 거라는 의심도 듭니다. 이제 목사님께 말씀드려야 할 이야기가 있습니다. 이 일에는 저 말고 다른 누군가가 관련되어 있습니다……."
 순간, 걱정스럽던 어윈의 얼굴에 번뜩이는 뭔가가 스쳐지나갔다. 그건 안도감이나 기쁨 비슷한 것이었다. 아담은 방바닥을 보며 말을 잠깐 멈추었다. 그 다음 말은 차마 입 밖에 내기가 어려웠다. 하지만 그는 고개를 꼿꼿이 들고 어윈 목사를 똑바로 쳐다보며 계속 말을 이어갔다. 아담은 결심했던 이야기를 조금도 움츠리지 않고 말하였다.
 "목사님은 제가 제일 친한 친구로 생각하는 사람이 누군지 아실 겁니다. 저는 그를 위해 제 일생을 바치게 됐다고 자랑스러워했지요. 어렸을 때부터 지금까지 죽 그렇게 생각해 왔거든요……."
 여기까지 들은 어윈은 모든 자제력을 잃고 고통에 사로잡힌 사람처럼 탁자에 놓여 있던 아담의 팔을 꽉 붙잡았다. 그는 창백하게 변한 입술로 낮고 다급하게 말했다.
 "그만! 아담. 안 돼! 제발 말하지 말게!"
 걷잡을 수 없는 충격적인 어윈 목사의 행동에 아담은 깜짝 놀랐다. 그는 자기 입에서 내뱉은 말을 후회하며 도로 말없이 의자에 앉았다. 어윈은 아담의 팔을 꽉 잡았던 손을 서서히 풀었고 의자에 털썩 앉으며 말했다.
 "계속 말해 보게. 나도 알아야겠으니."
 "그는 헤티의 마음을 가지고 놀았어요. 그녀의 신분이 자기와는 도저히 어울릴 수 없는데도, 그녀가 자기하고 어울리는 것처럼 행동했어요. 선물도 주고 집 밖에서 만나기도 했지요. 저는 그가 이 고장을 떠나기 이틀 전에야 이 사실을 알았어요. 그로브 숲 속에서 그가 헤티와 헤어지면서 키스하는 걸 봤거든요. 저는 오랫동안 그녀를 사랑했지만 키스라는 말은 단 한 번도 입 밖에 꺼내 본 적이 없었어요. 그건 헤티도 알고 있죠. 저는 아서에게 잘못된 행동을 했고, 마음에도 없는 말로 헤티를 유혹했다고 호되게 비난했어요. 심지어 주먹질까지 오고 갔으니까요. 그러고 나서 아서가 단언하더군요. 헤티한테 한 일은 아무런 의미 없는 짓이었고 시시한 불장난이었다고 일축해 버렸어요. 그래서 저는 헤티한테 이 모든 말을 편지로 쓰라고 했죠. 그전부터 이해되지 않았던 몇 가지 일이 있어서 저는 헤티가 아서를 사랑하는 게 분명하다는 걸 알았죠. 제가 보기에 헤티는 계속 아서를 마음에 두고 있어서, 그녀와 결혼하고 싶어하는 다른 남자를 결코 사랑하지 않았지요. 그리고 제가 아서의 편지를 헤티한테 전해주었고, 그녀는 예상 외로 잘 견뎌내며…… 저한테 점점 더 친절하게 대하더군요……. 그때 헤티는 자기감정을 잘 몰랐을 거예요. 불쌍한 헤티……. 너무 늦게 자신의 감정을 깨달았으니……. 저는 그녀를 탓하지 않아요. 일부러 저를 속일 의도는 없었을 테니까요. 저는 그녀가 진심으로 저를 사랑하는 줄 알고 영문도 모른 채 좋아했었어요. 그 후에 어떻게 됐는지는 목사님이 아시는 그대로구요. 지금 이 일을 당하고 나자 문득 이런 생각이 떠올랐어요. 아서가 저한테 거짓말을 하고 헤티를 꾀어낸 게 아닐까라구요. 혹시 헤티는 아서한테 간 게 아닐까요? 그래서 저는 지금 아서를 만나러 가려고 해요. 왜냐하면 헤티가 어떻게 됐는지 알 때까지는 도무지 일이 손에 잡히지 않으니까요."

아담이 이야기를 하는 동안 어윈은 괴로웠지만 자제력을 찾을 수 있었다. 그러나 지금 돌이켜 생각하니 쓰라린 기억이 엄습해왔다. 아서와 함께 식사를 하던 그날 아침, 그는 자신에게 뭔가 고백하려고 했다. 아서가 무슨 고백을 하려고 했었는지 이제는 분명해졌다. 만일 그들의 대화가 조금 더 계속되었더라면…….

어윈은 막상 다른 남자의 비밀에 끼어드는 것 같아서 더 이상 말을 계속하라고 까다롭게 요구하지는 않았었는데……. 이렇게 큰 죄책감과 불행을 종이 한 장의 차이로 막지 못했다니 너무 잔인한 일이었다. 어윈은 현재의 상황에서 과거를 되돌아보고, 그게 얼마나 끔찍한 일이었나를 깨달은 후에야 이 이야기와 상황 전체를 이해했다. 하지만 이 순간 자기에게 엄습해오는 후회의 감정은 바로 자기 앞에 앉아 있는 아담에 대한 깊은 연민에 비하면 아무것도 아니었다.

아담은 이미 너무 많은 상처를 받아서 가엾게도 확실히 알지 못하는 슬픔에 서러워하고 갈피를 못 잡고 있었다. 지금 이 순간 아담은 자신이 예측하고 있었던 시련보다 훨씬 더 극심한 슬픔이 닥쳐왔다는 사실을 모르고 있었다. 이런 아담의 모습을 보자 어윈은 아담에 대한 연민과 두려움으로 잠시 자신의 고통을 잊어버렸다. 그런 감정은 우리가 엄청난 고통을 당하고 있는 사람을 마주 대할 때 느낄 수 있는 감정이었다. 이제 그가 아담에게 안겨 주어야 할 고통을 아담은 벌써부터 미리 겪고 있었던 것이다. 어윈은 탁자 위에 놓인 아담의 팔을 아까와는 정반대로 아주 부드럽게 잡으며 엄숙하게 말했다.

"이보게, 아담. 자네는 인생을 살아오면서 참으로 견디기 힘든 시련들을 겪어 왔어. 그러니 자네는 남자답게 행동하고 남자답게 슬픔을 견딜 수 있을 거야. 하느님께서는 우리 손으로 그 두 가지를 다 하기를 원하신다네. 지금 자네에게는 여태껏 겪어왔던 그 어떤 슬픔보다도 더 혹독한 시련이 닥쳐왔다네. 하지만 자네는 아무런 잘못이 없어. 자네는 그런 최악의 고통을 당해야 될 사람이 아니야. 그리고 하느님께서는 슬픔을 당하는 사람을 돕는다는 걸 잊지 말게!"

두 사람의 창백한 얼굴이 서로를 바라보았다. 아담의 얼굴에는 두려움에 떠는 긴장감이 퍼져 나갔고, 어윈의 얼굴에는 차마 자기 입으로 말할 수 없어서 망설이고 움츠르드는 연민이 깃들어 있었다.

그러나 어윈은 결국 입을 열었다.
"오늘 아침 헤티의 소식을 들었네. 헤티는 아서에게 가지 않았어. 그녀는…… 스토니셔 지방에 있는 스토니톤에 있어."
아담은 의자에서 벌떡 일어났다. 당장 그녀에게 뛰어가겠다는 기세였다. 그러나 어윈 목사는 다시 그의 팔을 잡고 설득했다.
"기다려보게. 아담, 뭘 그렇게 서두르나."
아담은 다시 자리에 앉았다.
"헤티는 아주 불행한 처지에 놓여 있어. 자네가 당장 헤티를 찾아가면 그녀를 영원히 잃어버릴지 몰라. 아니, 그보다 더 큰 사태를 불러일으킬 수도 있어. 헤티는 지금 그런 처지라네."
아담은 떨리는 입술을 움직여 보았지만 아무런 소리도 나오지 않았다. 그는 다시 입술이 움직였고 속삭이듯 말했다.
"말씀해 주세요. 도대체 무슨 일이죠?"
"헤티가 체포됐어…… 감옥에 갇혀 있다구."
아담은 이런 충격적인 소식을 듣자 모욕감을 느끼고 그 말에 저항했다. 얼굴에 핏기가 몰리면서 날카롭게 큰소리로 외쳤다.
"뭣 때문에요?"
"큰 죄를 지었기 때문이지. 자기 아기를 살해한 죄……."
"그럴 리 없어요!"
아담은 악을 썼다. 엄청난 충격을 받은 그는 의자에서 벌떡 일어나 문 쪽으로 성큼성큼 걸어갔다가 다시 돌아왔고, 책장에 등을 기대고 선 채 분노의 눈초리로 어윈 목사를 바라보았다.
"있을 수 없는 일이에요. 헤티는 애가 없다구요. 그러니 자기 아이를 죽였다는 건 말도 안 돼요. 누가 그따위 말을 하던가요?"
"하느님, 그녀는 무죄일지도 모릅니다. 아담, 우리도 그녀가 그런 일을 저지르지 않았기를 간절히 바란다네."
아담은 격하게 말했다.

"헤티가 자신의 아이를 죽였다고 누가 그랬죠? 제게 모든 걸 말해 주세요."

"이건 헤티를 담당하고 있는 치안판사가 보낸 편지야. 또 그녀를 체포했던 경관이 우리 집 식당에 와 있어. 헤티는 자기 이름이나 출신지를 말하지 않고 있어. 그렇지만 생김새를 들어보니 틀림없는 헤티야. 헤티가 틀림없는데, 단지 아주 핼쑥하고 아파 보인다더군. 그녀는 주머니 안에 조그만 빨간 가죽 수첩을 가지고 있었는데, 그 수첩에 이름 두 개가 적혀 있었다더군. 첫 페이지에 '헤티 소렐, 헤이슬롭'이라고 적혀 있고, 수첩 끄트머리 페이지에는 '다이나 모리스, 스노필드'라고 적혀 있었대. 그러나 그녀는 어느 것이 자신의 이름인지 말하지 않고 있다는 거야. 또 범행 일체를 부인하며 어떤 질문에도 대답하지 않고 말이지. 그래서 치안판사가 나에게 요청해왔어. 그녀의 신분을 밝혀야겠으니 나에게 확인을 해 달라는 거야. 처음에 쓰여 있는 이름이 그녀일 거라고 생각한 모양이야."

아담은 아직도 몸 전체가 떨리면서 사납게 말했다.

"아무리 그래도, 무슨 증거로 그 여자가 헤티라는 거예요? 저는 믿기지 않아요. 그럴 리가 없어요. 아무도 그녀가 헤티라고 장담할 수 없어요."

"유혹을 받아서 범행을 저질렀다는 끔찍한 증거가 있어. 하지만 헤티가 실제로 그런 끔찍한 일을 하지 않았다는 걸 바랄 수도 있겠지. 아담, 그 편지를 한번 읽어 봐."

아담은 떨리는 두 손으로 편지를 들고 두 눈을 집중해서 편지를 보려고 애썼다. 그 사이 어윈은 밖에 나가서 몇 가지 지시를 내렸다. 어윈이 다시 돌아왔을 때에도 아담의 시선은 여전히 편지의 첫 장에 고정되어 있었다. 도저히 편지를 읽을 수 없었다. 그는 단어를 모아 맞추어 의미를 파악할 수 없었던 것이다. 결국 그는 편지를 던져 버리고 주먹을 불끈 쥐었다. 그는 소리쳤다.

"그놈이 한 짓이야. 만약 어떤 범죄가 발생했다면 헤티가 아니라 그놈이 한 짓이에요. 그놈이 헤티한테 속임수를 가르쳤어요. 처음에는 나를 속이더니…… 그놈을 재판장에 끌고 가야 해요. 법정에서 헤티 옆에 세워놓아야 한다구요. 저는 재판관들한테 그가 어떤 방법으로 헤티의 마음을 사로잡았는지, 어떻게 헤티를 잘못된 길로 꼬드겼는지, 또 저한테 무슨 거짓말을 했는지 다 말하겠어요. 그놈은 도망가게 놔두고 헤티한테 모든 죄를 뒤집어씌우겠단 거예요?…… 그렇게도 연약하고 어린 헤티한테……?"

이렇게 마지막 말을 내뱉고 나자 불쌍한 아담의 눈앞에는 헤티의 모습이 떠올랐다. 그 모습은 암담했던 아담의 마음에 새로운 방향을 제시해 주었다. 그는 방 한구석에서 뭔가를 본 것처럼 그쪽을 응시하면서 조용해졌다. 그리고는 고통을 호소하는 듯 다시 말을 터뜨렸다.

"저는 도저히 견딜 수가 없어요……. 오, 하느님. 이건 저에게 너무 가혹한 시련입니다. 저는 헤티가 나쁜 사람이라고는 도저히 생각할 수 없습니다."

어윈은 말없이 다시 자리에 앉았다. 현명하고 사려 깊은 그는 당장 아담의 분노를 달래려는 위로의 말 따위는 하지 않았다. 사실 바로 앞에서 고통스러워하는 아담을 보니, 마음 깊이 감동하여 말이 쉽게 나오지 않았다. 아담의 얼굴은 견딜 수 없는 끔찍한 감정에 휘둘려서 그 젊은 얼굴에 갑자기 노인 같은 표정이 나타났다. 아담의 피부는 핏기가 싹 사라져 굳어버린 모습이었고, 떨리는 입가에는 깊은 주름이 생겼고, 이마에도 주름이 깊게 패었다. 강인하고 단호한 남자의 모습은 온데간데없고 슬픔으로 큰 타격을 받아 얼마나 엉망이 되어 버렸는지, 말도 제대로 하지 못했다. 아담은 꼼짝 않고 서서 1~2분 동안 멍하니 한 곳에만 시선을 고정시키고 있었다. 그 짧은 시간에 그에게는 다시 사랑의 감정이 모두 되살아났다. 혼잣말하듯 아직도 눈을 한곳에 집중한 채 아담이 말했다.

"헤티가 그런 짓을 했을 리 없어요. 두려워서 임신을 숨기고 싶었을 거예요…… 그녀가 저를 속인 걸 용서하겠어요…… 그대를 용서하리다, 헤티…… 당신도 역시 기만당했을 뿐이야…… 가여운 헤티. 얼마나 힘들었을까…… 아무래도 나는 그 사람들 말을 믿지 못하겠어요."

그는 잠시 동안 다시 말이 없다가 갑자기 격렬하게 외쳤다.

"아서에게 갈 겁니다. 그 자식을 데려오겠어요. 그놈은 헤티의 비참한 모습을 직접 봐야 해요. 그놈이 그 모습을 절대 잊지 못하게 반드시 그녀를 지켜보게 할 거예요. 그놈에게 밤낮으로 그 일이 떠오르게 만들 거예요. 죽을 때까지 평생 그 일이 그놈을 따라다니게 할 겁니다. 이번에는 그놈이 아무리 거짓말을 하더라도 도망치지 못하게 하겠어요. 저는 그놈을 데려올 겁니다. 제가 직접 끌고 오겠어요."

문 쪽으로 가다가 아담은 자동적으로 멈추어 서서 모자를 찾으려고 두리번거렸다. 자신이 어디에 있는지, 누구와 함께 있는지 전혀 의식하지 못하는 모습이었다. 어윈은 아담을 쫓아가 팔을 잡고 조용하지만 결단을 내린 듯이 말했다.

"안 돼, 아담. 안 된다구. 여기 이대로 머물러 있으면서 어떤 것이 정말 헤티를 돕는 건지 두고 보는 게 좋을 것 같아. 계속 쓸데없는 복수에 집착하지 말게. 자네가 애쓰지 않아도 틀림없이 처벌을 받을 거야. 게다가 아서는 아일랜드에 있지도 않아. 지금 고향으로 오고 있어. 자네가 여기에 돌아오기도 전에 이미 고향으로 내려오는 중이야. 훨씬 전에, 그러니까 한 열흘쯤 됐나? 그의 조부가 편지를 써서 아서를 불렀다는 거야. 자네는 지금 나와 함께 스토니톤으로 가세. 자네가 마음을 가라앉히는 동안 내가 자네가 타고 갈 말을 준비해놨네."

어윈이 말하는 동안 아담은 지금이 어떤 상황인지 현실을 인식했다. 그는 이마 위로 머리를 쓸어 올리며 귀를 기울였다. 어윈의 말이 계속 이어졌다.

"기억하게, 자네는 혼자가 아니야. 자네 주변에는 다른 사람들도 있어. 자네는 그들을 항상 생각해주고 배려해줘야 해. 아담! 헤티의 친구들과 선량한 포이저 부부는 이번 일로 충격이 대단할 거야. 자네는 굳건하고 하느님과 이웃들에 대한 의무감도 투철하잖나. 자네를 한번 믿어 보겠네. 나는 자네가 어떤 행동을 취하더라도 반드시 좀더 현명한 행동을 하리라고 믿네."

사실 어윈은 아담 본인을 위해서 스토니톤으로 함께 가기를 제안했다. 어떤 목적을 위해서 떠나는 여행은 난생처음 당한 격심한 고통을 잊게 해 줄 수 있는 최고의 수단이 될 것이다. 잠시 말을 멈춘 후 다시 어윈 목사가 말했다.

"아담, 나와 함께 스토니톤으로 갈 거지? 가서 우리 눈으로 거기에 있는 사람이 자네가 잘 알고 있는 그 헤티인지 확인해 보세."

아담이 말했다.

"네, 목사님 뜻에 따르겠습니다. 그런데 홀 팜에 있는 사람들은 어떡하죠?"

"내가 스토니톤에서 돌아와서 직접 말할 때까지는 그들이 이 사실을 모르고 있는 게 좋겠네. 지금은 헤티한테 무슨 일이 일어난 건지 확실히 모르지만 그때에는 모두가 다 알게 될 테니까. 될 수 있는 한 빨리 돌아와야겠네. 말이 준비됐으니 자, 출발하자구."

40

커져가는 고통의 물결[205]

그날 밤, 어윈은 사륜 역마차를 타고 스토니톤에서 돌아왔다. 그가 집에 들어서자 캐롤이 들려 준 첫마디는 도니손 경이 돌아가셨다는 소식이었다. 침대에 누워계셔서 돌아가신 사실을 아침 10시에야 알았다고 했다. 그리고 어윈 마님은 아들이 집에 돌아오면 자신을 깨워달라면서, 어윈이 자신을 먼저 본 뒤에 잠자리에 들게 하라고 캐롤에게 지시하셨다는 것이다. 아들이 들어오자 어윈의 어머니가 말했다.

"그래, 더핀. 이제야 돌아왔구나. 도니손 영감이 그렇게 급히 아서를 부른 이유가 이제야 밝혀졌어. 그 양반, 정신이 희미해지기 시작하더니 안절부절못하게 되어서 그랬다는구나. 도니손 영감이 오늘 아침 침대에서 돌아가셨다는 걸 캐롤한테 들었지? 어윈, 다음번에는 내 예언을 꼭 믿으렴. 앞으로 살아 있는 동안 내 죽음 외에는 예언하지 않겠지만 말이다."

어윈이 물었다.

"그 집에서는 아서에게 연락을 취했나요? 리버풀에서 아서를 데려오라고 심부름꾼을 보냈나요?"

---

205) 출애굽기, 15:23. 이스라엘 사람들이 황야에서 헤맬 때 마라하가 우연히 발견한 쓰디쓴 물의 이야기이다.

"그래, 우리한테 부음이 전해지기도 전에 아서를 마중 나가라고 랄프를 먼저 보냈다더구나. 내가 오래 살다 보니 드디어 아서가 체이스 장원의 주인이 되는 걸 보게 되었어. 그 애같이 너그러운 사람이라면, 유산문제는 빨리 처리될 거야. 그는 이제 행복한 왕처럼 살게 될 것이야."

어윈은 들리지 않을 정도로 신음소리를 냈다. 너무 걱정이 된 나머지 전력을 다해 일들을 수습하느라 자신은 녹초가 되어 있는데, 어머니는 내막도 모르고 그런 말을 쉽게 던지니, 그냥 참고 듣기가 무척 거북하였다.

"더핀, 왜 그렇게 우울한 표정이니? 뭐 나쁜 소식이라도 들었어? 아니면 이런 날씨에 아서가 아일랜드의 험한 해협을 횡단하는 것이 염려돼서 그러니?"

"아니에요, 어머니. 어머니가 생각하시는 그런 이유가 아닙니다. 아무튼 저는 지금 도저히 좋아할 기분이 나지 않네요."

"근데 스토니톤에는 왜 다녀온 거야? 무슨 법률적인 문제라도 생긴 거야? 대체 네가 나한테 말 못 할 게 뭐야?"

"차차 아시게 될 거예요, 어머니. 그래도 지금은 말씀드릴 수가 없네요. 안녕히 주무세요. 더 이상 들으실 것도 없으니, 이제 그만 잠자리에 드세요."

어윈은 아서에게 더 빨리 오라고 재촉하는 편지를 보내려다가 그만두었다. 편지를 보내봤자 아서의 귀환을 더 앞당기는데 아무런 보탬이 되지 않을 것이 뻔해서이다. 아서는 조부인 도니손 경의 사망 소식을 듣자마자 가능한 한 최대한 빨리 돌아오려고 애쓸 것이다. 다음날 아침에 홀 팜과 아담의 집에 끔찍한 소식을 전해야 하는 부담을 안은 채 어윈은 잠자리에 누웠다.

아담은 스토니톤에서 돌아오지 않았다. 헤티를 만나는 일이 굉장히 두렵긴 했지만, 그보다는 다시 한 번 헤티에게서 멀어진다는 사실이 더욱 견딜 수 없었다. 아담은 목사에게 말했다.

"아무 소용없는 일입니다, 목사님. 제가 집에 돌아간들 무슨 소용 있겠어요. 헤티가 여기 있는 동안에는 도저히 일하러 나갈 기분도 안 날 테고, 집안일도 도무지 손에 잡히지 않을 거고, 주변 사람들을 쳐다 볼 면목도 없을 텐데요. 저는 그냥 이곳에 작은 방을 하나 얻어 교도소 담벼락이나 쳐다보고 지낼게요. 때가 되면 그녀를 면회할 용기가 생기겠죠."

헤티가 기소된 범죄에 대해 그녀가 틀림없이 무죄라는 아담의 신념은 전혀 흔들리지 않았다. 왜냐하면 어윈이 아담에게 모든 사실을 알려주지 않았기 때문이다. 어윈 목사는 헤티가 유죄라는 사실을 믿고 있었지만, 아담을 더 깊은 절망에 빠뜨릴 것 같아서 자기의 믿음을 소신껏 아담에게 전달하지는 않았다. 마음을 짓누르는 고통을 그에게 한꺼번에 몰아붙일 수 없어서 어윈은 아담과 헤어질 때 그저 이렇게만 말했다.

"헤티에게 불리한 뚜렷한 증거가 밝혀진다 해도, 아담, 우리는 아직도 사면을 받을 희망이 있네. 헤티가 아직 어리다는 이유와 다른 여러 정황들로 보아서 그녀를 위한 탄원서를 제출할 수 있을 걸세."

아담은 비통한 심정으로 격렬하게 말했다.

"헤티가 어떻게 유혹을 받아서 못된 길로 빠지게 됐는지 모든 사람들이 다 알게 해야 옳은 일이죠. 멋진 신사가 그녀와 사랑을 나누고 그 후에는 달콤한 말로 그녀에게 어리석고 헛된 생각만 심어줬어요. 그녀가 허황된 꿈을 꾸게 만든 사람이 바로 그놈이라는 걸 사람들은 다 알아야 해요. 목사님은 저의 어머니와 세스, 그리고 홀 팜 농장의 가족들에게 헤티를 나쁜 길로 유혹한 장본인이 누구인지 말해주겠다고 약속하셨죠? 사실을 밝히지 않으면 그들은 그녀가 응당 치러야 할 대가보다 더 못된 행실을 하고 다녔다고 생각할 거예요. 목사님이 아서를 용서해 주시면 오히려 헤티에게 그만큼 해가 돌아올 뿐입니다. 저는 공명정대한 하느님 앞에서 가장 큰 죄를 지은 사람은 바로 아서 도니손이라고 생각합니다. 이번 일에 헤티도 잘못이 있다면 물론 벌을 받아야겠죠. 그러나 만약 목사님이 아서를 용서하려고 하신다면 제가 직접 나서서 그놈이 저지른 일을 세상에 다 밝히고 말 거예요."

그러자 어윈이 말했다.

"자네의 요구는 정당하네. 하지만 자네가 분노를 가라앉힌다면 아서를 좀더 자비롭게 판단하게 될 거야. 아서를 처벌하는 것은 우리가 아니라 다른 사람의 손에 맡겨진 일이라는 사실 이외에는 나는 지금 할 말이 없네."

어윈은 죄와 고통을 일으킨 당사자가 아서라는 슬픈 사실을 말해야 한다는 게 무척 고통스러웠다. 그는 아서를 아버지다운 애정으로 감싸주었고, 아버지다운 긍지로 보살펴 주었었다. 어윈은 아담의 결심과는 상관없이 아서의 비밀은 곧 탄로 나고 소문나게 될 것이라는 걸 분명히 알고 있었다. 헤티가 끝까지 고집스럽게 침묵을 지키리라고는 기대할 수 없다. 어윈은 아무것도 숨기지 않고 곧바로 포이저 가족에게 최악의 상황을 알려주기로 결심했다. 어느 날 갑자기 비참한 소식을 듣고 놀라는 것보다는 미리 자신이 직접 말해주는 게 차라리 나을 것이다. 헤티의 재판은 다음주에 스토니톤에서 개최될 렌트 순회재판에서 열릴 것이다. 마틴 포이저가 증인으로서 소환되는 고통은 피할 수 없으리라. 그러므로 포이저가 가능한 한 빨리 이 모든 일을 알아두는 것이 나았다.

목요일 아침 10시가 되기 전에 이미 홀 팜은 죽음보다 더 비참한 불행한 사건으로 인해 깊은 슬픔에 빠져 있었다. 언제나 따뜻하고 너그럽던 마틴 포이저마저도 이번 일은 참을 수 없는 치욕이라고 여겼다. 그래서 헤티에 대해 일말의 동정심도 느끼지 못했다. 마틴 포이저와 그의 아버지는 한 점 부끄럼 없이 자신들의 행실에 긍지를 갖고 살아온 소박한 농부들이었다. 그들은 교구의 명부(지금의 주민등록부)에 가문의 이름을 올려놓던 그 시절부터 집안 대대로 내려오면서 빚 한 푼 없이 떳떳하게 고개를 당당히 쳐들고 다니며 살아왔다. 그런데 헤티가 이 가문의 모든 사람들에게 기막힌 치욕을 가져다준 것이다.

이 사건은 결코 씻을 수 없는 치욕이었다. 아버지와 아들 두 사람의 마음속에 품고 있는 가문에 대한 자부심을 완전히 짓밟아 버린 사건이었다. 그것은 피를 말리는 견딜 수 없는 치욕이었으며 모든 자존심을 완전히 뭉개버렸다. 어윈은 오히려 포이저 부인이 남편보다 엄격하지 않다는 걸 발견하고 아주 놀랐다. 우리는 때때로 온화한 사람들이 훨씬 더 엄격하다는 걸 보고 무척 놀랄 때가 많다. 그 이유는 온화한 사람들은 대부분 전통적인 멍에에 얽매여 있어서 융통성을 보이지 않기 때문이다. 어윈 목사가 포이저의 집에서 나가자, 마틴 노인은 맞은편 의자에 앉아 눈물을 보였다. 그때 마틴 포이저가 말했다.

"헤티를 집에 데려올 수만 있다면 돈은 아끼지 않고 쓸 겁니다. 하지만 절대 그 아이한테는 가지 않을 겁니다. 다시는 그 애를 보지도 않을 거예요. 헤티는 우리 모두에게 평생 치욕의 빵[206]을 먹고살게 했어요. 우리는 이 교구는 물론 다른 교구에서도 고개를 들고 다니지 못할 거예요. 그 애가 이렇게 만든 거라구요. 목사님께서 사람들이 우리를 동정한다고 말하던데요. 이제 우리 가족은 사람들의 동정이나 받는 불쌍한 처지가 되어버렸다니, 이런 치욕은 있을 수 없습니다."

마틴 노인이 격렬하게 말했다.

"뭐? 동정심? 내 평생 사람들한테 동정을 받는다는 건 생각해본

---

206) 시편, 127:2. "헛되이 일찍 일어나고, 늦게까지 일할 뿐입니다. 먹을 음식을 위해 수고할 뿐입니다."라는 '슬픔의 빵' 과 사도행전, 2:46. "기쁘고 순수한 식사를 같이 하였습니다." 가 반대됨.

적도 없다. 그런데 이제는 멸시당하며 살아야 할 팔자라니……. 지난 성 토마스 절²⁰⁷⁾에 일흔두살이나 먹은 내가 말이야. 내 장례식에 올 상여꾼과 운구할 사람들은 전부 여기와 인근 교구 안에 살고 있는데, 이제 그들이 내 장례식 때 올지 모르겠구나. 에휴…… 이제 낯선 사람들의 손에 묻혀야 되겠네."

보통 때와 아주 다르게 남편이 엄하게 굴고 냉정하게 단호한 결심을 하자, 그에게 위압감을 느껴 아무 말도 못 하고 있던 포이저 부인이 말했다.

"너무 걱정하지 마세요, 아버님. 아이들이 있잖아요. 이 교구뿐만 아니라 다른 교구에도 젊은이들이 있고 어린아이들도 많이 자라고 있어요."

포이저는 포동포동한 뺨에서 커다란 눈물을 뚝뚝 떨어뜨리며 말했다.

"아! 이제 우리는 이 고장에서 더 이상 살 수 없게 됐어. 이번 성모 영보 축일에 도니손 지주가 이 농장에서 나가라고 하면 어쩌나 하는 걱정만 하고 있었는데, 이제는 그게 문제가 아니야. 지금부터 정신 똑바로 차려야 해. 내가 정성들여 가꿔온 농토를 대신 맡아줄 사람이 누가 있을지 그것부터 알아봐야겠어. 제발 여기서 살아달라고 애걸한다 해도 이제 이 땅에서는 하루도 벌어먹고 싶지 않아.

나는 착한 젊은이가 새 지주가 되면 참 좋겠다고 생각했는데……. 앞으로는 그놈한테 모자를 벗어 인사하지도 않을 거고, 교회 안에서 같이 앉지도 않을 거야. 저를 진심으로 존경해준 사람들한테 이런 수치를 안겨준 놈……. 홍! 모든 사람들한테 그렇게 친한 척하더니만……. 아담만 불쌍하게 됐지, 뭐……. 그놈이 특히 아담하고 친했잖아. 그렇게 멋지고 듣기 좋은 말만 잘도 하고 다니더니, 아담같이 훌륭한 청년의 인생을 완전히 망쳐버리고 말았어. 어디 이 고장에서

---

207) 예수의 12사도 중 한 사람인 도마를 기념하는 날이다. 요한복음, 20:24~29.

얼마나 자알 사는지 내 두고 볼 거야. 우리를 여기서 살 수도 없게 만들어 놓다니."
 마틴 노인이 아들에게 말했다.
 "그래도 법정에는 가봐야지. 너는 헤티의 보호자잖아. 에휴……. 사람들은 이제 네 살밖에 안된 우리 집 애한테까지 손가락질하겠지. 내 손녀한테 살인죄로 순회법정에서 재판받았던 사촌언니가 있다고 말이야."
 그러자 흐느끼는 목소리로 포이저 부인이 말했다.
 "정말 그런다면 그 사람들이 못돼 먹은 거죠. 그리고 하느님께서는 아무것도 모르는 천진한 우리 아이들을 돌봐 주실 거예요. 안 그러면 교회에서 말하는 진리는 진실이 아닐 테니까요. 우리가 이 어린 것들을 남겨놓고 죽기라도 하면 어쩌겠어요. 아이들한테 엄마를 대신할 사람이 아무도 없다면 이 어린 것들이 얼마나 힘들겠냐구요."
 포이저가 말했다.
 "다이나가 어디 있는지 알기만 하면, 그 애를 부를 텐데……. 그런데 아담은 다이나를 리즈의 어디에서 찾아야 할 지 알 수 없었다고 하더라구."
 남편의 제안에 다소 위안을 받은 포이저 부인이 말했다.
 "글쎄요…… 아마 다이나의 이모인 메리의 친구였던 여자와 같이 있을 거예요. 다이나가 그 여자에 대해 이야기하는 걸 종종 들었는데, 이름은 잘 기억이 안 나네요. 혹시 세스 비드가 알지 않을까요? 그 여자는 감리교도들 사이에서 대단한 여자 설교사로 알려져 있거든요."
 포이저가 말했다.
 "내가 세스한테 사람을 보내지. 알릭을 보내서 세스를 데려오거나, 아니면 그 여자의 이름을 알아오라고 하면 되잖아. 그 애가 있는 곳을 알아내는 대로 트레들스톤 우체국으로 곧바로 보내게 당신은 편지나 미리 써놓구려."
 포이저 부인이 말했다.
 "어려운 지경에 빠지게 되니까 좀 와달라는 아쉬운 소리를 하려고 편지를 쓴다는 게 썩 내키지 않구먼. 혹 편지가 너무 늦게 도착하면 다이나에게 전달이 안 될 수도 있잖아요."
 한편 알릭이 포이저의 전갈을 가지고 아담의 집에 당도하기도 전에, 리즈베스 역시 벌써부터 다이나를 그리워하고 있었다. 리즈베스는 세스에게 말했다.
 "에휴…… 세스, 네가 다이나 모리스를 데려올 수만 있다면, 지금 그보다 더 좋은 일이 뭐가 있겠니. 네 아버지가 돌아가셨을 때도 그 애는 나한테 참 잘해줬잖아. 다시 한 번 그 애가 여기 와서 내 손을 꼭 잡고 이야기해줬으면 좋겠구나. 그 애는 나한테 불행한 일이 닥치면 어떻게 해야 되는지 말해줄 수 있을 텐데……. 그 애는 우리 아들같이 가엾은 사람이 당하고 있는 불행한 일들, 가슴 아픈 일들을 어떻게 해결해야 할지 잘 알고 있을 거야. 이날 이때까지 잘못이라고는 한 번도 한 적 없는 우리 아들이었는데……. 온 나라를 다 뒤져도 우리 아들만한 총각이 어디 있다구……. 아이고, 불쌍한 내 아들. 우리 아담!"
 세스는 어머니가 흐느끼면서 몸을 이리저리 흔들어 대자 말을 꺼냈다.
 "제가 가서 다이나를 데려올까요?"
 리즈베스는 울음을 잠시 멈추고 세스를 올려다보았다. 마치 한참 울다가 달래주는 약속을 듣고 울음을 뚝 그치는 어린아이 같았다.
 "다이나를 데려온다고? 아니, 다이나가 어디에 있는지 사람들이 말해 주더냐?"
 "네, 어머니. 다이나는 리즈에 있어요. 여기서 상당히 먼 곳이에요. 리즈가 좀 큰 도시긴 하지만 저는 사흘이면 충분히 갔다 돌아올 수 있어요. 어머니가 허락하시면요."

"아니야, 너는 안 돼. 차라리 네 형을 보내는 게 낫지. 너는 형한테 가서 네 형이 뭘 하고 있는지 좀 알아오너라. 어윈 목사님이 말씀해주시긴 했는데 도대체 무슨 소릴 하는지 알아들을 수가 있어야지. 그러니 네가 형한테 좀 다녀와. 아담이 나는 못 오게 할 거 아니냐? 다이나한테는 편지로 오라고 하면 안 될까? 네 편지를 기대하지 않을 사람한테도 너는 곧잘 편지 쓰기를 좋아하니 말이야."

세스가 말했다.

"그 큰 도시의 정확히 어느 곳에 다이나가 있는지는 저도 몰라요. 하지만 제가 직접 가서 감리교를 믿는 교인들에게 물어보려고 해요. 아마 리즈의 외곽지역에 나가 있는 사라 윌리암스라는 감리교 설교사에게 편지를 쓰면 다이나한테 전달될 거예요. 다이나는 틀림없이 사라 윌리암스와 같이 있을 거예요."

그때 마침 알릭이 아담의 집에 도착하여 포이저의 전갈을 전해주었다. 포이저 부인이 다이나에게 편지를 쓰려는데 다이나의 주소를 모르니, 혹시 세스가 그 주소를 알면, 알려주기를 바란다는 포이저의 전갈이었다. 그래서 세스는 구태여 자신이 다이나에게 편지를 쓸 필요가 없게 되었다. 세스는 직접 홀 팜으로 가서, 식구들이 다이나에게 편지를 보낼 수 있도록 자기가 알고 있는 모든 주소를 말해주었다. 그리고 그 집 식구들에게 자신도 정확한 주소를 모르므로 편지 배달이 늦어질지 모른다고도 덧붙여 말했다.

리즈베스의 집에서 나온 어윈은 조나단 버즈에게 갔다. 아담이 대체 무슨 일로 일을 못 하게 되었는지 알고 싶다고 버즈가 계속 물었었기 때문이다. 그날 저녁 6시가 되기 전에 브록스톤과 헤이슬롭에서는 그 슬픈 소식을 듣지 않은 사람은 거의 없었다. 어윈은 버즈에게 아서의 이름을 말하지 않았다. 그러나 헤티한테 벌어진 너무나 끔찍한 일 때문에 어두운 그림자처럼 좋지 못한 추측들이 난무했다. 이 사건은 노지주가 돌아가셔서 아서가 급히 장원으로 돌아온다는 사실과 함께 모든 사람들에게 알려지게 될 것이다. 마틴 포이저가 이런 궂은일을 당하던 첫날에 한두 명의 이웃들이 포이저를 찾아와 슬픈 표정으로 손을 잡아주며 위로했다. 그 사람들에게 포이저가 아서의 비밀을 지켜줄 리는 만무했다. 그리고 목사관에서 오고간 모든 이야기에 귀를 기울여온 캐롤은 그 내용을 나름대로 해석하고는 이 사건을 일찌감치 소문낼 작정을 하고 있었다.

마틴 포이저를 위로하려고 찾아와 몇 분 동안 말없이 악수를 청한 이웃 사람들 중 한 사람은 바틀 메이시였다. 바틀은 일찌감치 학교 수업을 마치고 목사관으로 향했다. 저녁 7시 반쯤에 바틀은 목사관에 도착해 어윈 목사에게 예의를 갖추어 인사하고는 이 시간에 귀찮게 찾아와 죄송하지만 특별히 할 말이 있다고 그의 용무를 전했다. 바틀은 서재로 들어갔고, 어윈이 그를 맞이했다. 어윈이 손을 내밀며 말했다.

"잘 지내셨어요? 바틀 선생님, 앉으시죠."

어윈은 평소에는 이런 식으로 학교 선생님 바틀을 맞이하지 않았다. 그러나 우리는 곤란한 일을 겪다 보면 다른 사람들도 모두 우리와 마찬가지로 고통을 당하고 있다고 착각하고는 한다.

바틀이 말했다.

"어떻게 말씀을 드려야 할지 모르겠습니다. 그러나 제가 할 도리가 무엇인지, 또 뭣 때문에 제가 여길 찾아왔는지 목사님은 진작 짐작하시리라 믿습니다."

어윈이 대답했다.

"선생님도 슬픈 소문을 들으신 모양이군요. 헤티 소렐에 대해……. 진실이 알고 싶어서 오신 거죠?"

"아닙니다, 목사님. 저는 아담 비드가 어떻게 지내는지 궁금해서

왔습니다. 목사님만 돌아오시고 아담은 스토니톤에 남아 있다고 들었습니다. 지금 그 가엾은 아담의 마음이 어떤지, 대체 그가 무슨 심정으로 거기 남아 있는 건지 말씀해 주세요. 저는 감옥에 갇혀 있는 계집애 따위는 하나도 궁금하지 않아요. 그 계집애는 썩어빠진 호두처럼 아무런 값어치도 없다구요. 암, 그럼요. 썩은 호두만도 못하지요. 다만 그 계집이 아담한테 얼마나 많은 해악을 끼쳤는지, 아니면 오히려 이로움을 주게 된 건지 그것만 알고 싶어요.

제가 아담을 얼마나 아끼고 신임하는데요. 그는 나한테 뭘 배우기만 하면 그걸 이 세상을 위해 조금이라도 도움이 되게 응용하려고 노력했어요. 목사님, 그는 아둔하고 미련한 사람이 수두룩한 이 고장에서 수학 공부에 대한 열정과 재능이 뛰어난 유일한 학생이었어요. 집안일로 그렇게 힘든 일만 겪지 않았더라면 더 높은 수준으로 얼마든지 뻗어나갈 수 있는 사람이었다구요. 불쌍한 사람 같으니……. 그렇게만 됐다면 이런 일은 일어나지도 않았을 텐데……. 맞아요. 이런 일은 결코 없었을 겁니다."

바틀은 흥분해서 빨리 걸어오느라 힘이 들었는지 땀이 많이 났다. 바틀은 생전 처음으로 자신을 억제하지 못하고 북받치는 감정을 쏟아냈다. 그러다가 다시 말을 멈추고 축축이 젖은 이마를 닦았다. 아마 그 속에는 눈물도 섞여 있었을 것이다. 잠깐 말을 멈춘 바틀은 마음을 추스르고 나서 다시 말했다.

"죄송합니다, 목사님. 폭풍 속에서 짖어대는 어리석은 저의 개처럼 제가 감정을 이기지 못했어요. 제 말을 들어줄 사람이 아무도 없어서, 혼자서만 마구 퍼부어대다가 목사님 말씀이라도 좀 들어보려고 온 겁니다. 저 혼자 고민할 게 아닌 것 같아서요. 힘드시겠지만 아담이 어떻게 지내고 있는지 말씀해 주세요."

어윈이 말했다.

"너무 애태우지 마십시오, 바틀 선생님. 사실 저도 지금 선생님과 똑같은 심정입니다. 제 마음도 몹시 고통스럽습니다. 억누를 수 없는 감정을 참아야 하고, 침묵을 지키면서 동시에 다른 사람들한테 관심을 가져야 한다는 게 여간 힘들지 않아요. 저도 선생님 못지않게 아담에게 많은 관심을 가지고 있습니다. 이 사건으로 고통받는 사람이 비단 아담 한 사람만은 아니지만 저는 그의 고통을 몹시 걱정하고 있답니다. 아담은 재판이 끝날 때까지 스토니톤에 남아 있겠다고 하더군요. 내일이면 거기 머문 지 1주일이 될 겁니다. 거기서 방을 하나 얻었어요. 제가 그렇게 하도록 권했지요. 그가 당분간 집에서 떠나 있는 것이 좋을 것 같았어요. 불쌍한 친구……. 아직도 헤티가 무죄라고 믿고 있답니다. 아마 용기가 생기면 헤티를 면회할 겁니다. 그는 헤티가 있는 그곳을 떠나고 싶어하지 않아요."

바틀이 말했다.

"목사님은 그 계집애가 유죄라고 생각하세요? 교수형을 받게 될 거라고 생각하시냐구요."

"재판이 그녀에게 불리하게 진행되고 있어요. 증거가 아주 확실하거든요. 또 다른 불길한 징조는 그녀가 모든 걸 부인하고 있다는 겁니다. 가장 확실한 증거를 들이대도 그녀는 아이를 가졌었다는 사실 자체를 부인하고 있어요. 제가 직접 그녀를 만나 봤는데 아주 고집스럽게 입을 꾹 다물고 있더군요. 헤티는 나를 보자 놀란 동물처럼 움츠러들었어요. 그렇게 변한 모습을 차마 눈 뜨고 볼 수가 없답니다. 제 평생 그렇게 큰 충격을 받은 적은 없었습니다. 하지만 최악의 경우라도, 이 사건에 연관된 죄 없는 사람들을 위해서 어쩌면 사면을 얻어낼 수 있을지도 모르겠습니다."

화가 난 바틀은 자기가 누구에게 말하고 있는지를 잊어버린 채 소리쳤다.

"엉터리 같은 소리 하지 말아요! 이런…… 용서하세요, 목사님. 제 말은 그 애가 교수형에 처할까 봐 괜히 죄 없는 사람들이 걱정하는 건 엉터리 같은 바보짓이라는 말입니다. 저는 그런 여자들은 하루라도 빨리 이 세상에서 사라지는 게 더 낫다고 생각해요. 그런 여자들이 못된 짓을 하도록 도와주는 남자들도 함께 싹 없어져야 해요. 그런 망나니 같은 것들을 살려둬서 좋을 게 뭐가 있겠소? 제대로 이성을 차리고 사는 사람들의 식량이나 축내라고요? 불쌍한 아담…… 아담이 그따위 걱정이나 하고 다니는 어리석은 사람이라 해도, 나는 그가 너무 많이 고통받지 않았으면 좋겠습니다. 많이 슬퍼하고 있죠?"

바틀은 안경이 그의 상상력에 보탬이라도 되는 것처럼 안경을 벗었다가 다시 쓰면서 말을 덧붙였다. 어윈이 대답했다.

"그렇습니다, 아주 가슴에 깊이 사무치게 슬퍼하고 있어서 몹시 걱정됩니다. 충격이 굉장히 컸던 모양이에요. 어제는 이따금씩 미칠 듯이 격렬한 감정에 휩싸이고는 했어요. 내가 옆에 있어주어야 하는 게 아닌가 하는 생각이 들 정도였으니까요. 저는 내일 다시 스토니톤에 갈 겁니다. 아담은 워낙 원칙이 뚜렷한 사람이라서 충동적으로 어떤 경솔한 짓을 하지는 않을 겁니다. 저는 아담이 최악의 경우가 닥칠지라도 잘 견뎌낼 것이라고 믿습니다."

어윈은 자신도 모르는 사이에 이렇게 마무리 짓고 있었다. 바틀 메이시에게 말한다기보다 그냥 자신의 생각을 말하고 있었다. 이때 어윈의 마음속에는 혹시라도 아담이 복수심 때문에 아서를 계속 찾아 헤맬까 봐 걱정이 되고 겁이 났다. 아담이 극심한 고통으로 못 견디게 괴로워하고 있는데, 그런 일이 생기게 한 장본인이 아서였기 때문이다. 비록 우연히 아담이 아서를 만나게 되면 그로브 숲 속에서 벌어졌던 결투보다 더 치명적인 결과가 나올 수도 있을 것이다. 이런 연유로 어윈은 아서가 돌아오는 날이 가까워질수록 점점 근심이 고조되었다. 바틀은 어윈의 말이 아담이 자살할까 봐 걱정된다는 뜻인 줄 알고 아까보다 더 놀란 표정을 지었다. 바틀이 말했다.

"제 생각을 말씀드릴 테니까, 목사님께서 한번 들어보시고 찬성해 주시면 좋겠습니다. 제가 우선 학교 문을 닫겠습니다. 나중에 학생들이 오면 그 학생들은 발걸음을 다시 되돌려야 하겠지만 그래도 괜찮습니다. 그리고 스토니톤으로 가서 이번 사건이 마무리될 때까지 아담을 돌봐주겠어요. 그냥 순회법정을 방청하러 온 것처럼 꾸미고 가보면 되지 않을까요? 아담도 그걸 반대할 수는 없을 테니까요. 목사님, 어떻게 생각하세요?"

약간 망설이며 어윈이 말했다.

"글쎄…… 그렇게 하는 것도 나쁘지 않을 것 같군요. 아담에 대한 선생님의 깊은 우정에 감사드립니다. 그런데 바틀 선생님…… 아담한테는 특히 말조심하셔야 합니다. 선생님은 아담이 헤티를 얼마나 깊이 사랑하는지 이해하지 못하시잖아요. 그러니 아담의 고통을 이해하지 못하실 테고, 인간적인 동정심도 함께 나누지 못할 것 같아서 부탁드리는 말씀입니다."

"무슨 말씀이신지 압니다, 목사님. 그래도 저를 믿어주세요. 저는 젊었을 때도 사랑이 뭔지 모르는 바보였어요. 이건 목사님한테만 하는 얘깁니다. 저는 주제넘게 아담의 일에 나서지 않을 겁니다. 그저 아담이 밥이나 제대로 먹고 있는지 제 눈으로 지켜보면서, 가끔 말 한마디나 거들어 줄 거예요."

어윈은 바틀의 사리 분별력이 약간 염려스러웠지만 결국 찬성했다.

"그렇다면야…… 선생님께서 훌륭하게 행동하시리라 믿습니다. 선생님께서 아담을 찾아간다는 말을 먼저 그의 어머니와 동생에게 알리는 게 좋겠습니다."

바틀이 일어나서 안경을 벗으며 말했다.

"네, 목사님. 그렇게 하겠습니다. 당연히 그렇게 해야죠. 아담의 어머님은 사람을 좀 피곤하게 만들어서 그 양반 말소리가 들리는 데는 가고 싶지 않지만요. 그래도 전혀 허튼 여자는 아니에요. 정정하고 깔끔한 부인이죠. 그럼 목사님, 안녕히 계십시오. 시간 내주셔서 감사합니다. 이런 큰일이 있을 때 누구에게나 친구가 되어주시니 정말 목사님은 만인의 친구십니다. 그게 또 목사님 어깨에 짊어진 무거운 짐이겠지만요."

"바틀 선생님, 그럼 살펴 가십시오. 스토니톤에서 뵙겠습니다. 그때까지 안녕히 계십시오."

바틀은 캐롤이 말을 걸려고 다가올까 봐 그녀를 피해 목사관에서 급히 빠져나왔다. 그는 자갈길로 나와서, 옆에서 짧은 다리로 종종거리며 걷고 있는 빅슨에게 화난 어조로 말했다.

"자, 아무짝에도 쓸모없는 계집애 같은 너를 데리고 가야겠구나. 내가 떠나버리면 너는 죽도록 애를 태울 테니까. 암, 그리고도 남을 걸? 그러다가 뜨내기 같은 놈들에게 덥석 물리고 말이야. 또 친구랍시고 못된 놈들하고 어울려 다니겠지. 너하고 전혀 상관없는 일에 여기저기 코를 들이밀고 다닐 거야. 뻔히 보인다, 보여. 여하튼 너 이놈, 수치스러운 짓을 하기만 해봐. 당장 의절하고 말테니까. 명심해둬. 마님! 명심하시라구!"

41

재판이 열리기 전날 밤

단조로운 스토니톤 거리에 집 한 채가 있었다. 이 집의 위층 방[208]에는 침대가 두 개 있었는데, 그 중 하나는 바닥에 놓여 있었다.

목요일 밤 10시. 창문 맞은편에 있는 어두운 벽이 달빛을 가려주고 있었다. 이 벽이 없었다면 달빛과 촛불이 서로 몸부림치듯 뒤섞이며 방안을 환히 비추었을 것이다. 바틀 메이시는 촛불 밑에서 책을 읽는 척했다. 그러나 사실은 안경 너머로 어두운 창가에 자리를 잡고 앉아 있는 아담 비드를 쳐다보고 있었다.

내가 지금 바틀이 지켜보고 있는 사람이 아담 비드라는 말을 하지 않았다면, 독자들은 그를 알아보지 못했을 것이다. 그의 얼굴은 지난주보다 더 여위었고, 눈은 푹 꺼지고, 병상에서 막 일어난 사람처럼 수염도 깎지 않았다. 칙칙한 검은 머리카락이 이마를 덮고 있었지만, 그는 꼼짝도 하기 싫은지 머리카락을 위로 쓸어 올리려고 하지도 않았다. 오로지 주변에서 일어나는 일에만 신경을 곤두세우는 것 같았다. 그는 한쪽 팔을 의자 위에 올려놓고, 주먹을 불끈 쥔 손을 내려다보고 있었다. 문 밖에서 노크소리가 나자 아담이 벌떡 일어났다. 바틀 메이시는 급히 일어나 문을 열면서 말했다.

---

208) 아담이 머무르고 있는 방에서 일어난 일들은 예수님이 다락방에서 십자가에 못 박히시기 전날 밤에 제자들과 최후의 만찬을 가졌던 사건을 연상하게 해준다.

"아, 이제 오셨군요."

어윈 목사였다. 어윈 목사가 다가와 손을 잡자 아담은 본능적으로 존경심을 보이며 의자에서 일어났다. 어윈은 바틀이 가져다준 의자에 앉으며 말했다.

"아담, 내가 좀 늦었네. 브록스톤에서 예정보다 더 늦게 출발하게 됐어. 게다가 도착하고 나서도 계속 바빴지. 이제야 모든 일이 끝났어. 적어도 오늘 밤에 할 수 있는 모든 일은 말이야. 자, 모두 앉읍시다."

아담은 기계적으로 다시 의자에 앉았고, 바틀은 앉을 의자가 없어서 방 뒤편에 있는 침대 위에 앉았다. 아담은 몸을 떨면서 말했다.

"목사님, 헤티를 만나보셨어요?"

"그래, 아담. 나와 교도소 목사[209]가 오늘 저녁 헤티와 함께 있었어."

"헤티한테 물어보셨나요? 저에 대해서 얘기하셨어요?"

어윈은 약간 머뭇거리며 말했다.

"물론이지, 자네 얘기를 해주었어. 헤티만 좋다면 재판 전에 자네가 면회를 하고 싶어한다고 말이야."

어윈이 말을 멈추자, 아담은 진지한 표정으로 뭔가 물어보는 듯한 눈빛으로 그를 바라봤다.

"자네도 알겠지만 헤티는 사람을 만나고 싶어하지 않아. 그건 자네뿐만이 아냐. 엄청난 충격을 받았는지 마음을 완전히 닫아버린 것 같아. 어느 누구에게도 말이야. 나와 교도소 목사에게도 '아니요.'라는 말 외에는 거의 아무 대답도 하지 않았네. 사나흘 전, 자네 말을 전하기 전에 내가 먼저 물어봤어. 만나고 싶은 가족이나 마음을 열고 대면할 수 있는 사람이 있냐고 말이야. 그랬더니 헤티가 몹시 떨면서 그러더군.

---

209) 교도소에서 죄수들을 교화하는 일을 맡아보는 국가공무원 6급 교정직. 감옥에 예속되어 있는 목사

"'그 사람들한테 저 있는 데로 오지 말라고 전해주세요. 저는 아무도 만나지 않을 거예요.' 라고 말이야."

아담은 다시 머리를 떨어뜨리고 아무 말도 하지 않았다. 잠시 침묵이 흐른 후 어윈이 말했다.

"아담, 만일 헤티가 싫다고 하는데도 자네가 기어코 꼭 그녀를 만나봐야 한다고 사람들이 권한다고 해서, 자네가 내일 아침 헤티를 찾아가겠다면, 달갑지 않겠지만 나는 충고해야겠네. 혹시 헤티가 속마음은 다를까 싶어서 내가 슬쩍 자네 이름을 언급했었어. 그러자 헤티는 조금도 동요하지 않고 여전히 냉정하고 완고한 태도로 '안 돼요.' 라고 대답하더군. 그래서 애석하지만 자네는 헤티를 만날 수 없겠다고 생각했지. 자네가 억지로 헤티를 만난다고 해도, 그녀가 아무런 위안을 못 느낀다면 자네만 괴롭게 돼. 나는 자네가 그것 때문에 괜히 심하게 괴로워할까 봐 두려워. 헤티는 많이 변했네……."

아담은 의자에서 벌떡 일어나 탁자에 놓여 있는 모자를 꽉 집었다. 그리고 잠자코 서 있더니 아직도 물어보기 어려운 질문이 있는 것처럼 어윈을 바라보았다. 바틀 메이시는 말없이 일어나 열쇠로 문을 잠근 다음 열쇠를 주머니에 넣었다. 마침내 아담이 물었다.

"그자는 돌아왔나요?"

어윈이 조용히 말했다.

"아니, 아직 안 왔네. 나랑 잠깐 시원한 바람이나 쐬러 나갈 게 아니라면……. 아담, 모자를 내려놓겠나. 자네 모습을 보니 오늘 밖에 나간 적이 없는 것 같은데."

아담은 어윈을 빤히 쳐다보며 의심스럽고 화가 난 어조로 말했다.

"저를 속이실 필요 없어요, 목사님. 제가 어떻게 나올까 두려워하실 필요 없다구요. 저는 단지 정의를 원할 뿐이에요. 헤티가 겪는 고통을 그자도 똑같이 겪었으면 좋겠어요. 이건 모두 그자가 저지른 일이니까요……. 헤티는 자기를 사랑스럽게 쳐다보는 사람이면 아무의 가슴에나 안기는 어린아이였어요……. 저는 헤티가 무슨 일을 저질렀든지 아무 상관 안 합니다……. 헤티가 그렇게 행동하게끔 만든 사람은 바로 그자니까요……. 저는 그에게 자신이 저지른 일이 어떤 결과를 낳았는지 알게 해줄 겁니다……. 뼈저리게 느끼게 할 겁니다. 만일 정의로우신 하느님이 계시다면 그자가 헤티 같은 어린아이에게 죄를 짓게 하고 불행하게 만든 것이 얼마나 큰 죄악인지 반드시 깨닫게 해주실 겁니다…….”

어윈이 말했다.

"아담, 나는 자네를 속이고 있는 게 아냐. 정말로 아서 도니손은 돌아오지 않았어. 내가 그곳을 떠나올 때까지도 말이야. 그래서 내가 아서한테 편지를 남겼어. 아마 도착하자마자 모든 상황을 알게 될 거야.”

아담은 분개했다.

"목사님은 지금 남의 일이라고 생각하시는 거죠? 헤티가 치욕과 불행 속에서 신음해도 괜찮다고 생각하시죠? 아서는 지금 아무것도 모르는데 무슨 고통을 느끼겠어요.”

"아담, 아서도 곧 알게 될 거야. 그리고 오랫동안 비통한 고통에 시달리게 되겠지. 그는 인정 많고 양심이 있는 사람이야. 아서의 성격을 생각해봐. 나는 한 번도 아서한테 기만당한 적이 없었네. 나는 굳게 믿는다네. 아서가 아무런 양심의 가책도 없이 선뜻 유혹에 빠지지는 않았을 거라고 확신하네. 그는 유혹에 약할지는 모르지만, 무정하지도 않고, 냉정하고 이기적인 사람도 아니야. 아서도 이번 일로 충격이 클 거야. 평생 그 충격에서 헤어나지 못할 거라는 생각도 들어. 그런데 왜 자네는 이런 식으로 복수하려고 드나? 자네가 아서한테 복수하려고 어떤 고통을 준다고 해도 헤티한테는 이로울 게 하나도 없어.”

아담은 다시 의자에 주저앉으며 신음했다.

"아……! 아니야. 오, 하느님. 안 돼요. 내가 아서에게 복수를 한다면…… 그건 너무나 무서운 저주가 되겠지……. 지옥을 만들 것이고…… 모든 것이 엉망이 되고 말겠지……. 나의 불쌍한 헤티…… 다시는 사랑스런 나의 헤티가 될 수 없는 걸까? 하느님이 창조한 가운데 가장 아름다운 사람이었는데…… 나를 보며 미소를 지어 보여서 나는 정말 그녀가 나를 사랑한다고 믿었는데…… 그렇게도 착한 사람이…… 어떻게…….'

아담의 목소리는 점점 가라앉아 거의 쉰 소리로 낮아졌다. 마치 혼잣말하고 있는 것 같았다. 그러다가 갑자기 어윈 목사를 바라보며 말했다.

"사람들의 말처럼 헤티가 그런 큰 죄를 지은 건 아니죠? 정말 헤티가 아기를 죽였나요? 목사님, 헤티가 정말 그랬다고 생각하지는 않으시죠? 헤티는 그런 짓을 할 사람이 아니에요."

어윈은 점잖게 대답했다.

"아담, 그 일은 확실히 알 수가 없어. 이런 경우, 확실한 증거를 가지고 판단을 내려야 하기 때문에, 아무리 사소한 것이라도 제대로 알지 못하면 우리는 판단을 그르칠 수가 있어. 그리고 최악의 경우를 가정해보더라도, 헤티가 범죄를 저지르게 된 것은 순전히 아서 때문이기에 꼭 아서한테 죄가 있다고 말할 권리가 자네에게는 없어. 아서가 반드시 형벌을 받아야 한다고 말할 권리도 없고. 우리 인간은 어떤 사람이 저지른 도덕적인 비행이 얼마나 크고, 그 벌로 얼마만큼 무거운 천벌이나 보복을 당해야 된다고 제멋대로 재판하듯이 배분할 수는 없다네.[210] 어떤 범행을 누가 저질렀는가를 결정하는데도 실수가 있기 마련이야. 어떤 사람이 자신의 행동으로 인해 미처 예측하지 못했던 무시무시한 결과를 초래했다 할지라도 과연 어디까지 책임을

---

[210] 오직 하느님만이 양심의 가책과 형벌을 내릴 수 있다는 말이다. 야고보서, 4:12. "법을 만드는 자는 한 분뿐이며, 그분만이 구원할 수 있게 하고 또 망하게도 할 수 있다. 감히 누가 다른 사람을 재판하려고 하느냐?"

져야 하는지, 그것도 조사하려면 몸이 벌벌 떨릴 정도야. 단 한 번, 이기적인 욕망을 참지 못하여 발생한 결과가 뜻밖에도 아주 끔찍하게 나타났지만, 그렇다고 해서 그걸 무조건 처벌하라고 우겨댈 수는 없어. 아담, 자네는 지금 자네의 감정만으로 다른 사람을 주제넘게 넘보고 있어. 그건 너무도 위험한 일이라네. 조금만 자제하고 마음을 너그럽게 가져봐. 마음이 좀 가라앉고 차분해지면 지금 내 말을 충분히 이해할 수 있을 걸세. 얼마나 고통이 컸으면 자네에게 이런 복수심과 증오심이 생겼을까 이해는 하네. 자네 고통을 모르는 바는 아냐. 하지만 한번 생각해봐. 자네는 지금 격분하고 있어. 그리고 그런 격한 감정에도 불구하고 스스로를 속이며 그 감정을 '정의'라고 부르고 있는 거야. 예전에 아서가 그런 격정에 휩쓸린 것과 마찬가지로 자네 역시 복수심이라는 격정에 휩싸였으니, 그때의 아서와 뭐가 다르겠는가? 아니, 그보다 더 나쁘다고 할 수 있어. 그렇게 격노하면 자네도 끔찍한 범죄를 저지르게 될지도 모르니까 말이야."

아담은 고통스럽게 말했다

"아뇨, 제가 더 나쁜 게 아니에요. 아서에게 복수하는 게 더 나쁜 짓이라고는 생각하지 않아요. 저는 꼭 복수하고 말 거예요. 차라리 하루빨리 복수하고 저 혼자만 고통을 당하는 게 훨씬 나아요. 헤티에게 그렇게 무서운 짓을 하도록 만들어 놓고, 나 몰라라 방관하는 놈, 그런 놈을 그냥 내버려두고 헤티가 어떻게 처벌당하는지 지켜보고 있을 수만은 없어요. 한순간의 쾌락을 위해서 저지른 일이잖아요. 만약 그자가 사람의 심장을 가졌다면 잘못을 저지르기 전에 자기 손목부터 잘랐어야죠. 혹시 아이가 생길지도 모른다는 걸 그가 예측하지 못했었다고요? 아뇨! 그자는 충분히 예견했습니다. 그 뒤에 벌어질 해악과 치욕스런 일은 다 헤티한테 다 떠넘겨 버리고, 자기는 거짓말로 무마하려고 했다구요. 그렇게는 안 됩니다. 그자가 저지른 잘못에 절반도 안 되는 일로 사형당하는 사람들이 얼마나 많은데요. 아무 남자한테나 한번 제멋대로 행동하라고 해보세요. 그리고 그 행동의 결과에 책임을 지고 벌을 받게 했다고 치자구요. 그래도 아서가 저지른 잘못에 비하면 절반도 안 될 겁니다. 최소한 그자는 아서처럼 만사를 다 자기한테 유리하게 꾸며놓고 처벌은 다른 사람이 받도록 떠넘겨 버리는 비열하고 이기적인 겁쟁이는 아니잖아요."

"아담, 자네가 또 잘못 생각하고 있는 것이 있네. 사람은 혼자만 벌을 받겠다고 일부러 잘못을 저지르지는 않아. 자신을 고립시켜서 혼자만 책임을 다 짊어지게 할 수는 없어. 그리고 설사 혼자서 저지른 잘못이라 하더라도 그 영향이 다른 사람들에게 퍼져 나가지 않는다고 말할 수도 없는 거야. 우리가 숨 쉬는 공기처럼 사람들은 서로서로 완전히 섞여 살고 있지. 악이란 질병처럼 필연적으로 온 세상에 만연하게 돼 있어. 아서의 죄가 다른 사람들한테 얼마나 끔찍한 고통을 주고 있는지 나는 뼈저리게 느낀다네.

모든 죄는 죄를 저지른 사람뿐만 아니라 다른 사람들에게도 고통을 주는 법이야. 자네가 아서에게 복수하면, 그 복수로 인해 고통받는 사람들이 또 생겨날 거야. 그러면 자네의 죄가 결국 사람들에게 또 다른 고통을 안겨주는 불행만 더 생길 뿐이라네. 자네 혼자서는 모든 벌을 감수할 수 없어. 오히려 자네를 사랑하는 모든 사람들에게 깊은 슬픔을 주게 될 거라구. 자네가 분노를 참지 못하고 무턱대고 복수를 하면 현재의 악을 없애기는커녕, 더 흉악한 악을 보태는 꼴이 되는 거야. 자네는 아서를 죽이는 치명적인 복수는 하지 않겠다고 말하겠지. 하지만 지금 자네의 마음속에서 들끓고 있는 격분한 감정은 자네가 어떤 행동을 취하게 할지 몰라. 자네가 그런 감정에 몰두해 있는 한, 그리고 아서를 처벌하는 건 정의가 아니라 복수라는 걸 깨닫지 못하고 있는 한, 자네는 커다란 잘못을 범하게 되고 말 거야. 자네는 그로브 숲 속에서 아서를 때려눕힌 뒤 후회했던 심정을 나한테 말했었잖아. 잘 기억해보게."

 아담은 아무 말이 없었다. 어윈의 말은 과거에 있었던 일을 생생하게 상기시켰다. 어윈은 아담이 사념에 잠기자, 그대로 놔두고서 바틀 메이시에게 도니손 경의 장례식과 다른 대수롭지 않은 일들에 대해 전해 주었다. 마침내 아담은 몸을 돌리고 훨씬 차분해진 어투로 말했다.

 "홀 팜에 있는 분들에 대해서는 미처 묻지 않았네요. 포이저 씨가 오실까요?"

 "이미 와 있네. 지금 그는 스토니톤에 있어. 하지만 자네를 만나라고 할 수는 없었네. 아담, 그도 기막힌지 몹시 당황해서 어쩔 줄 몰라 하더군. 자네 마음이 가라앉을 때까지는 서로 만나지 않는 것이 상책이야."

 "목사님! 다이나 모리스는 왔나요? 세스가 말하기를 포이저 가족이 다이나를 데려오려고 사람을 보냈다고 하던데요."

 "아냐, 집을 떠나올 때까지도 아직 다이나는 오지 않았다고 포이저가 말하더군. 편지가 아직 도착하지 않은 것 같다고 했어. 정확한 주소를 몰랐었나 봐."

 아담은 잠시 곰곰이 생각하다가 말했다.

 "혹시 헤티에게 간 게 아닐까요? 포이저 부부가 무척 반대했겠지만요. 자기들도 헤티한테 가고 싶지 않은데 다이나에게 가라고 했겠어요? 하지만 다이나라면 아마 헤티에게 갔을 거예요. 감리교도들은 교도소도 마다하지 않고 들어가서 사람들을 돌봐주는 훌륭한 사람들이니까요.[211] 세스도 다이나가 헤티에게 갔을 거라고 생각해요. 그녀는 헤티한테 늘 상냥했어요. 다이나가 정말 헤티한테 갔다면 헤티의 마음을 움직이게 했을지 궁금하네요. 목사님은 다이나를 한 번도 만나본 적

---

211) 감리교도들은 감옥을 찾아가 사형선고를 받은 죄인들을 회개시키는 일을 중요하게 여겼다. 그들은 감옥 안에 있는 죄를 지은 사람들의 개종을 매우 값지게 여겼다.

이 없으시죠?"

"아니야, 만나 봤어. 이야기도 나누어 봤었지. 나를 아주 기분 좋게 해주었었어. 자네 말처럼 정말 다이나가 왔으면 좋겠네. 그렇게 상냥하고 온화한 여자라면 헤티의 마음을 열게 할 수 있을 테니까. 교도소 목사는 좀 냉정하더군."

아담이 서글프게 말했다.

"하지만 다이나가 오지 않으면 아무 소용없어요."

어윈이 말했다.

"내가 좀더 일찍 생각해냈더라면 그녀를 빨리 찾아냈을 텐데. 너무 늦지 않았나 모르겠군……. 아담, 그만 가봐야겠네. 오늘 밤은 푹 쉬게. 축복이 깃들기를 빌겠네. 그럼 내일 아침 일찍 보세."

42

재판이 열리는 날 아침

그 다음날 1시, 아담은 단조로운 위층 방에 홀로 있었다. 그는 천천히 흘러가는 시간을 재고 있는 것처럼 탁자 위에 놓인 시계를 보고 있었다. 그는 재판에서 증인들이 무슨 말을 할지 전혀 짐작할 수 없었다. 헤티가 고발당해서 체포되기까지의 모든 연유를 알려고 하지 않았기 때문이다. 용감하고 적극적인 아담은 지금까지 어떤 위험이나 고생을 무릅쓰고라도 그녀를 감옥에 가둔 과실이나 불운에서 헤티를 구하려고 서둘렀다. 그러나 지금, 아담은 돌이킬 수 없는 불행과 고통에 직면하게 되자 무능력하게 그저 바라보고만 있을 뿐이었다. 그는 부당한 일을 보면 그걸 시정하려고 과감하게 어떤 행동을 실천할 수 있는 추진력은 있어도, 자기가 어찌할 수 없는 소극적인 상황에 부딪히면 그저 무기력하게 고뇌할 뿐이었다. 그렇지 않았다면 어떻게든지 아서에게 정의로운 행동을 실천하도록 강요할 수 있는 방법을 적극적으로 찾아보았을 것이다. 정열적인 사람들은 강인하게 맞서야 할 모든 상황에서는 과감하게 대처하면서도, 가끔씩 극심한 고통으로 어찌할 바를 몰라 하는 나약한 사람과 마주치게 되면, 오히려 쩔쩔매면서 냉정한 사람처럼 도망치려고 한다. 그들은 처절한 괴로움에 압도당하면 넋을 잃어버린다. 그들은 너무 나약한 상대를 만나면 본능적으로 움츠러드는 자신을 억제하지 못한다. 그것은 마치 그들이 찢긴 상처에 뭔가 닿기만 하면 움츠러드는 것과 흡사하다.

아담은 헤티만 허락해 준다면 그녀를 만나 보아야겠다고 생각했다. 면회만 해주어도 그녀에게 도움이 될 것 같았고, 사람들이 자신에게 냉혹하다고 입방아 찧는 말들을 조금이라도 누그러뜨릴 수 있을 것 같았다. 헤티가 아담에게 잘못했던 일들을 그가 마음에 담아두지 않고 있다는 걸 알게 된다면, 그녀는 혹시 아담에게 마음을 열어줄지도 모른다. 하지만 이런 결단을 내린다는 건 대단히 힘든 일이었다. 아담은 헤티의 달라진 얼굴을 차마 마주볼 수 없을 것 같아서 전전긍긍하고 있었다. 마치 소심한 여자가 외과의사의 칼을 떠올리는 것만으로도 무서워 벌벌 떠는 것처럼 말이다. 지금 그는 헤티의 공판을 직접 자기 눈으로 목격하며 참을 수 없는 고통을 받느니, 차라리 법정에 나가지 않고 마음 졸이며 오랜 시간을 잠자코 참고 기다리는 것이 좋겠다고 마음먹었다.

말할 수 없이 깊은 그 괴로움은 일종의 세례며 재생, 즉 새로운 세계로 들어가는 관문이라고 일컬어도 좋을 것이다. 아담은 그리운 추억들, 쓰라린 후회, 고뇌에 찬 동정심, 보이지 않는 신에게 몸부림치며 드리는 간청 등등 이런저런 강렬한 감정에 시달려 지난주 내내 밤낮으로 괴로워했다. 오늘 아침에는 그런 감정들이 열성적인 군중들처럼 한꺼번에 몰려와 자신을 압박해서 아득한 꿈속에 잠들어 있던 지난 세월의 모든 일들을 떠오르게 했다. 그러나 이제는 완전히 제정신을 차렸다. 이제까지 아담은 늘 고통을 받는다는 건 별것 아니라고 생각하고 모든 고통의 순간을 혼자서도 잘 견뎌냈다. 이제까지의 슬픔이란 그저 한순간에 획 사라지는 일격일 뿐, 상처도 남지 않은 것처럼 보였다. 그러나 확실히, 지독한, 큰 고통이란 지난 몇 년 동안 겪었던 자잘한 고통들을 모두 다 모아서 한꺼번에 타격을 주는 뜨거운 불과 다름없다. 하지만 일단, 뜨거운 불같은 고통이라는 세례²¹²⁾를 받으면 새로운 경외심과 연민에 가득 찬 영혼으로 거듭날지도 모른다.

아담은 탁자에 몸을 기대고 멍하니 시계를 쳐다보며 신음했다.

"오! 신이시여. 예전에도 이렇게 심한 고통을 받은 사람이 있나이까……. 불쌍하고 힘없는 어린아이들도 헤티처럼 고통을 받았나이까……. 얼마 전만 해도 그렇게 행복해 보였고, 그렇게 예뻐 보였는데…… 헤티가 사람들에게 입맞춤 해주면, 그녀의 할아버지와 다른 모든 사람들까지도 그녀를 축복해줬는데…… 오! 불쌍한 나의 헤티……. 지금은 그 생각을 떠올릴 수나 있을까?"

아담은 움찔하며 방문 쪽을 돌아보았다. 빅슨이 낑낑거리기 시작했고 계단을 따라 지팡이를 짚고 절름거리며 걸어오는 어떤 소리가 들렸다. 바틀 메이시가 돌아오는 소리였다. 재판이 다 끝난 걸까?

바틀이 조용히 들어와 아담에게 다가오더니 손을 붙잡고 말했다.

"이 사람아, 자네를 보러 온 거야. 휴정이라 사람들이 법정에서 잠시 나왔거든."

아담은 가슴이 마구 뛰어서 말을 할 수가 없었다. 그저 바틀의 손을 꽉 잡을 뿐이었다. 바틀은 반대편 의자를 끌어 와 그의 앞에 앉으며 모자와 안경을 벗었다.

"내 평생 처음 있는 일이야. 안경까지 쓰고 외출하다니. 안경 벗을 생각도 까맣게 잊어버렸네."

바틀은 이런 시시한 이야기를 꺼내면서, 아담의 고뇌를 완전히 모르는 척하는 것이 더 낫다고 생각한 모양이었다. 그는 지금으로서는 결정적인 소식이 아무것도 없다고 돌려 말하려고 했다. 그는 다시 일어서며 말했다.

"내가 지금 왜 왔는지 아나? 자네가 조금이라도 빵을 먹었는지, 또

---

212) 마태복음, 3:11. "그는 성령과 불로 너를 세례 줄 것이다."에서 나온 말이다. 원래 이 말은 전쟁에서 겪는 것 같은 호된 시련을 뜻한다.

포도주를 마시려는지 살펴보러 왔어. 오늘 아침에 어윈 목사님께서 포도주를 보내주셨다네. 자네가 이 포도주를 마시지 않는다면 어윈 목사님께서 나한테 무척 화를 내실거야. 자, 이거 먹게."

그는 술병과 빵을 꺼내와 포도주를 한 잔 따르며 이야기를 계속했다.

"나는 말이야, 빵을 한 입 먹고 포도주도 한 잔 마실라네. 자네도 한 모금 하지 그래. 나하고 같이 마시자구."

아담은 술잔을 점잖게 사양하고 애원하다시피 말했다.

"메이시 선생님, 저한테 모든 걸 다 말씀해 주세요. 헤티가 거기 있던가요? 재판은 시작했어요?"

"그래, 아담. 자네 말이 맞아. 내가 집에서 나갔을 때부터 지금까지 재판은 죽 진행되고 있었어. 그런데 진행이 느려도 너무 느려. 헤티를 변호해주라고 사람들이 내세운 법정변호사는 기회가 생기기만 하면 언제나 훼방 놓는 말만 하고, 증인들한테 엄청나게 많은 반대심문을 하면서 다른 변호사들하고 다투더라구. 사람들에게서 받은 돈만큼 해줄 수 있는 게 그것뿐이었나 봐. 돈을 꽤 많이 줬거든. 그럼 상당히 많이 줬지. 그 법정변호사가 꽤 영리한 사람이긴 해. 눈빛을 보니까 건초더미 속에서 순식간에 바늘도 찾아낼 수 있을 것 같더라구. 도무지 감정이라고는 하나도 없는 사람들이나 재판 과정에 촉각을 곤두세우지. 정이 많은 사람들은 그렇게 못 할 거야. 멍청이같이 앉아 있을 뿐이지. 자네한테 좋은 소식을 갖다주겠다는 약속만 얻어낼 수가 있다면 얼마든지 필요한 돈을 쓰겠는데…… 미안하네. 에휴…… 딱한 사람 같으니……."

아담이 말했다.

"그러면 재판이 헤티한테 불리하게 진행될까요? 사람들이 뭐라고 했는지 말해주세요. 지금 당장 말예요. 무슨 일로 사람들이 헤티를 궁지로 몰았는지 알아야겠어요."

"글쎄…… 확실한 증거는 여전히 의사의 증언뿐이지. 마틴 포이저 외에는 모두 그렇다고 했어. 불쌍한 마틴. 법정에 있는 모든 사람이 그를 동정하더군. 포이저가 자리에서 내려오자 사람들이 한목소리로 흐느끼는 소리가 들렸어. 재판관들이 포이저에게 심리 중인 죄인을 바라보라고 말했을 때가 최악이었지. 그건 정말 힘든 일이잖나. 포이저가 참 안됐더라구. 무척 힘들었을 거야. 이보게, 아담, 자네뿐만 아니라 포이저도 엄청난 충격을 받은 모양이야. 그러니 자네가 불쌍한 마틴을 도와줘야 해. 용기를 좀 내봐. 자…… 포도주 좀 마시고……. 사나이답게 이 역경을 헤쳐나갈 수 있다는 걸 나한테 보여주게나."

이번에는 바틀이 애원하는 것 같았다. 아담은 말없이 순종하는 태도로 술잔을 들고 조금 마셨다.[213] 이윽고 아담이 물었다.

"헤티는 좀 어떻던가요?"

"법정에 처음 들어왔을 때는 겁 먹은 모습이었어. 잔뜩 겁을 먹었더라구. 생전 처음 군중과 재판관을 대면했겠지. 정말 안됐더라구. 법정에는 머릿속은 텅 비어 있으면서 옷만 잘 차려입은 여자들이 많이 있었어. 다들 값싸고 허울만 좋은 물건을 번지르르 하게 어깨에 달고, 머리에는 깃털을 꽂고서, 판사하고 가까운 자리에 앉았더군. 여자들이 그런 식으로 잔뜩 꾸미고 차려입고 앉아 있으니, 마치 허수아비가 새들에게 경고하듯이 어떤 남자든지 또다시 여자를 건드리면 큰 코 다칠 줄 알라고 말하는 것 같지. 누구나 다 그렇게 생각하겠더라니까. 그 여자들은 안경을 쓰고 똑바로 바라보면서 속닥거렸지. 하지만 헤티는 법정에 나온 뒤부터, 하얀 조각상인 양 꼼짝 않고 서서 손만 내려다보고 있었어. 아무것도 듣지도, 보지도 못하는 것 같았어. 수의처럼 하얗게 질려 있더라구. 사람들이 헤티한테

---

213) 마태복음, 26:27. "그리고 그는 잔을 들고, 감사하다는 인사를 하고, 그 잔을 그들에게 권하면서, 여러분 다 함께 이 잔을 마십시다."

자신이 유죄인지 무죄인지 항변해 보라고 시켰는데도 아무 말이 없었고, 변호사가 그녀는 '무죄'라고 주장할 때에도 말없이 있더라구. 그런데 외숙부 이름이 들리자마자 몸을 바들바들 떠는 것 같았어. 사람들이 포이저에게 헤티를 보라고 말하자, 그녀는 고개를 푹 숙이고 잔뜩 움츠리더니 손으로 얼굴을 가렸어. 포이저도 입이 떨어지지 않아 애를 먹었지. 그 친구 참 안됐더라구. 목소리는 또 얼마나 떨리던지……. 내가 보기에 거기 있는 변호사들은 바늘로 찔러도 피 한 방울 안 나올 것 같더군. 내 보기에는, 그런 변호사조차 포이저가 참으로 안돼 보인다는 눈치였어. 어윈 목사님은 포이저 가까이에 앉아 있다가 함께 법정을 나갔어. 그렇게 힘들 때 곁에서 자기를 떠받쳐줄 이웃이 있다는 것은 그의 일생에서 참 대단한 일이지."

아담은 바틀의 팔에 손을 갖다 대며 낮은 목소리로 기도했다.

"신이시여, 포이저 씨를 굽어 살펴 주소서. 그리고 메이시 선생님도 굽어 살펴 주소서."

"포이저는 본성이 착한 사람이야. 자네가 원하기만 하면 진실하게 자네를 대해줄 사람이라구. 어윈 목사님처럼 말이야. 분별력이 있는 사람은 필요한 말만 하는 법이지. 포이저는 말로만 자네를 위로할 사람이 아니야. 사태를 방관만 하는 주제에 자기들이 고통을 직접 이겨내는 사람보다 훨씬 더 그 고통을 잘 안다고 생각하는 그런 사람이 아니라네. 나는 그런 사람들을 겪어봤어. 내가 남부에 있을 때 좀 힘든 상황이었거든. 어윈 목사님이 곧 헤티의 증인으로 나서주실 거야. 자네도 알겠지만 헤티의 성격과 성장과정을 증언하실 걸세."

아담이 물었다.

"하지만 다른 증거들은…… 헤티한테 아주 불리하게 작용하나요? 메이시 선생님, 어떻게 생각하세요? 사실대로 말해주세요."

"그래, 자네 말이 맞아. 사실대로 얘기하는 것이 좋겠네. 결국은 다 밝혀질 테니까. 의사의 증언이 아주 치명적이야. 중대한 것이었네. 헤티는 시종일관 아기가 없었다고 우기고 있어. 여자들은 딱하고 어리석은 존재야. 이미 확실하게 밝혀진 사실은 아무리 부정해봐야 소용없다는 것을 전혀 모르나 봐. 그것 때문에 배심원들이 헤티 편을 들지 않을 거야. 헤티의 그 고집 때문에 말이야. 평결이 안 좋게 나와도, 배심원들은 헤티한테 자비심을 구해보라고 별로 권하지도 않을걸? 하지만 어윈 목사님이 재판관에게 백방으로 노력하실 거야. 그러니 아담, 거기에나 한번 기대보자고."

아담이 말했다.

"법정에서 헤티 편이 돼주거나 도와줄 사람은 아무도 없나요?"

"감옥의 교도소 목사가 헤티 가까이에 앉았더군. 하지만 족제비같이 교활하게 생겼던걸. 어윈 목사님하고는 본질적으로 다른 사람이야. 사람들이 그러는데 교도소 목사들은 목사들 중에서도 거의 쓰레기에 가깝다더군."

아담이 비통하게 말했다.

"그 자리에 꼭 참석했어야 하는 사람이 하나 있어요."

문득 그는 말을 멈추고 생각에 잠기더니, 머릿속에 어떤 새로운 생각이 떠올랐는지 창밖을 뚫어져라 쳐다보았다. 이윽고 그는 머리를 쓸어 올리며 입을 열었다.

"메이시 선생님, 선생님과 함께 가겠어요. 법정에 가겠습니다. 법정에 가보지도 않는 건 비겁한 짓이에요. 제가 헤티 옆에 있어 줄 겁니다. 그녀가 아무리 거짓말을 했다 해도 그녀를 위해 제가 다 밝히겠습니다. 헤티를 포기해서는 안 돼요. 그녀의 친척들도 그러면 안 되구요. 사람들은 우리 자신들을 하느님의 자비심에 맡겨 놓으면서도, 정작 어느 누구도 그런 자비심을 그녀에게 보여주지 않고 있습니다. 저는 가끔 인정머리 없다는 소리를 들었지만 다시는 그런 사람이 되고 싶지 않아요. 가겠습니다. 메이시 선생님, 저하고 같이 갑시다."

바틀은 만류하고 싶었지만 아담의 태도가 단호해서 어쩔 도리가 없었다. 그래서 이렇게 말할 뿐이었다.

"조금만 더 먹게. 아담, 나를 봐서라도 한 모금만 더 마셔. 흠……. 나는 포도주는 그만하고 빵이나 한 조각 먹겠네. 자네도 좀 먹어 봐."

직접 나서겠다는 결의에 차서, 아담은 빵을 한 조각 먹고 포도주도 약간 마셨다. 그는 어제 모습 그대로 면도도 하지 않았고 초췌했지만, 예전보다 훨씬 더 아담 비드 같은 의연한 모습으로 우뚝 일어섰다.

43

평결

 그 당시에 법원으로 쓰였던 장소는 오래된 큰 회관이었지만 지금은 화재로 소실되어 버렸다. 한낮의 햇빛은 회관 안에 빽빽하게 들어 찬 방청인들의 머리 위를 내리쬐고 있었고, 회관의 벽 위로 높이 줄지어 늘어 서 있는 창문에도 비치고 있었다. 햇빛은 창문에 끼어 있는 구식으로 채색된 유리창의 부드러운 색조와 어우러져 다양한 빛깔로 바뀌어가며 아름답게 비추고 있었다. 멀리 저쪽 끝에 있는 짙은 오크나무로 된 회랑 앞에 먼지 낀 음침한 갑옷과 투구가 뚜렷하게 두드러져 보이도록 걸려 있었다. 반대편에 커다란 중간 문설주가 낀 창문은 폭넓은 아치 모양이었다. 이 아치형의 창문 아래로 낡은 태피스트리(색실로 짠 주단) 커튼이 드리워져 있었다. 이 주단에는 아련한 과거를 꿈꾸며 졸고 있는 듯, 우수에 잠긴 사람들의 형상이 희미하게 새겨져 있었다. 옛날에 어떤 왕과 여왕이 불행하게 퇴위당한 뒤 그곳에서 갇혀 지냈다. 그들이 떠난 뒤, 그해의 남은 기간이 다 가도록 그들에 관한 아련한 기억들은 떠나지 않았다. 하지만 재판이 열리는 바로 이날에는 그들의 모든 흔적들이 사라져서, 넓은 회관에 참석해 있는 방청인들 중에서 어느 누구도 그들의 환영을 떠올리지 않았다. 다만 뜨거운 가슴을 가진 사람들을 울리고 있는 단 한 사람의 슬픔만을 공감하고 있었다.

방청하던 사람들은 이제까지 막연한 슬픔을 느끼고 있었다. 그러나 지금, 키가 훤칠한 아담 비드가 갑자기 모습을 드러내어 피고석 옆자리로 안내되자 분위기는 사뭇 달라졌다. 햇빛이 환히 비치는 대회관에서는 말쑥하게 면도한 다른 여러 남자의 얼굴 중에서 아담의 얼굴만이 고통의 흔적이 역력하게 서려 있었다.

어두침침한 아담의 방에서 그를 마지막으로 만났었던 어윈마저도 그 모습을 보고 놀랐다. 이곳에 참석해서 모든 것을 지켜본 헤이슬롭의 주민들은 먼 훗날 노인이 되면 난롯가에 앉아서 헤티 소렐의 이야기를 할 것이다. 그리고 다른 사람들보다 머리 하나만큼 키가 큰 가엾은 청년 아담 비드가 법정에 들어와, 헤티의 옆자리에 앉았을 때 자신들이 얼마나 감동받았는지 두고두고 이야기할 것이다.

하지만 헤티는 그를 쳐다보지 않았다. 그녀는 바틀 메이시가 묘사했던 것과 똑같은 자리에서 두 손을 가지런히 포개고 그 두 손에 시선을 고정한 채 서 있을 뿐이었다. 아담은 처음에는 그녀를 바라볼 엄두가 나지 않았다. 그러나 재판이 다시 시작되면서 법정 안에 있는 방청인들의 이목이 재판 과정에 집중되자, 마침내 그는 떨지 않으리라 굳게 다짐하면서 헤티 쪽으로 고개를 돌렸다.

왜 사람들은 그녀가 많이 변했다고 말했을까? 우리는 사랑하는 사람이 껍질만 남은 시체 같은 모습으로 변했을지라도 여전히 옛날의 모습과 똑같은 사람으로 보일 뿐이다. 지금 우리의 눈앞에 있는 시체같이 변한 사람을 우리는 언제나 똑같이 사랑한다. 그것은 과거에는 있었던 것이 이제는 없어졌기 때문에 더욱더 아쉽게 느껴지는 그런 애틋한 사랑이다. 헤티는 예전처럼 여전히 예뻤다. 예쁜 얼굴, 검은 머리카락이 흘러내리는 목덜미, 길고 검은 속눈썹, 오동포동한 볼과 도톰한 입술도 그대로였다.

오직 달라진 것이라고는 창백하고 여윈 모습뿐이었는데 그것만 제외하면 본래의 헤티 모습 그대로였다. 다른 사람들은 헤티가 악마의 마수에 걸려들어 시들어 버렸고, 영혼에서 모성이 말라버렸으며, 쓸데없이 고집만 부려 자신을 절망에 빠뜨리고 있다고 생각했다.

　모성애라는 것은 인간에게 있어 진정한 사랑의 핵심을 이루는 삶의 완전무결한 형태이다. 아무리 타락하고 명예가 실추된 사람이라도 자신의 아이만큼은 애지중지하는 바로 그런 것이 모성애다. 그러나 아담의 눈에는 창백하고 몰인정하게 보이는 이 죄인이, 정원에 있는 사과나무 아래에서 자신에게 환한 미소를 보내던 그 헤티였다. 지금 그의 옆에 있는 사람은 비록 헤티의 껍데기일 뿐일지라도, 아담이 처음으로 사랑에 빠져 떨리는 가슴으로 바라보며 차마 시선을 거두지 못했던 바로 그 헤티였다.

　아담은 곧 귀를 곤두세우게 만드는 어떤 소리를 들으려고 온 정신을 집중하느라, 점점 헤티만을 향했던 집중력이 흐트러졌다. 한 중년 여자가 증인석에 앉아 단호하고 분명한 목소리로 말했다.

　"제 이름은 사라 스톤입니다. 남편을 여의고, 스토니톤에 있는 처치 레인이라는 곳에서 면허를 받고 파이프 담배와 코담배 그리고 차를 파는 작은 가게를 운영하고 있습니다. 심리중인 저 여자는 아프고 지쳐 보이는 몰골로 팔에 바구니를 들고 우리 집에 찾아왔던 그 젊은 여자가 틀림없습니다. 2월 27일 토요일 저녁이었어요. 저 여자가 우리 집에서 묵어가고 싶다고 하더군요. 문에 사람이 그려져 있는 걸 보고 우리 집을 여인숙으로 알았던 모양입니다. 제가 손님은 받지 않는다고 말했더니 막 울기 시작하면서 너무 피곤해서 아무 데도 못 갈 지경이라고 하더군요. 그러면서 하룻밤 잠만 자고 가면 된다고 했어요. 예쁜 얼굴이었고, 그녀의 옷차림과 외모는 그런대로 품위 있어 보였어요.

　저는 그걸 보고 저 여자가 곤경에 빠져 있다는 생각이 들어 차마 내쫓을 수 없었습니다. 저는 그녀에게 앉으라고 말한 다음 차를 내왔어요. 그리고 어디로 가는 길인지 친지들은 어디에 사는지 물어보았어요. 그녀는 친지들을 찾아 고향으로 가는 중이라고 했어요. 그 분들은 꽤 멀리 떨어진 곳에서 농사를 지으며 살고 있다고 했습니다. 긴 여행으로 예상보다 너무 많은 돈을 써버리고 남은 돈이라고는 거의 바닥나서 비싼 곳은 갈 엄두가 나지 않는다고 했고, 대부분 바구니에 담아온 물건들을 팔아서 돈을 마련했다고 하더라구요. 그래도 하룻밤 재워주는 숙박비로 1실링은 내줄 수 있다고 그랬어요. 저야 뭐……. 젊은 여자를 못 재워줄 이유가 없었죠. 저희 집에는 방이 딱 하나뿐이었지만 침대가 두 개여서 그녀에게 머물러도 좋다고 말했지요. 저는 그녀가 뭔가 잘못된 길로 꼬임을 받아서 고생하고 있긴 하지만 친지들한테 가는 중이라니 별 문제 없을 거라 생각했어요. 그래서 도와주는 셈치고 잠깐 데리고 있어주기로 한 거죠."

 이어서 증인은 그날 밤 아기가 태어났다고 증언했다. 또한 그녀에게 제시된 아기 옷을 살펴보고는 자신이 직접 아기에게 입힌 것과 똑같다고 확인하였다.

 "맞아요, 저게 바로 그 옷이에요. 제가 직접 만든 옷들이지요. 우리 집 막내 녀석이 태어난 후 줄곧 간직해 왔던 옷들인걸요. 아기와 아기 엄마 때문에 저도 고생 좀 했습니다. 갓난아기를 돌보면서 노심초사했거든요. 의사를 부르지는 않았어요. 그럴 필요가 없어 보였거든요. 그날 낮에, 아기 엄마보고 친지들 이름과 그들이 어디 사는지 알려주면 그들에게 편지를 써 주겠다고 말했습니다. 그녀는 오늘 말고 다른 날을 잡아서 곧 자기가 직접 편지를 쓰겠다고 대답했어요. 아마 편지 쓰는 걸 거절할 수 없을 것 같았던지, 제가 아무리 말려도 기어이 일어나서 옷을 차려입더라고요. 몸이 많이 좋아졌다고 말하면서요. 제가 보기에도 정말 놀랄 만큼 기운을 되찾은 것 같았어요. 하지만 저는 제가 뭘 어떻게 해줘야 할지 몰라서 불안했어요.

 그렇게 저녁 무렵이 되었고, 저녁 예배가 끝나면 목사님께 말씀드리러 가야겠다고 마음먹었지요. 8시 반이 좀 넘어 집을 나섰습니다.

가게 문 대신 좁은 샛길로 통하는 뒷문으로 나갔지요. 저는 그 집의 1층에서 살고 있어서, 부엌과 침실은 모두 샛길로 문이 나 있답니다. 저는 아이를 무릎에 안은 채 난롯가에 앉아 있는 그녀를 집에 남겨두고 나왔습니다. 그녀는 전날 밤처럼 울지도 않았고, 침울해 보이지도 않았어요. 다만 눈빛이 좀 이상해 보였고, 날이 어두워질수록 얼굴이 조금씩 상기되는 것 같았습니다. 혹시 열병이 난 게 아닌가 걱정됐지만, 나가는 길에 경험이 많은 아주머니를 데려오면 되겠거니 생각했지요. 저하고 친한 아주머니가 있었거든요. 그날 밤은 아주 어두웠는데 나가면서 문도 잠그지 않았어요. 자물쇠가 없었거든요. 안쪽으로 빗장을 거는 걸쇠만 있었지요. 집에 아무도 없을 때면 저는 항상 가게 문으로 들락거렸어요. 저는 잠깐 동안은 문을 잠그지 않고 외출해도 별 문제 없을 거라고 생각했지요. 그런데 데려오려던 아주머니가 늦는 바람에 시간이 예상했던 것보다 더 많이 지체됐어요. 한 시간 반쯤 지나서 집에 도착했는데 촛불만 켜져 있고 여자와 아기는 떠나고 없었습니다. 외투하고 모자까지 다 가지고 갔는데 바구니와 그 속에 든 물건들은 놓고 갔더라고요……. 몹시 놀라기도 하고 화도 났습니다. 말도 없이 가버렸으니까요. 그러나 신고를 하지는 않았어요. 왜냐하면 그녀가 나쁜 짓을 저지를 거라고는 생각도 못 했거든요. 또 어디 가서 먹고 잘 정도의 돈을 호주머니 속에 좀 가지고 있는 줄 알았지요. 그러니 경찰에 고발할 생각인들 했겠어요? 그녀는 아무 때나 자신이 원할 때 떠날 수 있는 권리가 있는 사람이잖아요."

이 증언을 듣고 아담은 전기에 감전된 듯 짜릿한 충격을 받았다. 그에게 새로운 힘이 생겨났다. 헤티는 유죄가 아닐 수도 있는 것이다. 헤티는 아기에게 애착을 가지고 있었음에 틀림없다. 그렇지 않다면 왜 아기를 데리고 떠났겠는가? 아기를 버리고 갈 수도 있었는데 말이다. 어린아이는 자연사한 것이고 헤티는 죽은 아기를 숨겼을 뿐이다. 아기들은 조금만 서툴게 보살펴도 잘못될 수 있으니까. 그러나 범죄는 물증이 없으면 강한 심증만 남게 된다. 아담은 심증에 대해 뭐라고 반론을 해야 할지 머릿속으로 궁리하느라 헤티 측 변호사의 반대 심문을 듣지 못했다. 변호사는 헤티가 아기에 대한 모성애를 여러 방면으로 보여줬다는 걸 증명하기 위해 갖은 애를 쓰고 있었다. 하지만 그것은 헛된 일이었다. 증인에게 질문을 하는 동안 내내 헤티는 변함없이 부동의 자세로 서 있었다. 단 한 마디도 그녀의 귀에 들어오지 않는 모양이었다. 그러나 다음에 나온 증인의 목소리는 아직 민감한 그녀의 감성을 자극했다. 그녀는 깜짝 놀란 얼굴로 그를 바라보았지만, 이내 고개를 돌리고 이전처럼 두 손만 내려다보고 있었다. 증인은 남자였고 한 소박한 농부였다. 그는 말했다.

"제 이름은 존 올딩입니다. 일꾼이지요. 스토니톤에서 2마일 떨어진 테드 호올에 삽니다. 1주일 전 그러니까 지난 월요일이죠. 저는 오후 1시가 다 되어갈 무렵 헤튼 코피스 숲으로 가고 있었습죠. 숲에서 4분의 1마일 정도 갔을 때 저는 빨간 망토를 입고 있는 저 여자를 봤어요. 들판의 계단에서 그다지 멀리 떨어져 있지 않은 작은 건초더미 아래 앉아 있었지요. 그녀는 저를 보자 벌떡 일어서서 반대편 길로 걸어가려는 것 같았습니다. 그 길은 들판을 통과하는 길이었고 거기는 젊은 여자가 지나다녀도 전혀 이상하게 보이지 않는 평범한 길이였지요. 하지만 그녀가 하도 겁에 질려 있고 창백한 모습이라 이상해서 특별히 관심이 가더군요. 좋은 옷을 입긴 했지만 분명히 여자 거지일 거라고 생각했습니다. 좀 미친 것 같기도 했는데 저하고는 상관없는 일이라고 생각했지요. 가던 길을 멈추고 돌아서서 봤더니, 그녀가 제가 보고 있는 내내 발걸음을 재촉하더군요. 저는 숲의 반대편으로 말뚝을 몇 개 손보러 가는 길이었지요. 숲을 지나는 길도 있고, 숲 속에는 나무들을 베어낸 자리에 생긴 빈터가 여기저기 조금씩 있었죠. 잘린 나무 중에 어떤 것들은 치우지도 않고 어지럽게 놓여 있었지요. 저는 그 길로 똑바로 가지 않고 옆길로 빠져서 숲 한가운데로 들어가 지름길을 통해 목적지에 가려고 했지요. 제가 빈터로 통하는 길에서 얼마 멀지 않은 곳에 갔을 때였어요. 울부짖는 듯한 이상한 소리가 들려왔지요. 귀를 기울여보니 짐승 소리는 아닌 것 같아, 주위를 한번 둘러보려고 멈추지 않고 그대로 가던 길을 갔지요. 그런데 소리가 계속 나더라구요. 그런 곳에서는 들을 수 없는 아주 이상한 소리였어요. 도대체 뭔가 하는 생각이 들어 걸음을 멈췄습니다. 만약 새로운 종류의 짐승이 내는 소리라면 돈을 좀 벌 수도 있겠구나 하는 생각이 들었습니다. 그래서 어디서 나는 소린지 알아내려고 애썼습니다요.

　나뭇가지들을 올려다보면서 한참 동안 살펴봤지만 아무것도 없어서, 땅속에서 나는 소린 줄 알았어요. 그 근처에는 여기저기 잘려진 나뭇가지들이 많이 널려 있었고, 잔디 뗏장 덩어리도 간간히 흩어져 있었고, 베어진 나무줄기도 한 두어 개 있었습니다. 주위를 두리번거려봤지만 아무것도 없고, 마침내 울음소리도 그치더라구요. 그래서 그냥 포기하고 가던 길을 계속 갔죠. 그리고 한 시간쯤 지나서 같은 길로 되돌아오다가, 한 번 더 둘러보려고 들고 있던 말뚝을 내려놓았죠. 아, 그런데 말뚝을 내려놓으려 몸을 숙이는 순간, 내 옆에 있는 호두나무 덤불 속에 둥그렇고 이상한 하얀 물체가 보이는 기예요. 손을 짚어서 무릎을 꿇고 그걸 집으려 하니까, 아, 글쎄 그것이 갓난아기의 손이지 않겠습니까."

　이 대목에 이르자 오싹한 기운이 법정 전체에 감돌았다. 헤티는 눈에 띄게 몸을 떨고 있었다. 그녀는 지금에서야 처음으로 증인의 말을 제대로 듣고 있는 것 같았다.

　"덤불 밑에 땅이 움푹 파여 있었고, 그곳에는 유난히 잘린 나뭇가지들이 많이 모아져 있었어요. 그 나뭇가지들 사이로 아기 손이 삐죽 나와 있었어요. 한 군데 틈이 있어서 안을 들여다보니 아기 머리가 있는 거예요. 그래서 얼른 잔디 뗏장과 나뭇가지들을 치우고 아기를 꺼냈습죠. 아기는 옷이 따뜻하게 입혀져 있었는데 몸이 차디찬 걸로 봐서 꼭 죽은 것 같더라구요. 아기를 안고 얼은 숲을 빠져나와서 집에 있는 마누라한테 갔더니, 아기가 이미 죽었다는 거예요. 저는 그 아기를 행정 교구에 데려다주고 경찰에 신고를 하는 게 좋겠다고 했어요. 그리고 '맹세코, 아기의 엄마는 숲으로 가는 길에서 만났던 젊은 여자가 틀림없다.' 고 말했지요. 그러나 그 여자를 어디서 찾을지 막막하더라구요. 저는 아기의 시신을 헤튼 교구에 갖다 놓고, 경찰에 신고했고, 하디 판사님께 갔습니다.

우리는 밤이 어두워질 때까지 그 여자를 찾아 헤맸습니다. 스토니톤에 가서 여자의 인상착의를 알려주면서 이런 여자를 보면 체포하라고 했지요. 다음날 저한테 경찰이 와서 아기를 발견했던 장소에 같이 가보자고 했습니다. 아기를 발견했던 덤불에 가보니 저 죄인이 앉아 있었어요. 그녀는 우리를 보자 큰소리로 엉엉 울면서 전혀 꼼짝하지 않았어요. 무릎에는 큰 빵을 들고 있었구요."

아담은 증인이 말하는 동안 절망하는 듯 가느다란 신음소리를 내뱉었다. 그는 팔에 얼굴을 묻고 바로 앞 널빤지에 기대었다. 아담의 고통은 절정에 이르렀다. 헤티는 유죄였다. 그는 작은 목소리로 신을 부르며 도와달라고 기도했다. 그의 귀에는 더 이상 증언의 말들이 들리지 않았고, 검찰 측의 진술이 끝나자 인사불성이 되어 버렸다. 어윈 목사가 증인석에 앉아, 헤티는 자신의 교구에서 흠잡을 데 없는 성격이었고 덕성을 겸비하며 성장했다고 증언했지만, 아담의 귀에는 그것조차 들리지 않았다. 이 증언은 평결에는 아무런 영향도 미칠 수 없을 것이나 동정을 구할 정도의 역할은 하고 있었다. 헤티 측 변호사는 변론의 기회만 오면 어떻게든 그런 동정심을 불러일으키려 했다. 하지만 동정이라는 것은 이렇게 가혹한 시대에는 어떤 범죄자들에게도 허락되지 않은 은혜였나 보다.

주변이 술렁거리자 마침내 아담이 고개를 쳐들었다. 판사가 배심원단을 호명했고, 그들은 법정에서 나가고 있었다. 결정의 순간이 멀지 않았다. 아담은 몸서리나는 두려움 때문에 헤티를 차마 쳐다볼 수가 없었다. 하지만 한참 동안 그녀는 정신을 잃어버린 듯, 마치 남의 일인 것처럼 멍하니 서 있었다. 모든 사람들이 잔뜩 긴장한 채 그녀를 바라보고 있었으나 그녀는 음울한 절망의 동상처럼 서 있을 뿐이었다.

평결을 앞두고 잠시 휴정이 되었다. 법정 안 여기저기에서 사람들의 웅성거림과 속삭임, 그리고 가만가만 얘기를 나누는 소리가 한데 뒤섞여 났다. 사람들은 다른 사람의 말에 귀를 기울이기보다는 낮은 목소리로 자신의 느낌과 의견을 이야기하기에 바빴다. 아담은 멍하니 앞만 바라보고 있었지만 바로 자기 눈앞에서 전개되고 있는 것들을 보고 있는 건 아니었다. 그의 눈앞에서 법정변호사와 사무변호사들이 아무렇지도 않은 듯 사무적인 이야기를 나누고 있었고, 어윈은 판사와 소리를 낮추어 진지한 대화를 나누고 있었다. 초조해하며 다시 자리에 앉은 어윈에게 누군가가 귓속말을 하자 어윈은 슬픔에 잠긴 듯 머리를 흔들었다. 이 모든 것을 아담은 아무것도 보지 못했다. 그는 마음의 고통이 너무 심해서, 어떤 강렬한 소동으로 정신을 차리게 될 때까지 주변 상황에 전혀 신경 쓰지 못했다.

얼마 지나지 않아, 15분이 채 지나기도 전에, 판사가 배심원에게 평결을 내리라고 사회봉을 두들겼다. 그 소리는 모든 사람들에게 조용히 하라는 신호처럼 법정에 울려 퍼졌다. 참으로 엄숙한 순간이었다. 수많은 관중이 갑자기 조용해졌다. 그것은 그들 모두가 한마음이 되었다는 것을 말해주는 듯했다. 어둠이 점점 깊어가는 것처럼 침묵이 더 깊어지는가 싶더니, 이내 배심원들의 호명이 끝나자, 판사는 죄인에게 손을 들라고 명령했다. 그리고 배심원단을 보고 평결을 내리라고 요청하였다.

"피고…… 유죄!"

모두가 예상했던 판정이었지만 몇몇 사람들의 입에서는 실망의 한숨소리가 새어나왔다. 그렇지만 자비를 베풀어 주라고 호소하는 소리는 들리지 않았다. 역시 법정에서는 죄인을 동정하는 사람이 없다는 걸 다시 한 번 확인했다는 의미밖에 없었다. 법정에 있는 사람들에게는 천륜에 어긋난 범죄를 저질러놓고도 요지부동한 냉정함과 고집스런 침묵을 지키는 그녀가 훨씬 더 몰인정한 사람으로 보였던 것이다. 심지어 멀리서 구경하는 사람들의 눈에는, 이러한 평결에도 그녀가 전혀 동요하지 않는 것처럼 보였다. 하지만 가까이 있던 사람들은 그녀가 떨고 있는 것을 보았다.

판사가 검은 모자를 쓰고 들어왔고, 정복을 입은 교도소 목사가 판사를 뒤따라오자, 법정은 더 숙연해졌다. 법정의 경위가 조용히 하라고 명령을 내리기도 전에 이미 좌중은 다시 무거운 침묵 속으로 가라앉았다. 만약 어떤 소리가 들린다면 그것은 두근거리는 심장 소리뿐임에 틀림없었다. 판사는 선고했다.

"헤스터 소렐은……."

헤티는 두려움에 사로잡힌 것처럼 눈을 크게 뜨고 판사를 뚫어져라 응시하고 있었다. 그때 헤티의 얼굴에서 피가 거꾸로 솟았다가 다시 사라졌다. 아담은 아직도 헤티 쪽을 바라보지 못했다. 무서운 공포심이 거대한 심해처럼 그들 사이를 가로막고 있었다. 그런데 다음과 같은 판결이 떨어지자마자, 찢어지는 듯한 비명이 법정에 울려 퍼졌다.

"교수형에 처한다!"

헤티의 비명소리였다. 아담은 이 비명소리에 놀라 벌떡 일어나 그녀에게 허둥지둥 팔을 뻗었다. 하지만 헤티를 붙들지는 못했다. 그녀는 졸도했고, 법정 밖으로 실려 나갔다.

44

아서의 귀향

　아서 도니손은 리버풀에 도착하자마자 조부님의 부음을 간략하게 적은 리디아 고모의 편지를 읽었다. 편지를 읽고 난 후, 그에게 맨 처음 떠오른 생각은, '불쌍한 할아버지! 내가 임종을 지켜드렸어야 했는데……. 조부님은 마지막 순간까지도 나에게 뭔가를 기대하셨 겠지. 하지만 나는 조부님이 뭘 원하셨는지 지금도 모르겠는걸……. 참 외롭게 가셨구나.' 하는 것이었다.
　이런 생각보다 그의 슬픔이 더 깊었다고 할 수는 없었다. 다만 마음속으로 연민을 느끼고, 때마침 떠오른 옛 추억들은 한결 누그러져서, 조부에 대한 해묵은 적개심이 사라졌다. 그리고 그는 곧 미래에 대한 생각으로 분주해졌다. 역마차는 그를 태우고 고향으로 급히 달려갔다. 이제 자신이 고향집의 주인이 될 것이다. 영지의 이익을 위해 소작농들과 함께 소중히 품어온 목표를 실천할 때가 온 것이다. 그는 돌아가신 조부님의 뜻을 거스르지 않으면서 자신이 꿈꿔온 일들을 이루기 위해 끊임없이 노력할 것이다. 하지만 이런 마음은 인간의 본성에서 나온 것이 아니다. 다만 아서 같은 사람의, 사람들의 눈에 그럴듯하게 보이기 위한 가식일 뿐이다.
　아서는 준수하고 활기 넘치며 제 잘난 맛에 사는 사람이다. 또 사람들이 자기를 좋게 생각해주고 있다고 믿고, 그들로부터 더 많은 호평을 듣도록 행동하겠다고 의지를 불태우는 사람이기도 하다. 사이가 별로 좋지 않았던 조부님이 돌아가셔서, 이제 막 훌륭한 영지를 물려받은 젊은이가 느끼는 감정이 무엇이겠는가! 기뻐서 의기양양한 기분 외에 무엇이 더 있겠는가! 그의 진정한 인생은 지금부터 시작된다. 드디어 그는 자기가 하고 싶은 일을 할 여유와 기회가 생겼으니 그것을 활용하기만 하면 될 것이다.

그는 롬서 사람들에게 훌륭한 시골 귀족이란 어떤 사람인지 보여주고 싶었다. 그는 자신의 인생을 하늘 아래 다른 어떤 인생과도 바꾸고 싶지 않았다. 산들바람이 살랑살랑 부는 가을날, 말을 타고 즐겁게 언덕을 달리면서, 배수로와 울타리를 정비하는 계획들을 신이 나서 감독하는 자신의 모습을 상상해보았다. 그러자 여명이 밝아오는 아침에 가장 멋진 말을 타고 사냥을 나가는 가장 훌륭한 기수로서, 사람들의 탄복을 받게 될 자신의 모습이 아른거렸다. 시장이 서는 날에는, 사람들은 자기를 최고의 지주라고 칭송할 것이다. 앞으로 열리게 될 지주 선임을 축하하는 여러 만찬회에 참석하여 연설을 하면서 자신의 해박한 농업 지식을 뽐내게 될 것이다. 새로운 경작법과 조파법을 장려하는 후원자가 되고, 또 태만한 지주들을 혹독하게 비판하면서도 모든 사람들에게 사랑받는 썩 괜찮은 사람이 될 것이다. 자신의 영지 안에서 만난 사람들은 행복한 얼굴로 그를 반기고 이웃에서 사는 가족들은 그와 가장 절친한 벗이 될 것이다. 아서는 아주 정교하게 손수 고안해서 만든 마차를 어윈 가족에게 줄 것이다. 그러면 그들은 그들의 소유가 된 마차를 타고 와서 아서와 매주 저녁식사를 함께 할 것이다. 교회 재산을 소유한 평신도인 아서는 **헤이슬롭의 십일조를 받아서,**[214] 교구 목사에게 2~300파운드 이상을 낼 것이

---

214) 아서는 평신도이다. 그러나 헤이슬롭에 있는 그의 소유지인 농토에서 걷어들이는 십일조나 교회의 전세금은 맨 먼저 그 영지의 마지막 후계자인 아서에게 바쳐진다. 아서의 집안은 교회 건물을 소유하며, 교구목사도 임명한다. 그래서 아서는 이 십일조를 받아서 교회 건물을 유지하는데 사용하고 교구목사의 봉급을 주어야 한다.

다. 노처녀인 그의 고모는 원한다면 가능한 한 편안하게 체이스 장원에서 계속 살게 해줄 것이다. 적어도 자신이 결혼할 때까지는 말이다. 자신이 언제 결혼하게 될지는 아직 불확실하다. 왜냐하면 그는 일류 시골 귀족의 수준에 적합한 아내가 될 만한 숙녀를 아직 만나본 적이 없었다.

이곳으로 오는 동안 아서의 머릿속에서 내내 맴돌던 생각을 몇 문장으로 줄여보면 대략 이런 것들이 아서의 주된 생각들이었다. 그 문장들은 기나긴 파노라마 속에서 아름다운 경치를 생생하게 전개하고 있는 지명들을 세세하고 다채롭게 설명해주는 목록 같았다. 아서는 자신을 반기는 사람들의 행복한 얼굴들을 상상해보았다. 그 얼굴들은 아서의 마음에 어렴풋이 떠오르는 막연한 얼굴들이 아니라, 실제로 홍조를 띤 얼굴들로 오랫동안 친숙하게 지내던 사람들이었다. 그 중에는 마틴 포이저뿐만 아니라 그의 모든 가족들도 아른거렸다.

그런데…… 헤티는?

그랬다. 아서는 헤티에 대해서도 안심했다. 작년 8월 아담과 다투었던 일이 생각날 때마다 두 귀가 화끈거려서 다시는 지난 과거를 떠올리기가 싫었다. 하지만 헤티가 처한 현재의 운명에 대해서는 마음이 편했다. 어윈은 아서에게 꼬박꼬박 편지를 보내서 고향과 고향 사람들에 관한 모든 소식을 전해주고는 했었다. 한 석 달 전에 보내온 편지에 어윈은, 자기는 아담이 메리 버즈와 결혼할 줄 알았는데, 메리 버즈가 아닌 예쁜 헤티 소렐과 결혼하게 되었다고 전해 주었다. 마틴 포이저와 아담, 두 사람 다 어윈에게 그 결혼소식을 알려주었다고 전했다.

아담은 2년 전부터 헤티와 깊은 사랑에 빠져 있었고, 3월에 결혼하기로 약속했다고 한다. 어윈 목사는 건장하고 무뚝뚝하던 아담이 생각보다 훨씬 다정다감한 사람이라고 말했다. 그야말로 목가적인 연애 사건인 셈이다. 편지로 말하기에 너무 길지만 않았다면 어윈은 아서에게 자세히 얘기해주고 싶었을 것이다. 멋지고 정직한 남자인 아담이 헤티를 사랑한다고 자신의 비밀을 말할 때 어떻게 얼굴이 붉어졌는지, 한 마디 한 마디 말할 때마다 얼마나 단호한 모습이었는지 말이다. 어윈은 아서가 아담의 소식을 듣고 싶어한다는 걸 잘 알고 있었다. 특히 아담이 사랑에 빠져 행복한 미래를 꿈꾸고 있다는 것과 같은 소식은 빨리 듣고 싶어한다는 걸 알고 있었다.

그렇다. 정말 그랬다. 아서는 어윈의 편지에서 그 구절을 읽었을 때, 새로운 인생을 충분히 만끽하기에는 자신의 방 안이 너무 답답하다고 느꼈다. 그는 창문을 활짝 열어젖히고, 급히 밖으로 뛰쳐나가 12월의 차가운 바람을 맞으며, 자신에게 말을 건네는 모든 사람들에게 아주 명랑한 인사를 건넸다. 마치 넬슨의 새로운 승전보가 막 도착하기라도 한 것처럼 말이다. 그날, 아서는 윈저에 도착한 이후 처음으로 소년 같은 생기를 느꼈다. 자신을 짓누르던 부담이 사라지고, 항상 머릿속에서 맴돌던 공포심도 자취를 감춰버렸다. 아담에 대한 쓰라린 감정도 이제는 극복할 수 있을 것 같았다. 아담에게 화해의 악수를 청할 수도 있을 것 같았고, 아픈 기억을 떠올리면 여전히 귀가 화끈거리지만 그래도 예전처럼 다시 친구가 되어 달라고 말할 수도 있을 것 같았다.

그때 당시 자신은 아담에게 맞아 나가 떨어졌고, 아담에게 거짓말을 할 수밖에 없었다. 그런 일들은 우리가 아무리 발버둥쳐도 상처로 남을 수밖에 없다. 하지만 아담이 옛날과 똑같은 사람으로 되돌아갔다면, 아서도 역시 예전과 똑같은 사람이 되어 사업상으로도 또 미래를 설계할 때에도 아담과 함께 잘 어울려 볼 참이었다. 이런 일들은 지난 8월의 저주스런 결투가 있기 전까지 아서가 항상 바라왔던 바이다. 아니 오히려, 그는 영지에 도착하면, 그런 일이 없었던 시절에 아담에게 베풀려고 생각했던 것보다 훨씬 더 많은 공을 들여야 할 것이다. 더구나 아담이 이제 헤티의 남편이라면 아서에게 특별한 권리를 주장할 수도 있는 일이었다. 헤티가 지난날에 아서 때문에 받았던 고통에 대해서 아서로부터 백배로 보상받았다고 느끼게 해줘야 한다. 사실 헤티는 아담과 결혼하겠다고 그렇게 빨리 결심한 후, 자신이 아서에게서 그다지 많은 보상을 받지 않았다고 서운해 했을 것이다.

아서가 머나먼 곳에서 집으로 돌아오는 긴 여정 동안 주마등처럼 아담과 헤티에 대한 그림을 상상하면서 어떤 모습으로 그들을 수놓고 있을지 독자들은 똑똑히 파악할 수 있을 것이다. 지금은 3월이다. 그들은 곧 결혼식을 올릴 것이다. 어쩌면 이미 결혼했을지도 모른다. 이제 아서는 그들에게 많은 것을 베풀어 줄 수 있는 권한을 실제로 가지게 되었다. 정말로 어여쁘고 귀여운 헤티! 그러나 그 예쁜 소녀는 아서가 그녀를 생각하는 마음의 절반만큼도 아서를 생각해주지 않았을 것이다. 그는 아직도 헤티를 생각하기만 해도 자신이 대단한 바보가 되어버리는 것 같았다. 그녀를 만나는 것조차 두려울 지경이니 말이다. 정말로 그는 헤티와 헤어진 이후 다른 어떤 여자에게도 눈길을 주기가 싫었다.

그로브 숲 속에서 그를 향해 다가오던 그 귀여운 모습, 새까만 속눈썹에 아이 같은 눈동자, 자신에게 키스하려고 내밀던 사랑스러운 입술……. 그녀의 영상은 몇 달이 지나도 전혀 희미해지지 않았다. 그녀는 아직도 옛날 모습 그대로일 것이다. 하지만 이제는 그녀를 만날 생각조차 하면 안 될 것 같았다. 아서는 확실히 전전긍긍하고 있었다. 이런 고민이 얼마나 오래 지속될는지……. 참 이상한 일이었다. 분명히 이제 그는 헤티와 사랑하는 사이가 아니다. 그래서 그는 헤티와 아담이 결혼하기를 지난 몇 달 동안 간절히 바라왔었다. 자신이 행복해지는 길은 오로지 헤티가 아담과 결혼하는 것이었다. 하지만 상상이 깊어질수록 헤티를 생각하기만 하면 아직도 그의 가

숨이 빠르게 두근거렸다. 아담의 아내가 되어 신혼집에서 단조로운 일상을 보내고 있는 귀여운 모습을 보게 된다면, 아마 그는 옛날에 어떻게 해서 그녀를 좋아하게 됐는지 의아해 할지도 모른다. 일이 이렇게 잘 풀리다니, 하느님께 감사드려야 할 일이 아닌가! 이제 자신은 앞으로 살아가면서 관심을 가지고 실천해야 할 일들이 수없이 많을 것이다. 다시는 헤티 때문에 어리석은 짓을 되풀이 하지는 않을 것이다.

 마부의 채찍 소리가 참 유쾌하게 들리는구나! 자기 집이 있는 고향과 흡사하나 볼만한 게 별로 없는 영국의 마을들을 말을 타고 스쳐 지나면서 풍경을 음미하며 편안하게 질주하는 기분은 참으로 유쾌했다.

 여기는 시장터다. 꼭 트레들스톤과 같은 시장터다. 이 시장터에서 가장 비싼 여인숙의 간판에는 이웃에 사는 장원 지주의 문장이 새겨져 있다. 여기를 지나면 밋밋한 들판과 산울타리들이 나올 것이다. 시장터의 부근에 있는 땅은 모두가 인정하듯 토지세가 비싸다. 그리고 이 지역부터는 정비가 잘된 지형이라 여기저기 우거진 숲들이 훨씬 더 자주 나타난다. 여러 군데 숲들을 지나 알맞게 높은 지대에 도착하면 하얗고 붉은 대저택이 내려다보이거나, 혹은 어린 꽃봉오리들이 피어오르며 붉은 빛으로 뒤덮인 참나무와 느릅나무의 빽빽한 틈으로 대저택의 난간과 굴뚝이 보일 것이다.

 지금 아서의 눈앞으로 어떤 마을이 다가와 있었다. 그러나 붉은 타일 지붕의 작은 교회는 색이 바랜 목조 집들 사이에서 초라하게 보이고, 이끼에 뒤덮이고 오래된 푸른 묘비들의 주변에는 쐐기풀이 잔뜩 자라 있다. 이 마을에서 싱싱하고 밝은 것이라고는 빠르게 지나가는 역마차를 보고 동그란 눈을 크게 뜨는 아이들뿐이었고, 시끄럽게 부산을 떠는 것이라고는 아무것도 없고, 그저 도통 계보를 알 수 없는 떠돌이 개가 무심코 입을 헤벌리고 하품하고 있을 뿐이었다.

이곳에 비하면 헤이슬롭은 얼마나 아름다운 곳인가! 아름다운 헤이슬롭을 이 마을처럼 방치해서는 안 된다. 오히려 사람들을 동원해서 농가와 오두막집들과 이곳저곳을 복구하느라고 활기 넘치도록 할 것이다. 역마차를 타고 로세터 길을 달려온 여행객들이 헤이슬롭을 지나면서 감탄하도록 만들 것이다. 아담 비드는 이 마을에서 시행하는 모든 복구 작업을 감독할 것이다. 이제는 아담도 버즈의 사업에 한몫 끼었으니 말이다. 그리고 아서는 아담이 원하기만 하면 복구 작업에 돈을 투자하고, 향후 1~2년 안에 사업에 대한 버즈의 권리를 모두 사들여 버즈를 그만두게 할 작정이었다.

아서의 인생에서 지난여름의 그 사건은 가장 수치스런 허물이었다. 그러나 앞으로 시간이 지나면 그 허물은 고쳐질 것이다. 아담에게 앙심을 품고 있는 사람이 얼마나 많은지 모르겠지만 아서만큼은 달랐다. 그는 아담과의 사소한 감정들을 모두 의연하게 극복해 낼 것이다. 분명히 자기가 아주 많이 잘못했으니 말이다. 비록 아담이 맹렬하고 매정하게 아서를 지독한 궁지에 몰아넣었다 할지라도, 그는 가엾게도 사랑에 빠져서 잔뜩 약이 올랐던 것뿐이다. 아니, 그렇게 여기기는커녕, 아서는 어떤 인간에 대해서도 마음속으로 조금도 나쁘게 생각하지 않았다. 그는 스스로 행복해져서 누구든 자기와 만나면 행복하게 만들어 주고 싶었다.

마침내 그리운 고향 헤이슬롭에 도착했다. 마치 예전 모습 그대로 오랜 세월 살아온 마을인 것처럼 조용히 언덕 위에서 늦은 오후의 햇살을 받으며 잠들어 있었다. 이 언덕 맞은편에는 빈톤 힐스의 커다란 산등성이가 있었고, 언덕 아래로는 자줏빛으로 어두컴컴해진 울창한 숲이 있었다. 마침내 후계자의 귀환을 간절히 바라고 있는 듯, 체이스 장원의 참나무 숲 사이로 수도원 건물의 정면이 어슴푸레 보였다.

'불쌍한 할아버지! 저곳에 잠들어 계시는구나. 할아버지도 한때는 영지로 돌아오시면서 큰 포부를 품었던 젊은 청년이셨겠지. 세상은 돌고 도는 법이야! 리디아 고모가 매우 슬퍼하고 계실 거야. 가엾은 분. 고모가 통통한 애완견 피도를 사랑하고 아끼는 것 못지않게 나도 고모님을 생각해 드려야지.'

 체이스 장원에서는 아서가 탄 역마차의 바퀴 소리가 언제 들릴까 이제나저제나 하면서 기다렸다. 오늘은 금요일, 장례식은 이틀 후로 미뤄졌다. 마차가 안마당의 자갈 바닥에 멈춰서기도 전에 집안의 모든 하인들이 몰려나와 상중에 걸맞은 엄숙하고 품위 있는 태도로 주인을 맞이하였다. 아마 한 달 전쯤이었다면, 그들은 이렇게까지 슬픈 표정은 짓지 않았을 것이다. 이미 그때 아서가 영지의 주인으로 결정되었기 때문이었다. 그러나 오늘 지체 높은 하인들은 지주 어른의 죽음보다는 다른 이유로 마음이 몹시 무거웠다.

 하인들 중 적어도 한 사람 이상은 헤티 소렐에게 무슨 일이 일어났는지 잘 알고 있었고, 크레이그처럼, 그들의 마음은 이미 20마일 밖에 있는 헤티에게 가 있었다. 그들이 매주 마주쳤던 예쁜 헤티 소렐에게로 말이다. 그들은 모두 한마음으로 자신들의 지위에 걸맞게 충실히 일하는 하인들이었다. 소작인들처럼 아서에 대해 강한 적개심을 품지도 않았고, 오히려 아서의 편에서 이런저런 변명까지 해주었었다. 하지만 지위가 높은 하인들은 수년 동안 포이저 가족과 이웃사촌으로 친하게 지내왔기 때문에, 오랫동안 기다려온 새 지주가 돌아왔다고 해도 전혀 즐거운 기분이 아니었다.

 아서에게는 하인들이 침울하고 슬퍼 보이는 게 전혀 놀라운 일이 아니었다. 그는 하인들 모두를 다시 만나서 반갑고, 또 그들과 새로운 관계를 맺게 되었다고 좋아하며 굉장히 감동하고 있었다. 이런 마음은 고통보다는 기쁨을 더 많이 내포하고 있는 일종의 감상적인 기분이었다. 성품이 좋은 사람에게 있어 어쩌면 온갖 느낌 중에서도 가장 꿀맛 같은 기분, 자기의 좋은 성격을 충족시킬 수 있는 힘이 생긴다는 이 기분은, 즉 자아도취에 빠진 기분일 것이다.

"밀스, 고모님은 좀 어떠신가?"

이렇게 말할 때 아서는 기쁨에 차서 가슴이 부풀었다. 그러자 초상이 난 후로 계속 그 집에 머물러 있던 변호사 바이게이트가 때맞춰 앞으로 나왔다. 그는 아서에게 경의를 표하며 인사를 하고는 사람들을 대신해 모든 대답을 해주었다. 아서는 그와 함께 리디아 고모가 기다리고 있는 서재로 걸어갔다. 그 집에서 유일하게 리디아만이 헤티에 대해서 아무것도 모르고 있었다. 아직 노처녀인 리디아는 장례식 준비와 앞으로 자신의 처지가 어떻게 될지, 그런 걱정으로 슬퍼하고 있었다. 그녀는 숙녀답게 예를 갖추고 자신의 인생을 소중하게 지켜준 아버지를 애도하고 있는데, 다른 사람들은 지주의 죽음을 별로 애도하지 않는다는 것을 남몰래 눈치 채고 있었기에 리디아는 더더욱 슬펐다.

아서는 일생 중 그 어느 때보다도 깊은 애정을 가지고, 눈물로 얼룩진 리디아의 뺨에 부드럽게 키스했다. 아서는 리디아의 손을 잡고 다정하게 말했다.

"사랑하는 고모님…… 그 무엇보다도 할아버지가 돌아가신 게 무척 가슴 아프시죠? 이제 앞으로 살아가면서 제가 고모를 위해 무엇을 하면 좋을지 말씀해 주세요."

"아서, 너무 갑자기 일어난 일이라 두렵기만 하구나."

가엾은 리디아는 시시콜콜한 불평들을 퍼부으며 입을 열기 시작했다. 그리고 아서는 그 자리에 앉아 초조하지만 인내심을 발휘하여 그녀의 말을 들어주었다. 그녀의 말이 잠깐 멈추자 아서가 말했다.

"저…… 고모님, 15분만 나갔다 올게요. 제 방에 좀 올라가 보려구요. 갔다 와서 다시 진심으로 모든 걸 다 들어드릴게요."

그리고 아서는 집사에게 이렇게 물었다.

"밀스, 내 방은 잘 정돈해 놨겠지?"

그런데 집사는 현관 근처에서 안절부절못하며 머뭇거리고 있었다.
"예, 도련님. 도련님께 온 편지들이 있습니다. 모두 의장실에 있는 책상 위에 올려놨습니다."

의장실이라고 불리기는 하지만 실제로는 아서가 빈둥빈둥 시간을 보내고 편지나 서류를 쓰는 조그만 곁방이었다. 작은 곁방에 들어서자마자 그의 시선은 책상 위로 향했다. 몇 개의 편지와 소포들이 그곳에 놓여 있었다. 하지만 그는 장시간 동안 쉬지 않고 급하게 달려온 터라 먼지를 잔뜩 뒤집어써서 개운하지 않은 상태였다. 그래서 편지를 읽기 전에 잠깐이라도 상쾌하게 몸과 마음을 씻고 싶었다. 핌이 아서를 위해 만반의 준비를 마친 뒤 의장실에서 대기하고 있었다. 목욕을 끝내고 나자 아서는 새 날을 맞이할 채비가 다 된 것처럼 생기 넘치고 유쾌한 기분이 들었다. 그는 의장실로 되돌아가 자기에게 온 편지를 뜯어보았다. 저물어 가는 오후의 햇살이 창문으로 낮게 드리우며 아서를 따스하고 안락하게 감싸주었다. 그는 벨벳 의자에 앉아서 햇살 가득한 오후라면 당신이나 나나 누구든지 느낄 수 있는 조용한 행복감을 느끼고 있었다. 이런 순간에 우리가 아주 젊고 건강하다면 우리의 미래는 장밋빛처럼 느껴질 것이다. 아름다운 평원처럼 활기찬 앞날들이 우리 앞에 한없이 길게 펼쳐질 것이다. 이런 것들은 모두 우리의 삶이 될 것이므로 굳이 서둘러서 바라보려고 할 필요가 없다.

맨 위에 놓여 있는 편지는 주소가 적힌 쪽이 위로 향하게 놓여 있었다. 아서는 그것이 어윈의 필체라는 것을 한눈에 알아보았다. 주소 아래에는 '아서가 도착하는 즉시 전달해주시오.'라는 말이 적혀 있었다. 할아버지가 돌아가신 시기에 어윈이 보낸 편지라서 더욱 뜻밖이었다. 직접 서로 만나기 전에 자신에게 뭔가 더 빨리 알려 주고 싶은 일이 있었던 모양이다. 아서는 이런 때라면 어윈이 자신에게 급하게 알려줘야 할 일이 당연히 있을 수 있다고 생각했다. 아서는 어원을 어서 빨리 만나기를 기대하며 유쾌한 기분으로 봉인을 뜯었다.

 나는 자네가 이 편지를 도착하자마자 읽어보았으면 하네. 왜냐하면 자네가 이 편지를 읽을 때쯤 나는 스토니톤에 가 있을 테니까 말이야. 나는 지금까지 나에게 주어진 의무들과는 비교할 수 없을 만큼 가장 가슴 아픈 의무를 수행하도록 그곳에 소환되었네. 내가 자네에게 지체하지 말고 말해 주어야 되는 사실이 있네. 자네도 반드시 알아야 할 사실이야.
 나는 자네의 처에 대해서는 단 한 마디도 비난하지 않겠네. 지금 이 순간 내가 자네에게 말해주어야 할 이 사실을 자네가 알게 된다면, 그 후로는 내가 어떤 말을 해도 아무것도 들리지 않고 무의미해질 테니 말일세.
 헤티 소렐이 감옥에 갇혀 있어. 영아 살해 죄로 금요일에 재판을 받을 것이네······.

 아서는 더 이상 읽지 못했다. 그는 의자에서 벌떡 일어나, 한순간 온몸에 심한 경련이 일어난 것 같이 꼼짝도 못 하고 그 자리에 서 있었다. 가슴은 무시무시하게 쿵쾅거렸고, 온몸에서 기운이 다 빠져나간 것만 같았다. 다음 순간, 그는 여전히 편지를 꼭 움켜쥔 채 급히 방에서 뛰쳐나왔다. 서둘러 복도를 지나 계단을 내려가 현관으로 향했다. 현관에는 아직도 밀스가 서 있었지만 아서는 그를 보지 못한 채 쫓기는 사람처럼 현관을 지나 자갈길로 나갔다. 밀스는 늙은 몸을 이끌고 가능한 한 빠르게 그의 뒤를 쫓아 달려갔다. 그는 이미 아서가 어디로 가는지 짐작하고 있었다. 아니, 확신하고 있었다.
 밀스가 마구간에 도착하자 말 한 필에 안장이 채워져 있었고, 아서는 편지의 나머지 내용을 억지로 읽으려 하고 있었다. 말이 자기에게 다가오자 그는 편지를 주머니에 쑤셔 넣었다. 그 순간 바로 앞에 서 있는 밀스의 근심 어린 얼굴을 보았다.
 "사람들한테는 내가 갔다고, 스토니톤으로 갔다고 해."
 아서는 애써 홍분을 억누르며 말했고, 말안장에 훌쩍 올라타 전속력으로 달리기 시작했다.

45

감옥 안에서

해가 저물어 가는 저녁이었다. 나이 지긋한 한 신사가 스토니톤 감옥의 좁은 입구에 등을 기대고 서서 감옥에서 막 나가고 있는 교도소 목사와 몇 마디 인사를 나누었다. 교도소 목사는 저만치 멀어져 갔고, 나이 든 신사는 움직이지 않은 채 가만히 서서 길바닥을 바라보며 무언가를 곰곰이 생각하는 듯 턱을 쓰다듬고 있었다. 그때 어떤 여인의 사랑스럽고 맑은 목소리가 들리자 그는 정신이 번쩍 들었다.

"저를 감옥 안으로 들어가게 해주시겠어요?"

그는 고개를 돌리고 아무 대답도 못 한 채 말없이 몇 분 동안 그녀를 뚫어져라 응시했다. 마침내 그가 입을 열었다.

"전에 아가씨를 본 적이 있는 것 같군요. 롬셔 주의 헤이슬롭 마을에 있는 그린 광장에서 설교한 적이 있죠?"

"네, 맞아요. 그때 말을 타고 앉아서 설교를 듣던 그 신사 분이시군요."

"그래요, 한데 이 안으로는 왜 들어가려는 거죠?"

"헤티 소렐에게 가보려구요. 교수형을 선고받은 젊은 여자 말이에요. 허락해 주신다면 그 애와 함께 있고 싶어요. 선생님은 이곳에서 그렇게 해줄 수 있는 권한을 갖고 계신 분인가요?"

"맞소, 나는 치안판사요. 아가씨한테 면회 허가를 내 줄 수 있는 사람이오. 그런데 헤티 소렐을 어떻게 알죠?"

"아, 우리는 친척이에요. 저희 이모가 헤티의 삼촌과 결혼하셨죠. 마틴 포이저 씨 말이에요. 하지만 저는 멀리 떨어져 있는 리즈에 머물고 있었기 때문에 일이 이 지경이 될 때까지도 아무것도 몰랐어요. 오늘까지 이렇게 엄청난 사건이 일어난 줄은 꿈에도 몰랐답니다. 하느님의 은혜를 빌어 간절히 부탁드립니다. 제발 헤티와 함께 있을 수 있게 해주세요."

"지금 막 리즈에서 왔다면서 그녀가 사형선고를 받은 건 어떻게 알았죠?"

"재판이 끝난 뒤에 이모부를 만났거든요. 이모부는 집으로 돌아가셨고, 그 가여운 애는 완전히 혼자가 돼버렸어요.[215] 제발 제가 헤티와 함께 있게 해주세요."

"뭐라고! 감옥에서 밤을 지새우겠단 말이오? 그녀는 지금 아주 우울해요. 어느 누가 말을 걸어도 단 한 마디도 하지 않을 거요."

"그래도 선생님, 헤티가 마음을 열기만 한다면 하느님께서는 기뻐하실 거예요. 더 이상 미룰 수가 없어요."

"그렇다면 들어가시오. 아가씨야말로 그녀의 마음을 열어줄 열쇠를 가진 것 같군."

나이 든 신사는 종을 울려 입장을 허락했다.

다이나는 감옥 안마당에 들어서자마자 평소와 다름없이 전도활동이나 기도를 할 때 혹은 병자를 방문할 때처럼 기계적으로 얼른 모자와 숄을 벗었다. 교도관의 방에 들어섰을 때, 그녀는 아무 생각 없이 모자와 숄을 의자에 내려놓았다. 그녀는 마음이 전혀 동요되지 않는지 무겁고 깊은 침묵만 지키고 있을 뿐이었다. 말하고 있을 때

---

215) 마태복음, 26:40~46. 겟세마네 동산에 계신 예수가, 십자가 위에서 "나의 하느님, 나의 하느님, 어찌하여 나를 버리시나이까."라고 울부짖었다. 요한복음, 8:9. 한 여인이 간음했다고 잡혀왔을 때 "그 자리에는 예수님 혼자만 계셨고, 그 여인은 무리들의 한가운데에 서 있었다."

조차도 그녀의 영혼은 보이지 않는 어떤 힘에 의지하여 기도를 드리고 있는 것만 같았다.

치안판사는 교도관에게 뭐라고 몇 마디 건네고 나서 다이나에게 돌아서서 말했다.

"간수가 아가씨를 죄수가 수감된 독방까지 데려다 줄 거요. 그리고 아가씨가 원하는 대로 오늘 밤 거기서 머물 수 있게 해줄 거요. 하지만 밤에는 불을 밝히면 안 됩니다. 불을 켜는 것은 규정 위반이거든요. 내 이름은 코로넬 타운리요. 무엇이든 내가 당신을 도울 일이 생기면 교도관에게 내 주소를 물어봐서 나를 찾아오시오. 나는 헤티 소렐에게 약간의 관심을 갖고 있소. 그 아담 비드라는 훌륭한 청년 때문이지. 아가씨의 설교를 듣던 날 헤이슬롭에서 그 사람을 본 적이 있거든요. 근데 오늘 법정에서 다시 보니 얼굴색이 꼭 병자처럼 안 좋더군."

"그렇군요, 선생님, 그 사람에 대해서 뭐든지 말씀해주세요. 그는 어디에 묵고 있나요? 이모부께서는 너무나 근심하시느라 그런 건 기억조차 못 하시더군요."

"여기서 가까운 곳에 있어요. 아담 비드에 관해서는 어윈 목사에게 다 물어봤었죠. 틴맨 상점 위층에 묵고 있는데, 감옥으로 들어가는 쪽에서 보면 오른쪽 거리에 있어요. 어떤 나이 많은 선생과 함께 있다고 하더군요. 자, 그럼 이만. 모든 것이 당신 뜻대로 되기를 빌겠소."

"감사합니다, 선생님. 안녕히 가세요."

다이나가 간수와 함께 감옥 안마당을 가로질러 지나갔다. 감옥의 벽은 어두운 밤하늘의 엄숙한 달빛 아래에서 보니, 낮에 보았을 때보다 훨씬 더 높아 보였다. 모자를 눌러쓴 다이나의 얼굴은 다정하고 창백했지만 어둠을 배경으로 하여 그 어느 때보다도 훨씬 아름다웠다. 마치 한 떨기 하얀 꽃같이 보였다. 간수는 다이나를 곁눈질로 바라보면서도 말은 걸지 않았다. 아무래도 자신의 거친 목소리가 불쾌감을 주리라고 생각한 모양이었다. 그는 초롱불을 켜고 어두운 복도를 지나 죄수가 수감된 감방으로 안내했다. 그리고 나서 가장 정중한 어조로 말했다.

"지금 감방은 굉장히 어두울 겁니다. 괜찮으시면 제가 여기서 초롱불을 들고 잠깐 있겠습니다."

다이나가 말했다.

"감사합니다, 하지만 괜찮으시다면 저 혼자 들어가고 싶어요."

"네, 그럼 그렇게 하십시오."

간수는 이렇게 말하며, 자물쇠 구멍 속에서 불쾌한 쇳소리를 내며 열쇠를 돌려 다이나가 들어가도록 문을 활짝 열어주었다. 초롱불에서 나오는 불빛은 감방 안 구석을 깊숙이 비춰 주었다. 그 안에는 지푸라기가 깔린 초라한 침상이 있었고, 그 위에서 헤티는 얼굴을 무릎에 파묻고 앉아 있었다. 그녀는 잠들어 있다가 삐걱거리는 자물쇠 소리에 잠이 깬 것 같았다.

다시 문이 닫히고 감방을 비추는 것은 오직 달빛뿐이었다. 높이 달려 있는 작은 창살 틈새로 들어오는 달빛만으로도 얼굴을 충분히 알아볼 수 있었다. 다이나는 헤티가 잠들어 있을지도 모른다는 생각에 말을 걸지 못한 채 잠시 가만히 서서 망설였다. 그리고 꼼짝 않고 웅크리고 앉아 있는 헤티를 애처로운 마음으로 바라보고 있었다. 이윽고 그녀는 부드러운 목소리로 불렀다.

"헤티!"

겨우 알아차릴 수 있을 정도로 살짝 헤티의 몸이 움직였다. 미미하게 전기 충격을 받은 것처럼 움찔했다. 하지만 고개를 들어 쳐다보지는 않았다. 다이나는 마음에 복받쳐오는 슬픔으로 불쑥 더 강한 목소리로 다시 한 번 말했다.

"헤티…… 나야, 다이나……."

다시 한 번 헤티의 온몸이 살짝 움찔했고, 그녀는 그 소리를 알아들은 것처럼 얼굴을 가린 채 고개를 조금 움직였다.
"헤티…… 내가 왔어."
한순간 정적이 감돌고 난 후, 헤티는 천천히 머뭇거리며 무릎 위로 머리를 들더니, 눈을 들어 쳐다보았다. 창백한 두 사람의 얼굴이 서로를 마주 바라보고 있었다. 한 사람의 얼굴은 지독히 비참한 절망으로, 다른 한 사람의 얼굴은 슬프고 안타까운 사랑으로 가득했다. 다이나는 자기도 모르게 두 팔을 벌려 내밀었다.
"헤티, 나 모르겠어? 다이나를 기억 못 하겠니? 네가 이렇게 고통받고 있는데 설마 내가 오지 않을 거라고 생각한 거야?"
헤티는 다이나의 얼굴을 계속 뚫어지게 바라보았다. 마치 세상에 나와 처음으로 눈을 뜬 동물처럼 멍하니 바라보고, 또 바라보고만 있었다.
"내가 너와 함께 있어 줄게. 헤티, 너를 떠나지 않을 거야.[216] 마지막 순간까지도 너의 언니로서 너와 함께 머물러 있을 거야."
다이나가 말하는 동안, 헤티는 천천히 일어나서 앞으로 한 발짝 다가오더니 다이나의 팔을 붙잡았다.
그들은 한참 동안 그렇게 서 있었다. 두 사람 모두 다시 떨어지려고 하지 않았다. 헤티는 얼떨떨한 채로, 지금 자신을 안아주려고 온 무언가에 그저 매달려 있을 뿐이었다. 그러는 와중에도 헤티는 어두운 심연 속으로 무력하게 가라앉고 있었다. 다이나는 비참한 영혼이 자신의 애정을 반기고 있다는 첫 신호에 마음속 깊이 기뻐하고 있었다. 그들이 그렇게 서 있는 동안 달빛은 점점 희미해져갔다. 마침내 그들이 지푸라기 침상에 함께 앉았을 때는, 이제는 서로의 얼굴도 잘 보이지 않을 정도로 어두웠다.
그들은 한 마디도 하지 않았다. 다이나는 헤티가 스스로 얘기해 주

---

216) 히브리서, 13:5. "나는 결코 너를 떠나지 않겠다. 내가 결코 너를 잊지 않겠다."

기를 바라며 가만히 기다렸다. 그러나 헤티는 계속 침울한 절망 속에서 자신의 손을 잡고 있는 다이나 손을 꽉 쥐고서 그녀와 얼굴을 맞대고 앉아 있을 뿐이었다. 그렇게 간절히 바라왔던 사람과의 접촉이었지만, 그렇다고 해서 헤티가 이 어두운 심연에서 조금이라도 빠져나올 수 있는 건 아니었다.

다이나는 헤티가 지금 옆에 앉아 있는 사람이 누구라는 걸 알아보기나 하는지 의심스러워졌다. 다이나는 가엾은 헤티가 고통과 두려움 때문에 제정신이 아닐지도 모른다고 생각했다. 하지만 훗날 다이나가 말했던 것처럼, 그녀는 항상 하느님의 과업을 실행할 때에는 급하게 서두르지는 말아야 한다는 생각을 품고 있었다.

우리는 너무 서두른 나머지, 신이 나타날 리도 없고, 우리의 사랑을 통해서는 신의 사랑을 느낄 수 없다는 듯이, 경솔한 말을 내뱉어 버리기 쉽다. 다이나는 얼마나 이렇게 오래 앉아 있었는지 알 수 없었다. 그 사이 밤은 점점 더 어두워져서 반대편 벽의 일부분에만 희미한 빛의 파편이 어른거렸다. 그 외에는 칠흑 같은 어둠뿐이었다. 그러나 다이나는 거룩하신 하느님이 이곳에 와 계신다고 점점 더 강하게 느꼈다. 아니다. 자신의 마음속에 이미 하느님이 자리 잡고 계신 듯했다. 자신의 가슴이 두근거리고, 의지할 데 없는 가련한 사람을 기꺼이 구하려 하는 것은 성스러운 하느님의 연민 때문에 우러나온 감정이었다. 마침내 다이나는 입을 열어 헤티가 얼마나 현실을 의식하지 못하고 있는지 확인하기로 마음먹었다. 다이나가 부드럽게 말했다.

"헤티, 네 옆에 앉아 있는 게 누군지 알아?"

헤티가 천천히 대답했다.

"응, 알아. 다이나."

"그러면 우리가 함께 홀 팜에 있었던 때를 기억하니? 그리고 어느 날 밤 네가 고난에 처하게 되면, 내가 너의 친구라고 확신하고 나를 믿으라고 말했던 것도 기억나니?"
 "그래."
 헤티가 대답했다. 그녀는 잠깐 동안 아무 말도 하지 않더니, 덧붙여 말했다.
 "하지만 언니는 내게 아무것도 해줄 수 없어. 그렇다고 다른 사람에게 부탁할 수도 없구. 나는 월요일에 교수형을 당할 거야. 오늘은 금요일이지."
 헤티는 마지막 말을 내뱉으며 몸을 부들부들 떨면서 다이나를 꽉 껴안았다.
 "그래, 맞아, 헤티. 나는 너를 죽음에서 구해줄 수는 없어.[217] 그래도 누군가 네 곁에서 너를 지켜준다면 너의 고통이 좀 덜하지 않을까? 이야기도 나눌 수 있고 마음속에 있는 말도 할 수 있잖아? 그래, 헤티. 나한테 기대 봐. 내가 함께 있잖아."
 "다이나, 가지 않을 거지? 내 옆에 있어 줄 거지?"
 "그럼, 헤티. 떠나지 않을게. 마지막 순간까지 같이 있어줄게……. 하지만 헤티, 이 감방에는 나 말고도 다른 분이 더 계셔. 아주 가까운 데 계시지.[218]"
 헤티는 놀라서 목소리를 죽이며 물어봤다.
 "누군데?"
 "네가 죄를 짓고 고난을 겪는 동안 내내 너와 함께 해 오신 분이지. 네가 무슨 생각을 하는지 모두 알고 계신 분이야. 네가 어디를 갔는지, 어디에 누웠다가 일어났는지,[219] 그리고 네가 아무도 모르게 어둠 속에 감추려고 애썼던 모든 행동들을 다 보고 계셨던 분이야. 월요일이 되

---

217) 다이나는 헤티를 교수형을 당하는 육체적인 죽음에서는 구할 수 없지만, 정신적인 죽음에서는 구할 수 있음을 암시하고 있다.
218) 잠언, 18:24. "친구인 척하는 자도 많지만, 어떤 친구는 형제보다 낫다." 이런 성경구절은 보통 기독교인들이 예수님이 죄인들의 친구가 된다는 사실을 언급하면서 인용하는 말이다.
219) 시편, 139:2. "주는 내가 언제 앉고, 언제 일어서는지를 알고 계십니다. 주는 멀리서도 나의 생각들을 아십니다."

면, 나는 너를 따라갈 수도 없고, 내 팔로 너를 붙잡아 줄 수도 없어. 죽음이 우리를 갈라놓을 테니까. 하지만 지금 우리와 같이 계시고 모든 것을 알고 계신 그분은 그 순간에도 너와 함께 하실 거야. 우리가 살아 있거나 죽거나 별 차이 없는 거란다. 우리는 하느님의 품 안에서 항상 살고 있는 거니까……[220]"

"다이나, 누가 나를 좀 도와 줄 수 없을까? 진짜로 내가 교수형에 처해지는 거야? 그 사람들이 나를 살려준다 해도 나에게는 별 상관 없지만."

"가여운 헤티, 죽는 게 몹시 두려운 모양이구나. 죽음이 얼마나 두려운 건지 나도 알아. 하지만 네가 죽은 뒤에도 저 세상에서 너를 돌봐줄 친구가 있을 거야. 나보다 훨씬 더 많이 너를 사랑해서 너한테 모든 걸 다 해줄 수 있는 누군가가 있을 거라구……. 만약 하느님 아버지께서 너의 친구가 되어, 죄와 고통에서 너를 구해주실 거라고 믿으면, 너는 다시는 비참한 생각이 들지 않겠고, 고통도 느끼지 않겠지? 내가 너를 사랑하고 도와줄 거라고 믿지? 그것처럼 하느님께서 너를 사랑하고 도와주실 거라는 걸 믿어. 그럼 월요일에 죽게 되는 것이 그렇게 괴롭지 않을 거야. 그렇지?"

헤티가 우울하게 슬픔에 잠겨 말했다.

"아무리 그래도, 나는 그런 게 어떤 건지 잘 모르겠어."

"헤티, 왜 그런 줄 알아? 너는 진실을 감추고 하느님께 마음의 문을 닫아버렸기 때문이야. 하느님의 사랑과 은총만 있으면 우리는 모든 것을 극복할 수 있어. 우리의 무지함도, 나약함도, 과거에 저질렀던 과오로 인한 모든 괴로움도 극복할 수 있어. 모든 걸 말이야. 하지만 고의로 저지른 죄는 극복이 안 돼. 그런 죄는 우리가 집착하고 포기하지 않으니 말이야. 헤티, 너는 내가 너를 사랑한다는 것과 진

---

[220] 로마서, 14:8. 우리가 산다면 그것은 주님을 위해 사는 것이고, 죽는다면 주님을 위해 죽는 것입니다. 그러므로 살든지 죽든지 우리는 주님의 것입니다.

심으로 너를 걱정하고 있다는 걸 믿지? 그러면서도 너는 내가 가까이 다가가면 뒤로 물러나잖아. 나를 쳐다보지도 않고, 나한테 말하려고 하지도 않잖아. 그건 내가 너를 돕지 못하도록 막는 거나 다름없어. 그러면 너는 나의 사랑을 느낄 수가 없어. 내가 얼마나 너를 생각하고 있는지 전해 줄 수가 없다는 말이야.

마찬가지로 죄를 숨기려고 하면 하느님의 사랑을 거부하게 되니 죄에 집착하지 마……. 너의 영혼에 단 한 점이라도 거짓이 있으면 하느님께서는 네게 은혜를 베풀 수가 없단다. 네가 하느님께 마음을 열고, '제가 이렇듯 큰 죄를 지었나이다. 오, 하느님. 저의 죄를 씻어서 구해 주시옵소서.' 라고 말해야 그분께서 용서해주시고 은총을 내려주실 수 있어. 네가 어떤 죄에 집착하여 손을 놓지 않으면, 그 죄는 죽은 후에도 너를 고통 속으로 밀어 넣을 거야. 그 죄가 이승에서 이렇게 가엾은 너를 불행 속으로 밀어 넣은 것처럼 말이야. 죄가 바로 불행과 어둠과 절망을 가지고 오는 거야. 죄를 훌훌 내던져버리면, 그 순간 죄에 가려져 있었던 빛과 축복이 드러나는 거야. 그때에는 하느님께서 우리의 영혼 속으로 들어와 우리를 가르치시고, 힘과 평화를 가져다주시는 거지. 자, 헤티. 이제 죄를 벗어던지렴. 네가 저지른 죄를 고백해. 하늘에 계신 하느님 아버지를 거역하고 저지른 죄를 말이야. 하느님의 품 안에 들어가도록 우리 함께 무릎을 꿇자."

헤티는 다이나를 따라 무릎을 꿇었다. 그들은 서로의 손을 맞잡았고, 긴 침묵이 흘렀다. 그러고 나서 다이나가 말했다.

"헤티, 우리는 지금 하느님 앞에 있어. 그분은 네가 진실을 말할 때까지 기다리고 계셔."

여전히 침묵만 흘렀다. 마침내 헤티가 간청하는 어조로 말했다.

"언니…… 나를 좀 도와줘……. 나는 언니처럼 느끼지 못하겠어……. 이미 마음이 굳어져 버렸나 봐."

다이나는 자신의 손을 꼭 쥐고 있는 헤티의 손을 붙잡고 온 마음을 다해 기도했다.

"구세주 예수님! 당신은 모든 슬픔이 얼마나 깊은지 다 헤아리고 계십니다. 당신은 하느님이 계시지 않는 칠흑 같은 어둠 속에서 버려진 자처럼 울어 본 적도 있으십니다. 주여, 오셔서 당신의 고통과 당신의 간청의 열매를 거두어 주세요.[221] 당신의 손을 뻗어 구원을 얻을 때까지 주님께서는 전지전능하신 구세주이시니 온 힘을 다하여 이 버림받은 어린 양을 구해 주시옵소서.[222] 그녀는 짙은 어둠에 둘러싸여 있습니다. 그녀에게는 자신이 지은 죄의 족쇄가 채워져 있습니다. 그녀는 그 족쇄를 떨쳐버리지 못하고, 당신에게로 나아가지 못하고 있습니다. 그녀는 마음이 굳어져 버렸다고 느끼고 있습니다. 그녀는 어찌할 바를 모릅니다. 당신의 연약한 딸인 그녀는 제게 울부짖습니다……. 구세주여! 당신께 이렇게 맹목적으로 울부짖습니다. 들어주세요! 어둠을 깨뜨려 주세요! 사랑과 불쌍히 여기는 당신의 얼굴로 그녀를 바라봐 주세요. 당신을 모른다고 한 자에게[223] 돌아서서 측은히 여겨주셨듯이 그녀의 굳어버린 마음을 녹여주소서.

하느님, 보소서! 옛날에 사람들이 병들고 힘없는 자들을 데려왔을 때, 당신이 그들을 치료해 주셨던 것처럼[224] 저도 그녀를 데려왔습니다. 그녀를

---

221) 이사야, 53:11. 많은 고통을 겪은 뒤에 그는 고난의 결과를 보고 만족할 것이다. 내 의로운 종이 많은 사람을 의롭게 할 것이며, 그들의 죄를 짊어질 것이다.
222) 로마서, 10:21. 그러니 이스라엘에 관해 하느님께서는 "복종하지 않고 거역하는 백성을 향해 나는 하루종일 내 손을 내밀었다."고 말씀하셨습니다. 시편, 89:13. 주의 팔은 힘이 있고, 주의 손은 억세며, 주의 오른팔은 강합니다. 히브리서, 7:25. 그러므로 예수님은 자기를 통해 하느님께 나아오는 자들을 완전히 구원할 수 있습니다. 예수님은 항상 살아계셔서, 하느님께 나아오는 자들을 돕고 계시기 때문입니다. '전지전능하신 구세주'는 보통 비국교도들의 말로, 설교, 찬송가, 기도에서 예수님과 하느님을 묘사하는 말로 사용하고 있다.
223) 누가복음, 22:61. 주께서 돌아서서 베드로를 보셨습니다. 베드로는 주께서 "오늘 닭이 울기 전에 네가 나를 세 번이나 모른다고 부인할 것이다."라고 하셨던 말씀이 기억났습니다.
224) 마태복음, 4:24. 예수님에 대한 소문이 시리아 전역에 퍼졌습니다. 사람들은 병든 사람을 모두 데리고 예수께 나아왔습니다. 그들은 여러 가지 병으로 고통받고 있었는데, 통증에 시달리는 사람, 귀신들린 사람, 간질병에 걸린 사람, 중풍에 걸린 사람들이었습니다. 예수님께서 그들을 고쳐 주셨습니다.

제 품에 안고 하느님 앞에 나왔습니다. 그녀는 두려움으로 온몸을 떨고 있습니다. 하지만 단지 육신의 고통과 죽음에 겁 먹고 있을 뿐입니다. 생명을 불어넣어 주시는 당신의 성령을 그녀에게 불어넣어 주세요.[225] 그녀 안에 새로운 경외심을 불러 일으켜 그녀가 자신이 지은 죄를 무서워하도록 해주세요.[226] 그녀가 자신의 영혼 속에 저주받은 일을 숨기는 것은 무서운 일이라는 걸 알게 해주세요. 지난 모든 과거를 지켜보셨고, 어둠을 대낮으로 바꿀 수 있는 살아 있는 하느님의 존재를[227] 그녀가 느낄 수 있도록 해주세요. 하느님! 마냥 기다리지 말아주소서.[228] 적어도 11시까지는 그녀가 당신께 마음을 돌려, 흐느끼며 자신의 죄를 고백하고 은혜를 구하게 해주세요. 이제 죽음의 밤이 눈앞에 다가와 있습니다. 사면의 순간은 되돌아올 수 없는 어제처럼 영원히 지나갈 것입니다.

우리 주 구세주여! 그러나 이 가여운 영혼을 영원한 암흑에서 꺼내주실 시간이 아직 되지 않았습니다. 저는 믿습니다. 당신의 무한한 사랑을 믿습니다. 저의 사랑과 호소가 다 무엇입니까? 당신의 크신 사랑 안에서는 힘없이 꺼져버릴 뿐입니다. 저는 그저 연약한 팔로 그녀를 안고 미미한 연민으로 그녀를 설득할 뿐입니다. 당신께서 죽은 영혼에 숨을 불어넣어 주신다면 죽은 채 대답 없이 잠들어 있는 영혼[229]도 깨어날 것입니다.

그렇습니다. 주님이시여, 저는 양 날개로 세상을 치유하시려고[230] 태양이 떠오르듯이 어둠을 뚫고 점점 가까이 다가오시는 당신이 보입니다.

---

225) 요한복음, 20:22. 이 말씀을 하시고 그들을 향해 숨을 내쉬며 말씀하셨습니다. "성령을 받으라."
226) 에스겔, 11:19. "그리고 나는 너에게 새로운 영을 불어넣느니."
227) 이사야, 58:10. 굶주린 사람들에게 먹을 것을 주고, 고통 가운데 있는 사람을 도와주어라. 그러면 너희 빛이 어둠 가운데서 빛나며, 대낮같이 밝을 것이다.
228) 마태복음, 20:6. 또 오후 5시쯤에도 시장에 나가 또 다른 사람들이 거리에 서 있는 것을 보고 물었다. "왜 당신은 하루종일 빈둥거리며 서 있습니까? 마태복음, 20:9. 오후 5시에 고용된 일꾼이 와서, 각각 한 데나리온씩을 받았다.
229) 시편, 13:3. 오, 주님, 나의 하느님이시여, 나를 보시고 내게 대답해 주소서. 내 눈을 밝혀주소서. 그렇지 않으면 나는 죽음의 잠을 잘 것입니다. 윌리엄 블레이크의 시집, 『예루살렘아』, 77편, 83절에 나온 "왜 당신은 죽음 같은 잠을 주무시려고 하십니까." 참조.

당신이 겪으신 고통의 흔적이[231] 지금도 당신의 몸에 아로새겨져 있는 것이 보입니다. 저는 당신이 그녀를 구원해주실 수 있고, 또 구해주시려 한다는 걸 알고 있습니다. 설마 그녀가 영원히 죽게 되도록 버려두지 않으시겠지요?

어서 오소서. 전지전능하신 구세주여! 죽은 자들에게 당신의 목소리를 들려주세요.[232] 눈먼 자들의 눈을 뜨게 해주세요.[233] 하느님이 그녀를 품 안에 안고 계신다는 것을 그녀에게 알려주세요. 그녀가 당신과 자기 자신을 갈라놓는 것이 바로 죄라는 그 사실만을 두려워하도록 해주세요. 굳어버린 마음을 녹여주세요. 굳게 다문 입을 열어주세요. 그녀가 온 마음을 다해 눈물 흘리며 '하느님 아버지, 저는 죄를 지었나이다.'[234]라고 통곡하게 하여 주세요……."

헤티가 팔로 다이나의 목을 감싸며 흐느껴 울었다.

"다이나…… 말할게…… 말할게……. 더 이상 숨기지 않겠어."

눈물과 통곡이 몹시 격렬해졌다. 다이나는 무릎 위에 쓰러져 있는 헤티를 부드럽게 일으켜 지푸라기 침상 위에 앉히고 자신도 그 옆에 앉았다. 오열하는 소리가 가라앉기까지 한참 시간이 흘렀고, 그들은 서로의 손을 맞잡은 채 고요한 어둠 속에 앉아 있었다. 마침내 헤티가 조용히 입을 열었다.

"내가 그런 일을 저지른 게 맞아. 다이나……. 내가 아기를 숲에 묻어버렸어……. 그 작은 아기를…… 아기는 울고 있었어…… 밤새

---

230) 말라기서, 4:2. 그러나 나를 섬기는 너희에게는 의로움이 햇처럼 비출 것이다. 거기에서 치료하는 광선이 나올 것이다. 너희는 외양간에서 풀려난 송아지처럼 뛰놀 것이다.
231) 갈라디아서, 6:17. 그러므로 나를 괴롭히지 마십시오. 내 몸에는 예수 그리스도의 흔적이 있습니다. 십자가에서 예수님의 손, 옆구리, 발에 못 박히신 상처 자국. 주님이신 예수님이라는 표시들이다.
232) 요한복음, 5:25. 내가 너희에게 진리를 말한다. 죽은 사람이 하느님의 아들의 음성을 들을 때가 올 것인데, 그때가 바로 지금이다. 그 음성을 듣는 사람들은 살 것이다.
233) 요한복음, 11:37. 그러나 그들 중에는 "앞 못 보는 사람의 눈도 뜨게 한 사람이, 나사로가 죽지 않게 할 수는 없었나?"라고 말하는 사람도 있었습니다.
234) 누가복음, 15:18. 일어나 아버지께 돌아가 말해야겠다. 아버지, 저는 하느님과 아버지 앞에 죄를 지었습니다.

도록…… 그렇게 먼 곳까지 아기가 우는 소리가 들렸어…… 그 소리 때문에 다시 되돌아갔었어."

그녀는 잠깐 말을 멈추었다가 더 커진 목소리로 급히 호소했다.

"하지만 나는 아기가 죽지 않았을 거라고 생각했어. 누군가가 발견할 거라고 생각했어. 나는 죽이지 않았어. 내 손으로 직접 죽이지는 않았다구. 그냥 아기를 거기에 내려놓고 덮어버렸던 거야. 다시 돌아와 보니 아기가 없어져 버렸어……. 그때 나는 얼마나 막막했는지 몰라, 다이나…… 나는 어디로 가야 할지 알 수가 없었어…… 차라리 확 죽어버릴까 생각도 했지만, 결국 그것도 할 수 없었어. 정말이야. 저수지에 빠져 죽으려고도 했었는데 그것도 하지 못했어. 그래서 나는 윈저로 갔어. 도망쳤지. 이해하겠어? 나는 그가 책임지고 해결해 줄지도 모른다는 생각에 그를 찾으러 갔어. 하지만 그는 어디론가 떠나가 버리고 없었어. 그러자 나는 어떻게 해야 할지 알 수 없었어. 다시 집으로 돌아갈 용기도 없었어. 돌아가면 어떻게 될까 하는 생각에 견딜 수가 없었어. 분명히 사람들은 나를 경멸할 것이고…… 누구도 만날 용기가 없었어.

가끔 언니 생각이 나서 언니한테 갈까 하는 생각도 했어. 언니만큼은 나를 배신하거나 수치스러워하거나 소리 지르지 않을 거라고 생각했으니까. 언니한테는 말할 수 있을 것 같았어. 하지만 그래도 결국에는 다른 사람들도 알게 될 거라고 생각하니 다시 견딜 수가 없었어. 내가 스토니톤으로 간 건 언니한테 갈 생각이 있어서 그랬던 거야. 그렇지만 무일푼으로 거지가 될 때까지 방황해야 할지도 모른다는 생각에 너무나 겁이 났어. 가끔은 그렇게 되기 전에 곧 농장으로 되돌아가야 한다는 생각도 들었지만. 아! 너무나 끔찍했어. 다이나…… 흑…… 나는 너무 비참했어……. 이 세상에 아예 태어나지 않았으면 얼마나 좋았을까 하고 생각했어. 다시는 푸른 초원으로 돌아갈 수 없을 것 같았어. 너무 비참해서 그 모든 것이 다 싫었거든."

301

헤티는 다시 말을 멈췄다. 마치 과거의 감정이 다시 복받쳐서 말을 잇지 못하는 것 같았다.

"그러고 나서 스토니톤에 도착했지. 집에 가까워졌기 때문에 그날 밤 나는 두려워지기 시작했어. 그때 전혀 생각도 못 했는데 아기가 태어나버린 거야. 나는 아기를 없애버리고 집으로 돌아가야겠다는 생각을 했어. 낯선 집의 침대에 누워 있는데 갑자기 그런 생각이 들더니, 그 생각이 점점 더 강해졌어…… 나는 너무나 다시 돌아가고 싶었어…… 외로웠고, 점점 구걸하는 신세가 되어가는 내 꼴을 견딜 수가 없었어. 그래서 기운을 내어 굳게 마음먹고 일어나 옷을 입었어. 꼭 그렇게 해야 될 것만 같았어…….

어떻게 해야 할지는 몰랐지만…… 가능하면 저수지를 찾아봐야겠다는 생각이 들더라구. 저번에 봐뒀던 그곳처럼 들판의 구석에 있는 어두운 곳의 저수지를 찾으려 한 거야. 내가 머물렀던 집의 주인 여자가 나가자 나는 점점 기운을 차렸고, 뭐든지 할 수 있을 것 같았어……. 모든 불행을 벗어버리리라 다짐했어. 그리고 집으로 돌아가 내가 도망친 이유를 사람들이 모르게 해야겠다고 마음먹었어. 모자와 숄을 걸치고 망토 속에 아기를 안고서 어두운 거리로 나갔어. 걸음을 재촉해서 꽤 멀리 떨어진 길에 도착했어. 주막이 있어서 따뜻한 스프와 빵을 조금 얻어먹을 수 있었어. 그리고 계속 걷고 또 걸었어. 땅을 밟고 있다는 느낌도 안 들 정도였어. 달빛에 사방이 좀더 밝아졌어. 오, 언니! 달이 구름 사이로 맨 먼저 나를 내려다보았을 때는 정말 무서웠어. 예전부터 보아왔던 그 달이 아니었어. 달빛을 받고 있는 내가 누군가와 마주치기라도 할까 봐 두려워서, 길에서 벗어나 들판으로 들어섰지. 그리고 건초더미가 있는 곳까지 갔어. 나는 이곳이면 밤새도록 추위를 피해 잠도 자면서 지낼 수 있겠구나 하고 생각했어. 건초더미 안에는 다듬어 놓은 곳이 한 군데 있었는데, 그걸 침대로 삼으면 될 것 같았어.

나는 편안하게 누워서 따뜻하게 아기를 안고 있었어. 한참 동안 잠이 들었다가 깨어보니 아침이었어. 완전히 환하지는 않더라구. 그런데 아기가 울고 있었어. 나는 좀 떨어진 곳에 숲이 있는 걸 보았어……. 거기에는 구덩이나 저수지가 있을 거라고 생각했지……. 매우 이른 시각이라서, 거기에 아기를 숨기고 사람들이 일어나 나오기 전에 멀리 도망갈 수 있을 거라고 생각했지. 그러면 집에 갈 수 있을 거라고 생각한 거야. 짐마차를 잡아타고 집으로 되돌아가서, 하녀로 가려고 했지만 일자리를 한 군데도 얻지 못했다고 사람들에게 말하면 될 것 같았어. 정말 그러고 싶었어.

 다이나, 나는 무사히 집에 가고 싶었어. 아기에 대해서는 어떤 기분이었는지 잘 모르겠어. 아마 아기가 미웠던 것 같아. 내 목에 걸려 있는 무거운 돌덩이 같았거든.[235] 그런데 아기 울음소리가 나를 꿰뚫는 것 같았어. 아기의 작은 손과 얼굴을 차마 바라볼 수가 없었지. 숲으로 가서 여기저기 찾아보았지만 저수지는 없었어……."

 헤티는 몸서리쳤다. 그녀는 잠깐 입을 다물었다. 그리고 그녀는 다시 입을 열어, 소곤거리는 목소리로 말했다.

 "나는 나뭇가지와 잔디가 많은 곳으로 가서 나무 그루터기에 앉았어. 뭘 해야 하나 생각하면서 말이야. 갑자기 개암나무 아래에서 구덩이를 발견했는데 꼭 작은 무덤으로 쓰려는 것처럼 파여 있었어. 번개같이 어떤 생각이 떠올랐어. 아, 저기에 아기를 눕히고, 풀과 나뭇가지로 아기를 덮어야지 하고 마음먹었어. 나는 아기를 어떻게 할 수 없었어. 너무나 순식간에 그 짓을 해버렸어. 흑흑…… 아기가 너무 많이 울었어, 다이나. 그래도 나는 아기를 완전히 덮어버릴 수가 없었어. 어쩌면 누군가가 와서 아기를 보살펴줄지도 모르고, 그러면

---

235) 콜리지의 옛 수부에 나오는 죄인인 수부의 목에 걸려 있는 앨버트로스(집요한 골칫거리란 뜻이기도 하다.)라는 새와 같다. 혹은 마태복음, 18:6. 예수가 "누구든지 나를 믿는 이런 어린아이 한 명이라도 죄를 짓게 하는 사람은 차라리 자기 목에 연자 맷돌을 메고, 깊은 바다에 빠지는 것이 더 나을 것이다."라고 하신 말씀에 나오는 맷돌을 말한다.

아기는 죽지 않을 거라고 생각했거든. 그리고 서둘러 숲을 빠져나왔는데, 계속 아기 우는 소리가 들렸어. 들판으로 들어섰을 때였어. 뭔가가 나를 꽉 붙잡고 있는 것만 같았어. 그토록 떠나기를 원했었는데 나는 떠날 수가 없었어. 누군가가 오는지 보려고 건초더미에 앉아 있었지. 너무 배가 고팠고 빵은 조금밖에 없었어.

 그런데도 나는 떠날 수가 없었어. 한참이 지나서, 몇 시간은 족히 지났나 봐. 그 남자가 왔어. 작업복을 입은 그 남자가 나타나서 나를 쳐다봤지. 나는 놀라서 서둘러 달아나 버렸어. 저 사람이 숲 속에 간다면, 어쩜 아기를 발견할 거라고 생각하고 말이야. 곧바로 계속 가다가 나는 그 숲에서 아주 먼 곳에 있는 어떤 마을에 도착했어. 몸도 많이 아팠고, 정신이 어지러웠고, 배도 고팠어. 거기에서 먹을 것을 좀 구하고 나서 빵 한 덩어리를 샀어. 하지만 겁이 나서 그곳에 그냥 머물러 있을 수 없었어. 여전히 아기 우는 소리가 귓전에 맴돌았고, 다른 사람들한테도 그 소리가 들릴 것 같았어. 계속 길을 걸어갔지만 너무 피곤해졌고, 날도 어두워지고 있었어. 마침내 길가에 어떤 헛간이 하나 있는 것이 보였어. 다른 집들과는 상당히 떨어져 있는 그런 곳이었어. 에봇 클로스에 있는 헛간처럼 생긴 곳이었는데, 나는 거기에 들어가서 건초와 짚으로 몸을 숨기면 아무도 여기까지는 오지 않을 거라고 생각했어. 들어갔더니 헛간이 반 정도는 짚 다발로 가득했고, 건초도 좀 있었어.

 나는 아무도 나를 찾아내지 못할 것 같은 아주 후미진 곳에 자리를 잡고 바닥에 누웠어. 너무 피곤했고 기력도 없어서 잠을 자려고 했어…… 그런데 흑…… 아기의 울음소리가 계속 들려서 잠을 잘 수 없었어. 나를 쳐다보던 그 남자가 쫓아와서 나를 붙잡을 것만 같았어. 그래도 결국 나도 모르게 한참을 잤나 봐. 일어나서 헛간을 나왔을 때에는 밤인지 아침인지도 분간할 수가 없었으니 말이야. 그때는 아침이었을 거야. 점점 날이 밝아오고 있었지.

나는 내가 왔던 길로 되돌아가고 있었어. 그럴 수밖에 없었어. 언니, 아기의 우는 소리 때문에 되돌아가지 않을 수 없었어. 그 애가 죽었을까 봐 겁이 났어. 작업복을 입은 그 남자가 나를 봤으니 내가 아기를 거기에 놓아두었다는 사실을 알았겠지. 그래도 나는 가 봤어. 집으로 돌아가겠다는 생각은 온데간데없어지고 말이야. 내 마음 속에서 집 생각은 전혀 나지 않고 아기를 묻었던 숲과 그 장소 외에는 아무것도 보이지 않았어……. 지금도 그 애가 보여. 아! 다이나, 왜 그 애가 항상 보이는 거지?"

헤티는 다이나에게 매달리며 다시 한 번 몸을 떨었다. 침묵이 한참 동안 계속되다가 이윽고 그녀는 이야기를 계속했다.

"너무 이른 시각이어서 아무도 없었어. 나는 숲으로 들어갔어……. 그곳으로 가는 길을 알고 있었거든……. 개암나무가 있던 그곳 말이야. 걸어가는 걸음걸음마다 아기 우는 소리가 들렸어…… 나는 아기가 살아 있다고 생각했어…… 그때 내가 두려웠었는지 기뻤었는지는 잘 모르겠어…… 내가 어떤 느낌을 느꼈는지도 모르겠어. 그저 내가 숲에 있었고, 울음소리를 들었다는 것만 알겠어. 아기가 없어진 것을 알게 되기까지 내가 무엇을 느꼈는지도 통 모르겠더라구. 아기를 거기다 갖다 놓을 때 나는 누군가가 아기를 발견하고 그 어린 것을 구해주길 바랐어. 하지만 아기가 없어진 것을 보자, 나는 돌로 한 대 얻어맞은 것처럼 몸이 굳어졌고, 겁이 났어. 꼼짝할 수가 없었어. 온몸의 힘이 모두 빠져나간 것 같았어. 도망갈 수도 없다는 걸 알았어. 나를 본 모든 사람들이 그 아기에 대해서 아니까 말이야. 내 심장이 돌덩이가 돼버린 것같이 굳어졌어. 뭘 소망하거나 시도해볼 수도 없었어. 그냥 영원히 그 자리에 박혀서 그대로 굳어져 버린 것 같았어. 그런데 사람들이 와서 나를 데려갔어."

헤티는 입을 다물더니 또다시 몸을 부르르 떨었다. 여전히 뭔가 사연이 더 남아 있는 것 같았다. 다이나는 기다렸다. 왜냐하면 헤티는 감정이 가슴속에 너무 복받쳐 올라 눈물이 쏟아져 내려서 단 한 마디도 할 수 없었기 때문이다. 마침내 헤티는 흐느끼며 오열했다.

"다이나, 숲 속에 있던 그 자리에서 울어대던 내 아기를 하느님이 거두어 주실까? 이제 내가 모든 것을 털어놓았으니까 말이야."

"불쌍한 헤티. 자, 기도드리자. 다시 무릎을 꿇고 하느님께 은혜를 구해보자."[236]

---

236) 고린도후서, 1:3. 우리 주 예수 그리스도의 하느님과 아버지를 찬송합니다. 그분은 인자하신 아버지이시며, 모든 위로의 아버지이시입니다.

46

긴박한 순간들

 일요일 아침, 스토니톤의 교회 종소리가 아침 예배 시간을 알렸다. 바틀 메이시는 잠시 어디론가 나갔다가 아담의 방에 다시 들어와서 말했다.
 "아담! 자네를 찾아온 손님이 있네."
 아담은 문을 등지고 앉아 있다가 곧바로 일어나 얼굴에 홍조를 띠고 간절한 눈빛으로 몸을 돌렸다. 그의 얼굴은 저번보다 더 수척했고 초췌했다. 하지만 일요일 아침인 오늘은 세수도 하고 면도도 말끔히 한 상태였다. 그가 물었다.
 "무슨 소식이라도 있습니까?"
 바틀이 대답했다.
 "아니야, 아담. 가만히 좀 있어봐. 자네가 생각하는 그런 일이 아니야. 젊은 감리교 여자가 감옥에 들어갔다가 돌아왔다는 소식이야. 지금 저기 계단 아래에 와 있는데 자네를 만나고 싶어 해. 버림받은 그 불쌍한 헤티에[237] 대해 들려줄 말이 있대. 하지만 자네 허락 없이는 들어오지 않겠다는 거야. 아마 자네도 밖에 나와서 자기와 얘기하는 게 편할 거라고 생각한 것 같아. 설교하고 다니는 여자들은 보통 저

---

237) 고린도전서, 9:27. 나는 내 몸을 쳐서 굴복시킵니다. 내가 다른 사람들에게는 복음을 전했으나, 정작 나 자신은 쓸모없다고 버림을 받을까 두렵습니다. 이 말에서 '버림받은 사람'이란 하느님의 은총에서 버림받았던 사람에 대한 바울의 말씀이다.

렇게 수줍어하지 않는 법인데…….."
 바틀이 투덜거렸다. 아담이 말했다.
 "들어오라고 해주세요."
 그는 문을 바라보고 서 있었다. 다이나는 들어와서 온화하고 푸르스름한 눈을 들어 아담을 바라보았다. 그 즉시 그녀는 오두막에서 봤던 키 큰 모습의 아담이 그날 이후로 사뭇 달라져 있다는 걸 한눈에 알아차렸다. 그녀가 손을 내밀어 악수를 청하며 말할 때는, 청아한 목소리가 약간 떨렸다.
 "힘내세요, 아담 비드. 하느님도 헤티를 버리지 않으실 거예요."
 아담이 말했다.
 "헤티한테 찾아가주셨다니 정말 감사합니다. 어제 다이나 양이 왔다고 메이시 선생님이 알려주셨어요."
 그들 세 사람은 더 이상 할 말이 없어서 침묵을 지킨 채 서로 마주보고 서 있었다. 안경을 쓴 바틀 메이시는 다이나를 보고 놀랐는지 그 자리에 꼼짝 않고 서서 다이나의 얼굴을 세세히 살펴보고 있는 것 같았다. 그러나 그가 맨 먼저 정신을 차리고 말했다.
 "앉으세요, 아가씨. 앉아요."
 메이시는 다이나에게 의자를 갖다준 뒤 자신은 늘 앉던 침대로 가서 앉았다. 다이나가 말했다.
 "감사합니다만, 그냥 서 있는 게 편합니다. 바로 가봐야 하니까요. 헤티가 금방 돌아오라고 당부했거든요. 제가 여기 온 것은 아담 비드 씨가 불쌍한 헤티를 만나 작별인사라도 해주십사 하고 부탁드리러 온 거예요. 헤티가 당신에게 용서를 구하고 싶어해요. 내일 이른 새벽에 만나는 것보다는 오늘이 좋을 것 같아요. 내일 새벽에는 시간적 여유가 거의 없으니까요."
 아담은 몸을 떨면서 일어났다가 다시 의자에 털썩 주저앉았다. 그가 말했다.

"그렇게는 못 해요. 나중에 하겠습니다. 혹시 특별 사면을 받을 수도 있잖아요. 어윈 목사님이 희망이 있다고 했어요. 포기해서는 안 된다고 하셨다구요."

다이나가 눈에 눈물을 글썽이며 말했다.

"그렇게만 된다면 얼마나 좋겠어요. 이렇게 빨리 헤티의 영혼을 떠나보낸다는 건 끔찍한 일이죠."

곧바로 그녀가 덧붙여 말했다.

"하지만 그렇더라도, 헤티가 비드 씨한테 꼭 하고 싶었던 마음속의 말들을 털어놓을 수 있도록 반드시 와 주세요. 물론 가엾은 헤티의 마음은 무척이나 암울하고 세속적인 일들[238]에 대해서는 별로 아는 바도 없지만, 지금 헤티의 마음은 열려 있어요. 헤티는 죄를 깊이 뉘우치고 있어요.[239] 저한테 모든 것을 고백했답니다. 마음속에 있던 오만함을 버리고 저한테 기대어 도움을 청하면서 주님께 인도하여 주기를 간절히 원했습니다. 헤티가 이런 모습을 보여줘서 저도 그녀를 믿게 되었어요. 하느님 앞에서는 우리 모두가 죄인일 뿐이에요. 그런데도 우리는 종종 자기의 기준으로 하느님의 사랑을 가늠해버리고 잘못을 저지르지요. 헤티는 홀 팜에 있는 친구들에게 편지를 쓸 거예요. 헤티가 세상과 작별할 때 제가 편지를 그들에게 전해줄 겁니다. 비드 씨가 여기 와 있다고 했더니 헤티가 말하더군요. '아담에게 작별인사를 하고 싶어. 내 대신 언니가 말 좀 해줘. 나를 용서해 달라고 말이야.' 라고요. 비드 씨! 헤티한테 가주시겠어요? 지금 당장, 저와 함께 가 주실 거죠?"

아담은 대답했다.

"아…… 나는 못 하겠어요. 어떻게 작별인사를 하라고 할 수가 있

---

[238] 보통 신약성서에서 '육체적인 것'을 '정신적인 것'이 아니라, 세속적인 것이라는 의미로 구분하여 표현하고 있다.
[239] 시편, 51:17. 하느님께서 바라시는 제반사는 깨어진 마음입니다. 오! 하느님, 상처 나는 가슴과 죄를 뉘우쳐 주님께 고백하는 마음을 주는 경멸하지 않으실 것입니다.

습니까? 싫습니다. 나는 못 해요. 아직 희망이 있잖아요. 희망이 있다는 말을 계속 들어서 그런지, 저는 희망밖에는 아무것도 생각할 수가 없어요. 그녀가 그렇게 불명예스러운 죽음을 맞이할 수는 없지요. 정말로 생각조차 하기 싫어요."

아담은 의자에서 다시 일어나 창밖을 바라보았고, 다이나는 애처로울 정도로 참을성 있게 그를 기다리며 서 있었다. 1~2분이 지나자, 아담이 돌아서서 말했다.

"다이나, 갈게요……. 내가 헤티의 얘기를 꼭 들어야 한다면, 내일 아침에…… 그때 갈게요……. 그때는, 그것이 꼭 내가 해야 될 일이라면 헤티의 얼굴을 봐도 잘 견딜 수 있을 것 같네요. 헤티한테 전해주세요. 나는 이미 용서했다고요. 그리고 마지막 순간에 그녀한테 가겠다고 말해줘요."

다이나가 말했다.

"비드 씨 마음이 정 그렇다면 제가 어쩔 도리가 없네요. 기어코 지금 가자고 재촉하지는 않을게요. 그럼 저는 이만 헤티한테 빨리 가봐야겠어요. 제가 어디로 가버릴까 봐 얼마나 전전긍긍하면서 저한테 매달리는지……. 정말 놀라운 일이지요. 예전에 헤티는 제가 아무리 사랑을 줘도 눈 하나 깜짝하지 않았거든요. 그런데 괴로운 시련을 겪고 난 지금에야 마음을 열어주네요. 비드 씨, 안녕히 계세요. 하늘에 계신 우리 주님께서 당신에게 위안을 주시고 모든 것을 견디게 해주실 겁니다."

다이나는 손을 내밀었고 아담은 말없이 그 손을 꽉 쥐었다.

바틀 메이시가 일어나 그녀를 위해 딱딱한 빗장을 들어 문을 열어주려 했다. 하지만 그의 손이 문에 닿기도 전에 그녀는 부드럽게 말했다.

"안녕히 계세요, 선생님."

이렇게 말하며 사뿐히 걸어나가서 계단을 내려가 버렸다.

바틀은 안경을 벗어 호주머니에 넣으면서 말했다.
"그런데 말이야. 세상에서 말썽을 일으키는 존재가 여자라면, 그 말썽을 해결해 주려고 하는 사람도 바로 여자라니, 참 공평한 세상이야. 다이나가 바로 그런 사람이구먼. 그녀가 그렇게 해주는군. 아무리 그래도 감리교도라는 사실은 마음에 안 들어. 하기는 어떤 식으로든 우매하다든지 마음에 들지 않는 점이 하나도 없는 여자란 없으니까, 뭐."
아담은 그날 밤 한숨도 자지 못했다. 마지막 순간이 점점 가까이 다가올수록 매시간 점점 긴장감이 커져서 아담은 굉장히 애가 탔다. 아담의 만류에도 불구하고, 절대로 초조해하지 않겠다고 약속했는데도 불구하고, 학교 선생님은 잠을 자지 않고 아담을 지켜보고 있었다. 바틀이 말했다.
"이보게, 나한테는 하룻밤 더 자거나, 덜 자거나 그런 건 중요하지 않아. 가까운 장래에 땅속에 묻히면 실컷 잘 텐데, 뭘. 자네가 이렇게 힘들 때만이라도 내가 말동무를 해줘야지. 안 그래?"
작은 단칸방에서 뜬눈으로 지새우다시피 했던 그날 밤은 참으로 지루하고 서글펐다. 아담은 가끔 벌떡 일어나, 방의 한쪽 벽에서 다른 쪽 벽까지 짧은 거리를 왔다갔다하며 서성거렸다. 그러고 나서 다시 자리에 앉아 얼굴을 감쌌다. 탁자 위의 시계가 째깍거리는 소리, 혹은 메이시가 조심스럽게 살려 놓은 난롯불에서 타다 만 재가 떨어지는 소리 이외에는 아무것도 들리지 않았다. 때때로 그는 불현듯 격정에 못 이겨 폭발하듯 말을 내뱉고는 하였다.
"헤티를 살릴 수만 있다면 무슨 짓이라도 하겠는데……. 재판에서 헤티를 유리하게 만들 수만 있다면 내가 뭐든 뒤집어 쓸 수도 있는데……. 일이 어떻게 될지 뻔히 알면서도 강 건너 불구경하듯 손 놓고 있는 내 꼴이라니……. 이런 꼴은 남자로서 도저히 견딜 수 없어. 반드시 앞에 나서지 않더라도, 지금 뭔가 할 수 있는 일이 있을 텐데……. 오, 하느님! 오늘이 바로 우리가 결혼하기로 했던 그날입니다."

바틀이 부드러운 목소리로 말했다.

"아이구…… 이 사람아, 세상 일이 어디 마음처럼 쉽겠나. 잘 기억해 보게. 어디 자네 마음대로 된 게 있는지. 헤티와 결혼하겠다고 했을 때, 이미 그녀가 마음속으로 딴 마음을 먹었다는 걸 알았어야지. 헤티가 그렇게 자기 아이가 죽도록 내버려 둘 만큼 순식간에 매정한 여자로 돌변할 줄은 왜 생각도 못 했어?"

아담이 말했다.

"저도 알아요, 다 안다구요. 나는 헤티가 사랑스럽고 마음이 따뜻한 여자인 줄만 알았어요. 거짓말을 하거나 남을 속이는 여자라고는 추호도 생각 못 했다구요. 제가 어떻게 그런 생각을 할 수 있었겠어요. 만약 아서가 헤티한테 접근하지만 않았더라면, 내가 헤티와 결혼해서 그녀를 사랑해주고 보살펴줬을 텐데. 그랬더라면, 저렇게 끔찍한 짓까지는 하지 않았을 겁니다. 헤티가 나를 진정으로 사랑하지 않았다 해도 그게 뭐 그리 중요한가요? 그래도 이 지경이 되는 것보다는 낫잖아요."

"아니야, 아담. 그건 누구도 알 수 없는 일이야. 무슨 일이 생길지 누가 알겠어. 지금 자네가 머리를 굴려서 발 빠르게 뭔가 처신하는 게 오히려 나쁜 결과를 낳을 수도 있어. 자네한테는 시간이 필요해. 마음을 좀 느긋하게 가져 봐. 나는 자네한테 정신 똑바로 차리고 남자답게 행동하라고 충고하고 싶네. 그러면 우리가 미처 알지 못하는 사이에 좋은 일이 생길 수도 있지 않겠어?"

아담이 격노하여 외쳤다.

"좋은 일이오? 무슨 좋은 일이오? 내가 남자답게 행동한다고 이렇게 불행한 상황이 바뀔 것 같아요? 그녀는 아주 몰락해버려서 예전의 헤티는 찾아볼 수 없다구요. 저는 사람들이 잘못된 일은 죄다 바로 잡을 방법이 있다는 듯이 얘기하는 게 싫어요. 만약 자기들이 그런 잘못을 저질렀더라도 이런 말이 나올까요? 아니오, 한 번 저지른 잘못은 절대로 없어지지 않는다는 걸 똑똑히 알아야 돼요. 어느 누구도 남의 인생을 망쳐놓고서 보상만 해주면 된다는 식으로 나오면 안 되죠. 흥! 보상해 줬으니 자기 잘못이 없어졌다고 그놈이야 떡 하니 안심하겠죠? 대체 그런 권리를 누가 줬답니까? 누구도 그럴 권리는 없는데 말이에요. 어떤 보상을 하더라도 이미 헤티가 당한 수치와 불행은 도로 물릴 수 없단 말입니다!"

바틀이 부드러운 목소리로 말했다. 그런데 이상하게도 단호하고 급하게 반박하던 평소 모습과는 사뭇 다른 태도였다.

"아담…… 자, 자, 이제 그만 진정해. 내가 너무 바보 같은 말을 한 모양이군. 나는 경험 많은 늙은이야. 여태껏 살아오면서 오랫동안 고생만 하고 살아왔다구. 왜 다른 사람들이 나서면 안 되는지 그 이유라면 나는 얼마든지 말할 수 있어."

아담이 참을성 있게 말했다.

"메이시 선생님, 제가 너무 흥분해서 경솔했습니다. 선생님께 여러 가지로 참 많은 신세를 졌다는 거 압니다. 다만, 제 말을 너무 서운하게 듣지 말아 주세요."

"다 알아. 내가 왜 자네 마음을 모르겠나. 서운하게 생각 안 하니 걱정 말게."

그날 밤은 그렇게 불안하게 흘러갔다. 마침내 쌀쌀한 새벽 기운과 밝아오는 햇빛이 절망의 끝자락에서 떨고 있었고, 침묵만이 감돌았다. 앞으로도 이보다 더 긴장된 순간은 없을 것이다.

아담은 시계 바늘이 6시를 가리키고 있는 것을 쳐다보며 말했다.

"메이시 선생님, 이제 가죠. 헤티가 있는 곳으로요."

"그래, 뭐 새로운 소식이라도 있는지 들어보자구."

아담의 숙소와 교도소의 문 사이에는 좁은 길이 나 있었다. 좁은 길을 따라서 사람들은 벌써 한쪽 방향으로 떠들썩하게 종종걸음으로 걸어가고 있었다. 그들이 아담을 지나쳐 서둘러 걸어가고 있을 때, 아담은 그들이 어디로 가는지 생각하지 않으려고 애썼다. 아담은 교도소 안으로 들어선 후, 문이 닫히자 사람들 눈에 띄지 않게 되어 다행이라고 생각했다. 사람들이 모두 자신의 모습을 잔뜩 궁금해한다는 걸 알고 있었기 때문이다.

아무런 소식이 없었다. 새로운 소식은 물론, 사면도 없었고, 사형 집행 유예도 없었다.

아담은 30분가량 감옥 안 마당에서 머뭇거리다가 다이나에게 자신이 왔다는 전갈을 보내려고 했다. 그때 어떤 목소리가 귓가에 들려왔다. 귀를 완전히 막지 않았으니 소리가 들리는 건 당연한 일이었다.

"마차가 7시 반에 출발할 겁니다."

이제는 정말로 마지막 작별인사를 해야 할 때가 온 것이다. 어찌할 도리가 없었다.

10분 정도 지나자 아담은 헤티가 있는 감방문 앞에 다다랐다. 다이나는 아담에게 한순간도 헤티의 곁을 떠날 수 없어서 마중 나오지는 못하지만 헤티가 그를 만날 준비가 되었다는 전갈을 보내왔다.

그는 감방에 들어섰지만 헤티를 바라볼 수 없었다. 마음이 몹시 동요되어서 감각이 마비되어 버린 것 같았다. 어두컴컴한 방이 그에게는 암흑천지와도 같았다. 그는 뒤에서 문이 닫힌 후에도 한동안 부들부들 떨며 멍하니 서 있었다.

차츰 그의 눈이 어둠에 익숙해지기 시작했다. 헤티가 고개를 들어 까만 눈동자로 다시 한 번 자신을 바라보고 있다는 걸 알았다. 하지만 그녀의 눈에는 미소가 어려 있지 않았다. 아! 그 눈이 얼마나 슬프게 보였는지! 그 눈동자가 마지막으로 자신을 바라보던 때가 언제였던가. 헤이슬롭에서 그녀와 헤어지던 그때였었다. 그때만 해도 아담은 헤티의 아름다운 눈빛을 보고 벅차오르는 희망과 부푼 사랑으로 행복해 했었다. 그녀의 두 눈은, 보조개가 살짝 들어간 아이 같은 분홍빛 얼굴에, 눈물 어린 미소를 띠고 자신을 쳐다보고 있었다. 그랬던 얼굴이 지금은 대리석처럼 굳어 있었다. 사랑스럽던 입술은 파리해져서 반쯤 벌어져 있었고, 바들바들 떨고 있었다. 보조개도 찾아볼 수 없었다. 살짝 한 번 나타났다가 이내 사라져 버렸다. 그리고 다시는 나타나지 않았다.

그리고 저 두 눈! 아! 무엇보다도 가장 비참한 것은 저렇게 슬픈 눈이 틀림없는 헤티의 눈이라는 사실이었다. 그 눈은 아담에게 그녀의 불행을 말해주기 위해 저승에서 되돌아 온 것처럼 슬픔에 잠겨 있는 눈이었다. 분명 자신을 응시하고 있는 것은 헤티의 애처로운 두 눈이었다.

헤티는 다이나를 꼭 붙잡고 바싹 다가앉아서 서로 뺨을 맞대고 있었다. 그렇게 꼭 붙어 있어야만 마지막 남은 미약한 기운과 희망을 가질 수 있는 것처럼 보였다. 아담은 다이나가 헤티의 아픔을 진정으로 이해하고 가여워한다는 걸 알 수 있었다. 다이나의 얼굴에 보이지 않는 하느님의 은총이 현현한 징표처럼 빛나고 있었기 때문이다.

마침내 아담과 헤티가 서로를 바라보자 그들의 슬픈 두 눈이 마주쳤다. 헤티도 아담의 변화를 알아차렸다. 그녀는 또 다른 두려움으로 충격을 받은 듯했다. 그녀가 다른 누군가의 얼굴에 반영된 자신의 변화를 느낀 것은 이번이 처음이었다. 눈앞에 서 있는 아담은 자신의 끔찍한 과거와 무서운 현재 상황을 반영하는 새로운 모습으로 다가왔다. 헤티는 그를 보면서 더더욱 몸을 떨었다. 다이나가 말했다.

"헤티, 저분에게 말씀드려. 네 마음속에 있는 것들을 모두 털어놔."

헤티는 조그만 어린아이처럼 순순히 그녀의 말에 따랐다.

"아담…… 미안해요……. 당신에게 너무 많은 잘못을 했어요……. 제가 이 세상을 떠나기 전에…… 저를 용서해 주실래요?"

아담은 반쯤 흐느끼면서 대답했다.

"그래요…… 헤티, 용서할게요. 아니, 이미 오래전에 용서했어요."

아담의 머리는 헤티의 두 눈을 막 보자마자 고뇌가 더욱 깊어져 터져버릴 것만 같았으나, 용서해달라고 뉘우치는 그녀의 목소리가 그의 심금을 울리며 격심한 고통을 누그러뜨려주었다. 견딜 수 없을 지경으로 치닫던 아담의 격정이 어느 정도 가라앉자, 별로 눈물을 흘리지 않던 아담도 결국 울음을 터트렸다. 그는 아버지가 돌아가셨을 때 처음으로 슬픔을 느꼈다. 그때 세스의 목을 끌어안고 울었던 이후로 이렇게 눈물을 흘린 적은 없었다.

헤티는 자신도 모르게 아담을 향해 몸을 움직였다. 한때 자신은 그의 사랑을 한 몸에 받으며 살았었다. 그때의 애정이 얼마쯤 다시 살아나 그녀는 그가 친밀하게 느껴졌다. 그녀는 여전히 다이나의 손을 붙잡은 채, 아담에게 다가가 힘없이 말했다.

"아담, 제가 그렇게 못된 짓을 했지만, 그래도 다시 키스해주시겠어요?"

아담은 말없이 그녀가 내민 창백하고 초췌한 손을 붙잡았다. 그리고 그들은 영원한 이별의 키스를 엄숙하게 나누었다. 헤티가 조금 더 힘주어 말했다.

"저…… 그 사람에게 전해 주세요. 말해줄 사람이 아무도 없어요. 그러니 당신이 전해주세요. 제가 그 사람을 찾아갔지만 결국 찾지 못했다고요. 한때는 그를 증오하고 저주했어요……. 근데 다이나가 그러더군요. 그를 용서해야 한다고요. 그렇게 하도록 노력할 거예요. 안 그러면 하느님이 저를 용서하지 않으실 테니까요."

이때, 감방 문에서 무슨 소리가 났다. 자물쇠에 열쇠를 넣고 돌리자 문이 열렸고, 아담 앞에 몇 사람의 얼굴이 희미하게 나타났다. 아담은 너무 가슴이 떨려서 더는 볼 수 없었다. 심지어 그 중에 어윈 목사의 얼굴이 함께 있다는 것조차도 볼 수 없었다. 그는 이제 마지막을 위한 준비가 시작되었고, 더 이상 머물러서는 안 된다는 것을 느꼈다. 사람들은 아담이 떠날 수 있도록 말없이 비켜주었다. 그는 헤티의 마지막을 지켜볼 바틀 메이시를 남겨둔 채, 홀로 외롭게 자신의 방으로 돌아갔다.

47

마지막 순간

눈앞에 전개되는 광경이 자기 자신들의 슬픔보다도 훨씬 더 기억에 남을 만한 그런 장면이 있다. 어슴푸레하게 밝아오는 청명한 아침에 일어나고 있는 지금 이 광경이 바로 그러했다. 구름떼처럼 몰려와 지켜보고 있던 구경꾼들의 시야에 두 여인을 태우고 오는 숙명의 마차가 보였다. 그 마차는 구경꾼 무리를 가르며 교수대를 향해 유유히 굴러가고 있었다. 그 섬뜩한 목적지는 신중하게 실행될 급작스러운 죽음을 상징하고 있었다.

스토니톤에 사는 모든 사람들은 이미 다이나 모리스의 소문을 익히 들어서, 이 젊은 감리교도 여자가 그렇게 완강하게 고집 부리던 죄인을 고해하게 하였다는 것을 알고 있었다. 그래서 비참한 헤티를 보고 싶어하는 마음 못지않게 이 감리교도 여자를 보고 싶어하는 마음도 컸다.

하지만 다이나는 군중들을 거의 의식하지 않았다. 헤티는 저 멀리까지 엄청나게 몰려든 인파를 보자 경련을 일으키듯 다이나를 꽉 붙잡았다. 다이나가 말했다.

"헤티, 눈을 감아. 쉬지 말고 하느님께 기도드리자." [240]

그들을 빤히 쳐다보고 있는 군중들을 헤치며 마차가 천천히 나아

---

[240] 데살로니가전서, 5:17. 쉬지 말고 기도하십시오.

갔다. 오직 다이나만이 사랑과 연민의 징표인 것처럼 헤티를 붙잡아 주고 있었다. 그녀는 자신에게 매달려 바들바들 떠는 헤티를 위해서 온 힘을 다 쏟아 마지막 간청을 올리며 낮은 목소리로 기도하고 있었다.

다이나는 사람들이 경건한 마음으로 말없이 자기를 바라보고 있다는 것을 알아채지 못했다. 심지어 마차가 멈춰 섰을 때조차도 그녀는 사람들이 교수대에 얼마나 가까이 몰려들고 있는지 알지 못했다. 그때, 그녀는 커다란 외침소리에 깜짝 놀라 몸을 움츠렸다. 그 소리는 그녀의 귀에 섬뜩하게 들렸는데, 마치 악마의 거대한 고함소리 같았다. 이 고함소리에 헤티도 비명을 지르면서, 두 사람은 공포에 사로잡혀 서로를 부둥켜안았다.

그것은 저주의 외침소리가 아니었다. 인정머리 없이 흥분해서 외치는 소리도 아니었다.

그 소리는 지금 막 나타난 어떤 사람을 보고 사람들이 놀라서 외치는 소리였다. 갑자기 어떤 사람이 군중을 헤치며 엄청난 속도로 말을 타고 달려오고 있었다. 말은 거칠고 지쳐 있었지만 기수가 필사적으로 박차를 가하자 순순히 달렸다. 말을 타고 있는 기수는 제정신이 아닌 것처럼 두 눈이 이글거리고 있었고, 다른 사람의 눈에 보이지 않는 무언가를 찾고 있었다. 자세히 보니, 그는 손에 뭔가를 들고 있었다. 그것이 무슨 신호라도 되는 것처럼, 그는 그것을 높이 들어 보이고 있었다.

보안관은 그가 누구인지 알고 있었다. 그는 헤티의 사형을 면하게 할 수 있는 사면증서를 힘겹게 얻어서 달려온 아서 도니손이었다.

48

또다시 숲 속에서 만나다

 그 다음날 저녁, 두 남자가 똑같은 추억을 더듬으며 같은 장소를 향해 서로 반대편에서 걸어오고 있었다. 그곳은 도니손 체이스 장원 근처에 있는 그로브라는 숲 속이었다. 독자들은 이 두 남자가 누구인지 눈치 챘으리라.
 그날 아침에 노지주의 장례식이 치러졌고, 유서가 낭독되었다. 아서 도니손은 처음으로 한숨 돌릴 수 있는 여유가 생겨서 홀로 산책을 하려고 밖으로 나왔다. 그는 걸어가면서 앞으로 자기에게 펼쳐질 새로운 미래만을 바라보며 최선의 노력을 다하리라 다짐하였다. 그는 비통한 심정으로 다시 한 번 굳게 결심했다. 그는 그로브 숲 속에 가면 자신이 할 수 있는 최선의 방법이 무엇인지 알 것 같았다.
 아담 역시 월요일 저녁에 스토니톤에서 돌아왔다. 오늘 그는 다른 데는 가지 않고, 홀 팜에만 들러서 어윈 목사가 홀 팜의 가족들에게 말하지 않았던 일들을 모두 얘기해 주었다. 그는 포이저 가족이 어디로 이사하든지 그들이 새로 이사하는 곳으로 자기도 함께 따라가겠다고 말했다. 그는 숲을 관리하는 일은 그만두고, 가능한 한 빨리, 조나단 버즈와의 사업도 마무리 지을 작정이었다. 그는 자기와 똑같은 아픔을 겪으면서 더욱 가까워진 이웃 친지들과 함께 지내고 싶었다. 그래서 그들과 가까운 곳에 터를 잡고 모친을 모시며 세스와 함께 살기로 마음먹었다. 아담은 말했다.

"세스와 저는 꼭 일자리를 찾을 겁니다. 손끝이 다 닳도록 생업에 종사하고 살았던 남자라면 어디서 무슨 일을 하게 되든지 다 잘할 수 있겠지요. 그러니 새롭게 출발하겠어요. 어머니께서도 반대하지는 않으실 겁니다. 제가 집에 돌아오고 난 뒤에 그러시더군요. 만일 제가 원한다면, 제가 다른 곳으로 가서 좀더 편안하게 지낼 수 있다면, 그곳에 묻혀도 좋으시다구요. 제가 집에 돌아온 뒤로 어머니께서는 얼마나 말이 없으신지 놀라울 지경이에요. 아마 너무 큰 풍파를 겪으셔서 말씀이 없어지고 평온해지신 것 같아요. 우리 가족 모두 새로운 곳에서 훨씬 더 잘 지내게 될 겁니다. 비록 헤어지기 싫은 사람들을 몇몇 남겨두고 떠나가기는 하지만요. 저는 포이저 씨와 댁의 가족들 곁을 떠나지 않을 겁니다. 고통이 우리를 한 식구로 만들어주었잖아요."

마틴 포이저가 말했다.

"그럼, 이 사람아, 한 식구이고말고. 우리는 아서 도니손이라는 이름이 절대로 들리지 않는 곳으로 떠날 거야. 하지만 동네 사람들이 절대 찾을 수 없는 그렇게까지 먼 곳으로는 가지 않을 거야. 그렇게 멀리 가버리면 사람들은 우리를 바다 건너로 추방당한 죄인[241]이나, 사형당해야 마땅할 사람으로 여길지도 모르잖아. 그러니 남들에게 보란 듯이 당당하게 떠날 거야. 우리랑 함께 떠나는 아이들도 떳떳하게 떠날 거야."

아담은 홀 팜에 오래 머물면서 포이저 가족들에게 굉장히 많은 신경을 써 주었다. 그 다음날까지 아담은 다른 사람을 만나거나 자신의 일에 다시 몰두한다는 건 생각조차 하지 못했었다. 그는 혼잣말을 했다.

---

241) 죄인들은 바다 건너, 특히 호주 등으로 몇 년 혹은 평생 추방당했다. 이런 국외 추방은 1857년 폐지되었다.

"그렇지만 내일이 오면…… 다시 일하러 가야겠지. 언제인가는 다시 신나게 일할 날이 올 거야. 맞아, 좋건 싫건 간에 그렇게 될 거야."

그는 마지막으로 오늘 밤까지만 슬퍼하리라 마음먹었다. 긴장감은 이제 사라졌고, 자신이 결심한 것들을 진행시켜 나가야 한다. 아담은 아서 도니손을 피할 수만 있다면 다시는 그를 만나지 않기로 다짐했다. 지금으로서는 헤티의 말을 아서에게 전할 필요도 없어졌다. 헤티가 이미 아서를 만났기 때문이다. 그는 아서를 보면 예전처럼 자기감정이 폭발할까 봐 겁이 나서 자기 자신을 믿을 수 없었다. 어윈 목사의 말이 생각났다. 그로브 숲 속에서 아서에게 마지막 주먹을 날린 후 무엇을 느꼈었는지 꼭 기억해두라는 어윈의 말이, 아담의 가슴 한편에 남아 있었다.

아서에 대한 생각이 날 때마다 아담은 불쑥불쑥 강렬한 분노를 느꼈다. 그럴 때마다 그는 항상 그로브 숲에서 있었던 일을 생생하게 떠올렸다. 아치형 나뭇가지 아래에서 헤티와 아서가 입을 맞추려고 몸을 구부리던 모습, 그 순간 그들을 보고 갑자기 치솟았던 분노에 휩싸인 자신의 모습들을 떠올렸다. 그는 중얼거렸다.

"오늘 밤 마지막으로 다시 한 번 그곳에 가봐야지. 그러면 마음이 좀 가라앉겠지. 그를 때려눕혔을 때 느꼈던 감정을 다시 기억해 낼 수도 있을 거야. 그가 쓰러졌을 때 혹시 죽었을지도 모른다고 생각했었어. 그리고 내가 얼마나 쓸데없는 일을 저질렀는지 곧바로 후회했었지."

이 시간, 아서와 아담은 똑같은 장소를 향해 걸어오고 있었다. 지금 아담은 예전처럼 작업복 차림이었다. 그는 집으로 돌아오자마자 안도감을 느끼며 다른 옷들을 모두 벗어 던져버렸다. 그의 얼굴은 몹시 창백하고 핼쑥해 있었다. 만약 그가 어깨에 연장바구니만 걸머지고 있다면, 여덟 달 전 8월의 그날 밤 그로브 숲 속에 왔었던 아담 비드의 유령인 줄 알았을 것이다. 하지만 그는 연장바구니를 걸머지지도 않았고, 옛날처럼 허리를 꼿꼿이 펴고 주변을 빈틈없이 살피면서 걷고 있지도 않았다. 그는 두 손을 양 호주머니에 집어넣고, 두 눈은 거의 땅바닥만 쳐다보고 있었다. 얼마 지나지 않아 그는 그로브 숲에 들어섰고, 너도밤나무 아래에서 잠시 멈춰 섰다.

아담은 그 나무를 잘 알고 있었다. 그 나무는 자신의 청춘의 경계가 되는 표시였다. 지난 시절, 가장 강렬했던 감정의 일부가 자신에게서 떠나가 버리던 그 순간을 표시하는 나무였다. 그는 다시 그런 감정을 느끼지 못할 거라고 확신했었다. 하지만 이 순간, 여덟 달 전에 너도밤나무 아래에 도착하기 전까지, 그렇게도 믿고 따랐던 아서 도니손의 모습이 떠올랐다. 그런 아서에 대한 추억이 떠오르자 갑자기 어떤 애정이 부풀어 올랐다. 그것은 죽은 자에 대한 애정이었다. 자신에게는 더 이상 애정이 깃든 아서란 존재하지 않으니 말이다.

아담은 누군가 다가오는 듯한 발걸음 소리에 멈칫했다. 너도밤나무는 길이 구부러진 길가에 서 있어서 그곳에서는 누가 다가오는지 보이지 않았다. 상복을 갖춰 입은 키가 크고 호리호리한 사람이 2야드 정도 떨어진 곳에서 갑자기 자기 앞에 나타났다.

아담은 그제야 그가 누구인지 알아볼 수 있었다. 둘 다 깜짝 놀라서 말없이 서로를 바라만 보았다. 지난 2주 동안 아담은 지금처럼 아서와 가까이 마주치는 상상을 종종 하고는 했다. 그런 상상 속에서 아담은 괴로움에 못 견뎌 비탄에 젖은 말로 아서를 공격하고, 헤티에게 불행을 초래한 사람이니 당신도 함께 고통을 겪어야 한다고 우겨대는 자신의 모습을 그려 보고는 했었다. 그러면서도 한편으로는 더 이상 그를 만나지 않는 것이 더 낫다고 스스로를 달래고는 했었다. 하지만 아서와의 만남을 상상할 때면, 항상 그날 밤 그로브 숲 속에서, 가벼운 말들만 번지르르하게 해대던 아서의 모습이 떠올랐다. 그러나 지금 자기 눈앞에 서 있는 아서는 고통의 흔적이 역력히 남아 있어 측은하기 짝이 없었다. 아담은 그 고통이 무엇인지 잘 알고 있었다. 이미 상처받은 사람에게 한 번 더 잔인한 일격을 가할 수도 없는 노릇이었다. 아니 일격을 가해서는 안 된다는 생각조차 들지 않았다. 비난보다는 차라리 침묵이 더 나았다. 그러나 아서가 먼저 조용히 아담을 부르며 말했다.

"아담, 자네를 만나고 싶었는데 여기서 이렇게 보게 되다니……. 오히려 잘된 일인지도 모르겠군. 내일 자네를 좀 보자고 말하려던 참이었는데."

그는 말을 잠시 멈췄고 아담은 아무런 대꾸도 하지 않았다.

"내 얼굴을 보는 것 자체가 자네에게는 고통이라는 걸 나도 잘 알아."

아서가 계속 말을 이었다.

"하지만 앞으로 몇 년이 지나도 다시는 만나지 못할 것 같아서 그래."

아담이 싸늘하게 말했다.

"아닙니다, 도련님. 저야말로 내일 도련님께 만나자는 편지를 쓰려고 했어요. 우리 사이의 모든 계약 관계를 청산해야 되니까요. 저의 후임으로 누군가 다른 사람을 둬야 하잖아요."

아서는 아담의 대답이 신랄하다고 느꼈고, 다시 말을 이어가기가 매우 힘들었다.

"한편으로는 내가 자네를 만나서 얘기하고 싶었던 게 바로 이런 일 때문이기도 해. 나는 자네가 나한테 얼마나 분한 마음을 품고 있을지 잘 알고 있다네. 그렇다고 그 노여운 감정을 풀어달라고 하거나, 나를 위해 뭔가를 해 달라고 할 생각은 추호도 없어. 무슨 짓을 한들, 아무것도 바꿀 수 없겠지. 다만 지난날의 내 잘못으로 인해 앞으로 일어날 수 있는 궂은 일들을 내가 조금이라도 미연에 방지할 수 있을지 물어보려고 싶을 뿐이야.

"아, 물론……. 나 자신에게는 어떤 결과가 일어난들 나는 상관하지 않아. 다만 나 때문에 다른 사람들이 당하게 될 결과가 걱정이 돼서 말하는 걸세. 물론 내가 할 수 있는 일이 별로 없다는 건 잘 알지. 하지만 혹시라도 최악의 결과가 일어나지 않도록 해야 돼. 그래서 그 전에 뭔가 조치를 취해야 할 것 같아. 자네가 나를 좀 도와줘. 기분은 언짢겠지만 내 얘길 좀 들어주겠나?"

잠깐 머뭇거리다가 아담이 말했다.

"네, 도련님. 그게 무엇인지 한번 들어보죠. 제가 뭔가 도울 수 있다면 그렇게 하지요. 노여워해 봤자 아무것도 치료할 수 없다는 것을 저는 압니다. 우리 서로가 이미 충분히 경험했잖아요."

아서가 말했다.

"나는 허미티지에 가던 참일세, 함께 가 주겠나? 거기라면 얘기를 나누기에 여기보다 더 나을 것 같은데."

지난번에 그들이 그곳에서 함께 떠났던 그 이후로 허미티지에는 아무도 들러보지 않았다. 아서가 문을 잠그고 자기 책상 속에 열쇠를 넣어뒀기 때문이다. 그리고 지금, 아서가 문을 열자 거기에는 초꽂이 속에 다 타버린 초가 있었고, 아담이 앉아 있었던 것으로 기억하는 바로 그 의자가 놓여 있었다. 이것저것 휘갈겨 쓴 종이들이 가득 들어 있는 휴지통이 있었고, 아서는 순간, 휴지통 깊숙한 곳에 작은 분홍빛 여성용 비단 네커치프가 있다는 걸 깨달았다. 예전의 슬픔이 그렇게 고통스럽지 않았다면 그들이 지금 이곳에 들어서는 게 과연 괴로웠을까?

그들은 옛 장소에서 서로를 마주보고 앉았고 아서가 입을 열었다.

"아담, 나는 이곳을 떠날 생각이야. 다시 군대에 입대하려고 하네."

가엾게도 아서는 이러한 소식을 들으면 아담이 충격받을 것이라고 생각했다. 자신에게 연민을 느끼게 될 것이라고 말이다. 그러나 아담의 입술은 굳게 다문 채 그대로였고 얼굴 표정도 전혀 변하지 않았다. 아서가 말을 이었다.

"내가 자네에게 하고 싶은 말은 바로 이거야. 내가 떠나는 이유 중 하나는 어느 누구도 헤이슬롭을 떠나게 하고 싶지 않기 때문이야. 나 때문에 다른 사람들이 고향을 떠나서는 안 되지. 나는 죄를 지었으니 어떤 벌도 달게 받을 각오가 돼 있어. 나 때문에 상처받은 사람들이 이 이상 아프지 않도록 뭔가를 해주고 싶다구."

아서의 말은 예상했던 것과는 정반대의 효과를 가져왔다. 그는 아서가 도저히 돌이킬 수 없는 잘못을 또 보상으로 해결하려 한다고 느꼈다. 잘못을 잘한 일처럼 취급해서 자신은 안도하고 싶어한다는 의도가 있다고 생각했던 것이다. 그런 의도는 그 무엇보다도 아담의 분노를 부채질했다. 아담은 아서가 자신의 눈길을 피하려고 할 정도로 강렬하게, 그의 얼굴 속에 들어 있는 고통의 진상을 똑바로 바라보려고 애썼다. 아담은, 가난한 사람들이 부자 앞에 서면 괜히 주눅 들면서도 한편으로는 그들만이 가지고 있는 미묘한 자만심을 느꼈다. 아담은 예전처럼 단호하게 맞섰다.

"과거는 과거일 뿐입니다. 이미 지나가 버린 일이라구요. 사람이 잘못을 하면 벌을 받아 희생하는 게 당연하지만 그렇다고 죄가 없어지는 것은 아니에요. 이미 사람들은 마음에 씻을 수 없는 상처를 입었는데 도련님이 호의를 베푼다고 치유가 되겠어요?"

아서가 격노하여 외쳤다.

"호의라니! 자네는 내 말을 왜 그렇게 삐딱하게만 듣는 거야. 포이저 가족이 오랜 세월 대대로 살아온 이곳을 떠나려고 한다고 어윈 목사님께서 말씀하셨어. 그러니 어떻게든 그들을 설득해서 계속 이곳에 살게 해야 할 거 아닌가. 내가 지금 나 좋으라고 이러는 줄 아나? 오랫동안 살아온 이곳에서 잘 아는 친구들과 이웃들과 함께 사는 게, 포이저 가족한테는 좋은 거잖아."

아담이 냉정하게 대답했다.
"그건 사실입니다. 하지만 사람들의 마음은 그렇게 쉽게 움직이지 않아요. 선친 때부터 홀 팜에 터를 잡았고, 여기서 나고 자랐으니, 낯선 곳에 가서 낯선 사람들과 살아야 한다는 건 포이저 씨한테 확실히 힘든 고역일 겁니다. 하지만 아픈 상처를 갖고 계속 여기서 살아가는 건 더욱 힘든 일이겠지요. 저는 포이저 가족을 붙잡는 건 그들을 더 힘들게 할 뿐이라고 생각합니다. 한마디로 정답이 없다는 말이죠. 절대로 치유되지 않는 상처를 받았으니까요."
아서는 잠시 동안 말을 잇지 못했다. 오늘 밤 그의 머릿속을 온통 지배하고 있었던 수많은 감회에도 불구하고, 자신을 대하는 아담의 태도에 그의 자존심은 움츠러들 대로 움츠러들고 말았다. 아서 자신도 괴로워하지 않았던가? 그는 이제껏 가장 소중히 품어온 소망을 너무도 억울하게 포기하지 않았던가? 꼭 여덟 달 전에도 그랬다. 아담은 자기를 지독하게 몰아세우며 이미 저지른 잘못은 되돌릴 수 없다고 일침을 박았었다. 그랬던 아담이 지금도 이런 식으로 저항을 하고 있었다. 솔직히 아서는 마음 깊은 곳에서 아담의 이런 태도를 가장 짜증스러워했다. 아담은 맨 처음 아서와 마주쳤을 때, 오랫동안 보아온 아서의 친숙한 얼굴에 고통의 흔적이 스며 있다는 걸 느꼈었다. 그 모습을 보자 슬그머니 분노가 가라앉았고, 아서 역시 수그러진 아담의 태도 때문에 분노가 일어나지 않았다. 순간적인 갈등이 있었지만, 아담이 인내하는 만큼 아서 역시 자신도 얼마든지 참아낼 수 있으리라 생각했다. 아서는 호소하는 듯한 목소리로 말했다. 그러나 그 목소리에는 어린아이처럼 원통해 하는 느낌이 섞여 있었다.
"하지만 사람들은 나중에 어떤 피해를 더욱 악화시키게 될지는 생각하지도 않고 터무니없는 행동을 곧잘 하지. 지금 당장은 분노가 치밀어 하고 싶은 대로 처리하면 속 시원하겠지만, 그 후에는 상처만 더 악화시킨다는 걸 모르고 말이야."
 아서는 곧바로 한층 더 진지하게 말을 덧붙였다.
 "만약에 내가 지주가 되어 이곳에 계속 산다고 해보세. 내가 경솔해서 저지른 실수는 아랑곳하지 않고 그냥 이곳에서 산다고 가정해 보자구. 나 때문에 자네가 떠나든, 아니면 다른 사람을 떠나게 하든지 간에 어쨌든 자네는 내 약점을 쥐고 있잖아. 그러니 자네는 내 잘못을 가지고 얼마든지 사태를 악화시킬 수 있을 테지. 내가 몇 년 동안 여기를 떠나 있을 거라고 말했을 때 그게 나한테 어떤 의미일지 생각해 봤나? 행복해지려고 여태껏 준비해왔던 모든 계획을 다 포기하는 내 심정을 한 번이라도 생각해 봤냐구.
 자네같이 분별력 있는 사람이 내 심정을 안다면 말이야. 포이저 가족이 나 말고 다른 이유가 있어서 이곳에 살지 않겠다고 고집 부린다고는 믿지 않을 거야. 치욕을 당했으니 그들이 얼마나 속이 뒤집혔으면 그토록 고집을 부리겠나. 나는 다 알고 있네. 어윈 목사님이 모든 걸 이야기해줬거든. 하지만 어윈 목사님은 포이저 가족을 설득할 수 있을 거라고 생각하시더군. 잘하면 그들이 이웃 사람들과 눈도 마주치지 못할 만큼 치욕스럽다고 느끼지 않게 하고, 더 이상 내 영지에서 살 수 없다는 생각조차도 그만두게 할 수 있을 거야. 자네가 어윈 목사님의 노력에 동참해 준다면 말이야. 자네가 이 고장에 그냥 눌러앉아 옛날처럼 계속 숲을 운영해 준다면 포이저 가족도 설득할 수 있을 걸세."
 아서는 잠깐 말을 멈추었다가 간청하는 목소리로 다시 말을 계속했다.
 "자네도 그것이 다른 사람들을 위해서 하는 일이란 걸 알잖나. 새로운 주인을 위해서도 좋은 일이고. 아, 포이저 가족이 더 나은 새 주인을 맞이하게 된다는 소식을 자네는 아직 모르나 보군. 새 지주라면 자네도 일하고 싶은 마음이 들 거야. 내가 이곳을 떠나면, 내 사촌인 트라젯이 우리 가문을 물려받아 이 영지를 맡아 줄 걸세. 꽤 괜찮은 사람이야."

 아담은 감동받지 않을 수 없었다. 이런 소리야말로 어려서부터 자신이 사랑했고 자랑스러워했던, 진실하고 인정 넘치는 아서의 목소리임에 틀림없다고 아담은 생각했다. 물론 그렇다고 해서 최근의 좋지 못한 기억들을 완전히 떨쳐내 버릴 수는 없었다. 그는 입을 다물고 있었다. 하지만 아서는 점점 진지해져 가는 아담의 얼굴 속에서, 이야기를 계속하라고 권하고 있음을 감지해냈다.

 "자, 그럼 이제 포이저 가족을 설득하는 게 문제인데……. 자네가 어윈 목사님과 상의해 준다면 좋겠군. 일단 어윈 목사님이 내일 자네를 만나러 갈 걸세. 그럼 어윈 목사님과 함께 홀 팜으로 가게. 그리고 목사님이 포이저 가족들을 떠나지 말라고 설득할 때 자네도 좀 거들어 주면 되지 않겠나? 물론 그분들은 내가 어떤 호의를 베풀어도 받으려 하지 않을 테지. 내가 그걸 왜 모르겠나. 내가 꼭 보상하겠다는 마음에서 그런 건 아니지만 뭐든 내가 도와주면 그분들의 고생이 좀 덜어지지 않겠어? 이런 문제에 대해서는 어윈 목사님도 나랑 같은 생각이시네. 또 목사님도 이 영지에서 중요한 직책을 맡게 되실 거야. 흔쾌히 수락하셨거든. 포이저 가족은 정말로 자신들이 존경하고 좋아하는 사람이 아니라면 누구도 주인으로 삼지 않아도 좋아. 그건 자네도 마찬가지고. 자네도 얼마나 고통스러웠으면 이곳을 떠나버려야겠다고 생각했겠는가? 하지만 나는 그보다도 더 괴로운 고통을 당하고 싶다네. 물론 혼자만의 욕심일지도 모르지만 말이야."

 아서는 잠시 말을 멈추었다가 흥분된 목소리로 다시 이야기했다.

 "내가 자네에게 그렇게 심한 고통을 주지 않았더라면 좋았을 텐데. 만약 우리의 처지가 바뀌었다고 가정해봐. 자네가 내 입장이고 내가 자네 입장이라면 말이야. 나는 자네가 최선을 다하도록 도와줄 거야."

아담은 황망히 의자에서 일어나 땅바닥을 내려다보았다. 아서는 계속 이야기했다.

"아마 자네는 지금까지 땅을 치고 후회할 짓은 절대로 해본 적이 없을 거야. 하지만 만약에 그런 경험을 해본 적이 있다면 지금보다는 좀더 관대해졌을 거야. 그러면 이 순간 자네보다는 내가 더 괴로울 거라는 것도 알 수 있을 텐데……."

아서는 그 마지막 말을 내뱉으며 의자에서 일어났다. 그는 밖을 쳐다보면서 아담에게 등을 돌리고 창가로 걸어갔다. 그때, 아서는 감정이 격해져서 다음과 같이 말하였다.

"나도 헤티를 사랑했어! 나도 어제 헤티를 봤다구. 나도 자네 못지않게 헤티를 생각했단 말이야. 만약 자네가 그런 잘못을 저질렀다면 다른 누구보다 본인이 훨씬 더 고통스럽다는 걸 알았을 거야."

몇 분 동안 침묵만이 감돌았다. 아담의 마음속에서 일어나는 갈등은 쉽사리 풀리지 않았다. 뭐든 쉽게만 생각하는 사람들은 어떤 감정을 길게 이어가지 못한다. 의자에서 벌떡 일어나 아서와 눈이 마주치기 전까지 아담이 자신의 마음속에서 거세게 몰아치고 있는 반항심을 극복하려고 얼마나 스스로 애쓰고 있는지, 아서는 미처 헤아리지 못할 것이다. 아서는 뭔가 움직이는 소리가 들리자 아담을 바라보았다. 그리고 이내 슬프고도 온화한 아담의 시선과 마주쳤다.

"도련님이 하신 말씀이 맞습니다. 제가 좀 매정하게 굴었군요. 제 성격이 원래 그래요. 저희 아버지라도 잘못한 게 있으면 인정사정 보지 않고 가차없이 굴었답니다. 저는 헤티 외에 모든 사람들한테 좀 엄격한 편이었지요. 그래서 아무도 저만큼 헤티를 불쌍히 여기지 않는 줄 알았어요. 그녀의 고통이 제게는 그렇게 깊숙이 새겨져 있어요! 농장에 사는 식구들이 헤티한테 냉담하게 굴어도, 저는 다시는 누구에게도 냉정하게 굴지 않으리라 스스로 다짐했었습니다. 그런데 헤티만을 위한 저의 감정이 너무 지나쳐서 도련님한테 좀 못되게 굴었군요. 살아가면서 제가 행한 어떤 일을 후회한다면 그때는 이미 늦는다는 걸 저는 잘 알지요. 아버지께 너무 모질게 굴었던 제 자신을 아버지가 돌아가셨을 때야 비로소 느꼈었지요. 지금도 아버지를 떠올리면 그런 점이 뼈에 사무치게 후회스러워요. 그러니 잘못을 저지르고 나서 후회하는 사람들한테 가혹하게 대할 권리가 저한테는 없겠지요."

아담은 해야 할 말은 반드시 해야겠다고 결심한 사람인 양 분명하고 단호한 태도로 이런 말들을 했다. 그러나 다음 말을 이으면서는 조금 망설이는 기미를 보였다.

"예전에 도련님이 악수를 청했을 때 제가 거절했었죠? 그런데도 아직도 저랑 악수하길 원하신다면……."

곧바로 아담의 큼직한 손이 아서의 하얀 손을 덥석 잡았다. 그러면서 두 사람 모두 예전에 가졌던 유년시절의 애정이 마구 솟구치고 있음을 느꼈다. 아서는 이제 모든 것을 다 고백해야겠다고 느끼면서 아담에게 말했다.

"아담, 만약 자네가 헤티를 사랑한다는 걸 미리 알았더라면 절대로 그런 일은 없었을 거야. 그랬다면 정말 그런 일을 저지르지 않았겠지. 마음속으로 얼마나 고민했었는지 몰라. 헤티한테 상처를 주려던 건 결코 아니었어. 결국 나중에는 자네를 속이기까지 했지만 말이야. 그렇게 자네를 속였기 때문에 훨씬 더 나쁜 결과를 초래한 것 같아. 하지만 나로서는 어쩔 수가 없었어. 자네를 속이는 게 내가 할 수 있는 최선이라고 생각했었거든. 나는 헤티한테 혹시 어떤 곤란한 상황에 처하게 되면 내게 알려달라고 편지에 썼다네. 헤티의 어려움을 알게 된다면 가능한 한 그녀에게 뭐든 다해주려고 말이야. 하지만 애초부터 나는 모든 걸 잘못했던 거야. 그 잘못이 정말 끔찍한 결과를 낳고 말았지. 신만이 아실 거야. 그 일을 없던 일로 되돌릴 수만 있다면 내 목숨이라도 내놓고 싶은 이 심정을."
그들은 다시 마주보고 앉았고, 아담이 떨리는 목소리로 물었다.
"도련님, 헤어질 때 헤티의 모습은 어때 보이던가요?"
아서가 말했다.
"제발 묻지 말게, 아담. 나는 가끔씩 헤티의 모습과 그녀가 나한테 해준 말들을 생각하면 미칠 것 같아. 그리고 유배당하는 비참한 운명에서 그녀를 구해주지도 못했잖아. 나 자신은 도저히 용서받을 수 없을 거라는 생각도 들어. 그렇게 긴 세월 동안 그녀를 위해 아무것도 할 수가 없다니……. 헤티는 거기 가서 죽을지도 모르고, 더 이상 이 세상에서 사는 보람을 찾아보지도 못하겠지."
아담은 처음으로 아서에 대한 연민으로 괴로워하며 말했다.
"도련님…… 도련님과 저는 서로 멀리 떨어져 있어도 종종 똑같은 생각을 하게 될 겁니다. 하느님께 기도드릴 때마다 저와 함께 도련님도 도와달라고 기도할게요."
아서는 자신의 생각에만 치중한 나머지 아담이 한 말의 의미가 무엇인지도 알아차리지 못한 채 말했다.
"참, 다이나 모리스라는 그 사랑스러운 여자 말이야. 그녀는 헤티가 떠나는 마지막 순간까지 함께 있겠다고 했었어. 불쌍한 헤티는 다이나가 어떤 위안이라도 줄 것처럼 꼭 매달리고 있었지. 나는 다이나가 존경스러웠어. 그녀가 거기 없었다면 내가 헤티한테 뭘 해줘야 할지 몰랐을 거야. 아담, 다이나가 돌아오면 자네가 좀 만나주게. 어제는 다이나한테 아무 말도 하지 못했거든. 내가 다이나를 어떻게 느꼈는지 전혀 말하지 못했어. 다이나에게 대신 좀 전해주게."
아서는 자신의 감정을 숨기고 싶어하는 듯이, 다급하게 말을 이어나갔다. 그러면서 회중시계의 줄을 풀었다.
"다이나에게 나를 기억해 달라는 의미로 이걸 전해주게. 그녀를 떠올리기만 해도 샘솟는 위로를 받는 한 남자를 기억해 달라고 말일세. 다이나가 이런 것 따위, 아니 다른 어떤 것에도 관심이 없다는 건 알고 있어. 하지만 시계는 필요하겠지. 나는 다이나가 이 시계를 사용해줬으면 좋겠어."

아담이 말했다.

"제가 다이나에게 시계를 전해줄게요, 도련님. 도련님이 한 말씀도 다이나한테 그대로 다 전하지요. 다이나는 홀 팜의 가족들에게 꼭 돌아올 거라고 저한테 말했었거든요."

아서는 둘의 우정이 회복되고 난 뒤 처음으로 마음을 나누던 중 잊어버리고 있었던 문제를 생각해내고는 이렇게 말했다.

"아담, 포이저 가족이 이곳에 계속 살도록 설득할 생각이로군. 그럼 자네도 여기 살면서 어윈 목사님을 도와 영지 안의 수리와 개수 공사를 해줄 거지?"

아담이 잠시 머뭇거리면서 부드럽게 말했다.

"도련님, 도련님이 미처 생각지 못하고 있는 것이 하나 더 있어요. 제게 이곳에서 계속 살라고 했던 것 말인데요. 이건 저와 포이저 가족 모두에게 똑같이 해당되는 문제이기도 합니다. 우리가 여기서 계속 산다면 그건 우리들의 실속만 챙기는 것일 겁니다. 이익을 위해서라면 어떤 것도 참고 견디는 사람처럼 보이겠지요. 저는 사람들이 그렇게 생각할 거라는 걸 알고 있어요. 솔직히 저 자신도 어느 정도는 그런 마음이 있구요. 명예를 존중하고 독립적인 정신을 가진 사람들은 비굴하게 보이는 어떤 일도 썩 달가워하지 않습니다."

"하지만 자네를 아는 사람이라면 누구도 그렇게 생각하지는 않을 거야. 아담, 자네는 다른 누구보다도 더 관대하고 사리사욕 없이 살아왔지 않은가. 실속을 챙기려고 자네가 이곳에 산다고는 사람들이 생각하지 않을 거야. 자네와 포이저 가족이 나의 간곡한 부탁에 못 이겨 떠나지 않았다고 알려지게 될 거야. 아니, 그렇게 알릴 거야. 아담, 나를 생각해서라도 사태를 더 악화시키지 말아주게. 그 일 말고도 나는 이미 충분히 벌을 받고 있는 셈이네."
 아담이 애처로운 마음에 아서를 바라보며 말했다.
 "네, 도련님. 그렇게 하지요. 제가 여기서 사태를 더 악화시키는 것은 하느님께서도 용납하지 않으실 겁니다. 그때는 분노에 휩싸여서, 그저 이곳을 떠나버리면 시원할 것만 같았어요. 사실 도련님이 충분한 고통을 당했다고 생각하지 않았거든요. 여기서 계속 살겠습니다. 도련님, 저도 최선을 다할 겁니다. 지금 제 머릿속은 온통 그 생각뿐입니다. 저한테 맡겨진 일을 잘해내고, 사람들이 즐겁게 살 수 있도록 하기 위해 이곳을 조금이라도 더 나은 곳으로 개선하려고 최선을 다하겠습니다."
 "그럼 됐네. 우리는 이쯤에서 헤어지는 게 좋을 것 같군. 아담, 내일 어윈 목사님을 만나서 모든 것을 그분과 함께 의논하게."
 아담이 물었다.
 "도련님, 그럼 곧 떠나실 건가요?"
 "꼭 해야 할 일이 몇 가지 일이 있어. 그게 정리되고 나면 가능한 한 빨리 떠날 거야. 잘 가게, 아담. 옛날에 우리의 추억이 깃든 곳을 분주히 오가는 자네 모습을 늘 생각하겠네."
 "안녕히 가세요, 도련님. 하느님이 항상 지켜주시길 기도하겠습니다."
 두 사람은 다시 한 번 손을 꼭 맞잡았다. 증오심이 사라진 지금, 아담은 슬픔이 오히려 더 견딜 만하다는 것을 느끼면서 허미티지를 떠났다.
 아담이 나간 뒤 문이 닫히자마자, 아서는 휴지통으로 가서 작은 분홍빛 여성용 비단 네커치프를 집어들었다.

6부

49

홀 팜에서

허미티지라는 은신처에서 아담과 아서가 헤어진 뒤로부터 18개월이 지났다. 1801년 가을에 들어서던 날, 오후 햇살이 홀 팜의 마당에 비치고 있었다. 젖 짜는 시간이어서 젖소들을 마당에 몰아넣어 있었고, 이를 본 불도그는 흥분해서 어쩔 줄 몰라 했다. 불도그가 무시무시하게 짖어대는 소리, 미신을 믿는 겁 많은 여자들이라면 짐승들이 이렇게 동요하는 것과 관련이 있으리라고 상상할 만한 멀리서 아득하게 들려오는 알 수 없는 소리, 마부가 외쳐대는 커다란 소리, 찰싹찰싹 말을 때리는 끔찍한 채찍질 소리, 그리고 황금빛 곡식도 싣지 않은 텅 빈 수레가 건초를 쌓은 마당에서 출발하면서 우르릉 쾅쾅하는 소리 등등 온갖 소리들이 섞여서 몹시 시끄러워 정신을 차릴 수 없을 지경이었으니 유순한 젖소들이 마당에서 우왕좌왕하는 것도 전혀 놀랄 일이 아니었다.

포이저 부인은 젖소에게서 우유를 짜내는 광경을 좋아했다. 날씨가 온화한 시기가 되면 그녀는 보통 이 시간쯤에 손으로는 뜨개질을 하면서 대문간에 서서 조용히 명상에 잠겼다. 이 와중에 그녀가 신경을 날카롭게 곤두세운다면 그건 딱 한 가지 경우이다. 심술쟁이 노란 젖소가 귀중한 우유 한 동이를 발길질로 차버려서, 그 소에게 벌을 주려고 뒷다리를 끈으로 묶어 놓으려 할 때이다.

오늘 포이저 부인은 다이나와 열띤 토론을 벌이면서도 관심은 모두 젖소들에게 가 있었다. 다이나는 이모부의 셔츠 칼라를 꿰매느라 열심히 바느질하고 있었다. 그때 톳티가 갑자기 '나의 아가'를 쳐다보라며 다이나의 팔을 집요하게 잡아당겼다. 다이나는 톳티가 잡아당기는 바람에 실이 세 번이나 끊어졌는데도 참을성 있게 잘 견디고 있었다. 톳티가 말한 '아가'라는 것은 다리가 없고 긴 치마를 입은 커다란 나무인형이었다. 톳티는 다이나의 옆에 있는 작은 의자에 이 인형을 앉혀놓고 머리털이라고는 하나도 없는 인형의 머리를 쓰다듬으며 예뻐 죽겠다는 듯이 자신의 통통한 뺨을 대고 문지르고는 하였다.

톳티는 지난 2년 동안 훌쩍 자라 있었다. 이렇게 커버린 톳티를 보면 독자들은 깜짝 놀랄 것이다. 다이나는 검은색 옷을 입고 그 위에 앞치마를 두르고 있었다. 다이나의 이모인 포이저 부인도 검은 옷을 입고 있었고, 그래서인지 두 사람은 더욱 닮아 보였다. 그 밖에는 외관상으로 눈에 띌 만큼 큰 변화는 거의 없었다. 옛 친구들의 겉모습은 그대로였고, 집 안은 여전히 윤이 나는 참나무 제품과 반짝이는 백랍제 물건들 때문에 환하고 쾌적한 분위기를 자아내고 있었다. 포이저 부인이 말했다.

"다이나, 나는 너 같은 애는 생전 처음 본다. 너는 어떻게 된 게 일단 마음을 먹었다 하면 무슨 고집이 그렇게 세니? 하여튼 뿌리 깊은 나무보다 더 질기다니까. 네가 뭐라 말해도 나는 그게 순전히 종교 때문만은 아니라고 생각한다. 너는 어린 남자아이들한테 산상 수훈[242]을 읽어주는 걸 좋아했지. 그 산상 수훈이 무엇에 관한 것인지 알기나 하니? 그건 오로지 다른 사람들이 너에게 뭔가를 원하면 그렇게 해줘야 한다는 것뿐이야. 그래서 너는 다른 사람들이 너한테

---

242) 마태복음, 5~7장에 기록되어 있는 예수님의 설교. 갈릴레이의 작은 산 위에서 제자들과 군중들에게 행한 설교로 신앙생활의 근본원리가 간명하게 정리되어 있다.

터무니없는 뭔가를 요구해도, 그들이 너한테 네 겉옷을 벗어달라고 해도, 심지어 네 뺨을 때리는[243] 몰상식한 일을 저질러도, 아마 너는 기꺼이 해주려고 할 거다. 지극히 상식적인 일을 시키면, 너한테 이익이 될 만한 일을 하라고 하면, 너는 그런 건 하지 않겠다고 꼭 고집 피웠었어. 하여간 정반대로만 했지."

다이나는 바느질을 계속하면서 빙긋 웃었다.

"아니에요, 이모. 이모가 저한테 바라시는 일들이 모두 틀린 건 아니에요. 저도 그렇게 해야 한다는 걸 잘 알아요."

"틀린 일이라고? 나 원 참……. 도저히 못 봐주겠구나. 네가 아무리 열심히 일해서 벌어도 너는 참새보다도 못 먹고, 넝마조각 같은 옷이나 겨우 입고 있어. 그런 너한테 양식 걱정 없이 살게 해주겠다는데 뭐가 그리 못마땅하니, 응? 이렇게 너한테 다정하게 대해주는 사람들하고 함께 지내는 게 싫다니, 정말 알다가도 모를 일이다. 네가 이 세상에서 가장 도와주고 위로해 줘야 할 사람이, 너의 불쌍한 혈육 말고 또 누가 있을지 궁금하구나. 나는 네 이모야. 이 세상에 살고 있는 유일한 혈육이라구. 겨울이면 독감에 걸려서 금방이라도 무덤 속으로 들어갈 뻔 한 게 한두 번이 아니구, 네 옆에 있는 조카는 네가 떠나면 어린 마음에 얼마나 서러워하는지 알기나 하니. 또 할아버지가 돌아가신 지는 열두 달도 채 안 됐어. 이모부는 또 어떻구. 파이프에 불을 붙여주며 시중들던 너를 한 번도 못 봤던 것처럼 다시 그리워할 거다. 그리고 내가 얼마나 고생하면서 너를 가르쳤니. 이제 겨우 버터라도 제대로 만들게 돼서 한시름 놓았다 싶었더니만……. 또 집에는 바느질거리도 얼마나 많이 쌓여 있는데……. 나는 네가 없으면 트레들스톤에 사는 낯선 계집애나 데려다가 집안일을 시켜야 된다구. 근데 너는 왜 한 곳에 차분히 머물지 못하고 하

[243) 마태복음, 5:39~40. "만일 누가 네 오른쪽 뺨을 때리거든, 다른 뺨도 돌려 대라. 만일 어떤 사람이 너를 재판에 걸어 네 속옷을 가지려고 하거든 겉옷까지 내어 주어라."

늘을 날아다니는 까마귀처럼 자갈투성이에 헐벗은 고향으로 돌아가려고만 하니⋯⋯."
다이나는 포이저 부인의 얼굴을 올려다보며 말했다.
"레이첼 이모! 제가 이모한테 그렇게도 요긴한 사람이라고 생각해 주시다니 정말 고마워요. 하지만 사실 이제는 제가 그렇게 절실하게 필요하지 않잖아요. 낸시와 몰리가 워낙 똑소리나게 일을 잘하고 있고, 하느님 은혜로 이모 건강도 좋아지셨구요, 이모부도 안색이 많이 좋아지고 다시 쾌활해지셨잖아요. 이모에게는 친구처럼 지내는 이웃 분들도 꽤 많고, 그 중 몇 분은 이모부한테 거의 매일 놀러 오시잖아요. 이모! 솔직히 말하면 제가 별로 아쉽지 않으시죠? 그러나 스노필드에는 아주 궁핍한 형제들이 많아요. 그들은 이모가 누리는 안락한 생활 같은 건 꿈도 못 꿔요. 아주 어렵고 힘들게 살고 있죠. 처음부터 제 운명은 그들과 함께 사는 거였나 봐요. 그 사람들한테 다시 불려가는 게 제 소명인 것 같거든요. 죄 많고 외로운 자들에게 생명의 말씀을 전하는 일이 저한테는 오히려 축복인걸요. 그래서 그 사람들이 사는 언덕을 향해 꼭 가야 한다는 느낌만 들어요."
포이저 부인이 젖소들을 쳐다보던 눈길을 돌리며 말했다.
"꼭 가야 할 것만 같은 느낌이라구? 그렇겠지, 그게 네 마음대로 무얼 할 때마다 언제나 네가 나한테 들이대는 이유니까 말이야. 너는 왜 밖에서 설교할 때보다 나한테 더 많은 설교를 하려는 거니? 그곳이 어딘지는 하느님 말고는 아무도 모르겠지만, 어쨌든 너는 일요일마다 설교하고 기도하러 나가잖아. 교인들 얼굴이 너무 잘생겨서 보기만 해도 기쁘다면 당장 트레들스톤에 나가도 그만한 감리교인들은 얼마든지 만날 수 있어. 이 교구에는 네가 아무도 모르게 챙겨 주고 싶은 사람들이 없니? 그 사람들은 네가 등을 돌려 떠나기가 무섭게 늙은 악마 해리와 금방 친구가 될 거다. 베시 크래네지를 좀 봐. 네가 떠난 지 3주 만에 멋진 장식품을 달고 나타나서 으스대던 걸? 개도 자기를 지켜보는 사람이 아무도 없으면 뒷다리로 서는 재주를 안 보여주는 법이다. 베시도 네가 없으면 네가 새롭게 깨우쳐 준 방식대로 살아가지 않을 거야. 물론 네가 나와 함께 살지 않는다면 나야 이 고장 사람들이 어떻게 살아가든 상관없지만 말이야. 나에게는 오로지 네 도움이 필요할 뿐이야. 너보다 더 잘 도와줄 사람은 없단 말이다."

마지막 말을 할 때는 포이저 부인의 목소리가 심상치 않았다. 그녀는 다이나가 눈치 챌까 봐 급히 돌아서서 시계를 바라보며 말했다.

"봐라, 차 마실 시간이구나. 네 이모부가 건초 마당에 계신다면 차 한잔 마시고 싶으실 게다. 얘, 톳티! 내 강아지……. 엄마가 모자 씌워 줄 테니까 건초 마당에 나가보렴. 가서 아빠가 계시면 들어와서 차 한잔 마시고 나가시라고 전해드려. 오빠들도 들어오라고 하고."

톳티는 모자를 펄럭이며 종종걸음으로 나갔고, 포이저 부인은 밝은 색 참나무 식탁 위에 찻잔을 꺼내 놓았다. 포이저 부인은 다시 말하기 시작했다.

"다이나, 낸시와 몰리가 똑똑해서 맡은 일을 뭐든 야무지게 잘한다고 했지? 그래, 말 한번 자…… 알 했다. 그 아이들은 똑똑하든 어리석든 다 똑같아. 잠시만 눈을 떼도 그 사이에 무슨 짓을 저지를지 알 수가 없어. 그 아이들이 맡은 일을 잘하게끔 시키려면 한시도 눈을 떼지 말고 지켜보고 있어야 돼. 그런데 내가 혹시 올 겨울도 작년 겨울처럼 아프게 되고, 그때 너까지 이 집에 없다면 누가 낸시와 몰리를 지켜보겠니? 철부지 어린아이들한테는 무슨 일이 일어날지도 모르잖니. 혹시라도 어린 것이 불 속으로 굴러 떨어진다거나, 솥에서 펄펄 끓고 있는 기름에 데기라도 해서 평생 절름발이가 될지 누가 알아? 만약 그런 불상사가 생기게 되면 그건 모두 다이나 네 탓이다."

다이나가 응수했다.

"이모! 혹시 이모가 겨울에 편찮으시면 다시 돌아올게요. 약속해요. 이모가 저를 그렇게 필요로 할 때에도 제가 이모를 떠나 있을 거라고는 생각하지 마세요. 그러나 사실 이렇게 모든 것이 풍족하고 즐거운, 편하고 사치스런 생활에서[244] 멀어져야 비로소 제 영혼에 도움이 돼요. 적어도 잠시 동안만이라도 떠나 있어야 해요. 저는 저의 내적인 욕구가 뭔지, 저 자신을 위험에 빠뜨리게 할 가장 큰 약점들이 뭔지 몰라요. 이모는 제가 여기서 이모네 식구와 함께 살길 바라지만, 그건 제가 사명감을 가지고 꼭 수행해야 할 의무는 아니잖아요. 그래서 이모 말에 따를 수 없는 것이지, 제가 원하지 않아서 그런 건 아니에요. 그건 바로 제가 이겨내야 할 유혹이에요. 제 영혼 안에서 인간에 대한 사랑이[245] 천국의 빛을 막아버리는 안개가 되지 않기 위해서죠."

버터 바른 빵을 자르면서 포이저 부인이 말했다.

"네가 말하는 편안함과 사치가[246] 무슨 말인지 나는 도통 알지 못하겠구나. 너는 여기서 충분한 음식을 먹을 수 있어. 내가 너한테 음식을 줄 때는 먹고 남을 정도로 준다는 걸 부인하는 사람은 없을 거다. 그런데도 너는 아무도 먹지 못할 찌꺼기 같은 음식이 조금만 남아 있어도 꼭 그 음식을 집어 먹더라고……. 어머, 저게 누구야, 아담 비드가 꼬마 톳티를 안고 오잖아? 저 사람이 이렇게 이른 시간에 웬일이지?"

문간으로 급히 달려간 포이저 부인은 뜻밖에도 아담의 품에 안겨 어린 자식이 들어오는 것을 보고 즐거워했다. 그녀는 눈에 사랑을

---

244) 디모데전서, 6:17. 이 세상의 부자들에게 이 말을 전하십시오. 교만하지 말며, 돈을 의지하지 말고, 하느님께 소망을 두라고 가르치십시오. 하느님은 우리가 필요로 하는 모든 것들을 주시며, 또 그것을 누리게 하시는 분이십니다.
245) 로마서, 1:25. "사람들은…… 창조주 되신 하느님보다 지음받은 피조물들을 더 예배하고 섬겼습니다."라는 말에 근거해서, 신에 대한 사랑과 반대되는 사랑을 말한다.
246) 누가복음, 15:17. "내 아버지의 품꾼들에게는 양식이 풍족하여 먹고도 남는데 나는 여기서 굶어 죽는구나."

그득히 담고 입으로는 잔소리하듯이 야단쳤다.
"아유…… 창피해라…… 톳티! 다섯 살이나 된 여자애가 안겨오다니 부끄럽지도 않아? 글쎄, 아담, 그렇게 다 큰 애를 안고 있다가는 팔 부러지겠어요. 어서 내려놔요. 아유…… 참, 창피하게!"
아담이 말했다.
"아뇨, 아니에요. 톳티같이 작은 아이는 손바닥 하나로도 들어 올릴 수 있어요. 팔까지 쓸 필요도 없죠."
톳티는 그런 말은 아랑곳하지도 않은 채 통통한 흰 강아지처럼 얌전한 모습만 보여주었다. 톳티를 문간에 내려놓자 모친은 딸에게 키스를 퍼부으며 야단쳤고, 아담은 말했다.
"이런 시간에 갑자기 찾아와서 놀라셨죠?"
아담에게 길을 내주며 포이저 부인이 물었다.
"그래요, 어서 들어와요. 설마 무슨 나쁜 소식이라도 듣고 온 건가요?"
"아니에요, 나쁜 소식은 없어요."
아담은 다이나에게 다가가 손을 내밀며 대답했다. 다이나는 아담이 가까이 다가오자 본능적으로 일손을 멈추고 일어섰다. 아담의 손을 잡고 수줍게 그녀를 바라볼 때 다이나의 창백한 뺨에서 희미한 홍조가 나타났다가 사라졌다.
내내 다이나의 손을 잡고 있는 걸 전혀 의식하지도 못한 채 아담이 말했다.
"제가 여기 온 것은 다이나한테 용무가 있어서요. 어머니께서 좀 편찮으신데, 어머니는 다이나가 우리 집에 와서 하룻밤만이라도 자고 갔으면 하고 은근히 바라세요. 아, 물론 다이나가 결정할 문제죠. 제가 마을에서 돌아오는 대로 홀 팜에 들러서 다이나한테 말해 보겠다고 했거든요. 어머니께서 과로하시니까 집안일을 도와줄 여자 애를 데리고 살자고 아무리 설득해도 어머니는 도무지 듣지를 않으세요. 어떻게 해 드려야 할지 모르겠어요."

아담은 말을 끝내면서 다이나의 손을 놓고 그녀의 대답을 기다렸다. 그러나 다이나가 입을 열기도 전에 포이저 부인이 말했다.

"이것 봐라. 굳이 멀리 가지 않아도 네가 도와야 할 사람들이 이 교구 안에 충분히 많다고 했지? 늙고 몸이 아픈 비드 부인도 계시고 말이야. 부인은 너 말고는 아무도 가까이 오지 못하게 하시잖니. 네가 없으면 그분은 지내기 불편하실 거야. 스노필드 사람들은 너 없이도 잘 지내잖아. 지금쯤은 비드 부인보다도 어쩌면 거기 사람들이 더 끄떡없이 잘살고 있을지도 몰라. 거기 사람들은 네가 없어도 잘 지낼 거다."

다이나는 하던 일을 접으면서 말했다.

"이모, 지금 제가 여기서 꼭 해야 될 일은 없죠? 그렇다면 지금 바로 비드 부인께 가볼게요. 참, 모자를 쓰고 가야지."

"그래, 그렇게 하렴. 아 참, 깜박했네. 얘, 우선 차부터 마시렴. 이렇게 다 차려놨잖아. 아담 비드 씨도 한잔 들어요. 바쁘지 않다면 말이에요."

"예, 한 잔만 주세요. 이걸 마신 다음 다이나하고 함께 가죠. 저도 곧바로 집으로 가야 해서요. 상당히 많은 목재를 견적해야 하거든요."

"아니, 아담. 자네 여기 있었나?"

날이 더운지 외투를 벗어든 포이저가, 까만 눈의 사내아이들을 앞장세우고 들어섰다. 그 모습은 마치 큰 코끼리와 작은 코끼리 두 마리처럼 퍽 닮아 보였다.

"꼴 먹일 시간이 되기도 전에 자네를 보다니, 어쩐 일인가?"

"어머니 심부름을 왔어요. 어머니는 여전히 불평이 많으시네요. 다이나가 잠깐 와서 같이 있어주길 바라고 계세요."

아담의 말에 포이저가 대답했다.

"암, 자네 모친인데 당연히 다이나를 보내드려야지. 그래도 우리는 다이나를 다른 사람한테 보내는 것보다는 차라리 바로 남편한테 보내고 싶은데 말이야."

소년 시절 중 가장 재미없고 평범한 시기를 맞고 있는 마티가 말했다.

"남편이라고요? 다이나 누나는 남편이 없잖아요."

캘러웨이(회향풀의 일종) 씨앗이 박힌 과자를 식탁에 내놓고 차를 따르려고 자리에 앉으며 포이저 부인이 말했다.

"다이나를 보낸다구요? 하지만 남편을 위해서가 아니라 제발 쓸데없는 생각 좀 하지 말라는 뜻에서 다이나를 보내야 할 것 같네요. 토미, 동생 인형을 가지고 뭐 하는 짓이니? 그러니까 톳티가 심술궂게 굴잖아. 가만둬. 그래야 그 애가 착하게 굴지. 너, 계속 그러면 과자 한 조각도 안 줄 거야."

토미는 인형의 치마를 머리 위로 걷어올려서 다리가 절단된 인형의 몸을 사람들에게 내보이면서 재미있어 하고 있었다. 만약 오빠로서의 동정심이 있다면 토미가 과연 여동생의 인형에 이런 짓을 할 수 있겠는가! 이런 오빠의 행동에 톳티는 모욕감을 느끼고 마음이 찢어질 듯이 아팠을 것이다.

포이저 부인은 남편을 바라보며 계속 말했다.

"저녁 먹고 나서 다이나가 저한테 무슨 말을 한 줄 아세요?"

포이저가 대답했다.

"에…… 나는 뭘 추측을 하는 데는 재주가 없는 사람이잖아."

"다이나가 글쎄…… 스노필드로 돌아가겠다잖아요. 예전처럼 다시 공장에 나가 일하면서, 친구 하나 없는 사람처럼 굶주리며 살 작정이지 뭐예요."

포이저는 이 말을 듣자 놀라고 언짢은 심정을 표현할 말을 미처 찾아내지 못했다. 그는 그저 아내를 바라봤다가 다이나를 바라봤다 할 뿐이었다. 다이나는 지금 툿티 옆에 앉아 사내아이들의 짓궂은 장난을 막아주면서 아이들이 마실 차를 준비하느라 바빴다. 포이저가 다이나를 유심히 눈여겨보았더라면 그녀에게 뭔가 변화가 있다는 것을 느꼈을 것이다. 포이저는 얼굴색이 좀처럼 바뀌는 일이 없는 다이나가 이상하게도 얼굴을 붉히고 있는 걸 보았다. 그런데 포이저는 그저 다이나가 여느 때보다 더 예뻐 보인다고 생각할 뿐이었다. 다이나의 얼굴에 띤 홍조는 매달마다 피어나는 장미꽃 빛깔보다 더 짙지는 않았다. 포이저는 자신이 다이나를 유난히 찬찬히 바라보아서 붉어졌을 거라고 생각했다. 바로 그때 아담은 놀랐지만 조용한 어투로 말했다.

"글쎄요…… 저는 다이나가 우리랑 평생 같이 살았으면 좋겠어요. 저는 다이나가 예전에 살던 곳으로 돌아가려는 마음은 접은 줄 알았는데요?"

아담의 말을 듣고 포이저는 영문을 몰라 했고, 포이저 부인이 대꾸했다.

"아유…… 생각만 했다고 하잖아요. 하기는…… 누구든지 자기 입장이 편해지면 으레 그런 생각을 하겠죠. 하지만 감리교도가 뭘 하는지 알려면 우리 자신이 감리교도가 되어봐야 해요. 장님 같은 박쥐들이 뭔가를 쫓아 날아가면 우리네가 그게 뭔지 아무리 추측해봐도 그건 다 틀린 억측일 테니까……."

포이저가 차를 마시다 말고 점잖게 물었다.

"아니, 다이나, 왜 우리를 떠나려고 하는 거냐? 대체 우리가 너한테 뭘 어떻게 해주었다고 그러는 거야. 그건 네가 한 약속을 어기는 거다. 네 이모는 네가 이곳을 자기 집으로 여기고 살아갈 거라고 철석같이 믿고 있었는데 말이다."

다이나는 침착해지려고 애쓰며 말했다.

"아니에요, 이모부. 제가 처음 여기 왔을 때, 말씀드렸잖아요. 제가 조금이라도 이모를 편안하게 해드린다면 좀더 머물겠다고요."
 포이저 부인이 말했다.
 "그래, 맞아. 네가 있으면 당연히 나는 편안하게 지낼 수 있지. 한데 이렇게 쉽게 떠나버릴 줄 누가 알았겠냐구. 네가 나랑 같이 살 작정이 아니었다면, 숫제 오지 않았으면 좋았을 걸 그랬어. 방석을 사용해보지 못한 사람은 결코 방석을 아쉬워하지 않을 테니 말이야."
 어떤 견해라도 과장해서 말하는 것을 꺼리는 포이저가 말했다.
 "아니지, 그건 아니야. 당신, 그렇게 서운하게 말해서는 안 돼요. 다이나가 없었다면 우리는 고생이 참 많았을 거야. 성모 영보 축일을 지낸 지 열두 달이 지났어. 다이나가 여기서 더 살든 안 살든 우리는 지금까지 같이 있어준 것만으로도 감지덕지해야 할 거요. 하지만 저 애가 왜 이 살기 좋은 집을 떠나 아무 가치도 없는 시골로 돌아가려고 하는지는 도통 모르겠어. 그런 시골 땅은, 세를 주거나 이윤을 남기려 해도, 아마 1에이커에 10실링도 못 받을 텐데 말이야."
 포이저 부인이 말했다.
 "글쎄, 다이나가 주장하는 그 이유가 뭔지 알아요? 이 고장은 너무 편하고, 먹을 것이 많고, 사람들이 별로 불행하지 않아서래요. 다음 주에는 떠날 모양인데…… 내가 무슨 말을 해도 마음을 바꾸지 않아요. 순하게 생긴 사람들이 실제로는 고집이 세다더니 정말인가 봐요. 그런 사람들하고 말을 하느니 차라리 푹신한 깃털 주머니에 팔매질을 하는 것이 훨씬 나을걸요? 저렇게 고집 부리는 게 꼭 종교 때문만은 아닌 것 같은데……. 어떻게 생각해요, 아담?"
 그동안 다이나는 사람들이 수없이 자신의 문제로 왈가왈부하는 걸 보았지만, 이때처럼 당황했던 적은 없었다. 아담은 그녀가 어느 때보다 훨씬 더 당황하고 있다는 걸 눈치 챘다. 그래서 가능한 한 다이나를 난처한 입장에서 구해주려는 듯, 아담은 애정 어린 눈으로 그녀를 바라보며 말했다.

"아닙니다, 저는 다이나가 무슨 일을 하든지 나무랄 수 없다고 봐요. 왜냐하면 다이나의 생각은 무엇이든 간에 우리들의 생각보다 훨씬 더 훌륭하니까요. 저는 그녀가 떠난다면 그걸 막지는 않겠어요. 굳이 반대해서 그녀를 힘들게 하지도 않을 거구요. 우리는 다른 일로 이미 다이나에게 많이 신세졌으니까요."

종종 그렇듯이 난처한 처지에서 자신을 도와주는 아담의 말에 이 순간 다이나는 무척 감격했다. 다이나의 푸르스름한 회색빛 눈에 금세 눈물이 번졌다. 그녀는 눈물을 감출 수 없어서 벌떡 일어나 모자를 쓰는 척 했다. 톳티가 물었다.

"엄마, 다이나 언니가 왜 울어요? 언니는 버릇없는 인형도 아닌데?"

포이저가 말했다.

"당신이 좀 말을 심하게 했나 보군. 저 좋아서 하는 일을 우리가 간섭할 권리는 없잖소. 내가 한 마디라도 그 애 일을 반대하기라도 하면 당신은 나한테 화부터 내더니만."

포이저 부인이 대꾸했다.

"당신은 까닭 없이 남의 흠잡기만 좋아하잖아요. 그러나 내가 하는 말에는 다 일리가 있어요. 그렇지 않다면 내가 아무 말도 안 했겠죠. 사람들은 나보다 다이나를 더 사랑하는 사람은 없다고 다들 말해요. 나는 무슨 일이든 이 애와 함께 해 버릇해서 그런지 얘가 떠나면 새삼스레 털 깎은 양같이 참 불편할 거예요. 그리고 이 애가 그토록 정성들여 돌보던 교구를 떠난다고 생각해보세요. 얘를 귀부인처럼 대단하게 여기던 어윈 목사는 또 어떻겠어요. 그분은 다이나가 감리교도인 것도 개의치 않았잖아요. 머릿속에는 온통 마술 같은 설교만 하려는 망상에 사로잡힌 그 감리교도인데도 말예요. 망상이니 하는 내 말이 잘못된 거라면, 하느님이 용서해 주시겠죠."

포이저가 익살스런 표정을 지으며 말했다.

"에이…… 언젠가 아담한테 했던 말이라면서 나한테 했던 말 생각 안 나? 이보게 아담! 그때 이 마나님이 자네한테 다이나의 유일한 결점은 바로 설교하는 것이라고 그랬다지? 그랬더니 어윈 목사님이 그러셨다며? '포이저 부인! 다이나가 설교하는 걸로 꼬투리 잡지 마세요. 다이나한테는 설교할 남편도 없잖아요. 저보고 대답하라면 말이죠. 포이저 부인도 포이저 씨한테 정말 설교를 많이 하신다고요.' 어윈 목사님도 그 점에서는 당신이 어떻다는 걸 다 알고 계셨던 모양이야."

포이저가 상냥하게 웃으면서 덧붙여 말했다.

"내가 어윈 목사님께서 하신 말씀을 메이시 선생한테 전했더니 그 분도 배를 잡고 웃더라니까."

포이저 부인이 말했다.

"그래요, 그런 말들이야 남자들이 담배 파이프를 입에 물고 앉아서 서로 껄껄대면서 지껄이는 시시한 농담이죠. 바틀 메이시 씨도 그 사람 방식대로 농담을 해주면, 틀림없이 아주 민감한 반응을 보일 거예요. 비록 그분이 여물을 쎠는 작두처럼 우리한테 덤벼들면, 우리는 지푸라기가 될 수밖에 없지만요. 아이구…… 내 강아지, 톳티! 위층에 있는 다이나 언니한테 가서 뭘 하는지 한번 보고, 예쁘게 뽀뽀도 해주렴."

이 심부름은 톳티의 신경을 다른 곳으로 돌리려고 생각해 낸 것이었다. 왜냐하면 토미의 짓궂은 장난에 톳티가 금방이라도 울음을 터트릴 듯이 입술 양쪽을 씰룩거렸기 때문이다. 토미는 더 이상 케이크가 나오지 않을 거라 예상했는지 집게손가락으로 눈꺼풀을 들어올리고 눈동자를 커다랗게 굴려서 톳티를 골려대고 있었다. 포이저가 말했다.

"아담, 요즘 자네 얼굴 보기가 어렵던데. 많이 바쁜가 보지? 버즈 씨는 천식이 아주 심해졌어. 그 양반이 다시 승마를 할 수 있으면 좋으련만."

아담이 말했다.

"예, 좀 바쁩니다. 지금 조그만 건물 하나를 손보고 있어요. 영지 안에는 보수공사를 해야 할 데도 많고, 트레들스톤에 새로운 집도 지어야 하거든요."

포이저가 말했다.

"버즈 씨가 자기 땅에 짓고 있는 새 집 말이야. 분명히 그 양반하고 메리가 들어가 살 집일걸? 버즈 씨는 곧 사업을 정리해서 자네한테 넘겨 올해 안에 꽤 많은 돈을 받고 싶어하는 눈치야. 또 한 해가 가기 전에 언덕 위에서 자네 식구들이 사는 모습을 볼 수 있을 것 같군."

아담이 말했다.

"글쎄요, 저는 제 손으로 하는 사업을 하고 싶은 거지, 돈을 더 많이 벌고 싶어서가 아닙니다. 식구라고는 우리 두 형제와 어머니뿐이라서, 돈은 지금도 충분하고도 남아요. 하지만 저는 무슨 일이든 제 방식대로 하고 싶어요. 지금은 못 하지만 그때 가서는 제 계획대로 시도해 볼 수 있겠죠."

포이저가 물었다.

"자네, 새로 온 집사하고는 잘 지내나?"

"예, 그분은 겪어보니 꽤 양식 있는 사람이더라구요. 농사짓는 법도 잘 알고 있고요. 그분이 지금 배수 작업을 하고 있는데, 어느 것보다 더 훌륭한 배수로를 시공하고 있죠. 언제든 스토니셔 쪽으로 가서 그분이 어떻게 개조하고 있는지 한번 보세요. 그런데 그분은 정작 건축에 대해서는 전혀 모르더라구요. 포이저 아저씨는 한 가지 일에 빠져서 다른 일은 전혀 신경 쓰지 못하는 사람을 이해하세요? 말이 한쪽 눈에 눈가리개를 쓰고 있으면 다른 한쪽만 보이는 것과 같은 이치에요. 그에 비하면 어윈 목사님은 건물에 대해서 건축가들보다 더 많이 알고 계시죠. 대부분의 건축가들이 자기 분야에서는 꽤 훌륭할지 모르지만, 굴뚝을 어디에 세워야 대문과 잘 어울리는지 그걸 몰라요. 제 생각에 최고의 건축가가 되려면 건축가적 취향을 가지고, 실제 건설현장에서 일하면서, 평범한 일도 잘 알아야 할 것 같아요. 저는 제가 계획한 대로 일을 할 때 열 배는 더 즐겁습니다."

포이저는 아담의 말에 감동한 듯, 진심으로 관심을 가지고 건설에 관한 이야기를 들었다. 그리고는 아담의 말이 끝나자마자 일어났다. 아마도 자신이 건초 쌓는 일을 감독하지 않아 너무 더디게 진행된다고 생각했던 모양이다. 포이저가 말했다.

"이보게, 아담. 나는 이만 가봐야겠어. 건초마당으로 말이야."

다이나가 모자를 쓰고 손에 바구니를 들고 톳티를 앞세워 들어왔다. 그걸 보고 아담이 일어서서 말했다.

"다이나, 준비는 다 됐어요? 자, 그럼 출발해요. 집에 빨리 도착하면 더 좋지 않겠어요?"

톳티가 뚜렷한 음성으로 말했다.

"엄마, 다이나 언니가 기도하면서 계속 울었어요."

엄마가 말했다.

"쉿! 쉿! 어린아이들이 그렇게 수다 떨면 안 돼요."

포이저는 말없이 웃음을 지으며 톳티를 흰색 전나무 탁자에 앉혀 놓고 톳티의 키스를 기다렸다. 독자들도 느꼈겠지만, 포이저 부부는 이처럼 아이들을 교육시키는데 있어 정확한 원칙이 없었다. 포이저 부인이 말했다.

"다이나, 비드 부인이 괜찮아지시면 내일이라도 돌아오너라. 하지만 계속 편찮으시다면 더 있어도 된다."

그렇게 포이저 부인과 작별인사를 나눈 뒤, 다이나와 아담은 함께 홀 팜을 떠났다.

50

오두막집에서

아담은 골목길에 들어서자마자 다이나에게 자기 팔짱을 끼라고 권하지는 않았다. 다이나와 종종 같이 걸어본 적이 있었지만, 아담은 아직 그렇게 하지는 않았다. 세스와 걸어다닐 때 그녀가 팔짱을 끼지 않는다는 걸 알고 있었기 때문이었다. 아마 그녀는 팔짱끼고 걷는 것을 별로 내켜하지 않는다고 아담은 생각했다. 그래서 나란히 서서 걷기는 했지만 그들은 서로 떨어져 있었다. 다이나가 검은 모자를 머리에 바짝 눌러 쓰고 있어서 아담은 그녀의 얼굴을 볼 수 없었다.

"다이나, 홀 팜을 내 집이라 생각하고 살아도 별로 행복하지 못한 모양이군요?"

그런 문제는 아담이 걱정할 일은 아니었지만, 그는 오빠처럼 관심을 가지고 차분히 물었다.

"가족들은 당신을 굉장히 좋아하는 것 같던데, 안 된 일이네요."

"아담, 내 심정도 그들의 마음과 똑같아요. 나 역시 가족들을 사랑하고 그들의 행복을 아끼고 있어요. 하지만 지금 이모네 가족들에게는 제가 절실하게 필요하지 않아요. 당장은 서운해 하시지만 아마 금방 괜찮아지실 거예요. 요즘 저는 세속적으로는 너무 풍족하게 살았지만, 항상 가슴 한구석이 허전했어요. 옛날에 하던 일을 계속한다면 제가 아쉬워하던 축복을 발견할 수 있을 것 같아요. 자신의 영혼이 더 큰 축복을 얻으려면 하느님께서 사명으로 주신 일을 꼭 해야 한다는 걸 저는 알고 있어요. 우리는 오직 하느님을 사랑하고 복종해야만 그분의 충만한 은총을 찾을 수가 있어요. 우리는 우리 가운데서 은총을 찾을 수 있는 줄 알지만, 그건 잘못된 거거든요. 잠깐 동안일지는 몰라도 적어도 지금 제가 해야 할 일은 다른 곳에 있답니다. 하느님이 저에게 분명히 보여주셨거든요. 하지만 몇 년 뒤에라도 이모의 건강이 나빠지거나, 혹 다른 일로 저를 필요로 하신다면, 그때에는 저도 돌아올 거예요."

아담이 말했다.

"다이나, 그건 당신이 알아서 잘하겠죠. 양심에 어긋나거나 타당한 이유도 없이 당신이 혈육과 친지들의 소망을 저버린다고는 생각하지 않아요. 내 입장에서는 서운하다고 말할 권리가 없죠. 하지만 내가 왜 다른 친구들보다 당신을 더 높게 여기는지 잘 알잖아요. 당신이 우리 가족이 돼서 평생 우리 집에서 함께 살게 된다면 우리에게는 가장 큰 행복이 됐을 거예요. 하지만 그럴 가망은 아예 없다고 세스가 말하더군요. 당신의 감정은 남들과 다르니 내가 이런 얘기를 하는 것도 주제 넘는 일이 되겠지요."

다이나는 아무런 대답도 하지 않았다. 두 사람은 말없이 몇 야드를 걸어서 들판의 계단이 세워져 있는 곳까지 왔다. 아담은 먼저 들판의 계단을 넘어간 후, 몸을 돌려 그녀에게 손을 내밀었다. 그때 다이나는 제일 높은 계단에 올라서 있었고, 아담은 이미 계단을 다 내려와 낮은 곳에 있었기 때문에 불가피하게도 아담은 다이나의 얼굴을 정면으로 보게 되었다. 그는 깜짝 놀랐다. 평소에는 온화하고 신중했던 푸르스름한 다이나의 눈동자가 불안한 빛을 띠면서도 밝게 빛나고 있었다. 그 눈빛은 뭔가 흥분된 감정을 감추려고 애쓰고 있었고, 가벼운 홍조를 띤 뺨은 계단 아래로 내려오면서 진한 장밋빛으로 상기되었다. 지금 그녀는 마치 다이나의 쌍둥이인 것처럼 느껴졌다. 또 다른 다이나로 보였던 것이다. 아담은 놀라고 궁금해서 한참 동안 말을 못 하다가 입을 열었다.

"다이나, 내가 한 말에 마음 상하거나 불쾌해 하지 말아요. 내가 제멋대로 지껄였나 보군요. 무엇이든 당신이 최선이라고 생각하면 저도 그것을 최선으로 여기고 싶었을 뿐이에요. 당신이 30마일 떨어져 사는 것이 옳다고 생각한다면 나야 뭐 그렇게 멀리 떨어져 있어도 괜찮아요. 다만 나는 지금 당신을 생각하는 것만큼 앞으로도 항상 당신만을 생각할게요. 잊을 수 없는 나의 추억들 속에는 항상 당신이 있었어요. 그러니 당신만 보면 제 심장이 뛰는 건 어쩔 수가 없군요."

불쌍한 아담! 남자들은 이렇게 큰 실수를 한다. 다이나는 그 말에 대답하지는 않았지만 곧 말을 이었다.

"우리가 지난번 얘기한 이후로 그 불쌍한 젊은 분한테서 무슨 소식이라도 들었나요?"

다이나는 항상 아서를 그렇게 불렀다. 그녀는 감옥에서 아서를 만났을 때 보았던 그의 이미지를 떨쳐버리지 못했다. 아담은 말했다.

"네, 어윈 목사님이 어제 아서가 보낸 편지를 읽어 주셨어요. 사람들이 말하기를, 머지않아 영국과 프랑스 사이에 아미앵 평화조약[247]을 맺게 될 것이 분명하다고 하더군요. 물론 그 평화가 오래 지속될 거라고 믿는 사람은 아무도 없지만 말이에요. 그는 고향에 돌아올 생각은 없다고 했어요. 아직도 마음이 좀 그런가 봐요. 다른 사람들 눈에도 그가 멀리 있는 것이 더 낫게 보일 거예요. 어윈 목사님도 그가 돌아오는 건 아직 시기상조라고 생각하시더군요. 그의 편지는 슬픔으로 가득 차 있었어요. 으레 그렇듯 당신과 포이저 가족들의 안부

---

247) 프랑스 아미앵에서 영국, 프랑스, 스페인, 네덜란드가 맺은 조약. 이 조약으로 유럽은 나폴레옹 전쟁 중 14개월의 평화를 얻었다.

를 물었구요. 그 편지에는 나를 아주 사무치게 하는 한 구절이 쓰여 있었어요. '목사님은 제가 얼마나 늙어버렸는지 상상도 못 하실 겁니다.' 하면서 아서는 '저는 지금 아무런 계획도 세울 수 없을 지경이에요. 닥쳐오는 하루하루를 싸워 이겨서 앞으로 나아가는 일만이 최선이 될 겁니다.' 이렇게 썼더라구요."

다이나가 말했다.

"그는 에서처럼 성급하고, 마음씨가 따뜻한 사람이에요. 저는 그런 사람에게 항상 커다란 연민을 느껴요. 에서는 형제들끼리 만났을 때 얼마나 자상하고 너그러웠는지 몰라요. 야곱은 수줍고 남을 믿지 못했지만 그에 대한 하느님의 편애가 대단해서, 저는 에서에게서 항상 크게 감동받았어요.[248] 사실 저는 하마터면 야곱이 비열한 사람이라고 말할 뻔했어요. 하지만 그게 바로 우리가 받아야 할 시련이죠. 우리는 마음에 들지 않는 게 있더라도 그 속에서 좋은 점들을 볼 줄 알아야 해요."

아담이 말했다.

"아, 저는 구약 성경에서는 모세에 대한 이야기를 제일 좋아해요. 모세는 힘든 일을 잘 마치고 다른 사람들이 고생의 열매를 거두게 되었을 때 죽었지요.[249] 남자는 용기를 가지고 자기 일생을 바라보며 일해야 해요. 그리고 자기가 죽었을 때 어떻게 될 것인지 생각해봐야죠. 만약 기반만 다졌다고 해도 큰 의미가 있어요. 그 일은 끄떡없이 잘 되어갈 테니까요. 누군가가 그 뒤를 이어서 훨씬 더 수월하게 일을 완성시킬 거니까요."

그들은 사사로운 일이 아닌 다른 주제로 대화하게 되어 둘 다 즐거웠다. 이런 식으로 얘기를 계속하다가 윌로우 브루크의 다리를 건널

---

248) 창세기, 33장. 에서는 이삭의 맏아들이다. 야곱은 자신이 맏아들인 척 아버지를 속여서 복을 받았다. 이 일로 야곱은 나중에 에서를 만났을 때 가축떼를 선물로 주었다. 그러나 에서는 이런 뇌물들을 받지도 않았고, 동생인 야곱을 만나자마자 끌어안았다.
249) 신명기, 34:1~5. 모세는 황야에서 고생한 끝에 이스라엘 사람들을 이끌고 약속의 땅으로 데려왔다. 그러나 하느님은 모세에게 약속된 땅으로 들어가도록 허용하시지 않았다. 그가 옛날에 저질렀던 어떤 죄가 있었기 때문이다.

때에 아담이 몸을 돌려 말했다.

"아, 세스가 와 있네요. 금방 집에 돌아올 거라고 짐작은 했죠. 다이나, 당신이 떠나는 걸 저 애도 알아요?"

"네, 알고 있어요. 지난 안식일에 제가 말했거든요."

그제야 아담은 세스가 일요일 밤에 아주 침울해져서 집으로 들어왔던 사실이 기억났다. 요즘 들어 세스가 그런 모습을 보인 건 드문 일이었다. 세스는 다이나가 자기하고 결혼하지 않을 걸 뻔히 알면서도, 매주 그녀를 만나는 것만으로도 행복했던 모양이었다. 오늘 저녁 세스는 늘 그랬듯 그녀를 만나서 꿈꾸는 듯한 만족스런 기분이었다. 그러나 우연히 그녀의 고운 눈꺼풀과 속눈썹에 남아 있는 눈물의 흔적을 발견했다. 세스는 재빨리 형을 힐끗 쳐다보았지만, 아담은 다이나를 흔들어놓은 감정의 동요가 있다는 걸 전혀 모르고 있는 것 같았다. 아담은 아무렇지도 않은 듯 평상시의 침착한 표정만 띠고 있었다. 세스는 자기가 그녀의 눈물을 봤다는 것을 다이나가 눈치 채지 않도록 애쓰면서 이렇게 말했다.

"다이나, 와줘서 고마워요. 어머니는 온종일 당신만 기다리다 지쳐버리셨어요. 몹시 보고 싶어하셨거든요. 어머니는 아침에 눈만 뜨면 당신 얘기부터 하세요."

그들이 오두막으로 들어갔을 때 리즈베스는 안락의자에 앉아 있었다. 그녀는 항상 식사 준비를 일찍 했다. 오랜 시간 동안 음식장만을 하면서 저녁식사 차리는 일이 너무 힘들었던지, 그들이 다가오는 발소리를 듣고도 평소처럼 문간에 나와 맞이하지도 못했다. 다이나가 자기 쪽으로 다가오자 리즈베스가 말했다.

"어서 와라, 얘야. 드디어 와주었구나. 지난주에는 나한테 한 번도 안 오다니……. 무슨 일 있었냐?"

리즈베스의 손을 잡으며 다이나가 말했다.

"사랑하는 자매님. 건강이 안 좋으셨군요. 제가 좀더 일찍 알았더라면 진작 와봤을 텐데요."

"네가 여길 오지 않았는데 어떻게 알 수가 있었겠니. 젊은 아이들은 꼭 말을 해야 알지, 안 그럼 아무것도 몰라. 내가 손발을 움직이기만 해도 내가 튼튼해서 그런 줄 안다니까. 그래도 심각할 정도로 건강이 나쁜 편은 아니란다. 감기 기운으로 몸이 좀 쑤시는 거야. 저 아이들은 나보고 자꾸 우리 집안일을 도와 줄 사람을 데리고 살아야 한다고 성화구나. 그렇게 조르면 조를수록 내 마음이 더 아프다는 건 모르고 말이야. 너라도 여기 와서 나랑 함께 같이 있으면, 저 아이들이 나를 좀 가만 둬두겠지. 포이저 부부는 지금은 나만큼 너를 절실히 아쉬워하지는 않을 거 아니냐. 자, 어서 모자를 벗고······. 얼굴부터 좀 보여 다오."

다이나가 모자를 벗으려고 자리에서 일어나자 리즈베스는 그녀를 꼭 붙잡았다. 다이나가 모자를 벗는 동안 수북하게 쌓여 있는 새로 내린 눈송이를 바라보듯이 다이나의 얼굴을 쳐다보며 순수하고 상냥했던 옛 인상을 되살려 보았다. 그러다 리즈베스가 놀라서 물었다.

"다이나, 무슨 일 있었니? 울었구나!"

다이나는 헤이슬롭을 떠날 거라고 지금 말해서 리즈베스를 벌써부터 실망시키고 싶지는 않았다.

"아무것도 아니에요. 금방 괜찮아질 거예요. 무슨 일인지는 이따가 밤에 말씀드릴게요. 오늘 밤은 어머님과 같이 있을 거니까요."

리즈베스는 이런 약속을 듣고서야 안심이 되었다. 밤새도록 다이나와 단둘이서 이야기할 수 있기 때문이다. 2년 전, 이 오두막집에는 새 식구가 들어올 줄 알고 따로 방을 하나 더 만들어 놓았다. 아담은 계획을 세우거나 해야 할 일을 글로 쓸 때 늘 이 방에 있었다. 세스도 오늘 저녁에는 이 방에 앉아 있었다. 세스는 어머니가 다이나를 혼자서만 독차지하고 싶어한다는 걸 알기 때문이다.

오두막집 안에 있는 양쪽 방에서는 두 개의 아름다운 그림 같은 장면들이 펼쳐지고 있었다. 한쪽 방에는 어깨가 넓고 체격이 큰 정정한 노부인이 있었다. 리즈베스는 푸른색 윗도리와 담황색 스카프를 두르고서 걱정이 가득한 희미한 눈빛으로 계속 다이나에게서 눈을 떼지 못했다. 다이나는 백합 같은 얼굴에 검은 옷을 입은 가녀린 모습이었다. 다이나는 리즈베스를 돕느라 이리저리 가볍게 몸을 움직였다가, 아니면 안락의자에 앉아 있는 리즈베스에게 다가가 노쇠한 손을 잡고, 노부인을 바라보면서 그녀가 성경이나 찬송가를 더 잘 이해할 수 있도록 뭔가 이야기하기도 했다. 그러나 리즈베스는 오늘 밤에는 성경 이야기에 거의 귀를 기울이려 하지 않았다.

"얘야, 그만하자. 성경책은 덮고……. 이야기나 하자. 네가 뭣 때문에 울었는지 그게 궁금하구나. 너도 다른 사람들처럼 걱정거리가 있는 거냐?"

한편, 벽의 다른 쪽 방에는 닮지 않은 것 같으면서도 서로 닮은 두 형제가 있었다. 아담은 찌푸린 눈썹과 더부룩한 머리칼, 검고 활기찬 안색이었고, 도면을 그리기에 여념이 없었다. 세스는 크고 억센 체격은 형을 꼭 닮았지만 가늘고 곱슬곱슬한 갈색 머리칼이었고, 꿈꾸는 듯한 푸른 눈으로 가끔씩 멍하니 창밖을 바라보고는 했었다. 세스는 손에 새로 산 책을 들고 있었지만 지금 읽고 있지는 있었다. 그 책은 웨슬리가 쓴 「마담 기온의 생애에 대한 요약본」[250]으로 그가 보기에는 마담 기온의 생애가 흥미로움과 경이로움으로 가득했다. 세스가 아담에게 말했다.

"오늘 밤 이 방에서 형을 도울 일이 있을까? 목공소에서 시끄럽게 하고 싶지 않아서 그래."

아담이 대답했다.

"아냐, 세스. 나 혼자 해야 할 일밖에는 없어. 너는 이번에 새로 산

---

[250] 마담 기온은 프랑스 사람이고 천주교 교인으로 신비주의자였다. 뛰어난 개신교도로서 존 웨슬리는 이 여자가 성서를 중심으로 삼지 않고 종교적 체험을 과대평가한다고 생각했다. 그러나 이 여자의 신비주의 이론은 감리교의 열정적인 경건파와 다를 바 없었다.

그 책이나 읽지 그래."

 가끔 세스는 전혀 알아차리지 못했지만, 아담은 자로 선을 그리다가 잠시 멈추고서 친절한 눈빛으로 미소를 머금고 동생을 바라보고는 했다. 아담은 생각했다. '저 애는 자신도 설명할 수 없는 생각에 잠겨 있기를 좋아해. 그런 생각들이 어떤 결론에 도달하지는 않지만 저 애를 행복하게는 해주지.' 지난해부터인지 정확히 기억은 안 나지만 언젠가부터 아담은 세스에게 점점 더 너그러워졌다. 그것은 아담 자신이 마음의 슬픔을 겪어봤기 때문에 다른 사람의 슬픔도 이해한다는 뜻에서 우러나온 너그러운 마음의 표현이었다.

 아담이 자신을 잘 통제하기는 하지만 타고난 천성은 어쩔 수 없다는 걸 독자들도 잘 알 것이다. 아담은 열심히 일해서 스스로 이뤄낸 일에 기쁨을 만끽하고 있긴 해도 슬픔을 완전히 벗어난 건 아니었다. 슬픔을 잊는다는 건 마음의 짐을 일시적으로 떨쳐내는 것처럼 그렇게 간단하지가 않다. 아담이 슬픔을 이겨냈다고 해서 바로 예전의 자기 모습으로 돌아가기란 어려운 일이다. 어느 누가 그렇게 쉽게 자기의 본래 모습으로 돌아가겠는가? 결코 그럴 수 없다. 만일 우리가 맹목적으로 사랑하고, 자신감에 넘쳐 비난을 퍼붓고, 인간의 고통을 가볍게 여기고, 희망을 잃은 사람들의 삶에 대해 부질없이 지껄여대고, 외로움을 억누를 수 없어서 하소연이라도 해보려고 찾아 헤매던 미지의 존재를 업신여겼었다고 해보자. 그랬던 우리가 슬픔에 사무친 끝에 결국 옛날 모습으로 되돌아갔다고 한다면, 설령 그렇더라도 그것은 수없이 고민하고 온 힘을 다해 겨우 극복해낸 끝에 얻은 보잘것없는 결과에 불과하다.

 우리는 마음속에서 슬픔을 완전히 없애버리지 못하는 대신 다른 형태로 바꾸는 힘이 있다. 슬픔뿐만 아니라 어떤 감정이라도 마찬가지다. 고통을 공감으로 바꾸는 힘이 있다는 것이다. 독자들이여, 우리가 그런 능력을 갖고 있다는 것에 감사하자. 공감이란 말은 비록 초라한 단어이지만, 고통받는 사람의 마음을 가장 잘 꿰뚫어 보고, 이해하고 사랑한다는 뜻을 모두 가지고 있다. 물론 아담은 고통을 공감으로 바꾸는 심적 과정을 아직 완성하지 못했다. 아직도 그에게는 커다란 고통의 잔재가 남아 있었고, 헤티의 고통을 과거의 기억이 아니라 지금도 존재하는 것처럼 느끼고 있었다. 매일 아침이 밝아오고, 새로운 마음으로 하루를 시작할 때에도 그가 느끼는 고통은 계속 존재할 것이다. 우리가 육체적, 정신적 두 가지 고통에 모두 익숙해졌다 하더라도 그 아픔만은 결코 잊을 수 없다. 고통은 우리의 인생에서 하나의 습관이 되어버려서, 우리가 완벽하게 편안한 생활을 누린다는 건 절대로 불가능하다. 하지만 욕망에 휘말리지 않고, 비통함을 말없이 견디고, 앞으로도 괴로워하지 않을 것처럼 행동한다면, 우리는 하루하루를 만족하며 살아갈 것이다. 왜냐하면 지금 이 순간도 우리는 눈에 보이든 안 보이든 사람들과 관계를 맺으며 살아간다는 걸 깨닫게 될 것이기 때문이다. 그리고 누구와 어떤 관계를 맺고 살아가든, 현재에도 미래에도 언제나 중심은 '나'라는 걸 알게 될 것이다. 이런 생각은 우리의 삶을 버티게 해주는 힘처럼 새록새록 솟아날 것이다.

그 고통을 겪은 후 가을이 두 번 지났을 때에 아담의 심리 상태가 그랬다. 독자들도 알다시피 아담은 자기가 할 일을 마치 신앙의 일부처럼 생각했었다. 그는 아주 어린 시절부터 자기가 훌륭한 목수가 되는 것은 하느님의 뜻이라고 생각했다. 목수일은 자기에게 직접적으로 관여하고 있는 하느님이 뜻이라는 걸 분명히 알았다. 그러니 이제 그가 대낮 같은 이 현실을 벗어난다는 것은 불가능했다. 일만 하고 살아야 하는 세상에서는[251] 쉴 수 있는 휴일도 없었다. 오랜 노동을 해도 자기의 의무 때문에 철제 장갑과 가슴받이를 벗고 온전히 휴식

---

251) 셰익스피어가 말하는 전원적인 이상향에서는 노동일을 쉴 수 없다. 그의 작품의 주인공인 로사린드는 "일만 하고 사는 세상은 괴로움으로 가득하구나."라고 한탄한다.

을 취할 수가 없었다. 아담은 여태까지 새로운 한 주가 시작될 때마다 점점 더 마음의 안정을 찾고 알찬 재미를 느끼며 자기의 인생을 살아왔다. 더불어 자신의 미래도 열심히 일하는 날들로만 죽 이어질 것이라고 상상했다. 그에게 있어 사랑이란 단지 과거의 일이었고 지금은 생생한 기억으로 남아 있을 뿐이었다. 사랑은 비록 손발이 잘려나가는 아픔처럼 떠나버렸지만, 의식 속에서는 사랑했던 기억이 절대로 사라지지 않았다. 그는 사랑의 힘이 내면에서 새로운 힘을 더해가고 있다는 걸 알지 못했다. 처절한 경험에서 얻은 새로운 감수성들이 수많은 섬세한 실이 되어 자신의 마음을 움직이고 다른 이의 마음과 엮어줄 가능성이 있다는 것, 이것이 그에게 꼭 필요한 일이란 걸 전혀 모르고 있었다.

아담은 이제 사랑보다는 평범한 애정과 우정을 예전보다 더 귀하게 여겼다. 어머니와 세스에게 더 집착하게 되었고, 그들이 조금이라도 더 행복해하는 모습을 보거나 상상만 해도 말할 수 없이 만족스러워했다.

포이저 부부에게도 그랬다. 아담은 포이저 부부를 못 본 지 사나흘밖에 안 되었는데도, 벌써 그들이 그리워졌다. 다이나가 포이저 가족들과 함께 있지 않았다 해도, 아마 그렇게 느꼈을 것이다. 그는 다이나에게 세상에서 그 어떤 친구보다도 그녀를 가장 높이 여긴다고 말했었다. 이 말에는 아담의 소박한 진실이 담겨 있었다. 이보다 더 꾸밈없는 말이 있을까? 지나간 기억을 더듬어보면 가장 암담했던 순간에도 다이나를 생각하기만 하면 늘 한 줄기 빛처럼 위안이 되고는 했었다. 홀 팜의 식구들 역시 우울한 날들을 보내다가 다이나가 돌아오자 점차 부드러운 달빛 같은 날들로 변해갔다. 이곳 오두막집에서도 마찬가지였다. 리즈베스는 슬픔에 찌든 아담의 얼굴을 볼 때마다 두려움이 앞서서 짜증이 나도 애써 참고 있었다. 다이나는 이렇게 힘들게 고생하는 리즈베스를 위해 시간이 날 때마다 찾아와 그녀를 달래주고 기분을 북돋워주었다.

아담은 홀 팜에 갈 때마다 가벼운 발걸음으로 조용조용 몸을 움직이는 다이나의 모습을 지켜보았다. 또 아름답고 사랑스런 태도로 아이들을 돌보는 것도 눈여겨보았고, 그녀가 말할 때는 그 목소리를 되풀이되는 음악 소리처럼 들었었다. 한마디로 그녀의 말과 행동이 전부 옳아서 이보다 더 좋을 수는 없다고 생각하고는 했었다. 지혜로운 아담조차도, 아이들을 지나치게 귀여워하는 다이나에게서 어떠한 흠도 찾을 수가 없었다. 설교사인 그녀는 한 무리의 거친 남정네들도 그녀 앞에만 서면 벌벌 떨게 만들었다. 그런 설교사를 어린아이들은 자기들 마음대로 부려먹는 편리한 집안의 노예로 바꾸어 놓았다. 다이나도 자신의 이런 약점을 부끄러워하며 솔로몬의 가르침에 어긋나지 않는지 내심 갈등했다.[252] 그랬다. 아쉬운 점은 꼭 한 가지뿐이었다. 다이나가 세스를 사랑해서 결혼해주었다면 정말 좋았을 것이다. 아담은 동생 때문에 마음이 쓰였다. 다이나가 세스의 아내로서, 모두를 행복하게 해주면서 가정을 꾸려갔으면 좋으련만……. 그녀가 어머니의 마지막 날들을 평화와 안식으로 달래주는 유일한 사람으로 남아주었으면 좋았으련만……. 이런 생각 때문에 아담은 그녀가 자신의 가족이 될 수 없다는 것이 무척이나 안타까웠다.

아담은 가끔 혼잣말을 했다. '다이나가 그 애를 사랑하지 않는 게 이상해. 누구든 세스가 다이나에게 딱 알맞은 상대라고 생각할 텐데. 그런데도 다이나의 마음은 다른 곳으로만 향해 있어. 다이나는 남편과 아이들을 갖고 싶다는 생각을 전혀 안 하는 여성들 중 하나야. 그녀는 이미 자신의 삶이 충만하다고 느끼고 있어. 다른 사람을 보살피는데 너무 익숙해서 다른 사람을 모른척하며 산다는 건 참을 수 없겠지. 그게 어떤 것인지 나는 잘 알아. 나는 다이나가 보통 여

---

[252] 아이들에게 매를 아끼는 자는 아이들을 미워함이오. 아이들을 사랑하는 자는 때를 놓치지 않고 벌을 준다는 솔로몬의 격언.

자들과는 아주 다르다는 걸 오래전에 알고 있었어. 만약 결혼을 한다면 다른 사람을 도울 수 없게 될 테니 결국 그녀가 가려는 길을 방해하는 셈이 되겠구나. 그럼 당연히 마음이 편치 않겠지. 나는 다이나보다도, 혹은 하느님보다 현명하지는 않아. 그러니 세스와 다이나가 서로의 배필이 돼야 한다고 말할 권리는 없어. 하느님께서 이미 그녀의 직분을 마련해 놓으셨잖아. 그녀가 자신의 직분에 따라 일하니까 나와 다른 사람들이 그녀의 도움을 받고 있는 거지. 이건 내가 하느님에게 받은 큰 축복 중 하나야. 물론 다른 사람들도 마찬가지고."

아담은 자신이 다이나에게 세스를 받아달라고 말했을 때, 그녀의 얼굴에 떠오른 표정을 보고 그녀가 상처를 받았다는 걸 알고 심하게 자책했다. 그리고 다이나가 그들 가족과 헤어지기를 바란다고 해도 그것은 아주 타당한 결정이라고 애써 생각했다. 이렇게 깊이 고심하면서 아담은 스스로를 달랬다. 그는 다이나가 자기 가족과 함께 살아갈 수 없다면 그녀와 같이 지내고 싶은 소망을 포기하고, 머릿속으로만 그리워하겠다고 진정 말하고 싶었다.

아담이 다이나를 보고 싶어하는 걸 그녀 자신도 알 것이다. 아담은 자신과 다이나의 기억 속에 자리 잡은 가슴 아픈 추억에 대해 얼마나 간절히 얘기를 나누고 싶어하는지 그녀도 잘 알고 있을 거라 확신했다. 그는 다이나가 떠나는 걸 찬성한다고 말했었다. 이 말에서 다이나는 아담이 얼마나 깊은 애정을 갖고 자신을 존경하는지 알아챘을 것이다. 붙잡고 싶은 마음까지 포기하면서 그녀를 보내려고 했으니 말이다. 하지만 아담은 자신의 의중을 그녀에게 정확히 전달하지 못했다는 마음에 불안한 느낌이 들었다. 어쩐지 다이나가 자신을 이해하지 못했다는 느낌이 들었던 것이다.

다음날 아침, 다이나는 해가 뜨기도 전에 일어난 것 같았다. 5시경에 이미 아래층에 내려와 있었다. 세스도 아침 일찍 일어났다. 리즈베스는 여자 아이를 데려와 집안일을 돕게 하는 걸 완강히 거부했다. 세스는 아담의 표현대로 '집안일에 아주 쓸모 있는 사람이' 되기를 바랐기에 일찍 일어난 것이다. 이는 어머니가 피곤하게 일하시는 걸 조금이라도 덜어드리기 위한 행동이었다. 이런 일을 한다고 해서 독자들이 세스가 남자답지 못하다고 생각하지 않았으면 좋겠다. 독자들이 혹시 그렇게 생각한다면 용감한 배쓰 대령이 허약한 여동생을 위해 미음을 끓여 줄 때[253] 남자답지 않다고 생각하는 것과 똑같다. 세스는 다이나에게, 아담이 밤늦게까지 글을 썼고, 아직 자고 있기 때문에 아침식사 전까지는 아래층에 내려오지 않을 것 같다고 말했다. 다이나는 지난 1년 반 동안 리즈베스를 종종 방문했었지만 티아스가 죽은 날 밤 이후로 오두막에서 잔 적은 없었다.

그날, 독자들도 기억하다시피, 리즈베스는 다이나의 능숙한 움직임을 칭찬하고, 심지어 오트밀 죽을 알맞게 잘 쑤었다고 흡족하다는 말을 덧붙였었다. 그때부터 지금까지 오랫동안 못 본 사이에 다이나는 살림솜씨가 훨씬 훌륭해졌다. 오늘 아침, 세스는 뭔가 도와주려고 그곳에 내려와 있었지만 딱히 도울 일이 없었다. 다이나의 손길이 닿는 곳마다 깨끗하고 질서정연하게 정리되었다. 이 광경을 보았다면 살림의 여왕인 포이저 부인이라도 무척 마음에 들어 했을 것이다. 사실 오두막집은 그리 깔끔하고 정돈된 상태가 아니었다. 리즈베스가 류머티즘 때문에 예전처럼 문지르고 닦아서 광을 낼 수가 없었기 때문이다. 다이나는 마음에 찰 때까지 부엌을 깨끗이 치우고 난 다음, 아담이 전날 밤부터 글을 쓰고 있었던 방으로 가서 빗자루로 쓸고 먼지를 털어야 할지 살펴보았다.

그녀는 창문을 열어, 신선한 아침 공기와 달콤한 들장미의 향내, 이른 아침 해가 나지막하게 기울여 보내는 햇빛을 방 안 가득 들어

---

[253] 헨리 필딩의 소설 「아멜리아」(1751)에서 주인공 배쓰 대령은 키가 거의 7피트나 되고, 말이 거친 군인이다. 이 배쓰 대령은 감기약으로 쓰인 우유 술을 자기의 병든 여동생에게 준비해주는 일로 무척 쩔쩔매게 될 상황을 맞이하였다고 한다.

오게 했다. 다이나는 긴 빗자루를 들고 찰스 웨슬리의 찬송가 중의 하나를 불렀다. 독자들이 가까이 귀 기울여 들어야 하는 상쾌한 여름의 속삭임같이 낮은 소리로 콧노래를 흥얼거렸다. 이렇게 노래하며 청소할 때, 이른 아침 햇살은 그녀의 창백한 얼굴과 연한 적갈색 머리칼 주위에 후광이 되어 비추고 있었다.

하느님의 영원한 빛,
마르지 않는 사랑의 분수,
아래로는 지상, 위로는 천국으로,
누구에게나 아버지의 영광이 비추니,

예수님! 그분은 피곤에 지친 나그네의 휴식처,
나에게 가벼운 멍에를 매어주소서.
내 가슴을 꾸준한 인내심으로 무장하라.
티끌하나 없는 사랑과 거룩한 경외심으로 채우리.

시끌벅적한 열정에 '평화를 주소서!' 라고 말하라.
떨리는 가슴에게 '고요하라!' 고 명령하라.
주님의 힘은 나의 힘이요, 나의 요새로다.
모든 만물이 주님의 뜻을 받드네.

다이나는 빗자루를 놓고 먼지떨이를 높이 들었다. 독자들이 포이저 부인 집에서 살아본 적이 있다면 다이나가 먼지떨이를 가지고 어떻게 일하는지 알 수 있을 것이다. 그녀는 먼지떨이개로 좁은 구석 구석, 보이는 곳과 보이지 않는 창 턱, 의자의 가로장과 다리를 몇 번이고 쓸어 내렸다. 탁자 위에 놓인 물건의 위아래를 거쳐 마침내 아담의 서류와 자, 그리고 책 가까이에 퍼져 있는 먼지까지 털어내었다. 다이나는 이 물건들의 가장자리에 있는 먼지를 털어낼 때, 잠시 머뭇거리다가 뭔가 열망하는 듯 수줍은 눈초리로 이 물건들을 바라보았다. 이때 열린 문 바로 바깥에서 세스의 발자국 소리가 들렸다. 그녀는 문을 향해 등을 돌린 채 맑고 가느다란 목소리로 말했다.

"세스, 이 서류들을 어질러 놓았다고 형이 몹시 화를 내겠죠?"
세스의 목소리가 아닌 깊고 강한 목소리가 이렇게 대답했다.
"분명히 그럴걸요? 그것들을 다시 제자리에 가져다놓지 않으면요."

다이나는 자기도 모르게 떨리는 현에 손끝이 닿은 듯한 기분이 들었다. 강한 전율이 느껴져 가슴이 너무 두근거려서 잠시 동안 아무런 생각도 하지 못했다. 그리고 나서 뺨이 발그스레 달아오르는 걸 느끼면서, 난처해서 뒤도 돌아보지 못한 채 잠자코 서서 고민했다. 지금 뒤를 돌아본다고 해도 아무렇지 않은 듯 친절하게 아침 인사를 건네지도 못할 지경이었다. 다이나가 돌아서지 않고 계속 가만히 서 있자, 아담은 자신이 띠고 있는 미소를 그녀가 보지 못한다는 걸 깨달았다. 그는 다이나가 자신이 화난 줄 알고 심각하게 생각할까 봐 그녀 앞에 다가가 얼굴을 내밀었다. 아담은 미소를 지으며 말했다.

"다이나, 내가 집에서 까다롭게 구는 사람으로 보여요?"
수줍은 눈을 올려다보며 다이나가 대답했다.
"아뇨, 그렇지 않아요. 하지만 물건들이 어수선하게 흩어져 있으면 화가 나겠죠. 모세같이 온화한 사람도 가끔은 화를 냈어요."
아담은 그녀를 다정하게 바라보며 말했다.
"그러면 이리 와요. 내가 물건들을 다시 제자리에 놓는 걸 도와줄게요. 그러면 잘못될 리가 없겠죠? 꽤나 까다로운 성격으로 보아, 그 이모님에 그 조카가 틀림없군요."

그들은 대수롭지 않은 일을 함께 시작했지만 다이나는 스스로를 다스리지 못해 어떤 말도 꺼내지 못했다. 아담은 그런 그녀를 불안하게 바라보았다. 그는 최근에 다이나가 자신을 못마땅하게 여긴다고 생각했다. 그녀가 여느 때처럼 친절하지도 않고 마음을 터놓지도 않았기 때문이다. 아담은 다이나가 자기를 바라보기도 하고 이런 일은 장난처럼 재미있게 받아들여 주길 바랐다. 그러나 다이나는 끝내 그를 바라보지 않았다. 키가 큰 아담을 바라보지 않는 건 그녀에게는 쉬운 일이었다. 마침내 먼지를 터는 일도 끝났다. 아담은 더 이상 그녀 옆에 머물러 있을 구실이 없어지자 더 이상 참지 못하고 약간 애원하듯 말했다.

"다이나! 뭔가 나한테 기분 나쁜 일이 있나 본데 왜 그러죠? 내가 뭔가 당신에게 거슬리는 행동이라도 했어요?"

그 질문에 다이나는 무척 놀랐지만, 이내 감정은 새로운 분위기로 바뀌었고 편안해졌다. 이제 다이나는 아담을 올려다보며 아주 진지하게 그리고 눈물이 나올 듯한 표정으로 말했다.

"아니에요, 아담! 그런 거 아니에요. 왜 그런 생각을 해요."

아담이 말했다.

"당신은 나한테 정말 소중한 친구예요. 근데 당신은 나를 그렇게 생각해 주지 않는 것 같아 참을 수가 없군요. 그리고 내가 당신을 얼마나 높게 생각하는지도 몰라주는군요. 다이나, 내가 어제 말했던 건 진심이었어요. 당신이 진정 떠나고 싶어한다면 나도 받아들이겠다는 말 말이에요. 당신의 생각이 나에게는 정말 소중해요. 나는 아무것도 불평해서도 안 되고 고마워해야 한다고 느꼈지요. 당신이 떠나는 게 옳다고 생각한다면 말이죠. 하지만 다이나, 내가 당신과 헤어지기 싫어한다는 건 알고 있죠?"

다이나는 몸이 떨렸지만 침착하게 말하려고 애썼다.

"그럼요, 저에게 오빠 같은 마음으로 대해주신다는 걸 잘 알죠. 제 마음은 언제나 곁에 있을 거예요. 다만 이번 일로 여러 가지로 유혹을 겪게 되니 마음이 무겁네요. 저를 막으려고 하지 마세요. 저는 잠시 친척들을 떠나야 한다는 소명을 받았어요. 그건 시험이에요. 육신은 유혹에 약한 존재이니까요.[254]"

아담은 그녀가 대답을 강요받아 고통스러워 한다는 걸 깨달았다.

"내가 괜한 이야기를 해서 상처를 주었군요. 자, 다이나. 더 이상 이야기하지 맙시다. 세스가 아침을 준비했는지 가보죠."

이 장면은 정말로 소박한 장면이었다. 독자들도 분명히 사랑에 빠져봤을 것이다. 여러분은 친구들 모두에게 말하지 않았어도 아마 최소한 한 번 이상 사랑에 빠져봤을 것이다.

봄이 오는 첫 신호는 희미하게 감지된다. 공기 중이나, 새들의 노래 속에서 느껴지는 표현할 수 없는 미미한 변화, 산울타리의 가지에 뾰족이 내밀고 있는 작은 새싹들……. 이런 것들이 바로 봄의 첫 신호이지만 독자들은 결코 사소하다고 생각하지 않을 것이다. 두 개의 작은 빗방울은 합쳐지기 전에 살살 흔들리면서 하나가 되어 흐른다. 이것과 마찬가지로 아담과 다이나는 가벼운 말을 나누고 수줍은 표정을 지으며 서로에게 서서히 접근했다. 그리고 가볍게 떨면서 서로를 어루만졌다. 독자들 중에서 이것을 시시하다고 생각하는 사람이 과연 있을까? 이렇게 가벼운 이야기와 표정, 접촉들은 영혼이 말하는 언어의 일부이다.

필자의 생각으로는, 세상에서 가장 아름다운 언어는 '대팻밥'이나 '톱밥' 같이 물건을 지칭하는 단어가 아니다. 그것은 그 실체를 바라보거나 들을 수 없다고 여겨지는 말들, 다시 말해 '빛', '소리', '별들', '음악' 과 같이 눈에 보이지 않는 단어들이다. 이런 단어는 말할 수 없이 위대하고 훌륭한 어떤 것을 표시해 주는 신호이다. 사랑이

---

254) 여러 가지 성경구절이 언급되고 있다. 고린도전서, 5:3. "내가 비록 몸은 여러분에게서 떨어져 있지만 마음으로는 여러분 곁에 있어,", 베드로전서, 1:6. "눈앞에 있는 여러 가지 어려움으로 인하여 지금 당장은 힘들고 괴롭겠지만,", 요한복음, 7:33. "나는 잠시 동안, 너희와 함께 있다가 나를 보내신 분에게 갈 것이다.", 에스겔서, 21:13. "시험할 때가 반드시 올 것이다.", 마태복음, 26:41. "깨어서 너희가 시험에 빠지지 않도록 기도하여라. 영은 원하지만 육체가 약하구나." 등.

위대하고 아름다운 것이라는 견해는 필자도 가지고 있다. 독자들이 내 생각에 동감한다면 사랑의 가장 작은 징표가 대팻밥이나 톱밥처럼 아무 의미 없이 다가오지는 않을 것이다. 비록 사랑의 징표들은 '빛', '음악' 과 같은 보잘것없는 단어들이지만, 그 단어들은 길게 굽이치는 당신의 기억의 실마리를 뒤흔들어, 당신의 귀중한 과거와 현재를 풍요롭게 만들어 줄 것이다.

51

일요일 아침

다행히 리즈베스가 앓고 있던 류머티즘의 병세가 그리 심하지 않아서 다이나는 오두막집에 하룻밤 더 머물지 않아도 되었다. 그녀는 이제 오두막집을 떠나 홀 팜으로 가서 하룻밤만 지내고 곧장 이 고장을 떠나기로 결심했다. 다이나가 저녁 무렵에 '아주 오랫동안' 친지들과 헤어지게 됐다고 하면서 자신의 결심을 알려주자, 리즈베스가 말했다.

"오랫동안이라구! 그럼 내 평생 다시는 너를 못 보겠네. 에휴…… 이제 영영 너를 못 볼는지! 내가 앞으로 살면 얼마나 살겠니. 내 몸이 병들어 죽게 되면 그때나 네 얼굴을 볼 수 있으려나……. 하지만 나는 네가 오기도 전에 죽겠지. 결국 눈이 빠지도록 너만 기다리다 눈을 감는 꼴이 되겠구나."

이 말이 리즈베스가 온종일 토로해대는 얘기의 요지였다. 아담이 집에 있지 않아서 마음 놓고 불평을 해댄 것이다. 부인이 다이나가 왜 가야만 하느냐는 똑같은 질문을 몇 번이고 되풀이했기 때문에 불쌍한 다이나는 여간 애를 먹은 게 아니었다. 리즈베스는 다이나의 대답은 들으려고 하지도 않고, 그저 '변덕'과 '옹고집'을 부리고 있었다. 한술 더 떠서 리즈베스는 다이나가 자신의 아들들 중 한 사람과 결혼해서 자신의 며느리가 되지 않는 걸 무척이나 아쉬워하면서 말했다.
 "너는 세스가 별로 마음에 들지 않는 모양이구나. 그래, 그 애가 너에 비하면 썩 영리하지는 않지. 그래도 세스는 너에게 아주 지극 정성이었잖니. 또 내가 아플 때는 어쩜 그렇게 마음에 쏙 드는 짓만 하는지…… 게다가 너 못지않게 성경책도 많이 읽고 예배드리는 것도 좋아하지. 하지만…… 어쩌면 너는 너와 똑같은 사람보다는 다른 사람을 좋아할지도 모르겠구나. 흐르는 시냇물은 비가 내리기를 갈망하지 않는 법이니까……. 아담이라면 너를 위해 줄 텐데. 내가 장담하는데 그 애라면 분명 너를 위할 거야. 네가 아무리 거절한다 해도 아담은 네가 마음에 든다면 분명히 너를 좋아하고도 잘해줄 거야. 다만 쇠말뚝처럼 너무 고집이 세서 탈이지만 말이야. 그 애가 한 번 마음먹으면 자기 자신 외에는 어떤 것도 그 애 뜻을 꺾지 못해. 그래도 아담은 어떤 여자를 만난다 해도 훌륭한 남편이 될 거야. 그 여자가 아담만큼 똑똑하고 훌륭하다면 말이야. 아담만큼 사랑스러운 사람이 또 있을까. 그 애도 나한테 따뜻하게 대하려고 마음만 먹으면 얼마나 잘해주는데……. 그 애의 눈짓만 봐도 아주 흐뭇해지지."
 다이나는 리즈베스의 가장 예리한 시선과 질문을 피하기 위해 자잘한 집안일을 찾아 계속 이리저리 돌아다녔다. 이윽고 저녁이 되자 세스가 돌아왔고, 다이나는 모자를 쓰고 집을 나섰다. 그녀는 마지막 작별인사를 한 후 들판을 가로질러가면서 다시 한 번 되돌아보았다. 노부인이 아직도 문간에 서서 침침한 눈으로 자신의 모습을 희미한 점이 되어 사라질 때까지 응시하는 걸 보자, 다이나는 가슴이 무척 저리고 아파왔다. 다이나는 제일 끝에 있는 들판의 계단에서 마지막으로 뒤돌아다보며 기도했다. '사랑과 평화의 하느님! 저들과 함께 하소서. 저들이 고통을 당했던 나날들, 그리고 여러 가지 불행을 겪었던 횟수만큼이라도 저들을 기쁘게 해소서. 제가 저들을 떠

나온 것은 주님의 뜻이옵니다. 오로지 제가 주님의 뜻만을 따르게 해주소서.' [255]

한편 리즈베스는 집 안으로 들어가 작업장에 있는 세스 곁에 다가가 앉았다. 세스는 돌림판으로 깎은 나무 몇 토막을 마을에서 가져와 그걸로 조그마한 반짇고리를 만드느라 바빴다. 그는 그것을 완성하여 다이나가 떠나기 전에 그녀에게 선물로 줄 작정이었다.

"너는 다이나가 떠나기 전에 다시 한 번 그 애를 만나겠구나. 아마 일요일이 되겠지?"

이 말이 리즈베스의 첫 마디였다.

"세스, 일요일 저녁에 네가 다이나 좀 다시 집에 데려오면 안 되겠니? 한 번 더 그 앨 만나고 싶어서 그래. 응? 어떻게 좀 해봐."

세스가 말했다.

"어머니, 다이나를 다시 오라고 설득 할 필요가 없어요. 다이나가 오고 싶으면 당연히 올 테니까요. 하지만 다시 작별인사만 하러 오는 거라면 공연히 어머니 마음만 괴로울 텐데요."

리즈베스는 짜증을 버럭 내며 말했다.

"내 생각에는 말이다. 만일 아담이 다이나를 좋아해서 결혼까지 하게 된다면, 그 애는 절대로 여기를 떠나지 않을 거야. 하지만 어쩌겠니. 모든 게 정반대로 돌아가고 있는데……."

세스는 잠시 아무 말도 못 하고, 얼굴을 약간 붉히면서 어머니의 얼굴을 바라보았다. 세스는 낮은 어조로 물었다.

"어머니, 다이나가 혹시 어머니에게 무슨 말을 하면서 그런 뜻을 비쳤나요?"

"아니다, 그 애는 아무 말도 하지 않았어. 쯧쯧……. 남자들이란 그저 다른 사람이 꼭 입으로 말을 해줘야 안다니까……."

---

[255] 누가복음, 22:42. "그러나 제 뜻대로 되게 하지 마시고 아버지의 뜻대로 이루어지게 하십시오."

"그렇다면 어머니께서는 왜 그렇게 생각하신 거예요? 그래도 뭔가 있으니까 그런 생각을 하셨을 거 아니에요."

"내가 왜 그런 생각을 했는지는 중요하지 않아. 나는 원래부터 머리가 텅 빈 사람이 아니니까 그런 생각이 들었겠지. 특별한 이유는 없어. 그냥 그렇게 생각될 뿐이야. 다이나가 아담을 좋아한다는 걸 나는 벌써 눈치 챘거든. 이건 문 틈새로 바람이 들어오는 것처럼 분명한 사실이야. 아담이 이 사실을 알면 흔쾌히 다이나와 결혼할지도 모르잖니? 하지만 그러려면 누군가 말해주어야겠지. 그렇지 않으면 네 형이 어찌 다이나의 마음을 알겠니. 알 턱이 없잖아."

세스를 놀라게 한 것은 다이나가 형을 좋아한다는 말이 아니었다. 오히려 어머니의 마지막 말, 즉 어머니 자신이 다이나의 마음을 형에게 알려 주려한다는 게 충격적이었다. 세스는 다이나의 감정에 대해서는 확신할 수 없지만 아담의 감정만큼은 확실히 알고 있었다. 그래서 세스는 간절하게 말했다.

"아녜요, 그러지 마세요, 어머니. 형한테 그런 말 하지 마세요. 다이나가 어머니께 말하지 않는 한 다이나의 감정이 어떤 건지 어머니께서 말할 권리는 없어요. 괜히 그런 말을 해봤자 형한테는 좋을 게 하나도 없어요. 형은 다이나한테 고마워하고 그녀를 좋아하고는 있지만, 그렇다고 해서 그녀와 결혼할 생각은 전혀 없어요. 물론 다이나도 형과 결혼할 리가 없구요. 다이나는 결혼 자체에 뜻이 없어요."

리즈베스는 성급하게 말했다.

"그거야 걔가 너를 남자로 받아들이지 않으니까 네가 그렇게 단정 짓는 거야. 그 애가 너하고는 결혼하지 않겠지. 하지만 그렇다면 그 애가 다른 사람을 택하기보다는 차라리 네 형과 결혼하는 게 너한테도 좋은 일 아니겠니?"

세스는 마음이 상했다. 그는 항의하듯 말했다.

"어머니, 제가 다이나와 형이 결혼하지 못하게 막으려는 것 같아요? 아뇨, 저는 그렇게 옹졸한 사람이 아니에요. 어머니께서 다이나를 며느리로 맞고 싶은 마음 못지않게 저도 그녀가 저의 형수님이 된다면 감사할 거예요. 하지만 그런 일은 더 이상 생각하고 싶지 않네요. 어머니께서 자꾸 이러시면 제가 더욱 힘들어져요."

"그래, 좋다. 그러면 다이나가 네 형을 마음에 두고 있다는 내 말이 굳이 틀렸다고 우겨대지 마라. 기분이 언짢으니까."

세스가 말했다.

"어머니가 형한테 그런 말씀을 하시면 그건 다이나에게 잘못하시는 거예요. 어머니 말이 사실이 아니라면 형을 더 불편하게 만들 거라구요. 절대 좋은 생각이 아니에요. 형은 다이나한테 절대로 그런 감정을 느끼지 못했을 거예요. 그건 제가 알아요."

"네가 확신한다고 해서 그렇게 말하지 마라. 너는 아무것도 몰라. 아담이 왜 허구한 날 포이저 댁에 가겠니? 다이나를 보려고 간 게 아니라면 말이다. 한 번만 가면 될 곳을 두 번, 세 번씩이나 갔단 말이지. 혹시 다이나를 좋아하면서도 자기감정을 미처 모르고 있을 수도 있잖아? 항상 죽에 소금을 넣어 먹을 때는 몰랐다가도 어느 날 소금이 안 들어가면 금세 알게 되지. 네 형 머릿속에 누군가 다이나하고 결혼하란 말을 심어주지 않으면, 그 애는 결혼할 생각은 전혀 못 할 거다. 네가 이 어미를 조금이라도 생각한다면 네 형이 그걸 깨닫게 해서 다이나가 내 곁에 꼭 붙어 있도록 해 줘야지. 그러면 내가 네 아버지 곁으로 갈 때까지 다이나가 나를 편안히 보살펴 줄 거 아니냐. 저기 하얀 가시나무 아래에 누워계신 네 아버지 곁으로 말이다."

세스가 말했다.

"어머니, 저를 매정하다고 하지 마세요. 잘 알지도 못하고, 다이나의 감정을 형한테 말하는 건 제 양심이 허락하지 않아요. 불쑥 결혼

얘기를 꺼내면 형은 무척 화낼 거예요. 그러니까 어머니도 모른 척 하세요. 어머니가 다이나에 대해 아주 잘못 생각하고 계신지도 모르잖아요. 아뇨, 저는 확신해요. 다이나는 지난 안식일에도 자긴 결혼할 마음이 전혀 없다고 분명히 저한테 말했거든요."

"너는 다른 사람들하고 정반대로만 행동하는구나. 어쩜 내가 싫어하는 말만 골라서 재깍재깍 해주니."

리즈베스는 이 말을 하고 나서 긴 의자에서 일어나 작업장 밖으로 나갔다. 세스는 어머니가 다이나에 대한 이야기를 해서 형의 마음을 혼란스럽게 하지 않을까 걱정이 됐다. 그러나 잠시 후, 세스는 안심하기로 했다. 형이 괴로운 일을 당하고 난 뒤부터 어머니는 형에게 감정적인 이야기를 잘 하지 않았기 때문이다. 특히 이렇게까지 민감한 문제는 어머니가 감히 접근조차 하지 않으려 한다는 걸 기억해냈다. 설령 어머니가 말을 꺼낸다고 해도 형이 어머니 말씀을 심각하게 받아들이지 않기를 바랄 뿐이었다.

세스의 말이 옳았다. 리즈베스는 겁이 나서 진짜로 자제하고 있었다. 사흘 동안이나 아담에게 말할 기회가 있었지만 리즈베스는 아무 말도 하지 않았다. 사실, 리즈베스에게 사흘이라는 시간은 아들에게 말을 꺼내지 않고는 못 배길 정도로 긴 시간이었다. 리즈베스는 오랫동안 혼자서 시간을 보내면서 다이나를 무척 아쉬워했다. 그래서 어떻게 해야 할지 곰곰이 생각만 하다가 아담에게 말하지 않고서는 도저히 참을 수 없는 지경에까지 이르렀다. 그러자 이 생각들은 비밀의 둥지에서 놀라운 방법으로 날개를 달고 튀어나왔다. 어느 일요일 아침, 세스가 트레들스톤 예배당으로 나가고 집에 없자, 아담에게 말해도 괜찮을지 모르는 아슬아슬한 기회가 찾아왔다.

일요일 아침은 리즈베스에게 있어 일주일 중 가장 행복한 시간이었다. 왜냐하면 헤이슬롭의 교회는 오후에 예배를 보기 때문에 아담은 오전마다 항상 집에 있었기 때문이었다. 이럴 때에는 아담은 아무것도 하지 않은 채 책만 읽고 있어서, 어머니는 아담에게 용기를 내어 말을 건넬 수 있었고, 아담은 책을 덮고 어머니의 말에 귀를 기울여주고는 했었다. 리즈베스는 일요일에는 항상 아들들을 위해 평소보다 훌륭한 식사를 마련하였다. 특히 세스가 하루종일 집에 없을 때가 많아서, 어머니는 아담과 단둘만을 위해서 맛있는 음식을 마련하게 될 경우가 많이 생겼다. 깨끗한 부엌에서는 화덕 불에 고기 굽는 냄새가 났고, 시계는 평화로운 일요일에 어울리게 재깍재깍 규칙적인 소리를 내며 흘러갔다. 리즈베스가 사랑하는 아들 아담은 별다른 중요한 일은 하지 않은 채, 그저 가장 좋은 정장 차림으로 그녀 옆에 앉아 있었다. 어머니는 아들에게 다가가 마음이 내키면 아들의 머리칼을 쓰다듬기도 하고, 아들이 자신을 올려다보며 미소 짓는 걸 바라보기도 하였다. 그러는 동안 짚은 약간 질투심이 났는지 두 사람 사이에 누워 주둥이를 내밀고 있었다. 바로 이 모든 상황들이 리즈베스에게는 지상 낙원이었다.

아담이 일요일 아침에 읽는 책은 그림이 크게 그려진 성경이었고, 오늘 아침에는 이 성경책을 부엌에 있는 하얀 전나무로 만들어진 둥그런 탁자 위에 펼쳐 놓았다. 화덕 불이 타고 있는 이곳에 앉아 있는 건 어머니가 자기와 함께 있으면 좋아한다는 걸 잘 알고 있었기 때문이다. 일주일 중 오늘 같은 날만이 아담이 그런 식으로 어머니를 만족시킬 수 있는 유일한 날이었다.

독자들도 아담이 성경책을 읽고 있는 모습을 좋아할 것이다. 그는 평일에는 성경을 펼쳐 들지도 않았다. 오직 휴일에만 읽었고 그 속에서 역사, 전기, 시를 배웠다. 아담은 한 손을 조끼 단추 사이에 끼워 넣고 다른 손으로 책 페이지를 넘길 준비를 하고 있었다. 독자들은 아침 내내 아담의 얼굴에 많은 변화가 일어나고 있음을 봤을 것이다. 그는 가끔 발음을 연습하느라 입술을 반원형으로 벌리며 움직거렸다. 아담은 사무엘이 국민에게 임종의 연설을 할 때같이,[256] 자기도 그렇게 말하리라 상상하면서 연설부분을 읽었다. 그리고는 아담은 눈썹을 치켜 올려 보았으나, 입술의 양쪽 끝은 서글픈 동정심으로 약간 떨리고 있었다. 아마 늙은 이삭이 아들을 만나는 장면이[257] 그를 몹시 감동시켰던 모양이다. 그리고 신약을 읽을 때에는 아담의 얼굴에 아주 엄숙한 표정이 나타났다. 또 가끔씩 책 내용에 동의하듯 진지하게 고개를 끄덕이고, 혹은 손을 들었다가 다시 내리기도 했다. 그리고 어떤 날 아침에는 아담은 자신이 아주 좋아하는 경외서[258]에서 시라크의 아들이 말하는 예리한 말들을[259] 읽고 즐거운 미소를 지었다. 아담은 가끔 경외서를 쓴 사람의 생각과 다르게 생각하기도 했다. 하지만 아담은 훌륭한 교인이었기에, 그 항목의 내용을 아주 잘 알고 있었다.[260]

리즈베스는 정성껏 만찬을 준비하다가 잠깐씩 멈추는 사이사이에 아담의 맞은편에 앉을 기회를 엿보았다. 그리고 더 이상 기다릴 수가 없었는지 아담에게 다가가 그를 쓰다듬으며 관심을 끌었다. 그는 오늘 아침 마태복음을 읽고 있었다. 리즈베스는 몇 분간 그의 옆에 딱 붙어 서서, 평소보다 더 부드럽게 그의 머리카락을 쓰다듬으면서, 경이로운 마음으로 넓은 책장에 쓰여 있는 신비로운 글자를 말없이 내려다보고 있었다. 리즈베스는 용기를 내서 계속 아담을 어루만져 주었다. 그녀가 아들에게 다가갔을 때, 그는 처음에는 의자 뒤로 몸을 젖혀 어머니를 다정하게 바라보며 말했다.

"어머니! 오늘 아침에 무슨 기분 좋은 일 있으세요? 짚이 저에게

---

256) 사무엘상, 12장.
257) 창세기, 27:1~40.
258) 성경의 편집 선정 과정에서 제외된 문서들. 경외서는 역대 교회에 지대한 영향을 끼쳤으며, 구약성서의 경외서는 특히 신약성서를 이해하는데 큰 공헌을 해왔다. 여기서 아담이 읽는 책은 구약성서의 경외서 중 전도서이다. 성서와 동등시 될 수는 없지만 읽어서 유익하고 좋은 책이라는 평가를 받고 있다.
259) 시라크의 아들 예수가 BC 180년경에 쓴 〈집회서〉, 〈12족장의 유언〉 등을 말한다.
260) 아담은 경외서인 〈집회서〉에서 '시라크의 아들 예수의 지혜'라는 항목을 읽기 좋아했다. 그러나 성공회의 종교의식에 관한 39장 6조에서 비록 교회에서는 모범된 삶과 좋은 습관을 기르기 위하여 경외서들을 읽어도 좋으나, 교회는 경외서에 나온 말들을 교리로 삼지 않는다고 경고하고 있기 때문에, 아담은 이 항목에 찬성하지 않고 있다.

자기도 좀 봐달라고 하네요. 짚은 내가 다른 누구보다도 어머니를 제일 사랑하는 걸 참을 수 없나 봐요."

리즈베스는 하고 싶은 말이 너무 많아서 선뜻 아무 말이나 꺼낼 수 없었다. 아담이 책장을 한 장 넘기자 그림이 나왔다. 예수님 무덤의 입구를 막은 큰 바위를 치우고 그 위에 앉아 있는 천사의 그림이었다.[261] 이 그림은 리즈베스의 기억 속에 있는 누군가를 강렬하게 연상시키는 그림이었다. 그녀는 맨 처음 다이나를 만났을 때 이 그림의 천사를 떠올렸다는 생각이 났다. 아담이 책장을 넘기고 책을 옆으로 들어 올려 천사 그림이 잘 보이도록 해주자, 어머니가 말했다.

"그 애구나, 다이나야……."

아담은 천사의 얼굴을 좀더 자세히 들여다보며 웃었다.

"그러네요, 좀 닮았네요. 하지만 제가 보기에는 다이나가 더 예쁜 것 같은데요?"

"그래? 그렇게 예쁘다고 생각하면서 너는 왜 그 아이를 좋아하지 않는 거니?"

아담은 놀라서 고개를 들었다.

"아니, 어머니. 제가 다이나를 소중하게 생각하지 않는 것 같아요?"

"그런 건 아니지."

자기 자신의 용기에 스스로도 놀라며 리즈베스가 말했다. 그러나 이제 얼음을 깨뜨렸으니, 어떤 손해가 나더라도 물을 흐르게 해야 한다고 느끼며 말했다.

"하지만 30마일이나 떨어져 있는 사람을 아무리 소중하게 생각한들 무슨 소용이 있겠어. 네가 정말로 다이나를 좋아한다면 이대로 그 애를 떠나보내서는 안 되지."

---

[261] 마태복음, 28:2. 그때, 강한 지진이 일어나고, 하느님의 천사가 하늘에서 내려왔습니다. 그 천사는 돌을 굴려 치우고, 그 위에 앉았습니다.

"하지만 다이나가 굉장히 고심한 끝에 결정한 일이라면 제가 무슨 권리로 다이나를 막겠어요."
 아담은 마저 읽고 싶은지 계속 책을 보며 말했다. 그는 또 아무 소용도 없는 어머니의 불평이 계속해서 쏟아지리라고 예견했다. 리즈베스는 다시 아담의 맞은편 의자에 앉으며 말했다.
 "하지만 네가 그렇게 정반대로 행동하지 않았다면, 다이나는 굳이 떠날 생각까지는 안 했을 거야."
 리즈베스는 막연하게 표현할 뿐 그 이상 말하는 것은 감히 엄두도 내지 못했다. 아담은 약간 걱정이 되어 다시 올려다보며 말했다.
 "반대로 행동했다고요? 어머니, 제가 뭘 어쨌는데요? 무슨 말씀이에요?"
 리즈베스는 거의 울상이 되어 말했다.
 "글쎄다, 요즘 너는 도면만 쳐다보고, 일하는 거 외에는 아무 생각도 하지 않는구나. 목재가 네 어미라도 되니? 평생 그렇게 목재만 껴안고 살 거야? 이 어미가 죽고 나면, 누구 하나 너를 돌봐줄 사람이 없을 텐데 어쩌려고 그러니? 누가 편안하게 네 아침식사를 챙겨주겠어?"
 아담이 모친의 울먹이는 소리에 당황하여 말했다.
 "어머니, 도대체 왜 그러는 거예요. 무슨 말씀이 하고 싶으신데요? 제가 어머니 말씀을 거슬렀나요?"
 "그럼, 지금도 이 어미 뜻을 거스르고 있잖니. 내가 아플 때 내 옆에서 위로해주고 시중들면서 나를 기쁘게 해줄 사람 좀 데려와 봐."
 "어머니, 그래서 제가 집안일을 도와 줄 여자애를 데려오자고 그랬잖아요. 그런데도 어머니가 싫다고 하셨잖아요? 저는 어머니가 집안일 때문에 고생하시는 게 싫어요. 이제 우리도 사람을 쓸 정도의 형편은 돼요. 제가 누차 말했잖아요. 그게 우리에게 훨씬 좋을 거라구요."

"아무리 괜찮은 애를 고르면 뭣 하니? 마을에 있는 계집애 중 하나를 데려와도 아무 소용없을 텐데, 더구나 트레들스톤에서 온 애라면 평생 눈 한번 마주친 적 없는 아이일 거 아니냐? 관둬라……. 그럭저럭 꾸려가다가 죽기 전에 관 속으로 들어가면 그만이지 뭘. 내 발로 못 들어가면 사람들한테 좀 넣어달라고 하면 되지 않겠냐?"

아담은 아무 말도 하지 않고 책만 계속 읽으려 했다. 일요일 아침에 이런 행동을 보이는 것은 아담이 어머니에게 보여줄 수 있는 가장 가혹한 처사였다. 그러나 더 이상 참을 수 없을 정도로 너무 화가 났던지 리즈베스는 잠깐 입 다물고 있다가 1분도 못 참고 다시 말하기 시작했다.

"넌 내가 누구랑 같이 지내고 싶은지 정말 몰라서 그러는 거야? 나를 도와주려고 왔었던 그런 마을 사람들이 아니야. 그리고 너는 그 애를 꽤 여러 번 데려왔잖아."

아담이 말했다.

"어머니께서 다이나를 말씀하신다는 걸 잘 압니다. 하지만 전혀 가망 없는 일에 미련을 가져봐야 어머님 마음만 아파요. 혹시 다이나가 헤이슬롭에 계속 머물겠다고 하더라도 자기 이모 집에서 나오겠어요? 우리보다는 혈육인 이모가 더 가깝잖아요. 다이나는 그 댁의 딸이나 다름없다구요. 다이나가 세스와 결혼한다면 모를까, 물론 그렇게 된다면 우리에게는 큰 축복이겠지만, 우리는 인생을 살아가면서 원하는 걸 모두 가질 수는 없어요. 그러니 어머니도 다이나 없이 살아갈 수 있도록 마음을 굳게 먹으세요. 한번 노력해 보시라구요."

"아니다, 다이나는 딱 너에게 어울리는 사람이야. 그러니까 내가 마음을 못 접지. 다이나가 하느님이 너를 위해 보내신 사람이 아니라고 아무리 우겨도 나는 믿지 않을 거다. 그 애가 감리교도라는 게 무슨 상관이야. 그런 건 결혼하고 살다 보면 저절로 다 없어질 텐데."

 아담은 의자에 몸을 기대고 어머니를 바라보았다. 이제야 그는 어머니가 무슨 목적으로 이 대화를 시작했는지 이해했다. 그건 여태까지 어머니가 언급해 온 것같이 타당성이 없고 실천할 수 없는 소망이었다. 하지만 아담은 뜻하지 않았던 새로운 생각에 흔들리고 있었다. 그렇더라도 중요한 건 가능한 한 빨리 어머니가 그런 생각을 버리도록 하는 것이었다.

 "어머니!"
 그는 진지하게 말했다.
 "어머니 말씀은 터무니없는 것이에요. 다시는 그런 말씀 하시지 마세요. 듣고 싶지도 않아요. 이루어질 수 없는 일은 아무리 빌어봤자 소용없어요. 다이나는 결혼할 사람이 아닙니다. 그녀는 일반 사람들과 다른 방식으로 살아가기로 이미 마음을 굳힌 여자라구요."
 리즈베스는 성급하게 대꾸했다.
 "물론 그럴 테지. 결혼하고 싶은 사람은 따로 있는데, 정작 그 사람은 자기에게 청혼하지 않으니, 결혼할 생각을 안 할 수밖에. 네 아버지가 나한테 청혼하지 않았다면 나도 네 아버지와 결혼하지 않았을 게다. 내가 티아스를 좋아했던 것처럼 다이나도 너를 좋아하고 있단 말이다. 으이구…… 딱한 녀석 같으니라고."
 아담의 얼굴에 핏기가 확 몰렸고, 잠시 자신이 어디 있는지 어리둥절해졌다. 그의 어머니와 부엌은 온데간데없이 사라지고, 자기 앞에 서서 자신을 바라보는 다이나의 얼굴밖에 보이지 않았다. 까맣게 잊어버린 기쁨이 다시금 활짝 피어난 것 같았다. 그러나 아담은 금방 꿈에서 깨어났다.(꿈에서 깨어난다는 건 참 오싹하고 서글픈 일이었다.) 어머니의 말씀은 전혀 타당성이 없었다. 그러므로 어머니의 말을 믿는 것은 아주 어리석은 일이었다.
 그는 어머니의 말을 믿지 못하겠다고 강하게 주장하고 싶었다. 다이나가 자신을 좋아한다는 증거를 대라고 말하고 싶었다.
"어머니, 도대체 무슨 근거로 그런 말씀을 하시는 거예요. 그럴 만한 이유가 아무것도 없다는 걸 어머니도 잘 아시잖아요."
"그래, 한 해가 바뀌어도 내가 그런 말을 할 권리는 없겠지. 그런데도 나는 아침에 일어나면 제일 먼저 그걸 느낀단다. 다이나는 세스를 좋아하지 않아, 그렇지? 세스와 결혼하고 싶은 생각도 없는 것 같지? 하지만 그 애가 너를 대하는 걸 보면 세스에게 대하는 것과는 전혀 달라. 나는 이미 눈치 챘거든. 다이나는 너의 개, 짚을 멀리하듯이 세스는 자기에게 가까이 다가오지 못하게 하더라. 그런데 아침식사 때 네가 다이나 옆에 앉아서 그 애를 바라보자, 그 애는 사뭇 떨고 있었어. 너는 이 어미가 아무것도 모른다고 생각하겠지만 그건 아니다. 나는 네가 태어나기 전부터 살아왔던 사람이라구."
아담은 걱정스럽게 물었다.
"하지만 다이나가 떨고 있었다고 해서 그게 사랑이라고 확신할 수는 없잖아요. 안 그래요, 어머니?"
"그럼 다른 뜻이 뭐가 있겠니. 네가 미워서 그러지는 않았겠지. 너를 사랑하는 게 아니면 그럴 리가 없잖아? 너는 사랑받게 되어 있어. 너보다 더 정직하고 똑똑한 남자를 어디서 찾아보겠냐? 그 애가 감리교도라는 게 뭐 그리 대수겠니. 죽 속에 넣어 둔 금잔화일 뿐이지.[262]"
아담은 주머니에 손을 넣고 탁자 위에 놓여 있는 책을 내려다보고 있었지만 글자는 하나도 눈에 들어오지 않았다. 마치 금을 캐는 사람같이, 금을 확실히 찾을 거란 기대감에 차 있으면서도 한편으로는 발견되지 않을지도 모른다는 절망감을 동시에 느끼면서 잔뜩 긴장되어 어쩔 줄 몰라 쩔쩔매고 있었다. 그는 어머니의 통찰력을 신망할 수 없었다. 어머니는 자신이 바라보고 싶은 대로만 보았을 것 같

---

[262] 금잔화는 죽에 아무런 해도 없고 또 맛에도 아무런 영향을 주지 않는다. 금잔화 꽃은 잼을 만들고 죽의 풍미를 더해준다. 그리고 금잔화 꽃을 넣으면 음식을 더욱 아름답게 보이게 한다.

았다. 그럼에도 불구하고, 이런 암시를 받으니, 아주 미세한 산들바람에 물결이 퍼져 나가는 것같이 아주 사소한 일들이지만 많은 일들이 생각났다. 곰곰이 생각해보니 어머니의 말씀이 맞는 것 같았다.

리즈베스는 그가 이제야 뭔가 깨달았다는 걸 알 수 있었다.

"너는 그 애가 없으면 왠지 모르게 의기소침해졌지? 너는 자신도 모르는 새에 그 애를 좋아하게 됐던 거야. 짚의 눈이 너를 따라가듯 네 눈도 다이나를 따라다니던걸?"

아담은 더 이상 앉아 있을 수 없었다. 그는 벌떡 일어나 모자를 집어들고 들판으로 나갔다.

들판에는 햇살이 비치고 있었다. 독자들도 알겠지만 초가을 햇볕은 여름의 햇살과는 다르다. 라임과 밤 열매에는 아직 노란 물이 들지 않았지만, 일하는 사람들에게 있어 일요일의 햇볕은 가을의 고요한 분위기 이상의 것이었다. 지금 아침 햇살은 관목 산울타리의, 그늘 속의 부드럽고 섬세한 거미줄에 맺혀 있는 수정 같은 이슬이 아직도 반짝거리게 놔두고 있었다.

아담은 차분한 분위기에서 생각하고 싶었다. 다이나가 자신을 사랑한다는 생각이 떠오르자, 그 생각은 참기 어려울 정도로 엄청난 힘을 발휘하여 자신을 사로잡고 있어서 다른 감정은 일절 느끼지 못했다. 오로지 그게 사실인지 확인하고 싶은 마음만 간절할 뿐이었다. 그는 이 순간까지 자신과 다이나가 연인이 될 수 있으리라고는 한 번도 생각해본 적이 없었다. 그런데 갑자기 지금은 다이나와 사랑하는 사이가 되었으면 하는 열망으로 자기 자신을 걷잡을 수 없었다. 태양은 유난히 밝게 빛나고 있었고, 하늘의 속삭임이 울리는 탁트인 공중에는 새들이 날아오르고 있었다. 아담은 그 새들의 날갯짓만큼이나 자신의 소망을 더 이상 의심하지도 주저하지도 않았다.

가을날의 일요일 햇빛을 온몸으로 받아들이자 그는 점차 진정이 되었다. 만약에 자기 어머니나 자기 자신이, 다이나의 감정을 오해했다고 밝혀지더라도, 햇빛은 자기가 실망해서 그녀를 포기하지 않도록 단단히 자기에게 힘을 북돋아 주었다. 오히려 그의 희망을 친절하게 격려하면서 그를 안심시키고 있었다. 그녀의 사랑은 고요한 햇빛과 아주 비슷했다. 아담은 그녀의 사랑과 햇빛이 하나의 존재처럼 보일 정도로 아주 닮았다고 믿었다. 다이나는 아담의 첫사랑의 슬픈 추억과 관련되어 있었다. 아담은 그 추억을 도저히 잊어버릴 수가 없었다. 그러나 다이나를 사랑할수록 옛 추억은 새록새록 소중함을 더해갔다. 신성하게 여겨질 정도였다. 아니, 다이나에 대한 사랑은 추억에 얽힌 과거에서 나온 것이었다. 지금은 대낮 같은 아침이었다.

하지만 세스는 어떻게 될까? 분명히 상처받을 게 뻔한데……. 아니다. 그럴 리 없을 것이다. 요즘 들어 세스는 아주 만족해 보였고, 더구나 그는 이기적인 질투심을 가진 사람도 아니다. 그는 어머니의 편애를 받는 형에 대해 한 번도 질투해 본 적이 없었다. 그런데 세스는 어머니가 하신 말씀의 의미를 눈치 챘을까? 아담은 이것이 제일 궁금했다. 아담은 어머니의 관찰력보다는 세스의 관찰력을 더 믿었다. 다이나를 만나러 가기 전에 세스에게 말해야 될 것이다. 마음속으로 이렇게 결정하고 아담은 오두막으로 돌아왔다. 그는 어머니에게 말했다.

"세스가 나가면서 언제 돌아오겠다고 말하던가요? 점심때쯤이면 올까요?"

"애야, 세스는 기적이나 일어나야 돌아올 거다. 트레들스톤에 간 게 아니거든. 어디 다른 데에, 설교를 듣기도 하고 기도를 하는 곳에 갔을 거야."

아담이 물었다.

"어느 길로 갔는지 짐작되는 곳이 있으세요?"

"아니, 하지만 가끔 마을 공터로 가더라만. 나보다는 네가 더 잘 알지 않냐?"

 아담은 그곳으로 가서 세스를 만나고 싶었지만, 그보다는 가까운 들판을 걸어다니다가 세스를 만나는 것이 제일 빠른 방법인 것 같았다. 그러려면 아직도 한 시간가량 기다려야 했다. 세스는 점심시간인 12시보다 일찍 집에 돌아오는 일은 거의 없었다. 아담은 그 자리에 주저앉아 다시 책을 읽으려고 했으나 집중이 되지 않아 도무지 가만히 앉아 있을 수가 없었다. 그는 시냇가를 따라 배회하다가 들판의 계단에 기대어 서서, 아주 열정적으로 빛나는 눈빛으로 뭔가를 생생하게 보려고 애쓰는 것 같았다. 그러나 그것은 시냇물이나 버드나무가 아니었고 들판과 하늘도 아니었다. 아담은 자신의 경이로운 감정에 강렬하게 사로잡혀 몇 번씩이나 시야가 흐려졌다. 새로운 사랑에서 느끼는 두근거림과 달콤한 감정이 경이롭게 다가왔다. 그 감정은 어떤 사람이 자리가 없어서 한쪽으로 치워 놓았던 미술품을 우연히 발견하고, 거기서 자신도 미처 몰랐던 또 다른 매력이 눈에 들어와 놀라는 것과 비슷했다.

 시인들은 첫사랑에 대해서는 그토록 아름다운 말들을 많이 하면서 왜 뒤늦은 사랑에 대해서는 별로 말이 없는 것일까? 처음에 썼던 시들이 시인들의 최고의 시였던가? 오히려 그들의 무르익은 사색과 더 많은 경험과 뿌리 깊은 애정에서 나온 시들이 최고가 아닐까? 소년의 피리소리 같은 목소리는 봄의 매력을 가지고 있겠지만, 어른의 목소리는 더 풍요롭고 더 심오한 음악을 만들어 내지 않았던가?

 마침내, 세스가 저쪽 제일 먼 들판의 계단에서 모습을 드러냈고, 아담은 그를 맞이하러 가려고 서둘렀다. 갑자기 형이 보이자 세스는 놀라서 뭔가 큰일이 생겼나 하고 걱정했다. 그러나 아담의 얼굴은 놀랄 만한 일은 아무것도 없다는 것을 분명하게 보여주고 있었다.

 "어디 갔다 왔니?"
 두 사람이 나란히 걷게 되자 아담이 물었다.

세스가 대답했다.

"마을 공터에 다녀왔어. 브림스톤이라고 부르는 사람의 집에 몇몇 사람들이 모였었거든. 거기서 다이나가 그 사람들한테 하느님 말씀을 전했어. 그들 대부분은 교회에 가지 않고, 마을 공터에나 나오는 사람들이지. 그 사람들에게 다이나가 설교를 해줬지. 다이나는 오늘 아침에 하느님의 말씀 가운데서 "나는 의로운 사람들을 부르러 온 것이 아니라 죄인들을 부르러 왔다."[263]라는 구절을 힘차게 전하고 있었어. 그런데 그 와중에 보기에도 아름다운 일이 생겼어. 거기 여자들은 대부분 자기 아이들을 함께 데려오거든. 오늘은 전에는 한 번도 본 적이 없는 서너 살 된 통통하고 곱슬머리의 남자 애가 하나 왔었어. 보통 장난꾸러기 녀석이 아니더라구. 내가 기도할 때도, 우리가 노래할 때도 심한 장난만 쳤었지. 그런데 모두가 자리에 앉고 다이나가 설교를 시작하니까 녀석이 갑자기 꼼짝도 하지 않는 거야. 입을 떡 벌리고 서서 다이나를 바라보더니 엄마 품에서 빠져나와 다이나한테 달려오더라구. 그러더니 나를 좀 봐달라면서 조그만 개를 잡아당기는 것처럼 다이나를 막 잡아당겼어. 할 수 없이 다이나가 그 애를 들어서 무릎에 안고 있었지.[264] 설교하는 내내 말이야. 아이는 착하게도 얌전히 안겨 있다가 잠이 들었고, 그러자 그 애 엄마가 자기 애 좀 보라고 소리쳤어."

아담이 말했다.

"다이나가 엄마가 되지 않은 게 안타깝구나. 아이들이 그렇게도 그녀를 좋아하는데 말이야. 세스, 다이나는 결혼하지 않겠다고 굳게 마음먹은 거 같지? 그 마음이 쉽게 바뀌지는 않겠지?"

세스는 형의 말투에 뭔가 특별한 감정이 담겨 있는 것 같아 형의 얼굴을 힐끗 훔쳐보았다. 그리고 대답했다.

---

[263] 마가복음, 2:17.
[264] 예수가 한 어린아이를 자기 팔에 안고(마가복음, 9:36.) 있는 모습은 보통 성경의 삽화로 그려져 있다.

"어떤 것도 그녀의 마음을 바꿀 수 없다고 말한다면 내가 잘못 말하는 거겠지. 하지만 형이 나를 두고 한 말이라면 맞을 거야. 나는 다이나가 내 아내가 된다는 생각은 이미 포기했어. 그녀가 나를 가족이라고 불러주면 그것만으로도 족해."

아담이 약간 수줍은 듯이 말했다.

"그래도 다이나가 다른 누군가를 정말 좋아하게 되면……. 그 사람하고는 결혼할 거라고 생각하니?"

세스는 잠시 망설이다가 대답했다.

"글쎄…… 요즘 들어 몇 번씩 그럴지도 모른다는 생각이 내 마음에 스치긴 했어. 그래도 다이나는 사람에 대한 사랑 때문에 하느님이 자기를 위해 마련해 주신 그 길을 벗어나려고 하지는 않을 거야. 만약 하느님이 자기를 이끌어 주신 게 아니라고 생각되면, 아무리 강력한 힘이 자기를 이끌어도 결코 따라가지 않겠다고 결심했어. 다이나는 항상 그 점을 분명히 했었어. 자기가 해야 할 일은 다른 사람들을 보살펴주는 거니까, 이 세상에 자기만의 가정은 꾸리지 않겠다고 말이야."

아담이 진지하게 말했다.

"하지만 상상해 봐. 만일 그녀가 지금과 똑같이 일하도록 하고, 그런 일을 방해하지 않을 남자가 있다면 다르지 않을까? 지금 독신일 때 하고 있는 일들을 결혼하고 나서도 계속할 수 있다면 말이야. 그녀와 같은 일을 하던 다른 여자들도 많이 결혼했어. 물론 그 여자들이 다이나와 똑같은 사람들은 아니지만, 다이나처럼 설교하고, 아픈 사람들이나 곤궁한 사람들을 돌봐주었단 말이야. 다이나가 이야기하던 플레처 부인 같은 사람도 그랬잖아."

새로운 빛이 세스에게 비치는 것 같았다. 그는 돌아서서 형의 어깨에 손을 얹으며 말했다.

"형…… 다이나가 형하고 결혼하고 싶어하는 것 같아? 그래서 이런 말을 하는 거야?"

아담은 세스의 캐묻는 듯한 눈을 불안한 눈초리로 바라보며 말했다.

"다이나가 네가 아니라 나를 좋아하는 거라면 네 마음은 상처받겠지?"

세스는 다정하게 말했다.

"아니야, 그런 말이 어디 있어? 내가 형의 고통을 무시하고 형의 기쁨을 시기할까 봐 그러는 거야?"

그들은 잠시 동안 말없이 걸었고, 이윽고 세스가 말했다.

"나는 형이 그녀와 결혼하고 싶어한다는 건 상상도 못 해봤어."

아담이 말했다.

"나도 그래. 하지만…… 음…… 어떻게 말하면 좋을까……. 오늘 아침에 어머니가 나한테 하신 말씀이 있어. 나는 그 말을 듣자 내가 어디에 있는지 모를 정도로 어리둥절해졌어. 다이나가 나를 남자로서 좋아하고 있다는 거야. 그러면서 다이나가 나를 기꺼이 선택해줄 거라고 확신하시대. 좀 근거 없이 자신의 판단만 믿고 하신 말씀인 것도 같고……. 네가 보기에는 어때?"

세스가 말했다.

"형이 하고 싶었던 말이 바로 그거였구나. 혹시 내가 잘못 생각하는 건지는 몰라도 내 생각은 이래. 자기 속내를 말하지 않는 사람한테 우리가 이러쿵저러쿵 끼어들 권리는 없지 않을까?"

세스는 말을 멈추었다. 그리고 다시금 말을 이어갔다.

"하지만 형이 다이나에게 물어볼 수는 있겠지. 옛날에 나도 다이나한테 물어본 적이 있는데, 그녀는 화내지 않았어. 형은 감리교인이 아니니까 나보다는 물어보기가 쉽겠지. 다이나는 사람들이 반드시 감리교를 믿어야 한다고 엄격하게 고집하지는 않아. 하느님의 나라로 들어갈 자격이 있다고 생각되는 사람들이라면 꼭 감리교인이 아니어도 상관 안 해. 트레들스톤의 몇몇 형제들은 그 점 때문에 다이나를 못마땅하게 생각하지."

아담이 물었다.

"오늘 일과가 끝나면, 그녀는 어디에 가 있을까?"

세스가 말했다.

"다이나가 오늘은 홀 팜에만 있겠다고 했어. 홀 팜에서 보내는 마지막 안식일이라서 아이들과 함께 커다란 성경책을 읽을 거랬어."

아담은 말없이 혼자서 생각했다. '그러면 오늘 오후에 홀 팜으로 가야겠군. 어차피 교회에 가봤자 온통 다이나 생각뿐일 테니까 교회에는 가지 않는 편이 낫겠어. 사람들은 오늘 나 없이 찬송가를 불러야겠군.'

52

아담과 다이나

　오후 3시가 되었을 무렵이었다. 아담이 홀 팜 농장으로 들어오는 소리에 일요일 오후의 단잠을 즐기고 있던 알릭과 개들이 깨어났다. 알릭은 '젊은 아가씨' 만 집에 있고 다른 식구들은 모두 교회에 갔다고 말했다. 젊은 아가씨란 다이나를 지칭하는 말이었다. '모든 식구들' 이란 낙농장에서 일하는 하녀인 낸시까지 포함하는 말이었지만, 아담은 실망하지 않았다. 낸시는 안식일에도 할일이 많아 교회에 못 가는 날이 많았지만 이날은 교회에 갔었다.
　집 주위에는 정적만이 감돌고 있었다. 모든 문들은 굳게 닫혀 있었고, 디딤돌이나 물통마저 평소보다 더 고요하게 숨죽이고 있는 듯했다. 펌프에서는 물이 천천히 한 방울씩 떨어지는 소리가 났다. 집 안에서 들리는 소리는 오직 그것뿐이었다. 이 정적이 깨지 않게끔 그는 가만히 현관문을 두드렸다.
　문이 열리고 다이나가 아담 앞에 나타났다. 보통 이 시각에는 교회에 가 있어야 할 아담이, 뜻밖에 자기 앞에 나타나자 다이나는 깜짝 놀라 얼굴이 새빨개졌다. 어제만 같았어도 아담은 스스럼없이 다이나에게 이렇게 말했을지도 모른다.
　"다이나, 당신을 보러 왔어요. 다른 식구들은 모두 안 계시나 봐요."

그러나 오늘은 무엇 때문인지 그 말이 입에서 나오지 않아 아무 말도 못 한 채 그녀에게 손만 내밀었다. 아담은 집 안으로 들어갔고, 두 사람은 의자에 앉았다. 그들은 서로 무슨 말이든 하려고 했지만 뜻대로 되지 않는지 아무 말도 못 하고 어쩔 줄 몰라 했다. 다이나는 방금 일어났던 의자에 다시 자리를 잡았다. 의자는 창가 가까이에 있는 탁자 쪽에 놓여 있었다. 탁자에는 책이 한 권 놓여 있었는데 아직 펼쳐져 있지는 않았다. 그녀는 꼼짝 않고 앉아, 벽난로 쇠살대 안에서 활활 타고 있는 환한 불꽃만을 바라보고 있었다. 아담은 그녀의 맞은편, 포이저 씨의 세 발 의자에 앉았다. 다이나가 스스로를 추스르며 말을 꺼냈다.

"아담, 어머니께서 또 편찮으신 건 아니죠? 세스가 그랬는데요. 오늘 아침에는 몸이 한결 가벼우셨다구요."

이렇게 말하며 다이나는 아담을 바라보았다. 그녀의 표정에는 자신의 감정이 고스란히 배어 있었다. 아담은 그녀의 표정을 보고 기쁨을 느끼면서도, 한편으로는 수줍어하며 대답했다.

"맞아요, 오늘은 어찌나 팔팔하시던지 전혀 아팠던 분 같지가 않더군요."

다이나가 말했다.

"집에는 아무도 없답니다. 그래도 기다리실 거죠? 교회에 가지 않으신 걸 보니 틀림없이 무슨 일이 있나 봐요?"

"그래요."

아담이 대답하고는 잠시 멈췄다가 다시 말을 이었다.

"다이나, 당신에 대해 깊이 생각하고 있었어요. 그것 때문에 교회도 못 갔구요."

아담은 이 고백이 너무 갑작스럽고 어색하다고 느꼈다. 그는 자신이 무슨 말을 하고 있는지 다이나가 짐작할 거라고 생각했다. 하지만 아담의 말이 너무나 솔직해서 다이나는 오히려 다르게 받아들였다. 그녀는 자신이 이곳을 곧바로 떠나는 게 서운하니까, 아담이 세스의 형으로서 아쉬운 정을 전하기 위해 왔다고 해석했다. 그녀는 조용히 대답했다.

"아담, 저 때문에 너무 신경 쓰지 마세요. 어려워하지도 마시구요. 스노필드에 가면 저한테는 모든 것이 풍족하답니다.[265] 그래서 마음이 편안해요. 저는 제 의지로만 떠나는 게 아니니까요."

아담이 머뭇거리며 말했다.

"하지만 다이나, 모든 것이 달라진다면…… 음…… 당신도 지금까지 모르고 있었던 어떤 사실을 깨닫게 된다면 말이에요……."

다이나는 그게 무언지 궁금하다는 듯이 그를 쳐다보았다. 하지만 아담은 말을 잇는 대신 그녀가 앉아 있는 탁자 모퉁이 가까이로 의자를 가져갔다. 그녀는 의아했고 두려워했다. 다음 순간, 다이나의 생각은 과거로 돌아갔다. 그녀는 혹시 자신이 모르는 과거의 어떤 불행했던 사람과 관련된 일은 아닐까 하고 생각했다.

아담은 다이나를 바라보았다. 그녀의 두 눈은 매우 아름다웠다. 그 눈빛이 지금 사심 없이 뭔가를 자기에게 물어보고 있는 것 같았다. 한순간, 아담은 자신이 뭔가를 말하려 했던 것, 혹은 자기의 의도를 다이나에게 말해야 한다는 사실을 잊어버렸다. 그는 그녀의 두 손을 잡으며 돌연 입을 열었다.

"다이나, 나는 내 모든 마음과 영혼을 다 바쳐 당신을 사랑해요. 나를 이 세상에 보내주신 하느님 다음으로 당신을 사랑합니다."

다이나의 입술과 뺨이 동시에 창백해졌다. 그녀는 갑작스런 기쁨에 충격을 받아 어쩔 줄 몰라 하며 격렬하게 몸을 떨었다. 아담의 손이 다이나의 손을 꼭 쥐고 있었다. 그녀의 손은 죽은 사람의 손처럼 차디찼다. 아담이 손을 꼭 붙들고 있어서 그녀는 손을 빼낼 수가 없었다.

---

[265] (빌립보서, 4:18. "이제 나는 모든 것이 풍족합니다. 부족한 것이 없습니다.").

"다이나, 나를 사랑할 수 없다고 말하지 말아요. 우리는 헤어져야 한다고, 각자의 인생을 살아가야 한다고 말하지 말아요."

다이나의 두 눈에 눈물이 글썽거렸다. 그녀가 미처 대답하기도 전에 눈물이 주르륵 흘러내렸다. 그녀는 조용하고 낮은 목소리로 말했다.

"아담, 우리는 하느님의 뜻에 따라야 해요. 헤어져야 한다구요."

아담이 열정적으로 말했다.

"날 사랑한다면 가지 말아요, 다이나. 정말로 나를 사랑한다면 갈 수 없어요…… 말해 봐요. 당신이 왜 나를 형제 이상으로는 사랑할 수 없는지를."

다이나는 완전히 신의 뜻에 스스로를 맡긴 사람이었다. 그래서 있는 그대로의 사실을 숨기고 남에게 거짓말을 해서 어떤 목적을 이루려고는 하지 않았다. 그녀는 처음 받았던 충격에서 정신을 차리고, 진지한 눈길로 아담을 바라보며 말했다.

"그래요, 아담! 내 마음은 당신에게 강하게 끌리고 있어요. 그건 사실이에요. 만약 내 의지가 그런 마음을 반대하지 않는다면, 나는 당신 곁에서 계속 당신을 섬기며 행복해질 수 있겠죠. 하지만 그렇게 되면 다른 사람들을 위해 기뻐하거나 슬퍼하는 일을 잊어버리게 될까 봐 두려워요. 아니, 내가 성스러운 신의 존재를 잊어버리고, 당신의 사랑 외에는 어떤 사랑도 찾지 않을까 봐 정말 무서워요."

아담은 즉시 응하지 않았다. 그들은 감미로운 침묵 속에서 서로를 바라보며 앉아 있었다. 처음으로 서로 교감하는 사랑의 마음만 있을 뿐 다른 감정은 하나도 떠오르지 않는 순간이었다. 사랑만이 영혼 그 자체를 독점하고 있었다. 아담이 마침내 입을 열었다.

"다이나, 우리가 서로 사랑하면서 함께 살아간다는 건 절대로 나쁜 일이 아니지요? 누가 이렇게 위대한 사랑을 우리 마음속에 심어 놓았겠어요? 이보다 더 성스러운 것이 있을까요? 우리는 계속 하느님 안에서 살 수 있어요. 또 서로 도와가면서 선행을 베풀 수도 있구요. 나는 당신과 하느님 사이에 끼어들 생각은 없어요. 당신이 하는 일에 대해, 이래라저래라 간섭하면서 강요할 생각은 해본 적도 없구요. 그러니 지금까지 해왔던 대로 당신은 그냥 당신의 양심에 따라 살아가면 되는 거예요."

다이나가 대답했다.

"그래요, 아담. 결혼을 하도록 계시를 받은 사람에게는 결혼도 성스러운 것이라는 걸 알아요. 나는 그런 결혼이 아닌, 성스럽지 못한 결혼은 생각할 수도 없어요. 그리고…… 나는 어린 시절부터 보통 사람들과는 줄곧 다른 길을 걸어왔어요.[266] 그건 나 자신만을 위한, 내 욕구와 내 소원을 위해서가 아니었어요. 오로지 하느님과 하느님의 자녀들을 위해서 살아갈 때에만 나는 모든 평화와 기쁨을 느낄 수가 있었지요. 그 사람들의 슬픔과 기쁨을 하느님이 내게 알려주셨기에 그렇게 살아가고 있었지요. 그동안 나는 참 많은 축복을 받았답니다. 그런데 이제 와서 내가 그 행로를 벗어난다면, 나는 나를 비추던 빛나는 은총을 물리치게 되고, 어둠과 불신에 사로잡힐 것입니다. 아담, 내 영혼이 불신으로 가득 차서 하느님이 주신 본분을 물리쳐 버린다면 어떻게 될까요? 나중에 더 **훌륭한 본분**[267]을 열망한다 해도 이미 때는 늦어버리겠죠? 그렇게 되면 우리는 서로를 진심으로 축복할 수 없어요."

"다이나, 잘 생각해봐요. 만약 당신에게 새로운 감정이 생긴다면……. 다른 사람들보다 나를 더 사랑해서 내 곁에 가까이 있고 싶다면 말이오……. 어쩌면 그게 바로 당신의 인생을 인도해주는 또 다른 올바른 표시[268]일 수도 있잖아요? 다른 어떤 것도 당신의 인생을 바꾸

---

266) 사무엘, 12:2. "나는 젊었을 때부터 여러분의 지도자로 일해 왔소.", 디모데후서 3:15, "그대는 지금까지 배워 온 가르침을 계속 좇아가십시오. 이 가르침들이 진실이라는 것은 그대 스스로 알 것입니다. 그리고 그대가 믿을 만한 사람들이 그대에게 이것을 가르쳤습니다."
267) 누가복음, 10:42. "그러나 필요한 일은 오직 한 가지뿐이다. 마리아는 그 좋은 쪽을 택하였으니 빼앗기지 않을 것이다."

지 못했지만, 사랑 때문에 바뀌게 된다면 그거야말로 정당한 이유가 아니고 뭐겠어요?"

"아담, 나는 내가 과연 결혼을 해도 될지, 그것에 대해 끊임없이 고민했어요. 그런데 지금 당신의 고백을 듣고 나니 분명하게 정했던 마음이 다시 캄캄해지네요. 전에는 당신을 정말 가슴깊이 사랑했어요. 하지만 당신은 내 마음과 같지 않다고 느꼈죠. 내 온 마음이 당신에게 꽉 얽매여 있어서, 세속적인 애정에 사로잡혀 내 영혼은 자유롭지 못했답니다.[269] 이번 일로 나에게 무슨 일이 일어날지 너무 불안하고 걱정이 돼요. 나는 지금껏 다른 모든 사랑에 대해서는 작은 보답을 받든, 아무런 보답을 받지 못하든 조금도 상관하지 않고 만족해왔어요. 그런데 이제 나는 내가 당신을 사랑하는 만큼 똑같이 당신이 나를 사랑해 주기를 갈망하고 있어요. 이 갈망이 너무나 큰 유혹으로 느껴져요. 큰일이에요. 그러나 나는 반드시 이 유혹을 뿌리칠 거에요. 나는 아직도 내게 이곳을 떠나라는 하느님의 명령이 확실한 것이라고 믿고 있거든요."

"하지만 이제 내 마음을 알았잖아요. 사랑해요, 다이나. 당신이 나를 사랑하는 것보다 내가 더 당신을 사랑한다구요. 이제는 모든 것이 달라졌어요. 그러니까 떠난다는 생각은 하지 말아요. 제발 가지 말아요. 여기서 내 아내가 되어주면 안 돼요? 예전에는 나는 하느님께 감사를 드린 적이 없었어요. 그런데 이제는 내게 생명을 주신 하느님께 감사드리고 있어요."

"아담, 아무 말도 듣지 않으려 한다는 건 참 힘든 일이에요······. 당신도 그건 알겠죠. 나한테 엄청난 두려움이 엄습해 온 것 같아요. 당신이 나를 향해 두 팔을 벌리고, 와서 편히 쉬고 나만의 기쁨을 위해 살라고 손짓하는 것 같아요. 그런데 수난의 구세주, 예수 그리스

---

268) 감리교인들은 하느님의 의지로 자기들의 인생을 인도해주는 어떤 표시나 신호를 적극적으로 찾는다.
269) 골로새서, 3:2. "하늘에 속한 것을 생각하고, 땅의 것에 마음을 두지 마십시오."

도는 내 앞에 서서 죄짓고 고통받고 괴로워하는 사람들을 가리키며 내게 어서 그들을 보라고 하시는 것 같구요. 어둠과 침묵 속에 앉아 있을 때면 나는 그런 장면들을 상상하고 또 상상했어요. 그런데 이제 와서 내가 무정해지지 않도록, 나 자신만을 사랑하는 사람이 되지 않도록,[270] 더 이상 구세주의 십자가를 저버리지 않도록 하기 위해, 커다란 슬픔이 제게 닥쳐온 것 같네요."

다이나는 두 눈을 감아버렸다. 그녀의 온몸이 희미하게 떨렸다. 그러나 그녀는 계속해서 말했다.

"아담, 마음속에 있는 올바른 지혜를 믿죠? 그걸 믿으니까 선을 추구하려고 하는 거겠죠. 올바른 지혜를 믿지 않고 선을 추구한다는 건 말도 안 되는 일일 테니까요. 우리는 그런 점에서 한마음이나 다름없어요."

아담이 슬픈 듯 말했다.

"그래요, 다이나. 하지만 나는, 당신 스스로의 양심에 어긋나는 일을 하라고 고집 부리는 남편은 되지 않을 거예요. 그래서 당신이 생각을 바꿀 거라는 희망을 포기하지 않겠어요. 그리고 당신이 나를 사랑하는 마음이 그렇게 쉽게 변하지는 않을 거라고 나는 믿어요. 나는 당신이 예전부터 갖고 있던 사랑에 보탬이 될 뿐, 결코 해가 되지는 않겠지요. 나에게 있어 사랑과 행복이란 슬픔과 마찬가지로 겪을수록 더해지기만 하죠. 우리는 사랑을 알게 될수록 타인의 인생이 어떤지, 혹은 어떻게 될 것인지 더 잘 느끼게 돼요. 그래서 우리는 그들에게 더욱 다정해지고 그들을 돕고 싶은 마음이 더 많이 생긴답니다. 사람은 아는 것이 많아질수록 일을 더 잘하는 법이에요. 그렇게 보면 감정이라는 것도 일종의 지식이군요."

다이나는 아무런 말이 없었다. 그녀의 눈은 명상에 잠겨 있는 듯했

---

270) 디모데후서, 3:1~2. "마지막 날에 많은 고난이 있다는 것을 기억하십시오. 그때에는 사람들이…… 감사하지 않고, 하느님께서 원하시는 사람이 되려고도 하지 않을 것입니다."

고, 자신의 내면에서 볼 수 있는 어떤 것에 집중되어 있었다. 그래도 아담은 계속 간청하고 있었다.

"당신이 하고 싶은 것은 지금처럼 얼마든지 할 수 있어요. 일요일에 같이 예배를 보러 가자고 하지도 않을게요. 당신이 가고 싶은 데로 가서 사람들이 모이면 그곳에서 설교하면 돼요. 내가 교회에 가는 것을 가장 좋아한다고 해도 당신한테 나의 뜻을 따르라고 강요하지는 않을 거예요. 당신에게 내 말을 따르라고 하지 않겠어요. 언제나 당신의 양심에서 우러나온 의견을 존중해 주겠어요. 병자들도 얼마든지 돌봐줘요. 나와 결혼하면 오히려 그런 일들을 편하게 실행할 방법이 조금이라도 더 생긴 셈이 될 거예요. 당신을 사랑하는 친구들이 숨을 거두는 날까지 당신은 그들과 함께 있고, 그들을 돕고, 그들에게 축복을 주게 될 거예요. 다이나, 분명코 당신은 혼자서 자유롭게 살던 때와 마찬가지로 하느님과 가깝게 지낼 거예요."

다이나는 한동안 대답하지 않았다. 아담은 여전히 그녀의 두 손을 잡고, 몸이 떨려오는 듯한 열망으로 그녀를 바라보았다. 그때 그녀는 엄숙하면서도 애정 어린 두 눈으로 아담을 바라보며 조금 서글픈 목소리로 말했다.

"아담, 당신의 말이 진실이라는 걸 알겠어요. 하느님의 종들은 대부분 나보다 훨씬 강한 의지를 갖고 있어서 남편과 가족들을 돌보며 살아도 그들의 마음이 점점 넓어졌다고 해요. 하지만 나한테도 그런 일이 생길 거라고는 믿어지지 않아요. 당신을 사랑하는 마음이 헤아릴 수 없을 만큼 너무 지나쳐서 내가 신의 은총 안에서 가졌던 평화와 기쁨이 예전보다 약해질 것 같아요. 그것 때문에 내 마음이 둘로 갈라진 것 같아요. 아담! 생각해보세요. 어떻게 나한테 그런 일이 생기겠어요. 하느님의 부름을 받고 살아온 내 인생은 어린 시절부터 축복 속에서 밟아 다져온 땅이에요. 만약 나를 부르는 다른 목소리를 따라가 내가 한순간이라도 알지 못하는 또 다른 땅으로 가게 된다면, 그때부터 다시 내가 저버린 옛날의 축복을 갈망하게 될까 두렵기만 해요.[271] 한 번 의심이 든 곳에는 완전한 사랑이 존재할 수 없는 법이죠.[272] 지금 나는 보다 더 확실한 하느님의 인도를 기다려야 해요. 그래서 당신에게서 떠나야 합니다. 우리 자신을 완전히 하느님의 뜻에 맡겨야 해요. 가끔은 우리의 의지로 올바른 애정을 제단에 바쳐야 할 때도 있거든요.[273]"

아담은 감히 다시 간청할 수 없었다. 다이나의 목소리는 변덕스러운 기분이나, 혹은 불성실한 언행에서 나온 말이 아니었다. 물론 이것이 그에게는 아주 가혹한 일이었다. 다이나를 바라보는 아담의 눈이 눈물로 흐려졌.

"당신한테도 이만하며 됐다 싶을 정도로 만족스러울 때가 오겠지······. 다이나, 나한테 돌아오고 싶으면 언제든지 돌아와요. 그때는 우리는 다시는 헤어지지 않겠죠?"

"아담, 우리는 신의 뜻에 따라야 해요. 시간이 지나면 정녕 우리가 해야 할 일이 명확해질 거예요. 내가 예전의 삶을 다시 찾으면, 한때 마음에 품었던 이런 새로운 생각과 소원도 모두 사라져 버릴 것이고, 아무 일 없었던 것처럼 살게 되겠죠. 그러면 나의 소명이 결혼이 아니었다는 걸 알게 될 겁니다. 그러니 우리는 더 참고 기다려야 해요."

아담이 슬픔에 잠겨 말했다.

"다이나, 당신은 내가 당신을 사랑하는 것만큼 나를 사랑할 수 없

---

271) 찬송가로 부르는 〈오, 하느님과 더 가까이 걷기 위하여〉라는 윌리엄 쿠퍼의 시가 있다. 이 시에 나오는 구절인 "내가 처음 하느님을 뵈올 때, 그때 알았던 축복을 나는 어디서 찾을 수 있겠는가?"를 말한다.
272) 요한복음 상권 4:18. "사랑이 있는 곳에는 두려움이 없습니다. 왜냐하면 완전한 사랑이 두려움을 내어 쫓기 때문입니다. 그러므로 두려움을 갖고 있는 사람은 사랑을 완성하지 못한 사람입니다."
273) 창세기, 22:9. 아브라함의 믿음을 시험하기 위하여 하느님께서 아브라함에게 그의 아들, 이삭을 '제단'에 바치라고 하는 이야기에서 나온다. 구약에서 희생 제물로 바친다는 뜻에서 예수님이 십자가에서 돌아가시는 희생에 대한 복합적인 생각을 근거로 삼은 말이다. 이 말은 감리교에서 세속적인 애정이나 행동을 하느님을 위해 희생한다는 은유로 흔히 쓰이고 있다.

을 거요. 그렇지 않고서야 이토록 나의 사랑을 의심할 리가 없지요. 당신이 거절하는 것은 당연해요. 나는 당신처럼 고결하지 않으니까요. 다만 나는 하느님께서 내게 주신 최상의 선물이 무엇인지 깨달았으니 그걸 사랑하는 것이 당연하다고 생각해요."

"아니에요, 아담. 저도 당신 못지않게 당신을 사랑하고 있다는 걸 느껴요. 어린아이가 힘센 사람의 도움과 애정에 의지하는 것처럼, 나도 당신이 보고 싶어서 당신 소식을 기다릴 거예요. 다만 만약 내 마음이 당신에 대한 생각에 사로잡혀 버린다면, 나는 그 마음이 성전에 모셔놓은 우상을 숭배하는 일이 될까 봐 두려워요.[274] 이제, 당신은 오히려 나를 더 굳건하게 해줄 거예요. 어떻게든 하느님을 따르려고 노력하는 나를 막지 않을 테니까요."

"다이나, 나가서 같이 걸으면서 햇볕이나 쬡시다. 이제 당신을 혼란스럽게 하는 말은 어떤 말도 안 할게요."

그들은 밖으로 나가, 교회에서 돌아오는 다이나의 가족을 만나게 될지 모를 들판으로 걸어갔다.

"다이나, 내 팔을 잡아요."

아담이 이렇게 말하자 그녀는 그의 팔을 잡았다. 이 모습만이 그들이 지난번 함께 산보했던 이후로 달라진 유일한 변화였다. 아직 결론이 나지는 않았지만 어쨌든 그녀가 떠나야 한다는 게 아쉬웠지만 아담은 다이나가 자신을 사랑한다는 사실에 마음 한쪽은 감미로움에 젖어 있었다. 그는 저녁 내내 홀 팜에 머무를 생각이었다. 가능한 한 오래도록 그녀 곁에 있고 싶었다.

"아니! 아담이 다이나랑 함께 있네. 아담이 왜 교회에 안 나오고 여기 있는지 모르겠군. 무슨 일이지?"

포이저가 홈 클로즈 농장으로 들어서는 그들로부터 멀리 떨어져

---

[274] 역대하, 33:7 참조. 옛날 이스라엘 사람들이 저지른 최악의 신성모독은 하느님의 성전 안에 우상을 들여놓고 섬기는 일이었다.

있는 대문을 열며 말했다.
 "갑자기 내 머리에 어떤 생각이 막 떠오르는데."
 사람 좋은 마틴 포이저가 잠깐 멈췄다가 말하자, 포이저 부인이 대꾸했다.
 "별로 생각해내기 어려운 건 아니죠. 바로 눈앞에 있으니 훤히 다 알겠네요. 아담이 다이나를 좋아한다고 말하려고 그러는 거죠?"
 "아! 당신은 예전에도 그런 생각을 한 적이 있는 거야?"
 "당연하죠."
 항상 포이저 부인은 가능한 한 별로 놀라지 않는 척하는 사람이었다.
 "나는요, 낙농장 안에 고양이가 있어도, 그 녀석이 뭣 하러 들어왔는지 궁금해 하는 그런 사람은 아니에요."
 "나한테는 그런 말 한 적 없잖아요."
 "나는요, 바람이 불기만 해도 댕그랑 댕그랑 소리 내는 종이 아니에요. 그리고요, 말해서 좋을 게 하나도 없으면 잠자코 있는 사람이라구요."
 "그러면 뭐 하나. 다이나가 아담을 받아주지 않을 텐데. 당신은 그 애가 결혼할 것 같소?"
 포이저 부인은 덤덤한 척하려고 애썼지만 이번만큼은 그렇지 않은 모양인지 입을 열었다.
 "상대가 누구냐에 따라 달라지겠죠. 그 애는 감리교도나 불구자가 아니면 누구와도 결혼하지 않을 거예요."
 "저 아이들이 결혼하면 참 어울리는 한 쌍이 될 텐데 말이야. 당신도 그렇게 생각하지?"
 마틴 포이저는 마치 새로 떠오른 생각에 푹 빠져버린 것처럼 머리를 갸우뚱하며 말했다.
 "아! 그야 당연하죠. 다이나가 우리 집을 떠나 30마일이나 떨어진 스노필드로 가 버리지 않는다면 틀림없이 그렇게 될 수도 있겠죠.

그 애가 떠나면 이제 나는 어떡해야 할지……. 집안일 도와줄 사람도 없고, 친척은 하나도 없이 이웃 사람들만 남게 되겠구만. 이웃들이라고 해봐야 여편네들뿐이잖아요. 그냥 우리 낙농장을 자기네 것처럼 엉망으로 만들어 놓기만 하고……. 어유…… 주위에 죄다 그런 여자들뿐이니 내가 원…… 낯 뜨거워서 얼굴을 들 수가 없다구요. 그러니 시장에 제대로 된 버터가 나올 리 없죠. 그래도 다이나가 자기 몸 하나 거처할 집이라도 하나 장만하고, 교회 다니는 다른 여자처럼 정착하면 얼마나 좋겠어요. 그 애는 내가 자식처럼 사랑하는 아이니까 리넨 천하고 깃털 솜을 충분하게 해줄 거예요. 누구든지 그 애가 집을 돌봐주기만 하면 안심이 되고 마음이 놓이지요. 다이나는 하늘에서 내리는 하얀 눈같이 순결하고 청초한 미모를 가진 아이에요. 이 정도 미모라면 어떤 남자든지 그 애 옆에 앉기만 해도, 홀딱 반해서 흑심을 가질 수 있을 정도라고 믿을만 하다니까요."

"다이나 누나, 엄마가 그러는데 누나는 불구자 감리교도가 아니면 누구하고도 결혼하지 않을 거래. 왜 그렇게 바보같이 굴어?"

토미가 다이나를 만나려고 앞서서 뛰어가며 외쳤다. 토미는 두 팔로 다이나를 붙잡고, 그녀 곁에서 껑충껑충 뛰며 옹색하게 애정을 표현했다.

"아담! 오늘 교회 성기대 자리에서 자네가 안 보이던데, 어떻게 된 건가?"

포이저가 물었다.

"다이나가 보고 싶어서요. 곧 떠나잖아요."

아담이 대답했다.

"아, 그러니까 이 사람아! 가지 말라고 자네가 좀 설득할 수 없나? 우리 교구 안에서 다이나한테 어울릴 만한 남편감을 찾아주라고……. 자네가 그렇게 해준다면야 교회를 빼먹은 것쯤은 내 용서해주지. 그리고 다이나는 수요일 추수감사절 전에는 떠나지 않을 거야. 자네도 그때 오게. 바틀 메이시 씨도 올 거고, 아마 크레이그도 올 거야. 꼭 오겠다고 약속할 거지? 7시 어때? 여자들은 시간을 조금이라도 늦추지 않으려 하니……."
 아담이 말했다.
 "예, 가능한 한 오겠습니다. 그런데 제가 어떻게 될지 미리 장담할 수 없는 경우가 많아요. 왜냐하면 하는 일이 생각보다 오래 걸리는 경우가 많아서요. 다이나, 이번 주말까지는 여기에 있을 거죠?"
 포이저가 말했다.
 "그럼, 그렇지! 여기 아니면 어딜 가겠나."
 포이저 부인이 말했다.
 "다이나한테 빨리 오라고 재촉하는 사람도 없는데 뭘……. 그곳은 양식이 부족하니까 급하게 요리할 필요도 없잖아. 식량 부족이야 말로 그 고장에서는 가장 큰 골칫덩어리겠지."
 다이나는 웃었지만, 더 머물러 있겠다는 약속은 하지 않았다. 그들은 계속 걸으면서 여러 가지 이야기를 나눴다. 햇볕 아래서 많은 거위떼가 풀을 뜯어 먹는 것을 바라보기도 하고, 새로 쌓아놓은 곡식더미를 응시하기도 하고, 오래된 배나무에 배가 풍성하게 달려 있는 것을 놀랍게 바라보면서, 천천히 걷고 있었다. 낸시와 몰리는 기도서에서 큰 글자와 아멘 이상은 거의 읽지 못하지만 그래도 각자의 기도서를 손수건으로 조심스럽게 싸 들고서 나란히 서둘러서 집으로 돌아왔다.
 여가를 즐기는 방법은 여러 가지겠지만, 그 어떤 여가도 '오후 예배'를 보고 돌아오는 길에 햇빛 속에서 들판을 거니는 여유만큼 한가로울 수 있겠는가!
 옛날에는 느긋한 시간이 생기면 으레 한가로이 산책을 했었다. 운하를 따라 졸린 듯 살그머니 미끄러지는 최신식 교통수단인 보트는 당시로서는 굉장히 경이로운 것이었다. 또 일요일에 읽는 책은 대부분 오래된 갈색 가죽 표지로 되어 있었고, 읽고 싶은 페이지가 항상 정확하게 펼쳐져 있는 것이 놀라웠다. 그렇게 한가로운 여가는 이미 옛날이야기가 되어버렸다. 물레가 사라지고, 짐을 싣고 나르던 말도, 느린 마차도, 오후에 날씨가 좋기만 하면 어김없이 집집마다 대문까지 찾아와서 흥정을 하던 봇짐장수도 다 사라져 버렸다. 천재적인 박사들은 증기기관의 발명이라는 위대한 업적으로 인류가 더 많은 여가를 누리게 되었다고 말하고 있다. 하지만 박사들의 말을 믿지 말라. 한가한 시간이 더 많이 생기면 어떻게든지 그 시간을 때우려고 조바심만 내게 된다. 이제는 재미있는 일들뿐만 아니라 심지어 느긋하게 게으름 피우며 살았던 생활까지 열망하게 되었다.

 기차 여행, 미술박물관, 정기간행물들, 흥미진진한 소설들도 접하기가 쉬워졌다. 심지어 과학 이론까지도. 그리고 현미경을 통해 이것저것 마구잡이로 관찰하는 것도 쉬워졌다. 옛날식 여가와는 썩 다른 모습이다. 그 옛날에는 오락이라고는 신문 하나만 읽는 정도였고, 지도자들이 누군지도 모르고, 소위 포스트 타임[275]마다 법석 떠는 분위기를 느껴본 적이 없었다.

 옛날 사람은 사색적이고, 풍채가 좋은 신사였으며, 소화력도 뛰어났고, 이해심도 깊고, 위선에 병들지 않은 조용한 직관력을 갖춘 사람이었다. 그 당시 사람들은 온갖 사물들의 근원들을 알지 못해도 그만이었다. 그 근원들보다는 사물들 자체를 더 좋아하고 행복해 했다. 그들은 주로 쾌적한 저택과 농가들이 있는 시골에 살았다. 그러면서 과일 나무가 줄지어 서 있는 담 옆에서 빈둥거리거나, 아침 햇살에 여물어 가는 살구의 향내를 맡아보기를 좋아했다. 혹은, 여름철에는 정오의 햇볕을 피해서 여름의 배가 떨어지는 과수원의 나뭇가지 아래에서 지내는 것도 좋아했다. 그 당시 사람들은 주중에는

---

275) 신문을 배달하거나 수집하는 시간을 말한다. 그때는 신문을 기다리느라고 흥분하거나 혹은 신문 발송 마감 시간이어서 떠들썩하게 되는 시간이다.

예배를 본다는 건 생각지도 못했지만, 일요일 예배를 볼 때 설교를 존경하는 마음에는 변함이 없었다. 그래서 성경을 읽을 때부터 예배를 마치는 축복의 말이 오갈 때까지 졸고 있어도 괜찮았다. 또 기도를 가장 짧게 하는 오후 예배를 제일 좋아했는데, 설령 그런 말을 해도 창피한 일은 아니었다.

그들은 아무런 거리낌이 없었고, 유쾌한 양심을 가졌었고, 또 넓은 등을 가져서 맥주나 포도주도 얼마든지 등에 지고 운반할 수 있었다. 의심과 불안, 고상한 것만 열망하는 사람들이 보여주는 결벽 증세도 없었다. 그 사람들에게 인생은 과업이 아니라 한가로운 직무였다. 그들은 주머니 속에 있는 금화를 만지작거리기도 했고, 저녁을 먹고 나면 아무런 부담 없이 편안하게 잠을 잤다. 가장 짧은 일요일 예배를 나간다고 해서 과연 그들이 자기들의 특권을 누리지 못했던가?

그 옛날에 즐겼던 멋진 여가여! 옛날 사람에게 가혹하게 굴지 말라. 현대식 기준으로 평가하지 말라. 옛날 사람은 엑세터 홀[276]에는 가본 적도 없거니와 인기 있는 설교사의 말[277]도 들어본 적이 없다. 혹은 『트랙츠 포 더 타임즈』[278]나 『의상철학』[279]도 읽어본 적이 없었다.

---

276) 영국 잉글랜드 서남부, 드본샤이어 주에 있는 중세의 대성당. 이 대성당은 19세기 중반 빅토리아 시대 사람들을 위한 당시의 종교적인 사상의 이정표라 할 수 있다. 이 대성당은 런던에 있는 아주 큰 홀이었다. 이곳에서 5월이면 '선교회의 모임'이 열렸다. 그때는 감리교인들이 엄청나게 몰렸다고 한다.
277) 당실의 설교사들 가운데 조지 엘리엇은 찰스 하돈 스퍼건이라는 침례교인에게 특별한 관심을 가졌었다. 이 설교사가 1854년에 런던에 도착했을 때 사람들이 몰려와 엑세터 홀을 가득 채웠다고 한다. 엘리엇은 그의 설교문을 읽고 메스꺼움을 느꼈고, '칼빈교에 대한 가장 무의미한 견해'에 불과했다고 혹평했다.
278) 1833~41년 사이에 연재하여 출간했던 출판물이다. 소위 옥스퍼드 운동과 논쟁을 벌여서 영국 국교에 가톨릭의 교의와 법식을 부활시키려고 한 운동이다. 복음주의의 영국 국교적인 성향을 가지고, 조지 엘리엇의 개신교는 옥스퍼드 운동의 정책에 반대했다.
279) 토마스 칼라일(1795~1881. 영국의 비평가・역사가・사상가.)의 평론이다. 초자연주의에 속한 주장으로, 물질주의 시대에서 초월주의를 재개하였다. 조지 엘리엇은 출판업자 블랙우드에게 "만일 칼라일에게 나의 소설을 하나라도 읽어보라고 권유할 수 있으면!" 하고 외치고 그에게 『아담 비드』를 보낼 만큼 이 평론에 깊은 감명을 받았다고 한다.

53

추수 감사절 만찬

수요일 저녁 6시쯤이었다. 아직 오후의 햇살이 남아 있을 무렵, 아담은 집으로 향하고 있었다. 그때, 저 멀리 보리를 실은 마지막 짐마차가 홀 팜 농장 입구를 향해 길을 구불구불 돌아오는 것이 보였다. 그리고 "추수를 축하하며!"라는 노랫소리가 파도처럼 높아졌다 낮아졌다 하면서 들려왔다. 윌로우 브루크 시냇물 가에 다다를 무렵까지 거리가 멀어질수록, 노랫소리가 점점 희미해졌다. 그 소리는 더욱 아름다운 음악처럼 들렸고, 사그라질 듯 아련하게 그의 귓가에 울려 퍼졌다. 서쪽으로 나지막이 기울어진 태양은 유서 깊은 빈튼 힐스의 산등성이를 비춰주었다. 무슨 영문인지도 모른 채 서 있는 양들이 햇볕을 받아 밝은 얼룩점처럼 빛났다. 오두막집의 창문들은 노을 진 황혼으로 인해 호박색이나 자주색보다도 더 붉은 불꽃처럼 찬란하게 빛나고 있었다. 이 광경에 흠뻑 심취한 아담은 자신이 마치 광대한 사원 안에 들어가 있는 것으로 착각할 뻔했다. 또 멀리서 들려오는 아련한 노랫소리는 성스러운 성가처럼 들렸다.

'와…… 굉장한걸!' 아담은 생각했다. '저 소리는 꼭 장례식의 종소리처럼 우리 마음을 감동시키는구나. 가만히 들어보니 사람들한테 뭔가를 알려주려는 소리 같군. 맞아, 지금은 일 년 중 가장 기쁜 추수감사절이잖아. 아마 감사하는 마음이 한껏 충만해지라고 알려주는 소리일 거야. 평생을 사는 동안 어떤 일이 끝났다고 해서 모든 게 과거로 사라지지는 않아. 인간의 모든 즐거움 뒤에는 이별이 뿌리 깊게 자리 잡고 있는 거야. 그건 내가 다이나를 좋아하는 마음과 같은 거야. 만약 내가 축복이라고 믿었던 사랑이 산산조각나지 않았다면 다른 누군가가 나를 따뜻하게 감싸주었으면 하고 바라지도 않았겠지. 다이나에게 받은 위로와 사랑이 내가 받은 최고의 축복이라고 생각하지도 않았을 거구. 그랬다면 다이나의 사랑이 이렇게 가슴 깊이 새겨져 있지도 않았을 테지.'

그는 오늘 밤 다이나를 다시 만날 작정이었다. 다이나가 거절하지 않는다면 멀긴 해도 오크본까지 그녀와 동행할 생각이었다. 그러다가 스노필드까지 가게 되면 그녀에게 시간을 좀 내달라고 해서, 자신의 마음속에 마지막으로 피어난 가장 소중한 희망을 다른 희망들처럼 단념해야 하는지 알아보려고 했다. 집에서 해야 할 일들을 좀 하고, 가장 마음에 드는 옷을 골라 입고 나니 홀 팜으로 출발하기도 전에 7시가 되어버렸다. 아무리 넓은 보폭으로 빨리 걸어가도 건포도 푸딩은 못 먹을 게 뻔했고, 그 다음 요리에 나오는 쇠고기 구이 요리도 먹을 수 있을지 없을지 미지수였다. 아담이 저녁식사 시간에 신경을 쓰는 이유는 포이저 부인은 언제나 시간을 정확히 맞춰서 만찬을 진행하기 때문이었다.

아담이 홀 팜에 들어섰을 때는, 나이프와 접시, 냄비 등이 달그락거리는 소리가 대단했다. 하지만 그 요란한 소리들 속에서, 사람들의 웅성거리는 목소리는 전혀 들리지 않았다. 농장 일꾼들은 매우 훌륭한 쇠고기 구이 요리를 공짜로 먹는다는 생각에 아무런 정신이 없었다. 그들에게 이런 음식은 일 년에 몇 번밖에 맛볼 수 없는 아주 귀한 음식이었다. 식사 시간에 딱히 할 얘기도 없었지만, 설령 있다고 하더라도 귀한 음식을 맛있게 먹느라 말할 정신이 없었다. 그리고 식탁 상석에 앉아 있는 포이저는 고기를 썰어 나눠주느라 너무 바빠서, 바틀 메이시나 크레이그가 준비해온 이야기도 듣지 못하는 형편이었다.

"아담, 이제야 왔군요."

몰리와 낸시가 제대로 식사 시중을 들고 있는지 알아보기 위해 일어서 있던 포이저 부인이 말을 걸었다.

"여기, 메이시 씨와 우리 아들들 사이에 앉으세요. 음식이 제대로 차려져 있을 때 왔더라면 좋았을 텐데 아쉽네요."

아담은 네 번째 여자를 찾느라고 주변을 두리번거렸지만, 다이나는 거기 없었다. 그는 그녀에 대해 차마 물어볼 수가 없었다. 게다가 여기저기 인사를 하느라 물어볼 겨를도 없었다. 그녀가 떠나기 전날 밤인데 떠들썩한 축제 분위기에 휩싸인다는 게 아담은 썩 내키지 않았다. 그저 다이나가 집에 있었으면 하고 기대할 뿐이었다.

만찬은 한눈에 봐도 훌륭했다. 사람 좋아 보이는 둥그런 얼굴과 뚱뚱한 풍채를 가진 마틴 포이저가 식탁의 상석에 앉아 하인들을 도와 직접 맛있는 냄새가 물씬 풍기는 고기요리를 나눠주고 있었다. 그는 음식 접시가 깨끗이 비워져 되돌아오면 기뻐했다. 포이저는 평상시에 식욕이 좋았지만 오늘만큼은 자신의 식사조차 잊어버릴 지경이었다. 그는 고기를 썰어 나눠주는 동안 틈틈이 사람들이 얼마나 식사를 즐기는지 살펴보는 게 정말 기분 좋았다.

하인들은 크리스마스와 일요일들을 제외하고는 일 년 내내 산울타리 아래에서 차갑게 식은 음식으로 대충 그들의 끼니를 때우고 나무 술병에 들어 있는 맥주를 마시고는 했었다. 그들은 두 발로 서 있는 인간의 자세보다는 훨씬 더 오리의 자세에 가까운 모양으로 입맛을 다시며 입을 하늘로 쳐들어 술병을 직접 입에 대고 마시는 사람들이었다.

포이저는 그들이 뜨끈뜨끈한 쇠고기 구이 요리를 먹고 나서, 창고에서 막 꺼낸 에일 맥주를 마시며 음미하는 맛과 향이 어떨지 어렴풋이 상상해 보았다. 포이저는 머리를 한쪽으로 갸우뚱 기울이고 입을 오므린 채로, 바틀 메이시를 팔꿈치로 쿡쿡 찌르면서 얼빠진 듯 웃고 있는 톰 솔러를 지켜보았다. 톰 솔러는 '톰 새프트'라고 알려져 있었는데, 지금은 쇠고기 구이 요리를 두 접시째 받아먹고 있는 중이었다. 성스러운 양초라도 되는 것처럼 양손으로 나이프와 포크를 세워 들고서는, 그 사이로 음식 접시가 놓이자마자 좋아서 얼굴 전체를 실룩거리며 히죽히죽 웃었다.

그는 너무 좋은 나머지 싱글거리다가 별안간 "하, 하!" 하는 웃음소리를 길게 내면서 기쁨의 환성을 터뜨렸다. 그러더니 어느 순간에 웃음을 거두고는 아주 진지한 표정으로 나이프와 포크를 가지고 달려들듯이 음식을 먹기 시작하였다. 그 모습을 본 마틴 포이저는 자못 감동한 듯한 웃음이 터져 나왔지만 소리가 나지 않도록 꾹 참느라 그 큰 몸이 온통 뒤흔들리고 있었다. 포이저는 혹시 자신의 아내도 톰을 보고 있었던 건 아닐까 하는 마음에 아내를 향해 고개를 돌렸다. 부부의 유쾌한 눈빛이 서로 마주쳤다.

톰 새프트는 농장에서 대단히 인기 있는 사람이었다. 그는 농장 안에서 대단한 재담꾼 노릇을 해왔고 말재간에 있어서만큼은 그를 따라올 사람이 없었다. 그 재주만으로 톰은 사람이 좀 덜 떨어진다는 약점을 충분히 보완하고도 남았다. 필자가 상상해보아도, 그의 급소를 찌르는 농담들은 마치 도리깨질을 하는 식으로 우스갯말들을 지껄여댔을 것이다. 도리깨질이란 도리깨를 되는대로 내리치는 것이다. 그렇게 내리치다가 간간히 벌레를 깔아뭉개 죽여 버리고는 한다. 이와 같이 그의 농담도 어쩌다가 웃음을 폭발시키고는 했을 것이다. 그가 들려준 이러한 농담들은 양털을 깎을 때나 건초를 만들 때면 사람들 입에 자주 오르내린다. 하지만 이 자리에서는 그런 농담들을 거론하지 않겠다. 톰의 재치가 한때 꽤 유명했었던 다른 재담꾼들의 재치와 견줄 만한 수준인지 확인할 길도 없고, 내용도 즉

홍적인 것이어서 세상만사를 두루 겪은 오래되고 통찰력 있는 내용을 담고 있지는 않기 때문이다.

　마틴 포이저는 톰만 제외하고는 자신이 부리는 하인들과 일꾼들을 모두 만족스럽게 여겼다. 그들은 이 일대의 영지에 있는 다른 어떤 일꾼들보다도 품삯 값을 제일 톡톡히 해내는 사람들이라고 포이저는 자랑스러워했다. 한 예로, 케스터 베일이라는 사람이 있었다. (베일(Bale)이라고 불리긴 했지만 원래 이름은 빌(Beale)이었다. 그는 자기 이름을 항상 다섯 글자로 써야 한다는 생각이 별로 없었다.) 베일은 자기 머리에 꼭 끼는 가죽 모자를 쓰고 다니는, 햇볕에 그을려서 얼굴에 자글자글한 주름이 가득히 잡혀 있는 노인이었다. 롬셔에서 모든 농장 일의 '특성'을 이 노인보다 더 잘 아는 사람이 누가 있겠는가? 그는 모든 일을 척척 해냈고, 또 그가 손을 댔다 하면 그 일은 제일 훌륭하게 마무리 되었다.

　그는 가치를 따질 수 없을 정도로 소중한 일꾼이었다. 최근 들어 케스터는 무릎이 많이 굽었지만 걸어가다가 사람들을 만나면 늘 깍듯이 인사를 건넸다. 그 모습은 마치 가장 존경하는 사람들 틈으로 지나가기라도 하는 것처럼 보였다. 그는 정말로 사람들을 그렇게 대했다. 하지만 그가 정작 경외하는 것은 자신이 가진 기술이었고, 그 기술을 숭배하다시피 끔찍이 모시고 다닌나는 사실은 누구나 인정할 수밖에 없었다. 뭐니 뭐니 해도 케스터가 가장 뽐내는 특기는 이엉을 이는 것이었는데, 이 작업을 할 때 그는 항상 짚가리를 사용했고, 마지막에는 벌집 모양으로 마무리 했다. 케스터의 집은 농장에서 좀 멀리 떨어져 있었는데, 그는 새 건초를 쌓아놓은 마당으로 갈 때마다 일요일 아침에나 입을 법한 가장 좋은 옷을 입고 걸어갔다.

　그는 골목길로 들어서면 어느 정도 적당히 떨어진 거리에 서서 자신이 이어놓은 이엉이 잘됐는지 살펴보았다. 이엉을 씌운 짚더미를 하나씩 하나씩 알맞은 거리에서 바라보기 위해 그는 주변을 걸어다닌다. 벌집 모양으로 쌓인 이엉의 맨 꼭대기 위에는 황금공 모양으로 만들어 놓은 지푸라기 매듭이 있었다. 이 황금 매듭은 가장 고운 금빛을 띠고 있었다. 케스터가 눈을 치켜 뜬 채 그 매듭을 향해 절을 할 때에, 여러분은 그가 이교도처럼 우상숭배에 몰입해 있는 줄 알 것이다. 케스터는 총각으로 늙어 버린 사람이었다. 그리고 양말 속에 돈을 가득 넣고 다니는 사람으로 알려져 있었으며, 월급을 받는 날 밤이면 매번 주인은 그 양말을 가지고 그에게 농담을 던지고는 하였다.

 그것은 이제 새로울 것도 없고 마음을 끌릴 만한 것도 아닌, 다만 유쾌하고 해묵은 농담으로 하도 여러 번 회자되어서 이제는 별로 우습지도 않았다. 케스터는 그런 농담을 들을 때마다 곧잘 "젊은 주인 양반이 웃기는구먼."이라고 대꾸하였다. 캐스터는 고인이 된 마틴 노인의 생전에 까마귀를 놀라게 하여 쫓아버리는 일로 생업을 시작했을 때부터 포이저 가족 밑에서 일해 왔다. 그래서 옛날부터 모셔왔던 자기 주인의 아들인 포이저를 줄곧 젊은 주인 양반이라고 불렀던 것이다. 필자는 어떤 거리낌도 없이 늙은 케스터에게 찬사를 보낸다. 독자들과 내가 이렇게 살고 있는 건 두 손이 거칠어지도록 고생을 한 그 사람들 덕택이기 때문이다. 그들은 오랫동안 손이 흙과 뒤범벅이 되도록 성실하게 땅을 일궜고, 이 땅의 산물 중 최상의 열매들을 무성하게 생산시키면서도, 최소한의 임금만 받고 살아왔다.

 그때 마침, 식탁의 한쪽 끝, 주인의 맞은편에는 혈색 좋은 얼굴에 어깨가 떡 벌어진 알릭이 앉아 있었다. 그는 목동이자 감독관이었다. 그는 늙은 케스터와는 별로 친한 사이가 아니었다. 사실 그들은 가끔씩 만나기만 하면 서로 으르렁거렸다. 그들은 산울타리 치는 일과 도랑을 파는 일, 양을 치는 일에 관해서는 서로 다른 방식을 고집하지 않았다. 하지만 일 하나하나가 가진 장점을 어떻게 살릴 것인가에 대해서 두 사람 사이에 아주 큰 의견차가 있었다. 티티루스와 멜

립서스[280]도 같은 농장에서 일할 때는 서로에게 너그러운 마음으로 대하지는 않았을 것이다. 알릭은 절대로 알랑거리는 성격이 아니었다. 그는 대개 호통치는 어조로 말을 내뱉었다. 그의 넓은 어깨는 우락부락한 불도그를 연상시켰다.

"내게 참견하지 마쇼. 나도 당신 일에 간섭 안 할 테니."라고 말하고는 했지만, 사실 그는 자기 몫을 더 챙기기는커녕 귀리 하나라도 쪼개서 나눠줄 만큼 정직한 사람이었다. 그리고 주인의 재산을 진짜 자기의 재산처럼 '주먹을 불끈 쥐고' 철저히 돌보았다. 닭에게 모이를 줄 때도 좋지 않은 보리지만 아껴가며 조금씩 주었다. 한 움큼씩 잔뜩 주는 것이 낭비라고 생각했기 때문이다. 성격 좋은 마부, 팀은 말들을 애지중지 여기는 사람이라, 말한테 여물을 줄 때만큼은 알릭을 몹시 못마땅해 했다.

그들은 서로 말도 하지 않았고, 차가운 감자 접시 위로 서로를 한 번도 쳐다보지 않았다. 하지만 이것은 모든 사람들을 대하는 그들의 평소 태도였기에, 항상 서로에 대한 악의를 갖고 있다고 단정 짓기는 어렵다. 여러분도 눈치 챌 수 있듯이 헤이슬롭의 촌부들은, 한결같이 온화하고 명랑하며 늘 웃음을 띠고 사는 것은 아니었다. 이는 미술가들이 방문한 대부분의 지방에서도 분명히 관찰할 수 있다. 들판에서 일하는 일꾼들의 얼굴에서는 온화한 빛의 미소는 거의 찾아보기 힘들다. 심지어 소같이 우직한 얼굴이 웃는 얼굴로 조금씩 바뀌는 변화과정도 없다. 또한 모든 일꾼들이 전부 우리의 친구 알릭처럼 정직하다고 할 수 없다. 바로 이 식탁에 있는 포이저의 일꾼들 중에도 정직하지 않은 사람이 있었다. 몸집이 큰 벤 쏠로웨이라는 힘이 센 타작꾼은 주인의 곡식을 자기 주머니에 슬쩍 채워 넣다가 걸린 적이 한두 번이 아니었다. 벤은 철학가가 아니므로 그가 깊은 사색에 빠져 있다가 무심결에 실수로 그런 행동을 저질렀다고 보기

---

280) 희랍시인 버질의 유명한 첫 번째 전원시에 나오는 양치기 목동들을 말한다.

도 어렵다. 하지만 주인은 그를 용서해 주었고 계속해서 그를 고용했다. 왜냐하면 쏠로웨이 가족들은 아득한 옛날부터 마을 공터에서 살고 있었고 항상 포이저 집안을 위해 일을 해주고 있었기 때문이다. 그리고 벤이 지난 6개월 동안 단조롭고 피곤한 일상생활 속에서도 그런 행동을 하지 않았던 걸 보면, 대체로 이 지역사회가 그렇게 각박한 곳은 아니라는 것이 증명된 셈이다. 그가 몰래 곡식을 조금 집어 갔다고 해도 그건 좀도둑질에 불과했다. 만약 감화원(보호 처분을 받은 사람을 감화·선도하는 시설)에서 알게 된다면 오히려 그의 좀도둑질을 확대해석해서 큰 도둑질을 했다고 말했을지도 모른다. 그때의 사정으로는, 지난해 마지막 추수 감사절 만찬 이후로 벤은 자기 밭에 심으려고 완두콩과 강낭콩을 조금 슬쩍 했을 뿐 더 이상 아무것도 훔치지 않았다. 그래서인지 벤은 오늘 밤 쇠고기 구이 요리를 아주 평안한 마음으로 맛있게 먹고 있었다. 하지만 그는 알릭이 언제까지나 자신을 의심하고 살피는 것이, 자신의 결백을 손상시키는 것 같아 기분이 썩 좋지는 않았다.

  이제 쇠고기 구이 요리를 다 먹고 식탁보도 치워버리자 아름다운 커다란 전나무 식탁이 드러났다. 이 식탁 위에는 보기만 해도 기분 좋게 반짝거리는 술잔과 거품이 철철 넘치는 갈색 맥주 병, 그리고 반들거리는 놋쇠 촛대들이 놓여 있었다. 이제 중요한 저녁의식이 시작되려는 참이었다. 모든 사람들이 함께 추수 감사 노래를 불러야 할 차례다. 만약 특출나게 보이고 싶다면 가락을 맞춰 노래 불러도 좋지만, 입을 다문 채 가만히 앉아 있어서는 안 된다. 박자는 삼박자여야 하고 그 외에는 모두가 가락에 맞추던지 안 맞추던지 간에 최선을 다해서 마음대로 불러도 된다.

  이 노래의 기원에 대해서는 정확하지 않다. 한 음유시인의 머릿속에서 창작되어 현재까지 이르게 된 것인지, 아니면 학교나 혹은 많은 음유시인들에 의해 이어져 내려오다가 완성된 것인지, 나는 모른다. 이 노래는 어떤 천재적인 개인의 특성을 돋보이게 하는 확고한 일관성이 있는데 그것으로 보면 전자의 가설이 맞는다고 여겨진다. 물론 노래의 일관성은 많은 사람들의 만장일치로 생겨났다는 견해를 모르는 것은 아니다.

만장일치라는 것이 현대인의 눈으로 보기에는 낯선 것이지만, 원시적인 사고방식으로는 가능했던 일이다. 어떤 이들은 첫 번째 4행시에서 한 행이 없어져 버린 것을 발견했을 것이다. 그 시구의 한 행은 후기의 음유시인들이 생동적인 상상에 심취한 나머지 잊어버려 없어진 것으로, 미약한 후렴구를 넣어 보충한 것으로 보인다. 한편, 다른 이들은 바로 이 후렴구가 원래 가장 적절한 표현을 한 구절로써, 가장 무미건조한 사람들이 아니라면 어느 누구도 이러한 후렴구에 감동 받지 않을 수 없다고 주장하기도 한다.

이 노래와 관련된 의식은 음주 축제이다.(이런 축제는 언짢은 일이기는 하지만 독자 여러분도 알다시피, 그렇다고 우리가 선조들의 행동을 바꿀 수는 없는 노릇이다.) 첫 번째 4행시와 두 번째 4행시를 분명하게 강음조로 노래하는 동안은 어떤 술잔에도 술이 채워지지 않는다.

우리 주인어른을 위하여 건배하세.
축제를 열어준 분이시라네.
우리 주인어른과 그리고 우리 마님의
건강을 위하여 건배 드리세.

그분이 무슨 일을 하시든지
하시는 일마다 번성하기를 바라세.
우리는 모두 그분의 하인들이며
그분의 명령을 따른다네.

지금은, 세 번째 4행시나 합창부분 직전이었다. 사람들은 탁자를 힘차게 두들겨 심벌즈와 드럼을 함께 연주하는 것과 같이 반주를 맞추어주며 최고로 큰소리를 내어 노래했다. 그때 비로소 알릭의 술잔에 술이 가득 채워졌고, 그는 합창이 끝나기 전에 그 술잔을 비워야만 했다.

자, 마시세. 사나이들아, 마셔라!
흘리지 않도록 조심해라.
한 방울이라도 흘리면, 두 잔을 마셔야 한다네.
그것이 우리 주인어른의 뜻이라네.

알릭이 술을 잘 마셔서 차근차근 진행되는 사내대장부 시험을 성공적으로 치러 내자, 다음은 알릭의 오른편에 있는 늙은 케스터의 차례가 되었다.

그런 식으로, 합창소리에 흥겨워하며 각자 차례대로 돌아가며 1파인트(0.57 *l*)씩 맥주를 다 마셨다. 장난꾸러기 톰 새프트는 곧잘 실수를 하는 사람이라서 혹시 술을 조금이라도 흘릴까 봐 몹시 조심했다. 그때 마침 포이저 부인이 끼어들어 벌주를 마시지 못하게 했다.(톰은 포이저 부인이 너무 주제넘게 나선다고 생각했다.)

누구든지 문밖에서 "마시세, 사나이들아. 마셔라!"라는 노래를 듣고 있노라면 노래가 끝나기가 무섭게 즉시 앙코르 소리가 들려야 하는데, 왜 들리지 않나 하고 궁금해 할 것이다. 하지만 일단 문을 열고 들어가 보면, 그 자리에 참석하고 있는 모든 사람들이 술에 취하지 않고 대부분 정신이 말짱하다는 걸 알게 될 것이다. 앙코르 소리가 들리지 않았던 것은 뛰어난 농장 인부들에게는 이런 의식이 의례적이고 소중한 의미를 가지고 있기 때문이었다. 마치 귀부인이나 신사들이 포도주 잔을 들어 점잔빼며 미소를 띠고 인사를 나누는 것 못지않은 의식이었던 것이다.

청력이 다소 예민한 바틀 메이시는 그 의식이 시작되었을 무렵에 오늘 저녁의 날씨가 어떤지 알아보려고 바깥으로 나왔다. 그리고 그는 한참 명상에 잠겨 있었는데, 갑자기 한 5분 동안은 소란스러운 의식이 잠잠해졌다는 걸 느꼈다. 마치 이러한 정적감이 앞으로 내년 이때까지는 "마시세, 사나이들아. 마셔라!"라는 소리를 들을 수 없을 것이라고 알려주는 것 같았다. 남자 아이들과 톳티의 실망은 대단했다. 톳티는 아버지의 무릎 위에 앉아 작은 주먹으로 힘껏 식탁을 콩콩 치면서 그 소란스러운 의식에 흥을 보태고 있었던 참이었다. 그러다가 갑자기 흥겨웠던 시끄러운 소리들이 멈추고 조용해지자 아이들은 이런 조용한 분위기가 답답하게 느껴졌다.

바틀이 다시 들어왔을 때, 좌중은 합창곡을 부르고 난 다음에는 독창을 듣고 싶어하는 것 같았다. 낸시는 마부인 팀이 노래를 하나 안다면서 이렇게 말했다.

"팀은 항상 마구간 안에서 종달새처럼 노래 불러요."

그 말을 들은 포이저가 팀을 부추겼다.

"어이…… 팀! 자네 노랫소리 한번 들어보세."

팀은 매우 수줍어하는 듯 머리를 푹 수그리더니 노래를 못 부르겠다고 말했다. 그러자 탁자에 둘러앉아 있는 사람들 모두가 노래를 청하던 주인어른의 권유를 따라 입을 모아 팀을 성원하였다. 모여 있는 사람들에게는 이럴 때가 스스럼없이 이야기를 나눌 수 있는 좋은 기회였다.

"팀! 한번 해봐."

모두가 이렇게 말했지만, 알릭만은 그러한 성원을 보내지 않고, 경솔하게 불필요한 언동을 할까 봐 긴장을 풀지 않고 있었다. 팀의 옆자리에 있던 벤 쏠로웨이가 슬쩍 옆구리를 찌르기까지 하자, 마침내 팀은 벌컥 화를 내며 면박을 주었다.

"제발 나를 좀 내버려둬. 엉? 정 그렇게 노래가 듣고 싶으면 당신이나 부르든가……."

성격 좋은 마부의 참을성이 한계에 다다르자, 사람들은 더 이상 팀에게 노래하라는 말을 하지 않았다.

하지만 벤은 팀의 면박에 당황하지 않았다고 보여주려는지 이렇게 말했다.

"자, 그러면 데이빗! 자네가 한곡 불러봐. 그 왜, 〈내 사랑은 가시 없는 장미라네〉 그 노래 말이야. 그거나 한 번 불러봐."

몸집이 좋은 데이빗은 무의식중에 멍한 표정을 짓고는 하는 청년이었다. 그런 표정은 깊은 사색에서 우러나오는 것이 아니라 눈이 심한 사시인 데에서 비롯된 것 같았다. 그는 벤의 권유를 모른 척하지 않았다. 그는 얼굴이 빨개지며 소리 내어 껄껄 웃더니 제안을 받아들이겠다는 듯 옷소매로 입가를 쓱 문질렀다. 동석한 사람들은 데이빗의 노래를 들으려고 이제나저제나 하고 기대를 하면서 한참 동안 숨죽이고 있었다. 그러나 허사였다. 그날 저녁에는 기대했던 노래가 땅속에 묻혀버렸는지 몰라도, 극구 사양하는 사람들의 노랫소리는 끝내 그 자리에서 들리지 않았다.

그 사이 상석에서의 대화는 정치적인 것으로 옮겨갔다. 크레이그는 특정한 정보에 밝았다기보다는 깊은 통찰력을 지닌 것을 스스로 자랑스럽게 여기는 사람으로 가끔 정치 이야기하는 것을 아주 좋아했다. 그는 어떤 사건에 관해서 지나치게 시시콜콜한 사실들을 캐내기는 하지만 실제로 그런 것들은 알아 둘 필요가 없는 무용지물들이었다.

크레이그는 파이프에 담배를 채우면서, 오늘 밤의 소견을 말했다.

"나는 원래 신문을 읽지 않는 사람이죠. 리디아 양은 신문을 금방 읽어버리니까, 내가 원하기만 하면 얼른 신문을 구해서 읽을 수도 있지만 말이에요. 그런데 아침부터 밤까지 벽난로 구석에 앉아서 신문을 읽는 밀스라는 사람이 있지요. 그는 신문을 끝까지 다 읽고 나면, 전혀 안 읽었을 때보다 더 바보스러워져요. 사람들이 말하기를 그는 지금도 맨날 아미앵 평화조약[281] 한 가지만 이야기 한답니다. 읽고 또 읽고 밑바닥까지 다 읽어야 한다고 생각하는 모양이에요. 그래서 제가 말해줬죠. '이런! 밀스 가엾기도 해라. 자네는 감자 속을 들여다 볼 수 없는 것처럼 이런 일의 내막을 알 수 없을 지경에 이를 것이야. 내가 그것이 뭔지 말해주지. 자네는 그게 나라를 위해 참 훌륭한 것이라고 여기나 본데, 나는 그 견해에는 반대하지 않네. 내 말 똑똑히 들으라구, 응? 나는 그것에 반대하지는 않아. 하지만 내 생각에는 말이야, 보니(나폴레옹의 별명)와 보니를 지지하고 있는 모든 프랑스 놈들보다도 우리에게 훨씬 악랄한 적은 바로 이 나라에 있는 고위층이란 말일세. 그에 비하면 프랑스 놈들쯤은 마치 개구리[282]라도 되는 양 한꺼번에 대여섯 명쯤은 꼬챙이에 꿰어버릴 수도 있다네.' 하고 말이죠."

마틴 포이저는 이야기를 경청하고 있다가 많은 걸 알고 있는 듯이 듣고 있는 이야기의 흥미를 북돋우려고 입을 열었다.

"아…… 그들은 평생 쇠고기를 조금도 먹지 않겠지. 겨우 살라미 소시지나 먹을까 말까 할 거야."

크레이그가 계속 이야기하였다.

"그리고 나는 밀스에게 이런 말도 해주었죠. '자네, 장관들이 잘못된 정부와 일을 하며 우리한테 손해를 입힌 게 얼마나 될 것 같은가? 그것에 비하면 그 프랑스 놈들 같은 외국 사람들이 우리한테 해를 끼치는 건 그 절반도 안 돼. 만약 조지 왕이 장관들을 모두 쫓아버리고 혼자서 정치를 했다면, 사태 파악을 제대로 했을걸. 조지 왕

---

281) 50장 참조. 영국과 프랑스 사이에 아미앵 평화조약을 1802년 3월에 맺었는데, 또다시 전쟁이 1803년 5월에 시작되었다.
282) 프랑스 사람을 독설로 경멸하는 말이다. 이런 말은 18세기 후기에 영어로 사용되었다. 아마 프랑스 사람들이 개구리를 요리해 먹는 관습과 연관시켰던 것 같다.

은 빌리 핏을 기용하고 싶어했어. 그러나 나는 왕이나 의회와 상관 없는 사람들한테서 우리들이 뭘 기대할 게 있는지 잘 모르겠거든. 내가 말했잖아. 장관이란 족속들은 우리들한테 해만 끼친다고.'"

포이저 부인이 남편 곁에 다가앉아 톳티를 자기 무릎 위에 앉혀놓으며 말참견을 했다.

"아! 말씀 한번 참 잘했네요. 모든 사람이 발굽이 갈라진 장화를 신으면 누가 늙은 악마 해리인지 분간하기 어려운 법이거든요."[283]

포이저가 의심스럽다는 듯이 한쪽으로 고개를 돌리고는 경고하듯이 말 한마디씩 할 때마다 담배 연기를 한 번씩 훅 불어 가면서 말했다.

"이런 평화에 대해서는…… 나는 잘 모르겠어. 전쟁이 국가를 위해서는 좋은 일 아닌가? 전쟁이 없다면 어떻게 물가가 올라가겠어? 내가 아는 바로는 프랑스 놈들은 아주 악질이지. 그런 놈들과 싸우지 않고서 뭘 더 잘할 수 있겠는가?"

크레이그가 말했다.

"포이저 씨! 그 말이 어느 정도는 옳아요. 하지만 저는 평화를 반대하지는 않아요. 잠깐 동안이라도 명절 같은 기분이 들 테니까요. 우리가 원하기만 하면, 평화는 언제든지 깰 수 있어요. 그리고 나는 보니가 두렵지 않아요. 모두가 보니가 영리하다고 무척 떠들어대더군요. 그것이 바로 오늘 아침에 내가 밀스에게 말하던 바예요. 가엾기도 하지, 그는 보니도 제대로 파악하지도 못하고 있더라니까……! 나는 3분이면, 그가 1년 내내 신문을 읽고 알게 된 것보다 훨씬 더 많은 것을 그에게 알려줄 수 있는데 말이에요. 그래서 내가 이런 말을 했죠. '나는 정원사라는 직업에 대해 똑바로 알고 있는 정원사요. 그렇지 않소, 밀스? 대답해 봐요.' 그가 대꾸하더군요. '물론이

---

[283] 갈라진 발굽을 보고 늙은 악마 해리인 줄 알아보게 된다고 함. 목신 판의 모습을 기독교에서는 사탄의 모습으로 삼았다고 한다.

지, 크레이그.' 밀스는 나쁜 놈이 아니에요. 그 녀석은 집사로는 나쁘지 않지만 다만 머리가 좀 모자라요. 내가 다시 말했죠. '그렇다면 자네는 보니가 영리하다고 말하는데 말이야……. 만약 내가 진흙탕에서만 일을 해야 되는 상황이 된다면 내가 일류 정원사라는 것이 무슨 소용이 있겠어?' 그러자 그가 대답했어요. '아무 소용없지.' 그래서 내가 그랬죠. '그것이 바로 보니에 관한 것과 같은 이치야. 나는 그 녀석이 조금은 영리하다는 것을 부정하지는 않아. 내가 알기로 보니는 프랑스인 혈통이 아니거든.[284] 하지만 프랑스 놈들 말고는 누가 그를 지지하겠어?' 하고 물었죠."

크레이그는 소크라테스식 좌담회[285] 논쟁에서 이처럼 승리로 끝난 예를 말하고는 결연한 눈초리로 잠깐 동안 말을 멈췄다. 그러고 나서 다시 입을 열며, 전보다 더 격렬하게 탁자를 내리쳤다.

"그야, 틀림없는 것이지. 그런 일을 목격한 사람들도 있게 마련인 걸. 한 명이 행방불명된 연대에서는 군인이 아니라 커다란 원숭이에게 군복을 입히고는, 조개껍질을 호두에 끼워 맞추듯 그 군복을 원숭이에게 끼워 맞추었다는군요. 그러니 원숭이와 프랑스 놈들을 구별하지 못할 수밖에 없었지요!"

그 사건의 정치적인 의미에 당장 감동을 받은 듯이, 그리고 자연발달사의 한 일화로써 그 일이 몹시 새미있다는 듯이 포이저가 응수했다.

"아, 지금 당장 생각해보지."

아담이 입을 열었다.

"이봐요, 크레이그. 그건 좀 심한 말인 것 같네요. 당신은 그렇게 생각하지 않는데, 다들 프랑스 사람들을 참으로 딱한 얼간이로 말하

---

284) 주지중해에 있는 프랑스령인 코르시카 섬이 나폴레옹 1세의 출생지이다.
285) 소크라테스와 플라톤은 향연장에서 토론을 벌였다.(심포지엄이란 말은 원래 고대 그리스·로마의 주연, 향연을 말한다.) 크레이그와 밀스의 좌담이 지금 잔치가 벌어지고 있는 자리에 진행되고 있는 것을 빗댄 말이다.

다니, 그건 말도 안 돼요. 어윈 목사님이 프랑스에 가서 그 나라 사람들을 본 적이 있는데, 썩 괜찮은 사람들도 많다고 합디다. 그리고 여러 가지 지식, 발명품과 제조품에 있어서도 상당히 앞서 있다고 해요. 목사님은 많은 문물에서 우리가 그들보다 상당히 뒤져 있다고 했어요. 적을 과소평가 하는 것은 바보짓이에요. 만약 사람들의 주장대로 프랑스 사람들이 인간쓰레기라면 넬슨과 그의 부하들이 프랑스를 이겼다고 해서 하나도 좋을 게 없을 거요."

 이 발언은 권위에 대한 도전이라 모두가 어안이 벙벙하여 침묵이 흐르자, 포이저는 당황하며 크레이그를 불안한 눈길로 바라보았다. 어윈의 증언은 논쟁의 여지가 없었다. 하지만 크레이그는 아는 것이 많은 사람이라서 눈빛을 보니 포이저만큼 놀란 기색은 아니었다. 마틴은 이제껏 프랑스인에 대한 호평을 한 번도 '들어본 적' 이 없었다. 크레이그는 아무런 대꾸도 하지 않고 에일 맥주 한 모금을 꽤 오래 들이켰다. 그리고 몸을 약간 바깥 쪽으로 돌려 적절한 답변을 찾지 못하겠다는 듯이 멋지게 잘 빠진 자신의 다리만 꼼짝 않고 내려다보고 있었다. 그때 바틀 메이시가 난롯가에 있다가 이쪽으로 다가왔다. 그는 난롯가에 말없이 앉아 첫 번째 파이프 담배를 피우고 있던 중이라서 담뱃갑 속으로 집게손가락을 쑤셔 넣으면서 말문을 열어 좌중의 침묵을 깨뜨렸다.

 "아담! 지난 일요일에는 왜 교회에 안 나온 거야? 이 악당아. 아, 어서 대답해봐. 자네가 없으니 찬송가 합창이 엉망이었단 말일세. 자네는 나 같은 늙은 선생을 욕보이고 싶었는가?"

 "아닙니다, 메이시 선생님. 제가 그때 어디에 있었는지는 포이저 씨 부부가 아십니다. 불량한 사람들과 어울렸던 건 아니에요."

 포이저는 그날 밤 처음으로 다이나를 떠올리며 말했다.

 "아담! 그 애는 여기를 떠났어. 스노필드로 갔다네. 나는 자네가 그 애를 잘 설득할 거라고 믿었었는데……. 아무리 말려도 소용없었어. 어제 아침나절에 떠났어. 다른 처녀들이라면 그렇게까지 권하면 거절하지 못했을 텐데……. 내 생각에, 그 앤 추수 감사절 만찬에 참석할 기분이 아니었나 봐."

포이저 부인은 아담이 들어온 후로 몇 번이나 다이나 생각을 했었지만, 그녀가 떠났다는 섭섭한 소식을 아담에게 서둘러 전하고 싶은 '마음이' 전혀 없었다.

바틀이 질색을 하며 말했다.

"뭐야, 여자 때문에 교회를 안 나온 거란 말이야? 아담! 그럼 나는 자네하고 상대하지 않겠네."

포이저가 말했다.

"그럼 그렇지. 바틀 선생님은 여자에 관한 이야기라면 항상 질색을 하지. 이것 봐요, 이것 봐. 그래도 뒤꽁무니는 빼지 못할걸? 언젠가 한 번은 여자들이 모두 다이나와 같다면, 여자들이 존재해도 그리 나쁘지는 않을 거라고 말한 적도 있었잖은가."

바틀이 말했다.

"나는 목소리가 좋다고 말한 거지. 그 애의 목소리 말이야. 단지 그것뿐이라구, 그 애가 말하면 귀를 솜으로 틀어막을 필요 없이 들어줄 만했지. 그것만 빼고 나면 그 애도 다른 여자들과 별로 다를 게 없어. 그 애가 그렇지 않다고 아무리 우겨대며 고집 부려봤자, 둘에 둘을 더하면 다섯이라고 생각하는 여자들과 매한가지야."

포이저 부인이 말했다.

"예, 그러시겠지요. 그러니 남자들은 냄새만 맡아도 밀 자루 속에 들어 있는 낱알을 다 셀 정도로 영리하다는 말이 나오지요. 그런 말을 해도 사람들이 그러려니 하면서 믿어줄 줄 아나 보죠? 더 웃기는 건 남자들은 자기들이 헛간 문 안을 훤히 꿰뚫어 볼 수 있을 것처럼 생각하는데요. 천만의 말씀. 그게 어디 가당키나 한 얘기예요? 그냥 헛간 문 밖이나 잘 봤으면 좋겠네요. 아무것도 못 보는 주제에 입만 살아가지고…….”
 마틴 포이저는 재미있는지 몸이 들썩거릴 정도로 호탕하게 웃었다. 그리고는 아담에게 한눈을 찡긋 깜박이며, 학교 선생이 지금 단단히 걸려들었다고 암시했다.
 바틀이 냉소적으로 비아냥거렸다.
 "아! 글쎄 이렇다니까……. 여자들은 눈치가 빨라도, 너무 빨라서 탈이야. 여편네들은 이야기를 채 듣기도 전에 내용을 다 알아버린다니까. 그리고는 남자는 자신이 무슨 말을 할지 미처 깨닫기도 전에, 여자들이 나서서 그 생각들이 무언지를 당사자한테 미리 말해주지."
 포이저 부인이 말했다.
 "그럴 만하지요. 남자들은 대개 너무 느려 터졌어요. 남자들은 무슨 행동을 하려고 하면, 이미 생각들이 저만치 앞서 있으니 겨우 그 생각의 꼬리나 잡을까 말까 한다구요. 남자가 무슨 말을 하려고 준비하는 동안에, 나는 벌써 짜고 있는 양말의 맨 끄트머리 코가 몇 개나 되는지 다 세고도 남는다구요. 그렇게 하다가 겨우 말문을 열어도 이야기할 만한 건더기는 거의 남아 있지도 않아요. 부화시간이 너무 길면 꼭 죽은 병아리가 나오잖아요. 하지만 나는 여자들이 아둔하다는 걸 부정하지는 않겠어요. 신께서 똑똑한 남자들과 짝을 맞춰 살라고 여자들을 만들어내셨으니까요."
 바틀이 말했다.
 "짝을 맞춘다구요? 아이고…… 식초하고 이빨이 궁합이 잘 맞는다는 격이지. 남자가 말 한마디 하기가 무섭게 마누라가 꼭 말대꾸하니까 궁합이 잘 어울린다는 거겠지. 남자가 뜨거운 고기가 먹고 싶을 때, 마누라는 꼭 차가운 베이컨을 내와서 대접해주지. 또, 남자가 한번 웃을라치면 마누라는 훌쩍거리면서 장단을 맞춘단 말이야. 여자는 말파리와 말이 한 패인 것처럼 남자와는 견원지간이라구요.

여자나 말파리는 독이 묻은 침으로 남자를 찔러 대지요. 암, 독이 묻은 침으로 찌른다니까요."

포이저 부인이 입을 열었다.

"그럼요…… 저는 남자들이 어떤지 잘 알아요. 하찮고 나약한 족속들이지요. 그림 속의 해처럼 말이에요. 옳던 그르든 간에 무조건 히죽히죽 바보같이 웃어주기나 하면서 한 방 먹여주셔서 고맙습니다 하고 인사하는 바보들이라구요. 그러면서 여자들이 아무것도 모른 척하면 진짜로 아무것도 모르는 줄 알고 남자들은 그런 마누라에게 뭐라고 가르쳐주려고 들지요. 그때서야 마누라들이 뭘 알게 된다고 기고만장 하면서요. 정말로 여자들이 바보 멍청이인 줄 알지만 천만의 말씀. 그것이 바로 대부분의 남자가 자기 아내에게 바라는 사항이겠죠. 남자는 누군가를 꼭 바보로 만들어 놔야 자기가 현명한 사람이 되는 줄 아나 봐요. 그렇지 않고도 잘해나가는 현명한 남자들도 있기는 하지만요. 남자들은 자기들이 여자들보다 뭐든지 더 많이 아는 줄 알고 잘난 척하고, 멍청이 같은 여자들은 아무 도움도 안 된다고 생각하고 있으니, 노총각들이 생길 수밖에 없죠."

포이저가 익살맞게 말했다.

"이봐, 크레이그. 자네 말이야. 빨리 결혼해야겠어. 안 그러면 자네를 노총각으로 간주해버리겠어. 그런 늙은 총각을 여자들이 어떻게 생각하는지 이제 알겠지?"

크레이그가 말했다.

"글쎄요……."

크레이그는 이제 그만 포이저 부인과 화해하고 싶은 모양인지, 그럴듯한 찬사를 늘어놓으려 했다.

"나도 똑똑한 여자는 좋아해요. 정신이 똑바로 박힌 여자 말이에요. 일을 정말 잘하는 여자는 좋아한다구요."

바틀이 냉담하게 말했다.

"아냐, 크레이그, 자네는 이미 글렀어. 그러니 그것보다는 차라리 더 좋은 설계를 세우고 정원에 진짜 알맞은 나무가 무엇인지나 판단해봐. 훌륭한 나무들이나 골라내라구. 무엇 때문에 그 나무들이 훌륭한지도 생각해보란 말이야. 자네는 뿌리 때문에 완두콩이 가치 있다고 여기지는 않잖아. 꽃 때문에 당근이 가치 있다고 생각하지도 않지. 근데 자네는 꼭 그렇게 여자들을 고르잖아. 여자들은 아무리 똑똑하다고 해도 그렇게 대단하지는 않아. 별거 아니라구. 여자들이 만들어 내는 사람이 어떤 사람인지 아나? 완전히 무르익을 대로 익어서 아주 진한 맛이 나는 훌륭한 얼간이 같은 사람이지."

포이저가 뒤로 몸을 젖혀 아내를 재미있다는 듯 바라보며 물어보았다.

"여보, 거기에 대해서는 뭐라고 반박할 거요?"

포이저 부인이 다시 입을 열었을 때 그녀의 눈에서는 무시무시한 불똥이 번쩍거렸다.

"이봐요! 사람들 중에서는 혀를 놀려 말하는 게, 꼭 계속 종소리만 낼 뿐 몇 시인지 알려주지도 않는 시계 같은 사람이 있어요. 그건 그 사람 마음속에 뭔가 삐딱한 점이 있어서 그렇겠죠."

그 순간, 모든 사람의 관심이 식탁의 반대편에 집중되었다. 만약 그렇지 않았다면 포이저 부인은 말대꾸를 계속했을 것이고 토론의 열기는 더욱더 최고조에 달했을지도 모른다. 식탁의 반대편에서는 노래가 한창이었다. 처음에는 데이빗이 〈내 사랑은 가시 없는 장미라네〉를 낮은 소리로 흥얼거리면서 시작되었다. 점차 노랫소리는 귀가 먹먹해질 정도로 커졌고, 거기에 각기 색다른 여러 사람의 목소리가 합쳐졌다. 데이빗의 목소리를 수월찮게 여기던 팀이 흥겨운 노래로 분위기를 바꿨다. 팀은 데이빗의 작은 흥얼거림을 묵살시키려고 〈즐거운 세 사람의 잔디 깎기들〉이란 노래를 더 큰소리로 신나게 부르기 시작했다. 그러나 데이빗도 쉽사리 잠잠해지지는 않았고, 보란 듯이 자신도 노래를 점점 세게 불렀다. 목소리 크기에서는 장미의 노래가 잔디 깎기들의 노래보다 결코 뒤처지지 않았다. 늙은 케스터는 전혀 동요하지 않고 태연자약한 모습으로 갑자기 떨리는 고음의 목소리를 냈다. 마치 자명종 시계처럼 고음의 종소리를 울려서 이 자리를 떠나야 할 시간을 알려주는 것 같았다.

알릭 쪽에 앉은 사람들은 음악에 대한 평가에 상관하지 않고, 이렇게 노래를 마음대로 부르며 흥겹게 즐기는 것을 당연하게 여기는 것 같았다. 그러나 바틀 메이시는 담배 파이프를 내려놓고 손가락으로 귀를 막았다. 아담은 다이나가 집에 없다는 말을 들어서인지 그 자리에 있는 것이 지루하게 느껴졌다. 그는 일어나서 작별인사를 했다.

바틀이 말했다.

"같이 가세. 귀청이 떨어져 나가기 전에 나도 자네랑 같이 나가야겠어."

아담이 대답했다.

"메이시 선생님, 그럼 제가 마을 공터 쪽으로 잠깐 들러서 집까지 바래다 드릴게요. 괜찮으시죠?"

바틀이 대답했다.

"그래, 그래! 그러면 자네랑 같이 이야기를 좀더 할 수 있겠군. 이제까지 자네를 통 차지할 수가 없었어……."

마틴 포이저가 말했다.

"에…… 이, 자네가 끝까지 남아서 자리를 지켜주지 않다니 서운한걸? 이 사람들도 곧 있으면 모두 갈 거야. 10시가 넘으면 마누라들이 이 친구들을 더 놀게 내버려두지 않을 테니까 말이야."

그러나 아담은 단호하게 작별인사를 했다. 그리고 아담과 바틀은 문밖으로 나와 별이 총총한 밤길을 함께 걸어갔다.

바틀이 말했다.

"집에 가면 나를 볼 때마다 반갑다고 깽깽거리는 가엾은 바보 녀석이 있지. 빅슨 말이네. 나는 그 녀석이 포이저 부인의 눈[286]을 보면 벌벌 떨까 봐 걱정돼서 데려올 수가 없었어. 불쌍하게도 녀석은 앞으로 영원히 절뚝거릴 거야. 참 안됐지."

아담이 웃으며 농담했다.

"저희 개는 쫓을 필요조차 없던데요? 그 녀석은 제가 여기 홀 곁에 오는 줄 알면 항상 고개를 휙 돌려 집으로 돌아가 버려요."

바틀이 말했다.

"쯧쯧! 끔찍한 여편네야! 바늘로 만들어졌나? 맞아, 틀림없이 바늘로 만들어진 여편네야. 나는 포이저하고는 항상 절친한 사이고 앞으로도 그럴 거야. 아…… 그런데 그 사람이 바늘 같은 여자를 좋아하다니. 나, 이거야, 원 참. 신이시여, 포이저를 도와주소서! 그 친구는 바늘 같은 마누라에 딱 맞는 바늘방석이라구."

아담이 말했다.

"아무리 그래도 그 부인은 솔직하고 성격이 좋은 사람이에요. 대낮의 햇빛처럼 진실하죠. 개가 집 안으로 들어오려 하면 약간 성질을 부리기는 하지만 일단 들어오면 그 녀석들을 잘 보살피고 먹이도 잘 주거든요. 말씀은 신랄하게 하실지 몰라도 가슴은 참으로 따뜻한 부인이에요. 제가 아주 힘들어하던 시절에 그 부인의 참된 면을 봤거든요. 그 부인이 말하는 건 좀 거칠어도 속은 더없이 좋은 분이에요."

바틀이 말했다.

"그럼, 그렇지. 나는 사과가 속까지 썩었다고 말하는 게 아니야. 하지만 그렇게 예리한 말로 나를 공격하는 건 불쾌하단 말이야. 아주 나를 신경질 나게 해."

---

[286] 바틀 메이시는 포이저 부인을 악마의 눈을 가진 사람으로 취급하고 이런 사람으로부터 응시당하면 재앙을 만난다는 미신을 말하고 있다.

54

언덕에서 아담과 다이나가 만나다

　아담은 다이나가 서둘러 떠나버린 것을 이해했다. 그는 낙담하지 않고 오히려 어떤 희망을 가지게 되었다. 다이나는 아담에 대한 강렬한 감정 때문에 자신을 이끌어 주는 절대자의 목소리가 가슴속에서 들려올 때까지 차분히 기다리지 못하게 될까 두려웠던 것이다.
　'그래도 나한테 편지는 보내 달라고 말할걸.' 아담은 아쉬워했다. '하지만 그랬다면 어쩌면 그 부탁만으로도 다이나의 마음을 또 어지럽혔을지 몰라. 그녀는 당분간 예전처럼 조용히 지내기를 원했어. 그래, 나는 내 마음대로 성급하게 굴거나 그녀를 방해할 권리가 전혀 없어. 다이나는 자신의 마음이 어떤지 내게 분명히 말했어. 그녀는 겉 다르고 속 다른 여자가 아니야. 그러니까 나는 어쨌든 참고 기다려야 해.'
　그것은 현명한 결심이었다. 아담은 지난 일요일 오후에 들었던 다이나의 고백을 떠올렸다. 그리고 그 추억에 의지하며 처음 2~3주 동안은 자신의 결심을 잘 지켜나갔다. 사랑하는 이가 처음으로 들려주었던 몇 마디 말은 경이롭게도 그의 결심을 지속시켜 주는 크나큰 힘이 되어 주었다. 그러나 10월 중순이 다가올 무렵이 되자, 그의 결심은 급격히 무너져갔다. 급기야 그 결심이 아예 사라져 버릴 것 같은 위태로운 조짐도 보이기 시작했다. 수 주일이란 시간이 유난히 길게 느껴졌다.

 아담은 다이나가 분명 마음의 결정을 내리고도 남을 정도로 충분한 여유를 가졌을 거라고 확신했다. 남자는 어떤 여자로부터 사랑한다는 고백을 들으면, 그녀가 처음 입 밖에 내놓은 몇 마디 말에 얼굴이 붉어지고 마음이 들뜨게 된다. 그 뒤부터는 그녀가 무슨 말을 하든지 귀에 들어오지 않는다. 그녀와 헤어져 경쾌한 발걸음으로 걸어가며 모든 어려운 일들은 대수롭지 않게 여겨버린다. 그러나 그런 종류의 열정은 사라져 버리기 마련이다. 슬프게도 추억은 시간이 흘러갈수록 희미해진다. 그리고 이미 사라진 열정은 추억을 회상시킬 힘마저도 없어지게 된다.

 아담은 더 이상 예전처럼 자신만만하지 않았다. 그는 다이나가 예전부터 살아왔던 삶에 너무 집착해서 새로운 감정을 용납하지 않을까 하는 두려움마저 느끼기 시작했다. 만약 그렇지 않다면, 그녀는 분명 아담을 안심시키려고 편지라도 썼을 것이다. 하지만 그녀는 아담에게 아예 희망을 주지 않는 것이 옳다고 여기는 듯했다. 아담은 점점 자신감이 없어지고, 인내심도 약해져 버렸다. 그리고 자신이 먼저 편지를 보내야겠다고 생각했다. 그는 다이나에게 편지를 써서 필요 이상으로 오랫동안 자신을 고통스럽게 불안에 떨지 않도록 해달라고 말할 생각이었다. 어느 날 밤, 그는 밤늦도록 자지 않고 편지를 써놓고는 다음날 아침에는 결과가 두려워 편지를 부치지 못하고 태워버렸다. 실망스런 대답은 그녀에게 직접 듣는 것보다 편지로 읽는 것이 훨씬 더 고통스러울 것 같았다. 아담은 그녀가 자신과 함께 있어 주기만 해도 그녀의 의도를 이해할 수 있을 것 같았.

 독자들은 그 심정이 어떨지 짐작할 수 있을 것이다. 아담은 다이나가 간절히 보고 싶었던 것이다. 아담은 다이나를 향한 그리움이 너무 애절해서 자신의 장래가 어떻게 되든지 간에 꼭 한 번 다이나를 만나봐야겠다고 생각했다.

설마 스노필드에 간다고 해서 어떤 잘못된 일이 생기겠는가? 다이나도 아담이 찾아온 것 때문에 기분 나빠 하지는 않을 것이다. 그녀는 아담에게 스노필드로 찾아오지 말라고 말한 적은 없다. 어쩌면 머지않아 아담이 그곳에 오리라는 것을 분명히 예상하고 있었을지도 모른다. 10월 두 번째 주 일요일에 아담은 문득 이런 생각이 떠올랐다. 그러자 그는 이번만큼은 조금도 시간을 지체하지 않으려는 듯이 보였다. 그는 벌써 말을 타고 스노필드를 향해 달려가고 있었다. 그는 여행길에 꼭 필요한 말을 조나단 버즈에게서 빌렸던 것이다.

길을 가는 내내 가슴을 아리게 만드는 추억들이 어쩌면 그렇게도 계속 떠오르는지! 그는 스노필드에 맨 처음 갔다 온 후로, 오크본까지는 자주 왕복하고는 했었다. 바로 지금, 오크본 너머 저편으로 회색빛 돌벽과 형편없는 전원, 그리고 보잘것없는 나무들이 그의 가슴에 사무쳐 있는 과거의 가슴 아픈 이야기를 다시 들려주고 있는 것만 같았다. 하지만 시간이 흐르고 난 후에는 어떤 이야기도 예전과 똑같은 감정으로 읽히지는 않는다. 그 이야기를 읽었던 사람들도 예전처럼 한결같은 감흥을 느끼지 못한다. 오늘 아침, 아담은 그 침침한 전원을 지나며 새로운 사념들을 떠올렸다. 그 사념은 과거지사에 있었던 일들의 의미를 다른 의미로 이해하게 하였기 때문이었다.

그 생각은 비열하고 이기적이고 심지어 불경스럽기까지 했다. 과거에 자신의 잘못으로 다른 사람들이 힘들고 망하게 됐음에도 불구하고, 그 결과가 예기치 않게 자신에게 이롭게 됐다고 좋아하는 꼴이나 다름없는 마음이었다. 아담은 자신과 직접 부딪치며 지냈던 사람들이 겪었던 까닭 모를 슬픔을 계속 애통해 했다. 그는 자신이 아니라 다른 사람이 비참한 일을 당하게 되어 다행이었다고 신께 감사 드리는 그런 사람이 아니었다.

만약 작가인 내가 편협해서 아담 편을 들며 즐거워한다 해도, 아담은 자신만을 생각하며 그런 기분을 느낄 사람이 아니라는 걸 독자들은 명확히 알고 있어야 한다. 아담은 그런 감상적인 생각을 할 때마다 마구 머리를 흔들어대며 부인할 것이다. '불행은 불행이고 슬픔은 슬픔이야. 그것을 다른 말로 번지르르하게 포장해 본들 본래의 속성을 바꿀 수는 없는 법이지. 다른 사람들이 나를 위해 태어난 것은 아니잖아. 설사 어떤 일들이 나에게 유리하게 전개되더라도, 결국 나는 다른 이들과 비등하다는 것을 명심해야 해.'

우리의 인생은 슬픈 경험을 겪고 나면 더욱 원숙해진다. 거기에 개인적인 고통이 수반되었다고 해도 불명예스러운 일은 절대 아니다. 하지만 그렇다고 해서 명예스러운 일이라고는 더더욱 생각할 수 없다. 예를 들어 백내장이 있는 사람이 어느 정도 치료를 받아 눈에 보이는 사람들이 나무들이 걸어다니는 것처럼 희미하고 어렴풋하게 보일 정도가 되었다고 하자.[287] 그런데도 장님은 눈앞의 윤곽이 뚜렷하게 보이고, 눈부시게 환한 날이라고 착각할 수가 있는 것이다. 이런 과정은 분명 그들이 백내장으로 인해 당한 고통의 과정을 후회하지 않는 것과 다름없다. 우리는 마음속에서 감정이 한층 고양되면 능력이 더해지고 그와 더불어 힘찬 기운을 내게 된다. 화가나 음악가가 미숙한 작품을 만들던 시절로 되돌아가고 싶어하지 않는 것처럼, 또는 철학가가 자신의 이론이 불완전했던 수준으로 되돌아가고 싶어하지 않는 것처럼, 우리도 더 이상 다른 이들에게 연민을 느끼지 못했던 편협한 수준으로 되돌아가고 싶어하지 않는다.

오늘은 일요일 아침이었다. 아담은 과거를 생생하게 되새기며 길을 따라 걸었다. 왠지 마음이 더 너그러워진 것 같았고, 뭔지 모를 기분을 가슴속 깊은 곳에서 느끼고 있었다. 다이나에 대한 그의 감정, 즉 그녀와 인생을 함께 보내고 싶다는 희망은 보이지 않을 정도로 아주 먼 곳에 있는 것 같았다. 그곳은 18개월 전 그에게 스노필드

---

[287] 마가복음, 8:24. 그러자 그 사람의 눈이 떠졌습니다. 그가 말했습니다. "사람이 보입니다. 마치 나무가 걸어다니는 것 같습니다."

로부터 힘든 여정을 시작하게 만들었던 곳이었다. 헤티에 대한 아담의 사랑은 아주 뿌리 깊은 애정이었다. 그 뿌리들은 너무 깊어서 아직까지도 완전히 없어지지는 않았다. 하지만 헤티보다는 다이나를 사랑하는 마음이 아담 자신에게 더 바람직하고 소중했다. 아담은 가슴속 깊이 처절한 슬픔을 직접 경험해 보았기에 남의 슬픔도 참으로 가슴 아픈 일인 줄 이해할 만큼 원숙하게 성장하였다. 철없이 헤티를 사랑하던 아담이 이제는 원숙한 성장을 바탕으로 다이나를 사랑하게 되었다. 그는 혼잣말을 했다. '내가 그녀를 사랑하고, 그녀도 나를 사랑하는 걸 알고 나서부터 내게는 새로운 힘이 생겨났어. 그녀는 내가 사물을 제대로 볼 수 있도록 도와 줄 거야. 왜냐하면 나보다 더 훌륭한 사람이니까 말이야. 그녀는 아무런 사심도 없고 교만하지도 않아. 오히려 내게 더 많은 자유를 누리게 해주는 느낌이야. 나 자신보다도 다른 사람을 믿고 의지하면 어떤 두려움도 느끼지 않고 걸어갈 수 있는 그런 자유를 누리게 해주는 느낌을 받았어. 나는 지금까지 내 주위에 있는 그 누구보다도 내가 뭐든지 더 잘 안다고 생각했어. 참 한심한 인생이었지. 그때는 가장 가까운 사람들이 내가 이미 생각했던 것보다 훨씬 더 나은 생각을 하리라고는 꿈에도 몰랐어. 또 그들이 나한테 도움을 줄 수 있을 거라고도 생각하지 못했구.'

오후 2시가 넘어서야, 아담은 산허리에 올라서 잿빛 마을의 광경과 저 아래 푸른 골짜기를 자세히 살펴보았다. 보기 흉한 붉은 물방앗간의 근처에 있는 낡은 초가지붕이 눈에 띄었다. 살을 에는 듯한 추위가 가시지 않았던 이른 봄에는 그 풍경이 얼마나 황량하게 보였던가! 그러나 10월의 부드러운 햇볕 아래에서 바라보는 이 풍경은 이른 봄보다 훨씬 덜 적막하게 보였다. 그리고 나무 하나 없이 널따랗게 펼쳐진 지역에서 느끼는 아름다움은 장엄함 그 자체였다. 그런 곳에서는 아치형 하늘을 새롭게 느끼게 해주고 오늘같이 구름 한 점

없는 날은 마음이 여느 때보다 한결 더 부드럽고 진정되어 충만한 감정을 한껏 불러 일으켜 주었다. 이러한 효과로 인해 아담의 의심과 두려움은, 아담의 머리 위에 높이 떠 있는 섬세한 새털구름이 청명한 하늘빛으로 차츰 조금씩 녹아들어 사라져 버리듯, 스러져 버리게 했다. 아담은 이러한 광경에서 받은 인상에서 자기가 알고 싶은 모든 것을 확신해 주는 다이나의 온화한 얼굴을 떠올렸다.

 그는 다이나가 이 시간에 집에 있으리라고는 기대하지 않았다. 그는 말에서 내려 작은 문간에 말을 매고는 그녀가 오늘은 어디로 나갔는지 물어보려 했다. 그는 그녀를 찾아서 집에 데려오겠다고 마음 먹었다. 한 노파가 다이나가 있는 곳을 말해주었다. 그녀는 슬로만즈 엔드에 갔는데, 여기서 3마일쯤 떨어진 곳에 있는 촌락으로, 언덕 너머에 있는 곳이라고 했다. 다이나는 평소 습관처럼 아침 예배가 끝나자 곧바로 그곳으로 갔고, 거기에 있는 한 오두막집에서 설교를 하고 있을 것이라고 했다. 여기 마을 사람들이 슬로만즈 엔드로 가는 길을 알려줄 것이라고 하였다.

 그래서 아담은 다시 말에 올라타 읍내로 들어가 오래된 여관에 들어갔다. 거기서 아담은 수다스런 여관 주인과 함께 간단히 식사를 하고, 그가 관심을 보이며 물어오는 질문과 괜스레 늘어놓는 회고담으로부터 가능한 한 빨리 도망쳐 나와 슬로만즈 엔드로 출발하려고 했다. 그가 이렇게 서둘렀는데도, 슬로만즈 엔드로 출발하기도 전에 시간은 벌써 거의 4시가 다 되어버렸다. 그는 다이나가 아침 일찍 떠났으니, 어쩌면 이미 돌아오고 있을지도 모르겠다고 생각하였다. 황폐해 보이는 회색빛의 초라한 촌락은 보호림에 둘러싸여 있지도 않아서 그곳에 당도하기 전에 멀리서부터 마을의 모습이 보이기 시작했다. 그곳 가까이에 다다랐을 때 아담은 찬송가 노랫소리를 들었다. '아마 예배를 마치기 직전에 부르는 마지막 찬송가인가 보군. 조금만 되돌아가서 다시 돌아와야겠다. 그래야 마을에서 좀 떨어진 곳에서 그녀를 마주치겠지.' 이렇게 생각한 아담은 다시 뒤돌아서 언덕의 꼭대기까지 걸어갔고, 낮은 담벼락에 기대어 놓여 있는 흔들바위 위에 앉았다. 이 자리에서는 마을을 떠나 꼬불꼬불한 언덕길을 올라오는 작고 검은 형체를 지켜볼 수 있었다. 그가 언덕 꼭대기인 이 지점을 선택한 것은 다른 사람들의 눈을 피할 수 있기 때문이다. 이곳에는 집도 없고, 소도 없고, 심지어 근처에서 풀을 뜯는 양도 없었다. 오직 빛과 그림자, 그리고 이 모두를 품에 안아 주는 듯한 거대한 하늘 외에는 아무것도 없었다.

다이나는 아담이 기대했던 것보다 훨씬 늦게 나타났다. 그녀를 기다리면서 그녀를 생각하면서 아담은 적어도 한 시간 이상을 보냈다. 그동안 오후의 태양은 그림자를 길게 늘이고, 햇빛은 점점 부드러워졌다. 마침내 그는 회색빛 집들 사이에서 작고 검은 형체가 나와 점점 언덕 기슭으로 다가오는 것을 보았다. 아담은 매우 천천히 걸어오고 있다고 생각했지만, 사실 다이나는 평소대로 가볍고 조용히 사뿐사뿐 걸어오고 있는 중이었다. 이제 그녀는 언덕 위쪽으로 길을 따라 올라오기 시작했고, 아담은 아직 꼼짝하지 않았다. 그는 벌써부터 그녀에게 모습을 보이면 안 될 것만 같았다. 다이나가 눈치 채지 못하도록 혼자서 기다렸다가 불쑥 나타나야겠다고 마음먹었다. 그러다가 한편으로는 다이나가 너무 깜짝 놀라지 않을까 걱정이 되기도 했다. 아담은 생각했다. '하지만...... 그렇게 심하게 놀라지는 않을 거야. 그녀는 항상 무엇이든지 다 대비한 사람처럼 늘 차분하고 조용하니까.'

언덕을 올라오면서 다이나는 무슨 생각을 하고 있을까? 아마 그녀는 아담이 없어서 완전히 마음의 평화를 누렸을 것이다. 그리고 아담의 사랑이 절실하게 필요하다는 생각 따위는 접어버렸을 것이다. 결심을 시행할 시점이 가까워 올수록 우리 모두는 긴장하여 떨게 되고, 희망은 펄럭거리는 날갯짓을 멈추게 된다.

마침내 다이나는 아주 가까이 다가와 있었고, 돌담에 기대 있던 아담은 자리에서 일어났다. 그가 앞으로 막 걸어나오려고 하던 차에 다이나는 걸음을 잠시 멈추고 마을을 뒤돌아보려고 몸을 돌렸다. 언덕을 오르면서 도대체 그 누가 걸음을 멈추고 뒤돌아보지 않겠는가?

아담은 기뻤다. 왜냐하면 사랑하는 사람의 섬세한 본능으로, 그는 그녀가 자신을 보기 전에 목소리부터 먼저 듣는 게 가장 좋으리라 느꼈기 때문이다. 그는 세 발짝이면 그녀와 닿을 만큼 가까이 와서는 입을 열었다.

"다이나."

그녀는 소리가 어디에서 나는지 알 수 없어서 뒤돌아보지도 않은 채 깜짝 놀랐다. 아담이 다시 불렀다.

"다이나!"

그는 그녀가 마음속으로 무엇을 생각하는지 잘 알고 있었다. 그녀는 순수한 영적 계시를 받는데 익숙해 있어서, 그 목소리의 주인공이 보이지 않는 영적 존재인 줄로 알았던지 특별히 두리번거리며 찾지 않았다.

그러나 두 번째로 불렀을 때 그녀는 뒤돌아보았다. 온화한 푸른 두 눈이 아담의 강렬한 검은 눈동자와 마주쳤다. 다이나의 푸른 두 눈에는 사랑하는 마음이 매우 강렬하게 불타오르고 있었는지! 그녀는 아담을 보고 다시 놀라지는 않았다. 그녀는 아무 말도 하지 않고 아담이 그녀를 감싸 안을 수 있도록 가까이 다가왔다.

그리고 나서 뜨거운 눈물이 흘러내리는 동안 그들은 말없이 걸어갔다. 아담은 가슴이 충만해서 아무 말도 하지 않았다. 먼저 입을 연 것은 다이나였.

그녀가 말했다.

"아담! 이건 신의 뜻이에요. 내 영혼은 당신의 영혼과 이미 꽉 얽혀 있어요. 당신 없이 산다는 건 내 생명의 절반이 떨어져 나간 거나 다름없었어요. 이 순간, 당신이 내 곁에 있는 지금, 나는 우리의 마음이 똑같이 한마음이 되어 똑같은 사랑으로 가득 차 있는 걸 느끼게 되어, 나는 하늘에 계신 하느님의 뜻을 받들어 모실 수 있는 충분한 힘을 갖게 되었어요. 예전에 잃었었던 그 힘을 말이죠."

아담은 멈춰 서서 그녀의 진지하고 사랑 가득한 눈을 들여다보았다.

"다이나! 그럼 우리는 이제 다시는 헤어지지 않는 거죠? 죽음이 우리를 갈라놓을 때까지 말이오."

그리고 그들은 큰 기쁨을 느끼며 입맞춤을 했다.

두 사람이 결합하여 인생을 함께 헤쳐나가는 것보다 더 위대한 것이 무엇이 있겠는가? 그들은 이제 모든 일을 할 때마다 서로에게 힘이 되어 줄 것이다. 갖가지 슬픔을 당할 때는 서로의 안식처가 되어주고, 온갖 고통을 겪을 때는 서로에게 헌신할 것이다. 마지막 숨을 거두는 순간에도 말 못 할 추억들을 조용히 함께 더듬어 볼 것이다. 이보다 더 위대한 것이 무엇이 있단 말인가?

55

결혼식 종소리

  아담과 다이나가 언덕 위에서 만난 지 한 달이 넘어설 무렵, 11월의 서리가 내려앉은 어느 날 아침에 그들은 결혼했다.
  이 결혼식은 헤이슬롭에서 여태껏 생각할 수도 없을 정도로 대단한 행사였다. 버즈의 목공소에서 일하는 일꾼들은 모두 휴가를 얻었고, 포이저의 농장과 집에 있는 모든 일꾼들도 휴가를 얻었다. 휴일을 맞이한 사람들은 대부분 제일 좋은 옷을 차려입고 결혼식에 참석해 주었다. 이 이야기에서 언급했던 인물이나 아직 그 교구에 거주하고 있는 사람들이라면 한 사람도 빠짐없이 모두 이 결혼식에 참석했다.
  11월의 그날 아침, 교회 안으로 들어오지 않거나, 교회 문 앞으로 나오지 못해서 아담과 다이나가 올리는 결혼식을 못 보고 신랑 신부에게 인사하지 못한 사람은 아무도 없었다. 어윈의 어머니와 그 딸들은 마차를 타고 도착해 교회 뜰에서 신랑 신부와 악수하고 축하해 주기 위해 기다리고 있었다.(이제 어윈 목사는 마차를 가지고 있었다.) 리디아 도니손은 바스에 가고 없었다. 베스트 부인, 밀즈 씨, 크레이그 씨는 마을에 결혼식이 있는 경우에는 체이스 장원의 가족을 대표하여 축하 인사를 해주는 것이 그들이 해야 될 도리라고 느꼈다. 교회 뜰의 길 위에는 낯익은 얼굴들이 줄지어 서 있었다. 그들 가운데는 다이나가 그린 광장에서 설교할 때 처음 보았던 얼굴들이 많았다.

그들이 다이나의 결혼식 날 아침에 이렇게 진지한 관심을 보이는 것은 당연했다. 헤이슬롭에 사는 사람들은 아무리 기억을 아무리 더듬어 봐도 어떻게 다이나 같은 여자가 아담과 결혼하게 되었는지 여태까지 들어본 적이 없기 때문이다.

베시 크래네지는, 제일 깔끔한 모자와 원피스를 골라 입었는데, 그녀는 괜스레 울고 있었다. 왜냐하면 곁에 서 있는 사촌 와이어리 벤에게 들은 사려 깊은 얘기가 있어서였다. 그 내용은 다이나가 이제는 영원히 이 고장을 떠나지 않을 거라는 것과, 다이나가 결혼하는 걸 보고 샘이 난다면 자기같이 정직한 사람과 결혼하는 것이 어떻겠느냐는 것이었다. 다이나를 본받아 그녀처럼 살려면 결혼을 해야 하는데 자기는 베시를 마누라로 맞아줄 준비가 되어 있다고 말했다.

베시 옆, 교회 문 바로 안쪽에서는 포이저 집안 아이들이 신기하기만 한 결혼 의식을 보기 위해 교인들의 좌석 모퉁이 주변을 넘어다보고 있었다.

톳티는 사촌언니 다이나가 결혼해서 이제는 늙어보일까 봐 유난히 걱정스런 표정을 짓고 있었다. 톳티의 경험으로는 결혼한 사람들 중 젊은 사람은 하나도 없었기 때문이다.

결혼식이 무사히 끝나고 아담이 다이나를 교회 밖으로 인도해 나올 때의 광경은 모든 것이 마냥 부러울 따름이었다. 다이나는 이날 아침 검은 옷을 입지 않았다. 포이저 부인이 불운을 초래할지 모른다며 검정색 옷을 못 입게 했고, 그 대신에 다이나에게 회색 웨딩드레스를 선물했다. 이 웨딩드레스의 모양은 보통 퀘이커 교도들이 입는 모양이었다. 다이나는 검은색을 포기한 대신에 이것만큼은 양보하지 않았다. 회색 퀘이커 모자 아래로 그녀의 얼굴과 입술이 드러났다. 백합 같은 얼굴은 미소를 짓거나 얼굴을 붉히지도 않았고, 엄숙한 감정에 눌려서인지 입술은 살짝 떨고 있었는데 그 모습이 정말 한 떨기 백합꽃같이 아름답고도 진지하게 보였다.

아담은 그녀의 팔을 자기 옆구리에 낀 채 여전히 꼿꼿하게 서서 걸어갔다. 그는 온 세상을 더 잘 맞이하려는 듯 고개를 약간 뒤로 젖힌 모습이었다. 신랑들의 관습처럼 결혼식 날 아침 유독 거만해져서가 아니었다. 지금 그의 행복은 보통 남자들이 말하는 그런 행복과는 조금 다른 종류의 행복이었다. 그의 기쁨 저 깊은 곳에는 서글픈 기미가 엿보였다. 다이나는 그걸 알았지만 기분이 상하지는 않았다.

신랑과 신부를 뒤따르는 세 쌍이 있었다. 첫 번째는 서리 내린 오늘 아침에 빨갛게 타오르는 불꽃처럼 쾌활하게 보이는 마틴 포이저가 말 없는 메리 버즈를 들러리로 이끌고 가는 모습이었다. 다음에는 차분하고 행복해 보이는 세스가 포이저 부인의 팔짱을 끼고 모셔 갔다. 마지막으로 바틀 메이시가 리즈베스를 데리고 갔다. 리즈베스는 새 웃옷과 모자를 쓴 채 정신없이 아들을 자랑했다. 그녀는 자기가 그토록 원했던 며느리를 맞게 되어 기뻐하느라, 불평할 구실은 한 마디도 찾아낼 틈이 없었다.

바틀 메이시는 결혼이란 것에 대해 반대하는 입장을 고수해왔지만, 특별히 분별력 있는 사람이 하는 결혼이라서 차마 거절하지 못했다. 선생님은 아담의 간곡한 부탁을 받아들여 결혼식에 참석한 것이었다. 그럼에도 불구하고, 포이저는 결혼 피로연이 끝난 후 메이시가 교회 제의실에서 신부에게 필요 이상으로 키스를 한 번이나 더 했다고 농담을 하며 그를 놀려댔다.

마지막 쌍 뒤로 어윈 목사가 걸어나왔다. 그는 아담과 다이나가 결합하는 이 좋은 아침의 예식을 마음속 깊이 기뻐했다. 그는 아담이 슬픔에 빠졌던 최악의 순간에 그를 만났던 사람이었다. 그토록 고통스런 날들을 견뎌내더니, 이렇게 좋은 결실을 보는구나……. 아마도 예전의 고통은 이런 기쁨을 수확하기 위한 준비 기간이었나 보다. 다이나는 아담이 절망에 빠져 있던 순간에 희망과 평안을 가져다주었다. 또 어두운 감방 안에 갇혀 있던 불쌍한 헤티의 영혼을 찾아가 위로해 주었다. 이렇게 강하고 온화한 사랑이 이제는 죽는 날까지 아담의 동반자이자 내조자로서 한평생을 함께 할 것이다.
"신의 축복을!"
사람들이 네 쌍의 남녀에게 해준 말이다. 교회 뜰 문에서 사람들은 그들과 악수를 나누며 각각 훌륭한 소원을 빌어주었다. 포이저는 여느 때와 다르게 쾌활한 모습으로 나머지 사람들에게 답례를 하고 있었다. 그는 결혼식에 알맞은 적절한 농담을 구사하고 있었다. 그러면서 그는 여자들이 결혼식에서는 손가락으로 눈물을 찍어내는 일밖에 하지 못한다는 걸 관찰했다. 포이저 부인조차 이웃 사람들과 악수할 때 말 한마디 못했고, 리즈베스는 그녀가 점점 더 젊어지고 있다고 말하는 첫 번째 손님 앞에서 울기 시작했다.
조슈아 랜은 경미한 류머티즘 기미가 있어서 이날 아침 결혼식에는 참석하지 못했다. 대신 종을 울리면서 그는 교회서기로서의 공식적인 협조가 필요 없는 이런 비공식적인 인사들을 나누는 것을 약간 경멸하는 눈초리로 바라보았다. 그러면서 〈오! 얼마나 즐거운 일인가〉를 베이스로 콧노래 부르기 시작했다. 다음 일요일에 자기가 무슨 찬송을 부르려고 준비하는지 사람들에게 암시하고 있었다. 조슈아 랜은 이렇게 콧노래 부르는 동안 점점 기분이 좋아지고 있었다.
어윈이 마차를 타고 출발하면서 어머니에게 말했다.
"이 결혼 소식을 아서가 들으면 참 기뻐할 거예요. 집에 도착하면 제일 먼저 아서한테 편지를 써야겠어요. 이 소식을 전해줘야죠."

에필로그

때는 1807년 6월 말쯤이었다. 원래 조나단 버즈의 소유였지만 이제는 아담 비드의 소유가 된 목재 하치장에 있는 목공소가 문을 닫은 지 30분이 더 지나고 있었다. 그리고 짙어가는 저녁노을이 담황색 벽과 부드러운 회색빛 초가지붕으로 된 산뜻한 집에 비치고 있었다. 이 광경은 약 9년 전 6월 저녁 아담이 이 집으로 열쇠를 가져오는 걸 보았을 때와 아주 비슷했다.

그때, 우리가 잘 알고 있는 사람이 막 집 바깥으로 나왔다. 그녀는 연한 황갈색 머리칼에 챙 없는 흰색 모자를 쓰고 있었다. 그녀는 햇빛이 눈부셨는지 눈 위에 손을 얹어 손 그늘 아래로 저 멀리 어렴풋이 뭔가를 주시하고 있었다. 그러고 나서 햇빛에서 몸을 돌려 문 쪽을 되돌아보았다. 이제야 아름답고 창백한 얼굴이 잘 보였다. 그녀의 얼굴은 거의 변하지 않았다. 어머니다운 자태에 어울리게 약간 통통해졌지만 여전히 검은색의 평범한 옷을 입고 가볍고 민첩하게 움직이고 있었다.

다이나가 집 안을 들여다보며 말했다.

"세스 도련님, 형님이 저기 오세요. 어서 마중 나가요. 리즈베스, 빨리 오렴. 엄마랑 같이 가자."

마지막으로 자신을 부르는 소리에 네 살이 조금 넘은 예쁜 아이가 즉시 대답했다. 연한 황갈색 머리카락과 푸른 눈을 가진 아이였다. 아이는 쪼르르 밖으로 달려나와 엄마의 손을 잡았다.
 다이나가 말했다.
 "빨리 나오세요, 도련님."
 "네, 갈게요."
 세스가 집 안에서 대답하더니 곧이어 현관문에서 몸을 숙이며 나타났다. 세스는 튼튼하게 생긴 두 살짜리 조카를 어깨 위에 앉혀 목말을 태우고 있었다. 그래서 조카의 검은 머리만큼 키가 더 커져서 몸을 숙였던 것이다. 목말을 태워달라고 조카가 졸라대서 밖으로 나올 때 시간이 걸렸다.
 튼튼하게 생긴 검은 눈의 시동생을 다정하게 바라보며 다이나가 말했다.
 "도련님, 팔로 안는 게 나을 거예요. 애가 도련님을 못살게 구네요."
 "아뇨, 괜찮아요. 에디는 내 어깨 위에 목말 타는 걸 좋아해요. 잠깐 태워주는 건데 어때요."
 어린 에디는 삼촌이 친절하게 어깨 위에 태워주자 아주 신이 나는 듯 발꿈치로 세스 삼촌의 가슴을 힘차게 동동 두들겼다. 하지만 세스는 조카들이 버릇없이 굴어도 그걸 받아주고, 다이나 옆에 서서 걸어가는 것이 세상에서 가장 큰 행복이었다.
 그들은 인접해 있는 들판으로 걸어갔다. 세스가 물었다.
 "형님은 어디 계세요? 아무 데도 안 보이는데요?"
 다이나가 말했다.
 "길옆의 산울타리 사이에 보였었는데……. 그이의 모자하고 어깨를 봤어요. 아, 저기 다시 보이네요."
 세스가 미소 지으며 말했다.
 "어디서든지 형님이 보였다면 형수님의 말을 믿어야지요. 형수님은 어머니하고 거의 똑같아요. 어머니도 항상 형님이 오는지 안 오는지 밖을 내다보고는 하셨죠. 어머니는 두 눈이 모두 다 침침해졌어도, 어느 누구보다 빨리 형님을 알아보셨거든요."
 다이나가 작은 옆 주머니에서 아서의 시계를 꺼내보면서 말했다.
 "그이가 생각보다 오래 걸리네요. 7시가 가까워지는데 말이에요."
 세스가 말했다.
 "네, 두 분이 할 말이 많았겠죠. 얼마나 감개무량했겠어요. 두 분이 헤어진 지 벌써 8년이 되어 가네요."
 다이나가 말했다.
 "그래요, 오늘 아침 그이가 말하더군요. 그토록 젊고 잘생겼던 분이 너무 많이 변했을 거라면서 무척이나 마음 아파했어요. 그동안 큰 병치레도 했고, 세월도 많이 흘렀잖아요. 그분도 그렇고 우리도 그렇고 참 많이 변했어요. 게다가 그 가엾고 불쌍한 헤티가 우리한테 돌아오는 도중에 죽었다는 소식을 듣고 얼마나 슬퍼했는지……."
 어린아이를 팔에 내려 안고 손으로 가리키며 세스가 말했다.
 "자, 에디. 저기 봐라. 아빠 오신다. 저…… 기 들판의 계단이 있는데 보이지?"
 다이나는 걸음을 재촉했고, 어린 딸 리즈베스는 힘껏 빨리 뛰어가서 아빠의 다리를 꽉 붙잡았다. 아담은 리즈베스의 머리를 쓰다듬고는 안아 올려 입을 맞췄다. 다이나는 아담에게 가까이 다가가, 그의 얼굴 표정이 별로 밝지 않은 걸 보고는 말없이 그의 팔에 팔짱을 끼었다.
 어린아이들이 다 그렇듯이 에디가 이제는 더 소중한 아빠가 가까이 와 있으니, 더 이상 세스 삼촌은 필요하지 않다는 식으로 유치한 어리광을 부리며 아빠에게 안기겠다고 팔을 내밀었을 때, 아담은 미소를 지으려고 애쓰며 말했다.
"자! 우리 왕자님, 아빠가 안아줄까?"
그들은 계속 걸었고, 마침내 아담이 말했다.
"너무나 가슴 아팠어, 다이나."
다이나가 말했다.
"많이 변했던가요?"
"글쎄…… 어딘지 모르게 변했는데도 그 모습은 여전했어. 나는 어디에서 그분을 만났더라도 금방 알아봤을 거야. 그분은 안색이 좀 안 좋아 보였고 서글퍼 보였어. 의사들 말이 공기 좋은 시골에서 살면 곧 좋아질 거라고 했대. 그래도 마음만은 아주 건강하시더라구. 그분이 그렇게 쇠약해진 것은 열병 때문일 거야. 말씀하시는 투나, 나를 보고 웃는 것이 젊었을 때와 똑같았어. 미소 지을 때는 어떻게 그렇게 항상 똑같은 표정을 짓는지 참 신기하단 말이야."
다이나가 말했다.
"나는 그분이 젊었을 때 미소 짓는 걸 본 적이 없어요, 가엾은 사람이었죠."
아담이 대답했다.
"당신도 내일은 그분이 웃는 모습을 보게 될 거야. 그분이 원기를 되찾고 난 다음 나와 얘기를 시작했을 때 맨 처음 한 말이 당신 안부를 묻는 거였어. 이렇게 말하셨지. '자네 부인은 변하지 않았을 거라 믿네. 나는 다이나의 얼굴을 아주 잘 기억하고 있어.' 그래서 나도 대답했지. '네, 하나도 안 변했어요.'"
아담은 자신의 눈을 들여다보는 아내의 눈을 다정하게 바라보며 계속 말했다.
"'약간 통통해지긴 했는데 7년이나 지났으니 그럴 만도 하죠.' 그랬더니 그분이 묻더군. '내가 내일 자네 집에 가서 다이나를 만나도 되겠나? 요 몇 년 동안 내가 다이나를 얼마나 생각하며 지냈는지 말해주고 싶어서 그래.' 라고 말이야."

다이나가 물었다.

"그분이 주신 시계를 제가 늘 사용하고 있다고 말씀드렸어요?"

"물론이지, 우리는 당신에 대한 이야기를 많이 했어. 그분은 당신 같은 여자를 본 적이 없다고 말하더군. 그분이 그러더군. '나도 언젠가는 감리교도로 개종하려고 해. 다이나가 야외에서 설교하면 나도 가서 들어야겠어.' 라고 말이야. 그래서 내가 말했지. '이런, 안타깝네요. '최고위'의 교단회의에서 여자들이 설교하는 걸 금해서[288] 다이나도 설교는 포기했어요. 원하는 사람들이 모이면 그들의 집에 가서 설교해주는 것 말고는요.' 라고."

세스는 이 점에 관해서 한 마디 논평하지 않고는 견딜 수가 없었다.

"아! 교단 회의에서 그랬다니 정말 속상해요. 저는 일찌감치 짐작하고 있었죠. 형수님도 저처럼 빨리 알았더라면 좋았을 걸 그랬어요. 그랬다면 우리는 웨슬리안 종파를 떠나서 기독교인으로서 가질 수 있는 자유[289]를 속박하지 않는 그런 종파를 따랐을 거예요."

그러자 아담이 말했다.

"아니야, 세스. 아니지. 네 형수가 옳고 네가 잘못 생각한 거야. 규칙은 아무리 현명하게 만들어 놓아도 어느 누군가에게는 아쉬운 점이 있기 마련이거든. 여자들이 설교를 하고 다니면서 좋은 일보다는 대부분 궂은일이 더 많이 일어났던 모양이야. 그 사람들은 네 형수가 가진 만큼의 재능도 기개도 없었던 것 같아. 네 형수는 그것을 알았던 거지. 그래서 솔선수범해서 설교를 포기하고 순종의 모범을 보이는 게 옳다고 생각한 거지. 고작 설교할 수 없다고 다른 종파의 가

---

[288] 웨슬리안 감리교의 '최고위'에 있는 교단에서 설교자들의 연중 회의를 열어 1803년 여성들이 설교하고 다니는 걸 금지했다.
[289] 프리미티브 감리교같이 이탈한 감리교 단체들은 여성의 설교 금지령에도 실망하지 않고, 심지어 여성의 설교를 격려하였다. 조지 엘리엇의 고모인 엘리자베스는 웨슬리안 파의 여성 설교 금지령 때문에 결국 프리미티브 감리교로 옮겼다.

르침을 따라갈 수는 없잖아. 그래서 나는 네 형수의 생각에 동의하고, 형수가 하자는 대로 했어."

세스는 아무런 대답을 하지 않았다. 이것은 서로가 거의 언급하지 않았지만 의견 차이를 보이는 미해결 문제였다. 다이나는 두 사람의 언쟁을 즉시 그만두게 하고 싶어서 이렇게 말했다.

"여보, 이모부와 이모님이 당신에게 부탁한 거 있잖아요. 도니손 대령님께 말씀드리기로 한 거, 기억하죠?'

"그럼, 기억하고 말구. 대령님이 내일모레 어윈 목사님과 함께 홀 팜에 가실 거야. 우리가 그 문제에 대해 논의하는 동안 어윈 목사님이 들어오셨어. 어윈 목사님은 대령님한테 내일은 당신 외에 아무도 만나지 말라고 하셨어. 그건 목사님 말씀이 옳아. 대령님이 사람들을 차례차례 많이 만나다가 괜히 감정이라도 상해서 흥분하면 별로 안 좋을 거라고 하셨거든. 어윈 목사님은 이렇게 말씀하셨어. '우리는 우선 아서 자네의 몸이 더 건강하고 튼튼해지기를 바란다네. 그것이 자네가 해야 할 첫 번째 일이야. 그 다음에는 자네가 가고 싶은 길로 마음대로 가게나. 어쨌든 그때까지는 나이 든 선생인 내가 시키는 대로 하게.' 그러자 대령님은 다시 집에 있겠다고 했고 어윈 목사님은 기뻐하시더라구."

아담은 잠시 침묵을 지킨 후 말했다.

"대령님하고 처음 마주할 때 아주 마음이 아팠어. 그분은 런던에서 어윈 목사님을 만날 때까지 불쌍한 헤티에 대해 전혀 몰랐다고 했어. 아마 여행 중이라서 편지를 못 받아 본 모양이야. 그분이 내 손을 잡고 처음으로 한 말은 이거였어. '아담, 나는 헤티를 위해 아무것도 할 수 없었네. 그녀는 모진 고통을 다 겪었는데도 불구하고 꽤 오래 살았어. 내가 그녀에게 뭔가를 해줄 수 있을 때에도 이미 나는 알고 있었어. 내가 아무리 보상해도 소용없다는 걸 말이야. 자네가 전에 나한테 한 말 있잖나. 어떤 잘못은 아무리 보상을 해도 결코 돌이킬 수 없다……. 그 말은 진리였어.'"
 세스가 말했다.
 "아, 저쪽 마당에 있는 대문으로 포이저 부부가 들어오시네요."
 다이나가 응수했다.
 "그러네요, 리즈베스. 어서 이모할머니께 달려가 봐. 아담, 당신은 들어와 쉬세요. 오늘 당신 참 힘드셨겠어요."

⟨The End⟩

역자의 말

조지 엘리엇은 『아담 비드』의 제목 아래에 워즈워스(William Wordsworth)의 장편시 『소요』의 한 구절을 붙여놓았다. 작가는 이 소설을 쓴 의도를 여기서 밝히고 있다.

"당신들은
그늘 속에서 아무런 욕심 없이 나무가 자라고
꽃이 피어나는 자연의 순수한 모습을 본다면
무척 반길 것이다. 그러나 내가
수많은 사람들 가운데 실수하거나
쓰러진 한 사람의 이야기를 들려주면,
사람들은 그 사람의 험담만 하고 잘못만 탓할 뿐
애정 어린 용서나 그 이상의 어떤 것에도
마음을 쓰려 하지 않는구나."

『소요(逍遙, The Excursion)』(1814, VI권, 651~8행)

눈에 띄지 않은 채 그늘 속에서 자라는 나무와 꽃들처럼 순수하고 소박한 사람들이 있다면, 사람들은 왜 그들을 있는 모습 그 자체로 아름답다고 칭찬하지 못할까? 과연 단점 하나 없이 완벽하게 칭찬받을 만한 사람이 인간사회에서 존재할 수 있을까? 아니다. 모든 인간들은 한 가지 이상의 단점과 장점을 가지고 있다. 이것은 자연스러운 사실이다. 그리고 이런 사실을 인정하고 받아들일 줄 알아야 비로소 우리는 서로를 형제 같은 애정으로 이해해주고 감싸 줄 수 있다. 작가가 말하는 이 주제는 바로 '공감' 이다. 조지 엘리엇은 공감을 통해 실현할 수 있는 인간적인 사랑을 소설을 통해 독자들에게 말하고자 했다.

공감은 우리 스스로 실수나 고난을 겪어보고 경험해야만 얻을 수 있는 감정이다. 이러한 경험은 추상적이고 철학적인 막연한 지식으로는 결코 얻을 수 없다. 그리고 인간이 짧은 일생을 통하여 모든 경험을 다 할 수도 없다. 하지만 단 한 번이라도 애통한 경험을 해봤다면 우리는 작가가 말하는 공감을 이해할 수 있다.

이 소설의 17장에서, 작가는 이러한 공감에 대해서 독자에게 이야기해주고 이해시키기 위해, 사실을 있는 그대로 자연스럽게 표현하는 방법을 선택한다고 강조한다. 사실대로 묘사해야만 독자가 납득할 수 있다고 저자는 굳게 믿었다. 그러므로 『아담 비드』에서는 기쁨이나 슬픔 같은 우리의 감정조차도 눈앞에 보이는 사물처럼 정확하게 묘사하느라 상당히 긴 문장을 사용하고 있다. 이러한 작가의 노력은 이 소설을 심리적 사회적 사실주의 작품으로 비평가들에게 극찬받게 했지만, 동시에 그만큼 예술적인 가치가 풍부하지 못하다는 단점도 가지고 있다.

한국의 독자들은 조지 엘리엇이 그려내는 사실 그대로의 묘사를 통해, 19세기 초반에 살았던 영국 사람들의 소박한 농촌생활과 삶, 문화, 풍습, 종교 등등을 생생하게 접할 수 있다. 이 중에서도 작가는 특히 종교가 무엇인지 정확하게 파헤치려고 노력한다. 순수한 기독교적인 지식과 사랑이라도 너무 지나치면 미신에 가깝게 될 위험이 있다고, 종교의 본질이란 자신이 말하는 공감의 본질과 다름없다는 점을 작가는 사실주의적인 묘사를 통하여 그려내고 있다. 이와 같이 모든 것을 매우 정직하고 정확하게 표현하려고 애쓴 조지 엘리엇의 노고를 우리는 높이 치하해야 될 것이다. 그리고 이러한 작가의 뜻이 이 번역판에서도 고스란히 전달되었으면 하는 것이 역자인 나의 간절한 바람이다.

조지 엘리엇의 소설 『아담 비드』를 번역하느라 5년이란 참으로 긴 세월이 흘렀다. 역자인 나는 이 소설을 번역하는데 있어, 최대한 원문에 충실하면서도, 가장 자연스런 한국말로 표현하도록 무척이나 노력하였다. 지역 이름, 성경구절, 옛 영국의 명절과 풍습 등이 너무 자주 등장하여 독자들이 이해하기 어려운 경우가 많이 있었다. 이런 문제를 해결하기 위하여 고심 끝에 다소 길더라도 정확한 설명을 덧붙인 주석들을 첨가했다. 그것이 『아담 비드』를 우리나라의 독자들에게 한국어판으로 처음 소개하면서, 사실을 있는 그대로 충실하게 그려낸 작가 조지 엘리엇의 의도를 살리는 데 꼭 필요한 방법이라 믿었기 때문이다. 이 주석들이 독자들이 작품을 읽을 때 흐름을 끊기보다는 풍부한 도움이 되었으면 한다.

이 책이 나오기까지, 많은 사람들의 도움을 받았다. 한양대학교 영국인 교수 Julie Henderson, 국어교육학 석사 박민영, 구술 작가 박미숙, 한국적 유머에 도움을 준 나의 남편 유인학, 토속적인 영어의 번역을 도와준 나의 딸 유림과 아들 유진중에게 이 자리를 빌려 진실로 감사의 뜻을 전한다.

2007년 8월
유종인

조지 엘리엇(George Eliot)의 생애와 연보

1819년
11월 22일, 영국 워릭셔 주의 아베리에 있는 사우스 팜이라는 조그만 농가에서 태어났다. 아버지 로버트 에번스는 '아담 비드'의 모델이 된 인물로, 1801년 헤리엇 포인턴과 결혼하여 로버트, 프랜시스, 루시를 낳았고, 아내가 죽은 후인 1813년, 크리스티나 퍼슨과 재혼하여 크리스티나, 아이작, 메리 앤 에번스〈조지 엘리엇(Mary Anne Evans)의 본명〉를 낳았다.

1824년
병약하신 어머니 탓에 다섯 살 때부터 기숙학교에 보내졌다. 1835년까지 그리프, 애틀보로, 너니턴, 코번트리 등 여러 기숙학교를 옮겨 다녀야 했다.

1828~1831년
너니턴 월링턴 여사가 경영하는 학교의 기숙생으로 전학.
복음주의자인 교장 마리아 루이스의 영향을 받아 엄격한 복장을 하고, 자선사업에 열의를 보였으며, 학교에서 프랑스어와 이탈리아어를 배움.

1832년
코번트리의 프랭클린 양 학교로 전학.

1835년
어머니 병환으로 급히 집으로 돌아감.

1836~1837년
어머니 사망.
언니가 결혼한 후에는 혼자 집안 살림을 도맡아 하면서도 여러 교사들의 가르침을 받았으며, 다방면에 걸쳐 풍부한 독서와 꾸준하게 독학을 계속했다. 심지어는 뼈의 생김새를 보고 사람의 성격을 알 수 있다고 믿었던 골상학에도 관심을 가질 정도였다.

1841년
코번트리로 이사해서 1849년 아버지가 죽을 때까지 그녀는 그곳에서 함께 살았다.
이곳에서 자유주의적 사상가인 찰스 브레이 부부와 찰스 헨넬, 그의 누이동생 등과 교제함.

1842년
엘리엇은 더 이상 교회에 나갈 수 없다고 선언함으로써 부녀간의 관계가 싸늘해짐. 5월, 교회에 점잖게 출석하기만 하면 그녀가 마음대로 사색하도록 허락한다는 아버지의 회유로 드디어 보수적인 아버지와 화해하고, 정통 기독교에 대한 신앙도 포기함.

1843-1846년
찰스 헨넬의 부인이 슈트라우스(D.F. Strauss)가 쓴 〈예수의 생애(The Life of Jesus)〉를 영역하고 있었는데, 그녀로부터 그 일을 넘겨받아 번역에 착수. 1846년 익명으로 3권의 책을 출판함. 이 책은 영국의 합리주의에 지대한 영향을 미침.

1849년
스피노자의 〈신학 정치론(Tractatus Theologico-politicus)〉 번역에 착수함.
아버지 사망.
찰스 브레이 일가와 대륙 여행을 떠남.

1850년
3월에 귀국. 존 채프먼(John Chapman)을 소개받음. 그로부터 R.W. 매케이의 〈지성의 전보〉의 서평을 써달라고 청탁받음. 이 일을 계기로 런던으로 오게 됨.

1851년
런던 스트랜드가 142번지에 있는 채프먼의 집에 하숙함. 채프먼이 경영하는 〈웨스트민스터 리뷰(Westminster Review)〉의 부편집장으로 일하면서 많은 에세이를 발표했다. 정치적·종교적 급진주의 분위기 속에서 많은 유명한 문인들을 만나게 되고, 하버트 스펜서, 조지 루이스(Geoge Henry Lewe) 등 당대의 진보적인 핵심적 지식인들과 접촉을 하게 되어 사상적으로나 인간적으로 급격한 성장을 하게 된다.

1854년
존 스튜어트 밀의 활동 시기 이래 최고의 판매고를 올림.
유부남인 루이스와 사랑하게 되어 동거생활에 들어감. 루이스는 이미 자유 연애주의자인 아내(애그니스 저비스)와 별거중인 상태에 있었으나 당시의 영국법으로는 이혼이 성립되지 않았으므로 합법적인 결혼은 불가능했다.
포이어바흐(Feuerbach)의 〈기독교의 본질(The Essence of Christianity)〉 번역 출판함.

루이스와 독일로 여행을 떠나다.

1856년
37세에 소설가로서의 생을 시작. 자신도 몰랐던 천재성을 발견하게 된다.

1857~1858년
최초의 소설 〈아모스 바턴(Amos Barton)〉 제1부를 〈블랙우즈 매거진(Blackwood's Magazine)〉에 기고함. 발표와 함께 큰 성공을 거둠. 〈길필 씨의 연애담(Mr. Gilfil's Love-Story)〉, 〈자넷의 회개(Janet's Repentance)〉가 같은 해에 연재됨. 이때부터 조지 엘리엇(George Eliot)이라는 필명 사용. 〈아담 비드(Adam Bede)〉 집필 시작.
〈블랙우즈 매거진〉에 연재했던 세 작품을 묶어, 조지 엘리엇이라는 필명을 써서 〈목사 생활의 양상(Scenes of Clerical Life)〉이라는 제목의 첫 단행본으로 출간.

1859년
첫 장편소설인 〈아담 비드(Adam Bede)〉 출판.

1860년
이탈리아의 피렌체를 방문했을 때, 사보나롤라를 제재로 한 작품을 써보라고 루이스가 권유하자 〈로몰라(Romola)〉(1862~63)의 집필을 계획함.
〈플로스 강의 물방앗간(The Mill on the Floss)〉 출판.
〈사일러스 마너(Silas Marner)〉 집필 시작.
〈로몰라〉는 [블랙우즈 매거진]의 연재물로 계획되어 있었는데 [콘힐 매거진(Cornhill Magazine)]에서 1만 파운드로 판권을 사겠다고 제의하면서 그녀에게 [블랙우즈 매거진]을 저버리도록 권했다.

1861년
〈사일러스 마너〉출판. 도둑맞은 황금 대신 길 잃은 아이의 사랑을 얻게 되는 한 직조공의 이야기인데, 이 중편은 작품의 간결하고 완벽한 형식으로 인해 그녀의 작품 중 가장 잘 알려져 있다.

1863년
〈콘힐 매거진〉에서 〈로몰라〉 출판.
그동안 벌어들인 수입으로 리젠트 파크에 있는 노스뱅크 21번지 '프라이어리(The Priory)' 저택을 구입. 이곳에서 루이스가 죽을 때까지(1878년 11월 29일 사망.) 16년간 거주함.

1866년
〈급진주의자 펠릭스 홀트〉(3권) 출판.
너니턴에서 목격한 선거폭동에서 소재를 얻음. 집필하게 된 동기는 정치적인 것이 주제가 아니라 트란솜 부인의 비극적인 성격묘사에 중점을 둔 것이며 그녀는 엘리엇이 창조한 가장 훌륭한 인물의 하나라고 칭송됨.

1868년
서사시집 〈스페인 집시(The Spanish Gypsy)〉 출판.

1869년
루이스와 함께 이탈이아 여행 중에 로마에서 존 월터 크로스(John Walter Cross)를 알게 됨. 이후 절친한 친구로 지내다 루이스 사망 후에 그와 결혼함.

1871년
〈미들마치〉(8부) 출판.

1876년
〈다니엘 데론다〉(8부) 출판.

1878년
11월 29일, 조지 루이스 암으로 사망(1817-1878년). 조지 엘리엇은 커다란 충격을 받음.

1880년
5월 6일, 존 월터 크로스와 하노버 광장 세인트조지 교회에서 결혼식을 올림. 크로스는 40세였고(1840-1924) 에번스는 61세였다. 이탈리아로 신혼여행을 떠났다가 위트레이의 시골집으로 돌아온 뒤 이 부부는 첼시의 체인워크 4번지로 이사한다. 그해 12월 22일, 조지 엘리엇 사망. 하이게이트 공동묘지에 묻힘.

아담 비드 ②
Adam Bede

초판 1쇄 인쇄일 / 2007년 08월 30일
초판 1쇄 발행일 / 2007년 09월 05일

지은이 / 조지 엘리엇
옮긴이 / 유종인
발행처 / 현대문화센타
발행인 / 양장목
출판등록 / 1992년 11월 19일
등록번호 / 제3-448호
주소 / 서울특별시 은평구 대조동 191-1(122-842)
대표전화 / 384-0690~1   팩시밀리 / 384-0692
이메일 / hdpub@hanmail.net

ISBN 978-89-7428-317-9(04840)
      978-89-7428-315-5(전2권)

값 15,000원

잘못 만들어진 책은 구입하신 서점에서 교환하여 드립니다.